Les Aventures de Boro,
reporter photographe

Le temps des cerises

ŒUVRES DE DAN FRANCK

Les Calendes grecques, Prix du premier roman, Calmann-Lévy et Presses Pocket.
Apolline, Stock.
La Dame du soir, Mercure de France et Presses Pocket.
Les Adieux, Flammarion.
Le Cimetière des fous, Flammarion et Presses Pocket.
Le petit livre de l'orchestre et ses instruments, Mazarine.

ŒUVRES DE JEAN VAUTRIN

Romans

A bulletins rouges, Gallimard, 1973.
Billy-ze-Kick, Gallimard, 1974, Mazarine, 1980, Folio, 1985.
Mister Love, Denoël, 1977.
Typhon Gazoline, Jean Goujon, 1978.
Bloody-Mary, Mazarine, 1979, Livre de Poche, 1982 (prix Fictions 1979 et prix Mystère de la critique).
Groom, Mazarine, 1980, Gallimard, 1981.
Canicule, Mazarine, 1982, Livre de Poche, 1983.
La Vie Ripolin, Mazarine, 1986, Livre de Poche, 1987 (Grand Prix du roman de la Société des gens de lettres, 1986).
Un grand pas vers le Bon Dieu, Grasset, 1989, Livre de Poche, 1990 (prix Goncourt 1989).

Nouvelles

Patchwork, Mazarine, 1983 (prix des Deux-Magots 1983).
Baby-Boom, Mazarine, 1985 (prix Goncourt de la nouvelle 1986), Livre de Poche, 1987.
Dix-Huit Tentatives pour devenir un saint, Payot, 1989.

Albums

Bloody-Mary, dessins de Jean Teulé, Glénat, 1983 (prix de la Critique à Angoulême).
Crime-Club, photographies de Gérard Rondeau, La Manufacture, 1985.
Le Cirque, photographies de Gérard Rondeau, 1990.
Tardi en banlieue, fusains et acryliques de Jacques Tardi, Casterman, 1990.
Terres de Gironde, Collectif, Éditions Vivisques, 1990.

ŒUVRES DE FRANCK ET VAUTRIN

Les Aventures de Boro, reporter photographe : La dame de Berlin, Fayard & Balland, 1987.

FRANCK & VAUTRIN

LES AVENTURES DE BORO,
REPORTER PHOTOGRAPHE

Le temps des cerises

Fayard

Pour Pierre.

PREMIÈRE PARTIE

Les scélérats

La mule du boulevard Saint-Germain

Un martèlement sourd montait du boulevard Saint-Germain. Il n'était pas midi. Sous l'œil noir des gueules cassées, assises avec blessures et médailles au fond de leurs voitures à pneus, les Camelots du roi frappaient le sol de leur canne à bout ferré. Le choc du métal sur la pierre résonnait contre les façades des bâtisses en même temps que dans la poitrine de ces quadragénaires blessés entre 1914 et 1918, rassemblés ce jour-là pour enterrer celui qui avait su porter haut et loin leur unique couleur — le bleu horizon. L'historien Jacques Bainville était mort. L'Académie était orpheline, l'Action française en deuil, et la patrie en péril.

Sur les trottoirs paradaient les Jeunesses patriotes. On les reconnaissait à leurs culottes de cheval enfoncées dans des leggins graissées la veille et à cet air martial avec lequel, depuis 1934, elles traquaient le traître rouge, le métèque et la canaille maçonnique. Jeunes et moins jeunes, toutes droites confondues, lorgnaient du côté de la Seine, d'où viendrait le cortège funèbre. Les drapeaux à fleurs de lys piquaient du nez. Ce jeudi 13 février 1936 était un jour sombre. Pour l'Histoire. Pour la Nation.

Soudain, la corne enrouée d'un véhicule se fit entendre du côté de la rue de Solferino. Bérets et crânes rasés convergèrent dans cette direction. On attendait une voiture attelée, une paire de chevaux bais tirant un carrosse noir frappé aux armes de Bainville. Et c'était un taxi qui se présentait. Une Peugeot 601 B crottée, qui tentait de déborder l'essaim de jeunes hommes qui s'étaient portés à sa rencontre.

En moins de dix secondes, le taximan fut mis en déroute. La voiture reflua, braquant et contre-braquant devant le groupe tout en muscles qui, conformément aux consignes, gardait la route libre pour les cendres de feu Bainville. Puis elle s'arrêta. La porte arrière s'ouvrit brusquement sur un voyageur. Sans se démonter, celui-ci posa le pied à terre. Il portait un feutre à large bord, un pardessus en poil de chameau et une régate piquée d'une perle. Il se pencha à l'intérieur du véhicule et en sortit une petite valise de maroquin rouge ainsi qu'un stick dont il passa le lacet de cuir autour de son poignet. Il assura le pommeau d'argent dans une main gantée de cuir et, s'étant tourné vers les Camelots qui l'entouraient, demanda :

— On peut passer ?

Il parlait bas, avait la voix rauque et l'accent de l'étranger.

— La rue est à tout le monde, il me semble...

Il contourna la Peugeot, glissa une main dans la poche de son pantalon et en ressortit une liasse de billets froissés.

— Voici pour la course, dit-il en tendant trois coupures au chauffeur. Gardez la monnaie. Je pense que de l'autre côté la route est libre.

Il montra le boulevard, direction la Seine.

— Si vous voulez mon conseil, vous seriez plus avisé de retourner au Bourget, conseilla l'automédon en relevant son drapeau. Ces messieurs n'y sont pas, et la foule y est plus polie.

L'inconnu haussa les épaules avec désinvolture.

Il s'inclina légèrement devant les Camelots puis, d'une démarche tranquille, remonta le boulevard en direction de la rue des Saints-Pères. Le martèlement des cannes n'avait pas cessé.

Un homme à tête de brute lui emboîta le pas. M. Paul commandait aux Jeunesses patriotes qui, en moins d'un round, avaient mis le chauffeur en déroute. Il avait suivi toute l'opération, les mains enfoncées dans les poches d'un manteau en croûte de cuir. La silhouette de celui qu'il suivait ne lui était pas étrangère.

Il marchait sur le trottoir, indifférent à la foule, aux drapeaux à fleurs de lys et aux nervis qui patrouillaient sur le boulevard. De la main droite, il tenait sa valise de maroquin et serrait dans sa paume gauche le pommeau argenté de son stick. Il ouvrait le passage en balançant son instrument devant lui. Il boîtait légèrement. Les Camelots du roi s'effaçaient devant cet individu qui les dépassait tous d'une tête au moins, qui portait une canne tout comme eux, un pardessus de bourgeois, et qui traversait avec insouciance ce champ miné par des tueurs travestis en étudiants.

L'homme en imposait. Il marchait vite, sans détourner le regard. Sa claudication créait une étrange séduction qui accentuait encore l'aspect hors du commun du personnage. Cependant, à certains mouvements d'épaules, à sa manière de lancer son jonc vers l'avant ou de toiser de très haut les manifestants que la marche plaçait devant lui, on devinait qu'il n'avait rien à faire ici. Lorsqu'il dévisageait l'un des manifestants, la froideur de son regard laissait filtrer l'indicible mépris qu'il éprouvait pour la racaille. Il ne cherchait d'ailleurs nullement à dissimuler la couleur de ses sentiments. « Une tête de mule, songea M. Paul. Mais la mule ne manque pas de courage. »

Il se découvrait un point commun, et sans doute le seul, avec cet homme qu'il suivait le long du boulevard. Lui non plus n'avait que faire de Jacques Bainville, ses pompes et ses tralalas. M. Paul ignorait les us et coutumes des cérémonies. Qu'elles fussent civiles, militaires, nuptiales ou funèbres lui importait peu : il allait là où on l'envoyait, non pour prononcer des paroles de condoléances ou de félicitation mais pour accomplir sa mission d'homme de main. Main droite : une petite matraque télescopique spécialement adaptée à sa paume de pachyderme ; main gauche : un étui en cuir contenant une baïonnette coupée en deux et magnifiquement affûtée par le sieur Pidault, armurier, 42, rue de l'Arcade. Mais, s'il appréciait ces ustensiles à leur juste valeur, M. Paul ne dédaignait pas pour autant de recourir à l'arme infaillible qui, dès 1929, l'avait sacré champion d'Europe des poids lourds : son gauche. Un direct allongé qu'il était capable de redoubler en une fraction de seconde à la face de son adversaire. N'était-ce pas grâce à cette fulgurante vélocité de punch qu'il avait exécuté Franz Diener à la limite de la treizième reprise ? Et, après lui, bien d'autres adversaires, en un round seulement, sans arbitres ni spectateurs. Vitesse, discrétion et force de frappe : telle était la devise de M. Paul.

Il hâta le pas pour rattraper l'inconnu au chapeau. Le feutre était porté trop bas pour que le visage fût visible, mais l'allure du quidam lui rappelait bien quelqu'un, ou plutôt une situation désagréable, les personnes se réduisant dans l'esprit de M. Paul à la dimension des affaires au cours desquelles il les avait croisées. Sa cervelle était ainsi faite qu'à la question « Qui ? » répondait une double interrogation, « Quand et où ? », suivie éventuellement d'une quatrième : « Quoi ? » La sensibilité de M. Paul ne dépassait pas le cadre d'un ring de boxe. Quand il fallait penser, il butait contre les cordes.

Parvenu au niveau de la rue du Bac, l'inconnu obliqua soudain et se dirigea rapidement vers le bord du trottoir. Une nuée d'anciens combattants et un essaim de réservistes faisaient cercle autour d'une automobile. L'homme fendit le groupe, canne en avant, et posa une main gantée sur le toit d'une Aston Martin d'un vert anglais que l'extrême droite, tous âges mêlés, considérait avec concupiscence.

— On s'écarte, dit l'homme d'une voix rauque à l'adresse d'un fier-à-bras juché sur l'aile avant.

Celui-ci se tourna vers son interlocuteur et eut un mouvement de recul lorsque son regard croisa la prunelle noire qui l'observait fixement. Puis la morgue l'emporta sur la crainte.

— Vous êtes des nôtres, j'espère...

— Certainement pas, répondit l'inconnu sans bouger d'un pas. Je ne suis à personne et rien ne m'appartient. Sauf cette voiture.

Il sortit un trousseau de clés de sa poche et répéta, une légère impatience dans la voix :

— On s'écarte.

Un malabar en costume trois-pièces et souliers cloutés vint se placer derrière lui.

— Monsieur a un accent. Monsieur n'est pas français.

— C'est bien possible, répondit l'autre d'une voix claire.

— Monsieur est-il patriote ?

— Monsieur n'a pas de comptes à rendre.

L'inconnu contourna la voiture et fit face au matamore juché sur l'aile.

— Descendez, je vous prie !

L'autre ne bougea point.

— Je ne vous le redirai pas !

Le malabar rejoignit son acolyte et balança le pied dans les rayons de la roue avant.

— La rue est à nous, coassa-t-il, et les étrangers n'ont rien à faire ici. Déguerpissez !

Il ponctua sa phrase d'un coup de poing assené sur la vitre de la conduite intérieure. L'inconnu blêmit. Il recula d'un pas, fit mouliner sa canne, la lâcha, la rattrapa par le pied et tendit brusquement le bras. Il y eut un froissement, une zébrure dans l'air. Le lacet vint s'enrouler autour du poignet de l'importun monté sur l'aile. L'homme au stick se déporta brusquement d'un mètre sur la droite, tira d'un coup sec, et l'adversaire plongea de la voiture, le nez sur l'asphalte. La canne virevolta de nouveau et s'en vint frapper le deuxième Camelot sur le côté de l'oreille. L'escarmouche n'avait pas duré dix secondes. L'homme tenait toujours sa valise à la main. Il considéra ses ennemis avec un sourire engageant puis, ayant libéré l'accès à l'Aston Martin, glissa la clé dans la serrure de la portière et s'installa à l'avant, côté passager.

Une voix jaillit du petit groupe :

— On va t'étriper. T'aurais mieux fait de te mettre au volant.

L'inconnu abaissa la vitre et, d'un ton placide, laissa tomber :

— Je ne sais pas conduire.

La surprise se peignit sur les visages. Mais, déjà, les mains s'emparaient de la carrosserie, et l'Aston Martin commença de tanguer sur ses suspensions. Un cri fusa :

— Dehors les métèques !

Le malabar en costume trois-pièces s'approcha à pas lents. Il lança sa main dans l'habitacle, s'empara du chapeau de l'intrépide et le rejeta au loin. Apparut le visage juvénile et rieur d'un homme de trente ans tout au plus. Il avait le teint légèrement mat, un regard sombre et brillant, le cheveu noir, le front haut et dégagé.

— Balancez-moi, dit-il en s'appuyant confortablement contre le dossier de cuir, cela me rappelle les carrousels de Budapest...

Il s'amusait !

— Sortez-le ! cria quelqu'un.

— Pas aujourd'hui, répliqua le jeune homme. Aujourd'hui, on enterre Bainville. Une rixe ferait mauvais effet dans les gazettes...

Un mouvement d'incertitude parcourut la petite assemblée. Soudain, un homme s'encadra entre les phares chromés de l'Aston Martin.

— Laissez-le-moi, dit-il d'une voix grasseyante.

Le chapeau était tombé du visage de l'inconnu en même temps que le dais recouvrant l'esprit de M. Paul. Quand ? Une première fois en janvier 1933, dans les salons du marquis d'Abrantès ; une deuxième fois quelques mois plus tard, à un meeting de l'Association des écrivains et artistes révolutionnaires, où M. Paul s'était rendu pour casser du communiste. Quoi ? Ni plus ni moins que le démantèlement de l'ordre de Parsifal, ancêtre de la Cagoule. Restait la question essentielle à laquelle M. Paul ne savait pas encore répondre : qui ? Les mains dans les poches de son manteau en croûte, l'une jouant avec l'étui de la baïonnette et l'autre débouclant la matraque télescopique, il s'efforçait de mettre un nom sur le visage de ce jeune homme insolent qui le toisait sans bouger.

Son cerveau allait au trot. Un Hongrois naturalisé français ; reporter photographe connu ; l'homme qui avait réussi à photographier le chancelier Hitler la main sur la croupe d'Eva Braun ; celui par lequel le scandale de l'Ordre avait éclaté, obligeant son chef, le marquis d'Abrantès, à rejoindre la clandestinité[1].

Un juif.

Un rouge.

— Laissez-le-moi, répéta M. Paul.

Il contourna l'aile de l'Aston Martin et s'approcha à petits pas. Sa main quitta la poche de son manteau. Repliée, la matraque n'atteignait pas la taille d'un double centimètre. Dépliée, elle ressemblait à un gourdin. Il la déplia.

— Aïe ! fit Blèmia Borowicz.

1. Lire le tome 1 des *Aventures de Boro, reporter photographe : La dame de Berlin.*

L'homme aux lorgnons

IL remonta la vitre en toute hâte et verrouilla la portière. Il avait reconnu le Pachyderme dont le poing l'avait estourbi naguère. La brute le regardait à travers la glace, faisant passer sa matraque d'une main dans l'autre, comme un jongleur. Un sourire acide éclairait sa face grêlée.

Boro s'empara de sa canne et, à son tour, la fit aller et venir entre ses mains, devant le tableau de bord. Il crânait. M. Paul eut un rictus que Blèmia traduisit aisément : il ne faisait pas le poids. Et, en effet, il devait bien convenir que ses quelques kilogrammes ne pesaient pas bien lourd comparés au quintal de l'ancien champion de boxe. Circonstance aggravante : ce dernier était entouré de ses amis, une quinzaine de gueules à fleurs de lys qui s'approchaient puis s'écartaient des vitres pour contempler le poisson pris dans l'aquarium. Quelle idée il avait eue de demander au taxi qui le ramenait du Bourget de le déposer ici, en plein cœur d'une manifestation d'Action française ! Et cela dans le seul espoir de protéger sa voiture que par un mauvais hasard son camarade Pázmány avait déposée là ! N'eût-il pas mieux valu rentrer directement chez soi, passage de l'Enfer, plutôt que de se frotter à ces ostrogoths qui allaient lui faire danser le shimmy à l'intérieur de sa guimbarde avant de le transformer en momie (les bandelettes lui paraissaient incontournables) ?

Boro soupira et fit un geste fataliste en direction de M. Paul. Celui-ci leva sa matraque et l'abaissa brusquement sur le toit. Il y eut un choc. Notre reporter ferma les yeux. Lorsqu'il les rouvrit, le Pachyderme n'était plus à côté de la portière mais devant la calandre. Il s'assura que sa victime le regardait avant de lancer la masse de son arme plombée contre le phare avant droit. Le phare gauche explosa à son tour. Puis cent mains et autant de pieds frappèrent la carrosserie. Le coupé fut soulevé, relâché, tiré, poussé. Il sembla à Boro qu'une tempête se déchaînait à l'intérieur de l'habitacle. Il se recroquevilla contre les coussins, le visage enfermé entre ses bras, et attendit. Lorsque les glaces céderaient, il ne vaudrait guère mieux que la carrosserie vert anglais de l'Aston Martin.

Un cri jaillit, qui le glaça d'épouvante : « Égorgez-le ! » Puis un autre, aussi aimable : « Tuez la racaille ! » Mais soudain, le tohu-bohu cessa. Boro se redressa, une grimace aux lèvres. Les assaillants refluaient de l'autre côté du boulevard. Personne n'entourait plus la voiture. M. Paul lui-même avait disparu.

Boro ouvrit la portière et, tout engourdi, posa le pied à terre. Les lazzis ne lui étaient pas adressés. Les royalistes filaient vers le ministère de la Guerre, hurlant leurs imprécations meurtrières. Les cannes étaient dressées, les oriflammes claquaient au vent. Le boulevard tout entier semblait converger cent mètres plus loin, dans une clameur vengeresse qui enveloppait les maisons et les rues alentour.

Boro considéra avec tristesse la robe bosselée de son véhicule, puis, abandonnant sa valise sur la banquette arrière, marcha à son tour vers le lieu où la foule s'assemblait. Les réflexes professionnels l'avaient repris. Tout en se hâtant, il sortit son Leica de sa poche, vérifia qu'il était chargé, l'arma et le tint contre son visage, photographiant de-ci de-là diverses mines patibulaires. Il atteignit ainsi le nœud des confluences. Il ne vit tout d'abord qu'une voiture — Citroën B 12 ou C 4, il ne sut — vide mais arborant le macaron des députés. Les vitres en étaient brisées et les portières ouvertes. A quelques mètres, il y avait remue-ménage. Trois douzaines de manifestants s'étaient regroupés non loin des façades du ministère de la Guerre. D'autres accouraient par petits groupes. Boro saisit au vol quelques mots lancés par un escogriffe roux qui le fit trébucher en passant près de lui :

— Ça va être l'hallali !

Il se pressa à son tour, jouant de la canne et des épaules pour se frayer un passage à travers la foule qui lançait ses anathèmes avec une fureur décuplée par le nombre.

Entre bras et jambes, il aperçut, au centre d'un demi-cercle qui se réduisait de seconde en seconde, un homme à terre dont le visage était ensanglanté. Une femme se tenait à son côté, tentant de se protéger des coups grâce au bouclier d'un parapluie déployé.

Une voix scandait régulièrement : « A mort le Juif ! A mort le youtre ! »

Boro tenta d'avancer, mais il fut bloqué par le rideau de la meute vociférante. Tenant son Leica à bout de bras, il mitrailla au jugé. Comme il se hissait sur la pointe des pieds, il aperçut des ouvriers qui descendaient d'un échafaudage fixé contre la façade d'un immeuble proche du ministère de la Guerre. Il se grandit encore et vit, à dix pas, la face congestionnée du Pachyderme. Le boxeur tenait sa matraque levée et poussait sans ménagement une femme entre deux âges qui, en proie à l'hystérie, criait : « Fusillez-le dans le dos ! »

Boro reconnut le slogan que Maurras, dans sa feuille de chou, destinait au chef de la S.F.I.O. Il lança son pied en avant, distribua quelques coups de canne et parvint ainsi à s'approcher des premiers rangs. Le blessé avait perdu son chapeau et ses lorgnons légendaires. De son visage recouvert par deux mains blanches on n'entrevoyait que la moustache à la gauloise et la pointe du menton sur laquelle coulait une rigole de sang. La femme avait lâché son parapluie, soûlée par les coups qui s'abattaient comme grêle.

Un homme exhibant une écharpe tricolore tentait de faire rempart entre le blessé allongé sur le côté et les Camelots du roi dont les nerfs de bœuf meurtrissaient la chair du Juif Léon Blum.

Boro prit les extrémités de sa canne entre ses mains écartées et, arc-bouté sur son bâton, poussa sans voir. Il précipita en avant les deux hommes qui lui masquaient la vue. Le deuxième rang bouscula le premier qui s'ouvrit, tel un cratère, sur le réduit gardé par l'homme à l'écharpe. Boro sauta à ses côtés. A l'instant où il levait son stick contre les premiers agresseurs, un mouvement se produisit dans la foule. On entendit un sifflet à roulette, il y eut des cris, la foule sembla flotter un instant.

— La police, enfin ! s'écria l'homme à l'écharpe.

Il secouait l'épaule de la femme qui, privée de parapluie, s'était agenouillée pour faire à Léon Blum un écran de son corps.

La police n'était qu'une hirondelle apeurée poussée par quelques ouvriers en bleu de travail. Ils firent irruption sur le devant de la scène et écartèrent sans ménagement les Camelots des premiers rangs.

— Le youpin au poteau ! hurla une voix anonyme.

Il était midi et demi. L'hirondelle roucoula du sifflet et le silence tomba bientôt tandis que les souliers à clous refluaient peu à peu vers leurs quartiers d'hiver. Le Pachyderme fut le dernier à s'éloigner. Lorsque son regard croisa celui de Boro, il montra son poing fermé, accompagnant son geste d'une phrase injurieuse où il était question de retrouvailles proches et de sévices corporels particuliers.

Notre reporter leva son stick en guise d'adieu. Lorsqu'il se retourna, Léon Blum avait retrouvé la position verticale. Deux ouvriers le soutenaient par les épaules. Son visage était d'une pâleur cadavérique. Du sang coulait le long de la tempe.

— Je peux marcher, articula-t-il faiblement.

— Un autre jour, rétorqua l'un des hommes qui le maintenaient. Laissez-vous faire !

Le petit groupe traversa le boulevard et emprunta la rue de Bellechasse. L'homme à l'écharpe parlait à l'hirondelle.

— On venait de la Chambre... Ils ont bloqué la voiture et nous ont sortis de là... Je suis Georges Monnet... député.

Il montra la femme au parapluie.

— C'est mon épouse. Elle témoignera.

— On a tout vu, dit un des ouvriers qui marchaient en tête. On travaillait sur l'échafaudage à côté du ministère de la Guerre. Une chance qu'on ait pu faire vite...

Il parlait avec l'accent du Nord.

— Il faut qu'il s'allonge, dit Georges Monnet en montrant Léon Blum.

— Soyez pas inquiet, M'sieu le député, dit l'hirondelle. On va trouver un coin tranquille. M'sieu le directeur de la police municipale viendra prendre les dépositions.

Il ajouta, l'air contrit :

— Moi, ça dépasse mes compétences.

— Il ne prendra rien du tout, dit Léon Blum en marquant le pas.

Boro s'approcha. En dépit de sa blessure, le premier des socialistes français parlait d'une voix étonnamment calme.

— Je ne porterai pas plainte.

— Mais ils t'ont sectionné l'artère temporale ! s'exclama Georges Monnet.

— Ce n'est qu'une veine, répliqua l'homme politique.

Puis il ajouta, grandiose :

— Même si ça fait mal à la France.

Hamlet versus Oulianov

Accouru en renfort de la simple hirondelle, un adjudant-chef d'active, avec quelque vingt et un ans d'ancienneté dans l'artillerie coloniale, tenta de se faire ouvrir l'entrée cochère d'un immeuble bourgeois, sis au numéro 100 de la rue de l'Université. La concierge leur claqua férocement la porte au nez.

— Un vrai camp retranché ! constata le chef Larivière en prenant du recul pour mieux s'élancer.

Champion interarmes du Pernod-Suze et cassis réunis, le sous-off en question s'essaya sur trois mètres et des pouces à un surprenant galop chaloupé. Lancé à vive allure, il s'écrasa de tout son poids contre le vantail. Fourragère en désordre, il échoua dans son projet de bélier.

— Laissez-moi faire, commanda Georges Monnet.

Débordant le militaire par le flanc, le député se haussa sur le devant de la scène.

— Madame la gardienne, soyez raisonnable, négocia-t-il après s'être éclairci la voix.

Il risqua un œil à travers le judas, puis, retrouvant la tessiture chevrotante du tribun, usa franchement du trémolo :

— Voyons, madame ! Écoutez-moi ! Nous sommes de vos élus et réquisitionnons vos services pour le secours d'un blessé...

Mais plus l'organe du parlementaire s'éraillait dans l'aigu, plus les poings militaires tambourinaient contre l'huis, et davantage encore la clétière semblait résolue à barrer sa porte.

— Vous pouvez bien y aller à la bombarde ! criait-elle. C'est du chêne massif !

Léon Blum, en proie à une sensation de vertige, s'était appuyé au mur. Boro s'était approché de lui et, pendant tout ce temps consacré aux palabres, l'avait soutenu sous l'aisselle. En dépit de l'hémorragie qui ensanglantait un côté du visage, le politicien gardait un calme surprenant. Le reporter se sentait en sympathie avec cet homme à la volonté tendue. En une ou deux occasions, leurs yeux se croisèrent. Blum trouva la force de sourire faiblement.

— Vous voyez, dit-il, on ne veut pas m'ouvrir... Je ne suis pas assez utile.

— Il ne faut pas que vous pensiez cela ! Les gens du peuple vous respectent.

— Bien sûr. Mais si l'union se fait sans moi, ils se consoleront avec d'autres.

— A vous de vous montrer le plus généreux...

— Vous aussi !... L'humanisme ! Quelle foutaise ! Vous parlez comme Guéhenno ! Et la politique ? Il y a la politique ! Je marche sur une corde raide.

Blum se redressa un court moment. C'était comme s'il avait momentanément recouvré ses forces disparues.

— Monsieur-que-je-ne-connais-pas, dit-il, je ne crois guère à une révolution pacifique. Si on va vers un conflit social, on cassera des machines. On gèlera la production. On fera couler le sang. Voilà sans doute ce qui me retient encore de souscrire pleinement à la cause des travailleurs.

Boro devait se souvenir de ce bref échange. Il apportait un éclairage particulier sur cet homme à la courtoisie jamais prise en défaut, dont la force de caractère serait souvent battue en brèche dans le futur par des scrupules, des atermoiements, des doutes couleur de ténèbres qui devaient l'empêcher de prendre des décisions audacieuses. Blum, l'homme qui n'admettait pas de parvenir à de nobles buts par des moyens déshonorants. Blum, qui avait le souci d'apparaître sous les traits du « juste ». Blum, tel que Boro venait de l'entrevoir ce fameux 13 février 1936.

Percé à jour par le jeune reporter, le leader socialiste le dévisagea un moment, comme pour graver ses traits dans sa mémoire. Il dit :

— Parlez sans détour. Vous pensez que j'analyse trop les situations, c'est cela ?

Le blessé eut un sourire pâle.

— Vous avez mille fois raison, jeune homme. Je ressemble bien davantage à Hamlet qu'à un certain Vladimir Ilitch Oulianov !

Il s'interrompit et se mordit la lèvre comme s'il en avait trop dit.

L'hirondelle de quartier s'approcha et secoua doucement la

manche de M. Léon Blum. Ce dernier releva la tête et se rendit aux bonnes intentions du policier qui souhaitait l'entraîner plus loin.

— J'habite 25, quai de Bourbon, souffla le blessé. Prévenez mon épouse.

Puisant ses forces dans un sursaut d'énergie, il reprit sa marche douloureuse, un bras passé par-dessus l'épaule de l'agent de police embarrassé par sa pèlerine. Il avançait à petits pas, suivi par Georges Monnet et sa femme, par les deux ouvriers et par Boro lui-même. L'adjudant ouvrait le cortège. Les badauds s'arrêtaient sur le passage de la petite troupe. Ils reconnaissaient Léon Blum, qui perdait beaucoup de sang. La consternation se lisait sur les visages. Au travers de son Leica, Boro fixa plusieurs de ces images, conservant au premier plan la silhouette floue du blessé.

On s'était arrêté devant le numéro 96. Une chaise avait été proposée par un locataire du rez-de-chaussée, puis, alors qu'on allait asseoir l'infortuné dans le courant d'air du porche, une bourgeoise d'un certain âge suggéra qu'on étendît M. Blum sur le sofa situé dans l'entrée de son appartement du second.

La secrétaire d'un médecin de quartier, alertée par téléphone, fit savoir que le docteur étant absent pour ses visites, il ne pourrait prodiguer ses soins avant une grande heure. Sur ces entrefaites, sans qu'on eût frappé, la porte d'entrée s'ouvrit sur un planton du commissariat. Elle livra également passage à un ou deux inspecteurs en civil, lesquels précédaient de quelques secondes à peine le directeur de la police municipale.

— 22 ! annonça entre ses dents le plus jeune des deux ouvriers peintres. V'la la maison préfectance en chaussures de ville !

Guichard s'encadra aussitôt dans le chambranle de l'entrée. Le faciès impénétrable, la moustache sévère, il dévisagea ceux qui étaient présents et encombraient le couloir. Il ordonna brièvement qu'on fît sortir ces badauds qui n'avaient rien à faire ici, et s'avança avec un air de circonstance au chevet de l'homme politique.

— Mince de faux-cul, j'vous dis que ça ! commenta en aparté le plus jeune des ouvriers, qu'on poussait déjà vers la sortie. Ce mec-là, Guichard, non seulement c'est un bourre, mais c'est un « abandonnard » !

— Qu'est-ce que vous entendez par là ? lui demanda Boro qu'on venait d'évincer à son tour et qui atterrissait sans ménagement sur le palier.

— C'est un pingouin cœur à droite ! Un nuisible de la réaction, répliqua le peintre en bâtiment.

Il cracha du côté de ses espadrilles.

Son aîné, celui qui avait l'accent des gens du Nord, dissimula un sourire et se tut.

Les trois hommes descendirent les escaliers. Une fois dehors, le plus naturellement du monde, ils remontèrent la rue, perdus dans leurs pensées.

« *Ad majorem Galliae gloriam !* »

Au même moment, le lieutenant Jaunivert de Coquey arpentait le trottoir de l'avenue Reille, une artère calme qui longe la face nord du parc de Montsouris. Son regard mobile laissait filtrer son impatience.

Quand il vit apparaître la silhouette massive du colonel Barassin-Ribancourt se hâtant au coin de l'étroite rue Saint-Yves, il ne put réfréner un soupir de soulagement. Il se précipita au-devant de son chef de bataillon et, obéissant à un réflexe, s'apprêtait à le saluer réglementairement lorsque le regard courroucé de son supérieur lui rappela qu'ils étaient tous deux vêtus en civil.

— Est-il arrivé ? demanda Barassin-Ribancourt.

Il s'exprimait avec brusquerie.

— Pas encore, mon colonel. Pourtant, j'étais là un quart d'heure à l'avance, conformément à ses instructions.

— Vous ne l'avez pas raté, au moins ?

— Tout à fait impossible, mon colonel. Je n'ai rencontré Marie qu'une fois, chez le capitaine Loustaunau-Lacau, mais je le reconnaîtrais entre mille ! Il a une manière inoubliable de vous regarder.

— De Coquey, vous vous êtes laissé impressionner par ce foutu Deloncle parce qu'il vous aura récité du Baudelaire !

Le vieil officier reprit sa marche pesante, suivi par le lieutenant qui se récria :

— Je vous jure bien, mon colonel, que l'homme est impressionnant ! Il incarne une vraie capacité de rassembler ceux qui sont prêts à faire barrière au communisme.

— Marie ! marmonna le vieil officier supérieur avec une sorte de mépris dans la voix. Pourquoi pas Marianne, tant qu'on y est !

Votre M. Deloncle, lieutenant de Coquey, est un activiste qui s'est fait une tête de Mussolini !

— C'est un meneur d'hommes.

— Il veut renverser l'État.

— C'est la seule façon qui nous reste de sauver encore les débris de la victoire de 1918.

— Débris ? Quels débris ? Que savez-vous de ce que nous avons enduré, vous qui étiez trop jeune pour participer à la boucherie ?

Les deux officiers se mesurèrent du regard. De Coquey avait pour lui l'ardeur de la jeunesse. Fraîchement sorti de Saint-Cyr, il symbolisait un nouvel esprit de conviction et de patriotisme qui impressionnait favorablement son vieux chef.

— Après tout, nous verrons bien, bougonna Barassin-Ribancourt. Je me ferai une opinion sur votre héros dès le premier quart d'heure. Que diable ! Moi aussi j'ai l'habitude de peser ce que valent les hommes !... Conduisez-moi !

Luttant contre le vent qui balayait l'avenue, ils s'aventurèrent jusqu'aux parages d'un immeuble situé en face du parc Montsouris. Un homme jusqu'alors invisible se détacha de la zone ombrée d'une palissade. Il avait suivi leur approche par la rainure des planches disjointes. Il était vêtu de sombre. Sa chevelure, son front, son regard étaient abrités par le revers d'un béret de chasseur à pied. Son visage était glabre, sa pâleur inhabituelle. Ses joues creuses lui conféraient une sorte de gravité tragique.

Il resta planté devant les deux officiers sans prononcer une parole.

— Paris ! finit par murmurer de Coquey d'une voix atone.

— Patrie ! répondit aussitôt le guetteur.

Il sembla se détendre imperceptiblement. Il fit un pas en avant, dévisagea le colonel Barassin-Ribancourt et ajouta, figé dans une ébauche de garde-à-vous :

— Mes respects, mon colonel. J'ai servi sous vos ordres à Craonne. Charpaillez Alphonse, caporal sapeur.

— Je ne vois pas, avoua Barassin-Ribancourt.

Il garda ses sourcils froncés. Il cherchait le souvenir, la musique qui marchait avec l'oiseau aux joues creuses, soclé en face de lui dans une attitude respectueuse.

La face de pierrot s'anima sous le béret.

— Novembre 1917, un vendredi. Le jour où tout le remblai s'est écroulé sur la casemate... Vous alliez étouffer dans le tas... On recevait des pavés de plomb, du shrapnell en averse, mais je suis resté là-devant. Je vous ai dégagé des gravats...

Les yeux de Barassin-Ribancourt s'embuèrent soudain. Sans un mot, il glissa sa main dans celle du griveton de la 14.

L'autre poitrine de vélo hocha la tête dans un arc-en-ciel de sourire. Il avait l'air tubard.

— La mort, on ne peut pas imaginer plus salopard, n'est-ce pas mon colonel ?

— Non, Charpaillez, on ne peut pas.

— Suivez-moi, dit le caporal.

Après un regard alentour, il s'engouffra sous la voûte de l'immeuble, traversa une cour cernée sur ses quatre faces par des immeubles de brique et emprunta une entrée dérobée donnant sur un couloir.

Une seconde porte, beaucoup plus massive, fermait le long passage. Charpaillez s'immobilisa et frappa un certain nombre de coups, selon un code. Un judas dissimulé près du verrou glissa sur son logement. Un œil apparut au travers du treillis de fer rouillé.

— Jemmapes ! dit une voix éraillée derrière la porte.

— Victoire ! répondit aussitôt l'homme au béret.

On entendit un bruit de serrure et celui, plus métallique encore, du glissement d'une barre sur son appui. La porte pivota doucement sur ses gonds.

Charpaillez adressa un geste d'invite à ses visiteurs. Il leur enjoignit d'emprunter un escalier en colimaçon qui s'enfonçait dans les entrailles du sol. Les marches étaient usées en leur centre. Une corde servait d'appui. Des ampoules protégées par des fourreaux de fer tressé balisaient régulièrement la descente des deux hommes. Au fur et à mesure de leur progression, une sensation d'humidité tombait sur leurs épaules.

Cette fois, ils étaient précédés par l'haleine du tourier, un véritable colosse dont le visage était dissimulé par un loup. Il était vêtu d'une veste de cuir et de culottes de cheval enfoncées dans des bottes. A son côté pendait la gaine d'un pistolet. Barassin-Ribancourt identifia l'automatique comme une arme en provenance de l'étranger. Vraisemblablement un Beretta italien.

Ils arrivèrent enfin à l'entrée d'une zone faiblement éclairée. Avançant presque à tâtons sur un sol de terre battue, ils se présentèrent à l'entrée d'un sas dont l'extrémité en cul-de-sac était enliée dans un enrochement naturel. Derrière une porte basse se tenait un nouveau factionnaire. Il braqua à l'improviste un projecteur à main sur les visiteurs et s'assura de leur identité.

Lorsqu'ils eurent justifié de leur état civil et montré une sorte de convocation qui prenait la forme d'un jeton de métal barré d'une croix, le colosse à veste de cuir les introduisit dans un réduit voûté qui avait tous les aspects d'une honnête cave à vin.

Au-delà de plusieurs rangées de bouteilles, le souterrain avait été divisé en deux par l'édification d'une cloison de briques creuses. Cette muraille soigneusement jointoyée enfermait un passage secret camouflé derrière une nouvelle succession de casiers à bouteilles. La sentinelle qui venait de fouiller les deux officiers en déplaça deux avec un certain mal. Derrière le leurre des flacons cachetés de cire, la maçonnerie, bien qu'elle fût pourvue d'une ouverture, offrait l'aspect d'une surface uniforme. Monté sur un châssis métallique conçu pour supporter des briques, un système rigide glissait au moyen de roulettes sur des rails bien lubrifiés. La porte en trompe-l'œil était néanmoins très épaisse et très lourde, du moins si l'on en jugeait par l'effort déployé par le colosse et la sentinelle arc-boutés pour la manœuvrer. De Coquey remarqua au passage que les briques ne sonnaient pas creux à l'épreuve de la percussion.

L'ouverture se referma automatiquement sur eux.

Ils se trouvaient dans une pièce de trois mètres sur trois. Le sol était revêtu d'une chape de béton. Aux murs, une isolation de carton assurait l'insonorisation. Une installation électrique courait sous gaine et alimentait le centre du plafond coffré en dur. Sur le côté, dans une niche incrustée dans la paroi, était logé un appareil téléphonique de campagne.

Le colosse tourna la manivelle et attendit quelques instants. Une lumière bleutée s'alluma instantanément et une porte métallique s'ouvrit devant les visiteurs.

Ils firent leur entrée dans une salle étayée par plusieurs piliers de béton. Une douzaine d'individus, la plupart coiffés d'un simple béret basque, d'autres en chemise militaire sur laquelle était cousue une patte d'épaule en drap noir avec galons d'or, se tenaient face à une table recouverte d'un drap vert, derrière laquelle siégeaient trois hommes.

Des mains anonymes poussèrent Barassin-Ribancourt et le lieutenant de Coquey jusqu'au premier rang de l'assistance.

— Approchez-vous. Soyez les bienvenus parmi nous, dit le

dignitaire qui se tenait au centre de la table et semblait présider l'étrange cérémonie.

Lui seul était revêtu d'une sorte de toge rouge. Les autres étaient en noir. Leur accoutrement, qui n'était pas sans évoquer la robe des magistrats, se prolongeait jusqu'à la naissance des cheveux par une cagoule.

Saisi malgré lui par un vague frisson qui lui secoua l'échine, le lieutenant de Coquey ne put s'empêcher de poser son regard sur la flamme dansante des torches. La crainte de plonger vers un monde inconnu, un monde d'où l'on ne remonte jamais intact, lui nouait la gorge. Il se détourna et lut sur le visage de Barassin-Ribancourt une inquiétude similaire. Le vieux chef avança d'un pas ferme.

L'homme en toge rouge s'adressa à lui :

— Nous nous sommes renseignés sur votre situation militaire et personnelle. Nous savons que vous avez décidé de prêter le serment exigé par notre organisation.

Le grand maître se tourna vers ses assesseurs. L'un d'eux inclina sur la table la hampe d'un fanion de chasseurs à pied. L'autre avança dans la lumière un livre relié comme une Bible. Le lieutenant de Coquey en déchiffra le titre, doré à l'or fin : *Technique du coup d'État*, par Curzio Malaparte. Il vit la main grêlée de taches de son du colonel Barassin-Ribancourt se poser sur la couverture de cet ouvrage symbolique. « C'est la main irrésolue d'un homme âgé et indécis », pensa le lieutenant.

La voix du grand officiant s'éleva à nouveau dans le silence. Sa solennité, son intonation sépulcrale ajoutèrent une sorte de lien mystique à la quasi-liturgie de ses gestes, au recueillement de l'assistance :

— Abonné 204, par égard à vos états de service, je ne vous demande pas votre signature, mais je vous prie de prêter serment de fidélité au drapeau français. Que les traîtres soient impitoyablement punis !

Tous les assistants répétèrent avec une gravité lugubre :

— Qu'ils le soient ! Une balle au cœur !

Barassin-Ribancourt dit :

— Je donne ma parole de soldat.

— *Ad majorem Galliae gloriam* ! lui répondirent en écho les voix des trois cagoulards. Pour la plus grande gloire de la France !

Avec le lieutenant de Coquey, on apporta une légère variante au rituel. Il fut invité à lever le bras droit au-dessus du drapeau et à répéter mot à mot ces paroles : « Je jure sur l'honneur que je ne suis pas franc-maçon, que je ne suis pas juif. Je jure fidélité, obéissance, discipline à l'organisation. Je jure de garder le secret. Je jure de ne jamais chercher à connaître l'identité de mes chefs. »

On venait d'introduire dans la salle un nouveau venu. L'homme n'avait pas connu le traitement de faveur accordé au colonel Barassin-Ribancourt et à son jeune officier. Il avait les yeux bandés, et c'est seulement une fois qu'on l'eut poussé devant la table qu'on le délivra des ténèbres.

— Sacredieu ! s'étouffa Barassin-Ribancourt en reconnaissant le postulant.

Il se pencha à l'oreille de Jaunivert de Coquey et chuchota :

— C'est ce buveur de Pernod, comment l'appelez-vous déjà ?

— Je ne vois pas, mon colonel...

— Mais si, voyons ! C'est un dragon ! Un célibataire qui connaît toutes les coucheries de l'armée française !

Le visage de Jaunivert de Coquey s'assombrit aussitôt. L'autre s'en aperçut.

— Quoi ? Vous aussi, il vous aurait fait cocu ? Tenez, du coup, son nom me revient. Bonhomme ! Le capitaine Bonhomme, l'officier d'ordonnance de Pétain !... Mais alors, ajouta-t-il à part lui, le vieux maréchal serait-il du complot ?

Il n'eut pas le loisir d'achever sa phrase. Le colosse en culottes de cheval venait de le tirer de ses supputations :

— « Mon Oncle » vous attend dans la pièce voisine.

Barassin-Ribancourt abandonna de Coquey et suivit son mentor. A la façon d'une sacristie, derrière une simple tenture masquée par l'un des piliers, se trouvait un cabinet de forme allongée, aménagé autour d'un bureau de fortune.

Dès que le colonel fit son entrée, un homme à la vivacité exceptionnelle fondit sur lui les mains tendues. Il portait un manteau noir, un chapeau melon de même couleur et une chemise immaculée. Il secoua longuement la main de Barassin-Ribancourt, laissant passer entre les dents de sa puissante mâchoire une sorte de rictus étudié.

— Je suis si heureux de vous compter parmi les pionniers du Comité secret d'action révolutionnaire ! Cher ami, tout est à faire ! Tout est à inventer ! La tâche est énorme ! Nous nettoierons l'armée de ses miasmes !

Barassin-Ribancourt reçut fraîchement cette parodie d'accolade mitigée d'afféterie. Il se recula d'un pas. De ses yeux bleus un peu larmoyants, il jaugea l'ancien de Polytechnique, le major du génie maritime. Sans passion, avec une calme résolution, il détacha ses phrases afin d'impressionner cet individu fait d'un mélange rare — intelligence, séduction et arrogance.

— Monsieur Deloncle, commença-t-il, je souscris à la plupart de vos idées, de vos constats, et je suis un patriote...

— Nous le sommes tous ! l'interrompit l'autre.

Il avait la réputation de penser très vite, d'avoir le sens de l'intrigue, de la manipulation. Il semblait perpétuellement en ébullition.

— N'ai-je pas moi-même été blessé au service de la patrie ? En 1917, j'ai servi à Salonique et à Monastir...

— Je ne suis pas sans connaître votre brillante conduite au feu, déclara le colonel Barassin-Ribancourt. Moi non plus, je ne me suis pas embarqué sans biscuits... Je connais donc vos faits d'armes... Deux fois cité, décoré de la croix de la Légion d'honneur.

— Je n'ai accompli que mon devoir. Tout comme maintenant vous devez vous consacrer au vôtre, répliqua Deloncle.

Les mains derrière le dos, comme si son autorité devait être naturellement reconnue, il entama une série d'allées et venues tout en parlant.

— Votre première mission sera de localiser les communistes qui noyautent les rangs de notre armée ! Plus de soviets dans les casernes, vous êtes bien d'accord ?

— Je tiens à l'affirmer hautement dès aujourd'hui, déclara le colonel Barassin-Ribancourt. Du nettoyage, je veux bien. Il faut balayer les écuries, c'est nécessaire ! Mais je ne m'associerai pas à un putsch dirigé contre la stabilité de la France.

Eugène Deloncle s'immobilisa. Son regard traduisait de mauvaises pensées. On sentait en lui un goût prononcé pour la brutalité.

— Nous devons accomplir notre tâche par tous les moyens, dit-il entre ses dents. On ne peut pas vivre avec la république !

Les deux hommes se turent. Ils écoutèrent un moment au travers du rideau la voix du capitaine Bonhomme qui montait dans le silence, en provenance de la pièce voisine :

— Je jure de me plier au règlement pour la plus grande gloire de la France... *Ad majorem Galliae gloriam* !

Et la réponse hachée, vindicative, de son interlocuteur en toque rouge :

— Je te préviens, si tu parles, on te brûle ! On te crève la paillasse !

Eugène Deloncle fixa aussitôt Barassin-Ribancourt. Le condottiere affichait un rictus mussolinien. La mâchoire puissante, il persifla avec une feinte douceur :

— Vous voyez bien, mon colonel... nous sommes méchants !

Mort aux vaches !

BORO et ses nouveaux amis marchaient en direction du boulevard Saint-Germain. Le plus jeune des deux peintres en bâtiment avait un pas aérien. Le reporter se fit la réflexion que, dans ses espadrilles, il se déplaçait avec l'aisance d'un contrebandier. Dégingandé, sifflotant, il avait pris la tête du petit groupe.

En abordant à nouveau le carrefour Solferino, alors qu'il s'apprêtait à traverser la chaussée le premier, le jeune homme dut marquer un temps d'arrêt afin de laisser passer une voiture de remise. Un éclair de haine traversa ses prunelles tandis qu'il accompagnait du regard le lustre de l'élégante carrosserie. Une Talbot dans les gris, rehaussée à mi-portière d'une robe de couleur tabac. L'automobile s'éloignait à vive allure.

L'apprenti se détourna vers son camarade de travail, qui venait de le rejoindre au bord du trottoir.

— Dis donc, Albert, mince de quartier rupin ! Les dames, elles sont pas dans la mouise !

Celui qui répondait au nom d'Albert se contenta de sourire. Boro l'observa à la dérobée. Il avait un front d'une grande noblesse, des rides fabriquées au soleil.

L'arpète, plutôt contrarié par le silence de son patron, souleva d'un geste machinal sa casquette et vitupéra de plus belle.

— C'est comme Guichard ! Même misère ! T'as visé le vêtement ? Jaquette à la mode, vernis, cravate impec !

Ils passèrent sur l'autre rive du trottoir et amorcèrent la remontée du boulevard.

— Je parie que les dossiers sur la vie privée des gens, ça gagne sa croûte, ajouta le jeune apprenti. Tu peux faire chanter n'importe qui avec les tuyaux des indics ! Il manque de rien, Guichard. C'est une grosse légume. Pas vrai, Albert ?

— T'as raison, Dédé ! C'est pas de la pomme de terre bouillie, ni du hareng saur qu'il met dans sa musette ! Guichard, son menu, c'est plutôt l'escalope métèque à la sauce mornay ! Avant Paris, dans les années 1928-1929, il a été en poste à la préfecture d'Arras. Et crois-moi, dans les corons, on se souvient de lui ! Surtout les Polaks !

Dédé ne répondit pas. Il s'arrêta brusquement, se baissa et ramassa un morceau de charbon de bois avec lequel il écrivit « M.A.V. » en lettres capitales sur le mur le plus proche. Les yeux rieurs, il se planta ensuite devant Boro qui s'était détourné pour voir ce que fabriquait l'apprenti.

— M.A.V. ? interrogea le reporter en montrant le crépi de l'extrémité de sa canne.

— D'où il sort, ton copain ? demanda Dédé, en prenant Albert à témoin.

Puis il retroussa sa manche et un tatouage apparut sur son avant-bras pâlichon. « M.A.V. » y était écrit à l'encre indélébile.

Boro consulta Albert d'un regard interrogatif. Celui-ci prit un air embarrassé et se campa devant le reporter.

— J'ai pas l'honneur de vous fréquenter depuis longtemps et je m'en voudrais de vous faire chagrin, mais le Dédé n'a pas tort... D'où vous sortez ? Rien qu'à la façon dont vous roulez les phrases, j'ai pas l'impression que vous avez appris à compter au Kremlin-Bicêtre !

— Je viens de Hongrie, dit Boro. Un fleuve et des collines.

— Pareil que moi ! glapit Dédé en le toisant sans sourciller. Je suis né en altitude. A Belleville-sur-Pissenlits.

Le jeune homme enfonça les mains dans les poches de sa salopette et ajouta sobrement à l'intention de Boro :

— N'empêche, si tu ne veux pas passer pour une noix, t'as intérêt à te faire expliquer le vocabulaire courant par Albert. C'est une espèce d'homme, et même s'il n'est jamais monté en haut de la tour Cifelle, il a de l'instruction civique.

L'adolescent, qui répondait au nom d'André Mésange, baissa soudain la tête : il s'avisa qu'il venait de tutoyer le grand monsieur en manteau.

— Albert, ajouta-t-il d'un ton bourru, j'ai du respect pour lui... Quand je suis ressorti de mes andouilleries, il m'a tendu la main. Il m'a filé du travail.

— Le petit a fait six mois de bigne à Melun, expliqua Albert. Un petit casse de rien. Après, il a été à l'armée... Il a essayé le peloton, mais là-bas, on n'aime pas les cocos dans son genre. Alors, on l'a sacqué... « M.A.V. », ça veut dire : « Mort aux vaches ! » Une interjection qui résiste assez bien à l'analyse, si on considère qu'une vache désigne un cogne et qu'un flic mort est un bon flic.

Il se remit en marche.

— Enfantin ! Lumineux ! reconnut Boro en revenant à hauteur de ses deux compagnons.

Ils firent quelques pas en flairant l'air frisquet de février. Au bout d'une cinquantaine de mètres, l'apprenti se détourna furtivement et fit un clin d'œil à Boro, histoire de signer l'armistice avec ce grand brun plutôt sympathique.

— Je comprends mieux pourquoi vous ne portez pas le directeur de la police en haute estime, fit remarquer le photographe.

Dédé haussa les épaules.

— Pas que ça ! Guichard, c'est le roi du coup de main anti-ouvrier ! Il a même recruté des mercenaires chez les nénesses du lumpenprolétariat.

Albert donna une bourrade à son commis.

— Eh ben dis donc, gamin, je ne te reconnais plus ! Te voilà savant sur les mots ! Lumpenprolétariat, tu dis maintenant ? C'est pas du vocabulaire de civelot ordinaire !

— Je vais à l'école chez Thorez, se rengorgea l'arpète. Je crois au bolchevisme !

Tout en marchant, l'ancien mineur avait sorti son paquet de gris. Il travaillait sa cigarette avec une habileté tranquille.

— Vous voulez vous en rouler une ? proposa-t-il à Boro en lui tendant son papier. C'est du Job.

— Je n'en serais pas capable, avoua le reporter.

L'ouvrier lui offrit sa propre cigarette, sortit son briquet estampillé et tendit du feu à Boro. Ce dernier tira une bouffée et faillit se mettre à tousser.

— Dame ! admit Albert avec une lueur de fierté dans le regard, une tige de Caporal, c'est pas fait pour les bacillaires ! Mais avouez que ça a un autre parfum que la Craven « A » !

Il tira son oignon de la poche de son gilet, le consulta et prit à témoin les petits oiseaux sur le boulevard :

— Déjà seize heures et des broques ! Trop tard pour retourner peinturer sur l'échafaudage du ministère.

L'air contrarié, il réintégra sa montre dans son gousset, puis s'adressa à Boro avec une certaine malice :

— Cher monsieur, c'est vous le couillon qui va payer une tournée de bière à ceux qu'ont soif !

Et à son apprenti :

— Dédé Mésange, c'est le patron qui te parle ! En sortant de l'abreuvoir, t'iras nettoyer les pinceaux.

Ils prirent par une rue en diagonale et débouchèrent devant chez un bougnat bois et charbons.

Sur la façade, une phrase était peinte au pochoir : « Assurance contre la soif ».

Albert poussa la porte et s'effaça. Boro eut l'impression de pénétrer dans une caverne obscure.

— Salut, Saint-Flour ! lança Dédé avec son ineffable accent parigot. T'économises toujours sur le charbon de bois et le kilowatt ?

— Je ne vois pas pourquoi j'userais l'électricité quand il n'y a personne qui veut voir clair, répondit le tenancier.

Un mufle de blaireau était apparu derrière le comptoir. Il se précisa poil après poil, au fur et à mesure que l'œil s'accoutumait à la pénombre. Le bonhomme portait des bretelles sous un tablier de coutil bleu. Avec un air de lassitude extrême, il tira une jambe de laine jusqu'au compteur électrique. Au prix d'un soupir, il envoya, à des fins de commerce et clientèle, le jus d'une ampoule cinquante watts, finement cratérisée à la chiure de mouche.

Une fresque était dessinée sur le mur. Elle représentait Gavroche lançant des pavés du haut d'une barricade.

— Ton œuvre est toujours là, fit remarquer Dédé à Albert. Le Ripolin, c'est inusable.

— Arthur, trois petits bocks pour commencer, commanda le peintre en bâtiment. Je veux de la jolie blonde de Mouscron. Celle à la pression qui vient du pays belge.

Le bougnat exécuta la commande sans célérité excessive. Il abaissa le levier en porcelaine de la tirette en marmonnant une vingtaine de mots emportés à jamais dans le touffu de sa moustache à poils durs.

— Qu'est-ce tu nous régurgites ? s'intéressa Albert.

— Que ta bière belge, c'est pas forcément le meilleur choix.

— Pas la peine de chercher à me caser tes allemandes ! objecta Albert. Elles sont trop lourdes dans la bouche. En cas de cuite, elles défilent trois jours de suite au pas de l'oie sur l'épaisseur de la langue ! Moi, je ne marche pas au Kaiser !

— Alors pourquoi qu'elles ont mérité la médaille d'or ? interrogea à son tour le cabaretier. Tout ce qui est allemand, moi, je dis que c'est fiable.

— Et moi, je dis que c'est fiasciste ! C'est contre le peuple !

— Alors là ! t'as pas de chance ! Tu sais ce qu'il vient justement de faire l'Hitler ?

— Une saloperie de plus.

— Pas du tout. Il vient de sortir une automobile. Une bouzine pas chère. Avec le moteur à l'arrière.

Albert haussa les épaules.

— Hitler, c'est un tyran.

Le bougnat leva un doigt solennel.

— T'as vu les autoroutes ?... Hitler, c'est un socialiste ! Un vrai !... Tu sais ce qu'il a dit aux ouvriers de l'usine qui l'acclamaient ? « A chacun sa voiture. » Et après son discours, il a fait un essai au volant de cette petite merveille. Cent dix à l'heure, six litres aux cent et refroidissement par air.

— Il a pas peur de s'enrhumer, ton petit peintre hystérique ! Déjà qu'il éternue en gothique !

— Allez raisonner avec un couillon d'une espèce aussi rétrograde ! s'empourpra le bistroquet.

Albert ferma son gros poing et tourna le dos à Arthur Térizolles, natif de Saint-Flour.

— Volewagaine, ronchonna l'autre obstiné dans son dos. Volewagaine, elle s'appelle, la bagnole. Je m'en souviens.

Albert parut céder à un abattement subit.

— Remets-nous une Mouscron, Vercingétorix. Et arrête de parler de la frisaille ou bien je change de comptoir.

La menace sembla porter ses fruits. Le tenancier devint bougon et furtif. Sitôt servi, Albert tendit son deuxième verre de mousse à Boro et, après avoir trinqué, ajouta :

— A l'amitié !

Ils se désaltérèrent en silence.

— La première bière, c'est pour faire connaissance, énonça gravement le peintre. La deuxième éteint la poussière. A la troisième, on change de bistro !

Ils en changèrent deux fois encore. A la septième bière, alors que Dédé Mésange s'élançait dans les hauteurs pour aller nettoyer ses brosses et ses camions, Boro se pencha vers son voisin.

— Albert, demanda-t-il sur un ton de confidence, sauriez-vous conduire une auto ?

— J'ai mon permis.

— Pourriez-vous me rendre un service ?

— Dites toujours.

— Auriez-vous l'amabilité de prendre le volant de ma voiture et de me rapatrier chez moi ?

— Je vous aurais cru plus robuste ! Vous êtes sensible à la bibine ?

Boro montra son genou.

— Non. Je ne conduis pas.

— Alors, pourquoi avoir une auto ?

Boro infligea à son cerveau le tourment d'une longue réflexion. Il ressortit de l'inertie causée par le houblon avec un sourire simplificateur.

— C'est un faux problème à mon avis. A mon avis, c'est un faux problème.

— Vous habitez Paris ?

— A Montparnasse. Passage de l'Enfer.

— Passage de l'Enfer... D'accord.

— Merci, Albert.

— A une condition !... C'est de s'arrêter d'abord aux Galeries Lafayette.

— Panne de lingerie ?

— Non, problème de copine, dit Albert en étouffant un sanglot inattendu.

Feutre bas, Boro se découvrit devant la légitimité d'un chagrin véritable.

La Grande Maison

TASSÉ dans un coin du terrain vague, blotti contre la palissade, Alphonse Charpaillez semblait empaillé à force d'immobilisme. Le teint cadavérique, les joues plus profondes que jamais, il avait le cou dressé comme celui d'une outarde. Pas un cillement. Un souffle rauque de temps à autre. Ses prunelles luisaient d'un éclat de fièvre.

Une demi-heure déjà qu'il était posté sur la terre humide, les yeux affûtés pour guetter la sortie de la réunion.

Son labeur d'espion patenté, loin de prendre l'aspect d'une routine, lui faisait songer à quelque expérience scientifique. Charpaillez se voyait assez dans la blouse blanche d'un biologiste poursuivant semaine après semaine l'approfondissement d'une manip délicate. N'avait-il pas constamment l'œil vissé à un microscope dont le miroir lui renvoyait la coupe histologique de ceux qu'il surveillait ?

Plus que par la raison, ses gestes semblaient commandés par la vertu entêtée d'une mystique curative dont l'enjeu était sa santé. Charpaillez soufflait de temps à autre comme une forge.

Le regard braqué en direction de l'entrée de l'immeuble du 36 de l'avenue Reille, il commença à noter soigneusement sur un petit carnet l'heure et l'identité de ceux qui, par groupes de trois au maximum, mais le plus souvent seuls, jaillissaient des profondeurs de la voûte sombre.

Par les interstices des planches disjointes, Charpaillez observait avec minutie la silhouette et le visage des conjurés. Un méchant petit rire contrarié par la toux le secouait chaque fois que l'un d'eux se retournait à visage découvert dans sa direction et repartait d'un pas pressé, persuadé de son impunité.

Il avait pointé le commandant Bonhomme à seize heures trente précises. Une minute plus tard, il cocha le nom d'un riche industriel du secteur automobile. Il ajouta, après avoir mouillé son crayon avec sa langue : « Abonné 176 a versé ce jour un chèque important à destination des groupes de permanents. Cinquante mille francs. Sur Banque de France. »

Au passage de Barassin-Ribancourt et de Jaunivert de Coquey, il s'affaira sur les feuilles de son répertoire. Il consacra aux deux officiers le haut d'une page vierge. Il détailla leurs grades, leurs unités. Il mentionna les réticences de Ribancourt concernant une tentative de coup d'État, son entretien secret avec Deloncle, ses apartés avec le jeune lieutenant.

Pour les habitués qui avaient déjà leur fiche dans le calepin, il se bornait à ajouter quelques précisions supplémentaires. C'était du style : « A laissé entendre que l'abonné 127, traître au groupement, avait disparu comme prévu. » Ou bien, à propos d'un autre initié, cette remarque : « Chargé de reconnaître et de mettre en place avec la 5e brigade le circuit souterrain nord, partant de l'avenue Reille et aboutissant rue de Bonaparte, via boulevard Arago, Port-Royal et jardin du Luxembourg, avec déviation par le couvent des sœurs de Notre-Dame de Sion. »

Soudain, il s'interrompit.

Le colosse à la veste de cuir et aux culottes de cheval venait d'apparaître sur le seuil de l'immeuble. La méfiance se lisait sur son visage brutal. Au bout d'un temps d'observation, il fit un geste destiné à quelqu'un se tenant derrière lui. Eugène Deloncle apparut dans la lumière. A ses côtés se tenaient deux hommes portant un manteau cossu. Une berline noire surgit presque aussitôt. Moteur au ralenti, elle s'arrêta une fraction de seconde au bord du trottoir puis redémarra en trombe, emportant ses trois passagers. Qui eût pu soupçonner l'honorable ingénieur-conseil aux chantiers maritimes de Penhoët d'être l'instigateur d'une organisation secrète paramilitaire, calquée sur les services de l'armée ?

Alphonse Charpaillez parvint au prix d'un grand effort à contenir une quinte de toux qui allait le submerger. Il ne quittait pas des yeux l'homme de main. Ce dernier alluma paisiblement une cigarette au bord du trottoir, puis il s'éloigna comme n'importe quel honnête citoyen regagnant son domicile.

A son sujet, Charpaillez n'avait pas besoin de consulter son agenda. Sa mémoire était fidèle. « Pierre-Joseph Briguedeuil. Abonné numéro 49. Fort des Halles, puis commis-boucher chez un équarrisseur de la Villette. Récemment installé à son compte. Boucherie sise rue Ravignan, Paris XVIIIe, au numéro 19 *bis*. Age : trente-sept ans. Célibataire. Introduit dans les milieux de la boxe par son frère jumeau Paul-Émile Briguedeuil, alias M. Paul (voir à ce nom). Ledit M. Paul, champion d'Europe des poids lourds (automne 1929, treizième round contre Franz Diener), participe, à partir de 1933, aux activités de l'ordre de Parsifal, association secrète laissant présager l'actuel C.S.A.R., groupement dissous en 1935. Aujourd'hui chef des Jeunesses patriotes. *Nota bene :* bien qu'affiliés à des organisations différentes, les deux frères sympathisent de façon toute symbiotique. Ils cohabitent sous le même toit, aiment leur vieille mère, s'habillent de la même manière. Prêts à exécuter toutes les basses besognes. » Et, soulignée au crayon rouge, cette mention spéciale : « Dangereux. Intellectuellement peu évolués. Sans scrupules. Pour ces motifs, déjà mêlés à la disparition de plusieurs francs-maçons. Capables de tuer. »

Là-bas, sur le trottoir, Pierre-Joseph Briguedeuil s'éloignait en chaloupant. La journée était finie. Il allait retrouver la butte Montmartre. Il aimait son quartier. Il atteindrait la rue Ravignan, qui débouchait dans la rue des Abbesses. Il eut une vision du marché où il tenait un étal chaque mercredi.

Comme il avait un pois chiche dans la tête, l'ancien commis-boucher se mit à penser avec obstination à un navarin de mouton qu'avait dû préparer sa maman, nourriture moelleuse agrémentée d'une sauce où il tremperait son pain. Puis il imagina le fil tranchant de la baïonnette de son frère Paul. Son frérot avait eu raison de personnaliser son arme. Lui, Joseph, son envie, c'était plutôt les bottes. Il aurait aimé posséder des bottes rouges de cavalière orientale. Il en avait vu, pointure trente-huit, sur une écuyère bessarabienne du Cirque d'hiver. S'il avait possédé des bottes comme celles-là, il aurait aimé les tapoter. Avec une grosse cravache jaune. Une tresse de cuir pour arracher les visages.

Il avait une faim de loup. Il chaussait du trente-neuf à peine.

Dès qu'il eut disparu au coin de la rue, Alphonse Charpaillez sortit de sa cachette. Il partit d'un bon pas dans la direction opposée. Rue Gazan, il héla un taxi en maraude.

— Quai des Orfèvres, ordonna-t-il à son chauffeur.

L'autre garda le silence. Il jeta simplement un coup d'œil à son rétroviseur. Il n'avait pas besoin de détails. Le gars qu'il bahutait appartenait à la maison Poulmann. Pour exercer ce métier, G7, il fallait savoir passer sur bien des choses. En voiture, poulardin ! Le taxi fit un bond en avant.

— Conduisez doucement, je vous prie, grogna aussitôt le passager. J'ai besoin de réfléchir.

Le chauffeur jeta un nouveau coup d'œil dans son viseur arrière. « Qu'il dise plutôt qu'il a mal au cœur, le mollusque ! pensa-t-il. Ramolo, c'est sûr ! Il a une binette de la couleur d'une tranche de citron. »

Alphonse Charpaillez avait été gazé à Ypres.

Pour lui, après 1918, finis les grands élans où la page tourne. Finis les grands moments de l'Histoire. Il était rentré du front poussif. Mort dans la salle des machines. Les parois, la trachée, les lobules, les alvéoles bourrés de gaz urticants. Définitivement rangé du côté des alités.

Entre-temps, sa femme l'avait quitté pour couchailler avec un embusqué. Il avait fait une croix sur sa vie de couple. Restait la médecine. Mais ses poumons rétrécis, sa façon reniflante de prendre un peu d'air à la surface lui avaient fait lâcher la rampe. Il ne serait plus jamais actif et dévorant. Son passé des tranchées lui avait donné à jamais un teint d'ouate.

Après quatre ans de guerre, à vingt-huit ans à peine, il n'attendait plus que des calamités. Sa respiration jouait du biniou. Bronchospasmes, il expirait au moindre fox-trot.

Il avait tout essayé : les cures de grand air, la charité, la syphilis, le petit Jésus dans l'hostie, le fameux mystère féminin. Mais tous les états de fourmillements le renvoyaient à la même observation. Il était fait aux grumeaux.

Du coup, il était passé par la morphine. Il n'y avait que cela pour le redresser.

La piquouze le foutait à zéro. Mais après, une bouffée d'orgue lui enflait la cabèche. Ça mugissait dans ses ossements. Alors, il pouvait accomplir sa tâche.

Au fil des années, aiguillonné par le drapeau qui le hantait, il s'était mis à s'intéresser à la politique.

Il avait rencontré le préfet Guichard chez le commandant Loustaunau-Lacau, qui l'avait temporairement pris sous son aile. Il avait quitté son poste de majordome. Il s'était enrôlé dans la police. C'est dans cette direction-là qu'il avait de la revanche à prendre sur l'existence.

L'observation, la délation, les rapports, les filatures, c'était de l'extraordinaire : une activité qui lui permettait d'oublier sa respiration sifflante, ses spasmes, sa toux permanente. Il n'avait pas gagné des épaules, ni pris des couleurs, mais sa flexibilité de faux jeton, la grisaille de sa personne, son opiniâtreté avaient fait de lui un remarquable auxiliaire de police. Il avait accédé au rang d'inspecteur de première classe. Une carte tricolore sommeillait au fond de sa poche. Qui diable aurait pu soupçonner qu'il était chargé par la Grande Maison d'infiltrer les réseaux en formation ? Qu'il tenait parfaitement ses informations à jour, notant scrupuleusement les heures, les dates, les moindres événements, suivant les hommes influents jusque dans le dédale de leur vie privée ? Bref, il fournissait à son chef (il ne rendait compte qu'à Guichard en personne) les éléments précieux d'un dossier futur qui servirait ou ne servirait pas, mais permettrait, si besoin en était, de faire état de certains agissements regrettables et, partant, de tenir une bonne poignée de gros bonnets au bout d'une laisse invisible.

Au Quai, il avait ses entrées. Pas besoin de se faire annoncer. L'huissier avait reçu des consignes le concernant.

Il frappa à la porte de Paul Guichard. Ce dernier travaillait sous le halo d'une lampe d'opaline verte. Il s'interrompit en apercevant la tête de moloch de son mouchard préféré.

— Ah ! fit-il avec un accent de joie bien imité, entrez, Alphonse ! Asseyez-vous. La pêche a été bonne ? Que me ramenez-vous dans vos filets ?

— La certitude, monsieur le préfet, que la réalité dépasse la fiction.

Le rescapé de l'ypérite sortit son carnet rouge et l'ouvrit à la page des Galeries Lafayette.

Albert Fruges

— Borowicz, c'est un drôle de patronyme ! En tout cas, c'est pas le genre de blase qui peut s'avaler tout rond ! fit observer le peintre comme ils réintégraient une fois de plus le boulevard Saint-Germain après avoir pris congé de Dédé Mésange.

— C'est le nom de ma mère. Je vous ai dit qu'elle était hongroise.

— Vous devez vous sentir drôlement dépaysé. Vivre loin de chez soi, c'est toujours une erreur d'aiguillage.

— En effet ! Mais mon cas est plus compliqué qu'il n'y paraît tout d'abord... Je suis français par mon père, hongrois par ma mère, juif tendance agnostique et métèque par le cœur.

— Ça fait du poids pour un seul homme !

— Oh ! je ne me plains pas. Je me débrouille assez, répondit Boro avec une pointe de suffisance.

Il constata avec satisfaction que Bainville et ses cendres avaient entraîné les Camelots du roi loin du boulevard. L'avenue avait été rendue à ses passants ordinaires. Des yeux, il chercha l'Aston Martin. Mais la rue du Bac était encore loin, et il ne distinguait pas sa voiture d'entre celles qui stationnaient le long du trottoir.

— Vous, c'est comment votre nom ?

— Albert Fruges, répondit le peintre. Un nom de ch'Nord. Min j'suis chtimi, père et mère...

Il désigna la canne de son compagnon :

— Comment vous êtes-vous fait ça ?

— En sautant du Reichstag l'année où Hitler a pris le pouvoir. Je ne voulais pas partager...

— C'est du flan ce que vous racontez là !

— Vous avez raison, Albert. Ce n'est pas croyable...

— Alors pourquoi vous marchez au bobard ?

Boro coula un regard scrutateur en direction du peintre.

— Bonne question, concéda-t-il. Et c'est la première fois qu'on me la pose.

Il n'en dit pas plus. Les deux hommes marchèrent en silence pendant quelques minutes. Le boulevard avait repris son apparence coutumière. Aux jeunes gens bottés portant canne et lavallière avaient succédé les chalands du quartier. Les cafés étaient bondés, les boutiques avaient ouvert leurs devantures. Le rassemblement d'Action française n'avait laissé aucune trace sur le bitume.

Boro hâta soudain le pas, car il venait d'apercevoir l'aile noire et rebondie de l'Aston Martin. Ce spectacle le dessoûla d'un coup. Albert Fruges se maintint à distance, observant avec intérêt cet échalas au teint mat, noir d'œil et de cheveu, qui se déplaçait comme un lièvre en dépit du léger boitillement dont il souffrait. La canne effleurait à peine le sol, le buste demeurait droit, la jambe ne pliait pas. L'homme gagnait en élégance ce qu'il perdait en souplesse. « Il a du poitrail », songea Fruges en le rejoignant.

Boro considérait, défait, les restes de sa belle anglaise. Le toit, les flancs, le capot n'étaient qu'une succession de cratères et de bosses. Les pare-chocs étaient tordus, les phares brisés. On avait griffé la peinture, plié les garde-boue. La malle arrière ne fermait plus. L'Aston Martin avait souffert un bombardement.

— Elle avait de la classe, dit Fruges en s'approchant de l'habitacle.

— Elle en a toujours, rétorqua faiblement Boro.

Il était comme un enfant devant un jouet brisé. Il s'était offert cette voiture deux ans auparavant, avec l'argent de son premier grand reportage. Il l'avait soignée, bichonnée, pendant des heures il l'avait admirée sans oser croire qu'elle lui appartenait tant le rêve lui paraissait démesuré. Il s'était promené dedans, vautré sur les coussins de cuir, conduit par Pázmány, Baross ou Béla Prakash. L'Aston Martin était semblable à un carrosse en sucre dont il était le magicien pilote, capable en un clin d'œil de mettre le cap sur Bougival, Dieppe, Nice ou Saint-Tropez. Elle lui rappelait les somptueuses conduites intérieures dans lesquelles il chargeait les caisses que les élégantes de Pest venaient quérir dans le quartier bas de Buda où il habitait avec sa mère et son beau-père, Jozek Szajol, épicier en gros. Elle lui évoquait les escapades sur le Danube avec Maryika, sa belle cousine, que le chauffeur paternel promenait dans une Packard gris métal où il osait à peine monter. L'Aston Martin était comme un pansement qu'il avait appliqué lui-même sur sa jambe, sa foutue jambe qui, depuis presque toujours, l'avait empêché de conduire. Et voilà que des petits soldats sans uniforme l'avaient brisée en mille morceaux, la désarticulant entre leurs poignes vulgaires, une bagnole de prince bouffée par des carnassiers.

— Qu'est-ce qui lui est arrivé à votre bagnole ? demanda Albert Fruges. Elle a boxé contre Marcel Thil ?

— Un ami l'a laissée là. Je partais pour Londres, je n'ai pas eu le temps de la récupérer.

— J'espère que c'était un vrai bon pote...

Par-devers lui, Boro maudit cet abruti de Pázmány qui l'avait abandonnée là, au chevet d'une nouvelle maîtresse avec laquelle il était parti au bout du monde, Deauville, d'où il l'avait joint avant son départ afin de lui dire que la belle anglaise se trouvait devant le numéro 163 du boulevard Saint-Germain.

— Remarquez, c'est réparable, dit le peintre d'une voix qui se voulait consolatrice. Il suffit d'une bonne enclume... Et puis je connais un mécano...

Boro ouvrit la portière gauche, débarrassa le siège de sa valise et, s'étant retourné vers Fruges, s'inclina en désignant le volant. Le peintre fit un pas, solidaire dans la peine bien qu'un peu étonné par tant de désarroi.

— Elle se conduit facilement, dit Boro.

Il referma la portière et passa de l'autre côté. Assis sur le siège du passager, il tendit la clé et désigna le démarreur. Il rêvait de mettre lui-même le moteur en route mais n'en fit rien, estimant qu'il eût été discourtois de priver son chauffeur occasionnel d'un tel plaisir.

— Il faut pomper sur l'accélérateur et attendre cinq secondes. Quand le voyant de charge ne clignote plus, on tourne la clé d'un quart de tour sur la droite.

Albert Fruges s'exécuta. Lorsque Boro entendit le feulement des soixante-dix chevaux, il ne put s'empêcher de demander :

— Croyez-vous qu'on pourra la réparer ?

A quoi l'autre répondit, avec une gentille mimique peinte aux lèvres :

— Je connais un artiste en tôlerie, je vous dis. En sortant de ses mains, elle sera comme neuve.

— Un garagiste ?

Fruges acquiesça.

— Un crack. Le genre de gars qui changerait de la brocaille en or pur !

— On pourra le voir ?

— Toutes affaires cessantes, je m'en occupe, assura le peintre. Le gus auquel je pense, c'est le propre tonton du petit Dédé. Il travaille avec son jeune frère sur les bords de la Marne. Tatave et René. Des gens, vous verriez ça, ils sont les rois du chalumeau.

— Et filous de père en fils ?

— Faut pas leur demander l'impossible ! Mais question pièces détachées, ils sont assez pointus. Faites confiance à Albert... On vous fera ça aux petits oignons !

Il poussa la première et s'engagea sur le boulevard. Un concert de cliquetis résonna dans l'habitacle. On eût dit que la voiture s'était transformée en bétaillère. La carrosserie gémissait de part en part, étirant ses chromes tordus, ses garde-boue faussés. Fruges conduisait bien, mais c'était là une piètre satisfaction comparée aux coups d'épine qui frappaient Boro à chaque borborygme métallique.

Il finit par remonter sa vitre et concentra son attention sur le volant, le levier de vitesses, le tableau de bord en acajou : ceux-là au moins n'avaient pas souffert.

Ils franchirent la Seine au Pont-Neuf. Quand ils furent de l'autre côté, Boro sortit le Leica de sa poche et entreprit de rembobiner le film sur lequel il avait impressionné les images de la manifestation d'Action française. Puis il glissa une nouvelle pellicule dans l'appareil, verrouilla le dos, arma, déclencha, arma, déclencha — trois fois. Fruges avait suivi chacun de ses gestes. Il tendit un doigt vers le Leica et demanda :

— Vous appelez ça un appareil photo ?

— Un Leica.

— J'en avais jamais vu de si petit !

— C'est le seul qu'on puisse glisser dans sa poche, sortir, clic clac, et hop, le tour est joué ! répondit Boro avec fierté.

— Vous l'avez toujours sur vous ?

— Toujours.

— Et qu'est-ce que vous photographiez avec votre miniature ?

— Tout ! Les gens. Les choses...

Fruges rétrograda soudain pour éviter un passant qui s'engageait sur le quai du Louvre. Boro suivit ses gestes avec attention. Il allait poser une question lorsque l'autre le devança :

— En somme, vous êtes photographe ?

— Reporter.

— Ah !

Le peintre fixa la route, revint au Leica.

— Vous travaillez pour qui ?

— L'agence Alpha-Press. C'est elle qui choisit les journaux dans lesquels sont publiées mes photos.

Il omettait de mentionner que l'agence Alpha-Press lui appartenait pour un tiers. Il l'avait fondée en 1935 avec ses amis Prakash et Pázmány. Dans la plupart des cas, les trois photographes confiaient leurs reportages à qui les demandait. Toutefois, à propos de certains sujets brûlants, ils se consultaient. Ils décidaient, à l'issue de discussions souvent âpres, quel magazine représentait le meilleur support pour leur ouvrage. Selon une éthique qu'ils n'avaient jamais remise en question, ils évitaient la fréquentation des journaux pratiquant le détournement systématique des légendes ou même l'interprétation tendancieuse des images. Ces abus étaient, hélas ! monnaie courante. Ils étaient en tout cas largement répandus dans une certaine presse, toujours en mal de sensationnalisme.

Boro ignorait encore à qui il donnerait les clichés de l'enterrement de Bainville. Il savait seulement qu'ils n'iraient pas à la presse socialiste ni à la presse de droite.

S'il s'adressait au *Populaire*, on lui demanderait des instantanés de Blum à terre, le visage ensanglanté. Et ceux-là, il ne les publierait pas. Certes, ils constituaient le seul événement de son reportage. Mais Blèmia était parfois victime d'une pudeur professionnelle qui l'empêchait de se commettre avec ceux qu'il appelait les voyous du noir et blanc. Il ne faisait pas n'importe quoi à n'importe quel prix. Le métier de reporter photographe, qu'il chérissait, était rongé par des cancrelats prêts à goûter toutes les rognures pourvu qu'elles rapportassent gloire et argent en un temps minimal. Boro ne gonflait jamais ses sujets et refusait de les voir utilisés à des fins qu'il n'avait pas choisies. Pour lui, les instantanés des Camelots du roi et des Jeunesses patriotes en action valaient largement l'attentat contre Léon Blum et, au sang de ce dernier, de beaucoup il préférait les réactions des Parisiens sur son passage.

Après avoir réfléchi quelques minutes, il décida qu'Alpha-Press vendrait son exclusivité au magazine *Regards*. Deux mois auparavant, le revue lui avait commandé un reportage sur Irène et Frédéric Joliot-Curie, prix Nobel de chimie.

Il se redressa sur son siège et demanda à Albert Fruges de le déposer au siège de l'agence avant de se rendre aux Galeries Lafayette. A quoi l'autre répondit par un mouvement négatif et véhément qui ne prêtait pas à équivoque.

— Après, tout ce que vous voulez. Avant, je ne peux pas. J'ai une sale commission à faire... un truc méchant.

— C'est-à-dire ? demanda poliment Boro.

— Casser le morceau au sujet d'une poisse. La plus belle de toute ma vie. Je ne sais pas comment je vais m'en tirer...

Boro regarda son compagnon avec curiosité. Une boule s'était formée sur sa joue. Il hochait doucement la tête, comme s'il acquiesçait à un propos muet.

— Quatre heures que je retourne le problème dans ma pauvre ciboule... ! Pourquoi vous croyez que j'ai préféré m'arsouiller à la boisson plutôt que de retourner étaler ma barbouille sur la façade du ministère ? Parce que je me sentais mochard, tiens, pardi !

Il tendit la main vers un point imaginaire.

— Le charbon, c'est une affaire de famille. Je suis descendu dans le puits à seize ans. Spécialité boisage... C'est mes copains qui sont là-bas. Ce matin de bonne heure, ils ont eu droit à un coup de grisou.

Ils remontaient doucement l'avenue de l'Opéra. Le palais Garnier apparut, gris et pâle dans un voile de brume naissant.

— Mon meilleur copain, mon frère pour ainsi dire, est coincé sous l'étayage. Pilé là-dessous, étouffé par la poussière. Ou alors, le feu aura pris au gaz. L'explosion en pleine gueule ! Cravaté au fond de la galerie !

Misérable, il se tourna vers Boro et lui toucha le bras.

— Si ça se trouve, il est brûlé cent pour cent, mon pote Declercke. La jambe raplatie. Ou la poitrine sous un wagon. Le charbon s'arrange toujours pour tuer ! Sa fille travaille aux Galeries Lafayette. C'est elle que je dois prévenir !

— Je comprends, murmura Boro avec sollicitude.

— C'est que la ch'tiote est pas n'importe qui ! Attention ! Une sacrée petite jeune fille, m'sieu Boro. Elle a dix-sept ans et elle est déjà à l'université. Sa mère est morte. Son père lui donne tout ce qu'il peut de sa paie. Le reste, c'est elle qui le gagne au magasin. Une tête !

Il se martela le front de l'index. Boro approuva du chef. Fruges commença à passer et repasser le film de la mine, où il avait travaillé dix-neuf ans, où le grisou avait emporté un quart de ses amis, où la petite Liselotte — c'était le nom de la jeune fille — était née... Devant l'épreuve qui l'attendait, il ne trouvait d'autres ressources que celles de la mémoire. Et il se demandait à voix haute comment il ferait, si le pire était arrivé, pour aider Liselotte, cette petite qui avait de la cervelle, de l'intelligence, du génie sans doute.

Boro l'écoutait sans mot dire, éprouvant la sensation désagréable d'avoir pénétré par effraction dans une pièce où il n'avait pas sa place.

Fruges se tut après avoir contourné l'Opéra. Il semblait lessivé. Il longea le Printemps puis arrêta l'Aston Martin devant les Galeries Lafayette. Il coupa le contact, souffla profondément et, désignant le Leica, demanda :

— Vous me le montrez ? Ça va m'aider. Faut absolument que je pense à autre chose qu'à Declercke.

Boro lui mit l'appareil entre les mains. Le peintre le prit, le retourna, le soupesa, lut une inscription gravée de part et d'autre de l'œilleton et avoua, penaud :

— Je ne sais même pas comment on se sert d'un machin pareil.

— Regardez à travers le viseur.

Fruges plaça le Leica devant son œil gauche et visa en direction du pare-brise. Des passants traversaient dans les clous.

— Prenez-les, dit Boro. Réglez le télémètre et appuyez.

Il s'empara de l'appareil, fit le point, montra le fonctionnement du déclencheur et du bouton d'armement.

— C'est simple. Essayez.

Fruges pressa une fois le déclencheur puis, s'étant conforté, recommença... Quand son pouce bloqua, Boro lui reprit l'appareil.

— Scènes de mœurs devant les Galeries Lafayette. Vous avez vidé la pellicule. Bravo ! Je vous donnerai les photos...

— Venez avec moi, soyez chic. Ne me laissez pas tomber, dit Albert Fruges en ouvrant sa portière. Ça me soutiendra.

Il s'arrêta devant l'entrée du magasin et ajouta, pointant l'index :

— Et puis la ch'tiote vaut la peine qu'on fasse sa connaissance. C'est mieux qu'une fille... C'est une valeur.

DEUXIÈME PARTIE

Mademoiselle de Quincampoix

La petite vendeuse

ELLE ne ressemblait pas aux autres vendeuses. Elle se tenait derrière son rayon comme ses consœurs, elle portait la même jupe noire, le même chemisier gris, les mêmes souliers plats vernis. Mais au premier coup d'œil, il apparaissait que son maintien était différent, soit qu'elle fût trop jeune pour s'être déjà coulée dans le moule, soit qu'elle fût d'un naturel trop rétif pour supporter sans broncher ce qu'on attendait d'elle.

Lorsqu'ils arrivèrent, un homme l'apostrophait. Albert Fruges s'arrêta à quelques mètres du comptoir. Boro l'imita. La jeune fille écoutait son interlocuteur en silence, mais elle le fixait droit dans les yeux, sans ciller. En cinq secondes, Boro comprit que l'homme était son supérieur hiérarchique et qu'il la réprimandait.

— Attendons qu'ils aient fini, dit le peintre en reculant de quelques pas.

Il se comportait comme un intrus craignant de déranger. Boro n'avait pas ces timidités. Il ne bougea pas. Alentour, les clients se pressaient aux divers étalages. La foule était dense. On percevait un brouhaha inextinguible fait de froissements, de bribes de paroles, d'exclamations. La chaleur était difficilement supportable.

Boro observait la jeune fille. Il ne savait pas dire si elle était belle. Mais charmante. Et vive, curieuse, espiègle sans doute. Elle fixait son vis-à-vis, et son regard exprimait tour à tour la colère, la moquerie, le mépris. Un registre d'une infinie richesse qui valait tous les propos. L'autre, au reste, ne s'y trompait pas. Il bougeait les mains, frappait le comptoir, et certains de ses gestes paraissaient si peu contrôlés qu'on eût dit qu'il s'apprêtait à gifler la vendeuse.

Boro s'approcha. Il était question d'un lot de bouteilles de parfum qui se trouvaient à l'étalage alors qu'elles n'auraient pas dû quitter la réserve. Les flacons étaient posés sur le comptoir. Ils figuraient une dague de verre dont la pointe reposait sur un socle noir et pourpre. Boro les désigna du doigt.

— Rouge de Sang ! Je voudrais ce parfum...

Son regard croisa celui de la jeune fille. Il y lut comme un encouragement amusé.

— Ces bouteilles ne sont pas à vendre, fit l'homme en se tournant brusquement vers Boro.

Il parlait avec l'accent italien. Ses yeux tournaient comme des billes, allant de la vendeuse à cet importun boiteux qui le dévisageait en ricanant.

— Je veux un flacon, reprit Boro. Deux, peut-être...

— Je vous répète qu'ils ne sont pas à vendre.

— Pourquoi ? demanda la jeune fille, se mêlant soudain à la conversation. Monsieur Cosini, personne n'a jamais dit que ce parfum n'était pas commercialisable !

— Si, mademoiselle. Moi, je l'ai dit...

— Alors il faudrait voir cela avec la direction, déclara la vendeuse à Boro.

— La direction, ici, c'est moi.

— Mais non, monsieur Cosini ! Vous n'êtes que l'adjoint du chef de rayon. Moi, je parlais de la direction générale !

— Je veux trois flacons de Rouge de Sang, dit Boro. Le dessin de la bouteille est original. On dirait un poignard.

Le jeu l'amusait car il avait perçu une complicité entre la jeune vendeuse et lui. Ce genre d'insolence le divertissait toujours.

— Quatre, même. Ou cinq. Mais au fait, combien y en a-t-il ?

Il entreprit de compter les flacons.

— Sept ? Eh bien, j'embarque les sept ! Pas besoin de paquet cadeau. Où se trouve la caisse ?

Cosini était blême.

— La caisse ? répéta Boro. Accompagnez-moi donc !

Il fit un pas de côté et heurta Fruges qui s'approchait du comptoir. Il grimaça un sourire de réconfort à l'adresse du peintre puis, s'étant retourné, interpella Cosini. Celui-ci n'avait pas bougé.

— Je vous attends, monsieur. Si vous ne voulez pas vendre votre camelote, allons nous en expliquer devant la direction générale. Sinon, au trot !

L'Italien se mit en marche, contre son gré mais bien obligé. Ils traversèrent tout l'étage en diagonale, sans s'adresser la parole.

Lorsque la caissière apparut, entre les gants de soie et les couvre-chefs, l'adjoint du chef de rayon marqua le pas.

— Retournons sur nos pas, offrit-il avec un sourire commerçant. Schiaparelli, Gemey, Caron : j'ai d'autres parfums à vous proposer. Et de meilleure qualité.

Il avait parlé sur un ton d'une exquise politesse, mais il ne fallait pas être devin pour comprendre qu'il écumait de rage. Cosini avait l'œil blanc. Il s'efforçait de contrôler un débordement qui fuyait par tous les pores de sa peau. En d'autres circonstances, Boro aurait certainement cédé. Après tout, son but était atteint : Fruges se trouvait seul avec sa protégée. Mais l'Italien manifestait tant de haine et, surtout, tant de mépris que Boro le perçut comme un ennemi. Devant un adversaire, il ne baissait jamais sa garde.

— Calmez-vous, mon vieux ! Après tout, ce n'est que du sent-bon !

Et il se hâta en direction de la caisse.

Lorsqu'ils revinrent au rayon parfumerie, Fruges avait parlé à la jeune fille. Elle se tenait appuyée au comptoir, pâle, le regard fixe. Le peintre serrait convulsivement sa casquette entre les mains. Il attendit que Cosini fût à portée de voix pour lancer :

— Mlle Declercke s'en va pour ce soir. Et pour demain aussi. Il faut la laisser.

L'Italien jeta un mauvais regard sur la vendeuse. Elle l'ignora. Boro ramassa ses flacons et les glissa dans un sac en papier posé sur la vitrine. Fruges prit le bras de la jeune fille et l'entraîna hors du comptoir.

— Hep ! fit Cosini.

Fruges se retourna.

— S'il vous plaît ?

— Elle n'a pas fini sa journée.

— Si, monsieur, dit le peintre, glacial. Elle a fini sa journée. Et il n'est pas sûr qu'elle reprenne la suivante.

— Alors, elle recevra son congé.

— C'est vous qui le lui donnerez, peut-être ?

— Je ferai en sorte qu'il n'y ait pas de retard.

— C'est ce qu'on verra, dit Fruges en tournant les talons.

Comme l'autre lui emboîtait le pas, il fit volte-face et gronda :

— Maintenant tu me cours franchement sur les osselets. Avance encore d'un pas et je t'écrase un pain sur ta petite gueule !

Boro descendit l'escalier tandis que Fruges et la jeune fille gagnaient les vestiaires du personnel. Ils se rejoignirent devant l'Aston Martin. Boro monta à l'arrière. Lorsqu'il fut installé sur les coussins de cuir, il aperçut le visage de Cosini qui fouillait la foule du regard depuis l'entrée du magasin. Instinctivement, il se rencogna dans le fond de l'habitacle.

Fruges s'installa au volant. Il se pencha vers la jeune fille, qui avait pris place à l'avant.

— Liselotte, murmura-t-il. Il faut que tu connaisses notre ami. C'est sa voiture...

Elle se retourna. Ses longs cheveux cendrés encadraient un visage d'enfant étonnamment pur. Aucun cerne n'obscurcissait le regard ; le front était lisse comme un voile ; seul le menton se dérobait. Liselotte s'efforçait de ne pas pleurer.

— Bonjour, dit-elle gravement.

Il lui prit la main et la conserva entre les siennes. Elle lui sourit. Ses yeux s'embuèrent brusquement. Elle secoua la tête et dit avec un pauvre sourire :

— Merci pour les flacons.

Et elle retira sa main. Boro était bouleversé.

— Je vais à Bruay, dit-elle à Fruges. Accompagne-moi à la gare, parrain.

Le peintre fit démarrer la voiture. La jeune fille posa une question que Boro n'entendit pas. Fruges secoua la tête et dit :

— Je ne peux pas.

Il garda le silence quelques secondes puis répéta, comme pour s'excuser :

— Je ne peux pas, Lison. Je ne peux vraiment pas. On me lourderait. Je ne suis pas à Paris depuis si longtemps...

Elle revint à sa place et n'en bougea plus. Ses épaules furent parcourues d'un frisson, et elle pleura silencieusement tandis qu'ils roulaient en direction de la gare du Nord. De temps à autre, Fruges jetait un coup d'œil en direction de sa passagère. Il reniflait un grand coup et suivait à nouveau la route.

Boro éprouvait une gêne grandissante. Il ne savait que dire ni que faire. Le spectacle de la douleur lui avait toujours été insupportable. Dans ces occasions-là, il se montrait gauche, hésitant, parfois même égoïste.

Il défit le sac contenant les flacons de parfum en forme de dague et tenta d'en ouvrir un. Il n'y parvint pas. L'un d'eux se dessertit de son socle et roula au sol sur l'épais tapis. Boro ne s'aperçut de rien. Il replaça le sac et son contenu dans sa valise. Lorsqu'ils passèrent devant la gare de l'Est, il dégrafa son stylographe et prit un bristol dans son porte-cartes. Il y inscrivit deux adresses. Puis il sortit de sa poche la pellicule de l'enterrement de Bainville et l'enveloppa grossièrement dans une feuille de papier arrachée à son bloc-notes. Il apposa son nom sur le paquet et signa en dessous.

L'Aston Martin pénétra dans l'enceinte de la gare du Nord. Quelques militaires faisaient le pied de grue devant l'entrée principale. Une colonne de G 7 attendaient, sagement alignés contre les grilles. Liselotte posa sa main sur l'avant-bras du conducteur.

— Tu ne veux vraiment pas ?

— Non, ch'tiote. Je ne peux pas me payer le luxe de perdre mon boulot.

Le peintre arrêta l'Aston Martin le long du trottoir, côté « Départ ». Il resta silencieux, tête baissée. Ses mains tapotaient perversement le volant.

— Tant pis. J'irai seule, dit la petite.

— N'en veux pas à ton vieux tigre, prononça Fruges d'une voix enrouée. Il est déjà bien assez mélancolo comme ça.

Liselotte ouvrit la portière.

— Une seconde ! lança Boro.

Il tendit le bristol à Albert.

— Il y a là deux adresses. La première, c'est la mienne. L'autre, c'est celle d'un journal, *Regards*. Je voudrais que vous leur apportiez ceci.

Il glissa la pellicule dans la main du peintre.

— Dites simplement que ça vient de Boro.

Fruges le considéra, les yeux ronds.

— Où allez-vous ?

— A Bruay-en-Artois.

Il prit appui sur sa canne pour sortir.

— J'accompagne Liselotte.

L'embout de son stick se posa sans qu'il y prît garde sur le col de la bouteille de parfum qui avait glissé au sol. La poignée de verre emprisonnant Rouge de Sang se brisa dans un bruit qui fut étouffé par le tapis. Boro se hissa hors de l'Aston Martin. Liselotte l'observait, incrédule.

— Prenez soin de ma voiture, Albert ! Et faites-la réparer par vos amis aux doigts d'or !

Il referma la portière et prit la jeune fille sous le bras.

— Allons-y... Nous dînerons dans le train.

En passant par le hall, Boro revint brusquement sur ses pas. Il s'approcha du préposé à la consigne et, en échange d'un récépissé portant le numéro 710, lui laissa la garde de son bagage.

— Des tas de types de mon âge se plaindraient, trouvant que c'est un destin bien sévère d'avoir mon genre de patte raide à traîner derrière soi, dit-il en rejoignant sa compagne. Moi, ça m'a permis d'apprendre à voyager les mains libres. Et voyez vous-même : les dames en profitent. Je leur ouvre les portes...

A l'intérieur de l'Aston Martin, entre le dossier du siège avant et le coussin du siège arrière, l'acide chlorhydrique échappé du flacon de parfum creusait lentement son trou.

Les gueules noires

La mine s'étendait devant eux, noire, plus suie encore que la nuit, malgré les torches qui brillaient çà et là, les phares des camions, les lanternes des mineurs qui traçaient d'étranges arabesques dans le lointain. De temps à autre une ambulance venant en sens contraire les obligeait à monter sur le talus. Ils s'arrêtaient, la sirène leur déchirait les tympans, ils suivaient le fanal des feux rouges puis redescendaient sur la piste caillouteuse et poursuivaient leur route en direction du puits numéro cinq.

Ils étaient arrivés en gare d'Arras peu après vingt-trois heures. Une navette les avait conduits aux confins de la mine. Depuis Paris, Liselotte n'avait pas desserré les dents. Elle avait refusé de manger. Elle était restée assise contre la fenêtre, fixant les paysages blêmes qui disparaissaient peu à peu dans l'ombre montante. Toutes les cinq minutes, elle sortait de sa poche un petit ouvrage sur le droit international, l'ouvrait, le feuilletait pendant dix secondes avant de le remettre là où elle l'avait pris. Elle jetait alors sur Boro un regard désespéré qu'elle s'efforçait d'affermir ensuite, du côté de la fenêtre. Elle n'était pas la proie de l'angoisse mais celle d'une résignation définitive qui paraissait incompréhensible à Boro : la jeune fille se comportait comme s'il n'y avait aucun espoir que son père fût sauvé.

Lorsqu'ils avaient atteint la mine, elle avait seulement demandé le numéro du puits. Pas une seule fois elle ne s'était inquiétée de connaître la réponse à l'unique question toujours posée dans des cas semblables : qui ? Ce mélange de chagrin et de détermination, le silence qu'elle avait observé depuis leur départ, la main qu'elle lui tendait parfois pour qu'il ne trébuchât pas dans un fossé ou sur un remblai, tout cela étonnait Boro. Elle était là en même temps qu'ailleurs, elle pleurait comme une enfant tout en marchant comme une grande personne.

Deux projecteurs étaient braqués sur l'ouverture du puits numéro cinq. Ils étaient branchés sur un générateur qui produisait un bruit métallique et lancinant. Ils éclairaient les silhouettes des femmes qui se trouvaient là, ombres grossièrement vêtues, penchées, figures pâles aux traits creusés. Toutes surveillaient le trou noir et béant autour duquel s'activaient quelques mineurs casqués.

Lorsque Liselotte survint, une des femmes fit un pas dans sa direction. Elle la prit par le poignet, secoua négativement la tête alors qu'aucune question n'avait été posée, et murmura :

— On ne l'a pas encore remonté. Ça dure depuis l'aube dernière.

— Ton mari ? demanda Liselotte à voix basse.

— Ni lui, ni Émile.

Liselotte se plaça à côté de la femme, ignorant Boro qui s'éloigna dans la poussière grise des terrils.

Il tourna le dos au puits numéro cinq, sortit son Leica de sa poche et chargea sa dernière pellicule. Puis, s'appuyant sur sa canne, il revint non loin de la fosse. Il se plaça à cinq mètres des femmes, selon un angle qui lui permettait d'embrasser leur groupe en même temps que celui des mineurs. Lorsqu'il eut déterminé son cadre avec exactitude, il s'agenouilla afin de ne pas troubler ceux qui attendaient. Il plaça son œil derrière le viseur, se redressa légèrement puis, décidant que le point de vue n'était pas bon, se déporta de trois mètres sur la droite et recommença. Mais à cet endroit, l'éclairage cru des projecteurs empêchait que les visages des femmes fussent comme Boro les voyait : pâles, mats, creusés.

Il changea de position.

Il attendit une heure pour prendre sa deuxième photo. Il voulait capter l'instant exact où la tension se relâcherait, saisir les quelques dixièmes de seconde pendant lesquels les traits se détendent pour se durcir à nouveau, presque immédiatement, lorsque survient l'événement redouté. Dans son viseur apparaissaient quatre visages de femmes qu'il avait choisis parce qu'ils lui semblaient plus expressifs que les autres. Il y avait notamment une vieille qui affichait un rictus où Boro lisait une colère contenue depuis des millénaires. Il espérait qu'elle éclaterait là, au cours de cette nuit, pour lui et pour son reportage. C'est avec elle qu'il avait pris sa première photo.

Liselotte Declercke se tenait plus loin, penchée comme les autres, ayant pris sa place parmi les femmes et les filles de mineurs. Boro ne la regardait pas. Il photographiait rarement ses proches et connaissances à leur insu.

Il se préparait à déclencher tout en sachant que la photo ne rendrait pas justice au manteau de cette nuit mouillée, étouffée, qui tuait pour la seconde fois tous ces gens noués par la commune attente. Il ne pourrait jamais, par exemple, exprimer l'étrangeté des bruits ou les quatre coups égrenés par une horloge, en sourdine.

Boro abaissa son appareil. Il percevait un monde étrange et ralenti. C'était cela le plus surprenant.

C'était le clac-clac du générateur dont le martèlement régulier déclinait le temps. C'était le mouvement des ambulances, revenues de la ville et se garant silencieusement l'une derrière l'autre, à vingt mètres du puits. C'étaient les interjections sourdes que lançaient les mineurs, penchés sur la cage des ascenseurs. C'était l'indicible raideur de la file d'attente, le froid insidieux qui mordait les mollets.

A travers son viseur, Boro scruta à nouveau cette scène difforme, un chromo dédié à la douleur, dessiné à l'eau-forte, nimbé par l'éblouissement des projecteurs, sur lequel quatre visages de femmes s'inscrivaient, prêts à donner la tragédie.

La mâchoire de la vieille sembla se décrocher soudain, puis, en moins d'une seconde, la figure redevint ce qu'elle était, avec cependant une minuscule nuance qui était celle que Boro attendait. Il arma, déclencha, arma une nouvelle fois, déclencha encore. Six fois. Il eut les quatre figures ensemble, avec la même expression, la même exactement, un frêle soupir perceptible sur tous les traits, puis une nouvelle contraction, plus forte encore que la précédente.

Boro se releva, tout ankylosé. Il passa à côté des femmes, non loin de Liselotte qui ne le regardait pas et dont lui-même, pour le moment, avait oublié l'existence. Il se plaça derrière l'ouverture du puits numéro cinq, de trois quarts par rapport aux quatre femmes qu'il avait choisies comme modèles et, comme les autres, attendit.

Il sembla soudain que tout dût s'accélérer. Nul n'avait parlé, on n'avait entendu aucun cri, pas le moindre signal, mais, de même que Boro avait compris que quelque chose allait se passer, tout, désormais, convergeait dans la même direction. Les ambulanciers étaient descendus des camions et avançaient à la queue leu leu vers le puits. Les mineurs avaient branché leur lampe de casque et faisaient cercle, immobiles et silencieux.

Un homme en vêtements de ville se joignit à eux. Un brassard lui ceignait la manche. Il portait une trousse médicale.

Boro fit un demi-pas vers la droite. Il pivota de quelques degrés et porta le Leica au visage. Dans son champ visuel apparurent les mineurs de dos. Soudain, on entendit le roulis d'une chaîne, puis le glissement métallique de la porte du monte-charge qui venait d'émerger des profondeurs de la terre. Boro arma. Les hommes se précipitèrent, sortant du champ. Les femmes se regroupèrent devant l'ouverture, serrées les unes contre les autres. Les ambulanciers prirent place derrière elles. Boro s'appuya sur sa canne et se rapprocha de quelques mètres. La vieille était hagarde. Son visage n'exprimait plus la colère ni la rage, mais la perdition, une intense douleur. On s'écarta du puits. Une civière passa de main en main. L'un des mineurs la recouvrit d'un drap blanc et un autre ôta son casque lorsqu'elle passa devant lui. Boro aperçut Liselotte. Son visage était gris. Elle avait passé son bras autour des épaules de la vieille. Celle-ci sanglotait, les mains ballant au-dessus de la civière qu'on avait déposée devant elle.

Six corps furent ainsi remontés, tous dissimulés sous un drap blanc et déposés par les mineurs aux pieds d'une femme. Elles furent six à se tenir immobiles devant leur civière avant de s'agenouiller au chevet des gueules noires emportées par la mine. Et les autres, celles dont le tour n'était encore venu, soutenaient celles que le destin venait de frapper tout en sachant qu'il avait déjà cogné à leur porte et que l'irrémédiable s'était produit.

Boro comprit pourquoi Liselotte n'avait jamais douté de la mort de son père : le puits ne recrachait que des cadavres. Le médecin était là pour faire illusion, et les ambulances emporteraient les brancards vers une chapelle ardente où, sans doute, on les regroupait pour mieux les compter. Cette fatalité qu'il avait perçue chez la jeune fille se lisait sur tous les visages. Même les mineurs chargés de hisser au jour les corps de leurs camarades agissaient avec une impassibilité qui ne s'expliquait qu'ainsi : personne n'attendait d'eux autre chose que l'identification des morts. Leurs mouvements étaient mécaniques, désincarnés. Ils ne cédaient au bouleversement qu'avec ce geste sublime, semblable au dernier salut du soldat à un camarade tué au champ d'honneur : lorsqu'ils se découvraient, raidissant imperceptiblement le buste devant ces hommes emportés par le grisou.

Boro s'éloigna. Il en avait assez vu. Cette dignité dans la douleur, qui donnait à croire que ce drame était partie intégrante de la prédestination d'une vie, lui soulevait la poitrine. L'émotion, certes ; mais aussi la rage. Une telle injustice devant le sort était abjecte.

Il s'en fut, marchant en direction d'un coin de ciel déchiré.

La nue blanchissait au-dessus des terrils. Le petit jour se levait. Boro longea des crassiers hauts de plusieurs mètres, croisa quelques véhicules aux phares salis, des troupes d'hommes rejoignant leur travail, casque sur le nez, gamelle à la main, et d'autres qui rentraient chez eux. Les premiers avaient le visage frais. Les autres se distinguaient à peine de l'ombre. On ne voyait que le blanc de leurs yeux et l'extrémité de leur torche, vissée sur leur casque.

Boro s'enfonça dans les corons. De-ci, de-là, à force de soin et d'amour du foyer, les maisonnettes s'essayaient à un brin de coquetterie. Des fleurs, du propre, du misérable mais du bien tenu. Ainsi s'évertuaient les femmes des mineurs. Les Flamandes, les Polonaises, les filles d'Artois s'échinaient à maintenir dans un état de dignité permanente ce qui n'était que rebut de société.

Toutes les bâtisses avaient été construites sur le même modèle. C'était comme si elles n'en formaient qu'une, s'alliant au brique à brique pour constituer la perspective d'un couloir interminable, immobile décalque d'une uniformité sordide et calculée.

D'un bout à l'autre de la cité minière, une architecture carcérale découpait la rue pavée en parcelles de briques égales afin de loger les mineurs et leur famille. Logements sociaux ? De quel ignoble cerveau tutélaire était donc née cette philosophie du mépris des autres ? Ainsi s'interrogeait Boro tout en allant. Où étaient les fautifs ? Qui avait jamais eu l'impudence de persuader les conseils d'administration qu'il fallait ranger les hommes chacun dans sa case, chacun dans son alvéole ?

Un peu de terre, un peu de brique. Du linge ici et des bleus à sécher sur la corde d'à côté. Des mioches et de l'alcool de genièvre. Des toux sèches et une odeur de choux. C'était cela, le monde du travail ? L'emblème de la domination de l'homme sur son environnement ? Sa résurrection ? Son élan vers un eldorado de progrès ?

Une fenêtre tous les cinq pas. Une porte de bois foncé, cinq pas, une fenêtre. Une fenêtre, cinq pas, une porte de bois foncé. Huit enfants pendus aux basques de la mère. La wassingue essorée sur le bord du seau. Et la cafetière sans cesse posée sur la cuisinière.

Boro fit demi-tour. Les lampes brûlaient déjà dans les cuisines. A travers les vitres embuées, il vit des femmes, quelques enfants. Une porte s'ouvrit à dix mètres. Un homme sortit dans l'ombre, leva vaguement une main en guise de salut puis s'enfonça, épaules rentrées, vers le cœur des charbonnages.

Boro tourna à gauche, abandonna les murs de briques noircies et remonta lentement l'artère principale en direction du puits numéro cinq. Un soleil glacé tentait une percée au-dessus de la mine. Les terrils se découpaient, pyramides mutiques sur un glacis d'albâtre. Le ciel de la journée se préparait. Il serait plombé de gris, sale et mortifère.

Les brancardiers chargeaient les civières dans les ambulances. Les femmes faisaient cercle autour des camionnettes. On avait débranché le générateur. Les mineurs se tenaient toujours près de l'ouverture des ascenseurs grillagés. Liselotte était seule, à l'écart, debout devant son drap blanc. Elle ne pleurait pas. Elle considérait un point devant elle, les mains enfoncées dans les poches de son manteau. Lorsqu'elle vit Boro monter sur la petite butte où elle veillait le corps de son père, elle inclina le visage tout en fermant les yeux, puis elle se baissa, posa la main sur le drap, le visage, la bouche, et elle resta là, étreignant le linceul, sans que bougeât un seul de ses traits.

Elle se releva et vint à Boro. Elle le regarda bien en face et, d'une voix terriblement froide, dit :

— Maintenant, je suis orpheline.

Il la prit par le coude et ils descendirent les quelques mètres conduisant aux ambulances.

— Que voulez-vous faire ? demanda Boro.

— Partir. Loin ne sera jamais assez loin.

Ils quittèrent les houillères. Trois ambulances les dépassèrent. Ils suivirent le pavé du Nord. La canne de Boro s'enfonçait dans les creux. Liselotte allait, tête baissée, les mains le long du corps. Boro posa sa main sur le cou de la jeune fille, et elle vint contre lui, le nez dans son épaule, les bras ballants, et les larmes coulèrent enfin, glissant de sa joue au manteau en poil de chameau, et de là dans la paume de Blèmia.

A la sortie de Bruay, ils entrèrent dans un estaminet où ils commandèrent du café et des tartines qu'on refusa de leur faire payer. Puis, pendant une heure, ils cherchèrent l'unique taxi du village. Ils furent à la gare en fin de matinée, et montèrent dans le train de treize heures trois pour Paris. Boro, qui avait à peine dormi la nuit précédente, était fourbu. Liselotte tenait sur les nerfs. Elle avait les yeux rouges.

Ils dénichèrent un compartiment vide et s'assirent près de la fenêtre, face à face. Le convoi s'ébranla. Liselotte colla son nez contre la vitre et n'en bougea plus jusqu'à ce qu'ils eussent quitté

Arras et ses faubourgs. Lorsque le train fut dans la plaine, elle s'appuya contre le dossier, ferma les yeux et dit :

— Je ne reviendrai plus jamais ici.

Elle secoua doucement la tête et ajouta :

— D'ailleurs, c'est ce qu'il voulait.

Les deux orphelins

La fille d'Émile Declercke ouvrit brusquement les paupières. Boro était en face d'elle. Pour la première fois, elle le vit vraiment. Jusqu'alors, il n'avait été pour elle qu'une présence silencieuse, une épaule sur laquelle elle s'était appuyée sans savoir d'où elle venait, pourquoi elle était là.

— Qui êtes-vous ? demanda-t-elle.

Il la dévisagea en gardant le silence. Elle se laissa aller un peu plus vers l'arrière, abandonnant tout le poids de sa tête contre la banquette.

— Vous savez, vous n'êtes pas obligé de vous dévoiler, dit-elle.

Il écarta les mains.

— Si je vous dis que je suis Blèmia pour le prénom, Borowicz pour le nom, Boro pour la signature, vous ne serez pas mieux renseignée. Quant à savoir pourquoi je suis là, je l'ignore moi-même.

— Aux Galeries Lafayette, vous avez acheté tous les flacons de parfum. Ça m'a fait bien rire...

Elle avait posé son menton au creux de sa main et l'observait d'un regard scrutateur, les paupières à demi fermées.

— Si je puis vous donner un conseil, reprit-il en se reculant légèrement, c'est de laisser tomber votre adjoint du chef de rayon.

— Mais vous n'y êtes pas ! Je ne peux pas me passer du vieux crocodile !... Qui me paiera mes études ? Et le loyer ? Et tout le reste ?

Elle était outrée.

— Et puis vous savez, ajouta-t-elle après un instant, Cosini ou un autre, c'est pareil. Puisqu'il faut travailler, travaillons !

Elle fixa la cloison du compartiment, à gauche de Boro. Son regard s'assombrit brusquement.

— La difficulté, maintenant, ce sont mes études. Sans papa, elles sont finies...

A nouveau, elle parut en plein désarroi.

— Pourriez-vous m'expliquer ? demanda doucement Boro.

— Papa Émile s'occupait de tout.

De manière inattendue, elle étouffa derrière sa main un accent de gaieté qui sonnait faux. Elle fixa Boro.

— Vous savez ce qu'il me disait quand il était colère ? Il me disait : « Tu me dois deux respects, ch'tiote criminelle ! Vu que j'suis tin n'père et... n'mère ! »

Elle s'arrêta au bord d'un sanglot sec.

— Il était surtout mon meilleur ami... On était seuls, lui et moi. Il ne voulait pas que je reste aux charbonnages. Il me promettait : « On te creusera un petit paradis. » Il prenait sur son temps et son argent. Il m'a mise pensionnaire dans un lycée à Paris. Parfois, il venait me voir le dimanche. Il ne voulait plus que je vienne à Bruay. Il en avait marre des ducasses à Divion ou à Auchel ! Vous êtes déjà allé dans une fête foraine ?

Boro acquiesça.

— A Nœux-les-Mines ?

Il secoua la tête.

— Moi, c'est mon enfance, alors ça va encore... Mon père, lui, les gilles, les kermesses, le faisaient décamper. Chanter *Le P'tit Quinquin* dans l'autocar, il ne supportait plus. Les fléchettes, les chamboule-tout et les douze demis à boire sur les douze coups de minuit, ça lui donnait des angoisses. Il avait pourtant aimé les bals d'accordéon, ça oui ! A Hénin-Liétard, je me souviens, faire le coq au milieu des dames d'ingénieur, les « baise-à-l'œil », comme il les appelait, ça lui avait pas toujours fait peur. Remonter les manches de sa chemise blanche, ouvrir son col à tarte amidonné, bien cirer ses chaussures... Il paradait avec sa belle tocante, sa chaîne en or sur le gilet. Et puis un air de nostalgie lui revenait aux oreilles. Une valse qu'il était le seul à entendre. Une danse qu'il avait tournée du temps qu'il courtisait ma mère. Sitôt, il plantait tout. A la fin, il avait beau essayer de se perdre encore plus loin, il détestait tout le pays, jusqu'à Arras. Alors, il venait à Paris. On allait sur la Seine, en bateau-mouche. Ou à la Concorde. Et là, il me disait toujours que je serais avocate. Son rêve, c'était que je défende les familles des mineurs contre les houillères. « C'est nous contre eux, il disait. Ils nous volent nos heures. »

Elle eut un pauvre sourire et haussa les épaules.

— L'année dernière, je suis entrée à la faculté de droit de la place du Panthéon. Si vous aviez vu les moustaches de mon père ! Dressées ! Cosmétiquées ! On est partis en vacances. Quatre jours à Bruxelles. Et après, il m'a raccompagnée à Paris. Je ne sais pas comment il a fait. Il ne connaissait personne. On est arrivés gare du Nord, on a pris le métro. Il avait marqué toutes les stations et tous les changements sur un petit bout de papier. Il m'a conduite rue Quincampoix. Je lui ai demandé où on allait. Il n'a pas voulu me le dire. On a monté six étages sans respirer. Il a regardé toutes les portes, puis il a sorti une clé de sa poche et il en a ouvert une. Il m'a dit que le numéro sept, c'était chez moi. Il y avait un lit, une table et un lavabo. Il avait loué la chambre pour que je sois bien pendant mes études. C'est ce qu'il m'a dit en essayant la chaise un peu bancale : « Je veux que ma petite avocate soit à l'aise pour étudier. »

Elle répéta deux fois la phrase, puis sa voix se brisa. Boro tendit sa main vers son visage. Elle s'écarta, refusant toute commisération.

— Après, j'ai pris un petit travail aux Galeries Lafayette. Je ne lui ai jamais dit. Je ne voulais pas qu'il fasse des heures supplémentaires pour me payer mes livres. S'il l'avait su, il aurait été désespéré. Mais vous comprenez, il payait déjà la chambre et, en plus, il me donnait trois cent cinquante francs par mois. Je ne pouvais pas manger avec ça !

Il approuva du chef. Elle fixa brièvement ses mains aux doigts soignés.

— Pourquoi êtes-vous venu avec moi jusqu'à Bruay ?

— Parce que vous m'avez ému.

— Attention ! fit-elle, affectant la réprobation avec drôlerie. Je n'ai que dix-sept ans dans deux jours ! Vous êtes beaucoup trop vieux pour moi !

— J'ai été orphelin au même âge que vous.

— Ah !

Elle reprit sa position de scrutatrice, les yeux plissés, le menton dans la main.

— Et alors ?

— On s'en remet...

— Évidemment qu'on s'en remet ! Je ne vous demande pas des trucs de barbon ! Racontez-moi ! Vos parents, c'était qui ?

— Mon père a fini dans une tranchée. Fauché par un obus allemand en 1914. J'avais cinq ans.

— Et après ?

— Ma mère m'a emmené avec elle dans son pays. En Hongrie. Elle s'appelait Agota Borowicz. Elle s'est remariée avec un épicier qui avait une tête de saucisse et une cervelle de petit pois. Je suis venu en France quand ma mère est morte. J'avais dix-huit ans, moi aussi.

— Et qu'avez-vous fait ?

— De la photo. J'en fais toujours.

— J'ai vu, dit-elle en abandonnant sa position et en retrouvant le dossier de la banquette.

Ils traversaient la plaine picarde. Un brouillard d'hiver masquait les fermes, les routes et les arbres. Boro songeait à l'époque où il avait débarqué à Paris. Alors, il n'était guère mieux doté que la petite Liselotte. Il n'avait pas un sou et ne savait pas où loger. Son seul atout résidait dans la connaissance du français, que sa cousine Maryika lui avait enseigné avec un entêtement de mule. Elle avait fait de lui un polyglotte accompli, capable d'aimer en trois langues, sans compter le hongrois. Il avait mis ce capital-là au service de ses appétits, errant du côté de Montparnasse, où les réfugiés étaient nombreux. On faisait crédit à sa bonne mine. Il se nourrissait de cafés crème et de morceaux de sucre avancés par les bistrotiers du boulevard. Certains étaient de braves gens. En attendant mieux, ils voyageaient aux frais de Boro. Ils se remboursaient sur l'épopée de la Puszta hongroise, qu'il racontait jusque tard le soir. Ses récits enflammés plaisaient aux Parigots, pour qui le monde civilisé s'arrêtait à Limoges ou à Joinville-le-Pont.

A l'époque, Boro parlait, Boro attendait. Il savait que le destin lui sourirait un jour. La première fois qu'il rencontra la chance, elle mesurait un mètre soixante. Elle avait les yeux noirs et les cheveux épais. Elle s'appelait Fernande. Elle venait de se séparer de son mari, le peintre Foujita. Elle emporta Boro comme on le fait d'un cadeau à découvrir. Elle le claquemura pendant trois jours dans un hôtel de la Gaîté. Et lorsque la porte s'ouvrit, l'orphelin hongrois avait en main une introduction de Man Ray pour l'agence Iris, « Un œil sur le monde », où il fut engagé comme grouillot de laboratoire.

Ainsi débuta-t-il dans la profession de reporter photographe, les doigts plongés dans l'hyposulfite, les pieds raclant le parquet d'une chambre de bonne au papier peint défraîchi, l'espoir chevillé au cœur de Montparnasse où vivaient les artistes qu'il aimait.

Comme il relevait le visage pour poser une question à Liselotte, il se rendit compte que la caillette s'était assoupie. Elle s'était endormie avec le sourire confiant d'une enfant qui se livre au sommeil. N'était son front, tendu par une imperceptible crispation, on aurait pu croire qu'elle venait de rejoindre en son inconscience le souvenir tendre d'un songe familier. Abandonnée aux cahots, les paumes offertes, elle avait glissé vers une de ces nuits douces comme Dieu sait en fabriquer aux anges, et ne retrouverait la lame de fond de son chagrin qu'en rouvrant les paupières. Boro, poussé par une mélancolie subite, n'entrevit de recours à son attendrissement du moment qu'en fixant par un portrait le joli profil de la dormeuse. Inconsciente, Liselotte se laissa adorer au travers du viseur.

Ensuite, il resta là, l'âme en extase, bercé par de longs chuintements alternant avec un fracas sourd.

Rue de la Quimpe

LISELOTTE s'éveilla peu avant l'arrivée du train à Paris. Ils empruntèrent le couloir, descendirent du wagon sans s'adresser la parole, ressentant tous deux confusément la nécessité du silence.

La gare du Nord bruissait de ses activités coutumières : annonces des prochains départs, martèlement des pas des voyageurs sur le trottoir du quai, interpellations des porteurs cherchant un gibier de province à pas moins de trois valises.

Dans le hall, Boro fit provision de journaux, récupéra son bagage à la consigne puis, entraînant sa protégée, héla un taxi et proposa à la jeune fille de la raccompagner chez elle, rue Quincampoix.

En arrivant à destination, le reporter se fit la réflexion que la rue n'était pas des mieux famées. Il repéra d'entrée trois lascars en costard fantaisie, genre harengs taquinant la belote. Boro demanda au taxi de bien vouloir l'attendre à l'angle de la rue des Lombards. Il glissa son bras sous celui de Liselotte et lui dit fermement :

— Je vous raccompagne.

Chaque encoignure de porte donnait sur une chambre de passe. Boro connaissait bien le secteur pour y avoir fait des photos. Outre la clientèle ordinaire, qui prenait sa ration journalière de chopines et de vin blanc sauce microbes dans les troquets du coin, il dénombra huit gagneuses campées sur le trottoir.

— Maintenant que vous êtes seule, risqua Blèmia en se penchant vers la jeune fille, je n'aimerais pas que vous continuiez à habiter ce quartier.

Elle le dévisagea aussitôt avec une sorte de courroux rentré. Pour bien montrer qu'elle lui interdisait de se prévaloir de la moindre prérogative à son égard, elle déclara d'un ton sec qu'elle entendait disposer à sa guise de son indépendance, de ses projets et de son emploi du temps. Elle accepta seulement qu'il lui glissât son adresse dans la poche.

Comme ils atteignaient l'immeuble où Liselotte avait élu refuge, une de ces fleurs de joie, qui en d'autres circonstances se serait contentée de murmurer l'inévitable « Tu viens, chéri ? », se détacha du mur et s'avança en souriant dans son rouge Baiser.

— Môme Blèmia ! Ça alors ! Te voir ici ! Approche tes ouïes !

La pierreuse, tout en balançant son sac par la courroie, dit négligemment « Bonjour, mon lapin » à Liselotte. Sans transition, elle remisa sa vulgarité, retrouva un cou de cygne, se cambra avec une grâce de bayadère et donna à baiser sa main gantée. Boro s'inclina.

Le souvenir des nuits passées du côté du square Saint-Merri éclata dans l'imaginaire du jeune homme comme un roulement de caisse claire. Sous la bouffissure alcoolique qui altérait les traits plutôt fins de cette femme de métier, il avait reconnu l'un de ses anciens modèles.

— Princesse ! s'écria-t-il. Ma belle étoile de Leningrad !

Et se tournant vers Liselotte :

— Mademoiselle Declercke, je vous présente Olga. Olga est une authentique princesse russe. Quand je l'ai connue, elle dansait Prokofiev chez Balanchine.

— Ah ! tais-toi, mauvais drôle ! N'invente plus nos nuits sur la Neva. J'ai éteint tous mes lustres ! Si tu savais, Blèmia, il y a si longtemps que je ne casse plus les coupes de champagne ! Pour Olga, pauvre morte, ni baccarat, ni bohême ! Seulement du beaujolais à cinq sous le litre ! Tiens — elle lui fit tâter ses chairs —, maintenant, vise ça ! La délabre ! Le naturalisme français ! Je sais l'horrible vérité sur moi !

Elle montrait son décolleté, ses bottines à lacets.

— Tu te rends compte, petit czar ? J'ai mis ma vie à faire ça ! Tous les vicelards me grimpent en passe. La pièce est jouée ! Tout ça pour l'Archiduc qui m'a mise au tapin ! Tu te rends compte, enfant chéri ? Vladimir ! Cette croûte de Vladimir !

Elle sanglotait bruyamment. Sa rancœur lui faisait palpiter les lèvres.

— Comme quoi la vie d'un bonhomme usé, moche à regarder, une descente d'estomac qui vous émeut peuvent conduire une honnête femme au caniveau ! Vilain Russe blanc ! Après chaque passe, il rappliquait à la comptée. Planquait tout sur lui et me servait de coffre-fort. Le soir, quelquefois, on allait casser la graine ensemble. On grillait une pipe. Jusqu'à l'année dernière, soupira Olga.

— Il t'a quittée, l'ingrat ?

— Pas de son plein gré. L'heure était inscrite dans les cartes. L'as de pique est sorti trop vite. Vladimir, à cette heure, il repose.

— Il est mort ?

— Raide comme balle.

— A Bercy ?

— A Lachaise.

Elle alluma une cigarette et soupira, expédiant la fumée dans les airs :

— C'est comme ça.

Elle s'avisa brusquement de la présence de Liselotte et la désigna du menton.

— Mademoiselle, là, c'est ton p'tit pot-au-feu ?

Le visage de la jeune fille s'empourpra sur-le-champ. Elle les quitta brusquement, s'enfuyant jusqu'à l'immeuble voisin, où elle disparut.

Olga tira sur sa cigarette.

— J'ai cassé ta baraque ?

— Ce n'est pas bien grave, assura Boro.

— J'ai gaffé... Cette môme-là, ça vous saute au visage, c'est encore une laitue.

Sans transition, elle ajouta en montrant la buvette la plus proche :

— On va s'en jeter un ?

De loin, Boro fit signe au taxi de patienter encore une minute. Ils entrèrent dans l'établissement.

Le patron attendait l'annonce des consommations en lisant la toute dernière de *Paris-Sports* complète.

— Qu'est-ce qu'on se met ? demanda la princesse des rades.

Et comme Boro hésitait, elle fit un signe au taulier :

— Deux petites côtes, comme d'habitude. Servies dans la fraîcheur, *if you please.*

Elle se tourna vers Boro et lui posa la main sur l'épaule.

— T'as l'air préoccupé. C'est la petite ?

— Oui. Je pense que ce n'est pas un quartier pour elle.

Olga sembla réfléchir.

— Je te promets d'ouvrir un œil sur sa vertu. Où c'est qu'elle crèche exactement, ta doucette ? J'ai pas fait bien attention.

— Au 23.

— Aïe, aïe, aïe ! La pauvre gosse est pas chanceuse !

— Qu'est-ce qui te donne à penser ça ?

— Elle a mis le pied juste dans l'immeuble où crèche Rose du Cygne. Une géante qui croque le tabac comme une pastille de menthe !

— Une femme qui chique, c'est pas très esthétique, mais sur le plan des bonnes mœurs, il n'y a rien à redire.

— Crois pas ça, mon photographe. Rose est gouine comme une folle. Elle a deux girondes qui persillent pour elle sur le Sébastopol. Si elle aperçoit ton tendron et ses gambettes, elle voudra sûr se la régaler dans l'intime.

Boro demanda à Olga de déployer toute sa vigilance et, pour prix de ses services, lui avança deux cents francs. La louve de Sibérie promit de veiller sur Liselotte comme sur sa fille.

Elle raccompagna Boro jusqu'au taxi et donna sa main à baiser. Le jeune homme se laissa aller sur le siège.

— Monsieur connaît du monde ! commenta le voiturier.

— Passage de l'Enfer, répliqua Boro. Numéro 21.

Il avait besoin de réfléchir.

Rupture sur canapé

DEPUIS 1933, Boro louait un atelier d'artiste situé au dernier étage d'un immeuble donnant dans la rue Campagne-Première, en plein cœur de Montparnasse. Chaque fois qu'il montait ses trois étages, à pied — l'immeuble étant dépourvu d'ascenseur —, il songeait qu'il avait fait vite et que peut-être il dégringolerait avec autant de célérité les degrés qui l'avaient conduit jusqu'au faîte de son désir. Mais cette perspective ne l'effrayait pas. Il se disait que la gloire étant acquise elle ne l'intéressait plus, et que si elle venait à manquer il se consolerait d'une autre manière — par exemple en la conquérant une deuxième fois. Son caractère était ainsi fait qu'il découvrait toujours matière à réjouissance. Rien n'attisait mieux ses forces que le goût du jeu, lequel l'incitait à sans cesse remettre sa mise sur le tapis.

Parfois, au plus profond de lui-même, il souhaitait que l'édifice se rompît pour le seul plaisir d'avoir à recommencer. Et, comme cela ne se produisait pas, il dépensait son énergie dans d'autres reconstructions — les reportages notamment.

Pour l'heure, il découvrait la presse du jour. Celle-ci provoquait en lui une furieuse envie de s'atteler à l'agression dont Léon Blum avait été victime la veille et que les journaux présentaient selon la ligne qu'ils défendaient.

« Ils l'ont eu ! » titrait *le Populaire*.

« M. Blum a apporté dans la poursuite de sa politique une âpreté, parfois même une méchanceté qui lui ont valu de nombreux adversaires », écrivait le correspondant du *Journal*, tout en reconnaissant, quelques lignes plus bas, que la violence ne devait pas sanctionner cette politique.

L'article le plus mensonger émanait naturellement de *l'Action française*, qui offrait de l'événement une vision très spécieuse. Boro parcourut le papier entre le deuxième et le troisième étages. Il le mit en rage : « Pendant que se déroulait la cérémonie à la maison mortuaire, une magnifique automobile se rua dans la foule. Des protestations s'élevèrent contre ce chauffard cossu que n'arrêtait pas le respect de la mort. On regarda et on reconnut Léon Blum en personne. Un mauvais parti aurait été fait au chef socialiste si, à ce moment, les ligueurs et les Camelots du roi présents ne s'étaient interposés pour arrêter la fureur du public. »

Boro replia le journal, sortit sa clé de sa poche et, comme il la glissait dans la serrure, découvrit la une du *Canard enchaîné* : « L'odieux attentat de Léon Blum contre Charles Maurras a piteusement échoué. »

Il étouffa un rire, ouvrit la porte de l'atelier et la referma doucement sur lui. Il fit trois pas dans le couloir. L'air sentait la fête. On dormait à côté.

Il déposa sa valise dans un angle et ôta ses chaussures. Il pénétra dans la grande pièce. Celle-ci était meublée comme aux premiers jours. A l'exception d'une longue table basse en verre, prévue pour recevoir les coupes d'au moins trente convives, elle n'abritait aucun meuble. L'Aston Martin était le seul luxe que Boro s'autorisait. Il n'avait pas voulu encombrer son logis des élitistes bars en galuchat créés par Joubert et Petit, des cosy-corners en macassar de Printz ou des meubles en tôle laquée dessinés par Porteneuve. Chez lui, point de salle de bains en brique verte, de claustras en céramique ou de parois en verre gravé. Boro n'avait ni le goût ni l'envie de vivre à la manière d'un grand bourgeois de Passy. Il n'avait donc rien acheté aux décorateurs du moment. Son salon ne comptait que des coussins, gros et petits, blancs ou chatoyants, sur lesquels ses amis et les amis de ses amis s'affalaient les soirs de réjouissances.

Ils étaient nombreux cet après-midi-là. Passant entre les corps endormis, Boro reconnut les moustaches effilées du Gaucho pleureur, la tignasse noire de Prakash, une chevelure blonde reposant sur la poitrine d'un jeune homme qu'il n'avait encore jamais vu chez lui. Des croissants à demi croqués et des bouteilles de vodka vides traînaient sur la table. Quelques livres avaient été ouverts, ébouriffés, puis refermés et abandonnés sur le plancher. De loin, Boro aperçut la jaquette d'un vieux Pouchkine qu'il avait apporté de Hongrie. Entre ses bras abandonnés, le Gaucho tenait encore un volume de Mandelstam, sur lequel il s'était endormi. On avait dû rebâtir le monde toute la nuit, se réconcilier sur la poésie et sceller l'armistice autour des chaussons fourrés à la compote chaude de chez Mme Robespierre. Pour que le sommeil fût si lourd, la bataille avait sans doute fini bien tard...

Boro enjamba les corps et les coussins, ramassa une pâtisserie au passage et disparut dans le couloir. Il poussa la porte de la chambre. Dans son lit, couchée sous la couverture, dormait une jeune femme. Boro l'observa quelques instants puis, après avoir hésité une bonne minute, quitta la pièce. Il resta dans le couloir, désorienté, puis pénétra dans le labo photo, le seul endroit qui fût inoccupé.

Il alluma la lumière, referma doucement la porte sur lui et s'assit sur un tabouret, au-dessus des bacs de développement. Ils étaient vides. Personne n'entrait plus dans la chambre noire. Boro ne l'avait pas fait transformer pour des raisons purement nostalgiques, mais aussi en prévision d'un pépin ou d'une urgence. Or, il n'y avait plus de pépins, et les urgences étaient toujours prises en charge par son agence.

La notoriété lui avait apporté un confort inestimable. Il prenait des avions qu'on réservait pour lui, dînait dans des restaurants où il était attendu, descendait dans des hôtels qu'il ne choisissait pas lui-même. Son vrai travail consistait à appuyer sur le déclencheur de son Leica, à remodeler les événements en fonction de sa propre conception de la vérité. Cela fait, il rembobinait son film, en glissait un nouveau dans le boîtier, photographiait, photographiait encore, puis il rentrait à Paris, téléphonait pour qu'on vînt chercher la pellicule exposée, et se cherchait un nouveau motif d'intérêt.

Le cliché qu'il avait pris de Hitler, à Munich, l'avait consacré comme l'un des meilleurs portraitistes du moment. Après le départ de son grand amour de jeunesse pour les Amériques, sa cousine Maryika, il s'était intéressé aux secrets qu'enferment les visages. Visages politiques, visages sportifs, visages de stars — autant de physionomies qui, le propulsant aux quatre coins de la planète, l'avaient aidé à gommer le chagrin provoqué par l'absence de cette figure qu'il aimait plus que toutes les autres.

Il s'était rendu en Tchécoslovaquie, où Tomas Masaryk avait été réélu à la présidence de la République en mai 1934. A Los Angeles, pendant le tournage du dernier *Tarzan* interprété par un champion olympique de natation, Johnny Weissmuller. En Sarre, lors du rattachement au Reich. A la mine Irmino du Donetsk, pour y rencontrer le nouveau héros soviétique, l'ouvrier Alexseï Stakhanov qui, en six heures de travail, avait abattu cent soixante-quinze tonnes de charbon, soit sept fois la norme. A Genève, en septembre

1935, lorsque le négus d'Éthiopie avait annoncé la mobilisation générale de son pays contre les troupes italiennes...

Il n'aimait pas seulement la grande histoire. Son siècle était fait de petits événements qui, cousus les uns avec les autres, composaient le vaste tissu de la mémoire populaire. Boro ne les négligeait pas non plus.

La gouaille d'Antonin Magne, vainqueur du tour de France en 1934, l'avait ému. Et aussi les charmes de Simone Barillier qui, à Clichy-sur-Seine, était montée la même année sur le podium de Miss France. Il avait beaucoup ri en observant le président Albert Lebrun imiter les singes lors de l'inauguration du zoo de Vincennes. Il se souvenait avec terreur du baiser quasi fraternel que lui avait décoché Hélène Boucher en apprenant que, avec plus de quatre cent vingt-huit kilomètres à l'heure, elle avait battu le record du monde féminin de vitesse en avion. Et avec un certain écœurement des bagarres auxquelles il avait assisté devant les assises de la Seine, lorsque le public en était venu aux mains pour écouter en place assise le verdict condamnant Violette Nozières à la peine capitale.

Nul reportage cependant ne l'empoisonnait comme celui qui, trois semaines auparavant, lui avait permis de lier connaissance avec la jeune femme qui se trouvait présentement dans son lit. Mlle Adeline.

Son témoignage dans le procès Stavisky avait permis à M. Bonnaure, député radical de la Dordogne, de n'être condamné qu'à un an de prison avec sursis. Boro avait suivi les débats de bout en presque bout. A la troisième audience, lorsque Mlle Adeline s'était présentée à la barre, son attention avait brusquement dévié. Il n'avait jamais rencontré de fondée de pouvoir et, *a fortiori*, de fondée de pouvoir si belle et si élégante. La finesse de sa taille lui fit immédiatement oublier les vingt inculpés présents dans le box. Le timbre de sa voix lui parut cent mille fois plus convaincant que celui de Me Moro-Giafferi ou de l'un des trente-cinq autres avocats présents dans le prétoire.

Boro l'avait mangée des yeux avant de la manger tout court, immédiatement après le verdict, dans un hôtel de Montmartre où il avait ses habitudes. Quinze jours avaient passé, tuant la flamme des premiers temps. Boro s'en voulait. Mais qu'y pouvait-il ? Il ignorait la sagesse de l'amour, n'en cultivant que les passions. Beaucoup de femmes avaient compté dans son existence. Quelques-unes seulement dans sa vie. Le livre de ses amours était surtout fait de folios écrits sur un nuage, le temps d'une déraison. Mlle Adeline faisait partie du lot commun.

Au début, comme d'habitude, il avait cru les choses sérieuses. Durant huit jours au moins, il avait observé avec intérêt la mélodie raisonnable qu'il s'essayait à siffloter. Mais, cette fois encore, les grandes migrations n'avaient pas tardé à survenir. Il s'était lassé.

Il romprait. A quoi bon une liaison ? Il avait des aventures. Le reste lui était étranger. Il se donnait sans parcimonie, donc sans détours. Pour de bon et pour toujours, du moins le croyait-il au premier baiser. Alors, il brisait tout. Les forces lui manquaient pour entretenir savamment la combustion lente d'un amour qu'une nouvelle rencontre réduisait immanquablement à l'état de cendres. Il faisait du mal et s'en voulait. Mais comment agir autrement ? Il rachetait sa mauvaise conscience en s'échappant sur la pointe des pieds après avoir laissé un bouquet de fleurs sur la cheminée.

Pour les unes, il était un scélérat ; pour les autres, un égoïste né. Pour lui-même, les deux à la fois. Il ne savait différer ses plaisirs et s'estimait trop faible pour tenter d'y parvenir. Aussi ne s'efforçait-il à rien, suivant allégrement sa mauvaise pente sans souci de la remonter sur les bas-côtés. Il payait au plaisir le tribut d'une mauvaise réputation qui le faisait atrocement souffrir — du moins le disait-il aux abandonnées avant de se consoler dans des jupons plus frais. Il tenait la nature pour seule responsable des chagrins qu'il causait et, lorsque la rupture était particulièrement douloureuse, se plaignait à lui-même d'avoir été fait si beau.

En matière de femmes, Boro était inconstant, volage, hypocrite et faible.

Il quitta le labo. Dans la grande pièce, les fêtards dormaient toujours. Boro passa silencieusement entre eux. Il ouvrit la porte donnant sur le couloir, attrapa sa valise et revint sur ses pas. Prakash était éveillé. Le noir Choucas de Budapest lui adressa un clin d'œil, se dressa sans bruit et lui emboîta le pas.

— Alors ? demanda Boro lorsqu'ils furent dans le couloir. La fête a été bonne ?

— On t'a attendu toute la nuit. Personne n'a rien compris. Tu devais arriver avant midi et, sur le coup de trois heures, un ostrogoth se présente à l'agence, porteur d'une pellicule extraordinaire sur Blum. Où étais-tu passé ?

Boro ouvrit la porte du labo.

— Je te raconterai. Et Blum ?

— C'est un vrai remue-ménage. On parle d'interdire l'Action française.

Prakash referma la porte de la petite pièce. Boro déposa sa valise sur une tablette. Il observa son compatriote, les bouffissures de ses chairs, les stigmates de la nuit.

— Une demi-bouteille, jaugea-t-il.

— Un peu plus. Alcool russe, premier choix. On t'a regretté.

La vodka constituait un véritable mot de passe entre les immigrés d'Europe centrale qui vidaient les stocks de la capitale pour donner du cachet et de la flamme à leurs fêtes. Boro et le Choucas de Budapest avaient porté tant de toasts ensemble qu'ils étaient capables, en observant seulement les traits de leur visage, d'évaluer la dose que chacun avait absorbée. Leur amitié datait des premiers pas qu'ils avaient effectués dans Paris, lorsque chacun d'eux battait la semelle devant les laboratoires photographiques susceptibles de les engager comme grouillots. Ils avaient une histoire commune faite d'idéal et de misère, et un projet qui tenait autant du jeu que de la revanche : faire d'Alpha-Press une des premières agences européennes, puis la saborder pour tenter d'autres passes dans un nouveau paysage.

Outre leurs affinités culturelles et professionnelles, Prakash et Boro se ressemblaient au point de pouvoir se faire passer l'un pour l'autre auprès d'interlocuteurs débordés ou peu regardants. Ce don d'ubiquité leur avait apporté la considération de certains directeurs de journaux, qui appréciaient la célérité avec laquelle « ce diable de Hongrois » passait d'un reportage à l'autre. Physiquement, les deux hommes étaient grands, bruns, de complexion nerveuse plutôt que musclée. Béla semblait un peu plus lourd que Blèmia. Il devait son surnom à une épaisse chevelure noire qui lui descendait dans le cou et sur le nez. S'il était mat de visage, son âme n'était pas moins sombre. Prakash cultivait une inspiration rimbaldienne qui explosait les soirs de fête lorsque, juché sur une table, il récitait des poèmes à faire cafarder un fantôme écossais. Le jour, il redevenait un personnage vif et enjoué.

Il observa attentivement son ami et déclara :

— Toi, tu as ta tête des ruptures !

Boro ouvrit sa valise, prit une bouteille de parfum dans le sac des Galeries Lafayette et la posa sur la tablette en grimaçant.

— Ça m'arrive deux fois par mois. A force, je devrais gagner en endurance !

— Sois rassuré, mon camarade ! Tu forcis de ce côté-là !

Boro coupa court.

— Mes photos ont été publiées ?

— Ce matin. Dans *Regards*.

— Il y a une suite aux événements ?

— Je m'occupe de l'enquête sur les Camelots. Les socialistes ont appelé à une manif pour dimanche.

— D'ici là, tu m'accordes le droit de dormir ?

Prakash prit l'air indulgent.

— Jusqu'à lundi matin.

— Dix heures à l'agence, ça va ?

Boro passa devant son ami et posa sa main sur son épaule :

— On peut faire silence ici pendant quelques heures ? J'ai une nuit blanche derrière moi et une épreuve à venir.

— Bon courage pour l'épreuve, gloussa le Choucas de Budapest. N'oublie pas ton joli flacon de parfum : c'est le genre d'attention qui aide à faire passer le fiel des séparations inattendues.

Boro fourra la petite bouteille en forme de poignard dans sa poche et traversa le couloir. Il hésita un court instant devant la porte de sa chambre, inspira profondément et tourna la poignée.

Adeline dormait toujours. Il se dirigea à la tête du lit et s'agenouilla à son chevet. Il posa délicatement le flacon de parfum sur la table de nuit. La jeune femme ne s'était pas démaquillée avant de s'endormir mais, comme toujours chez elle, le Rimmel n'avait pas coulé et les joues étaient aussi roses que celles d'une fillette. Ses longs cheveux blonds formaient une tache d'or sur l'oreiller.

Boro se releva, appuya sa canne contre le mur et défit le nœud de sa cravate. Il ôta ses boutons de manchette et observa de nouveau le visage d'Adeline. Il soupira, reprit sa canne, fit les cent pas, ne sachant quel parti prendre tant il lui répugnait de réveiller une femme pour quelque raison que ce fût.

Il revint à la tête du lit et songea qu'Adeline dormait décidément trop bien et que lui-même était beaucoup trop fourbu pour chercher un autre lit. Cette pensée l'emplit d'un bien-être magique. Il déboutonna sa chemise, jeta chaussures et pantalon au loin et se retrouva nu entre les draps.

Adeline ouvrit une paupière.

— Monsieur le reporter a fait bon voyage ?

Il sursauta.

— Tu ne dormais pas ?

— Tu m'amuses trop quand tu veux rompre. Je ne raterais pas

ces instants pour un empire. Permets-moi seulement de te dire que tu as oublié la première règle des ruptures.

— Quelle est-elle ? demanda Boro en étouffant un bâillement.

— Ne jamais provoquer ce genre de scène au lit.

— Alors, je renonce. Prouve-moi seulement que tu as raison.

Elle vint se lover contre lui.

— Je te donne cette preuve et, après, je m'en vais.

Il la prit dans ses bras, la retourna et tendit la main en direction de la table de nuit. Il attrapa le flacon de parfum.

— Regarde ce que je t'ai rapporté... Rouge de Sang !

Il ouvrit le cabochon qui simulait le haut du manche de la dague et fit mine de lui parfumer le cou. Elle poussa un petit cri.

— Jamais avant, malheureux ! Ça porte malheur !

Il reboucha le flacon et reposa la pointe sur son socle noir et pourpre.

— Et on ne se reverra plus ?

— En appel, si le procès Stavisky recommence...

— Alors plaide, dit-il en refermant ses bras sur elle.

L'agence Alpha-Press

Boro fit son entrée à l'agence Alpha-Press vers dix heures. Les bureaux en étaient situés rue du Four, à deux pas des tours de Saint-Sulpice.

Extérieurement, l'immeuble ne payait pas de mine. Toutefois, dès qu'on franchissait la cour pavée et pourvu qu'on ne rechignât pas à tenir bon et qu'on fermât la rampe de fer forgé conduisant au quatrième, on tombait, au-delà d'une porte à double battant, sur des locaux spacieux, distribués le long de couloirs parquetés.

Un vacarme de pas incessants y menait sabbat. Ce martèlement se conjuguait de temps à autre avec l'élan plus appuyé d'une course ou l'amorti d'une simple glissade. Cette circulation occulte, cette cavalcade *intra muros*, signes d'une intense activité, étaient toujours source d'étonnement pour celui qui franchissait le seuil d'Alpha-Press. Les murs étaient nus.

— Puis-je vous aider, monsieur ? Vous êtes à la recherche d'un document ?

Fort opportunément, la voix d'oasis de Mlle Chantal Pluchet, préposée à l'accueil de la clientèle et des coursiers, apportait au visiteur une nuance de chaleur réconfortante. Le nouveau venu était inévitablement captivé par les yeux de l'habile réceptionniste, par l'avantageux de son décolleté.

Tandis que le solliciteur perdait ailleurs ses esprits, l'inlassable va-et-vient se poursuivait, sorte de roulement sourd qui branlait constamment les lames du parquet et faisait vibrer le bois jusque dans ses lambourdes.

— Pour les documents sur la mort de Rudyard Kipling, voyez notre archiviste ! minaudait Mlle Chantal.

Elle se penchait légèrement en avant de son bureau pour désigner plus commodément l'entrée d'une galerie faisant office d'aiguillage, empoignait le téléphone sans quitter le béjaune des yeux, répondait sur le souffle : « Allô ! oui, Alpha-Press, j'écoute... » et, sa main libre obstruant la Bakélite du microphone, ajoutait avec un radieux sourire : « Quatrième porte à gauche dans le second couloir à main droite ! »

Ainsi le visiteur imprudent se trouvait-il emporté à son tour dans la ronde. S'il empruntait ce labyrinthe pour la première fois, sa progression s'annonçait zigzagante, semée d'embûches. Ballotté comme fétu, partagé entre hésitation et perplexité, le malheureux percutait tout un peuple d'employés surgis de la pénombre, jetés en avant par l'ardeur de la course.

Une fois familiarisé avec la topographie des lieux et le relief à bâtons rompus, le néophyte appréciait en général la logique utilitaire de cette friche modelée et patinée par le martèlement des chaussures. Il suffisait après tout de se laisser aller le long des classeurs, ou d'accepter de déraper dès l'entrée d'une pièce, de façon à venir se placer harmonieusement, en laissant mourir l'élan, juste devant le bureau où vous hélait un reporter. N'était-ce pas faire confiance à la maison que de se laisser ainsi guider par les pentes, déclivités et rigoles ?

Boro, pour sa part, malgré le lourd handicap de sa boiterie, était passé maître dans la pratique du terrain. Nul mieux que lui, sans doute, ne savait que l'urgence des pas avait peu à peu commandé à la géomorphologie des sols.

Ce matin, il skiait donc, selon sa propre expression, vers le fond du dédale, là où il savait retrouver Prakash.

Chemin faisant, il croisa Germaine Fiffre, femme de confiance et grande coordinatrice des destinées financières de la petite entreprise, une personne un peu beige d'allure qui avait oublié l'éclat de la jeunesse et perdu l'espoir des choses du sexe, à force de renoncement de soi.

— Germaine ! Vous êtes resplendissante ce matin ! Un baiser, vite ! Une marque de tendresse !

La jeune fille prolongée haussa les épaules. Elle s'apprêtait à passer coûte que coûte.

— Otez-vous de ma piste, monsieur Borovice ! J'ai déjà assez de souci avec les notes de frais de M. Pázmány ! Des ardoises qui n'en finissent pas pour des week-ends passés dans le stupre !

Boro la rattrapa par le coude. Elle faillit s'étaler et trouva son salut en se précipitant dans les bras de son tortionnaire.

— Vous n'en ferez jamais d'autres ! dit-elle en se dégageant avec force. Un galopin ! Je me demande ce qui m'a poussé à quitter M. Tourpe pour vous suivre dans toutes vos folies !

— L'amour, Germaine. Parce qu'on a toujours besoin d'un plus kirghiz que soi...

Elle osa élever son regard jusqu'à lui. Le malappris avait le don d'effacer son courroux. Il savait la prendre dans le feu ardent de ses yeux sombres, la noyer dans son visage de séducteur aux pommettes saillantes et, plus fort qu'une partie de bouchons, éteindre son exaspération sous le charme d'un sourire. Pire ! Voulait-elle battre froid le ténébreux Hongrois que, contre son gré, elle se confiait à lui et donnait tout son moi comme une midinette.

— Il y a du vrai dans ce que vous dites, jeune monsieur, murmura-t-elle tout en s'en voulant de faire du photographe le dépositaire unique de ses confidences. Mais si j'avais eu votre talent, j'aurais aimé être chanteuse.

— Chanteuse, Germaine ? Vous ne m'aviez jamais dévoilé ce pan secret de votre vie !

Mlle Fiffre se mordit cruellement les lèvres.

— Chanteuse réaliste, avoua la vieille fille. J'aurais aimé approcher Fréhel. J'aurais fait une mezzo-soprano très convenable.

— Germaine ! Et vous m'aviez caché cela ! Mais je veux que vous chantiez pour nous !

— Il n'en est pas question ! Surtout, n'allez pas répéter cela à ces messieurs. Ils sont facétieux, parfois cruels...

— Ils vous taquinent, Germaine. Mais, en même temps, ils vous révèrent. De toute façon, je ne piperai mot.

— Promis ?

Elle était folle de reconnaissance.

— Allez, je file, dit-elle, reprenant son glissement rapide le long des murs. La comptabilité n'attend pas.

Boro poursuivit son chemin. Il ouvrit une porte qui portait la mention « Studio ». Elle donnait sur une partie de l'agence dévolue au secteur publicitaire. Pázmány avait développé cette branche d'activité avec une grande réussite.

Des costumes de bain Hermès aux soutiens-gorge Arista tricotés sans couture, en passant par la pâte blanche du docteur Lenief, le stylo automatique extra-plat Jif ou la lame Gibbs mince, « le fil à couper la barbe », Pázmány était devenu le chantre des poils et des duvets superflus, le poète de l'Auvergne thermale, l'orfèvre des couverts à poisson Ercuis et l'exterminateur Flytox du diptère en général et de la mouche domestique en particulier.

A la minute précise où Boro faisait irruption dans son antre, Páz se tenait justement à quatre pattes devant un « cyclo » violemment éclairé. Il était vêtu, selon son habitude, d'une longue blouse blanche. Ses yeux paraissaient étonnamment grands. Une épaisse crinière de cheveux jais, indisciplinés et raides, tombait sur le fil d'un nez aigu. Avec des gestes d'alchimiste prudent, il s'approchait d'une cornue métallique suspendue dans l'espace — pièce maîtresse d'une nature morte organisée par ses soins.

— Chut ! fit-il en préalable à toute conversation.

Puis il reprit sa progression surnaturelle.

Pour le maître des lumières rasantes et des reflets sans faille, il s'agissait présentement de donner vie et excellence à la cafetière Tito-Landi, dont la mise en valeur du filtre breveté en aggloméré de corindon « destiné à l'extraction totale du goût et de l'arôme, sans aucune trace de dépôt » lui posait quelques problèmes existentiels.

— Ma voiture est foutue, dit Boro de but en blanc.

— Ce filtre me rendra chèvre, répondit Pázmány sans donner le moindre signe d'énervement.

— La prochaine fois que tu empruntes cette automobile, ne l'abandonne pas n'importe où dans Paris. Les rues sont pleines de jeunes gens qui tordent les pare-chocs et rayent les calandres.

— Tu as raison, dit Pázmány en suspendant le filtre en coridon à un fil invisible. Paris abrutit son monde. Un tiers de la population est en état d'hystérie permanente, le deuxième tiers est surmené par le bruit et...

Il ne termina pas sa phrase. La conclusion du nœud se révélait d'une délicatesse extrême.

— Et le dernier tiers ? s'exaspéra Boro.

— Hein ? Quoi ? demanda Pázmány en relevant la tête. Qu'est-ce qu'on disait déjà ? Ah oui ! ma petite amie Nelly ?... Elle est délicieusement séditieuse ! Figure-toi que, pour elle, l'argent est maudit... Nous avons trouvé le moyen de claquer plus de fric en deux jours que la reine Victoria en soixante-quatre années de règne !

Boro referma la porte sans insister. Pázmány passait souvent par des périodes de turbulence qui l'amenaient invariablement à se faire avancer de l'argent par l'agence, à majorer ses notes de frais et, en dernier recours, à frapper à la porte de ses amis pour leur emprunter ce qu'il avait dilapidé par passion ou inadvertance.

Boro découvrit Prakash dans le bureau qu'ils partageaient. C'était une vaste pièce claire, ouvrant par une baie sur toits et cheminées, et communiquant avec la façade de l'immeuble voisin grâce à une passerelle jetée par-dessus la ruelle. Cet assemblage métallique à la logique discutable était censé servir de voie d'évacuation en cas d'incendie.

Sans répondre au salut de son camarade ni formuler quoi que ce fût d'aimable, le Choucas de Budapest commença à lui faire un rapport sur son emploi du temps. Il avait retrouvé son air de grand prédateur de l'image.

— Pendant que tu dormais et forniquais en vue de la rupture, j'ai passé une matinée à suivre les enquêteurs de la police judiciaire. Je me suis retrouvé rue de Boccador, siège de l'Action française. On a découvert le chapeau de Blum dans la salle dite des Trophées... Les choses ne peuvent être plus limpides. Si la police le veut, elle peut prononcer des inculpations.

— Elle ne le fera pas, dit Boro.

— Elle ne le fera pas, convint Prakash. Mais je me suis payé le luxe d'une autre demi-journée au domicile de Charles Maurras. Tout était là ! Sur sa table ! Ce type est un Ganelon qui s'affiche ! J'y suis allé à la resquille. Il m'a entrouvert sa porte en croyant que j'étais de son bord. J'ai photographié sur son sous-main un gobelet rempli de pièces et orné d'une étiquette. Et tu sais ce qui était écrit dessus ?

— Non. Avance !

— « Produit de la vente des lorgnons du baron Blum. » Textuel ! Inutile de te dire qu'après avoir sorti mon appareil je fus sommé de décaniller le plus vite possible ! Attends ! Pas fini ! J'avais la musique, je voulais la chanson... Plus tard, je suis allé faire le pied de grue pendant des heures devant chez Léon Daudet. A la fin, comme rien n'arrivait, je ne sais pas ce qui m'a pris... J'ai grimpé le long de la façade jusqu'à être en équilibre, le nez contre sa fenêtre, et là, tu sais ce que j'ai vu ?

— Le fils du Petit Chose en personne et en maillot de corps ?

— Exact.

— Et alors ? Est-ce que Léon porte des bretelles ?

— Non. Il avait allumé la T.S.F. C'était l'heure des nouvelles. Et j'ai mis l'académicien en boîte ! Je te jure que j'ai saisi sa grimace au moment même où il entendit le speaker annoncer la dissolution de l'Action française et de la Fédération nationale des Camelots du roi...

— Tu n'exagères pas un peu ? demanda Boro qui commençait à ressentir le picotement de la jalousie.

— Je le jure, dit Prakash. Il a appelé sa femme et le lui a crié d'une pièce à l'autre. J'ai tout entendu !

— Et tu voudrais me faire croire que tu as pris cette photo-là avec ta savate de boîte à soufflet et toutes ses plaques ?

— Non, monsieur ! s'exclama triomphalement Prakash en brandissant un boîtier étincelant. Pas avec mon vieux Plaubel Makina ! Avec un Leica III A, le modèle « G » ! Le dernier cri, numéroté 156 237 !

Boro lui tourna le dos. Le coup était trop rude. Si Prakash se convertissait lui aussi au format 24 × 36, ce n'était après tout que dans l'ordre des choses. Plus dur à digérer était le fait que son appareil présentait des améliorations sensibles par rapport au modèle dont lui-même était équipé.

— Peux-tu me montrer ta petite merveille ? demanda-t-il avec le genre d'intonation qu'il jugeait correspondre à un ton flegmatique.

Prakash devint fébrile et lui présenta le dernier modèle de chez Wetzlar.

— Tu peux régler ta vitesse d'obturation jusqu'au millième de seconde ! Pour les scènes d'action, c'est fantastique ! Est-ce que tu te rends compte ?

Boro se rendait compte.

Il tendit l'appareil à Prakash sans faire de commentaire.

Pázmány, Bertruche et Willi Chardack, le nouvel amant de Gerda, venaient de faire leur entrée pour assister à la réunion mensuelle qui regroupait les principaux reporters. Ces séances de travail en commun étaient destinées à essayer de coordonner et dégrossir les options principales du programme des semaines à venir. Les choses se passaient en général de façon informelle. Une joyeuse cacophonie s'installa donc, chacun proposant les reportages qui lui tenaient à cœur.

— Moi, je couvrirais bien la rentrée de Fernandel à la porte Saint-Martin, dit Bertruche. Il va faire plier de rire le public du Tout-Paris.

— J'avais l'intention de suivre la convalescence de Blum, annonça Prakash. Il est question qu'il parachève sa guérison chez Vincent Auriol, dans le Midi.

— Moi, dit Pázmány, j'ai un programme chargé avec la campagne de presse autour du nouveau pneu pluie Englebert à lamelles mobiles. Je crois que j'ai déjà trouvé une assez bonne formule, ajouta-t-il en laissant percer une sorte de vanité qui lui valait à chaque fois les lazzis de ses pairs.

— Dis toujours, Pázmánoche ! l'encouragea Bertruche. Tu as le génie de la formule juste.

— Je propose, dit Pázmány en se rengorgeant : « Englebert, un coup de buvard sur la route... »

Comme personne ne prêtait suffisamment attention à la pureté efficace de son slogan, l'homme à la blouse blanche, le roi du 6 × 6 Voigtländer et de l'obturateur Skopar ajouta pour faire bonne mesure :

— Après, je m'occuperai de faire une série de photos de rappel pour la publicité de Suze. J'ai en tête des variations sur celle où l'on voit un coureur automobile arrêté à son stand pour se ravitailler en carburant et qui se désaltère avant de reprendre la course.

D'une seule et même voix, Prakash, Bertruche et Chardack entonnèrent comme un air connu et rabâché :

— « De l'essence pour le moteur ! Pour moi, naturellement... de la SUZE ! »

— La Suze, pouah ! grimaça le Choucas de Budapest. Jamais rien bu d'aussi décapant. C'est jaune, c'est amer, et ça perce les blindages !

— Quoi d'autre ? demanda Boro. Il me semble que c'est du côté de l'Espagne qu'il aurait fallu regarder.

— Dommage qu'il soit trop tard pour envoyer quelqu'un couvrir les élections, commenta Willi Chardack. Elles ont eu lieu hier. De toute façon, je ne suis pas sûr qu'elles aient l'importance qu'on veut bien leur accorder.

— Quoi, hier ? Comment cela, pas intéressant ? éclata Boro en se fâchant contre toute attente. Vous mettez *le Rosier de Mme Husson* et les stances à l'alcoolisme au-dessus de la conquête de la démocratie ? Et je travaille avec des types dans votre genre ! Déconnage, oui ! Qu'est-ce que j'ai à foutre là-dedans ?

Il les dévisagea l'un après l'autre. La vivacité de son langage laissait pantois ses camarades.

— J'espère que le *Frente Popular* bouleversera vos consciences ! hurla-t-il en rompant soudain leur cercle. Ce sera la honte de cette agence d'avoir laissé passer l'accession de la première coalition de gauche au pouvoir !

Il boitilla et ouvrit la porte à la volée. Il se retourna et lança :

— Bons babillages, chers collègues ! Archivieillards ! Ah, vous êtes faits, les mecs ! Mûrs pour la naturalisation ! La bonne déconnerie française ! Encore un an dans le jus et vous aurez horreur d'avoir une opinion politique !

Il sortit en claquant la porte sur lui.

Après un silence consterné, Bertruche sembla s'ébrouer :

— Ah ça ! Mais quelle mouche le pique ? demanda-t-il.

— Il traverse sûrement une crise idéologique, dit Pázmány.

— Ce n'est pas une crise idéologique aussi grave qu'on pourrait le croire tout d'abord, murmura Prakash avec un sourire contraint. Même s'il y a un fond de vérité dans les propos de notre camarade, la maladie est également ailleurs.

— Où est-elle ? demanda Pázmány.

— A l'orgueil, dit Prakash en brandissant son Leica neuf.

L'été dans un ascenseur

Boro traversa le boulevard Haussmann hors des clous. Il portait une gerbe de roses blanches coincée entre sa poitrine et son avant-bras. Lorsqu'il parvint sur le trottoir d'en face, son œil frémit insensiblement et, ayant passé le lacet de sa canne autour du poignet, il glissa sa main disponible dans la poche de son manteau avant de l'en retirer, le Leica entre les doigts.

Notre reporter était souvent la proie de ce genre de réflexe. Il s'agissait d'une sorte de fulguration, l'éclair d'un sixième sens grâce auquel il percevait en une fraction de seconde ce qui eût paru anodin à autrui mais qui mobilisait son esprit jusqu'à ce qu'il eût découvert la raison d'être de cette attirance insolite. En général, l'explication se présentait quelques instants seulement après l'étincelle, l'œil ayant posé la scène à travers le viseur du Leica. Et cette fois-ci encore, au moment où il pressait le déclencheur, Boro comprit le pourquoi de sa curiosité. A l'angle de la rue de Provence et de la rue Charras, le nez pointé vers la gare Saint-Lazare et le cul collé à une porte donnant sur l'arrière des Galeries Lafayette, stationnait un camion benne de la Sita.

L'étrangeté venait de ce que les éboueurs qui le servaient ne chargeaient pas de détritus, comme on eût été en droit de l'attendre d'employés d'une société de ramassage d'ordures ménagères. Ils agissaient au contraire comme des déménageurs. Ils coltinaient des caisses cerclées, les sortant des entrailles de la benne pour les conduire jusqu'au comptoir de livraisons du grand magasin.

L'un des transporteurs avait le teint blafard. Ses joues creuses, sa maigreur extrême, les quintes de toux qui le secouaient en faisaient en tout point l'opposé de son partenaire de travail : un colosse au crâne rasé, un rustaud aux sourcils bruns, aux yeux rapprochés.

Comme Boro faisait le point sur cet athlétique portefaix, une évidence traversa son cerveau. Pas de doute possible ! De jour comme de nuit, il l'eût reconnu entre tous !... M. Paul ! Le Pachyderme ! Le responsable du naufrage de sa chère voiture !

Aussitôt, comme une migraine démaçonne la cervelle, la rage lui fit perdre toute clairvoyance. Des larmes de violence lui vinrent aux yeux. Trente-six chandelles ! Il se sentait mûr pour les plus entières folies. Et pourtant, plus fort que tout, l'enchaînement des gestes professionnels commandait à sa colère et à son envie d'en découdre. Efficacité. Faire une photo avant d'aller prendre mille coups de poing sur la gueule. Viseur. Cadrage. Télémètre. Superposition. Diaphragme. Vitesse. Il déclencha par deux fois l'obturateur à secteurs du Leica.

Il prit appui sur sa canne. Tout le courage de notre reporter le poussait à aller faire la preuve par sa viande qu'il pouvait boxer, lui aussi, contre le tombeur de Franz Diener. Frapper ! Frapper par surprise ! Un moulinet de la canne, un chassé en plein visage. Finir la brute avec ses poings, l'envoyer dans la nuit pour compter les étoiles ! Tous les prétextes pour faire mal : un déluge de coups dans l'armoire, de la godasse dans l'entrejambe, à remonte-glandes. Il aurait pu.

Mais Boro était ainsi fait que certains signaux d'alarme l'empêchaient toujours de commettre l'irrémédiable.

Maintenant, son cœur battait moins fort. La lucidité prenait à nouveau le pas sur sa témérité aveugle.

Il voulait en savoir davantage... Que pouvait bien fagoter ici l'homme à la baïonnette ? Le nervi à la matraque télescopique ? Décidément, rien n'était pire que le capharnaüm des astres ! Pourquoi la vie replaçait-elle sans cesse sur son chemin les pectoraux du poids lourd ?

« Encore une photo », pensa-t-il.

Il en aurait dû faire dix ! L'homme qu'il prenait pour l'un n'était que l'incarnation de l'autre. Pierre-Joseph Briguedeuil ! Celui des deux frères qu'il ne connaissait pas. Et en face de lui, tendu sur le ressort de ses maigres forces, on l'aura deviné, l'inspecteur Charpaillez.

Charpaillez Alphonse et Briguedeuil ! Charpaillez et Briguedeuil qui se détestaient d'instinct, mais que le hasard des directives de l'organisation associait pour les rendre complices de cette étrange activité.

Boro suivait la scène. Son instinct lui commandait d'attendre.

Soudain, le plus malingre des deux hommes s'immobilisa au beau milieu du plan incliné conduisant à la porte de l'entrepôt. Secoué par une quinte de toux plus forte que les autres, il obligea son partenaire musclé à s'arrêter également.

Dans son viseur, Boro profita d'un moment privilégié pendant lequel l'écorché jaunâtre était tourné vers lui. Une chouette en habits de deuil. Photo, photo. Et en dépit de la distance, une curieuse sensation : celle que le tubard était vicieux. Qu'il filoutait le costaud avec lequel il était attelé et qu'il prenait prétexte de sa toux, de ses éternuements, pour graver dans sa mémoire celui qui braquait un objectif sur lui.

Le reporter distinguait nettement ses yeux rougis sur les bords. Photo, photo. Le poitrinaire râlait jusqu'à l'os puis reprenait son souffle.

Boro vit clairement l'armoire à glace houspiller le gringalet. Ce dernier, placé à l'arrière du fardeau, recevait alors toute la charge sur le bras. Il se détourna, fit signe qu'on pouvait y aller. Trois pas. Peine perdue. Une quinte massacrait encore la lavette. L'avorton desséché suffoquait à demi. Le costaud irascible le dominait de sa force. Boro esquissa un sourire. Le comique pointait sous la stupidité de cette situation d'injustice. David et Goliath déménageurs.

F4 au soixantième de seconde, le Leica du photographe continuait à faire son office.

Les deux manutentionnaires reprirent leur marche glissée. A petits pas, ils peinaient sous le poids du colis et ne tardèrent pas à disparaître dans les profondeurs de l'entrepôt. La lourde porte à glissière se referma sur eux.

Boro se secoua, songeant qu'il avait mieux à faire que de courir l'anecdote : un soleil de printemps l'attendait au troisième étage du magasin. Liselotte !

Il contourna l'édifice, vérifia l'ordonnance de son bouquet dans le reflet de la glace et pénétra dans le grand magasin. Il passa la porte à tambour, se faufila entre clients et vendeurs tout en protégeant ses fleurs des coups de coude intempestifs.

Il attendit l'ascenseur en tapotant nerveusement le pommeau de sa canne. Lorsque les battants coulissèrent, il fut le premier à se précipiter. Il sortit au troisième étage, traversa le linge de maison puis la maroquinerie, tourna à gauche après la chapellerie féminine, suivit l'allée des sorties de bain, continua sur celle des dentelles et, obliquant sur la droite après les bas et les dessous, tomba sur le rayon parfumerie.

La petite Liselotte se tenait derrière le comptoir, vêtue de gris et de noir comme les autres vendeuses. Ses longs cheveux cendrés étaient retenus dans un chignon strict qui conférait à la jeune fille une allure de gouvernante britannique.

Boro approcha, dissimulé derrière son bouquet. La vendeuse des dentelles et celle des sorties de bain rejoignirent celle des bas et des dessous, de part et d'autre de l'allée centrale. On entendit quelques rires étouffés. Boro se retourna, abaissa ses roses et salua les jeunes filles qui le regardaient, tout sourire. Puis, ayant fait volte-face, il s'appuya sur le comptoir et s'écria :

— Bon anniversaire !

Liselotte le considérait, stupéfaite.

— Eh quoi ! reprit-il. Je viens jusqu'à votre satané rayon pour vous souhaiter votre fête, et c'est ainsi que vous m'accueillez !

Il se pencha par-dessus le faux marbre du comptoir, tendit la joue et désigna sa pommette :

— Un baiser, mam'zelle, je vous prie ! Et un vrai !

— Je ne croyais pas vous revoir, murmura-t-elle après l'avoir embrassé légèrement. Et puis je vous demande pardon ; l'autre jour je me suis conduite comme une sotte.

Elle le dévisagea soudain avec l'air rieur :

— Une fois qu'on la connaît, elle est assez gaie, votre copine Olga !

Sa main effleura le papier qui enveloppait les fleurs.

— Toutes ces roses !... Comment savez-vous que c'est aujourd'hui mon anniversaire ?... Et vous m'apportez votre cadeau comme si nous étions chez moi !

Elle s'exclamait, parlait en tous sens, ravie.

— C'est une si jolie surprise ! Il n'y a vraiment que vous pour offrir des fleurs à une vendeuse en plein magasin ! Vous devez être un peu doux dingue, non ?

Elle montra le bouquet aux vendeuses qui s'étaient regroupées dans l'allée.

— Non, mais vous avez vu ce bouquet ? Vous avez vu comme il est beau !

— Cache-le, dit une jeune femme en tendant son pouce vers le fond du magasin. Si Cosini vient, il va te les arroser, tes fleurs !

— Tu peux le mettre dans ma réserve, proposa une autre.

— Je sors à midi, dit une troisième. Je peux le déposer quelque part...

Boro contemplait avec émerveillement ces jeunes femmes, toutes jeunes et jolies, qui s'empressaient avec bonté autour de leur cadette. Elles le faisaient songer à des abeilles protégeant l'ouvrière la plus frêle de l'essaim.

— Je le donnerai à Christophe, dit Liselotte. Il me le gardera jusqu'à ce soir.

Elle ramassa prestement le bouquet, le colla entre les mains de Boro et dit :

— Venez avec moi. Je vais vous présenter mon ami Christophe.

Ils traversèrent le magasin sous le regard étonné des vendeuses et des clients. Boro suivait Liselotte, à demi dissimulé derrière les roses. Lorsqu'ils arrivèrent devant les portes de l'ascenseur, la jeune fille s'arrêta et demanda :

— Vous avais-je dit que c'était mon anniversaire aujourd'hui ?

— Oui.

— Et vous avez retenu la date ?

— Franchement, ce n'était pas bien difficile. Avant-hier, vous m'avez dit : « Dans deux jours, j'aurai dix-sept ans. » J'ai fait un petit calcul et j'ai compris que le surlendemain d'avant-hier, c'était l'aujourd'hui d'aujourd'hui !

Elle posa sa main par-dessus la sienne, sur la canne.

— Le mien, dit-il, c'est le 17 octobre. Ne l'oubliez pas, sinon je serai très triste !

— Promis !

L'ascenseur parvint à l'étage. Il était vide. Près des portes se tenait un très jeune homme que Boro n'avait pas remarqué lorsqu'il était monté. Il avait le teint blanc, l'œil vert malice, les cheveux roux. Il était affublé d'une livrée bleu marine et d'un calot qu'il ôta lorsque les portes furent refermées.

— Une petite balade en altitude ? proposa-t-il.

— Jusqu'à l'oisellerie, aller et retour, répondit Liselotte. Avec un petit arrêt bavette entre le cinquième et le sixième. Ce sera nos vacances à Vernet-les-Bains, au pied du pic du Canigou. En tout, profitons d'une bonne minute au soleil. Je fermerai les yeux et je respirerai l'odeur des lauriers-roses !

— Deux, si vous voulez : il n'y a pas beaucoup de touristes aujourd'hui, l'escalier mécanique est en pleine forme et z'aimerais bien me reposer un peu, moi aussi.

Liselotte débarrassa Boro de son bouquet.

— Christophe, je te présente mon nouvel ami. Il m'a apporté ces fleurs. Peux-tu les garder jusqu'à ce soir ?

— Ze les mettrai dans le placard à balais du septième. Il y aura bien un seau d'eau pour les accueillir...

L'ascenseur buta contre les cales du rez-de-chaussée. Dans un feulement doux, il repartit aussitôt vers le haut.

— Nous faisons cette petite excursion en montagne chaque fois qu'il se présente un cas de grande fatigue, expliqua Liselotte. Christophe prétend qu'Otis-Piffre est en panne et, pendant que les clients s'impatientent, nous, nous montons et descendons l'Oberland ou le Fuji-Yama.

— C'est notre septième ciel, dit le liftier avec un sourire qui lui allait d'une oreille à l'autre. Notre neige éternelle !

— Et puis, tiens, vous n'avez pas idée des coïncidences, s'émerveilla Liselotte en se tournant vers Boro. J'ai toujours rêvé d'être alpiniste, et Christophe est natif des Pyrénées !

Des taches de rousseur constellaient le visage du jeune premier de cordée. Il n'avait pas plus de quinze ans.

« Des enfants », songea Boro. Et son cœur se serra.

Ils l'observaient tous deux, la bouche légèrement entrouverte, attendant qu'il approuvât leur farce.

— C'est une idée magnifique ! s'écria-t-il. On vous déguise en grandes personnes et vous leur jouez des tours. Bravo !

Et il applaudit des deux mains tandis que l'ascenseur marquait une seconde d'arrêt avant de redescendre.

— Monsieur Christophe permettra-t-il que j'invite son amie Liselotte à déjeuner pour son anniversaire ? demanda-t-il.

— Il n'y voit aucun inconvénient, répondit la jeune fille. Mais pas aujourd'hui. Aujourd'hui, c'est mon jour Galeries Lafayette. Demain, si vous voulez...

— Demain, d'accord. Mais aujourd'hui aussi : je fête toujours les anniversaires à leur date.

— Mais je dois aller au restaurant du personnel !

— Alors j'irai aussi.

— On ne peut pas, dit Christophe avec une mine navrée. C'est une cantine réservée aux gens de la maison.

— Qu'importe ! fit Boro. Je me débrouillerai toujours !

— Christophe, arrête-moi au troisième, demanda gentiment Liselotte. On a fait une bien jolie balade en téléphérique...

Puis à Boro :

— Dites-moi où je vous rejoindrai demain.

— Vous le saurez plus tard.

— Mais quand ?

— Vous le verrez bien. Je vous réserve la surprise.

L'ascenseur stoppa au troisième. Christophe coiffa son calot et actionna une manette de cuivre. Les portes s'ouvrirent dans un soupir.

— A bientôt ! s'écria Liselotte.

Elle disparut derrière les clients qui s'engouffraient dans la cabine.

— C'est raté pour ce jour, dit Christophe en actionnant la manette des pneumatiques.

— Pourquoi cela ?

— Ze vous l'ai dit : le restaurant est réservé au personnel. On n'entre pas sans carte.

— Vous me prêteriez la vôtre ?

Le rouquin secoua la tête avec découragement. Ils parlaient bas pour ne pas être entendus de leurs voisins.

— Il y a un obstacle insurmontable.

— Lequel ?

— Le sexe. Les dames mangent avec les dames, et les messieurs restent entre eux.

— Quelle étrangeté ! fit Boro. On n'aime pas vivre, ici !

— C'est pas vraiment le Lido, reconnut le garçon.

Et il baissa la tête.

Boro descendit au rez-de-chaussée. Christophe sortit à son tour et fit tinter une clochette de laiton.

— Quel âge avez-vous ? demanda Boro avant de prendre congé.

— Quatorze ans et demi. Mais ze peux en paraître dix-sept. Ça dépend comme ze m'habille.

Boro lui tendit la main.

— On se reverra, soyez-en sûr !

Le jeune garçon eut un grand sourire. Il lui manquait deux dents sur le devant.

Déjeuner sur table

LISELOTTE n'éprouvait aucun intérêt véritable pour la clientèle moutonnière dont elle avait la charge. D'une façon générale, elle dévisageait à peine ses clientes. Remarquait rarement l'extravagance de leur chapeau, le moucheté de leur voilette, la carnation fragile des blondes ou la matité des teints de brune. Aveugle et sourde à la déambulation, elle répondait aux questions des chalands par monosyllabes. Dans son esprit, les deux journées et demie qu'elle passait aux Galeries Lafayette correspondaient au montant de la rançon qu'elle payait pour suivre les cours de la faculté de droit.

Dès lors, pas étonnant si la belle enfant vendait du parfum et des produits de beauté aux élégantes en bâillant. Elle célébrait les subtiles fragrances de Fleur de Rocaille de chez Caron avec à peu près autant de conviction qu'elle en eût déployé si on l'avait mise devant l'obligation de recommander une cure de Grains de Vals, laxatif amaigrissant, à un obèse harcelé par l'opiniâtreté de sa paresse intestinale.

Indifférente à l'aspect des gens qui défilaient, elle n'enfermait d'ailleurs jamais leur image dans son souvenir. Aucune situation, fût-elle cocasse, ne retenait son attention. Pas plus la fugitive insistance du regard d'un monsieur faisant l'acquisition d'un tube de brillantine épaisse Marcel pour plaquer ses cheveux sans les graisser que le sourire distant d'une femme du monde, venue à elle pour soigner la luminosité de son teint grâce à la complicité synthochrome de la poudre de riz Rachel Ardente de chez Gemey.

Lorsqu'elle revint de l'ascenseur où Boro avait disparu, un homme se tenait devant la parfumerie. Liselotte le remarqua parce que Nicole, l'une des vendeuses des dessous qui l'avait remplacée durant son escapade, lui rendit sa place avec une grimace de dégoût pour ce client à qui elle jeta un regard méprisant avant de regagner son rayon.

Liselotte reprit son poste derrière le comptoir. L'inconnu s'éloigna. Il se posta entre les bas et les parfums, et n'en bougea plus. Il avait les traits épais, le nez écrasé, une stature d'haltérophile. Ses mains étaient enfoncées dans les poches d'un manteau de cuir. Il se dandinait d'un pied sur l'autre en regardant attentivement la parfumerie et l'allée qui y conduisait.

Soudain, Liselotte ressentit une crainte diffuse. Elle n'avait jamais rencontré mine aussi patibulaire. Le colosse semblait enraciné là. A l'évidence, il attendait quelqu'un. Son regard furetait de droite à gauche, pour revenir inévitablement se poser entre les deux meubles de bois blanc qui marquaient l'ouverture du rayon parfumerie.

Liselotte se déplaça de quelques pas sur la droite et observa plus loin, en direction des dentelles. Là non plus, l'inconnu n'était pas passé inaperçu. Les vendeuses l'observaient sans rire et sans se moquer, ce qui n'arrivait pas si souvent. Nicole elle-même, pourtant si prompte à railler par gestes les clients désagréables qui se présentaient aux rayons proches, ignorait le quidam ou, plutôt, feignait de l'ignorer — comme le constata Liselotte en cherchant vainement son regard. L'homme avait fait tomber dans ce coin du magasin un voile grisâtre où tous se trouvaient pris. Il dégageait des fluides étranges, brutaux et menaçants.

Liselotte servit une cliente. Cette dernière désirait une paire de ces faux cils qui faisaient alors fureur dans Paris. Contrairement à ses manières habituelles, la jeune employée prit le temps d'écouter et de répondre, proposa divers modèles — tout en sachant qu'ils ne conviendraient pas. Pour une fois, elle se comporta comme une vendeuse modèle. Elle n'était pas poussée par le désir de bien faire mais par un besoin quasi instinctif de chercher protection chez autrui. L'homme au nez écrasé lui faisait peur.

Midi sonna. Liselotte commença à guetter impatiemment la venue de celle qui la remplacerait le temps qu'elle allât déjeuner. A midi cinq, il n'y avait toujours personne. Aux dentelles et aux dessous féminins, les filles étaient déjà parties. Les acheteurs se faisaient plus rares. Le grand magasin bruissait moins fort, comme s'il entrait dans une phase de repos avant la cohue de l'après-midi. L'inconnu au faciès de vilaine engeance n'avait pas quitté sa place. De ses yeux rapprochés, il observait désormais la jeune fille avec une outrecuidance qui eût provoqué sa colère en temps normal mais qui, pour l'heure, ne faisait naître en elle qu'un sentiment de panique qu'elle s'efforçait de contrôler le mieux possible. Terrifiée, elle songea que, s'il approchait d'elle, elle crierait, et déjà elle se plaçait un peu en dehors de son stand, prête à jaillir au premier pas. Elle courrait vers l'ascenseur en hurlant, appelant les hommes de l'étage qui se saisiraient de l'importun avant qu'il ait eu le temps d'esquisser le moindre geste contre elle. Les vigiles du rez-de-chaussée se chargeraient de l'expulser et, pendant qu'il recevrait une bonne raclée, elle déjeunerait tranquillement sur les marches de l'Opéra.

Cependant, il était toujours là. A midi quinze, une jeune femme que Liselotte ne connaissait pas se présenta dans l'allée, dépassa les dentelles, les bas et les dessous et, ouf ! entra dans le rayon parfumerie.

— Il paraît que je vous remplace !

— Sûr ! fit Liselotte avec une grimace de soulagement.

Elle eût embrassé la nouvelle.

— Les prix sont indiqués sur les boîtes, et il n'y a rien de spécial à faire. On doit se tenir debout, comme vous savez. Le chef s'appelle Cosini, et c'est une belle ordure. S'il me demande, dites que je serai là dans trente-cinq minutes.

Et elle décampa.

Elle rattrapa Nicole devant la chapellerie féminine. Elle lui prit le bras.

— Il faut faire quelque chose pour ma remplaçante ! Elle est en face de l'affreux type !

— Laisse l'affreux type. Il est moche, sans doute méchant, mais quand elle lui aura dit non, il partira.

— Mais qui est-ce ?

— Un boxeur raté. Il dit que son frère est un vrai champion.

— Il t'a parlé ?

— Oui, mais ce n'est pas de ton âge.

— Vas-y.

— Il m'a proposé un round.

— Qu'est-ce que c'est, un round ?

— Une passe pour grandes personnes, répondit Nicole. J'ai refusé, bien sûr. Avec sa gueule de travers, il ferait pondre un grizzli à une autruche.

Elle se dirigea vers l'escalier conduisant au septième. Liselotte marqua le pas.

— Allez, amène-toi, Lolotte ! T'es toute pâle. Il faut que tu reprennes des forces.

La jeunette hésita, puis suivit son amie.

D'habitude, elle ne déjeunait jamais au magasin. Dix francs le repas pour un salaire d'à peine cinq cents francs par mois, c'était trop. Et puis elle aimait profiter de sa demi-heure pour musarder du côté de l'Opéra, où elle lisait les affiches avec délice. Un fruit suffisait à sa gourmandise. Sans cet horrible bonhomme, elle eût agi ce jour-là comme les jours précédents. Mais elle avait besoin de se savoir entourée par d'autres. La foule la rassurait.

Elle suivit Nicole à travers les étages et la perdit à l'entrée du restaurant. Elle la chercha du regard par-delà les épaules des autres vendeuses. Mais elle ne la vit pas.

Elle prit un plateau sur le comptoir et avança lentement vers les deux guichets de la cuisine. Le chef servait derrière le premier. L'autre, le guichet des quarts, était réservé aux boissons. Le service était grossier, l'odeur nauséabonde et la salle crasseuse. Rien à voir avec les immenses réfectoires de la Samaritaine où, lui avait-on dit, le personnel déjeunait dans des conditions fort acceptables.

Son tour arriva. Elle tendit le plateau.

— Chaud ou froid ? demanda le cuisinier.

— Chaud.

Elle ne savait même pas ce qu'elle allait manger.

Le chef plongea la main dans un bac métallique et en sortit une tranche de rôti qu'il déposa sur l'assiette.

— Salade ou cornichon ?

— Salade.

— Et deux feuilles de verdure pour la mam'zelle ! A la suivante !

La laitue atterrit sur l'assiette, l'assiette fut nappée d'une sauce verdâtre par une fille de cuisine. Liselotte délaissa le guichet des quarts et se retrouva dans la salle, au milieu d'un brouhaha de guêpes noires. Les filles tournaient autour des tables à la recherche d'une place. Quelques-unes formaient un cercle qui s'agrandissait au fur et à mesure que les nouvelles venues découvraient un spectacle qui, à en croire l'expression des visages, relevait de l'extraordinaire. Liselotte s'approcha des fenêtres. Elle comptait s'asseoir dans un coin de la pièce, manger sur ses genoux et quitter au plus vite ce réfectoire nauséabond. Elle se fraya un passage entre ses consœurs et buta contre le cercle qu'elles avaient formé au milieu de la salle.

— Pardon ! s'excusa-t-elle.

Poussant son plateau devant elle, elle écarta les rangs et se retrouva subitement à l'intérieur de la circonférence. Celle-ci se referma sur elle.

— Mademoiselle Liselotte !

Elle eut l'impression que le ciel s'ouvrait devant elle.

— Mademoiselle Liselotte ! Soyez donc la bienvenue ! Je vous ai gardé une place !

Il était là ! Assis seul à une table au centre du cercle, son plateau sagement posé devant lui, sa canne contre la chaise, souriant benoîtement aux minois qui l'observaient joyeusement. Le seul homme qui fût jamais entré dans le réfectoire des dames !

— Attendez que je vous aide !

Il se leva, fit quelques pas et s'empara du plateau qu'il déposa avec précaution sur la table graisseuse. Puis il écarta la chaise, se courba et, désignant la place :

— Je vous en prie : asseyez-vous !

Elle s'exécuta. Il s'installa face à elle et adressa un petit geste de la main aux filles qui se pressaient pour découvrir le spectacle peu commun d'un homme déjeunant avec une femme au réfectoire des Galeries Lafayette.

— Évidemment, pour votre anniversaire, nous aurions pu choisir un endroit plus intime, fit-il en se reculant sur sa chaise.

Il montra le plafond.

— Un cadre plus raffiné.

De l'index, il pointa son assiette.

— Des mets plus... plus rares.

Il embrassa de la main les deux guichets.

— Sans compter une mention spéciale pour le service... Quelle brigade ! Quel chef de cuisine ! Inimitable, le service ! Un maître d'hôtel qui sert avec ses doigts, ça, je n'avais jamais vu !

Liselotte le regardait avec un sourire ému. Cet homme était en tout point délicieux. Il l'avait soutenue dans un moment difficile, n'avait pas oublié son anniversaire et, alors qu'elle n'espérait pas le revoir, ou du moins pas si vite, il se présentait devant elle et lui faisait presque oublier son chagrin et la peur qu'elle venait d'éprouver.

— Comment avez-vous fait pour vous introduire ici ? bredouilla-t-elle.

— Vous voulez que je vous raconte le truc en détail ?

Il se pencha vers elle et lui prit le menton entre les doigts.

Elle fit oui de la tête.

— Figurez-vous que j'ai d'abord voulu me faire engager... De vous à moi, j'y voyais un double avantage : primo, vous rencontrer ; deuzio, c'était la combine rêvée pour faire un reportage sur les coulisses d'un grand magasin. Alors, je suis allé me présenter au service de recrutement du personnel !

Il redressa le visage et sourit aux jeunes filles qui passaient devant leur table. Le cercle s'était rompu. On les regardait encore, mais de plus loin.

— Derrière un bureau, j'ai rencontré un grand dépendeur d'andouilles en trois-pièces.

— Oh ! Vous avez osé forcer la porte de M. Puzenet-Laroche ?

— Qui est ce Buzeness-Laroche ?

— C'est notre sous-directeur. Qu'a-t-il dit en vous voyant entrer chez lui ?

— Il a paru assez stupéfait. Après, il s'est repris. Il m'a demandé ce que je savais faire. Là, je lui en ai payé pour son argent. Grand octave ! Toute la gamme ! Le paperassier n'a pas été déçu. J'ai longuement improvisé sur l'étendue de mon talent. Passé ce premier stade de l'examen, le portemanteau à Légion d'honneur a paru perplexe. Il m'a questionné sur mes goûts et aversions, mes capacités d'accomplir un travail manuel, ma mémoire et mes connaissances générales. Vous avez eu droit à ça, vous aussi ?

Elle acquiesça en souriant. Elle était sous le charme.

— Après quoi, votre boute-en-train à tête de sous-main m'a demandé de marcher devant lui. En vérité, c'est là que ma réputation s'est jouée... Vous savez ce qu'il leur faut comme vendeurs ?... Ils engagent des types grands comme la moyenne, d'un extérieur agréable, sans gaucherie dans les mouvements, qui parlent vite, raisonnent bien et n'ont pas de lunettes. A votre avis, je réponds au profil ?

— Pas forcément... Pas forcément pour M. Puzenet-Laroche.

— Puissamment raisonné, petite fille ! s'écria-t-il en donnant du poing sur la table. Pas pour M. Puedunez-Laroche ! Car, en plus, il a exigé de moi une démarche gracieuse. Et là, je suis mal placé ! Je possède tout le reste, mais pas le délié de la démarche ! Il me l'a dit, l'escogriffe ! Et quel mépris dans la voix ! Ses yeux me faisaient comprendre qu'il faut être né moyen, blanc et de souche plutôt briarde ! Quant aux sous-hommes, aux bancroches, aux contrefaits, qu'ils attendent !

Il souleva sa canne par le jonc.

— Et voilà comme les choses se mettent ! D'un geste du pouce retourné vers la moquette, votre Jupiter tonnant m'a évincé de la liste des élus ! Je ne suis pas devenu vendeur aux Galeries Lafayette. Je ne le serai jamais. Carrière foutue ! N'est-ce pas une honte ?

Elle lui adressa un demi-sourire.

— Vous êtes arrivé jusqu'ici tout de même... Comment avez-vous fait ?

— Méthode classique. Culot à l'emporte-pièce. C'est trop beau de marlouter les crétins ! De nos jours, une carte de presse est un véritable sésame...

Il s'interrompit.

— Nous devrions manger. L'affaire est en train de cailler dans nos assiettes.

Il montra l'exemple en portant le premier sa fourchette à la bouche. Elle l'imita.

— Quel reportage faites-vous ?

— Mais aucun ! s'exclama-t-il joyeusement. Je suis là pour vous distraire, voilà tout ! Je voulais déjeuner avec une jolie reine le jour de son anniversaire, et je déjeune avec Sa Majesté le jour de son anniversaire !... Je suis têtu, vous savez ! Fin bretteur avec ça ! Tenez, ce bon Dumas aurait pu me faire confiance les yeux fermés... J'étais de l'espèce qui aurait rapporté coûte que coûte les ferrets à sa souveraine !

La viande était sèche et froide, mais il la mangeait avec naturel, semblant même lui trouver du goût. Il avait oublié le lieu où il se tenait et la curiosité dont il faisait l'objet.

— Permettez-moi de vous poser une question : qu'allez-vous faire maintenant ?

Il l'observait avec un soupçon de gravité, son regard sombre posé sur elle.

— Je ne sais pas encore, répondit-elle.

— Je n'en crois rien. Dites-moi la vérité.

— Je vais poursuivre ici jusqu'au moment où je ne pourrai plus continuer mes études. Alors, je deviendrai employée de bureau chez un magistrat ou un clerc de notaire.

Il fit la moue. Elle prit l'air vindicatif.

— Que voudriez-vous que je fasse d'autre ? Vous avez mieux à me suggérer ?

— Quitter ce lieu et vous consacrer à vos études.

— Et c'est vous qui allez me payer tout ça ?

— Pourquoi pas ?

Elle posa ses couverts de part et d'autre de son assiette. Ses yeux s'étaient allumés comme des mèches. Elle dit avec colère qu'il faisait fausse route s'il croyait pouvoir s'approprier quelqu'un comme elle en l'achetant telle une vulgaire cocotte.

— Je ne vous permets pas de mettre en doute la candeur de mes intentions, dit Boro.

Lui aussi avait durci le ton.

— Si j'avais cherché à vous séduire pour vous conduire dans mes draps, dit-il avec une douceur retrouvée, faites-moi l'amitié de me croire, Liselotte, je m'y serais pris d'une autre façon.

Ils laissèrent passer quelques secondes. Boro écarta son assiette. Il était sincèrement ulcéré. Et même si la petite avait été sans cesse présente à son esprit ces derniers temps, du moins était-il sûr qu'il ne la sacrifierait pas à son caprice. Elle était d'une trempe trop fraîche. Boro avait un instinct animal qui lui commandait de respecter la pureté.

— Admettons que je vous trouve un emploi, reprit-il sur un ton qui excluait toute agressivité.

— Je préfère parler d'autre chose...

— Mais c'est une proposition honnête !

— Je saurai me débrouiller, monsieur.

— Je m'appelle Blèmia.

— Comment faut-il le répéter ? On ne m'achète pas, monsieur Blèmia !

Son regard était brûlant. Elle pinçait les lèvres. Il éclata de rire.

— Sortons d'ici. Dans un lieu pareil, les êtres se trouvent fatalement à des kilomètres l'un de l'autre.

Il se leva.

— Venez-vous ?

— Pourquoi devrais-je vous suivre ?

Il se pencha vers elle.

— Ne jouez pas les femmes affranchies. Vous n'avez pas l'expérience, que je sache.

— Est-ce que pour autant cela m'empêcherait d'être orgueilleuse ?

— Attendez quelques années.

— En tout cas, ne me faites plus pareilles propositions.

Boro sourit avec une tristesse non déguisée.

— Comme vous êtes loin ! Comme vous êtes sur la défensive !

Elle repoussa son plateau et se leva à son tour.

— C'est entièrement votre faute. Vous m'avez mise à l'envers. Mon père vient de mourir et vous êtes déjà là à me proposer une rente... A quoi cela rime-t-il ?

— A répondre à ses vœux, mademoiselle Liselotte. Voulez-vous être avocate, oui ou non ?

Elle parut réfléchir.

— J'ai encore cinq minutes. Offrez-moi un pain au chocolat.

Ils empruntèrent l'ascenseur. Christophe avait cédé sa place à un liftier cinq fois plus âgé que lui. Liselotte ne le connaissait pas.

Elle entraîna Boro au-dehors. Ils traversèrent le boulevard et entrèrent dans une boulangerie. Ils achetèrent deux pains au chocolat. Comme ils ressortaient, Liselotte prit soudain la main de Boro et tendit le bras.

— Cet homme, là-bas ! Regardez !

Boro suivit la direction qu'elle lui indiquait. Il ne vit que des dos et des épaules, mais il reconnut sans peine le manutentionnaire qu'il avait pris en photo avant son entrée au magasin.

— Je ne vois rien, dit-il pour ne pas affoler la petite.

— Trop tard ! fit-elle, dépitée, en lâchant sa main. Il a disparu dans la foule.

— Et qu'avait-il de si particulier ?

— Rien, je crois. Sauf qu'il m'a fait peur. Il est venu au rayon ce matin. Il a une si sale tête...

Liselotte haussa les épaules et croqua dans son pain en chocolat.

— J'ai les nerfs à fleur de peau, finit-elle par admettre. C'est l'heure. Il faut que je reprenne mon travail.

— Pas avant de m'avoir donné l'adresse de votre ami Fruges. Il a promis de faire réparer ma voiture. Il s'est embarqué avec et depuis... plus de nouvelles ! Envolé !

— Je vous conduirai chez lui un dimanche. C'est à Créteil, pas très loin de la Marne. Pour être heureux, parrain Albert dit qu'il lui faut une rivière...

Il s'inclina devant elle, lui prit la main et fit mine de lui baiser l'extrémité des doigts. Elle lui donna une petite tape dans les cheveux.

— Ne jouez pas aux hommes affranchis !

— Mais je le suis ! s'écria-t-il. Est-ce ma faute à moi ?

— Voyons, monsieur Blèmia, dit-elle en le raillant. On n'agit pas ainsi avec un cœur de dix-sept ans !

— C'est vrai, reconnut-il. Il faut être plus simple.

Et il appliqua ses lèvres sur sa joue. Comme il se redressait, il entendit une voix derrière lui :

— Cinq minutes de retard, mademoiselle Liselotte. Vous rattraperez ce soir...

Il fit volte-face et se trouva nez à nez avec l'adjoint du chef du rayon parfumerie.

— Six minutes, et ce serait presque catalogué comme une absence !

— Et vous-même, garant du bon exemple, est-ce que vous êtes à l'heure ? interrogea Boro en toisant l'homme du haut de son mètre quatre-vingt-sept.

Le sous-chef de rayon avait reconnu en Boro l'acheteur des sept flacons de parfum. Il se tenait droit comme un « i » majuscule. Il avait la lèvre fine des hypocrites et l'œil jaune des atrabilaires.

— Je vous attendrai ! souffla Liselotte à Boro. Oublions nos querelles. Revenez me voir...

Puis elle s'en fut. Boro hésita une fraction de seconde. Il observa l'importun, consulta sa montre et dit :

— Vous ne pouvez pas lui reprocher d'avoir six minutes de retard quand vous en avez huit...

— Est-ce votre affaire, monsieur ?

— Pas encore. Mais si vous faites rattraper Liselotte ce soir, ça le deviendra, monsieur.

Il allait prendre congé lorsqu'il perçut un frémissement de la joue chez Cosini. Le regard se porta plus loin puis, presque aussitôt, revint se poser sur son interlocuteur. Mais l'Italien, désormais, avait l'esprit ailleurs. Son œil était vide. Boro se retourna. Un camion benne de la Sita tournait au coin de la rue Charras.

— Ils ramassent les ordures à cette heure-ci ? demanda-t-il, feignant l'insouciance.

L'autre se troubla.

— Quelles ordures ? De quoi parlez-vous ?

— Du camion, pardi ! Vous ne l'avez pas vu ?

Il désigna le véhicule de la Sita. Son regard demeura braqué sur le visage de Cosini. Celui-ci ne cilla point. Seul son menton fut parcouru d'un mouvement nerveux, une sorte de tic à peine visible qui troubla notre reporter.

— Que lui trouvez-vous d'extraordinaire ? Ce n'est qu'une benne à ordures !

— Bien sûr, répondit Boro.

Il regarda tour à tour le camion puis l'employé du grand magasin.

— Une benne à ordures longtemps après le ramassage des poubelles, dit-il doucement. Pas plus surprenant, en somme, que la lune en plein jour.

Et il tourna les talons.

TROISIÈME PARTIE

Le mystère des Galeries Lafayette

Une mort froide et violente

Alphonse Charpaillez détestait conduire la benne. La direction était bien trop dure pour ses maigres forces, la suspension bien trop spartiate pour les cavernes de ses poumons en lambeaux.

Pourtant, ce soir, il se sentait surexcité. Il en était ainsi chaque fois qu'il s'apprêtait à descendre une marche supplémentaire dans l'abomination. Au fil des mois, le complot de la Cagoule, sous ses dehors de conspiration romantique, rejoignait davantage Fantômas que le comte de Monte-Cristo. Cachettes, prisons, caveaux, poteaux gréés avec des chaînes, murs truqués, la brique et le ciment liés l'un à l'autre, tels étaient les matériaux employés par une poignée d'hommes exaltés pour aller jusqu'au bout de leur mythomanie.

Charpaillez était épouvanté par ce qu'il avait dénombré de réseaux souterrains, de rendez-vous clandestins et de haine accumulée. Qui le croirait ? A qui raconter ces projets insensés, ces perspectives de combats de rue, ces kilos d'explosifs accouplés à des systèmes d'horlogerie très sophistiqués ? En quelle France allait-on vivre, à la merci d'une épidémie de maladies galopantes volontairement propagées par voie bacillaire ?

Ce soir, au travers du pare-brise, les prunelles du policier brillaient de mille lueurs étranges tandis qu'elles croisaient le scintillement des feux de circulation des voitures.

Il s'orienta et prit par la porte d'Italie.

Il sourit avec amertume en entrevoyant à contre-jour d'un réverbère la silhouette d'une jolie femme arpentant le trottoir.

Il jeta un coup d'œil à la peau ridée qui gantait sa main décharnée. « Trop abîmé, mon vieux ! Plus de canailleries ! Sexe en berne, je te prie ! Tu pues déjà ! Tu sens la caisse ! » Il s'invectivait mentalement. Et dans le petit miroir du rétroviseur, les ombres de la mort sur son visage émacié lui paraissaient bien grotesques.

A l'entrée d'Ivry, il se paya le luxe de prendre par la rue Michelet pour le plaisir de passer devant Saint-Pierre-Saint-Paul, une petite église campagnarde juchée sur une butte. A l'âge de dix ans, il y avait été enfant de chœur. Sa mère habitait au 141. C'était le bon temps. Il jouait aux billes dans le caniveau, un jeu qui s'appelait la poursuite, et marchait avec un cartable sur le dos. Il garderait ce souvenir comme un petit ruisseau pour toute la nuit.

La morphine cavalait dans ses veines. Une fois de plus, il avait eu recours à ses charmes suborneurs pour soulager le faix d'une asthénie permanente. Il se piquait lui-même. La Grande Maison fermait les yeux sur son trafic avec le Pharmacien, un indicateur de la rue Blondel qui était devenu son fournisseur habituel. Le préfet Guichard était secrètement fasciné par le zèle de son collaborateur, par sa hargne à vivre et à dénoncer.

Comme il croisait des phares aveuglants, Charpaillez se laissa envahir par un tic qui déforma sa face lunaire. Une onde chaude et tourbillonnante dévalait ses tempes, ravinait jusqu'aux emmanchures des poignets — un flux propre à réveiller n'importe quel vasouilleux dans les brancards. Il se sentait en mal d'agressivité.

Il se tourna vers Briguedeuil, son éternel boulet, son massif et monolithique compagnon de mission au sein de l'organisation. Pierre-Joseph mâchait une madeleine confectionnée par sa maman.

A quoi pouvait bien réfléchir un ruminant de son espèce ?

Charpaillez décida de l'asticoter.

— Tu broutes, ma chèvre ? Tu fais turbiner ton petit moulin ?

— Si tu me cherches, crevure, tu vas me trouver, gronda l'autre. Espèce de choléra ! Encore un mot, je te chourine !

Charpaillez s'en foutait. Que l'autre le larde ! Qu'on en finisse avec les fausses promesses d'une vie de microbe !

— Alors, les femmes ? ricana-t-il en s'adressant au puceau. Ton ouistiti ? Comment ça baise avec les femmes ? Tu piques un peu les jours de lune ?

Briguedeuil changea de position et Charpaillez entrevit ses bottes rouges. Des bottes archi-souples. Des bottes d'écuyère. Le colosse avait de tout petits petons.

Soudain, Pierre-Joseph braqua ses yeux rapprochés sur le souffreteux. Il intercepta le regard de ce dernier posé sur ses chaussures de femme. Il sourit presque.

— Bichonne-toi surtout, Charpaillez. Va pas mourir d'une pneumonie. Parce qu'un jour je te ferai chialer ! Parole d'homme ! Tu seras des miettes, juste un petit tas sec à balayer.

L'enseveli des casemates de Craonne haussa les épaules.

Combien de temps arriverait-il à tenir son double rôle ? Dressage fantastique ! Un jour bourreau, conspirateur, retourneur de république. La minute suivante, mouche de préfecture, policier du droit, de l'ordre et de la justice. L'alternance du bien et du mal le renvoyait à lui-même. Et quelle solitude ! Il aurait donné ses derniers souffles pour rencontrer un ami à qui se confier.

— Tourne à gauche, pauvre clique, lui enjoignit soudain Briguedeuil.

Il braqua de toutes ses forces. Le véhicule tangua, puis se redressa. Il s'engagea en gémissant de toute sa suspension dans une sorte d'impasse pavée au bout de laquelle, ramassée autour de ses fossés truffés de jardinets, se découpait la silhouette du fort d'Ivry.

— Nous y sommes, dit Briguedeuil. Voici la muraille.

— J'éteins les lumières et je les rallume trois fois, annonça Charpaillez.

Du coup, il allait mieux. Et il en était ainsi chaque fois qu'il se retrouvait plongé dans l'action, chaque fois que l'élan du complot ranimait l'agilité de son esprit.

Une ombre se détacha du gris. Elle s'avançait au-devant d'eux. Charpaillez consulta l'heure. Quand il transcrirait toutes les péripéties de cette soirée sur son carnet, il devrait noter les moindres détails. Ainsi l'exigeait Paul Guichard.

Celui qui approchait était un militaire. Il était élancé. Le mollet pris dans des leggins, il portait képi et uniforme à deux galons. Il aborda le camion de la Sita par le côté du chauffeur. Il donnait l'impression d'être transi de froid.

Charpaillez avait le gosier sec. Il descendit sa vitre, fut saisi par l'air vif et murmura :

— Quelle heure est-il ?

— Toujours la même, répondit le lieutenant Jaunivert de Coquey.

Ainsi échangés les mots de passe, il fit apparaître une pièce de monnaie dans sa main.

L'instant d'après, il sautait sur le marchepied du véhicule et faisait signe à Charpaillez d'embrayer.

— Prenez à gauche du portail principal. Attention, la voie va se rétrécir.

— Il ferait beau voir que tu nous viandes dans les fossés, tas de jaunisse ! commenta Pierre-Joseph. Avance à l'ordre !

— Redressez, redressez ! Nous abordons une portion de chemin dont les rives s'effondrent, annonça presque aussitôt le militaire.

Alphonse-le-gazé conduisait avec prudence. Pour y mieux voir, il était presque debout sur ses pédales, sondant chaque recoin du talus comme une embuscade potentielle.

— Arrêtez-vous là, ordonna de Coquey.

Il sauta avant l'arrêt complet de la benne et courut jusqu'à une porte à deux battants qu'il ouvrit pour livrer passage au camion.

Dans le faisceau des lanternes, Charpaillez aperçut le balancement de la manche à deux galons de l'officier. Un geste impératif lui intima l'ordre de s'engouffrer dans la cour. Alors même qu'il accomplissait sa manœuvre, le visage de Jaunivert de Coquey réapparut à la vitre. Il s'était hissé à nouveau sur le marchepied.

— Avancez jusqu'au troisième bâtiment. Gardez seulement vos lanternes. Là ! devant cette poterne... mettez-vous à cul. C'est bien ainsi ! Stoppez le moteur.

Charpaillez coupa les gaz.

— Nous sommes derrière les cuisines. C'est un endroit parfaitement désert pendant la nuit. Le poste de garde se situe sous le porche d'entrée, à cent mètres d'ici. Il est occupé par un brigadier et cinq soldats du contingent. Ils dorment la plupart du temps. Sauf le factionnaire.

Les trois hommes se rejoignirent dans l'obscurité.

— Eh bien ! annonça de Coquey, ce que nous allons accomplir ressemble en tout point à une première...

Il jeta un regard circulaire sur le casernement endormi.

— Personne, aucun civil n'a jamais pénétré dans un magasin d'armement pour faire main basse sur du matériel militaire...

Le jeune officier mit la main à sa poche de vareuse et en ressortit un trousseau de clés. Il s'affaira sur trois serrures et, entrouvrant la porte blindée du bâtiment le plus proche, fit signe à ses compagnons d'investir les lieux. Briguedeuil s'introduisit le premier dans la place. De Coquey referma la porte sans enclencher la serrure.

— Il n'y a aucune ouverture donnant sur l'extérieur dans cette partie de la fortification, dit-il pour information. Nous pouvons donc allumer la lumière. Les ampoules sont d'ailleurs bleutées en prévision d'une alerte aérienne.

A la suite de l'officier, ils longèrent une allée et débouchèrent sur un double râtelier contenant de l'armement moderne.

— Mitrailleuses Hotchkiss, déclara Briguedeuil.

— Fabriquées à Levallois-Perret, précisa de Coquey. Il y en a quatre. Et trois fusils-mitrailleurs. Dans l'autre râtelier, trente-quatre fusils. Ce sont des Lebel. Ils servent à la préparation militaire et sont équipés de baïonnettes.

Pierre-Joseph avisa un pied-de-biche et fit sauter le cadenas qui commandait une chaîne reliant toutes les armes par le pontet.

— Je vous ai aussi fait préparer trente kilos de tolite, cent vingt détonateurs et trente mètres de cordon Bickford.

Briguedeuil continuait à faire le tour du propriétaire :

— Et dans ces caisses ?

— Des équipements : soixante-quinze casques métalliques, cent musettes marron, cinquante serre-tête, quelques étuis à revolver, vingt-cinq cartouchières et des bretelles pour fusils.

Charpaillez émit un sifflement et resta prostré devant les cantines où était rangé tout cet arsenal.

— La main dessus, cloporte ! ordonna le colosse à l'adresse de son souffre-douleur.

Ce dernier se précipita sur une malle kaki et essaya de la décoller du sol.

— Je vais vous prêter la main, proposa de Coquey. Vous n'avez pas l'air bon pour le service !

— Vous avez raison. Franchement, je ne compte pas suivre la prochaine. C'est parce que j'ai déjà fait l'autre, du côté du Chemin des Dames !

Pierre-Joseph se sentait les forces d'un géant. Le visage de la brute s'était éclairé d'une joie archaïque. Il se chargea d'une brassée de mitrailleuses et fit un premier voyage en direction de la benne. Le contact de l'acier glacé éveillait en lui une joie comparable à celle d'un gâte-sauce goûtant une béchamel.

— Bel et beau, tout ça ! J'emballe la mort dans le carrosse à ordures ! dit-il en ouvrant la porte blindée afin d'accéder à l'arrière du véhicule.

Il s'immobilisa aussitôt. Son faciès euphorique sembla se fendiller sous l'effet d'une émotion inattendue. Sa mâchoire se mit à pendre tandis qu'il reculait devant l'apparition du colonel Barassin-Ribancourt. Ce dernier, habillé en grand uniforme, ne ressemblait plus à l'homme âgé et indécis qui s'était présenté à l'appel de Deloncle.

L'officier supérieur évalua la situation de son œil délavé. Il marcha droit sur Jaunivert de Coquey et fixa son subordonné avec une intensité qui trahissait assez sa colère rentrée.

— Eh bien, monsieur, dit-il au lieutenant en se haussant sur les pointes de ses bottes, j'attends que vous trouviez les mots pour justifier ces actes de piraterie !

— Mon colonel, je ne fais qu'obéir aux directives de qui vous savez... Ce... ce transfert d'armes fait partie du concours que nous sommes en mesure d'offrir à nos partenaires afin de les aider à supprimer le marasme économique, social, politique dans lequel s'enfonce le pays.

La pâleur du jeune officier reflétait son trouble intérieur.

— Mon colonel, plaida-t-il d'une voix atone, le moment est venu de faire le point avec l'Histoire...

— De Coquey ! Vous nagez en pleine fantasmagorie ! J'appelle cela du vol. Un pillage pur et simple !

— Nous sommes là pour faire échec au danger communiste. Nous confisquons un matériel qui, de la sorte, ne sera pas détourné de la défense des vraies valeurs.

— Lieutenant de Coquey, je vous ordonne de surseoir aux actes de sédition dont vous vous faites l'instrument ! Demandez immédiatement à ces hommes de réintégrer les mitrailleuses dans leur râtelier !

— Mon colonel, c'est vous qui vous parjurez. Rappelez-vous votre serment : *Ad majorem Galliae gloriam* !

— N'allez pas au-delà de ce qui est admissible ! s'enroua Barassin-Ribancourt. De Coquey, je vous somme d'obéir ! Faites sortir ces mercenaires ou je fais appel à la garde ! Quant à vous, regagnez votre cantonnement et prenez les arrêts de rigueur. C'est un ordre !

Le vieux soldat, constatant son impuissance à faire respecter son autorité, avait dégainé son parabellum.

— Insoumission ! gronda-t-il. Je vous ferai passer en conseil de guerre ! Le falot pour des gens comme vous !

Il tenait son subalterne sous le feu de son arme de poing. Le lieutenant de Coquey, major de sa promotion à Saint-Cyr, se dressait devant lui, raidi dans un garde-à-vous arrogant.

Charpaillez avait abandonné l'idée de soulever la cantine et observait une immobilité prudente. Pas d'impair ! Il voyait déjà tournoyer les prémices d'événements à la colère assassine.

Briguedeuil était revenu sur ses pas. Ses lèvres remuaient à peine. Il avait l'air un peu sonné. Les mots n'arrivaient pas. Il avait posé à terre la brassée de mitrailleuses. Il savait pertinemment qu'il ne pouvait pas compter sur l'aide physique de Charpaillez. Décomposé de trouille, mou comme caramel, cette cloche de crevard grabataire devait déjà être à la fiente. Pierre-Joseph ne pouvait donc se fier qu'à ses poings de bûcheron. Il repensa vaguement à la baïonnette écourtée dont se servait son frérot, Paul-Émile, lorsqu'il était confronté aux circonstances. Il s'avança jusqu'à se trouver de profil par rapport à l'axe du regard de Barassin-Ribancourt.

— Abonné 204, récita-t-il mécaniquement en s'adressant au vieux chef de bataillon, on ne peut pas vivre avec la république. Il faudra donc l'abattre. Tu dois te plier aux directives de « mon Oncle ».

— J'étais d'accord pour le nettoyage des soviets dans le cadre des casernes, répliqua le colonel sans se détourner. Balayer les écuries. Mais je réprouve, et ne m'en suis jamais caché, toute idée de putsch...

— Dans ce cas, 204, je vais être obligé de te coder « eau froide », prévint le tueur.

Une telle appellation équivalait à une condamnation à mort.

— Je ne vous autorise pas à me tutoyer, gros salopard, gronda Barassin-Ribancourt. L'armée est au service de l'État. C'est la règle d'or de la démocratie. Toute autre règle conduit à l'aventure et à la perte de l'honneur.

— Mon colonel, intercéda Charpaillez à bout d'énergie, vous vous souvenez de moi, n'est-ce pas ? Je suis le caporal sapeur qui vous a sauvé la vie à Craonne... Je m'en voudrais s'il vous arrivait malheur.

— Je n'ai pas peur, mon brave. Après certains ennuis, on se trouve plus près des morts que des vivants.

— Il faut comprendre la musique, mon colonel. Vous risquez un grand trou dans le front.

— La canaille ne me fera pas reculer. Caporal, ralliez-vous à moi !

Charpaillez baissa le col.

— Je ne suis bon à rien, murmura-t-il.

Un silence impressionnant se creusa entre les hommes. Les affirmations solennelles qu'ils venaient d'échanger les avaient éloignés de toute mesure.

Pierre-Joseph avait repris un lent périple de couleuvre. L'image fugitive de ses propres mains venait de lui traverser l'esprit. Ah, quelles mains ! Chez lui, à la maison, les lapines, comme il leur retournait la peau ! Étriper le boyau jusqu'au péritoine ! Tout vider ! Le sang qui dégobille...

— Sortez tous, répéta Barassin-Ribancourt. Je vous garantis l'impunité.

La main de Pierre-Joseph venait de se refermer sur la poignée d'une baïonnette.

Charpaillez avait observé son manège. Intervenir ? Autant déchirer le rideau et avouer son appartenance à la police.

Le géant glissait dans le dos du vétéran. Il tenait l'arme tranche-boyaux.

Le lieutenant Jaunivert de Coquey suivait la danse de l'immonde crapule. Il le voyait s'approcher avec son tranchoir. Il ne manifestait aucun état d'âme. A vol d'oiseau, son vieux chef était à trente secondes de la mort.

Charpaillez gardait mauvaise mine avec gravité. La lame venait de prendre un éclat de lumière bleutée. Charpaillez supputait toujours ses mauvaises chances. S'interposer, c'était entrer direct dans la vitrine aux crevards. Sans parler de la punition fatalement encourue. Finir chouriné, tout baigné dans son sang. Merci !

Il ferma les paupières.

Briguedeuil frappa sans haine. Chacun son souci, il voulait faire le mieux possible.

La lame diagonale entra par le creux des reins.

L'étonnement étouffa le cri de douleur du colonel Barassin-Ribancourt. Il lâcha son revolver sans quitter de Coquey du regard.

Un autre coup, et la nuit commença.

La vieille gueule tomba à genoux. L'autre le saluait, main au képi. Il se taisait. L'assassin se taisait aussi. C'était très beau.

Le colonel glissa dans la flaque rouge qui s'agrandissait. Un clairon sonna au coin. Doucement, le corps se détendait. Comme aux tout premiers âges de la nativité, le vieil homme se soulagea. La musique était encore un peu là. Mais une belle nuit.

C'était fini. La vessie était vide et le soldat bien mort. Charpaillez vomit.

— Il faut le transporter loin d'ici, dit Pierre-Joseph.

— Il y a mieux à faire, dit de Coquey.

Il rompit son garde-à-vous et prit la direction des opérations. Il ordonna qu'on transportât les armes dans la benne.

Lorsque l'ouvrage fut achevé, il essuya le manche de la baïonnette pour en effacer les empreintes.

— Demain, on s'apercevra qu'on a pillé un dépôt d'armes, murmura-t-il. Plus grave, on a tué un officier d'active qui avait surpris les auteurs du coup de main.

— Qui portera le chapeau ? questionna Charpaillez.

Il avait le nez dans son mouchoir.

De Coquey répondit sans lui accorder l'aumône d'un regard.

— C'est très simple, énonça-t-il sur un ton métallique. Ce cadenas fracturé, c'est, comme je vous l'ai dit, celui de la préparation militaire. Or, il se trouve que je m'occupe de l'instruction des jeunes gens. Plusieurs communistes sont inscrits au peloton. Je les surveillais depuis un certain temps... Ils rôdaient autour des armes. Eh bien, c'est arrivé ! Voyez le grabuge ! Parmi eux, un meneur : un dénommé André Mésange. C'est lui qui a monté le coup.

— Pourquoi ?

— Je l'ai renvoyé il y a deux mois. C'est un petit gars qui a déjà fait de la tôle. Il se sera vengé en emportant des armes pour les cocos de Thorez !

Voilà. C'était fait. Déjà le regard de Barassin-Ribancourt se voilait d'une taie. Il allait au-devant de lumières éteintes depuis des millénaires.

Dix minutes plus tard, la benne cahotait sur le chemin de la livraison. Direction Rueil, une villa somptueuse cachée sous les arbres d'un parc. On y déposa les armes, on y abandonna la benne, entreposée dans une remise.

Une automobile conduite par un chauffeur masqué reconduisit les deux équipiers. Briguedeuil se fit déposer rue des Martyrs. Il prit par la rue Gabrielle, passa devant le 49, ignorant que Picasso y avait connu son premier logis parisien. Il longea les maisons entourées de guirlandes et d'angelots, voisines de quelques commerces. Il songeait qu'il raconterait tout à son frère Paul-Émile. Il lui demanderait de lui meuler une baïonnette semblable à la sienne.

Charpaillez, quant à lui, atteignit ses pénates alors que l'aurore commençait à ajourer le dessin des cheminées du XIIe arrondissement.

Son antre de la rue de la Voûte lui parut froide et sans accueil.

Il délaça ses croquenots et fit bouger son gros orteil qui avait percé la laine de sa chaussette. Il fit chauffer de l'eau, la versa dans une cuvette puis se laissa tomber dans un fauteuil défoncé et médita longuement, les pieds au tiède dans la bassine émaillée.

Un lancinant dégoût l'emplissait.

— Si je ne le fais pas, je serai malade, finit-il par murmurer.

Il se dressa et marcha jusqu'au tiroir d'un buffet Henri II. Il revint s'asseoir sous la lampe. Avec des ciseaux, il entreprit de découper fiévreusement des lettres sur un journal.

Il composa un mot anonyme avec une dextérité de vieux routier de la délation. Il avait sommeil. Il cacheta l'enveloppe et somnola jusqu'à neuf heures.

Il ressortit sous le ciel blafard. La neige menaçait. Seule variante dans son habillement, il s'était entouré le cou de deux tours d'un cache-nez tricoté de curé. Il avait enfilé des mitaines. Un coup de téléphone au fichier de la préfecture lui avait permis d'obtenir l'adresse de Dédé Mésange.

Il enfourcha sa bicyclette et, le souffle coupé par la bise glaciale, pédala en direction de l'avenue de Saint-Mandé.

C'est bizarre, la vie. Ce gosse qu'il avait décidé de sauver en l'avertissant de la grave accusation qui allait injustement peser sur lui — un crime de sang commis sur la personne d'un officier — lui était sympathique. Il habitait à un jet de salive de chez lui.

Rue Santerre, exactement. Derrière le cimetière de Picpus.

Charlot se marie

PHOTO ! Photo ! Les jours se traînaient. Les arbres d'hiver étaient secs, froids, immobiles. Boro avait beau essayer de s'étourdir dans le travail, il ne parvenait pas à chasser l'image de Liselotte de ses pensées.

Il s'essaya au raisonnable, dîna en ville, trouva mille prétextes pour ne la point revoir mais, quoi qu'il fît pour occulter son souvenir, le doux visage de la jeune fille revenait au premier plan de ses rêveries.

Dans ces moments où le vague jetait le flou sur la réalité, indulgent envers lui-même, Blèmia se trouvait des alibis. Et si Liselotte était en danger ? Et si elle était devenue la cible innocente de ce gros salopard de boxeur en croûte de cuir ? N'avait-il pas quelque motif de se faire de la mousse ? La seule présence de M. Paul au rayon parfumerie avait de quoi le faire frémir.

Boro fouettait l'air de sa canne en un signe d'impatience. Il claudiquait jusqu'à une fenêtre, regardait la rue. Calme ! Il n'y avait aucune raison valable de dramatiser les faits. Partant, il n'y avait aucune raison de revoir la jeune fille, de la harceler de sa présence de barbon avant l'âge.

Cinq minutes plus tard, c'était tout le contraire. Boro rôdait du côté de la chambre noire. Il contemplait le portrait qu'il avait fait de la belle endormie alors qu'ils se trouvaient dans le train, et repartait à son vagabondage. Il tentait alors de se situer par rapport à l'orpheline comme une sorte de tuteur désigné par le hasard pour la protéger.

Toutefois, ainsi que cela lui arrivait lorsqu'il éprouvait le besoin de réfléchir sur la conduite à tenir, il finit par se persuader que l'éloignement serait probablement le meilleur remède pour estomper l'urgence de sa nouvelle fredaine. Pas de faux-semblants, d'alibis complaisants. Liselotte avait à peine dix-sept ans. Conscient du trouble qu'il pouvait semer dans un cœur aussi peu aguerri, il décida que cette fois il ne se pardonnerait nulle faiblesse.

Il opta donc héroïquement pour la fuite et procéda comme à l'accoutumée. Il se fixa un but et s'assigna un reportage. Il se décida pour un sujet qui lui avait été soufflé la veille par le correspondant à Paris d'une agence anglaise, l'Associated Press Incorporated, avec laquelle il avait travaillé jusqu'en 1935.

Sir Edwin Marigold McMugby, un Écossais en poste derrière le bar du Harry's club plus souvent que sur le terrain, lui avait conseillé de filer à Londres pour y portraiturer Charlie Chaplin, qui présentait son dernier film, *les Temps modernes*.

Tout sembla se liguer contre Blèmia pour faire de ce reportage un effroyable mélo où les événements et les rebondissements se succédèrent, transformant son projet en une sorte de captivant cauchemar.

Tout d'abord, la secrétaire de M. Chaplin avait une voix de fausset, une attitude de névropathe. Au téléphone, cette créature, qui répondait au nom de Miss Phœbe Turttleton, commença par lui faire subir un véritable examen de passage. *Ex abrupto*, elle l'interrogea sur la filmographie du réalisateur avec autant de sadisme méticuleux que s'il se fût agi de lui faire passer un certificat d'histoire de l'art. Et en quelle année *Laughing Gas* je vous prie ? Et *Mable on the Wheel*, s'il vous plaît ? Quel film précédait *A Dog's Life*, si vous en avez la moindre idée ? Tant que nous y sommes, dites-moi donc quel était le titre de la version française de *The Idle Class* ? Et c'est seulement après qu'il eut répondu *Charlot et le masque de fer* qu'elle éclata d'un rire magnifique de jument qui pouline et lui permit de décliner sa propre identité.

Décidément, de quelque rivage de l'Atlantique qu'on pratiquât l'art cinématographique, la starification des hommes et des femmes de spectacle n'apportait que déséquilibre ou mégalomanie ! Chaplin était en retard au rendez-vous fixé.

Lorsqu'il sortit de l'ascenseur, la mauvaise humeur du grand homme était peinte sur son visage. Fouillant ses poches pour y trouver quelque hypothétique document, il passa sans ralentir devant son visiteur. Boro s'était dressé du fauteuil Arbus où il attendait depuis vingt-cinq minutes.

Il vit Chaplin se diriger d'un pas nerveux vers la réception. Il se leva et s'approcha à distance respectueuse du desk. Le cinéaste rédigeait plusieurs câbles à destination des États-Unis. Il froissait des feuilles de papier, rédigeait un texte, raturait quelques mots, en rajoutait de nouveaux et s'adressait à l'homme aux clés d'or avec une attitude excédée.

Au bout d'un temps qu'il jugea interminable, et bien qu'il n'eût esquissé aucune approche, le reporter vit Charlie Chaplin s'avancer au-devant de lui. Sans autre préalable qu'une brève inclinaison de la tête, il lui dit à peu près ceci : « Je n'ai pas envie de poser pour des photos. Je n'ai pas envie de rester dans cet hôtel. Je n'ai pas non plus envie de devenir américain. Je ne le deviendrai jamais. »

Boro recula d'un pas. L'œil vif de Charlot décela sa claudication.

— Tiens, mon garçon, comment vous êtes-vous donc fait cela ? Est-ce récent ?

— Non, dit Boro en baissant le regard. C'est un souvenir d'émigré. Je viens de Hongrie. Je suis à demi juif par ma mère. Et comme elle n'avait pas de papiers, je crois qu'elle m'a fait cavaler un peu vite en passant les chevaux de frise de la frontière. Je devais bien avoir six ou sept ans.

Chaplin sembla réfléchir.

— Venez, finit-il par dire. Vous et moi allons nous passer les nerfs en suivant la Tamise. Et c'est bien le diable si vous ne faites pas une photo ou deux, chemin faisant.

Boro devait en exposer trois rouleaux. La matinée, qui avait commencé avec des contours de pensum, se termina comme un jeu.

Au début, il fallut écouter patiemment le grand homme. Chaplin était très conscient de sa propre valeur. L'artiste n'était ni de près ni de loin le vagabond timide que la misère avait contraint à danser dans les rues. Chaplin en chair et en os était autrement tendu. Il avait le don de transformer la vie en un volubile monologue qui vous mettait sur les nerfs. On était loin de la compagnie Essanay, de *The Tramp* et des images muettes de l'extraordinaire *Easy Street* ! Il est vrai que chaque parole, chaque anecdote était passionnante. Mais derrière la faconde du conteur, l'orgueil sortait sans cesse le col.

Charlot s'était immobilisé au bord de la Tamise. Hypnotisé par le clapotis mystérieux, par un reflet miroitant qui tirait ses yeux vers le flou, son regard s'attacha longuement au perpétuel renouvellement des vaguelettes. Au bout d'un moment, il s'arracha comme à regret de sa contemplation. Il le fit avec lenteur.

Les bras étendus, aérien, il commença à entamer quelques entrechats de côté. Ensuite, il se mit à gambader franchement sur le quai. Il se livra de la sorte à un exercice qui ressemblait à une danse, à une pantomime, ou bien à un simple défoulement du corps dont lui seul entendait la musique.

Il s'élança en direction de la pyramide d'un tas de sable située au pied d'une grue de déchargement. Il en escalada la pente avec une surprenante agilité. Dominant ainsi la situation, les docks, son voyeur potentiel et les péniches qui poussaient l'eau noire de leurs fronts têtus, il mit ses mains sur les hanches. Il inspecta le monde à ses pieds. Boro commença à mitrailler avec son Leica.

— La célébrité est là ! s'exclama Charlot du haut du monticule. Qu'y puis-je ? Et à peine au zénith, que croyez-vous qu'il m'arrive ?

Boro fit un signe vague pour avouer qu'il n'en avait pas la moindre idée.

— Un malentendu savamment orchestré s'est installé entre l'Amérique et moi. La calomnie fait son œuvre... Savez-vous quels bruits mes détracteurs font courir à l'heure même où je me trouve ici ?

Boro haussa les épaules. Chaplin se gonfla de colère. Photo, photo. Les mimiques du clown transparaissaient malgré la gravité des intonations.

— De bonnes âmes m'accusent d'avoir plagié *A nous la liberté*, de René Clair, dans *Modern Times* ! s'écria Chaplin.

Deux plis amers se formèrent aux commissures de ses lèvres. Il redescendit de son promontoire et les deux hommes poursuivirent le cours de leur promenade. L'acteur ne fit pas allusion aux clichés que le reporter avait pris de lui. Il les ignorait volontairement.

— C'est comme ma vie privée, murmura-t-il avec ressentiment. On l'étale sur la place publique. On commence à me montrer du doigt parce que j'ai divorcé de Mildred Harris et de Lita Grey. Non, mais dites-moi ! Je n'avais donc pas le droit de le faire ? Qui paie la pension dans cette affaire ? Qui couche à la maison ?

Boro fit une photo de profil. Charlot se tourna vers lui et, lui empruntant son stick, se découvrit de son feutre et prit brusquement l'attitude de son célèbre personnage.

— Je viens de leur annoncer par câble mon mariage avec Paulette Goddard, figurez-vous. Bonjour, oncle Sam ! Au moins, le vieux birbe aura quelque chose de croustillant à se mettre sous la dent !

Il rendit aimablement sa canne à Boro. Ils se remirent en marche. Plus tard, comme par enchantement, ils rencontrèrent une jeune fille aveugle et Chaplin laissa Boro le photographier alors qu'il la guidait vers le chemin sur berge. Puis, soudain enclin à la confidence, Charlot, qui se tenait frileusement appuyé contre le fût d'un arbre sans feuilles, laissa déborder le trop-plein de ses craintes. En évoquant le devenir de l'Europe, il serra les poings avec rage. Hanté par de noirs pressentiments, il pronostiqua comme autant de plaies incurables le crépuscule des libertés, l'insouciance des démocraties et l'ébauche des persécutions raciales.

— Vous êtes à demi juif ? rappela-t-il soudain à Boro. Alors, faites bien attention au grand méchant loup et défiez-vous des bons Aryens !

En un clin d'œil, il se décoiffa, se brossa une mèche et se noircit une moustache avec un crayon à maquillage sorti miraculeusement de la poche de son strict costume d'homme de la City.

Boro n'en croyait pas ses yeux. Photo. Photo. Hitler était à nouveau en face de lui. Plus caricatural que dans la boutique de Hoffmann en 1931, mais physiquement irréprochable. A peine chargé. Accomplissant devant son objectif le salut des fascistes. Ombre vivante. Prémonitoire silhouette d'un futur film célèbre qui ne se tournerait que quatre ans plus tard : *le Dictateur*.

— Vous savez, dit Charles Spencer Chaplin en se recoiffant, c'est parfois difficile d'être bien dans sa peau. Même si l'on possède plusieurs réfrigérateurs. Et tenez, monsieur la moitié de Juif, approchez. Suivez mon raisonnement. Prenons notre exemple. Moi aussi, on dit que je suis à demi juif... Bon ! D'accord ! Je suis volontaire ! Ça ne m'ennuie pas plus que de passer pour ashkénaze aux huit dixièmes. Je suis encore volontaire, ne soyons pas étroit d'esprit ! Et même s'il faut être un lévite entier et couvert d'honneurs, Chaplin est là ! Avec sa canne et son chapeau ! Ça lui est royalement égal du moment que les pauvres ont à bouffer et qu'on ne prépare pas une guerre ou un pogrom à l'autre bout du monde !

Il fit quelques pas avant de se retourner vers son interlocuteur. Il dit avec une gravité qui n'était pas feinte :

— Pour la paix, je suis prêt à me faire cherokee ou tsigane. Je serais fier d'appartenir à n'importe quelle partie de l'humanité ! Mais c'est là, comprenez, que le bât blesse. Ce que je suis ou ce que je représente ne convient qu'imparfaitement aux Américains. Je pue quelque part. C'est la canne de l'immigré, la valse des petits pains !... Ils me reniflent ! On les sent si friands de boucherie... Eux, les puritains, ils ne désarment pas. Et c'est un casse-tête supplémentaire, voyez-vous. Parce qu'à partir de ce moment-là les mangeurs de maïs et les éleveurs de bœuf saignant ne me considèrent pas seulement comme un youpin ! Ils me prennent en plus pour un communiste !

Ainsi était Charlie Chaplin, noyé dans un intime mélange de convictions profondes, dans un imbroglio de contradictions intérieures, se conduisant à la fois comme un créateur toujours à l'affût du génie de sa propre invention et comme un être déchiré par l'inégalité des races et des chances. Un homme enfermé dans sa caverne intérieure mais incapable de ne pas prodiguer l'éclat de son rayonnement extérieur.

Ainsi était le sel des hommes, tel que Boro aimait à le moudre. Et même s'il estimait que ses photos rendaient souvent imparfaitement compte de la richesse de ses rencontres, rien ne pouvait plus le captiver que d'aller au-devant d'inconnus célèbres et de faire un bout de chemin au confluent de leur lumière.

Premières investigations

Alphonse Charpaillez enfonça l'aiguille hypodermique dans son avant-bras et ferma les yeux. Avec lenteur, il procéda à l'injection. « On peut toujours haricoter sur la morale, pensait-il tandis que le poison se répandait doucement en lui, je ne fais de tort à personne. Je ne suis le mécréant que de moi-même. »

Il se sentait au centre d'un étrange mouvement biologique.

Une intense chaleur s'empara de ses veines. Un poinçon remonta jusqu'à son cœur, et la morphine, la « lili-pioncette », comme il la surnommait dans son for intérieur, commença son rapt de séduction à travers le calfatage de son corps délabré.

Il s'enferma dans son couvre-lit, attendant en claquant des dents que la drogue et son râle pulmonaire célèbrent leurs accordailles.

Une heure plus tard, ayant repris possession de sa cervelle épouvantée, il redescendit des vergues et se posa au pied du mât de fortune. Il rouvrit ses yeux enfiévrés. Le muscle cardiaque cessa graduellement de billarder dans sa cage thoracique. Il se souleva à demi, rejeta la couverture et but un grand bol de lait qu'il avait préparé à l'avance.

Après quoi, il noua sa cravate et empocha son arme de service, un Manufrance de calibre 7,65, puis il consulta le ciel bas par la fenêtre de sa soupente et se jeta dans la rue.

Il arriva devant les Galeries Lafayette moins d'un quart d'heure plus tard. En homme d'habitudes, il se posta derrière la file des voitures en stationnement, à peu près en face de l'entrée du personnel.

Il nota l'arrivée du gardien préposé à l'ouverture. Ce dernier était chaussé de charentaises. Il était huit heures quinze. Le magasin n'ouvrirait ses portes qu'à neuf heures.

L'homme réapparut, sortant par la porte qu'il venait de pousser. Il avait enfilé une blouse grise sur son embonpoint et coiffé sa calvitie d'une casquette de drap bleu portant les initiales entrelacées des Galeries. Ainsi costumé, le porte-clés s'absorba dans son programme quotidien en blasphémant entre ses dents. Il commença à soulever les rideaux de fer placés devant les entrées et fenestrons de l'administration. Il les manipulait au moyen d'une perche terminée par un crochet. Avec une grande sûreté de manœuvre, il en enfilait le bec coudé dans l'étrier tubulaire prévu à cet effet. Un coup de reins et le rideau glissait verticalement, s'enroulant dans son logement.

Charpaillez savait pertinemment que le personnel n'arriverait qu'un quart d'heure avant l'ouverture des lieux au public. Il se trouva donc fort intrigué par le manège d'une jeune personne qui, logée dans une encoignure de la rue Charras, attendait, c'était visible, que le manutentionnaire s'éloignât encore un peu plus de l'entrée latérale pour s'y glisser à son insu et emprunter l'escalier accédant aux vestiaires des vendeuses.

La clandestine avait un joli minois aux traits purs. Ses lèvres, entrevues de profil, émurent le policier, gonflées qu'elles semblaient être par un reste d'enfance. Son front apportait du sérieux. Il saillait légèrement au niveau des maxillaires supérieurs et disait la détermination de cette cabrette en jupon. Deux fines nervures verticales s'y inscrivirent lorsque la jeune fille vit le préposé aux ouvertures faire mouvement en direction du fronton de l'édifice donnant sur le boulevard Haussmann. Avec un geste professionnel, l'homme assujettit sa manivelle dans la gorge commandant le mécanisme et commença à ouvrir la grande herse de l'entrée principale.

Alors même que Charpaillez consultait sa montre, huit heures vingt-cinq tapantes, l'oiselle s'était déjà envolée ! A peine eut-il le temps de relever les paupières qu'il entrevit deux jambes parfaites, gainées dans du sombre. Noyées dans la mousse d'un jupon assorti, elles grimpaient quatre à quatre la volée en quartiers tournants des premières marches de fonte.

Après une hésitation compréhensible, le policier décida de noter cet incident sur son carnet. Il le jugeait mineur en soi, mais se persuada qu'un limier de sa trempe ne devait rien céder au hasard. Il mouilla la pointe de son Baignol & Farjon à mine tendre : « Huit heures vingt-cinq, une jeune fille se glisse subrepticement par l'escalier réservé au personnel. »

Liselotte était arrivée en haut des marches. Elle entra dans un sas précédé par une porte battante, en ressortit par une autre et pénétra dans l'alignement du vestiaire.

Numéro 27. Avec une célérité nouvelle, elle se précipita vers le casier métallique qui lui était dévolu. Elle revêtit le plus vite possible l'uniforme noir et gris des vendeuses et, quittant la triple enfilade parallèle de la pièce, déboucha sur le parquet ciré de l'étage.

Les escaliers mécaniques étaient muets et l'ascenseur immobilisé dans sa cage. Les mannequins campaient sur leur absence de vie. C'était un peu comme si quelque enchanteur avait voué l'espace à un envoûtement méphitique. L'air sentait un mélange de renfermé et de mille autres odeurs composites. La réclusion nocturne avait transformé en cachots à effluves les gants, les cuirs, les étoffes, l'hydrate de térébenthine et le musc des fourrures ; astrakan noir, breitschwanz, vigogne ou opossum, une conspiration inanimée attendait le grand jour, les courants d'air et la multitude de la foule, faite pour lui rendre la liberté.

Liselotte échangea un regard fixe avec un mannequin de démonstration sur lequel on expérimentait les points d'ourlet, les surjets, les patrons piqués au point de trait, et s'avança résolument entre les rangées d'étalages encore recouverts de leurs housses.

Elle dépassa le prêt-à-porter masculin et grimpa les étages qui la conduisaient vers le lieu habituel de son travail.

Au troisième, elle tourna l'angle droit d'une estrade où trônait la caisse enregistreuse, seul obstacle qui la séparât des couvre-chefs et des capelines. Elle passa sans ralentir devant la ganterie, allongea le pas dans l'allée des sorties de bain et, prenant brusquement à droite après les bas et les dessous, atteignit le rayon parfumerie.

Plus elle approchait du but de sa quête, plus sa respiration s'accélérait. Un infime tremblement s'était emparé de l'extrémité de ses doigts. Elle s'appuya au comptoir, chercha à contenir les bonds désordonnés de son cœur et, se glissant derrière les présentoirs, pénétra dans la resserre.

L'huisserie ne fit aucun bruit en bougeant sur ses gonds. Liselotte sursauta lorsque la gâche de la serrure se referma automatiquement derrière elle. « Quelle gourde tu fais, ma petite ! se tança-t-elle à seule fin d'entendre sa voix et de se redonner du courage. Ça joue les rats d'hôtel et ça oublie qu'un groom à air comprimé se charge de refermer la porte ! »

Elle pensa à la grimace moqueuse qu'aurait faite son ami

Christophe s'il l'avait vue explorer l'obscurité à tâtons pour chercher le commutateur électrique.

Ses doigts tombèrent à l'improviste sur la brosse piquante d'un balai tourné vers le haut. Elle étouffa un cri. A deux mains de là, en longeant le retour du mur jusqu'au chambranle, elle découvrit l'interrupteur et l'abaissa. Aussitôt, une rampe d'ampoules de faible voltage éclaira le cagibi. L'espacement des sources de lumière créait des béances obscures où les formes se déguisaient, vidant les lieux de leur quiétude, de leur banalité de simple entrepôt à marchandises.

La jeune fille chercha des yeux un emballage, des écrins qui pussent lui rappeler le modelé caractéristique des bouteilles de parfum achetées par Boro. Rouge de Sang ne figurait nulle part sur les étagères.

Elle se haussa sur la pointe des pieds. Ainsi dressée, les mains en l'air, elle effleura plusieurs échantillons de tailles inégales et, par maladresse ou nervosité, précipita dans le vide un flacon ventru dessiné par Lalique qu'elle rattrapa alors même qu'il allait se briser au sol.

Une immense frousse rétrospective l'envahit tout entière. Les substances contenues dans l'extrait volatil se seraient fatalement répandues dans l'exiguïté confinée de la resserre. M. Cosini était un nez. Pas un effluve suspect de bergamote, de lavande, de patchouli ou de vétiver qui lui échappât. Quel plaisir il eût éprouvé à retenir le prix exorbitant d'un article de luxe sur la paie d'une modeste employée !

Liselotte replaça le parfum sur son piédestal de velours gravé en lettres d'or. Elle inspira profondément et s'avança en direction de l'extrémité de l'étroit corridor tapissé de rayonnages. Elle ne remarqua rien d'anormal : des flacons, des échantillons, des emballages, une provision de bolduc, du papier d'emballage et des sacs de papier, des poudres de riz, des talcs, des rouges à lèvres.

Poursuivant sa progression dans la pénombre, elle parvint jusqu'au terme du réduit qui tournait en forme de « l ». Elle observa le mur du fond. Sa couleur ocre raccordait parfaitement avec la tonalité de la peinture de l'ensemble de la pièce. Toutefois, en le sondant, elle se rendit très vite compte qu'elle n'avait pas affaire à de la pierre sous le revêtement mais plutôt à une sorte de carton rigide, assez semblable à celui qu'utilisent les décorateurs de théâtre.

Centimètre après centimètre, elle explora la paroi de ses phalanges repliées, visitant ainsi chaque pouce de cette fausse cloison. Lorsqu'elle parvint à son angle, elle interrompit purement et simplement son examen. Un bref sourire se dessina sur son visage tendu. Elle venait de constater l'existence d'un espace qui permettait de se glisser au-delà de la resserre, dans une seconde pièce.

Une voix lui ordonnait de se risquer au cœur du territoire inconnu. Une autre lui conseillait de fuir. Elle entrevit le visage de Boro. Elle consulta sa montre et dut se rendre à l'évidence : dans quelques minutes, le peuple des vendeuses aurait envahi le magasin.

Elle approcha son visage de l'étroit passage et sentit glisser sur ses joues en feu le souffle d'un courant d'air frais. Elle sonda du regard l'espace qui s'offrait à elle. Des murs. De l'humidité. Un vaste placard métallique appuyé à la maçonnerie. En face d'elle, deux galeries courbes, faiblement éclairées par des vasistas, desservaient un palier. A partir de cet espace dallé s'ouvrait l'abîme encavé d'un escalier raide comme fosse.

De la pointe du pied, Liselotte tâta trois ou quatre marches comme on va vers l'eau froide. Elle commença à descendre. Elle prenait appui au centre, de peur de glisser dans l'obscurité. Au fur et à mesure de leur enfoncement, les pierres étaient de plus en plus déchaussées. Bientôt, la jeune fille se trouva devant un dédale où elle n'osa pas se jeter tout à fait. Elle s'arrêta au seuil du précipice. Ses genoux tremblaient.

Elle se tenait à l'orée d'une béance aux allures de puisard qui paraissait devoir plonger vers le néant. Elle se pencha. L'humidité augmentait en profondeur. Soudain, elle eut la sensation d'un passage ailé à hauteur de son visage. Elle ne put retenir un cri d'épouvante. Elle rebroussa chemin.

Elle atteignit le palier. Appuyée contre la paroi, elle distingua sur le sol éclairé par les vasistas le pullulement d'une colonie de dictyoptères. Ils avançaient, se croisaient sans crainte et sans hâte, se reconnaissant du bout des antennes, et campaient longuement devant une miette explorée par leurs mandibules.

Les cancrelats !

La jeune fille poussa une sorte de plainte et réintégra la région mitoyenne de la resserre.

Et le placard ?

Elle franchit les quelques pas qui l'en séparaient. Un cadenas à combinaison protégeait l'inviolabilité de ce meuble qui prenait des allures de coffre-fort. La mâchoire du fermoir était robuste, ancrée dans deux brides brasées aux portes massives. En les inspectant minutieusement, elle constata que l'une des deux pattes de scellement était rouillée.

La cervelle de Liselotte se mit à fonctionner très vite. Sans réfléchir davantage, elle rebroussa chemin. Elle déboucha à nouveau dans le magasin, prit sa course et grimpa un étage supplémentaire. Elle passa devant les vêtements corporatifs et utilitaires, et s'orienta sans hésiter vers le fond du magasin. Elle y trouva le département de l'outillage. Elle s'empara d'un pied-de-biche, se munit d'un marteau et reprit sa course haletante en direction de la resserre.

Lorsqu'elle s'y enferma de nouveau, trois minutes s'étaient écoulées.

Dans la rue Charras, à cette seconde même, l'inspecteur de première classe Charpaillez Alphonse constatait qu'il était huit heures trente-huit et que le sieur Cosini, lui aussi, arrivait légèrement en avance par rapport au reste du personnel.

L'Italien avait l'air absorbé. Il portait, remarqua le policier, un porte-documents de cuir noir, et fit en sorte de ne pas croiser son chemin avec les allées et venues du préposé aux ouvertures. Ce dernier, avec une raideur d'automate, était occupé à battre ses tapis-brosses.

Charpaillez nota sur son carnet : « Y a-t-il un quelconque rapport entre la fauvette de huit heures vingt-cinq et le perroquet au teint jaune de huit heures trente-huit ? »

Il ajouta d'une écriture précipitée : « Peu probable que leur lien, s'il en existe un quelconque, soit d'ordre sentimental, l'un étant physiquement le repoussoir de l'autre. »

Il resta songeur, essayant d'imaginer la frimousse gracieuse de la grisette, et regarda vers les étages.

Une exaltation comparable à une liqueur d'absinthe gagna son cerveau enfiévré. « Mortendieu ! essaya de raisonner l'ancien sapeur du Chemin des Dames, je connais la hauteur des arbres et la force des hommes, mais du diable si je n'ai pas mis mon grand nez dans le marécage conspirateur d'une belle bande de rastaquouères ! »

Pour lors, plus question de se manger les foies. Charpaillez se frotta les mains de bonheur véritable. Il avait la certitude que là-haut, dans les étages, on lui peaufinait son dossier. Briguedeuil, Cosini, la jeune fille mystérieuse, les caisses si lourdes livrées sur ordre exprès du Comité secret d'action révolutionnaire...

Le flic mandaté par le préfet Guichard prenait d'autant plus la situation au sérieux qu'il n'ignorait rien du rôle capital joué par Cosini dans le cadre des Galeries Lafayette. Lui-même, tout au long de la semaine, avait participé au stockage secret de l'arsenal imaginé par « mon Oncle » pour équiper les futurs groupes spéciaux, dits Groupes Z : chaussures, pinces, cordes, lampes de poche ou à acétylène, hachettes et pelles-pioches. Décidément, la piste des Galeries Lafayette tournait à l'aubaine !

Rescapé de l'enfer de l'ypérite, ridicule soufflet de forge monté sur des chaussures à clous, Charpaillez découvrait soudain bien des satisfactions à son nouveau métier. La respiration sifflante, il dansait au son des harpes.

Malpeste ! Il aurait donné cher pour savoir ce qui se tramait là-haut !

Rouge de Sang

LISELOTTE s'arc-bouta pour livrer un troisième assaut et, serrant les dents, les muscles noués par l'effort, essaya une fois de plus de briser l'étrier de métal. Sous l'effet des tractions successives, la pièce avait bougé sur son assise et commençait à s'incliner. La rouille s'était effritée au point de friction et l'acier, écaillé de sa peinture crème, apparaissait, strié de brillances.

La jeune fille passa l'axe du pied-de-biche dans la demi-anse du cadenas. Elle remarqua que, en portant alternativement son effort d'un côté puis de l'autre, elle obligeait l'œillet à s'incliner autour de son axe. A chaque traction, elle l'affaiblissait davantage.

Elle s'acharna.

Une délicate transpiration ourlait sa lèvre supérieure. Les mains lui brûlaient aux paumes. Elle avait abdiqué toute prudence, enfermée dans son acharnement à vaincre la charnière. Sous l'effet d'une fureur aveugle, le levier tournait sur lui-même à la façon d'un cabestan, rebondissant sans cesse et sans cesse contre la cage de l'armoire dont les portes renvoyaient en écho le son sourd d'un gong tourmenté par les ébranlements.

Soudain, Liselotte perdit l'équilibre et se cogna douloureusement contre l'angle de l'armoire.

Elle resta un moment à demi étourdie sur le sol. Puis elle ébaucha un sourire. Elle avait vaincu son ennemi à combinaisons multiples ! En face d'elle, le cadenas pendait à la bride intacte. L'autre patte avait cédé.

Plus que trois minutes avant l'arrivée des employés.

Cosini grimpait calmement les marches conduisant au troisième étage. Il disposait d'un laps de temps raisonnable pour mettre sous clé les documents concernant l'implantation des caches d'armement dans les régions est et sud-est de la capitale. Il se prit à siffloter « Tout va très bien, madame la marquise », une chanson lancée par Ray Ventura et ses Collégiens.

Liselotte venait d'ouvrir les portes du placard.

Elle vit des dossiers, des feuilles de papier soigneusement ordonnées dans des classeurs numérotés. Presque aussitôt, elle localisa quatre cartons contenant les flacons en forme de dague. Comme elle tendait sa main endolorie par l'effort pour s'emparer de l'un d'eux, elle identifia le claquement sec de la gâche refermant la porte d'entrée de la resserre.

Mon Dieu ! Quelqu'un s'était introduit derrière elle ! Quelqu'un dont la présence lui interdisait toute velléité de retraite.

Un frisson la parcourut. Elle eut la sensation qu'un froid d'usine tombait autour d'elle. Elle mesura son inconscience et un chemin d'eau glaciale coula le long de son joli dos.

En même temps, elle entendit un pas sec et martelé qui s'avançait dans sa direction. Elle pensa à la façon brutale dont la mort étend son ombre sur la vie. Une horde de singes se baladaient dans sa cervelle, comme dans une prison blanche. Elle chercha du regard un abri, constata que ses jambes refusaient de lui obéir et, comme elle se retournait avec lenteur, croisa l'œil de Cosini.

Lui-même semblait mal remis de sa stupeur. Il restait immobile, planté dans le contre-jour comme un astre sans lumière. Il pivota insensiblement et fit les deux pas qui le séparaient de l'intruse. Les méplats de son visage apparurent dans la lueur des soupiraux, et elle distingua ses traits. Les ailes du nez de l'Italien étaient pincées. Sa joue fut traversée d'un tressaillement nerveux et le blanc de ses yeux s'irrisa d'une nuance nacrée.

— Mademoiselle Liselotte... murmura-t-il.

Et comme si l'invraisemblance de cette rencontre rendait impossible toute forme d'explication, il se tut aussitôt en se mordant la lèvre.

Il s'approcha un peu plus de la fautive. Liselotte était défaite. Il se tenait devant elle. Il se redressa pour ne rien perdre de sa courte taille et éleva lentement sa main droite au-dessus du visage de la jeune fille comme s'il allait la frapper. D'un coude, elle ébaucha un geste de protection. Sa main droite, à tâtons, chercha un appui derrière elle. Ses doigts rencontrèrent la forme caractéristique des flacons de parfum. Elle empoigna au jugé quelques bouteilles. De l'un des cartons, elle ressortit vivement son petit poing. Il brandissait plusieurs poignards de verre. Elle les aurait envoyés au visage de son agresseur si elle n'avait lu dans le regard de ce dernier une lueur de frayeur inattendue.

— Non ! s'écria-t-il en retrouvant l'usage de sa voix. Pas les bouteilles ! Pas les bouteilles !

Il avait abdiqué toute forme d'emportement. Il recula vivement. A son tour de chercher un refuge.

Liselotte ne comprenait plus la musique. Son regard flottait. Il allait de l'extrémité acérée des trois flacons teintés de liquide pourpre qu'elle tenait emprisonnés dans sa menotte à l'expression fuyarde de l'adjoint du chef de rayon qui continuait sa reculade précipitée.

Elle amorça une lente avancée. Cosini était revenu dans la remise. Lorsqu'elle y pénétra à son tour, elle le trouva à demi dissimulé derrière la cloison d'un rayonnage. Avant de passer devant lui pour regagner la sortie, elle fit mine de lui lancer l'un des stylets Rouge de Sang. Aussitôt, il courba la tête pour éviter le projectile.

Elle recula jusqu'à la porte. Elle pouvait entendre le piétinement incessant de ses collègues gagnant leurs places respectives derrière les comptoirs de vente.

— Rendez-moi ces échantillons, murmura Cosini en relevant lentement la tête. Rendez-les moi, mademoiselle, supplia-t-il. Et oublions cet incident fâcheux.

— Pas avant que vous ne m'ayiez expliqué pourquoi vous les avez retirés de la vente, rétorqua Liselotte. Pas avant que vous ne m'ayiez révélé le pourquoi de cette armoire où vous enfermez vos secrets...

Elle le dévisageait. Il se fit humble. Elle ne comprenait plus ce qui se passait entre eux. La différence de leurs rapports soulevait en elle une nouvelle vague de curiosité.

— Et la présence de ce dédale, de ces souterrains, qu'avez-vous à en dire, monsieur Cosini ?

L'Italien sourit faiblement. Un remarquable comédien sommeillait en lui. Il découvrit ses dents bien rangées afin de paraître plus inoffensif.

— Jeune fille ! Jeune fille !... Rien que de très banal ! Un après-midi, je me trouvais ici pour le service et — vous l'avouerais-je ? —, poussé par la curiosité, j'ai suivi le même chemin que vous... J'ai alors découvert qu'il existait un espace derrière notre petit entrepôt... Prenant possession de cette cavité comme l'explorateur investit une terre vierge, je fus troublé, je fus ravi... J'étais seul à détenir un secret... J'allais pouvoir nourrir une passion ! Je devenais Jim la Jungle, Robur le Conquérant !

Il lui dédia à nouveau un pauvre sourire. Où donc était passée sa morgue ?

— Vous ne me contredirez pas, mademoiselle Liselotte, poursuivit-il sur un ton plus hésitant : notre métier est si monotone ! J'ai installé cette armoire dans ma grotte... Depuis, semaine après semaine, ce meuble me tient lieu, comment dirais-je ?... de cachette à rêves... de malle à butins... de grenier pour l'enfance...

Il abaissa son regard sur le sol et reprit d'une voix mal assurée :

— Paris est une ville si mystérieuse, si captivante ! Savez-vous qu'elle serpente sous son propre ventre ?... Tenez ! Vous m'interrogiez à propos du souterrain qui jouxte mon petit domaine... Eh bien, figurez-vous que, de peur de me perdre dans l'eau glacée d'un égout, je n'ai jamais osé dépasser l'aplomb des deux soupiraux...

L'adjoint du chef de rayon prit une légère inspiration pour surseoir à son récit. Il guettait sur le visage de l'adolescente l'effet que produisaient ses inventions. Puis il fit mousser sa pochette, afficha un air contrit et dit :

— Vous avouerais-je aussi, mademoiselle Liselotte, que j'écris des poèmes à mes moments perdus ?...

Pour donner plus de poids à une révélation qui l'éclairait sous un jour nouveau, il haussa les épaules en un geste d'excuse :

— Chacun d'entre nous a son jardin secret ! N'avez-vous pas remarqué que souvent je m'absente ?

Liselotte était décontenancée. Elle avait abandonné son attitude vindicative.

— Que oui ! reconnut-elle. Tous les après-midi, vous disparaissez de la circulation. Mais de là à penser que vous taquiniez la rime et le sonnet dans un coin humide...

— Liselotte, ma belle enfant...

L'aimable Cosini glissa avec une sorte de grâce retrouvée dans sa direction. Il tendit vers elle une main implorante.

— Rendez-moi ces flacons, je vous en prie... Tenez, je vous dis tout ! Vous avez en face de vous un homme indélicat... Je les avais mis de côté pour les offrir... à une femme.

Liselotte ne put s'empêcher de pouffer derrière sa menotte.

— Vous, monsieur Cosini ? Un béguin ? Vous êtes amoureux ?

— A en périr !

— Et de qui, s'il vous plaît ?

Il baissa hypocritement les yeux.

— Mystère et discrétion. Il s'agit de quelqu'un de la maison.

— Bigre ! Quelle apothéose ! Je meurs d'envie de connaître le nom de votre muse !

— Petite mademoiselle, vous qui avez la pureté des anges, vous rendez-vous compte de ce que vous me demandez ? En quelle intimité vous nous jetez ?

— Je ne veux pas de votre intimité, se cabra la jeune fille. Mais je donnerais bien dix sous pour savoir quelle sorte de luronne vous laisse ôter son linge de corps dans les coins sombres aux heures de service !

Cosini paraissait de plus en plus embarrassé.

— Comment pourrais-je révéler le nom de cette personne sans altérer sa réputation ?

— Qui ? insista Liselotte.

Maintenant, elle osait tout.

— C'est une épouse ! C'est une mère de famille ! Pensez à ses enfants !

Il épongea un front soucieux. Il parut réfléchir. Le faux rejoignait le vrai. Cette situation lui faisait mal. Une lueur brilla dans le charbon de ses prunelles. Il fixa la jeune dinde qui le tenait en son pouvoir.

— Son nom, répéta Liselotte avec résolution.

Il abaissa le regard. Elle tenait fermement les trois petits flacons. Elle commença à les secouer. L'adjoint du chef de rayon finit par bredouiller très vite.

— Mme Legras-Dubas...

— Paulette ! La grosse caissière ! Ça, monsieur Cosini ! Vous m'en bouchez un secteur !

— Je compte sur votre discrétion, n'est-ce pas ? J'y compte ! Vous ne voudriez pas que vous et moi redevenions des adversaires ? Une petite augmentation vaut toujours mieux qu'un odieux licenciement...

Il ne lut que mépris dans les yeux clairs de la jeune vendeuse.

Pour rattraper sa balourdise, donner en somme un gage de sa confiance à Liselotte, il commença à déclamer pour elle les premiers vers d'un poème...

« Souffle, souffle vent d'hiver
Tu ne peux être aussi amer
Que l'ingratitude humaine.

Bien que nul ne l'ait jamais vue,
Ta dent n'est pas si aiguë
Et moins rude est ton haleine
Qu'au cœur des hommes la peine... »

— Voilà un aperçu de mon œuvrette, dit-il modestement. La cadence vous plaît-elle ? J'ai cent autres exemples !

— Tous de William Shakespeare ? demanda Liselotte en le regardant droit dans les yeux. *Comme il vous plaira*, acte deuxième, scène VII. Vous m'avez pris pour une crotte, monsieur Cosini ! Mais je vous tiens !

Elle déposa machinalement les trois petits poignards d'acide chlorhydrique sur une table métallique et, sans plus attendre, ouvrit la porte pour prendre sa place au magasin.

Des saloperies pareilles, elle raconterait tout à Boro.

Noirs desseins

L'ESPRIT accaparé, Liselotte ne vit pas passer la matinée. Elle vendit avec plus d'entrain que de coutume sa marchandise parfumée. Les cent poudres et fards en promotion de chez Caron faisaient merveille sur la clientèle. Ces articles étaient assortis d'un joli poudrier compact.

La jeune vendeuse découvrait pour la première fois l'art du paquet cadeau. Elle imprimait presque avec plaisir la netteté d'un savant pliage aux papiers de couleur. Elle s'employait à arrondir les volutes de bolduc en faisant crisser la ficelle plate du tranchant de ses ciseaux. Plus que tout, elle sentait chanter en elle une sorte d'allégresse chaque fois qu'elle levait les yeux en direction de l'estrade où trônait la caissière.

Paulette Legras-Dubas cachait bien son jeu sous du potelé. Elle était soignée de sa personne. Son maintien de Junon olympienne dictait le respect.

Le dos ferme, le fessier ancré sur le plateau d'un siège mobile, cette femme institutionnelle était loin d'être repoussante. Au contraire, le grassouillet de ses bras, son embonpoint accepté avec humour lui conféraient un aspect de santé franche et sans apprêt. Seul son cou muselé par trois rangs de perles de culture avouait l'affleurement d'une complexion pleine de sève. Sinon, un flux de sang léger se devinait, courant librement sous la peau satinée. Un fleuve de jouvencelle qui conférait à ses joues, à ses lèvres, une roseur saine.

Sa poitrine giboyeuse la vouait à des aventures assises. On la voyait mal s'emportant sous des caresses ou s'élevant comme une reine d'Égypte vers de rayonnants levers de soleil. Tout en l'observant, Liselotte essayait d'imaginer les sept notes de musique qu'elle devait laisser échapper chaque fois que M. Cosini ouvrait un arc-en-ciel au fond de son ventre dodu.

Omniprésent derrière l'écran des présentoirs, l'Italien tenait son rôle comme à l'ordinaire. A peine le sentait-on plus raide dans ses gestes, moins rapide dans ses déplacements. Bien qu'il restât vétilleux sur le moindre détail concernant les méthodes de vente, il fut ce matin-là en tout point délicieux avec le personnel.

— Qu'est-ce qui arrive au Jaunet des Abruzzes ? s'enquit Nicole, la collègue des gaines Scandale et des bas indémaillables DD, en passant sans s'arrêter près de Liselotte. On dirait qu'il s'est acheté une conduite de jaunisse à visage humain !

Liselotte risqua un coup d'œil du côté de Cosini. Effectivement, inoffensif et moucheté, le frêle Italien avait retrouvé sa complexion hépatique.

La fille d'Émile Declercke s'absorba dans sa tâche. Elle attendait ardemment le moment de la pause. Entre onze heures trente et midi moins dix, elle consulta sa montre plusieurs fois. Elle espérait pouvoir bientôt joindre Boro pour lui raconter son aventure extraordinaire. En pensant à lui — mon Dieu pourquoi en était-il ainsi ? —, elle n'avait plus peur de rien. Boro était le bon silence. Il était les bras ouverts. Il était une parole et il était une oreille. Boro était un temps qui se suffisait à soi-même. Boro lui manquait et c'était inexcusable.

Elle répéta son nom : Boro. Monsieur Borowicz. Elle se prit à sourire. Elle aurait aussi bien pu pleurer. Elle avait les nerfs à fleur de peau.

En une occasion seulement, note grise et discordante, Liselotte sentit se poser sur elle le poids d'un regard inhabituel. Comme pour dresser un bouclier capable de neutraliser les mauvaises ondes, elle consulta rapidement le cadran de sa montre. Lorsqu'elle releva le visage à l'improviste pour capturer l'espion qui déchiffrait son âme à son insu, elle croisa les yeux de l'adjoint du chef de rayon. Elle y lut le reflet d'une haine paralysante. Cosini eut beau la tempérer aussitôt d'un sourire de réconciliation et jalonner sa complicité d'un clignement de connivence, la future avocate sut d'instinct qu'elle devait se tenir sur ses gardes. Que l'idée de mort avait rôdé au-dessus de sa tête.

Et l'angoisse s'empara d'elle.

Dissimulé derrière le comptoir des sorties de bain, intimement mêlé à la foule, Alphonse Charpaillez avait su capter l'étrange et inexplicable rapport qui s'était établi entre la jeune fille et l'Italien.

Le signor Cosini faisait au policier l'effet d'un serpent qui serait resté trop longtemps au soleil. Il affectait une attention pleine de sommeil, mais, au moindre moment d'inattention de sa proie, il eût été capable d'expédier son venin.

Charpaillez croquenotait sur place. Il lorgnait au-dessus des tissus-éponges, des maillots, des serre-tête. Juste les yeux. Rasibus. Il se tenait sur ses gardes.

Sur son carnet il nota : « Qu'est-il arrivé de si grave entre la fauvette de huit heures vingt-cinq (qui s'appelle Mlle Liselotte, comme me l'a confirmé la vendeuse des sorties de bain) et le sieur Aldo, Benvenito, Marino Cosini, abonné numéro 49, natif de Chieti, Italie ?... Une dispute sentimentale ? Un différend à propos des livraisons clandestines de ces derniers jours ? Ou plus simplement un refus de la part de cette jeune fille, apeurée par le complot qui se trame, de se plier aux ordres venus d'en haut ?... Dans les deux derniers cas de figure, il faudrait se rendre à l'évidence : la préposée à la parfumerie, malgré son âge tendre, serait elle-même membre de l'organisation. Cependant, à ma connaissance, il n'existe pas à ce jour de recrues féminines dans les rangs des conjurés. A suivre. »

A peine venait-il de refermer son calepin que Charpaillez posa un œil aguerri par la pratique du guet sur l'ascenseur. Parmi la marée montante des clients déposés sur le palier par le jeune Christophe, une silhouette dominait par sa taille toutes les autres. Briguedeuil ! Briguedeuil l'équarrisseur et sa force brutale.

Que pouvait bien venir chercher à cette heure l'exécuteur des basses œuvres de la 5e brigade du XIVe arrondissement ?

Le policier détailla le mastodonte et constata qu'il avait ajouté à son accoutrement habituel — culottes de cheval et manteau de cuir — sa paire de bottes rouges.

Charpaillez sentit monter en lui l'urgence d'une toux qui aurait pu le trahir. Il s'éloigna doucement, à reculons. Ses consignes étaient formelles. Il ne devait sous aucun prétexte prendre le risque d'être surpris sur le terrain de ses investigations. Anonyme, le thorax creusé, l'homme du préfet de police se fondit dans la foule des chalands.

Ainsi qu'un automate bien réglé, le frère de M. Paul, usant de son conditionnement de bête brute plus que de son intelligence (deux cents grammes de cervelle et de mou), se glissa derrière la cage de l'ascenseur. Dissimulé de la sorte, son regard caverneux étudia au travers des vides géométriques de la ferronnerie l'angle exact d'où il pouvait en toute impunité surveiller le rayon de la parfumerie.

Voir sans être vu... Il chercha son assiette sur ses petits pieds et finit par se caler. Là ! Comme cela. Trente-huit de pointure et cent quatre-vingt-cinq livres de muscles. Le boucher de la Villette n'avait plus qu'à attendre. Il était midi trente moins quelques minutes.

Charpaillez était désormais invisible. Liselotte vaporisait le dos de la main d'une élégante afin de lui donner une idée plus exacte du goût poivré d'un parfum de chez Gemey. Les yeux de Pierre-Joseph roulaient dans leurs orbites. Toutes ces bourgeoises, ces péronnelles, tendrons, blondines, donzelles ou midinettes, qui passaient, repassaient, léchaient vitrine, s'exclamaient à la vue du moindre crêpe de Chine, déroulaient des coupons de batik, froissaient pour l'éprouver la plus modeste gaufrure de percale, le rendaient d'une humeur à se faire sauter le plafond.

Il humait des odeurs de corps. Il regardait passer les dames à taille de guêpe, dévergondées sous leur maquillage ou joliment tournées dans des parures de bonne coupe. Il réfrénait un imperceptible recul chaque fois que l'une d'elles venait à hauteur de pectoraux le frôler par mégarde.

Ici, dans cette baraque à femmes, à fanfreluches, à chiffons, à postiches, Pierre-Joseph étouffait. Adolescent, puis jeune homme, il avait toujours eu l'engeance féminine en sainte horreur. Les filles d'Ève le terrorisaient avec leur façon de bouger, de rire, de faire minette autour des idées de douceur.

Il fixa l'une de ces créatures qui passait en le dévisageant. Il observa le roulement engageant des hanches, les yeux soulignés au crayon. Et les cils ! Les cils, ces duveteuses aguicheries dont elles usaient pour mieux amoindrir. La débauche ! La fredaine ! Réduire le mâle à l'état d'un homme de plaisir ! Il aurait volontiers étranglé l'un de ces cous rôdant à sa portée.

Lui, Pierre-Joseph, était chaste. Il voulait bien mortifier la chair des animaux et porter des bottes rouges, mais il domptait l'urgence de ses propres sens. La transpiration faisait ruisseler son faciès anguleux.

Il invoqua sa mère, à qui il avait demandé de retarder le repas d'une heure pour cause de labeur supplémentaire. Chère maman dans son tablier de finette qui avait eu le bon esprit de prévoir une blanquette de veau ! La blanquette, c'est encore meilleur quand c'est réchauffé, pensait le colosse.

La vision de ce plat en sauce tournant à l'idée fixe, la ptyaline de sa salive devint surabondante. Elle envahit sa bouche, l'inonda de ses sucs. Elle submergea même sans crier gare les frontières de sa langue et ruissela en une coulure de gourmandise au coin droit de ses lèvres.

— Maman, cœur brisé, soupira le boucher débordé par sa névrose obsessionnelle.

Il avait la tête en chaudière.

C'est à ce moment-là que Cosini se glissa derrière lui.

— Planque-toi davantage, grosse galoche ! gronda le petit homme. Tu dépasses comme une tour !

— Oui, m'sieu Cosini.

— Cesse de baver comme un bouledogue, essuie-toi !

— Oui, m'sieu Cosini.

— Celle que tu dois suivre se trouve en face de toi, dans l'axe des chapeaux.

— Je l'ai déjà repérée, annonça fièrement Briguedeuil. C'est la chèvre avec un beau chignon. J'aime pas la douceur de ses cheveux.

— Comment sais-tu qu'ils sont doux, imbécile ?

— Mes mains sont froides quand je pense à elle, dit le boucher.

— Tu vas la suivre. Il y a fort à parier qu'elle ne déjeunera pas à la cantine.

— Oui, m'sieu Cosini.

— Elle préfère en général traîner du côté de l'Opéra.

— J'apprécie pas beaucoup cet endroit-là. C'est large, ça rallonge comme un accordéon et c'est plein de monde. Tous ces passants me prennent la tête en manège...

— Tu n'as qu'à intervenir dans un endroit plus calme.

— Oui, m'sieu Cosini.

— Une petite rue.

— Oui, une petite rue. Pierre-Joseph aime les arbres. Les arbres ne font que le bruit des oiseaux.

— Ça tombe à pic, figure-toi. La petite va souvent manger un sandwich sur un banc du square voisin.

— Un sandwich, m'sieu Cosini ?

L'Italien jeta un regard furtif aux commissures des lèvres du nervi. Il esquissa une fine grimace de dégoût.

— Essuie-toi ! ordonna-t-il nerveusement. Cette fille, il faut l'empêcher de parler à qui que ce soit. Elle est dangereuse. Tu m'as bien compris ?

— Ça devrait pas me prendre plus d'un quart d'heure pour vous la mettre en plis, m'sieu Cosini. Est-ce que je dois vous rendre compte ?

— Plus tard. Et n'oublie pas, si tu te fais prendre, l'organisation ne te reconnaîtra pas.

— *Ad majorem Galliae gloriam* ! ânonna le grand poteau à haubans.

Ses yeux s'étaient rapprochés. Il se frappa la poitrine et rentra en lui-même.

Il sursauta lorsqu'une sonnerie stridente se déclencha, signalant aux acheteurs et au personnel qu'il était midi trente.

— Tu me remplaces ? demanda Liselotte à Nicole. J'ai besoin de m'absenter...

— Longtemps ? C'est que c'était pas prévu !

— Une demi-heure. Peut-être moins...

Liselotte était déjà loin. Elle n'avait pas attendu la réponse pour filer.

Cosini lissa ses cheveux gominés, restaura la parfaite ordonnance de sa raie sur le côté et afficha un mince sourire tout en surveillant le démarrage de son mâtin au crâne chauve qui prenait la voie du gibier.

— Adieu, mam'zelle Liselotte ! murmura-t-il pour lui-même. Vous eussiez fait un beau petit brin !

Puis, comme pour se ressaisir, il émit un signe à l'intention de la grosse caissière et s'engagea d'un bon pas en direction de la resserre du rayon parfumerie.

— Mademoiselle Nicole, dit-il à la remplaçante de Liselotte, courez donc me chercher mon livre de comptes... Celui à tranche noire, avec un liséré et une étiquette. Je l'ai laissé je ne sais où, du côté des zibelines...

Paulette Legras-Dubas apparut aussitôt et, contournant le comptoir, se glissa dans la resserre.

— Prépare ton académie, ma poule ! dit Cosini en lui octroyant une tape sur la croupe. Je te rejoins tout de suite...

La caissière gloussa une note haut perchée. Elle assura sa permanente en lui donnant du gonflant et, dans un soubresaut de son opulente poitrine, répéta en se hâtant :

— Oh Aldo ! Grand flibustier !... « Prépare ton académie ! » C'est d'un raide !

Elle aimait bien qu'il fût grossier.

Elle aimait aussi descendre en sa compagnie l'escalier en colimaçon qui s'enfonçait sous terre. Elle redoutait, elle adorait cette dégringolade secrète qui comportait une part d'avilissement. Avoir les cuisses consentantes, c'était un peu comme périr sous les supplices romains. C'était comme tourner la page.

M. Boro ne répond pas

LA gamine marchait vite sur le trottoir. Avec son gabarit, Briguedeuil avait du mal à la suivre au milieu de la cohue des boulevards. « N'importe, pensait l'hippopotame. Je préfère détaler derrière ce fretin plutôt que de croupir dans leur magasin à brillantine. »

Soudain, il l'aperçut qui traversait en courant la chaussée. Elle allait comme une flèche. Briguedeuil s'élança à sa suite. Il prit pied sur la rive d'en face juste à temps pour la voir entrer dans une brasserie.

Lorsqu'il pénétra à son tour dans l'établissement, il eut un certain mal à s'orienter. L'endroit était fréquenté par tout un peuple d'employés braillards venus là en habitués pour déjeuner d'une choucroute ou, plus modestement, pour prendre un café.

La jeune fille semblait s'être volatilisée.

Une expression vide peinte sur le visage, Pierre-Joseph commença à descendre en direction du sous-sol. Outre les toilettes, prises d'assaut par la clientèle, il découvrit, au fond d'un couloir revêtu de mosaïque bleue, la présence de deux cabines téléphoniques urbaines.

Dans l'une d'elles se tenait Liselotte.

Elle venait d'appuyer sur le bouton et d'entrer en communication avec une jeune femme à la voix de miel.

— Agence Alpha-Press, je vous écoute, énonça Chantal Pluchet.

— Je voudrais parler à M. Borowicz, dit aussitôt la protégée du reporter. Dites-lui que c'est de la part de Mlle Declercke...

Après un silence qui lui parut une éternité, Liselotte entendit la voix de la standardiste lui annoncer avec indifférence :

— M. Boro ne répond pas. On vient de me dire qu'il sera absent pendant quelques jours.

— Où puis-je le joindre alors, s'il vous plaît ? Chez lui ?

Une nuance d'inquiétude faisait chevroter la voix de Liselotte. C'était un peu comme si elle découvrait qu'elle était orpheline pour la seconde fois. Elle pensa à Bruay-en-Artois. A la mine. A la mort de son père.

Une larme perla au coin de ses yeux. Elle l'essuya furtivement. Sa vue était brouillée.

De l'autre côté de la vitre, tapi du côté opaque de la cabine, Pierre-Joseph surveillait les allées et venues des gens qui utilisaient les toilettes. Dans ses mains noueuses, il tendait et détendait un foulard enroulé sur lui-même qui lui fournirait un très convenable garrot pour étouffer la demoiselle.

— Ne quittez pas, recommanda la voix de Chantal Pluchet. Je vous passe M. Pázmány.

— Je vous écoute, ma jolie, annonça un monsieur aux intonations goguenardes. Je suis l'ami de M. Borowicz.

Liselotte observa un silence gêné. Pendant ce temps, à l'autre bout de la ligne, elle distingua une sorte de brouhaha ressemblant à une courte lutte.

— N'écoutez pas ce type ! lança une autre voix. C'est un imposteur !

Il y eut un nouveau grésillement, un froissement dans le combiné, le bruit sourd de plusieurs chocs. Et un fou rire étouffé.

— Mon nom est Prakash, reprit le second interlocuteur. Je suis le véritable ami de Boro... Dès qu'une jeune fille a besoin d'être dépannée, c'est moi qui m'occupe de prendre soin d'elle en son absence.

— Alors, monsieur Je-ne-sais-qui, dites-moi seulement où il se trouve. Je vous en prie ! C'est vital ! Il est très urgent que je lui parle !

— Vous, les femmes, pensez toujours que les choses du cœur ne peuvent pas attendre ! Prenez du recul, jolie mam'selle, c'est mon conseil... Boro n'est qu'un vil séducteur.

— Alors là, vous vous mettez le doigt dans l'œil, cher monsieur ! Et vous n'y êtes pas du tout ! Il ne s'agit pas du genre d'histoire tordue que vous imaginez !

— Comment pourrait-il en être autrement ?

Elle avait l'impression de se battre contre une muraille.

— J'ai besoin d'aide ! Vous comprenez ce que je vous dis ?...

Elle s'empourpra de colère.

— J'ai besoin d'être secourue !

— Si tel est le cas, donnez-moi rendez-vous et j'accours... Je vous assure que je suis autrement plus rassurant que Boro. Lorsqu'on me voit...

— Tu parles ! interrompit brusquement Pázmány en s'emparant du combiné. N'y allez pas, mon petit goujon, c'est un brochet !

Liselotte commençait à perdre ses moyens.

— Où est Boro ? demanda-t-elle désespérément.

Et elle se retourna en un geste machinal.

Elle eut l'impression de rencontrer l'ombre d'une montagne sombre. Sa découpe gigantesque se déplaça à contre-jour et disparut aussitôt derrière la cabine. Les Bottin, le taxiphone, une affiche pour Quinquina empêchaient Liselotte de distinguer l'intrus au travers de la vitre dépolie.

— Où est Boro ? répéta-t-elle dans un hoquet.

— En Angleterre, dit Prakash. Il n'y a aucun moyen de le joindre présentement.

— Vous êtes un fieffé menteur ! hurla-t-elle à l'adresse de Prakash. Je vais appeler à son domicile...

Elle n'eut pas le temps d'en dire davantage. Elle entendit un fouettement déchirer l'air et un lien passa devant ses yeux comme un trait sombre. Il froissa son nez sans ménagement et vint se loger autour de sa gorge. Quelqu'un pourvu d'une force colossale cherchait à l'étrangler. Les pupilles écarquillées, elle distingua d'abord sur ses rétines un scintillement de petites étoiles en mouvement, puis tout s'obscurcit non sans qu'elle eût ressenti un afflux intolérable de sang grondant devant ses globes oculaires. Elle pensa sottement qu'elle allait saigner du nez.

Au bout de son cordon, le téléphone se balançait dans le vide. La voix de Prakash, toujours enjouée, enjoignait à la jeune fille de se nommer. De dire au moins son prénom. Et si ses épaules étaient rondes.

— C'est important le galbe des épaules, poursuivit le photographe hongrois.

Mais sa phrase resta sans réponse. Il crut même entendre un halètement. Il fronça les sourcils. Il écarta l'appareil de son oreille et le regarda comme s'il s'agissait d'une personne qui vous pose un problème.

Dans la cabine, la lutte contre la mort se déroulait par soubresauts. Pierre-Joseph n'aurait pas cru que sa victime se débattrait avec une énergie si farouche. Pour assurer sa prise, il leva son genou et le cala au creux des reins de la jeune fille. De la sorte, la prise était parfaite.

Il s'apprêtait à étouffer sa proie lorsqu'il eut brusquement l'impression que son propre crâne explosait. Qu'une cheminée tombée du cinquième étage venait de fracasser sa poterie sur son occiput.

Il relâcha aussitôt son étreinte.

Il était sur le point de faire face lorsque sa tempe se déchira, labourée par un coup latéral. Il pensa à sa maman. Englouti par une nappe opaque de sauce blanquette, il devint une chair blanche. Veau et volaille, il abdiqua tout espoir de revoir le jour, de comprendre jamais ce qui venait de lui arriver et choisit le repos. Avec un long soupir fatigué qui prit des allures de sanglot, le boucher de la rue Ravignan se laissa glisser sur le corps recroquevillé de sa victime.

Alphonse Charpaillez essuya la crosse de son revolver Manufrance. Elle était poisseuse de sang. Il opéra son nettoyage avec des gestes méticuleux. Il se servit des culottes de cheval de Briguedeuil pour faire le ménage.

Le boucher était autrement plus lourd que la plus pesante des caisses qu'ils avaient eu à manipuler ensemble. Comme son corps de grand mammifère étouffait de sa masse la petite demoiselle de chiffon, l'inspecteur tira le mastodonte par le col de sa veste de cuir. En s'arc-boutant, il réussit à l'extraire de la cabine.

Le temps pressait. Alphonse Charpaillez reprit souffle un moment. Son cœur, ses poumons allaient à la forge. Il se demanda comment il allait se débarrasser d'un fardeau aussi encombrant. Il guetta pendant un moment l'extrémité du couloir. Ensuite, profitant d'une accalmie du côté des toilettes, il traîna le corps inerte jusque chez les « Messieurs ».

Là, avec l'énergie du désespoir, il hissa Pierre-Joseph sur la lunette d'un siège de porcelaine. Il rencontra une certaine résistance pour refermer la porte, sans doute parce que le buste du géant avait glissé de sa position précaire.

Le policier ressortit en courant. Il se précipita vers le haut des escaliers menant à la brasserie et croisa une dame qui tenait bon la rampe. Elle descendait les yeux baissés. Il traversa la première partie de la salle et, sur le point de sortir, s'adressa à un loufiat en gilet noir et tablier blanc qui livrait six bières à des touristes allemands.

— Dans la cabine téléphonique, lui dit-il, il me semble bien qu'une jeune fille s'est trouvée mal. Vous devriez aller voir...

— Mais Môssieu, pourquoi ne faites-vous pas vos commissions vous-même au gérant ?

Le garçon n'eut pas le temps de poursuivre la conversation. Le quidam rapporteur était de la race des foireux. Malgré son teint à faire peur, il galopait déjà sur le boulevard.

— Un fuyard ! J'en mettrais ma tête à couper, murmura le serveur. C'est plein de types respectables dans son genre qui trouvent sept cents balles pour faire faire une fausse couche à leur petite amie... Ah, les salauds ! D'abord l'aiguille à tricoter pour la gosse, rendez-vous dans une heure au café d'en face. Et après, l'affaire expédiée, youp la boum, un coup de rhum pour fouetter le sang, les avorteurs filent à l'anglaise ! On laisse les pauvrettes se débrouiller dans les douleurs.

Sans renverser ses demis, le coureur de guéridons rebroussa chemin en dépit des protestations de l'un des Berlinois. Ah mais ! Doucement la frisaille ! Secours d'abord ! Ici, rive droite, on est français !

Le garçon de café courut alerter le patron de l'établissement.

Je reviens de loin, je ne vais nulle part, et j'ai peur de la mort...

LORSQUE Liselotte recouvra ses esprits, elle se trouvait à l'infirmerie des Galeries Lafayette.

Elle reconnut en premier lieu le visage sévère de Mlle Guilleminière, l'infirmière diplômée qui régentait le dispensaire du magasin. Du rayon de la passementerie au guichet des accessoires pour apiculteur, Mlle Guilleminière passait à juste titre pour une carne franche.

« Croix-Rouge », comme on l'appelait, n'admettait pas qu'on se plaignît d'autre chose que d'un mal de tête. La céphalée classique avait du moins le mérite de se soigner avec de l'aspirine. Les règles douloureuses ne lui inspiraient aucune pitié.

Un bobo ? Elle s'en méfiait. La crainte de l'infection dominait le caractère autoritaire de cette femme. Le panaris surtout. Elle avait recours à l'alcool à 90°, à la teinture d'iode. Pour lutter contre le reste, la kyrielle des symptômes indéfinissables, l'ipéca, l'arnica, le jujube et le sirop de polygala suffisaient.

Une constipation opiniâtre ? Elle émolliait. Limonade purgative, pruneaux d'Agen, calomel en tout dernier ressort.

Une rhino-pharyngite ? Elle fumigeait, gargarisait, badigeonnait.

Une angine ? C'était déjà plus technique. Méfiance avec les points blancs : la diphtérie rôdait. Après la cérémonie de l'abaisse-langue en bois, type Néol-Bottu, venait celle, plus expiatoire, du collutoire. Une préparation colorée en bleu imbibait un tampon d'ouate. Cette étoupe fixée au bout d'une pince hémostatique était introduite sans ménagement au fond de la gorge des patientes et fouillait impitoyablement le magma des chairs enflammées.

— Mademoiselle a les amygdales cryptiques ! Il faudrait arracher tout cela ! Une belle opération pendant vos vacances !

Liselotte battit des paupières puis, reconnaissant la garde-malade, fixa son visage revêche.

— Mademoiselle Guilleminière... balbutia-t-elle. Qu'est-il arrivé ?

Une légère odeur de vapeur d'éther flottait dans la pièce et soulevait le cœur de la jeune fille. Elle essaya de sourire. En temps ordinaire, elle aurait dévisagé l'infirmière entre les yeux pour essayer de la faire loucher.

En déglutissant, elle s'aperçut qu'elle éprouvait des difficultés à avaler sa salive. Une douleur sourde, une sorte de brûlure persistait tout au long de sa trachée artère. Elle se rappela qu'on avait essayé de l'étrangler. Elle eut aussitôt envie de pleurer. Elle se sentait dépressive.

Elle gémit.

— C'est la réaction, énonça Croix-Rouge en se tournant vers l'auditoire. Notre patiente va mieux.

L'état de confusion mentale où se trouvait Liselotte se dissipait. Elle tourna la tête et constata à son côté la présence rassurante d'un homme à barbiche. Ce dernier, qu'elle identifia comme un médecin, prenait sa tension et surveillait son pouls. Il lui adressa un sourire et murmura :

— Eh bien, voilà le prodige de la jeunesse ! Notre petite malade n'a plus besoin de nous pour faire le voyage jusqu'à elle-même... Elle est consciente, et son rythme cardiaque est parfait.

— Dites-nous exactement ce qui vous est arrivé, jeune personne.

Elle entendit un timbre grave dont le déplacement indiquait que le propriétaire faisait le tour du lit. M. le sous-directeur apparut dans son champ visuel. Il essuyait les loupes de ses lunettes avec l'air chagrin.

M. Puzenet-Laroche avait ordinairement la réputation d'un demi-dieu fort occupé, et le personnel avait rarement l'occasion de croiser son chemin affairé. Les responsabilités de sa charge le tenaient sans cesse accaparé par des urgences — un faisceau de corvées invisibles dont dépendait la bonne marche de l'établissement. Ce travail, lourd comme la rémission des péchés, l'obligeait à trottiner sans trêve, Sisyphe en costume trois-pièces sillonnant pour le bien de tous l'inextricable labyrinthe des nuées de l'Olympe administratif.

Rompant avec cette tradition d'éloignement, M. Puzenet-Laroche tapota paternellement la joue de sa jeune vendeuse et dit :

— Ce n'est pas bien de faire peur à son directeur.

Il s'assit sur l'extrême bord du matelas, prit la main de Liselotte dans les siennes et se forgea une attitude faite de compassion affectée.

— Maintenant, il faut qu'elle nous raconte ce dont elle se souvient... M. le commissaire Ploutre — il se détourna vers un homme aux mensurations rondelettes —, M. le commissaire Ploutre, alerté d'urgence par le personnel de la brasserie des Mathurins et qui a immédiatement reconnu votre uniforme de vendeuse aux Galeries, a eu le bon esprit de vous faire transporter ici. Vous avez reçu les premiers soins dans votre famille d'accueil, c'est bien. Maintenant, il a besoin d'en savoir davantage pour faire son rapport...

— Je n'ai rien à raconter, dit Liselotte.

Elle se mordit les lèvres.

— Rien, ajouta-t-elle. J'ai simplement eu un malaise.

Elle venait de croiser, au troisième rang des visages qui se penchaient sur sa détresse, le regard charbonneux de M. Cosini. Ses prunelles fixes la fascinaient.

Le commissaire Ploutre s'avança.

— Mademoiselle Declercke, j'ai l'habitude de ce genre d'affaire. Les jeunes femmes victimes d'une agression répugnent presque toujours à avouer les sévices dont elles ont été l'objet... Y avait-il chez votre attaquant la moindre arrière-pensée de nuisance sexuelle ?

— Oui, commença M. Puzenet-Laroche comme s'il revenait à la vie, l'homme vous a-t-il violentée ?

— Je n'ai pas constaté de flux de sang sur la robe de mademoiselle, égrena le docteur.

— L'hymen est souvent une bouffonnerie ! bougonna Ploutre. J'ai connu, pour ma part, des danseuses dont la vertu était à prendre et qui n'ont pas saigné au soir de leur grand jour !

— N'étiez-vous pas vierge, mon enfant ? l'interrompit Croix-Rouge en se tournant vers Liselotte. De mon temps, tout était glace. Dix-sept ans !... On ne connaissait pas les choses à ne pas connaître !

— Je peux procéder à un examen gynécologique, suggéra le médecin.

— Je ne veux pas qu'on me touche ! s'écria Liselotte.

Elle se rencogna tout en haut du lit. Elle avait instinctivement replié ses jambes contre son ventre et les enserrait entre ses bras noués.

— Je suis libre ! gémit-elle. Mon corps est à moi, il me semble !

— Mais nous voulons seulement vous aider, affirma le sous-directeur.

Il avait mis sa main sur son cœur.

— Un sadique a essayé de vous étrangler... Nous avons des devoirs envers vous. Songez que de tels événements peuvent se reproduire. Pensez à vos jeunes camarades...

— L'homme avait-il une façon particulière d'agir ? Présentait-il des déviances ? demanda le commissaire.

— Était-il fétichiste ? s'enquit le toubib. A-t-il commencé par une exhibition ?

Liselotte remua la tête. Elle se sentait si seule face à la cohorte des braves gens. Si désemparée. Elle ne parvenait pas à détacher ses yeux de ceux de l'Italien. Il ne la lâchait pas du regard et lui commandait muettement de faire silence sur sa mésaventure.

— Il ne m'est rien arrivé de spécial, s'entêta-t-elle.

— Rien de pervers ? insista le policier. Ces traces sur la gorge... Cette déchirure à hauteur de votre buste...

— Je me suis débattue.

— Ah ! vous voyez bien qu'on vous a agressée !

— Cela ne regarde que moi !

— Vous le protégez ? Vous le connaissiez ?

— Je ne l'ai pas vu. Comment aurais-je pu le reconnaître ?

— A qui téléphoniez-vous ?

— A mon dentiste.

— Mademoiselle Liselotte, répondez-moi, intima le sous-directeur.

La voix de Puzenet-Laroche lui parvenait au travers d'un filtre. Les silhouettes de ses interlocuteurs s'irisaient d'un contre-jour flou. Elle se sentait cotonneuse.

Elle essaya à nouveau d'échapper à l'encerclement des questions.

— Donnez-moi un verre d'eau. Je veux reprendre mon travail, murmura-t-elle dans un souffle.

Cosini s'était approché insensiblement. Ses yeux étaient profonds comme des puits. Ses cheveux calamistrés avaient des reflets corbeau.

— Au moins, vous devriez porter plainte, suggéra M. Puzenet-Laroche.

— Plainte contre X, renchérit le commissaire Ploutre. Si vous le faites, j'aurai mandat pour agir.

— Plainte contre personne, sanglota Liselotte. Je veux qu'on se retire. Je veux reprendre mon travail. Je veux qu'on me laisse en paix !

Elle se leva.

— Retirez-vous tous, commanda le médecin. Elle a besoin de récupérer après le trauma psychologique qu'elle vient de subir.

Croix-Rouge se dressa aussitôt pour faire évacuer la salle. Elle repoussa de ses battoirs un groupe constitué de Christophe, de Nicole et de quelques autres. Le sous-directeur était sorti le premier, non sans avoir lancé à l'infirmière :

— Vous me tiendrez au courant, Guilleminière, cela va de soi.

Dans un coin de la pièce, le docteur repliait son stéthoscope biauriculaire et son tensiomètre. Profitant de ces mouvements divers, Cosini s'approcha de Liselotte.

— Mademoiselle Declercke, articula-t-il, si vous parlez, je suis en mesure de présager devant vous un atroce mauvais goût qui ressemble à la mort. Vous ne direz rien à personne de ce qui s'est passé aujourd'hui. Sinon, c'est la mort pour vous et pour ceux à qui vous vous serez confiée.

— Rien, promit Liselotte. Je vous le jure.

— C'est votre vie que vous mettez dans la balance. Votre vie et celle de vos amis.

Deux larmes tracèrent leur route luisante sur les joues pâles de la jeune fille.

— Je reviens de loin, je ne vais nulle part, et j'ai peur de la mort, murmura-t-elle.

— Je vous attends demain, dit Cosini. Demain...

Elle le quitta après une sorte de petite révérence raide.

A une cinquantaine de mètres de la sortie du personnel, elle rencontra son ami Christophe. Le groom l'avait attendue sur le trottoir de la rue Charras. Le bout de son nez était rouge. Il faisait un froid vif.

— Ze savais bien que tu finirais par sortir, dit le jeune garçon en lui prenant la main.

— Oh ! Christophe ! sanglota-t-elle en se jetant contre lui. Emmène-moi ! Emmène-moi n'importe où ! Je ne veux pas rentrer chez moi !

Il sentit la douceur de ses cheveux sur la joue. Il lui caressa doucement la tempe. Il se sentait très fier du rôle d'homme dont elle l'investissait.

— Z'ai pas les moyens de t'emmener à Zermatt, mais ze peux te proposer Villeneuve-Saint-Georges... Qu'est-ce que tu dirais, pour te remettre, de venir passer la nuit chez moi ? Mon père est cheminot, ma mère fait des ménages. Tu verras, c'est genre pavillon. Meulière et Fibrociment. Mais ze te laisserai ma chambre avec vue sur la gare de triage... pour ainsi dire du deux étoiles au Guide Michelin...

— Tout ce que tu veux, dit Liselotte.

Et elle se laissa conduire.

Les neiges de la rue Quincampoix

— On s'arrête là ! fit Boro en désignant l'entrée du numéro 23 de la rue Quincampoix.

Il tendit un billet au chauffeur et sauta sur le trottoir sans attendre la monnaie. Puis il se pencha à l'intérieur de l'habitacle et ramena à lui un immense bouquet d'œillets blancs plus magnifiques les uns que les autres, achetés un quart d'heure auparavant chez Jisbine, place de la Madeleine.

Il prit le bouquet dans sa main gauche, respira une grande goulée d'air frais, leva la tête et sourit aux flocons qui descendaient lentement vers son visage. Il neigeait depuis la veille. Paris était en boue. Ordinairement, Boro n'appréciait que les hivers à la hongroise : moins vingt degrés centigrade et pas un de plus. Ce matin-là, il découvrait à la saison froide des allures de printemps qui n'étaient pas pour lui déplaire. Il se sentait comme une pâquerette : prêt à éclore.

Il était rentré d'Angleterre dans la nuit. A Londres, il avait jugé plus raisonnable de ne pas faire signe à la belle journaliste Julia Crimson, *Julia made in England*, qu'il avait follement aimée trois ans plus tôt, la tête dans les nuages, le temps de quelques nuits à bord du *Graf Zeppelin*, au-dessus de l'Atlantique. En revanche, il eût volontiers salué Artur Finnvack. Hélas le despote énigmatique qui présidait aux destinées de l'agence Associated Press Incorporated, pour lequel il avait couvert plusieurs reportages et qu'il n'avait jamais rencontré, ne se trouvait pas dans sa tanière de Regent Street. Une fois encore, l'homme invisible s'était évanoui. Boro avait pris le premier avion pour le Bourget.

Il s'apprêtait à pousser la porte du 23 et à escalader les escaliers conduisant à la chambre de bonne où logeait Liselotte lorsque, du fond de son poste d'affût, Olga, qui tapinait sous l'arche du porche voisin, le héla avec sa voix de voleuse de santé.

— Boro poète ! Ma p'tite chatouille ! Où vas-tu, sans dire bonjour à ton Olga ?

Tel un amant surpris au seuil de l'alcôve, le reporter se retourna. La bourlingueuse avisa ses fleurs et modula un sifflement admiratif entre ses lèvres mâchurées de mauve.

— Eh ben dis donc ! Quelle heure il est ? En quel hiver ? Et puis des œillets ! Avec des gars comme toi, le verdurier a pas de mauvaise saison !

Boro rebroussa chemin et s'approcha d'elle.

— Bonjour, princesse. Inutile de rameuter le quartier.

— Oh ! rien à craindre. C'est le genre d'endroit, tu peux crever.

Pâle sous son maquillage, lèvres pincées et mains tremblantes, la louve de Sibérie plongea ses doigts dans son réticule. Elle en ramena un peu de monnaie de tiroir-caisse.

— C'est tout ce qui me reste de ma nuit, soupira-t-elle. Je viens de me faire repasser de la recette par des mômes... Des douze-treize ans, pas davantage !

Boro mit aussitôt la main à son portefeuille. Il lui tendit deux billets de cent francs.

— Toujours royal question galetouse, apprécia l'ancienne danseuse.

Elle prit l'argent, sobre sur le chapitre de la reconnaissance, un peu comme une commerçante du quartier qui se permettrait de faire une quête pour la couronne.

— Y'a plus d'enfants, se plaignit-elle. Si c'est pas malheureux ! Quatre ils étaient, les mioches. Ils m'ont fait tomber comme un sapin dans la bouillasse. Ils m'ont tirée par les pieds. Pourtant, je me faisais lourde exprès... l'Arc de Triomphe, t'aurais juré !

— Olga, j'aurais besoin d'un tuyau, l'interrompit Boro.

— Tout ce que tu veux, mon photographe, du moment que c'est convenable !

La pierreuse cherchait en fait à gagner du temps. L'épée dans les reins, elle retardait le moment fatidique où Boro lui demanderait des nouvelles de sa protégée. Or, les choses étaient ainsi faites que Liselotte n'avait pas réapparu dans le quartier depuis vingt-quatre heures. Olga n'en respirait plus. Elle avait mis tous les macs, les harengs, les mouches, les mastroquets, les bibards du quartier sur l'affaire. Pas un hôtel, clandé, galetas, garni qui n'eût été ratissé.

Et pourtant, plus fort que d'entrer au carmel, Liselotte s'était volatilisée. Partie à son travail le matin, la gamine avait disparu de la surface du macadam. Vaporisée dans les nuages !

Olga ne savait comment s'expliquer. Elle avait trop honte. L'ancienne étoile de chez Balanchine décida de se réfugier dans le mensonge. Elle se donnait encore vingt-quatre heures.

Elle fit une ou deux mines, s'extasia encore sur les fleurs. Boro ne soupçonnait pas son reniement hypocrite.

Il dit :

— Je voudrais seulement savoir le nom et l'adresse de la propriétaire de Liselotte.

— La petite du sixième ? Elle est polie, drôlement mignonne !... On se parle ensemble. Je veille sur elle.

— Merci, Olga.

— Personne ne l'embête. Tous au parfum !

— Merci, Olga.

— Les proxos, les tauliers, les voyous, les marcheuses, elle peut sillonner le quartier tant qu'elle veut... C'est comme si elle avait pris une assurance !

— Merci, Olga.

— Jeune fille méritante, orpheline par surcroît, et poursuivant des études ! Ah, tu peux me croire, Boro, personne ne l'importune !

— Merci, Olga.

— Dors sur tes deux oreilles, Blèmia ! Pas un barbeau ne viendra la marauder.

— Je cherche la propriétaire de la chambre de Liselotte, répéta fermement Boro.

— Tu ne veux pas nous chiper la gamine, j'espère ? Cette petite, c'est la joie du quartier !

— Non. Je veux seulement payer un an de loyer d'avance.

— Ah ! Ce que tu demandes là est plus compliqué qu'il n'y paraît...

Après un temps, Olga reprit sur le ton de la confidence :

— La proprio, c'est Mme Jules.

— Mme Jules ?

— Une bistre qui a fait fortune dans la limonade et l'immobilier. Elle est pas d'un abordage facile. Elle habite aux Gobelins et ne met plus jamais les pieds ici.

Olga leva machinalement la tête du côté des fenêtres du sixième. Comme elle affrontait le tamis grisâtre du ciel, ses yeux papillotèrent, harcelés par des duvets de neige.

— Elle possède tout le pâté de maisons. Moi aussi, je dépends d'elle. Tiens, jeudi dans huit jours, justement, je vais lui payer mon terme.

— Pourrais-tu faire la démarche à ma place ?

— Donner ta petite enveloppe ?

— Pas seulement. Je voudrais que tu demandes à la bonne femme de ne pas révéler à la jeune fille d'où vient l'argent. Qu'elle lui fasse croire que son père avait tout payé avant sa mort.

— Et si elle me demande qui est le bienfaiteur ? Qu'est-ce que je dégoise, moi ?

— Tu dis que c'est son parrain qui veille au grain. Un homme cousu d'obligations et qui habite en province.

— Bon, ce sera fait. Craché juré.

Leurs regards se croisèrent. Comme Boro s'apprêtait à sortir l'argent de sa poche intérieure, Olga surprit une infime hésitation dans son comportement. Elle sourit tristement. Boro exhiba aussitôt une enveloppe non cachetée, bourrée de coupures et la tendit à la danseuse.

— La vérité est là, dit cette dernière. Elle est au fond de tes yeux. Je suis une femme déchue. Et tu ne me fais pas vraiment confiance, n'est-ce pas, Boro joli ?

— Comme à ma sœur, dit Blèmia en l'attirant contre son épaule.

Ils restèrent immobiles un moment, à peine préservés de la bourrasque par l'arrondi du porche. Les bruits de Paris leur parvenaient, étouffés par la neige.

— Les automobiles ont mis des pantoufles, chuchota Olga.

Boro recula d'un pas. La jeune femme glissa l'enveloppe que venait de lui confier le jeune homme contre sa peau, sous le revers de son mauvais manteau de ratine.

Blèmia franchit les quelques mètres qui le séparaient du 23. Il s'apprêtait à monter au sixième étage pour déposer ses fleurs devant la porte de la chambre numéro sept, lorsque la voix d'Olga le rattrapa.

— Inutile de te martyriser la guibole à monter l'escalier, Borowicz ! Hier, ta Liselotte a annoncé qu'elle partait en vacances. Une huitaine, elle a dit. Elle a pris sa petite valise et elle est partie chez son oncle...

Son oncle ? Boro n'en revenait pas. Il réfléchit. Soudain, son visage s'éclaira parce qu'il venait de penser à Fruges.

— Pas son oncle. Son parrain, tu veux dire.

— C'est bien possible, admit Olga. Son parrain.

— Il a ma bagnole depuis un mois ! Il faut que je le retrouve, lui aussi !

Boro porta furtivement la main à son chapeau. L'ancienne danseuse étoile le regarda s'enfuir en claudiquant.

Un pas, une canne. Un pas, une canne. Sur la fragile pellicule immaculée, la jambe raide traçait un sillage argenté.

Banlieue sud-est

LISELOTTE avait dormi pendant douze heures. Elle s'était éveillée face à un papier à fleurs. Parsemés au hasard d'une nuit bleu cobalt, des pierrots à califourchon sur un croissant de lune semblaient lui adresser des signes de bonne intelligence. Elle se trouvait dans une chambre d'enfant !

La position crispée de la jeune fille, ses jambes repliées, ses poings fermés trahissaient une tension qui ne l'avait pas lâchée tout au long de son sommeil. Elle ressentait un diffus mal de tête. L'oreiller sentait le savon de Marseille.

Elle jeta un regard furtif en direction du plafond. Soudain, une trépidation ayant toutes les caractéristiques d'un tremblement de terre imprima un mouvement de balancier à la suspension du lustre. Liselotte se dressa sur le lit et surveilla l'imperceptible va-et-vient du luminaire. Accompagnée par un effet en forme de trompe, une stridence à la fréquence déchirante la fit sursauter. En même temps, le phénomène d'ébranlement s'amplifia sous les fenêtres du pavillon au point d'en faire trembler les vitres.

Comparable à l'éclatement sourd d'un roulement d'orage, le galop du train de marchandises de neuf heures quarante-deux submergea la chambre. C'était un vacarme entre tornade et remous. Le modeste mobilier sembla un moment se noyer sous un déluge de frottements et d'acier, puis l'espace s'encrassa brusquement d'une épaisse nuée de vapeur d'eau et de quelques escarbilles.

Tout en suffoquant, Liselotte courut jusqu'à la fenêtre qui s'était ouverte sous la poussée de la bourrasque. Elle en referma l'espagnolette et, les yeux écarquillés, aplatit son minois contre les carreaux. Sa cervelle était comme une boîte en fer qui dégringole les étages. Abasourdie, elle venait de découvrir devant elle le nœud ferroviaire de Villeneuve-Saint-Georges.

Depuis le premier étage du pavillon où elle se trouvait, on plongeait directement sur l'écartement digital des rails et des aiguillages, sur une forêt de sémaphores et de postes de surveillance. La jeune fille eut un moment la sensation panique de se tenir tout en haut d'une poutrelle suspendue au-dessus du vide. Elle résista bravement à la déflagration du train express de neuf heures quarante-cinq. Elle entrevit la structure étirée de la machine Pacific 231, son emportement brouillé par la vitesse et les vibrations, sa masse d'acier profilée fonçant sur le rail luisant. Au passage, la musculature de ses bielles, le ramdam espacé des wagons se conjuguèrent pour lui jouer une symphonie de fer, de force et de vitesse. Un verre posé sur la table de chevet trembla sur le marbre. La locomotive, son tender et ses dix-huit compartiments de voyageurs déchirèrent l'air au passage de la maisonnette et déferlèrent par-delà l'enclos du jardinet.

Dès que l'éloignement eut ramené la longue plainte ferroviaire à l'état de simple rumeur, Liselotte desserra l'étau de ses paumes plaquées sur ses oreilles. Les tympans libérés, elle retrouva l'illusion d'un silence relatif. A peine se trouva-t-il perturbé par le jappement bref d'une locomotive passant dans le lointain.

Elle eut soudain une pensée émue pour Christophe qui, sans doute, était parti de bonne heure ce matin pour les Galeries.

Elle jeta un coup d'œil à sa montre. Déjà presque une heure que le liftier était sur son lieu de travail. Liselotte frissonna en pensant à l'horrible Cosini. La veille, il n'avait sans doute pas manqué d'observer le moment où elle s'était jetée en larmes dans les bras de Christophe. Elle se demanda si elle n'avait pas eu grand tort de faire de cet enfant, à peine un homme, le dépositaire de son terrible secret. En lui avouant les sévices, les menaces de mort dont elle avait été l'objet, n'allait-elle pas faire retomber sur un innocent le danger qui pesait sur elle ? Elle s'en voulut de ne pas lui avoir recommandé la prudence. Mon Dieu ! Pourquoi dormait-elle si profondément à l'heure où le garçon se levait ? Et maintenant ? Comment arrêter ce gâchis ? Si elle téléphonait, on ne lui passerait pas son correspondant. Le règlement était formel sur ce point. Et pas question non plus de faire faire une commission par un tiers : le sujet était trop brûlant.

La jeune fille commença à se ronger un ongle. Elle savait Christophe si intrépide dès qu'il s'agissait de voler au secours de son amie Liselotte qu'il était bien capable d'aller trouver l'adjoint du chef de rayon et de lui promettre son poing sur le nez s'il touchait à un cheveu de sa princesse de cœur. A quatorze ans et demi, ce n'était pas la frousse de la hiérarchie qui l'eût arrêté !

Elle sourit. Elle revoyait le fanfaron ès bafouillages lui faire sa déclaration d'amour avant qu'elle s'endorme :

— Ze t'aime !

Direct. Tout à trac !

— Zizelotte ? Tu dors ? Ze t'aime à fond !

Elle soupira malgré elle.

Ah ! le monde était mal partagé ! Pourquoi donc est-on toujours attiré par ce qui n'existe pas ? La passion a une grosse chaussure à droite et un petit escarpin à gauche. Elle boite.

Après une minute de rêverie, la jeune fille revint à son lit. Elle tira les draps sur elle et referma les paupières, cherchant à mettre de l'ordre dans ses idées. Elle se sentait courbatue comme si on l'avait rouée de coups. De la soirée de la veille, elle ne se souvenait de rien, à part du visage grave de son ami Christophe penché sur le sien. Juste après qu'elle eut fait un brin de toilette, le coquin était entré dans la chambre, un pot de confiture à la main.

— D'où sors-tu cela ?

— Ze l'ai volé à ma mère !

— C'est mal.

— Penses-tu ! Avec Zervaise, c'est le seul moyen.

— Elle est avare ?

— Ze me plains pas trop.

— Ton père ne gagne pas sa vie ?

— Disons que chauffeur de locos, il est jamais là. Il a une poule. Alors, la Gerve fait des confiotes. Elle prend du poids. C'est la chopine.

— Elle boit ?

— Encore assez. Bercy beaucoup.

Les confitures ! Elles étaient faites par une artiste. Un vrai miracle. Le goût des fruits, le suc des bais. Des vraies groseilles de concours !

Ils en avaient mangé tous les deux. Quand il l'avait embrassée, les lèvres du garçon étaient rêches et sucrées... Drôle de premier baiser. Elle avait fait la morte.

Une nouvelle stridence la plaça en état d'alerte. Cette fois, elle subit stoïquement le halètement apeuré d'une locomotive. La machine en furie effectua une sorte de trépignement avant de s'élancer.

Liselotte se retourna. Le lit poussa un gémissement. La pièce était petite. Tino Rossi faisait les dents blanches, épinglé sur la porte. A côté du chanteur de charme, une photo de Johnny Weissmuller dans *Tarzan*. Au-dessus, une petite vitrine enfermant une collection de locomotives miniatures.

La jeune fille se dressa sur ses jambes, fit un semblant de toilette dans la cuvette près de laquelle se trouvaient une cruche d'eau glacée et une serviette-éponge.

Elle se coiffa, refit le lit et enfila son manteau. Après quoi, d'un pas hésitant, elle descendit l'escalier menant au rez-de-chaussée.

Dès qu'elle aperçut la grosse Gervaise, elle la remercia pour l'hospitalité. La bonne femme était affalée sur sa chaise et ne manifesta aucun intérêt pour sa présence. Elle avait les paupières mi-closes, les yeux révulsés, la bouche entrouverte. Ses bras raides pendaient de part et d'autre de ses hanches. Son peignoir bâillait sur la chaleur congestionnée d'une poitrine livrée à elle-même. Et tout idem : à l'abandon. Tignasse en friche, jambes écartées. Sous la table, elle avait perdu une savate. Devant elle, un verre, un fond de litre étoilé. Du bleu qui tache.

— Faites pas attention à la Gerve, dit une voix mouillée par le café au lait. Elle cuve. Elle savait pas que j'allais rentrer si tôt... Je l'ai surprise en pleine extase Sidi Brahim.

Liselotte se tourna vers la cuisine, et découvrit Jofre Costabonne attablé devant un copieux petit déjeuner fait de pâté, de jambon et d'une baguette. Il y avait des poivrons aussi, et de l'oignon doux. D'emblée, elle le trouva sympathique. Il était aussi brun que sa femme était rousse. Son accent chantait dans sa gorge l'âpreté d'un pays de soleil.

Il désigna son épouse du menton :

— Elle dort jusqu'à demain. C'est presque la mort.

Il passa sa main dans ses cheveux hirsutes et marmonna à voix basse :

— *Podria passar una catàstrofe, la Gervaise no en té esma.*

Le cheminot sourit parce que la petite ne comprenait pas un traître mot de ce qu'il venait de raconter.

— Je dis qu'il pourrait arriver n'importe quel cataclysme sans qu'elle fasse ouitch. Quand elle est dans cet état, elle est ensaquée comme un édredon. C'est une Normande. La race avec les cheveux queue-de-vache. Tandis que Christophe, c'est tout mon portrait moral. Il a pris la force du pays d'où je viens...

Il se renversa en arrière, faisant geindre le dossier de sa chaise, et soupira avec nostalgie :

— Depuis que j'ai quitté mon village, ses lièges rouges et ses oliviers efflanqués, je répète avec le poète que j'ai perdu mon âme...

Il scella ses paupières et récita avec une émotion contenue :

« Entremig de totes les terres,
Tu, el meu pais, ets com un niu d'ocells... »

Cette fois, il traduisit pour Liselotte :

« Au milieu de toutes les terres,
Tu es, toi mon pays, comme un nid d'oiseau... »

Elle s'approcha. Elle remarqua que le père de Christophe coupait son pain avec un couteau catalan. Une lame aiguë à la fermeture commandée par un anneau.

— Je suis natif de Cerdagne. J'ai débuté comme serre-freins sur la ligne jaune. On tortillait au-dessus des vallées. La Têt vers la France. La Sègre vers l'Espagne...

Brusquement, il décrivit le trajet du chemin de fer, un peu comme un soldat évoque le souvenir des vieux camarades perdus sur le chemin des luttes anciennes.

— Villafranca ! Sallagosa ! Osseja ! Et ce fameux pont de Bolquère où est mort l'ingénieur Gisclard qui avait dessiné le tracé de la ligne...

Le cheminot revoyait la scène telle que sa mère la lui avait léguée :

— Trois motrices électriques pour trois wagons seulement. On vient de faire halte à mille cinq cent treize mètres. Les compresseurs pompent l'air dans les conduits de freinage qui doublent les mâchoires à tourniquet. On est loin d'avoir fini de remplir les circuits.

Il s'interrompit dans son récit, la dévisagea, fronça la broussaille de ses sourcils encrassés par les escarbilles.

— O nina ! exhala-t-il comme une plainte. Qu'arriva-t-il alors ? C'est à peine croyable ! *Quèval més dir : mentidés o la veritat ? La veritat !...* Le serre-freins croit entendre les deux coups de sifflet qui donnent le signal pour relancer la machine. La motrice électrique de tête prend son élan. Il n'y a pas assez d'air dans le système de friction pour lutter contre la pente... Soixante millimètres par mètre... Le train part en dérive... Le gars se démène... Les freins à vis ne suffisent pas. Les mâchoires fument contre les moyeux. Le train jaune devient fou. Il n'arrivera jamais à Latour-de-Carol. Au lieu de prendre la courbe, il s'écrase contre la paroi... Huit familles de cheminots endeuillées. L'un d'eux était mon père. Plus tard, j'ai pris sa place. Ce train, pour escalader, il se donnait autant de peine qu'une personne. Il tremblait d'effort. Sur certaines portions, on se risquait à seize cents mètres.

Liselotte leva le regard sur le visage noirci par le charbon. Les plis du front marquaient la peine et la fatigue. Deux ronds blancs dessinaient la marque des lunettes.

Le père de Christophe afficha un sourire de clown triste.

— Conduire une locomotive, c'est pas seulement bouffer du charbon ! C'est aussi dompter la vitesse et assurer la sécurité des gens qu'on bahute. Maintenant, je suis sur le P.L.M. Vous savez comment on me surnomme ?

— Je ne sais pas moi... « Bride abattue » ?

— Tiens, c'est pas mal trouvé « Bride abattue » ! Mais vous êtes à côté... Moi, mon appellation, c'est « Coque-à-ressort ».

Du bout des chaussettes, il écarta ses brodequins Derby en veau gras naturel qu'il avait délacés. Il se pencha du côté d'une espèce de sac d'officier en bon cuir culotté et en ouvrit les deux verrous à bascule. De la poche intérieure, il sortit une paire de lunettes à monture nickel, avec une attache élastique réglable.

Il fit jouer la charnière des deux verres à garniture de caoutchouc.

— Reluquez bien ce que je tiens là ! C'est des lunettes coques-à-ressort, justement ! Comme ça, vous ne serez pas venue pour rien... Vous aurez toujours appris quelque chose, mademoiselle l'étudiante !

Jofre Costabonne tendit le bras en travers de la toile cirée pour attraper une bouteille Thermos isolante.

— Vous me connaissez donc, monsieur Costabonne ? demanda Liselotte avec surprise.

— Pardi, jeune fleur ! Et même votre petit nom !

Le cheminot se versa une nouvelle tasse de café.

— Dites donc ma belle... Vous lui avez fait le cœur en marguerite à mon gamin ! Est-ce que c'est du sérieux ?

Liselotte baissa la tête. D'un coup, elle se sentait mal à l'aise.

Elle serra contre elle les revers du col de son manteau. Elle se sentit rougir.

— Il faut que je parte, monsieur Costabonne.

— Faites à votre idée. Vous êtes ici chez vous.

Elle ébaucha le geste de lui serrer la main. Il préféra lui tendre le coude.

— Vous savez, le charbon, moi aussi, je sais ce que c'est, dit-elle avec un faible sourire. Papa était mineur.

Elle passa la porte sans se retourner. Elle irait chercher refuge chez Boro. A Paris. Elle ne dirait rien, voilà tout...

Comme elle longeait les pavillons d'une rue conduisant à la gare, l'image de Cosini lui revint. Et ses dernières paroles dominèrent le fracas des trains : « Vous ne parlerez à personne de ce qui s'est passé aujourd'hui. Sinon, c'est la mort. »

Liselotte s'arrêta. Une pensée lui traversa l'esprit : quel lien existait-il entre le parfum Rouge de Sang et la tentative d'assassinat dont elle avait été l'objet ?

Elle reprit sa marche. Derrière les haies, les chiens ne cessaient pas d'aboyer. Ils lui faisaient un cortège de haine.

Entre deux étages

Cosini était le seul passager de l'ascenseur piloté par Christophe. La cabine était immobilisée entre le sixième et le septième étage. Les deux interlocuteurs se mesuraient du regard. Les prunelles de l'Italien viraient à l'encre.

— Parfaitement, ze sais tout ! le brava le groom. Si vous ne laissez pas Liselotte tranquille, c'est mon poing sur la gueule que vous aurez, et si vous n'êtes pas content, ce sera le même prix ! Z'irai trouver la police pour lui parler de votre joli micmac !

— Allons, allons ! Tu es jeune, tu t'emportes ! Tout s'arrangera, mon garçon, répondit Cosini.

— Seulement si vous fichez la paix à ma copine.

— Finis tranquillement ta journée et nous en reparlerons.

— Le plus tôt sera le mieux, m'sieu Cosini. Z'ai rêvé que vous me signiez un petit papier avec une promesse écrite.

— Si ça te tranquillise.

— Le plus tôt sera le mieux, répéta Christophe.

— Ce soir. A la fermeture, viens me rejoindre au dépôt du stock de parfumerie.

— Z'y serai, dit le groom.

Il abaissa la manette et l'ascenseur reprit sa descente.

Quand la cabine aborda le palier du troisième, Cosini sortit sa main de sa poche. Pendant tout l'entretien, elle n'avait pas cessé d'étreindre la crosse d'un revolver.

— A ce soir sans faute, dit Christophe.

L'Italien fit un grand pas et se retrouva hors de l'élévateur.

Le liftier s'effaça devant la foule des acheteurs. Les clientes les plus vivaces poussaient traîtreusement leurs voisines pour faire partie du voyage. C'était à celle de ces dames qui entrerait la première. L'une d'elles s'enquit de l'heure. Christophe sortit de sa poche de gousset une grosse montre, dite « régulateur des chemins de fer ». Métal argenté inaltérable, double boîtier, spiral Breguet, quinze rubis, heures apparentes. Un oignon à l'ancienne orné d'une belle estampe en relief idéalisant une locomotive lancée à vive allure. La montre de son grand-père : Alban-Jofre Costabonne.

— Onze heures passées de sept minutes ! clama le groom.

Puis, indifférent aux protestations, il entra à reculons dans la cage, les fesses tendues vers l'arrière afin d'arriver à se loger.

Il assujettit son « bol » sur sa tignasse rebelle. Il épouserait Liselotte. Trois ans de différence, c'était une broutille. Déjà, ne l'avait-il pas embrassée sur la bouche ?

Il se sentait à l'image de ses ancêtres : la peau dure comme l'écorce d'un chêne.

En avant les manettes !

Il éleva son troupeau parisien jusqu'au tournoiement des nuages.

Comme une nuée de lumière blanche

POUR une raison qui échappait à toute logique, Boro refusait de se contenter des explications d'Olga. Si Liselotte était allée chercher asile chez son parrain, il y avait fort à parier que ce n'était pas pour prendre des vacances. La jeune vendeuse avait trop besoin de conserver son emploi pour se risquer inopinément à provoquer les foudres du chef du personnel.

Et ses études ? Liselotte n'aurait pas manqué un amphi pour tout l'or du monde. Boro savait qu'elle ne prenait le métro ou l'autobus 81 qu'en compagnie du Code civil ou criminel. Une vraie bavarde de prétoire pour plus tard ! Le genre d'avocate qui serait pain bénit pour ses clients. Pas un préambule, un exposé des motifs, un intitulé, un article, une clause qu'elle ne fût capable d'édicter, d'interpréter ou de tourner. Il fallait voir les finesses ! Et la présence d'esprit, toujours !

Plus il réfléchissait, plus Boro redoutait un mauvais coup du sort. Il sentait confusément planer l'ombre d'un danger sur la tête de sa protégée. L'image du colosse en manteau de cuir, de celui qu'il prenait toujours pour le Pachyderme, lui revint à l'esprit. Et si M. Paul, en rôdant aux Galeries, l'avait repéré ? N'aurait-il pas cherché à se venger du photographe en le frappant à travers la personne de Liselotte ? Comme une obsession, l'idée d'un rapt tournait dans sa cervelle inquiète. Sa tête était en feu. Il recuisait sa haine pour le type à la matraque.

— Tire, ma jambe ! Suis-moi plus vite, maudite boiterie !

Il avançait en claudiquant sur le boulevard Saint-Germain, courbé sous les hachures de neige chahutées par le vent, la main posée sur son chapeau, luttant contre une véritable tempête qui recouvrait la capitale.

Ne possédant pas l'adresse de Fruges au bord de la Marne, il misait sur le fait que le chantier de peinture du ministère n'était peut-être pas terminé. D'ailleurs, le mauvais temps ne pouvait que retarder l'avancement des travaux.

— Viens, guibolle ! Avance à l'ordre !

Il força davantage sur son genou bloqué. Ne pas pouvoir courir, quelle pénitence ! L'anxiété montait dans le cœur de Boro.

Lorsqu'il arriva au pied des échafaudages, il s'arrêta net. Il leva la tête, les yeux battus par le frimas. Il dut se rendre à l'évidence : les peintres n'étaient pas à leur poste.

Immobile au milieu de la bourrasque neigeuse, le reporter lutta un moment contre son impotence mentale. Comment remonter jusqu'à Fruges ?

Il opéra un demi-tour sur lui-même et se remit machinalement en route. Il allait lentement. Au passage de la rue de Solferino, il se remémora son périple avec le peintre le jour de l'attentat contre Léon Blum. Une fulgurante intuition traversa son esprit. Les visions se précisèrent peu à peu. Le bistroquet de l'Auvergnat ! Voilà !

Une fougue miraculeuse le lança à nouveau sur ses jambes. Il se déhancha jusque chez Saint-Flour. Il ouvrit la porte à la volée. « Il y a trois marches », évalua-t-il. Il rata la deuxième et, le temps de retarder sa chute grâce à ses mains tendues, s'étala de toute sa hauteur au pied du comptoir.

— Et voilà le travail ! claironna une voix familière. Bravo, « Volwagaine » ! Ton piège à économie d'électricité vient encore de fonctionner !

Blèmia se récupéra sur la tommette recouverte de sciure à balayer. Il s'était fait mal au poignet.

— La porte ! hurla quelqu'un avec l'accent parigot.

— La lourde ! reprit la voix de stentor d'Albert Fruges. Si on est dedans, c'est pas pour être dehors !

Boro revint sur ses pas et claqua l'huisserie derrière lui. Il entendit un bruit de sonnette malmenée, entrevit au passage du zinc la physionomie de castor épaté du bougnat qui émergeait de l'ombre et avança en hâte vers la table du fond.

Fruges l'accueillit la bouche pleine. Il lui versa un verre de vin rouge en remplacement de paroles inutiles.

— On a débauché de bonne heure à cause du blizzard, expliqua-t-il.

Un homme jeune à tête de fouine était assis à son côté. Il se frotta les oreilles, qu'il avait fort développées, et glapit :

— C'était des coups à perdre ses étiquettes de rester sur les échasses !

— Ça glace presque comme à Valenciennes ! ajouta Albert Fruges. Alors, m'sieu Boro, comment marche la photo ?

Il jaugea le reporter et, prenant son désarroi pour de la rancœur à son égard, dit très vite :

— Attention ! Si vous venez aux nouvelles pour votre voiture, c'est trop tôt. Elle n'est pas encore prête.

— Mais aucun risque ! Ça avance bien, rassura son voisin en riant. Vous êtes entre de bonnes mains... J'en sais quelque chose !

Le regard de Boro se posa sur la fouine. Trente ans, une petite moustache, des rouflaquettes et l'air filochard.

— Vous avez changé d'apprenti, Albert ?

— Eh oui !... J'ai pêché cette ablette-là au bord de la Marne !

— Dédé Mésange ne faisait plus l'affaire ?

— Si, si.

Fruges parut ennuyé.

— Le ch'tiot m'a laissé tomber... Disons qu'il a eu quelques petits soucis.

— Avec la police ?

— Avec la préfectance.

Le peintre se tut un moment, rompit un morceau de pain et afficha un fin sourire :

— Ils ont pas remis la main dessus.

C'était dit avec une satisfaction non dissimulée.

— Il est poursuivi pour vol ?

— Injustement ! s'écria Fruges avec véhémence.

Sans transition, Boro le vit se renfrogner comme s'il s'en voulait d'en avoir déjà trop dit.

— C'est grave ? insista le reporter.

— C'est couillon, répondit Albert. On accuse le gamin d'un pataquès communiste qu'il n'a jamais commis !

— Ça n'aurait pas de rapport avec un trafic de voitures d'occasion, au moins ? s'inquiéta Blèmia, soudain obnubilé par l'escamotage prolongé de son Aston Martin.

— M'sieu Boro, je vous vois venir ! Vous êtes en train de douter de l'honnêteté de mes amis carrossiers !

— Est-ce que vous ne m'avez pas dit que l'un d'eux était l'oncle de Dédé Mésange ?

— Ça se peut bien, convint Albert en s'essuyant la bouche. Mais pour en revenir à votre belle automobile et vous rassurer sur l'avenir de ses chromes, les Charançon, Tatave et René me l'ont promise pour dans deux mois.

— Deux mois sans faute, confirma le remplaçant de Dédé Mésange. A la belle saison, quoi !

— Qu'est-ce que vous en savez, vous ? s'enquit hargneusement Boro.

— Lui, c'est justement René Charançon, annonça sobrement Albert Fruges.

— Ouais... J'suis l'oncle de Dédé, confirma le filochard aux grandes oreilles. C'est dire si je suis bien placé pour vous parler de votre bagnole... Vu que c'est Tatave et ma pomme qu'on vous la rafistole comme du neuf-mieux-qu'avant...

En d'autres temps, ces informations auraient suscité une réaction de la part du reporter. Sa superbe Aston Martin entre les mains de deux fripouillards de basse fosse !

— Aux dernières nouvelles, paraît qu'elle sera plus belle qu'a-vant, mâchonna Fruges en enfournant du chou dans sa bouche.

— Est-ce que Liselotte est chez vous ? l'interrompit sèchement le reporter.

Il avait envie que l'autre lui répondît vite et par l'affirmative.

— La ch'tiote à Declercke ? s'inquiéta l'homme du Pas-de-Calais.

Il consulta sa tocante.

— Elle est sage comme une image derrière son comptoir, j'ai l'impression.

— Vous voulez dire que vous ne l'avez pas vue ces jours-ci ?

— Ni de près, ni de loin, avoua l'ancien mineur.

— Mais alors où peut-elle bien se trouver ? s'impatienta Boro.

— Mais chez elle, pardi !

— A la Quincampe, renchérit le tôlier peintre.

— Elle n'y a pas mis les pieds depuis hier.

— Qu'est-ce que vous me chantez là ? s'emporta Fruges. Que ma filleule a fait une fugue ?

— Elle a disparu. Soi-disant partie en congé pour une grande semaine.

— La belle affaire ! Elle sera les pattes en l'air chez un coquin ! s'esclaffa le nouveau commis.

Et il reprit de la potée plein son assiette.

— Ça, c'est pas bien son genre, démentit Albert en faisant un geste comme pour chasser une mouche.

— Liselotte n'a qu'un ami, intervint Boro. Un jeune garçon qui travaille aux Galeries.

— Qu'est-ce que je vous disais ! triompha le Charançon. Je l'ai aperçue qu'une fois, la nièce à Albert, mais je comprends qu'un vilain-vilain fasse le détour par ses jupes !

— Le fiancé que vous lui prêtez n'a que quatorze ans et demi, l'interrompit Blèmia pour mettre fin à ses divagations.

— Et puis ma filleule n'est pas du genre qu'on désharnache sans lui passer la bague, se récria Albert. C'est pour ça qu'elle est pas faite pour un arcan de la tôlerie dans ton genre, René Charançon. Ou alors, il faudra perdre l'habitude de changer les plaques minéralogiques comme on fait valser le prix du beurre.

René plongea du nez dans son assiette. Il fouina un moment du côté de sa boustifaille puis releva sa petite gueule.

— Faudrait peut-être quand même poser la question au gamin, suggéra-t-il.

Un morne silence succéda à cette suggestion. Boro semblait perdu dans ses pensées.

— Au fait, dit-il soudain en s'adressant à Fruges, donnez-moi votre adresse et votre numéro de téléphone. Je peux avoir besoin de vous joindre.

Il se leva après avoir noté les coordonnées du peintre. Il avait à peine trempé ses lèvres dans son verre. René le suivit des yeux avec une sorte de respect. Debout, Blèmia lui semblait encore plus impressionnant. Le reporter se recoiffa de son feutre humide. Il ne reparla pas de sa voiture. Il l'avait oubliée. Il remercia d'une brève inclinaison de la tête et prit congé des deux peintres.

Dehors, à l'angle du boulevard, il eut la chance de trouver un taxi en maraude.

— Passage de l'Enfer, intima-t-il en se laissant tomber sur la banquette. Numéro 21.

Son humeur était si sombre qu'il ne répondit pas au ronchonnage de routine du voiturier. Il se fichait éperdument que le verglas puisse se mettre de la partie et rende la chaussée glissante. Il ne releva le visage que lorsqu'il fut arrivé devant son domicile.

— Gardez la monnaie.

Il grimpa jusqu'à l'appartement et poussa la porte avec l'intention de congédier tout intrus ayant envahi sa tanière sous prétexte de fête. Il avait besoin de calme et se sentait très démuni devant cette situation inattendue. Il commencerait par téléphoner à la direction du grand magasin.

Comme il suivait le couloir d'entrée, il entendit un mélange confus de voix entrecroisées en provenance du living.

Et en pénétrant dans la pièce, il vit aussitôt qu'elle était là. Liselotte ! Sa jolie fée ! Elle était radieuse, comme une nuée de lumière blanche. Elle accourut au-devant de lui.

— Ah, Boro ! Boro ! Vous voilà enfin !

Elle se jeta contre lui et l'agrippa de toutes ses forces, lui couvrant la nuque de baisers.

Ils restèrent longtemps serrés l'un contre l'autre, puis Boro se dégagea et s'aperçut de la présence de Prakash et de Pázmány.

Ce dernier prit l'air solennel et posa la main sur son cœur.

— Nous avons protégé l'orpheline, dit-il avec un trémolo de pacotille dans la voix. Aucun mauvais traitement.

— Et maintenant, nous nous retirons sur la pointe des pieds, assura le Choucas de Budapest avec un regard chargé d'humour complice. C'est à toi, Boro, vieux camarade, de prendre la suite de nos travaux humanitaires.

Les deux Hongrois s'en furent. Ils refermèrent la porte d'entrée avec ostentation.

— C'est vrai, dit Liselotte. Ils ont été aux petits soins. Ils se sont conduits comme des gentlemen.

Boro la prit par la main.

— Venez vous asseoir et vous confesser, petite fille. Pourquoi avez-vous menti à tout le monde ? Que signifie cette fable tressée autour de huit jours de vacances ?

Elle baissa les yeux et se mordit la lèvre inférieure.

— Je ne veux pas le dire, murmura-t-elle. J'étais... J'étais fatiguée.

— Votre nez remue, mademoiselle de Quincampoix ! Vous ne savez pas mentir.

Elle le dévisagea. Deux prunelles de plein fouet.

— Je ne peux pas le dire, dit-elle avec détermination. Ne me posez plus de questions.

Il s'était approché d'elle sur le canapé où elle avait pris place, cédant à la lassitude. Il voulut lui prendre la main. Elle la retira avec une nervosité qui n'était pas de mise.

— Vous êtes partie sans bagages ?

— Je ne peux pas répondre, répéta-t-elle. Ne me persécutez pas avec vos demandes.

Il lui sourit.

— Vous pouvez rester ici si vous le souhaitez, dit-il. Vous aurez votre chambre et votre tranquillité.

— Boro, je n'irai plus jamais travailler aux Galeries, dit-elle gravement.

— Aucune importance, répondit Blèmia.

Elle ajouta :

— Je ne pourrai pas garder ma chambre.

— Vous pourrez si vous le souhaitez.

— Je ne le pourrai pas, faute d'argent.

— Détrompez-vous ! Votre parrain a payé votre terme. Il a versé un an d'avance.

— Comment le savez-vous ?

— Je l'ai rencontré.

— Vous aussi, vous mentez mal, monsieur l'affranchi. Vous n'avez même pas son adresse.

— 37, chemin du Bras-du-Chapitre à Créteil, énonça Boro.

A son tour, elle avança la main au-devant de la sienne. Il la retint captive de ses longs doigts d'artiste. Il discernait une sorte de frémissement animal à la naissance du poignet.

Le premier, il céda à la gêne.

— Et si nous allions acheter une robe de lainage et des bottes fourrées ? proposa-t-il.

Elle le dévisagea comme si elle voyait son prince charmant.

Caresse de velours et araignée du matin...

Liselotte s'émerveillait à propos de tout. Il l'emmena chez un grand fourreur du faubourg Saint-Honoré. Elle accepta qu'il lui achetât une toque d'astrakan et un manteau pour remplacer le sien.

— J'ai trop chaud ! s'écria-t-elle en s'admirant dans la glace de la cabine d'essayage. Je parie que les gens riches ont toujours trop chaud !

Elle riait. Elle se laissait faire. Elle avait envie d'être heureuse et qu'on s'occupât d'elle.

« Je ne toucherai jamais à Liselotte », se gourmandait Boro.

Cent fois au cours de la journée, il avait eu envie de l'embrasser tendrement sur ses lèvres d'enfant.

Elle s'appuyait à son bras et observait son profil à son insu. « Je l'aime ; ça, c'est sûr ! », se disait-elle.

Le soir, ils dînèrent à la Coupole.

Boro s'ingénia à chercher la raison qui avait pu contraindre Liselotte à devenir une sorte de fugitive. A ses questions pressantes, elle opposa tout au long de la soirée le même refus farouche de s'expliquer. En ces instants, une sorte d'angoisse irrépressible semblait monter en elle. Elle ne souhaitait même pas reprendre, comme il le lui suggéra, les quelques affaires qu'elle avait abandonnées dans son vestiaire. Il finit par capituler.

Deux jours passèrent.

Liselotte dormait dans la grande chambre du fond. Boro restait dans ses quartiers. Le matin, il préparait le thé et frappait doucement à la porte. Les toasts étaient chauds. Le beurre fermier accompagnait un choix de confitures variées : mangue, citron amer, marmelade anglaise.

— Mademoiselle a bien reposé ?

— Comme au Ritz !

Boro s'imprégnait de son rôle de chevalier servant. Il déposait le plateau devant sa jolie invitée puis s'en allait tirer progressivement le cordon des rideaux pour ne pas l'éblouir d'un coup.

Il s'en revenait sur ses pas. Il s'emparait d'un tabouret, l'approchait du lit et demeurait aux pieds de l'oiselle.

Liselotte s'étirait. La lourdeur du sommeil ne semblait pas avoir prise sur la fraîcheur de sa peau. Elle était intacte.

Le troisième jour, elle appela Villeneuve-Saint-Georges depuis le bureau. Elle reconnut aussitôt la voix rocailleuse de Jofre Costabonne. Elle demanda à parler à Christophe.

Boro se retira par discrétion.

Lorsque Liselotte le rejoignit au salon, son visage était défait. Elle était en larmes.

— Mon Dieu ! s'écria-t-elle en sanglotant ; cette fois, c'est trop lourd pour moi ! Je n'en peux plus !

Elle se jeta contre l'épaule de Boro. Elle y resta lovée. Sa poitrine de femme enfant était secouée par les spasmes d'un hoquet qu'elle ne maîtrisait plus.

— Que se passe-t-il qui puisse vous bouleverser à ce point ?

— Christophe a disparu ! Depuis trois jours, il n'est pas rentré à Villeneuve. Et c'est ma faute !

— Comment serait-ce possible ?

— C'est entièrement ma faute, vous dis-je !

Elle frappa de ses petits poings rageurs les pectoraux de Blèmia puis céda à un abandon total et pleura à gros bouillons.

Il souleva son visage gonflé par le chagrin. Elle avait le feu aux joues.

— Petite fille, maintenant il faut tout me confier.

Il avait durci le ton, comme l'exigeait son rôle de protecteur.

— J'ai peur pour la vie de Christophe Costabonne, murmura Liselotte. J'ai demandé à son père de passer ici... A lui aussi, je dois des explications.

Elle leva les yeux sur Blèmia, revêtit son cœur d'une imperceptible couche de plomb et, le ton plus assuré, lui raconta les découvertes qu'elle avait faites dans la resserre des Galeries Lafayette, les dangers qu'elle y avait encourus. Elle lui narra les circonstances dans lesquelles on avait essayé d'attenter à ses jours, la promesse de se taire qu'elle avait faite sous l'emprise de la terreur. Elle s'immobilisa, portant machinalement sa main à son cou. Elle dévisageait Boro comme pour se rassurer. Elle lui confessa la peur que lui inspirait Cosini.

Quand elle se tut, elle eut l'impression, ni force ni désir, qu'elle avait perdu le sens et le besoin de la vue.

Elle garda les paupières closes sur un néant qui battait en elle. La nuit recommençait à l'envers. En place d'obscurité, elle retrouva l'éblouissement. Peur blanche. Elle perdit le sens du toucher. Et Boro reçut son corps inerte dans ses bras.

Liselotte Declercke avait perdu connaissance.

La poupée de cire

— PLUS vite ! Plus vite ! commanda Boro au chauffeur de taxi qu'il venait de héler rue Campagne-Première.

— Dites-moi au moins où je vais ! protesta le voiturier.

— 124, rue d'Alésia ! Pressez ! C'est une question de vie ou de mort !

— Je suis taxi parisien, pas ambulancier d'urgence, argumenta le conducteur.

Il n'aimait pas qu'on le brusquât.

— Je vous paierai deux fois le prix de la course !

L'automédon poussa ses rapports. Il parvint à donner quelque élan à sa Citroën poussive, dont la carrosserie tout entière se mit à vibrer.

— Là ! vous voyez, marmonna le taximan. Un type m'est rentré dedans la semaine dernière, et Rosalie n'en peut plus. Elle est bonne pour le marbre. Châssis faussé.

— Faites pour le mieux, concéda Boro en se rejetant sur le siège arrière.

Il tenait sa main crispée sur le pommeau de sa canne.

Tandis que défilaient, sans qu'il y prêtât attention, les rues, les passants, les immeubles, le reporter renouait malgré lui avec le film des événements.

L'étourdissement de Liselotte avait été de courte durée. Blèmia l'avait déposée sur son propre lit et avait appliqué sur ses tempes une serviette mouillée. Les paupières de la jeune fille s'étaient rapidement mises à battre. Son front restait tendu. Elle était d'une pâleur laiteuse et dévisageait Boro avec une fixité implorante.

Ce dernier s'était hâté jusqu'à la salle de bains afin d'y aller chercher un tampon d'ouate imbibé d'eau de Cologne qu'il lui avait fait respirer.

En ouvrant l'armoire à rangement, il avait eu un mouvement d'agacement. Plus d'eau de Cologne ! Une fois de plus, Prakash ou le Gaucho pleureur avaient dû s'en asperger copieusement après leur dernier bain. Les deux Hongrois en faisaient une consommation abusive chaque fois que, au sortir de l'ivresse, ils décidaient d'affronter à nouveau les rigueurs de la vie.

« Un jour, ils la boiront en place de vodka », pensa Boro.

Contre mauvaise fortune, excellent remède, il tendit instinctivement la main vers l'une des bouteilles de parfum dont il avait fait l'acquisition aux Galeries.

Sa pensée, concentrée quelques instants auparavant sur les détails du récit de Liselotte, disjoncta aussitôt. Il suspendit son geste.

Les petits flacons en forme de dagues étaient alignés sur les rayonnages. Les mêmes flacons qui avaient fait reculer Cosini lorsque Liselotte avait menacé de les lui envoyer au visage.

A cet instant, dans un reflet de la glace à trois pans, il aperçut sa protégée. La démarche de la jeune fille n'était pas très assurée. Elle avait pris appui contre le chambranle de la porte. Elle était encore d'une pâleur à faire peur.

— Je vais mieux, dit-elle.

Puis son regard divergea vers les flacons. Elle porta la main à sa bouche et cria :

— Rouge de Sang ! N'y touchez pas !

Il s'était déjà emparé d'une des bouteilles. Il dévissa l'élégant morceau d'ébonite figurant le manche du petit poignard.

Liselotte se précipita au-devant de lui.

— N'ouvrez pas ce flacon ! répéta-t-elle. Il doit contenir quelque chose de nocif !

Elle lui prit la bouteille des mains, l'inclina prudemment vers le lavabo. Le liquide refusa de couler.

— Il doit y avoir une pastille, dit Boro.

Avec la tranche d'une paire de ciseaux, il fit sauter un opercule de métal argenté.

A son tour, il renversa le contenu de la bouteille en tournant le goulot contre son pouce. Aussitôt, il ressentit une impression de chaleur. Elle se transforma rapidement en sensation de brûlure. Boro se précipita jusqu'au lavabo et passa son doigt sous l'eau froide. L'impression de démangeaison subsistait. Un rond rouge auréolait le derme de son pouce.

— Un acide, murmura-t-il. C'est un acide... mais alors... l'odeur...

Il retourna jusqu'à la petite armoire et compta les flacons. Un, deux, trois, quatre. Quatre fois Rouge de Sang planté sur son présentoir de velours. Cinq avec celui qu'il tenait à la main.

— Combien en avais-je acheté ? demanda-t-il à Liselotte.

— Sept. Je suis sûr que le lot était de sept...

— Mon Dieu ! Adeline !

Une certitude venait de le traverser. Il en avait offert un en cadeau de rupture à sa maîtresse du moment.

Il boitilla en direction du couloir. En même temps, il se demandait où avait bien pu passer le septième exemplaire du parfum. Il ne pouvait imaginer qu'il l'avait brisé lui-même en s'extrayant de son Aston Martin.

Il décrocha son raglan et enjoignit à Liselotte de se reposer. Il ne répondit pas à ses questions pressantes.

Il se jeta dans la rue et héla le premier taxi en maraude.

Taxi.

Taxi immobile. Boro retomba dans la réalité.

— Qu'est-ce qu'on fait une fois qu'on est arrivé à destination et que le client ne descend pas ? interrogea le chauffeur en jetant un regard dans le rétroviseur. C'était pas la peine que je me dégrouille...

Boro se secoua. Il tendit un billet à l'irascible bonhomme.

— Gardez tout !

Déjà, il s'engageait sous la voûte de l'immeuble. Il consulta les noms sur les boîtes aux lettres. Adeline Boiteil, quatrième gauche. Comme on oublie vite ! Il grimpa les marches en s'escrimant comme un diable.

En frappant à la porte, il envisageait le pire. Et comme personne ne répondait, il imagina la jeune femme défigurée par sa faute. Il en était à l'aller visiter sur un lit d'hôpital, lorsqu'une voix d'enfant monta de la pénombre.

— Déjà, si tu allumes la minuterie, tu verras qu'il y a une sonnette...

Boro s'exécuta. C'était le bon sens. Il alluma. Il sonna. Il se détourna brièvement pour remercier sa bienfaitrice et découvrit une petite fille assise sur les marches conduisant au palier suivant. A la main, elle tenait un sac de grande personne.

— Deuxièmement, dit la fillette, si tu me demandes où est Adeline, je te le dirai à condition que tu me paies une poupée.

— Où est Mlle Adeline ? la pressa Boro.

— Moi, c'est Louison, rétorqua tranquillement la petite fille. J'ai cinq ans et demi et je t'ai demandé une poupée.

— Je te l'achèterai, c'est juré.

— Avec une tête en cire ?

— D'accord.

— Et des yeux qui ferment ?

— Bien sûr.

— Et des grands cils de madame ?

Boro acquiesça.

— Où est Adeline ?

— Elle est partie. Ça fait une heure parce que la dame du troisième est rentrée de promenade avec son chien Mitou qui aboie.

— Où est-elle partie ?

Les yeux de Louison s'agrandirent.

— Chez un amoureux. Elle avait mis son chapeau. Elle était comme ça.

Elle se leva, glissa la bretelle du sac sur son épaule et, prenant des airs de madame, descendit les quelques marches qui la séparaient de Boro.

Blèmia entendit un bruit de verre. Il tiqua.

— Qu'est-ce que tu as dans ton sac ?

— Du sent-bon. Je fais collection...

La petite fille défit la fermeture de son sac et en présenta fièrement le contenu à Boro. Celui-ci attrapa la besace et en observa le contenu : une dizaine de bouteilles de parfum. Parmi eux : Rouge de Sang. Vide.

— Qu'as-tu fait de ce sent-bon ? demanda Blèmia en exhibant la bouteille.

Ses doigts tremblaient un peu.

— Celui-là, c'est du caca !

La fillette entreprit de ramasser sa collection.

— Où est-il ?

— Je l'ai donné à boire à Bette Davis pour l'empoisonner. Et maintenant, je suis bien avancée !

— Où est Bette Davis ? la supplia Boro.

— Au cimetière. Dans son cercueil, répliqua gravement l'enfant.

Une grosse larme coula sur ses jolies joues pleines.

— Viens voir le travail, dit-elle en s'élançant vers le palier du cinquième.

Blèmia la suivit. Louise s'agenouilla devant une boîte à chaussures surmontée d'une croix.

— C'est là qu'elle souffre plus, murmura l'enfant.

Elle se redressa et tordit une de ses boucles avec beaucoup de dignité.

Boro se pencha sur la boîte et en ouvrit le couvercle. Au fond du linceul de carton tapissé d'un mouchoir de batiste reposait le corps allongé d'une poupée de cire. Son visage était béant, rongé de coulures d'acide chlorhydrique.

— Donne-moi la petite bouteille, dit Boro, et je t'offrirai une autre poupée de cire.

— Merci, monsieur, sanglota Louise. Bette Davis a beaucoup souffert avant de mourir. Elle m'a un peu piqué les yeux, juste avant de perdre la tête et les cheveux.

Les pages roses du dictionnaire

BORO s'était enfermé dans son laboratoire. Il explorait au compte-fils l'univers polaire d'un négatif qu'il venait de placer devant la surface d'un verre dépoli fortement éclairé. S'interrompant dans son travail d'investigation, il abandonna momentanément le film 24 x 36 exposé derrière les Galeries Lafayette et jeta un coup d'œil aux premières épreuves qu'il avait agrandies. Il se pencha sur la double cuve et observa la frêle silhouette de Charpaillez clouée dans le mouvement alors qu'il ahanait à petits pas saccadés sur le plan incliné menant à l'entrepôt. Sur un deuxième cliché, il détailla sa face de hotu ictérique à demi tournée vers l'objectif. L'homme regardait-il le photographe ? Blèmia réprima une envie de sourire. La stature de squelette du gringalet rendait encore plus saugrenues l'attitude féroce et la masse himalayenne du second déménageur.

Le visage levé vers l'œil rouge de l'ampoule inactinique, le reporter réfléchit un moment. Encore une fois, il passa en revue les révélations de Liselotte. Il en explora à nouveau toutes les données. Il était persuadé qu'il existait un lien occulte entre l'étrange activité des deux individus transportant des caisses par l'entrée de la rue Charras et la tanière secrète de l'infâme Cosini.

Il orienta sa loupe afin de grossir les traits du visage de brute de celui qu'il continuait à confondre avec M. Paul, et tressaillit parce qu'on venait de sonner à la porte d'entrée.

Il prêta l'oreille aux éclats de voix en provenance du couloir. Il reconnut le timbre de Liselotte, écouta le bourdon grave de celui qui lui faisait écho et, sans prendre la peine de retirer sa blouse, sortit de la chambre noire pour saluer son visiteur.

Un homme de haute stature, le teint brun, le menton énergique, se tenait dans l'embrasure de la porte palière. Emprunté, il tirait sur ses manches, prisonnier de la coupe trop étroite d'un costume de confection.

— Borowicz, reporter photographe.

— Costabonne, conducteur de locomotives à vapeur.

Le Catalan et le Hongrois se mesurèrent du regard, droits comme des vases.

Fort opportunément, Liselotte interposa sa taille cambrée de Dorine entre la carrure des deux hommes.

— Boro, dit-elle en désignant le reporter. Et voici M. Jofre Costabonne, dit Coque-à-ressort... Monsieur Coque-à-ressort est le père de Christophe.

— Vous feriez mieux d'entrer tout à fait et de vous installer un moment, dit Boro en refermant la porte derrière le cheminot.

D'un geste engageant, il l'invita à suivre l'axe du couloir.

— Première porte à gauche. Liselotte vous montrera le bar. Si ma mémoire ne me trahit pas, il doit rester un fond de vodka sur l'étagère. Sinon, en fouillant bien, vous risquez de trouver de la Suze dans la bibliothèque, peut-être même un petit Raphaël-Quinquina du côté de chez Proust...

— Non merci, jamais d'alcool, annonça lugubrement Costabonne. A la maison, c'est ma femme qui boit pour nous deux. Et puis, figurez-vous, je suis venu au sujet de mon garçon. C'est la seule chose qui m'intéresse.

— Il a raison ! s'écria Liselotte en secouant Boro par la manche de sa blouse blanche.

— Le temps de mettre en route quelques tirages qui pourraient bien nous aider et je suis à vous, dit Blèmia en s'éloignant à grands pas vers son labo.

Liselotte entraîna Costabonne et le fit entrer au salon. A peine eut-il trouvé son assiette sur le bord d'un des nombreux poufs et coussins servant de nichoirs aux habitués ou aux noctambules de la colonie hongroise qu'elle commença à le harceler de questions.

Jofre Costabonne courba la tête. Le regard posé sur les cals de ses mains de travailleur, il entreprit le récit de ses tribulations.

En premier lieu, il s'était retrouvé de service sur Paris-Lyon-Marseille pendant trois jours consécutifs. Il n'avait donc eu vent de l'étrange disparition de son fils qu'en rentrant au bercail le dimanche après-midi.

En franchissant le seuil de la maisonnette, Jofre s'était avisé immédiatement qu'un drame était dans l'air. La cambuse était souillée d'immondices et de vomissures. Personne ne s'était préoccupé de faire la vaisselle. Tel un polochon, Gervaise était jetée en travers de la toile cirée de la cuisine. Elle béait du bec, dépaquetait des mots de détresse dans un bredouillis inintelligible.

Au début, Costabonne avait essayé d'y voir clair. Il s'était assis près de son épouse. Il s'était tordu les méninges à décrypter les quelques borborygmes lâchés à propos de Christophe par la soûlarde. Il lui avait secoué la couenne pour en savoir plus.

Queue de vache normande ! Qu'elle réponde ! Le petit était-il repassé à la maison après le départ de Mlle Liselotte ? Avait-il emporté ses affaires ?

Gervaise était trop poivre pour répondre. Il lui avait collé la tête sous le robinet de l'évier. Il avait essayé de lui soutirer autre chose que des babillages de nourrisson. Bourrique, elle était cuite ! Elle riait avec des bulles entre ses dents creuses. Il avait conclu leur entretien par une baffe magistrale.

Le lundi, il avait passé une chemise propre pour rendre visite au dirlo des Galeries, qu'une standardiste à cheval sur le règlement avait obstinément refusé de lui passer au téléphone.

Il fut reçu par M. Puzenet-Laroche en personne. Ce dernier fit savoir au cheminot qu'en raison de l'absence non justifiée de son fils, il avait concocté une note de service adressée au jeune Costabonne Christophe. Dans ce courrier, dicté à sa secrétaire, monsieur le sous-directeur n'y allait pas par quatre chemins. Il mettait en demeure son employé d'avoir à justifier sous quarante-huit heures l'amnésie qui commandait à son inconduite. Si la défection du jeune garçon d'ascenseur était à mettre sur le compte d'une hypothétique défaillance de santé, qu'il veuille bien l'authentifier par un certificat médical. Si, en revanche, son bilan de santé révélait un mal plus profond, arthritisme congénital, cardiopathie ou syphilis galopante, le conseil de direction se réservait le droit de juger s'il devait reconduire Costabonne Christophe dans ses fonctions de liftier ou bien se priver de ses services jusqu'à la résorption complète de son incapacité. A titre de compensation, il serait alors versé à la famille du susdit Costabonne, mineur à charge, un dédommagement équivalent à deux mois de salaire. M. Puzenet-Laroche terminait ce dactylogramme par un codicille rédigé de sa propre main. D'une plume raisonnable, trempée dans l'encre rouge, il laissait entendre à son employé que, en cas de fugue ou pour tout autre motif non recevable aux yeux de l'administration, il s'exposait à un licenciement pur et simple.

— Signé, paraphé, daté, cacheté, posté. Voici le double ! avait ajouté le rond-de-cuir en produisant sous les yeux du père du coupable la pelure de sa prose, dûment archivée dans un dossier de fort carton. L'original est parti ce matin.

Jofre Costabonne était atterré. En face de ce grand bonhomme au cœur sec argumentant du plat d'une main osseuse sur un maroquin de cuir fauve, il n'avait su quoi dire. Un type avec la Légion d'honneur !

— J'ai juste baissé la tête, avoua-t-il à Liselotte.

— Mais enfin, pourquoi ? Vous étiez dans votre bon droit !

— A cause du latin ! répondit Jofre en la regardant bien d'aplomb. Chaque fois que je l'entrebâillais, l'autre Puzenet, sacré fumier, me lâchait des mots savants qui me foutaient sur le ballast.

— Vous vous êtes laissé intimider, vous ? Jofre ?

Dans le feu de l'excitation, Costabonne s'était levé sans prendre garde à la présence de Boro. Ce dernier s'était glissé dans la pièce et écoutait la conversation depuis un moment. Il tenait quelques photos à la main.

— Quand je lui ai parlé de crime ou de kidnapping, vous savez ce qu'il m'a répondu, l'autre crécelle, dans son latin ?

Liselotte se leva à son tour et posa sa main sur l'épaule du cheminot.

— Il vous a dit : « *Quis, quid, ubi, quibus auxiliis, cur, quomodo, quando ?* »

— Comment avez-vous deviné ?

— Tous les juristes savent cela. « Qui ? Quoi ? Quel est le crime ? Où ? Par quels moyens ? Pourquoi ? Comment ? Quand ? » C'est sur les pages roses du Petit Larousse.

Boro fit un pas en avant. Son visage accusait une légère pâleur qui rendait son teint encore plus mat.

— Qui ? prononça-t-il. Un jeune garçon qui fouinait partout. Quel coupable ? Cosini. Où ? Au rayon parfumerie des Galeries Lafayette. Avec quels complices ? En s'assurant l'aide des gens qui sont sur ces photos. Pourquoi ? Parce que le gamin en savait trop long sur leur compte. Quand ? Dès jeudi. C'est le premier jour de sa disparition.

— Que pouvons-nous faire ? demanda Liselotte sur un ton suppliant. Comment retrouver sa trace ?

— En nous rendant sur les lieux de l'enlèvement, répondit Boro.

— Vous n'y songez pas ! Cosini nous verra venir ! D'ailleurs, comment accéderons-nous à la resserre ?

— En nous laissant volontairement enfermer dans le magasin au moment de la fermeture.

Dans les profondeurs des Galeries Lafayette

ENTRER comme n'importe qui aux Galeries Lafayette, se faufiler parmi les rayonnages du rez-de-chaussée, gagner le sous-sol avait été un jeu d'enfant. Au passage, Liselotte avait risqué un regard du côté de l'ascenseur. Le liftier qui remplaçait Christophe était un nouveau venu. Il avait les cheveux blancs et respirait l'ennui.

Visages anonymes, nos trois amis remontaient à contre-courant la foule des acheteurs. Liselotte, l'œil maquillé comme une vraie dame et coiffée d'un bibi à voilette, avait retrouvé un semblant d'humour.

— Nous sommes des conspirateurs, glissa-t-elle à l'oreille de Boro en approchant de lui son minois tramé par les mouches. Nous aurions dû mettre une fausse barbe...

Au sous-sol, aucun vendeur ne connaissait Liselotte. Le personnel des armes de chasse et de tir, des cornes d'appel, des colliers de chien, des pièges à taupes, des cycles, des cale-pieds et des articles de pêche était essentiellement masculin. Toutefois, pour ne pas risquer de se faire repérer ensemble, les trois complices de cette extravagante expédition se séparèrent sur un signe de Boro.

Costabonne fit mine de se renseigner sur les vertus d'une canardière choke-bore et, alors qu'il argumentait à propos du canon acier spécial Hercule demi-bloc, Liselotte, postée à quelques mètres de là, feignait de s'absorber dans la consultation d'un album de tarifs concernant les meubles de jardin.

Boro, essayant pour une fois de mettre sa boiterie dans son camp, s'était fait un devoir d'examiner avec soin un modèle de canne de voyage pliante en rotin verni.

Un grand polichinelle de vendeur vint à lui avec un sourire engageant.

— Monsieur ? Un petit renseignement qui ne coûte rien ?

Le Hongrois prit un accent à couper au couteau. Avec des gestes brusques, des flots de paroles et des hésitations de diva devant un mouchoir de batiste, il entreprit de décourager la patience de son vis-à-vis. Las ! Au fil des minutes, il s'aperçut qu'il avait affaire à un homme de négoce que rien, aucun accident du langage, ne semblait devoir rebuter. Boro finit par se taire. Aussitôt, profitant d'une rémission qu'il n'avait pas volée, l'autre entreprit de lui vanter les mérites comparés du bois d'amourette et de la canne en piment véritable, baguée d'un grand collier façonné en argent contrôlé. Indifférent à la logorrhée du démonstrateur qui postillonnait mieux qu'une fontaine Wallace, l'ingénieux reporter surveillait du coin de l'œil les aiguilles de la grande horloge située au pied de l'escalier central.

L'épreuve de fond consistait à attendre l'heure de fermeture du magasin. Elle aurait lieu à dix-neuf heures. Elle serait précédée par la stridence d'une sonnerie destinée à alerter les acheteurs. Puis une voix féminine aviserait l'aimable clientèle que la direction des Galeries la remerciait de sa fidélité, la souhaitait chaque jour encore plus nombreuse et lui demandait de vouloir bien gagner les caisses, s'il vous plaît, avant d'évacuer le magasin qui allait fermer ses portes.

Tout se déroula selon le plan prévu par Boro. Dès l'extinction du chevrotement de la sonnerie, le peuple moutonnier des habitués commença à refluer en direction des escaliers mécaniques. Mettant à profit l'inattention des vendeurs préoccupés par la fermeture de leur point de vente, Liselotte et Costabonne se rapprochèrent insensiblement de Boro. Ce dernier venait de quitter le rayon des cannes et s'était tapi à l'abri des regards, derrière la masse d'un kiosque à jardin. Choisissant le moment opportun, il en ouvrit la porte et se glissa à l'intérieur, prestement suivi par Liselotte puis par le cheminot. Une fois refermée la porte du pavillon de bois, ils se trouvaient dans un espace octogonal qui fleurait bon les essences de pin. Par le fenestron grillagé, ils suivirent la sortie des chalands. Les rayonnages se couvrirent de housses. Les vitrines furent refermées à clé. Les vendeurs s'éclipsèrent par groupes et les lumières s'éteignirent une à une.

— Allons-y, souffla Boro.

Il entrouvrit la porte.

— Pas encore ! l'arrêta Liselotte. Patte-en-fer et Manivelle vont faire leur ronde !

Effectivement, quelques secondes plus tard, un bruit de pas les alerta. Ils se tassèrent au fond de la cabane. Deux gardiens firent leur apparition. Ils se séparèrent au pied de l'escalier puis inspectèrent les lieux, rectifiant les housses, fouillant coins et recoins.

L'un d'eux, Manivelle, était en quelque sorte le tourier de l'établissement, celui-là même dont Liselotte avait trompé la vigilance le fameux matin de son incursion dans le domaine privé de Cosini. Le second était son adjoint. Taillé à la serpe dans du bois sec, il ressemblait à une ébauche de sabotier. Sa main gauche sectionnée avait été remplacée par une prothèse métallique.

— C'est un ancien gendarme, murmura Liselotte. Il a pris un coup de revolver tiré à bout portant par un jeune voyou. Tout cela pour deux cents francs à peine dans le tiroir-caisse !

Manivelle, qui avait disparu de leur champ visuel, réapparut de façon inopinée. Deux trousseaux de clés tintinnabulaient faiblement à sa ceinture. Il passa devant leur cachette au moment précis où Boro s'apprêtait à enclencher la porte. Il avait surgi par la travée de droite.

Liselotte se mordit les lèvres pour ne pas crier. Costabonne se demanda s'il n'allait pas avaler sa langue. Tous deux se recroquevillèrent au sol dans l'espoir d'échapper aux regards inquisiteurs.

Boro, quant à lui, recula d'un pas et passa le lacet de sa canne autour de son poignet. Il se tenait en appui contre la cloison la plus rapprochée du seuil de leur minuscule cachette. Il se préparait à frapper par surprise.

Manivelle, le préposé aux verrous, targettes, loquets et houssets, était un simple méticuleux. Il revint sur ses pas et boucla d'une poigne énergique le vantail du kiosque que Boro n'avait pas su calfeutrer à temps.

Déjà, ses pas étouffés s'en allaient rejoindre les chaussures ferrées de l'autre surveillant.

Les reclus du kiosque à jardin se regardèrent. Risquant un œil par le fenestron, ils repérèrent Patte-en-fer qui attendait son copain au pied de l'escalier. Ils le virent retirer sa casquette de fonction et s'essuyer le front avec lassitude.

— Tiens ! Je recommence à trembler ! constata-t-il. C'est mon palu congolais qui se réveille !

— Ça ! Le palu, la tsé-tsé, le phantiasis, c'est des coups à abandonner les colonies, compatit Manivelle en se hâtant pour rejoindre son collègue.

— Penses-tu ! s'enroua l'ancien cogne. Et d'ailleurs, qu'est-ce qu'ils feraient sans nous, les indigènes ?

— Y seraient africains... Complètement africains. Y vivraient tout doucement.

— T'oublies qu'ils sont semi-français.

Perdus dans leurs pensées, les deux hommes se dirigèrent vers l'escalier.

Un quart d'heure plus tard, les clandestins étaient sortis de leur cachette.

— Ils ont coupé le courant électrique, constata Jofre.

Pour toute réponse, Boro sortit une torche de sa poche de manteau et l'alluma. Ils escaladèrent les marches menant au troisième étage et parvinrent sans encombre à la resserre du rayon parfumerie.

Sur le seuil, Boro échangea un regard avec Liselotte. Il lui fit signe de les précéder. Elle seule connaissait la topographie des lieux.

En poussant la porte du réduit en forme de « U », la jeune fille éprouva une curieuse impression. Le souvenir de sa peur d'hier le disputait à l'appréhension d'aujourd'hui. Alors qu'elle amorçait une avancée dans la travée principale du petit entrepôt, elle ressentit un picotement au cœur. Elle s'immobilisa, prisonnière de l'ombre. Costabonne, qui était entré le dernier, venait de refermer la porte derrière eux.

Guidée par la torche électrique de Boro, Liselotte sonda la profondeur de cette pièce toute en longueur. Elle huma le mélange entêtant des eaux de senteur, des vinaigres de toilette, des huiles essentielles. En proie à une dissonance de pensées contradictoires, elle se retourna soudain pour s'assurer que Boro et Jofre l'accompagnaient bien dans son nouveau cauchemar. Elle entrevit par-dessus son épaule le reporter qui posait son doigt sur ses lèvres pour lui intimer le silence.

Ils progressèrent à la file indienne le long des étagères de stockage des parfums et atteignirent l'endroit où s'amorçait le virage.

Liselotte était raide jusque dans le port de sa nuque. Elle se détourna un bref instant et chuchota simplement :

— C'est là. Au bout de ce papier peint se trouve le passage vers l'escalier sombre.

Boro passa devant elle. Il accomplit seul la fin du parcours, s'éloignant vers la droite. Sa main glissait sur la surface de la cloison à la recherche de la faille. Ses doigts s'immobilisaient par moments, palpaient plus loin, obéissaient au chemin obstiné tracé par le faisceau lumineux de la torche.

— Vous y êtes, murmura Liselotte.

— Je n'y suis pas, répliqua-t-il. L'angle de la pièce est parfaitement clos.

— C'est impossible !

Liselotte le rejoignit. A son tour de palper la paroi. Elle la frappa de ses poings.

— Ici, le mur sonnait creux... Et là venait s'ajouter une fausse cloison... Elle s'écartait assez pour laisser passer un homme.

Costabonne s'approcha, sortit un canif de sa poche et sonda la muraille en la percutant.

— Rien que du solide, vous pouvez m'en croire. Des moellons bien maçonnés.

— Arrachons le papier, suggéra Liselotte. Nous verrons si le travail est récent.

Costabonne s'apprêtait à donner un coup de lame pour inciser la tapisserie lorsqu'une voix pas plus forte qu'un râle sembla surgir de la profondeur du couloir.

— Les mains en l'air, tout ce joli monde ! Le patapouf avec des muscles lâche son lardoir... Il le jette au sol...

Ils se retournèrent. Costabonne laissa glisser son couteau catalan à ses pieds. Il leva les mains en même temps que Liselotte. Seul Boro refusa d'obtempérer.

— La gravure de mode lève ses mimines comme les copains, ordonna l'intrus.

— Il n'en est pas question, dit Boro.

— J'aimerais bien savoir pourquoi ?

— Parce que je me casserais la figure, monsieur, dit Boro en désignant son genou et sa canne.

Pas l'ombre d'un humour sur le faciès crispé du dingo. Le reporter observait calmement ce trouble-fête aux yeux de grenouille folle qui se gonflait d'importance à trois pas d'eux et les tenait en respect en promenant nerveusement sur leurs abdomens la gueule bleu corbeau d'un browning de la manufacture d'armes de Saint-Étienne.

Au premier coup d'œil, Blèmia avait identifié ce personnage comme étant l'un des deux employés des camions bennes de la

Sita, le gringalet bacillaire, le complice de M. Paul, celui dont il possédait des photos.

— Qu'attendez-vous de nous ? demanda-t-il à l'avorton. Et d'ailleurs, que faites-vous là ?

— N'inversez pas les rôles, gronda l'autre. C'est moi qui tiens les manettes. Quel est votre nom, mon beau monsieur ? A quel titre accompagnez-vous la petite demoiselle ?

— Ce sont mes amis, répliqua Liselotte.

— Ce n'est pas la première fois que vous vous introduisez ici en douce, mademoiselle Declercke.

— Vous m'avez suivie ? Vous connaissez mon nom ?

— Rien ne m'échappe, plastronna Charpaillez.

Il baissa immodestement les paupières. N'était-ce pas la première fois qu'il avait l'occasion de faire reconnaître ses mérites ?

Boro profita du relâchement de son attention pour faire un pas prudent dans sa direction.

Le revolver du rescapé de l'ypérite accompagna aussitôt son déplacement.

— Tordieu ! Monsieur la demi-jambe, ne bougez plus ou je vous allume ! intima le mouchard en visant la rotule du reporter.

— Vous n'oseriez pas.

— Si je tire, je ne vois pas le crime ! J'ai surpris des cambrioleurs en plein délit d'effraction. Poum ! Poum ! J'ai voulu sauver ma bobine !

Boro accomplit un nouveau pas en avant. Blafard, poitrinaire, cassant comme du verre, l'homuncule s'énerva.

— Gare ! Je vous envoie faire la brouette ! Je tire dans l'autre jambe !

— Vous ne le feriez pas.

— Je vous déquille !

— Boro !

Liselotte venait de se jeter contre son épaule.

— Là ! triompha Alphonse Charpaillez, vous voyez ! La petite demoiselle ne veut pas faire de pronostic hasardeux.

— Je vous dirai ce que vous voulez savoir, promit Liselotte. Nous sommes ici pour rechercher la dernière trace de mon ami Christophe.

Charpaillez fit la grimace.

— Christophe ?

— Mon fils, compléta Jofre Costabonne.

— Ne lui parlez plus, ordonna fermement Boro.

Il franchit le dernier pas qui le séparait de l'homme du préfet Guichard.

— Un rien et je vous brûle ! hurla soudain le gnome.

Et en proie à l'hystérie, il tira en direction du plafond.

— Vous ne l'auriez pas fait, dit Boro, après que le tintamarre eut cessé.

— Pourquoi ? Comment le savez-vous ? geignit le morphinomane en perdant toute son énergie.

Sans dévier pour autant sa ligne de tir, il gratta rageusement son bras droit au travers de sa jaquette. Il avala sa salive et laissa monter en lui le râle qui surgissait de ses poumons. Enfin, il déglutit et cracha à ses pieds une rosée sanglante.

— A cause de cela, dit Boro en lui tendant les photos qu'il avait prises rue Charras.

Charpaillez s'empara des clichés.

Il les déchiffra avidement, s'intéressant plus particulièrement à l'un d'eux.

Boro l'observait.

— Vous avez regardé du côté de l'objectif et vous m'avez vu prendre les photos, n'est-ce pas ?... C'est ce que m'a révélé l'agrandissement.

— Je n'étais sûr de rien, balbutia Charpaillez. Après, j'ai voulu me rassurer en pensant qu'il s'agissait d'un touriste ordinaire...

Il empocha machinalement les épreuves.

— Il va de soi que je possède les négatifs, l'avertit Boro.

— Évidemment, murmura l'avorton couleur de jaunisse.

Il baissa la tête.

En un éclair, Boro fit mouliner sa canne. Il la lâcha, la rattrapa par le pied et détendit brusquement le bras. Il y eut une sorte de déchirure dans l'air. Un sifflement. Le lacet vint s'enrouler autour du poignet de Charpaillez. Sans qu'il y pût rien, son arme vola dans un coin sombre et, après une glissade sur la crosse, se cala contre le pied d'un rangement métallique.

— Moi, dit Boro, je viens de surprendre un camionneur de la Sita qui se livre à un curieux trafic dans le cadre des Galeries Lafayette...

L'ex-sapeur Alphonse Charpaillez s'affaissa sur lui-même, tassé en une posture grotesque. Il luttait contre une quinte de toux.

— Que venez-vous chercher ici ? s'étrangla-t-il de colère et d'épuisement.

— La vérité, dit Costabonne. Où est mon fils ?

Charpaillez ne pipa mot. Boro en profita pour afficher un paisible sourire :

— Vous-même, monsieur le croque-mort, que visiez-vous au juste en venant fouiner dans ces lieux ? Où est l'ouverture qui conduit à l'escalier ?

— Il n'y a pas d'ouverture, s'entêta Charpaillez.

Le limier habillé d'une double peau de vache — celle de la préfectance et celle des bouchers du C.S.A.R. — était lui aussi venu vérifier l'état des lieux. La veille, à la réunion hebdomadaire de l'avenue Reille, les membres du groupe avaient été informés de la fermeture de la cache d'armes située sous les Galeries Lafayette. « On mure et on laisse passer le temps, avait décrété l'abonné 103. Il y a trop de passage et trop de curieux. On déménagera plus tard. Je parle des meubles », avait-il ajouté avec un sourire glacé.

Alphonse Charpaillez jeta malgré lui un coup d'œil en direction du mur qui barrait l'entrée du réduit. Monté en un soir, triple épaisseur : du travail d'artiste.

— Je répugne à faire ce que je vais faire, mais vous m'y contraignez, dit Boro.

Il contourna l'homuncule, lui tordit le bras derrière le dos et ordonna :

— Sortez votre portefeuille de votre poche intérieure, monsieur. Tendez-le à mademoiselle Liselotte. Et pas de mauvais tour, ou je vous casse l'épaule.

Charpaillez s'exécuta.

La jeune fille se pencha sur l'enveloppe de cuir. Elle en tira divers papiers. Costabonne s'était approché et cherchait à lire par-dessus son épaule.

Le reporter desserra son étreinte. Il libéra le chiffon d'homme qui pleurait en silence et rejoignit ses compagnons. A la lumière de la lampe de poche, tous trois contemplèrent avec stupeur une carte barrée de tricolore.

— Ça alors ! La flicaille ! s'exclama Coque-à-ressort.

— Eh oui ! La Grande Maison ! confirma la voix du policier. Charpaillez Alphonse, inspecteur de première catégorie.

Profitant de l'étonnement de ses interlocuteurs, il avait couru à quatre pattes sur le sol. Il avait récupéré son arme de service et la pointait à nouveau sur Boro.

— Il me rend mes papelards.

Boro les lui jeta. Cette fois, le bourre de la secrète récupéra son bien sans perdre de vue son gibier.

Il arborait un rictus qu'il essaya de faire passer pour un signe de joie.

— Rigolade ! s'écria-t-il de sa voix de fausset. Vous m'avez cru fichu, pas vrai ? Mais c'est mal me connaître ! J'ai été lardé, gazé, enseveli. J'ai survécu à l'huile, à la tuberculose et même au tréponème. Je sais faire le mourant ! Je sais tout faire, figurez-vous ! Je joue la comédie. Depuis des lustres, je sais cela : c'est les rêves qu'il faut conserver ! Heureusement que j'ai été têtu ! J'ai travaillé énormément. J'ai fait cent trois métiers. Je vis dans les piqûres ! Quand on est vraiment seul, on ne reste pas une minute à se demander qui a raison... On ne pense qu'au résultat final.

Il plongea ses yeux de chouette illuminée dans ceux de Boro.

— A lui de tout cracher, le grand malin avec sa canne ! Son nom, son adresse, la marque de ses chaussures...

— Blèmia Borowicz, reporter photographe pour Alpha-Press. Les chaussures sont anglaises.

— Adresse personnelle ? On n'oublie pas !

— Passage de l'Enfer, numéro 21.

— A la bonne heure !

Insensiblement, le policier commença à reculer.

— Encore un mot, dit-il. Tout ça est sérieux. Vous ne devez pas chercher à suivre ma piste. Tenez-vous loin de moi, c'est un gage de santé. Je représente un danger automatique.

— Mais encore ? interrogea Boro.

— L'affaire me dépasse, reconnut l'héroïnomane. Sachez seulement que j'ai déjà sauvé une vie (il s'accorda une médaille généreuse en songeant à Dédé Mésange). Si vous gardez vos distances et vos bonnes manières, j'en sauverai d'autres. Sinon, nous sommes cuits. Vous, moi, mais pas les autres.

Liselotte fit un pas en avant.

— Qui sont les autres ?

— Ceux qui utilisent les bouteilles de parfum pour esquinter la gueule de leurs adversaires à l'acide chlorhydrique. Je n'en dirai pas plus. N'approchez pas du feu... En me débusquant, vous me grillez. Si vous faites bouillir ma soupe, vous serez aussitôt en danger.

— Où est mon fils ? demanda Costabonne d'une voix blanche.

Charpaillez ignorait où, mais savait quoi. A cette réunion de l'avenue Reille, il avait entendu parler de la liquidation d'un bavard par Briguedeuil. « On a fait du ciment d'homme ! », s'était vanté le tueur.

— Où est mon Christophe ? insista le cheminot.

Le limier au teint cadavérique hésitait sur la conduite à tenir.

— Si vous ne répondez pas, reprit Costabonne, je m'adresserai plus haut.

— M. Cosini doit également redouter mon témoignage, enchaîna Liselotte. Si je parle à la police, il est fait !

— Je suis la police, se rengorgea Charpaillez. Nous vous demandons instamment de ne rien tenter pour l'instant. Nous voulons remonter la filière.

— Liselotte a raison, intervint Boro. Pourquoi ne pas venir arrêter Cosini demain à la première heure ?

— Je vois que vous êtes mal informés... M. Cosini a pris les devants. M. Cosini a quitté son emploi. M. Cosini respire ailleurs.

Il se tourna brusquement vers Jofre Costabonne :

— Tenez ! Pure charité ! Je vous le livre !...

Il fouilla sa poche de gousset et fit glisser au sol un objet métallique qui vint terminer sa course contre les chaussures de Coque-à-ressort.

Jofre se baissa. Presque immédiatement, envahi par une vive émotion, il éleva vers son visage une montre à l'ancienne.

Boro regarda le boîtier. Il était orné d'une locomotive en relief, lancée à vive allure.

— Le régulateur des chemins de fer ! hoqueta Jofre, la gorge nouée par un sanglot sec. La montre de mon pauvre père !

Il releva la tête pour demander des éclaircissements au policier. Celui-ci était tout raide. Il éleva l'index jusqu'au cou et le promena d'une oreille à l'autre.

— Couic, dit-il seulement. Il en savait trop.

Charpaillez n'aimait pas la douleur, et encore moins ses manifestations chez autrui. Il ajouta, l'oreille basse :

— J'ai piqué la montre à l'assassin. Pour la remettre à la famille le jour où elle saurait. Je ne savais pas que ce jour serait si proche.

Liselotte regardait droit devant elle, les poings serrés le long du corps. La lèvre du cheminot battait folle. Boro s'approcha et posa sa main sur l'épaule de Coque-à-ressort.

— Ne faites rien, dit-il doucement. Et ne parlez pas. Notre heure viendra.

Il se tourna vers Charpaillez :

— Ces gens-là sont très forts. Mais je n'ai pas dit mon dernier mot.

Une demi-heure plus tard, il pénétra sans l'usage d'aucune clé au troisième étage du 21, passage de l'Enfer. La porte palière avait été forcée. Dans le labo, on avait tout retourné. Les tiroirs réservés aux épreuves étaient ouverts. Les films épinglés sur le fil avaient disparu. Avec eux s'évaporaient les dernières preuves du mystère des Galeries Lafayette.

QUATRIÈME PARTIE

La grande illusion

Fantômas étend sa cape

En ce début de 1936, l'air de Paris empestait les fleurs mortes. Comment mieux définir que par une odeur fade et nauséabonde l'état d'insécurité qui caractérisait les quelques mois d'incubation précédant la venue au pouvoir du Front populaire ?

La société française donnait l'impression de courir inexorablement vers son détraquement final. D'un côté, l'insouciance des nantis, la conspiration des ultras ; de l'autre, la revendique du bas peuple, le chômage de la classe ouvrière.

Face au chaos qui s'annonçait, bien plantée sur les guêtres de ses institutions, la caste politicienne, ventrue, sénatoriale — gibus et frac —, semblait faite pour inaugurer les vespasiennes et les bustes à l'ombre des platanes.

1936 était une année exaltée, mais ce n'était pas n'importe quelle année. Personne ne tenait les rênes. Le Français continuait à croire au charbon, à l'acier, aux transatlantiques, aux bois exotiques, à Banania et à la prospérité des terres coloniales.

Les notables étaient insouciants, sûrs de leur fait. Ils avaient le bon droit pour eux. Ils lisaient pour la plupart *Candide* ou *Gringoire*, dont les tirages respectifs étaient de trois cent cinquante mille et de quatre cent mille exemplaires. Ils possédaient une villa au cap d'Antibes ou à Deauville, roulaient carrosse en Nerva Renault huit cylindres, en Delahaye ou en Talbot. Les plus aventureux partaient en croisière sur le *Wyoming*, cinglant vers San Cristobal, San Jose de Guatemala, Los Angeles et San Francisco.

Il y avait de l'argent jusqu'à la regorge. Un sacré paquet. Des actions, des obligations. Du Suez, du Kandinsky pour la crème, du Dentol et de la Marie Brizard pour les autres. Et aussi des fontaines lumineuses, Montherlant, *Pépé le Moko* — le bandit bien-aimé qui se heurtait à son destin inéluctable.

Pour le déshérité, vers quelles valeurs se tourner ? L'individu était en proie à l'automatisme de la machine. Voilà du moins, pensait Boro, ce que Chaplin avait admirablement marqué dans son film *les Temps modernes.*

De toute façon, le prolétaire avait grand dos ! Dans les ateliers trimaient des enfants qui, dès onze ans, gagnaient leur vie jour après jour. Fallait-il donc cracher ses poumons pour avoir droit à des congés payés ? Fallait-il à toute force apprendre à piloter de plus en plus vite cette toupie folle appelée progrès ? L'excuse était drôle ! Gagner sa vie à la sueur de son front ! Bien aidés par la presse, relayés par les actualités, le coq Pathé et le choléra de Radio-Paris, les patrons prenaient des voix de mélodrame pour faire croire que la solidarité du monde du travail envers la nation passait par son écrasement sous le poids des heures de présence.

Rythmes et cadences. Le grand opéra des bielles et des courroies. Serrez boulons, éclairez fusion ! Le métal coule, la bacillose arrive. Et les épiciers, fruitiers, limonadiers, traiteurs à chapons ramassaient la bulle ! C'est qu'il y avait des bouches à nourrir, des soifs à étancher. Ça donnait du paisible sur le visage du petit commerce. La France buvait ses apéros, son bon pinard. Fumait Week-End et Naja, goût d'Orient.

De l'autre côté du Rhin, l'Hitler cirait ses bottes.

Depuis 1935, on croyait avoir tout dit, tout commenté. On minimisait le danger fasciste. Hitler était bidon avec sa race des maîtres ! On ne se battrait plus. On se souvenait trop de la grande égorgerie de 1914-1918. Les vivants s'intéressaient à Arletty, à la Loterie nationale. Le cœur n'était pas à la perspective d'une expédition contre l'Albochie.

Pendant ce temps-là, l'Hitler enfilait ses gants.

Le bouffon aux doctrines inavouables commençait à justifier son travestissement militaire. Mensonge absolu. A Berlin, il déclarait que la révolution pouvait s'installer demain en France. Il ajoutait : « C'est une éventualité dont je suis obligé de tenir compte comme chef d'État. »

Le 7 mars au soir, les troupes du chancelier entrent en Rhénanie.

Pendant ce temps-là, employés, ouvriers, petits prolos sont enragés par l'espoir de posséder un pavillon et de vivre hors des murs de la capitale. Même les plus démunis, les plus loqueteux des biffins rêvent d'avoir un carré de choux dans les fossés du fort d'Ivry. Au pied des fortifs, il faut voir comme ils causent ! L'herbe n'est pas militaire.

Heureusement, il y a l'armée de métier. Le corps national, les généraux, les étoiles, les feuilles de chêne. L'armée française ! Franchet d'Esperey, l'ordre à la pointe de la baïonnette mais la lippe baveuse et la salive incontrôlée. Gamelin, soixante-quatre ans. Weygand, soixante-neuf. Pétain, quatre-vingts bougies. Soufflez ! Soufflez ! Dans un camp, les revanchards ; dans l'autre, les amortis, les cacochymes à bout de conquêtes. Honneur et patrie, mais hors du siècle civil.

En quelle France se trouve-t-on ? La Cagoule embusquée dans son coin. Les Enfants d'Auvergne, les Chevaliers du glaive... Toutes confréries secrètes dressées à ratisser les armes, à conspirer pour l'invasion, la tête dans les égouts, prêtes à soulever les plaques de fonte et à lâcher les rats. Des kilomètres de souterrains dans le sous-sol de la ville de Paris. Fantômas qui étend sa cape. Fidélité, obéissance, discipline. *Ad majorem Galliæ gloriam.* A Verdun, le récent capitaine de Coquey harangue les officiers au mess. Finissons-en d'entrée ! Embrochons du fasciste ! Cette fois, ce ne sera pas méchant du tout. Vous verrez. Il suffit de s'y prendre assez tôt.

Pendant ce temps-là, l'Hitler se ramasse dans ses houppelandes. Il ôte son baudrier, sa casquette, remet sa redingote civile, fait risette et biaise à chaud sur les ondes. Vite, il rassure tout son monde.

Lui, un méchant ? Un vilain sous la mèche ? C'est de la diffamation ! Cinq jours après son entrée en Rhénanie, à Karlsruhe, il trinque à la ronde et répète publiquement et avec une intense émotion son horreur de la guerre.

Alors quoi ?

Alors, à coups de bonnes façons, de politesses, de rodomontades, la France ballottait au gré des événements.

Et Blum, placé au carrefour historique du droit social, Blum, honni dans l'évangile selon Maurras, Blum, « ce Juif allemand naturalisé, ce détritus humain à traiter comme tel, cet hircocerf de la dialectique heimatlos » !, le juif Blum était-il un ennemi de la nation en péril ?

De toute façon, plutôt que de brûler sa maison pour chasser des insectes, ne valait-il pas mieux carburer au Dubonnet ? Marcher à l'indifférence ? A la goberge ? A la bamboula ?

— Tapée de minus ! apostrophait la fille d'Émile Declercke en guise de réponse.

La fille du peuple

LISELOTTE avait conservé sa chambre à Quincampoix. Elle y avait versé tout son chagrin, sur son lit d'abord, puis sur les pages de ses livres. Ceux-ci, au fil des semaines, avaient absorbé ses larmes. De temps à autre, Liselotte se rendait chez Coque-à-ressort, à Villeneuve-Saint-Georges. Le cheminot et la jeune fille ne parlaient jamais de Christophe ensemble, même s'ils ne cessaient de penser à lui. La mère avait doublé ses doses de Quinquina. Le père, conformément au conseil de Boro, attendait son heure. Quant à Liselotte, elle s'efforçait d'effacer les chemins funèbres que le souvenir du jeune garçon d'ascenseur traçait dans sa mémoire.

A Quincampoix, Olga Polianovna veillait sur elle. Avec la complicité financière de Boro, elle avait levé une armée de harengs, de braqueurs et de marloupins qui se relayaient pour suivre la jeune fille dans ses moindres déplacements et la protéger au cas où les sbires de Cosini essaieraient de l'agresser à nouveau. De la Quincampe aux universités, il fallait les voir, Pépé l'Asticot, Pierrot Casse-poitrine, la Grenade, P'tit Sifflet, Ramier ou la Taumuche, qui, sous des allures de faux manchards, s'attachaient aux pas de la demoiselle pour lui éviter les embrouilles.

L'ancienne danseuse de chez Balanchine avait instauré un tour de garde. Tous ses copains, ces rien-du-tout unis par les lois de la carabistouille, étaient plus affûtés que des greffiers et prenaient leur travail au sérieux. Comme des ombres aux carrefours, dans les rues ou derrière les arbres de la faculté, ils attendaient que la petite ait fini de plancher sur le Code pénal.

Le matin, pour peu qu'Olga fût ressortie indemne des grands écarts de sa nuit tangoteuse, Liselotte et elle se retrouvaient en filles devant le zinc le plus proche. Elles se donnaient rendez-vous chez Paris Sports, bistroquet au front bas régnant sur une tourbe de flambeurs. Elles trempaient volontiers le croissant de l'amitié dans un petit noir bien serré. Souvent, Liselotte allégeait son âme en parlant de Christophe. Olga écoutait avec passion : les peines de cœur, c'était son rayon.

Au bout d'un moment, le taulier, vissé au plancher, fronçait le nez. Il levait un œil larmoyant au-dessus de son journal, s'interrompait dans la lecture des courses. Abandonnant à regret les turfs et les handicaps, il élevait sa voix cassée par l'anisette des colonies :

— Moi, c'est normal que je prenne mon temps pour la flanoche : sept ans de Légion, salut au drapeau, croix avec palme ! Mais ça ne devrait pas être le cas pour ceux qui montent aux études.

— Zut ! Déjà moins le quart ! s'effrayait Liselotte.

Elle saisissait son sac.

— L'écoute pas ! se rebiffait Olga. Sa barloque, elle avance toujours d'une guerre !

Il n'empêche, le charme de la conversation était rompu. Les deux amies réglaient leur petite ardoise et filaient chacune vers son destin.

Femme de luxure aux yeux d'animal sauvage, la pierreuse allait se jeter au lit. Sa tête, ses cheveux emmêlés et son corps longiligne enterrés sous une meute de coussins brodés, elle dormait jusqu'à midi, parfois jusqu'à seize heures, surtout si la carambole de la nuit avait été d'une spécialité trop féroce.

L'autre, l'étudiante coiffée bien net, cintrée dans son nouveau manteau, trottait jusqu'à Hôtel-de-Ville, attrapait un autobus et ouvrait ses livres pendant le trajet. Elle préparait sa licence en droit.

En fait, Boro aurait pu se dispenser d'entretenir à grands frais son armada d'argousiers. Mlle de Quincampoix était également protégée, mais de façon occulte, par Guichard en personne qui, alerté par les soins de Charpaillez, avait placé sur le terrain le commissaire Ploutre (provisoirement détaché du quartier Haussmann) et une escouade de pèlerines habillées en civil.

De toute façon, pour un temps au moins, cette double surveillance était sans objet. Lors d'une réunion au 36 de l'avenue Reille, Charpaillez avait mis Liselotte à l'abri des dangers.

Campé sur ses jambes maigrelettes, les yeux reluisants d'une injection par seringue, le policier à crâne de navet avait demandé à prendre la parole devant le Tribunal suprême.

Oubliant pour un temps sa soufflerie, il sut faire valoir à

l'assemblée des conjurés que l'ancienne vendeuse de parfumerie avait de si près côtoyé la mort que désormais elle tiendrait sa langue. L'empalmage de son ami, le jeune groom des Galeries Lafayette, avait fourni à la pucelle — si besoin en était — un nouvel exemple du danger encouru par les bavards. Fallait-il souligner que la disparition de Cosini, momentanément retiré de la circulation par le C.S.A.R., et la reconstruction à triple parois du mur de la resserre suffisaient amplement à enterrer les pistes ? Pas besoin par-dessus le marché de rempoigner la donzelle et de l'exterminer ! Plus d'évidences, plus de preuves. Plus de preuves, plus de bavardages !

Par souci du détail stratégique, Charpaillez, agissant en l'occurrence sous le bonnet de l'abonné numéro 129, avait également fait valoir que, après l'« incident regrettable » du fort d'Ivry (et bien que les communistes en portassent la casquette aux yeux de la presse de droite), il valait mieux que les Unités Z se missent en sommeil pour un temps. Bien sûr, on pouvait compter sur la discrétion du très récent capitaine de Coquey, abonné 205, fraîchement muté par ses supérieurs en garnison à Verdun, mais les razzias d'armes dans les casernes métropolitaines se révélaient désormais hasardeuses. N'était-il pas préférable de passer par des filières étrangères, italiennes ou espagnoles ?

A l'abri de leurs cagoules, les potentats du C.S.A.R. avaient écouté l'exposé. Puis, sur fond de flambeaux encadrant de part et d'autre l'étamine tricolore, l'un des dignitaires avait marqué son impatience. Un abonné anonyme avait fini par intimer le silence au 129.

Après quelques conciliabules avec sa base, un assesseur du Grand Maître, revêtu d'une toge noire, et qui n'était autre que Jacques Corrèze, l'Auxerrois, s'était penché pour parler à l'oreille du patron. Mon Oncle en personne avait fait voter une motion de clémence en faveur de Liselotte Declercke. « Pour le moment », avait-il précisé.

Et pour le moment, Boro montait la garde. Il était d'une nature coriace et têtue. Il avait été mordu par sa proie, mais il comptait bien l'estourbir un jour. Pour l'heure, il jouait au renard. Régulièrement, il planquait non loin des Galeries Lafayette. Maryika, sa cousine, lui avait enseigné la méthode. Trois ans auparavant, place de la Concorde, il avait su tirer profit de cette secrète endurance qui lui avait permis de rencontrer la belle marquise d'Abrantès et, à partir de là, de confondre son époux.

Aujourd'hui, une fois encore, il attendait. Il attendait M. Paul, ou un autre de ces sbires qui tissaient leur toile d'araignée sur l'armée, l'administration et la finance. Il s'était juré qu'il ne lâcherait pas sa proie si elle passait à portée et qu'il croiserait à nouveau les assassins du petit Christophe. Ces gens-là n'en auraient jamais fini avec lui. Leica en poche, Boro traquait la Cagoule.

Liselotte était bien loin d'éventer le secret du serpent qui menaçait de s'enrouler autour d'elle. Elle avançait vers son but, sourcils froncés. Elle serait avocate et pourfendrait l'injustice. Tel était son but.

Boro lui avait confié une clé du passage de l'Enfer. La demoiselle des facultés y passait souvent, pour prendre un bain, lire devant la grande baie vitrée du salon ou embrasser celui qu'elle appelait le reporter de son cœur.

— Je te dois tout, disait-elle, mais attention : je ne te donnerai rien.

— Je ne songe pas à prendre, rétorquait Boro en lui envoyant une pichenette sur le nez. Je regarde seulement.

Il l'adorait. Lorsqu'elle participait à ses fêtes, il était capable de l'écouter et de l'observer pendant des heures tant le sentiment de la voir grandir l'émerveillait. Elle se haussait sur la pointe de sa jeunesse pour débattre avec d'autres de sujets qu'elle connaissait encore mal. Elle se cherchait une opinion à propos de toutes ces crevasses idéologiques qui justifiaient, disait-elle, mille révolutions. Mais qui suivre de Marceau Pivert ou de Thorez, de Blum ou de Victor Basch, de Daladier ou de Laval ? Les clans politiques s'affrontaient sans qu'aucune lueur d'union véritable ne se dessinât à l'aube des élections.

Elle parlait très vite de peur de perdre le fil de sa pensée. Boro se tenait en retrait, l'observant avec fierté. Elle était si vive, si intelligente, si prompte à se moquer d'elle-même qu'elle emportait toujours tous les suffrages. Et la minute suivante, elle s'endormait contre une épaule, n'importe laquelle, le pouce dans la bouche, ignorant le tintamarre alentour, plongée dans un sommeil innocent dont rien ne pouvait la sortir.

Pour Boro, Liselotte était une enfant. Il connaissait ses expressions, il savait tous ses tics, mais ignorait le reste. Elle le charmait, cela suffisait. Il lui disait souvent, avec un air de gravité qui la mettait à l'envers, qu'elle était sa seule amie. Il acceptait d'elle ce qu'il eût refusé à d'autres. Ses moqueries l'amusaient, lui dont l'orgueil était incommensurable. Elle savait lire sur sa figure comme personne. Il ne se dérobait jamais lorsqu'elle se plantait devant lui, poings sur les hanches, pour lui assener une vérité peu aimable ou lui lancer une pique en plein visage :

— Qu'avez-vous photographié récemment, monsieur le redresseur de torts, à part la calandre de la nouvelle Packard Super-huit ?

— Des bistrots, répondait Boro. Dix bistrots. Cent bistrots. Et puis des lotissements à perte de vue, des cabanes construites à la va-comme-je-te-pousse...

Elle disait sa déception. Il opposait un silence qui agaçait la petite.

— Mais quoi ! s'emportait-elle. Est-ce que par hasard tu n'aurais pas d'opinion ? C'est grave !

— Je regarde la vie à travers la lumière. C'est tout. Je suis le témoin de mon temps.

— Et tu crois que c'est suffisant ? Un jour, il faudra bien plonger dans la chaudière !

Elle allait jusqu'au canapé, regardait l'heure à sa montre-bracelet.

— Je dois partir, murmurait-elle. Demain, j'ai un amphi.

Mais elle restait. Elle parlait de Coque-à-ressort, de Christophe. Boro lui avait dissimulé ses pieds de grue bihebdomadaires. Il l'écoutait puis boitait jusqu'au piano Pleyel.

— Plus tard, quand je serai avocate, disait-elle en fronçant les sourcils, je ferai quelque chose pour les autres. J'essaierai d'être utile. Je défendrai le droit des enfants à mieux vivre.

Elle ajoutait, résolue :

— Il faut que j'apprenne sur le terrain.

Boro haussait les épaules. Il regardait la coquille pourpre du soleil couchant mourir et s'aplatir derrière la découpe des immeubles d'en face. Il jouait une *Gymnopédie* d'Erik Satie et pensait à sa cousine Maryika. Alors, sans qu'il sût se l'expliquer, il avait le cœur gros.

A la santé du premier tour !

PAR un matin de jonquilles, le 26 avril, alors même que s'ouvrait le premier tour de scrutin des élections législatives, Albert Fruges ceignit ses reins d'une ceinture de flanelle rouge. La raie tirée au cordeau, en chemise blanche et pantalon assorti, il quitta son pavillon, chemin du Bras-du-Chapitre, situé à un jet de salive de la Marne, afin d'aller voter au bureau des Écoles, distant de cinq cents mètres.

Pour faire honneur à la coalition « contre les deux cents familles et leurs mercenaires », il choisit de faire la route à vélo, pneus demi-ballons, flambant neuf — un matériel de la Manu dans lequel il avait placé toute sa confiance.

Il pédalait de la pointe des espadrilles. C'était un jour léger comme une dentelle de Valenciennes. Le ciel était d'une pureté extrême. Créteil battait de la paupière dans ses jardinets. La ville était en pleine torpeur dominicale.

Albert avait soigné sa moustache. Oh ! pas pour faire tourner la tête aux filles. De ce côté-là de la gourmandise, le peintre avait mis de l'épais dans son bouillon. Se tenait à carreau pour ainsi dire, ne se risquant plus à faire la trousse aux jupons qui passaient.

Bien sûr, la vue restait perçante. Les envies lui enflaient toujours la songeuse. Parfois même, dans un bastringue, quand d'aventure il allait se dégourdir les pattes à la gambille avec Eugénie Fruges, sa femme légale devant M. le maire, il arrivait que le bleu de sa prunelle se rinçât tout pareil qu'autrefois sur la croupe ou les froufrous des mignonnes. Mais la belote des événements avait changé la donne. Albert ne distribuait plus les cartes. Ou alors, il lui aurait fallu jouer ses atouts sous la table, avoir recours au couchage, à l'adultère.

Avec Génie, née demoiselle Malaviette, pas question de donner de coups de canif dans le livret de famille. Le carillon Westminster, les donations entre vifs et les bons du Trésor avaient fait le reste.

— Un mariaga est un homme mort, soupirait souvent le peintre.

Pourtant, Eugénie régnait sur son cœur. Elle empochait la paie, veillait pleins pouvoirs sur le charbon en hiver, la boisson, même les économies. Une vraie pince. Albert était fixé comme une chaussette. Moulé dans du plâtre. Alors, il montait au Ripolin et travaillait comme un bœuf. Pensait plus qu'à son dimanche.

Ce matin-là précisément, en pédalant en douceur vers son devoir électoral, Fruges, l'homme du Pas-de-Calais, avait encore en tête la promesse de réduction de la durée de la semaine de travail à quarante heures. La voix de Maurice Thorez parlant à la radio le 17 avril était restée gravée en lui : « Nous te tendons la main, catholique, ouvrier, employé, artisan, paysan, nous qui sommes des laïcs, parce que tu es notre frère et que tu es, comme nous, accablé par les mêmes soucis... »

Il pédalait, Albert, avec une idée têtue que tout pouvait changer si les forces de gauche s'unissaient contre la vacherie des droites coalisées et le diktat d'Hitler.

Et il allait voter rouge sombre, le ch'timi !

Il eut un pincement au cœur à la pensée de son apprenti, Dédé Mésange, qui, toujours en cavale, ne viendrait pas à l'isoloir. Heureusement que dans son vieil autobus de la décharge automobile des Charançon, il était à l'abri des képis et des balances. Manquait de rien, l'anguille.

A part cela, tout en pédalant, Albert pensait à la Marne. A ses reflets et à ses remous noirs comme des yeux attentifs. La Marne, il l'avait dans la tête.

Souvent, après dîner, l'esprit ciblé sur la pêche, le champion de la canne emboîtable allait rêver sous les ombrages complices de l'île Brise-Pain.

Une poussée de sang lui montait dans les tempes rien qu'en pensant à la prise féerique d'une brème maousse, une bête unique qui l'obsédait depuis quatre semaines au moins. Ce poisson robuste de la classe des cyprinidés avait un corps haut et plat. Habitué des eaux calmes et des fosses profondes, il était capable de lymphatismes inexplicables ou de foucades brusques.

Quand, promeneur aux aguets, le peintre avait repéré sa proie pour la toute première fois, le spectre écailleux rôdait superbement sur les fonds et détours ondulants d'une chevelure d'herbes. Ces crinières végétales, c'était sûrement du venin. On y risquait sa monture, son bas de ligne, peut-être même sa plombée. Mais quelle émotion en cas de réussite !

Lorsqu'il rentrait sur le coup de dix heures du soir, Albert houspillait sa bergère qui commençait invariablement à potiner sur les vertus de l'épargne en essuyant sa vaisselle. Parfois, il soupçonnait Eugénie de sabotage. En effet, pourquoi fallait-il qu'elle jacasse chaque fois qu'il pensait à sa brème ?

La veille, alors que le pêcheur essayait de monter sur un crin invisible des petits hameçons bouclés de 22 — engeance meurtrière pour la bouche du gardon, surtout si elle est combinée avec la sensibilité d'une plume à fleur d'eau —, Eugénie s'était mise à souffler de la sarbacane.

— Tu préfères t'occuper de tes poissons plutôt que de ta femme, on dirait...

Mousseux comme du cidre, Albert donna tout son jus. Il dit carrément :

— Tu m'emmerdes, Eugénie ! Je ne te le répéterai pas.

Elle ronchonna comme elle en avait le secret.

Albert rata son nœud.

— Puisque c'est comme ça, je vais revoir régulièrement mes camarades. Pour commencer, je vais tous les inviter dimanche prochain. Pour fêter le second tour des élections ! Le raz de marée populaire ! Et t'as intérêt à marcher au métronome ! Prévois de la bouffe pour quatorze et même quinze !

Génie ronfla encore plus fort entre ses dents.

— Et garde tes récriminations ! Entends-moi clair ou je m'échauffe !

Eugénie baissa la tête avec résignation. C'était pure feinte de sa part. Elle était rusée comme une renarde.

Albert réussit son nœud d'étrésillon. Il remouilla ses doigts et monta trois hameçons de suite. Et puis, pas refroidi encore, il lâcha :

— Tiens, dans la lancée, je vais inviter aussi des Parisiens ! Ma filleule, pour commencer. Et puis ce M. Boro dont je t'ai parlé... Tu sais bien, ce photographe qui a été si bon pour Liselotte...

Du coup, motivé par son idée, il tira ses lignes.

— Après le vote, je ferai un saut chez les Charançon, quai du Halage... Comme ça, j'irai pas m'arsouiller au bistrot !

— Les Charançon ! Ces maquilleurs de voitures ?

— Tatave Charançon, parfaitement. Et René, son frangin, la

crème de mes amis. Ils doivent avoir fini de retaper la bagnole que je leur avais confiée.

— Trois mois qu'ils l'ont entre les pattes ! Tu peux être sûr qu'il l'ont revendue !

— Tu te venges, Eugénie. C'est seulement qu'ils avaient du travail. Et aussi parce qu'ils me font l'ouvrage gratis.

— Contre quoi ?

— T'occupes ! En tout cas, dimanche prochain sans faute, on reçoit à la maison. Et je veux du soigné. Crève tes économies ! Si le lapin sauté n'est pas sur la table, rien que des cuisses, tu m'auras manqué !

Pour le temps présent, Fruges pédalait vers le premier tour du scrutin...

Le soir même, quelque peu radouci par la conduite irréprochable de son épouse, il apprit à la T.S.F. le fort taux de participation : quatre-vingt-quatre pour cent.

Le lendemain, c'était noir sur blanc dans les journaux. Cent soixante-quatorze élus. Quatre cent vingt-quatre ballottages. Net recul de la droite. Des pertes sensibles pour les radicaux. Une forte avance pour les communistes.

— C'est bon pour nous, ça, Eugénie ! s'esclaffa Fruges en rentrant le lundi soir du travail. N'oublie pas d'acheter tes lapins pour dimanche qui s'amène ! En sus du bon vin, genre gevrey-chambertin, je veux aussi un tantinet de champagne !

Génie paraissait toute radoucie. Pas de traces de leur prise de bec de la veille. Un beurre. C'est comme cela qu'elle le tenait.

— La voiture de ton ami est prête ? s'enquit-elle.

— Tatave Charançon me l'a montrée. Il lui a rajouté des roues à fils et un bouchon de Lagonda !

— Mais alors, ce n'est plus une Aston Martin ?

— Plus tout à fait, reconnut Albert. Les ailes sont un peu plus hautes... Mais c'est ce qu'il a trouvé de mieux. Et puis tout est racheté par les accessoires.

— Vivement dimanche qu'on se marre, dit Eugénie.

Elle avait de la lumière dans les yeux.

Réception à Créteil

Le 3 mai s'annonçait comme une belle journée.

Dès le lever de rideau du second tour, affolé par un soleil rigolard, le ciel avait relevé ses manches. Pas l'ouate d'un nuage. Sous l'effet de la lumière ruisselante, tout le monde avait bonne mine.

Les oiseaux s'étaient mis de la partie. Ils menaient grand barouf à octaves au fin fond des ramures. Sifflaient les partitions de Charles Trenet apprises en secret pendant l'hiver. Les merles étaient à gauche. Les pinsons votaient Blum. Les piafs picoraient pour Thorez.

Au pied de la butte Montmartre, un poète nommé Jacques Prévert découpait du carton. La galuche vissée au porte-pipe, il peaufinait avec l'aide de Pierre — Pierrot Prévert, son frangin, son ami — la panoplie du parfait petit travailleur. Un marteau, une musette. Un kil de rouge contre la mélasse. Un foulard en tire-jus. Des pinces à vélo, une gamelle à manger. Du papier Job, un blanc gommé. Un cassis de lutteur. Une pancarte à défiler C.G.T. Un œuf dur sur le zinc. Du pain sur la planche. Et deux ratons laveurs.

Un peu partout, la France se préparait à sa manière.

A Paname, en banlieue, en province, même dans les coins perdus du bocage, le jus de carotte faisait faillite. Dans les cafés, les usines, sous les tonnelles, au pis des vaches, toujours à refaire le monde, les messieurs carburaient au mandarin, au bébé rose, au communard, au brouille-ménage.

Comme un dimanche ordinaire, les cloches sonnaient à Épinay, à Levallois, à Montrouge, à Pantin, à Saint-Philippe-du-Roule ou à Saint-Pol-sur-Ternoise. Les bedeaux appelaient aux messes, mais l'esprit des Français était au bulletin.

A force de remettez-nous ça, les esprits s'échauffaient. Jusqu'au dernier moment, personne ne renonçait à la fièvre. On battait le rappel. Confrontation des enragés ! Les haineux disaient que le populo ne valait pas le risque. Monstrueux paradoxe des chauvins qui, hier encore, traitaient les hommes de gauche de « pacifistes bêlants » et qui, dans la huitaine, étaient devenus protecteurs de la paix. Mauvaise foi des aboyeurs de revanche !

On s'interpellait à tous les carrefours. On se montrait le poing. Aux urnes, citoyens ! Le soleil chauffait dru. Autour des tuyaux, des taudis, des vieux plâtres, les petits gars rigolaient en têtant leur croissant trempé au café crème. De la Biscaille au Sébasto, de la Popinque à Ménilmuche, même cérémonie. Roulez confiance ! On voterait utile. Jour de grand jour, à défaut de bien-être immédiat, les chômeurs croyaient déjà à la panacée des quarante heures.

Dans les bourgs, dans les villages, sous les platanes des foirails, dans l'obscur des arcades des places, sur le parvis des églises, devant les mairies langées de tricolore, des groupes de citoyens discutaient gravement. Du Nord au Midi, dans les plaines, au fond des cambrousses touchées par la crise, on parlait de l'assise électorale S.F.I.O., des gains communistes dans les zones industrielles et minières ou de Georges Izard, donné gagnant contre de Wendel.

L'Humanité, le Populaire, le Peuple, les Cahiers des droits de l'homme, Marianne, Regards, le Petit Provençal, la Dépêche de Toulouse, le Progrès de Lyon, le Midi socialiste, le Réveil du Nord — tous les organes de presse s'étaient mis de la partie pendant la semaine écoulée. Les ténors de gauche avaient exalté la victoire du monde du travail sur l'esprit fascisant de *Je suis partout* et de *l'Action française*. Les voix d'André Gide, de Henri Barbusse, de Romain Rolland, d'André Malraux, d'André Wurmser et de Paul Nizan s'étaient élevées pour clamer bien haut que les conditions de la bataille permettaient de faire échec au conservatisme du *Figaro*, de *Paris-Soir*, du *Petit Parisien*, de *la Croix*, de *Candide* et de *Gringoire*. Elles tonnaient contre celles de Charles Maurras, de François Le Gris, de Marcel Prévost et de Raymond Recouly.

En banlieue, on attendait miracle.

A Créteil, chemin du Bras-du-Chapitre, Albert Fruges s'affairait en bras de chemise et bretelles d'apparat. La quasi-totalité de ses invités avaient répondu présent.

Dès onze heures et des broques, tout un peuple en linge propre piétinait le gravier du jardin. Au bas mot, une quinzaine de fêtards du secteur : des ajusteurs, des artisans, un employé du gaz, un piqueur de mégots, un artiste peintre, bien sûr les frères Charançon, et un cuistot chargé d'assister Eugénie en cuisine.

Tatave et René entonnaient le clairon de la bonne humeur. Ils étaient venus depuis chez eux à la rame. Habillés en marins, astiqués au savon de Marseille, remis à neuf par la pierre ponce, ils circulaient parmi les groupes endimanchés. Leur jeu consistait pour l'un des frères à exhiber ses mains sous le nez d'un invité, histoire de lui montrer qu'il n'avait plus de cambouis sous les ongles, tandis que l'autre arrosait l'attentif avec une pompe à vélo.

Les cloches, le barouf d'une benne sur le quai, les conversations qui enflaient, les cris des mômes que leurs mères ne rattrapaient plus faisaient un sacré méli-mélo dans le jardinet.

— Mes saules, les moutards ! Mes cerisiers ! gueulait Fruges en intervenant à l'orée du gazon. Tarzan, c'est fini ! Faudra voir à pas prendre le maquis dans mes branches !

« Pas d'affolerie, Albert, se gourmandait le peintre. Est-on pas là pour faire la vie ? »

Il souriait dans sa moustache, puis s'en retournait à petits pas.

Aux quatre coins du jardinet, on enjambait les bordures de buis, on enlevait sa coiffe pour saluer, on se faisait la bise.

— T'as pas changé, Marcel ! Ça ! T'as pas bougé d'un poil ! T'as toujours ta bonne tronche de compteur à gaz !

On se tâtait la popeline, le crêpe de Chine avec l'œil à la larme.

Il y avait tous les genres de costards. Les dames aussi donnaient dans le chic : chemisiers rouges tenus à la taille par une large ceinture, bas noirs, escarpins d'altitude et une broche pour égayer. Ou alors un bracelet imitation ivoire, une chaînette, de la brocasse fantaisie. Une manière de dire que c'est pas toujours les bijoux de famille qui font le bonheur mirobolant.

— Quand est-ce qu'on tourne une valse ? demanda la grande Ginette en avisant dès l'entrée le phono qui se dorait les aiguilles sur un banc.

— Quand t'auras fini ta croissance ! lui souffla le maître des lieux en lui flattant l'aventure au passage.

Ginette ne moufta point. Elle était haute comme une poulinière. Elle avait la croupe universelle. Sortie de son atelier de confection, elle ne rêvait qu'à la gambille.

Fruges regardait sans cesse du côté de la grille. Il ne manquait plus à l'éclat de la fête que l'arrivée des Parisiens. Albert avait posté un billet d'invitation à Liselotte en début de semaine. Idem pour M. Borowicz.

Pour ne pas perdre la main, le peintre en bâtiment venait d'ouvrir une demi-douzaine de bouteilles de muscadet. Après avoir ébouriffé la tignasse d'un gamin qui passait à bride abattue sur un cheval imaginaire, il entra à la maison afin de mettre les litrons à rafraîchir.

Par l'entrebâillure de la porte du couloir, il aperçut Eugénie qui travaillait en force devant ses fourneaux. Il se frotta les mains. Il entendait la cuisine fricoter. Tandis que sa moitié se crevait devant ses gibelottes avec le cuistot dans les jambes, les gens se gloutonnaient autour du buffet dressé sous la tonnelle. A force de basculer des godets, le ton avait monté. Dehors, sur l'herbe fraîchement astiquée, ça piaillait comme une basse-cour de dindons d'Australie.

— Patron ? Est-ce qu'on se croirait pas dans un douar ? demanda soudainement une voix éméchée à l'oreille d'Albert Fruges.

L'artisan sursauta et découvrit Dédé Mésange qui se tenait derrière lui. Il avait un verre d'alcool à la main.

— Tiens ! T'es là, toi gamin ?

— Ouais. Je suis venu par le fleuve, avec Tatave et René.

— Et à quoi tu carbures ?

— Cointreau-Négrita-Dubolpif et à un trait de Suze pour l'amertume. Je me pionne à l'élixir.

— Fais voir ça, demanda Fruges en lui ôtant le breuvage de la main. Juste pour goûter...

Il eut un haut-le-cœur.

— Gare au coup de grisou, mec.

L'apprenti haussa les épaules. Il semblait avoir mûri. Un fond de révolte se lisait dans son regard.

— Jamais une dévergonderie depuis trois semaines, murmura-t-il. Au fond de l'autobus Charançon, mon moral ne tient pas du conte de fées !

Fruges jeta un coup d'œil inquiet autour d'eux.

— C'est pas pour te priver de la compagnie des autres, mais si quelqu'un te reconnaissait ?

— Vous m'avez mal inspecté, patron. Je suis venu incognito.

— Pardi ! C'est vrai ça ! Tu t'es laissé pousser la barbichette !

— Et puis quand je sors dans le monde, je mets des lunettes. Ça rend le front plus intelligent !

Par la fenêtre, Albert regarda soudain du côté de la Marne. En amont, une péniche s'annonçait en lâchant le barrissement d'un coup de trompe.

— Formidable ! s'exclama Fruges. L'*Atalante* ! Même le père Jules sera des nôtres !

Il ressortit en courant pour aller aider le marinier à la manœuvre.

Boro fit son apparition un quart d'heure plus tard. Il portait un costume de lin écru. Une pochette flamboyait près de son revers. Il fit quelques pas en s'appuyant sur sa canne, s'immobilisa, balaya l'assistance du regard et inclina légèrement la tête pour saluer. Ensuite, un sourire illumina ses dents éclatantes et il se découvrit devant les dames. Cette politesse naturelle, son élégance, sa façon spontanée d'aborder ses interlocuteurs en venant à eux pour leur tendre la main produisirent une grosse impression sur la gent féminine.

Dans son sillage évoluait Liselotte. Mille grâces ! La jolie étrennait une robe souple qui évoquait les bleus de la montagne Sainte-Victoire peinte par Cézanne. Elle tenait un foulard de soie à la main. Elle souriait sans gêne, heureuse d'embrasser son parrain qui s'avançait au-devant d'elle les bras ouverts.

Pressés de questions, les Parisiens firent savoir qu'ils étaient venus par la route. Bertruche, de l'agence Alpha-Press, les avait déposés devant la porte après un voyage exaspérant dans sa vieille Amilcar.

— Je l'ai laissé repartir, ajouta Blèmia, car je compte bien faire le chemin du retour dans mon Aston Martin. Le seul obstacle consistera à trouver un chauffeur...

— On vous en donnera dix ! promit Fruges.

Il entraîna le reporter et sa filleule du côté du buffet.

A leur insu, les Parisiens avaient été suivis tout au long de la route par leurs anges gardiens. La filoche avait eu lieu dans les règles. On s'était tenu à distance respectueuse.

Dans la onze légère flambant neuve de Pépé l'Asticot, une brochette de jules avait pris place. Elle allait de Pierrot Casse-poitrine à la Grenade, en passant par P'tit Sifflet. Rien que des hommes qui drivaient plusieurs gagneuses et pouvaient se payer l'heure à des chronomètres rutilants. Par souci de désinvolture, Pépé conduisait avec un bras dehors. Gâté par trois femmes à Rochechouart et sa régulière en toupie volante à Godot-de-Mauroy, le merlan avait de la couverture. Sa vie était constellée de paillettes.

Olga Polianovna, mise au courant de cette sortie à la campagne, avait exigé que les harengs se portent en couverture afin de parer à toute éventualité de la part de Cosini et de sa bande.

Rue des Lombards, sur le point d'adresser ses dernières recommandations à son équipe d'intervention, la louve de Sibérie avait eu l'imprévoyance de regarder la couleur du ciel. Elle avait humé l'air léger et n'avait pas résisté à l'appel de la nature.

— Encore une journée de foutue, avait-elle soupiré. Poussez-vous, les hommes, je vais avec vous...

— Assoyez-vous, duchesse, l'avait invitée Casse-poitrine, le poêle est toujours chaud.

Elle avait voyagé sur les genoux de ces messieurs.

A mi-parcours, Casse-poitrine s'était mis à lui dribbler les fesses avec un talent d'avant-centre.

— Mince, toute cette verdure ! roucoulait la pierreuse tandis que défilaient les jardins. Ça donne vraiment envie de s'allonger.

— C'est bien le diable si tu ne trouves pas l'occasion, persifla la Grenade.

Il posa sa main poilue sur sa cuisse. Olga ne put réprimer une grimace. Ce type-là, la Grenade, elle le jugeait ordinaire. Un physique de radio.

On suivait donc la berlinette du reporter d'Alpha-Press depuis Paris. Les macs, ne sachant pas ce qu'ils allaient découvrir sur le terrain, s'étaient sapés comme pour un jour de certificat d'études.

— Mince, la Marne ! apprécia tout doucement P'tit Sifflet. Ça me rappelle des souvenirs enchanteurs. On loue des pédalos, on mange des frites, on guinche un brin, on lève un max.

— Pourvu que tu sois rameur, tu peux aller loin avec les dames, confirma Pierrot Casse-poitrine. Y a pas de limite.

— Exact. Je me souviens d'une soirée en gondole magique, confessa l'Asticot. Avec une bourgeoise, rêva-t-il. Une rombière de la haute. Après le grand huit, on s'est jamais revus.

Dix minutes plus tard, ils arrivaient chemin du Bas-du-Chapitre. Ils s'arrêtèrent à une centaine de mètres derrière la petite voiture de Bertruche.

— Le grand boiteux descend avec son petit liseron, souffla Pépé l'Asticot. Qu'est-ce qu'on fait, Olga ?

— On stationne.

— Ils entrent chez un privé.

— On stationne quand même.

— Et si ça dure des heures ?

— On s'endurcit, dit la pierreuse avec une voix de gorge.

Soudain clouée à la proue d'une caravelle cinglant vers les épices, elle arbora un « O » de surprise avec la bouche et sa respiration s'accéléra. Cambrée comme un parapluie à l'ouverture des baleines, elle écarta les doigts en se mordant la lèvre. Au train où il menait la course en emballant ses doigts sous elle ainsi qu'un cheval de sulky, Casse-poitrine, avec son air touche-à-rien, allait l'envoyer dans le soleil jusqu'à ce que ses yeux soient brûlés.

— Quatorze juillet, murmura le jockey en franchissant l'arrivée. T'as bien couru, ma poule.

Au coin du quai, une petite 201 noire dansant sur ses lames de ressort venait de surgir. Elle marqua le pas puis passa résolument le long de la voiture des voyous, qui n'y prirent pas garde. Elle ralentit quelque peu devant la grille du jardinet d'Albert Fruges. Le conducteur se détourna et enregistra le rassemblement de festoyeurs qui encombrait les allées. Il tourna le coin de la rue, première à droite et, arrivé sur le quai, stoppa sa bouzine à l'ombre d'un entrepôt.

L'homme toussota, parfaitement immobile. Il prit appui sur son volant et sortit un carnet rouge.

Il traça d'une mine Baignol & Farjon numéro deux ce simple commentaire :

« Dimanche 3 mai. Midi trente. Chemin du Bras-du-Chapitre, à Créteil. Décidément, la jeune Liselotte et son émigré juif semblent pactiser avec la coalition prolétarienne. »

Charpaillez avait ses yeux des jours de morphine.

La voiture de Monsieur est avancée !

GIBELOTTE et regibelotte, on avait fini le gueuleton par la pièce montée et les alcools appropriés. Enrobés de volutes bleues, les messieurs en étaient aux cigares Diplomates, aux exploits halieutiques, à la fuite à Djibouti de l'empereur d'Éthiopie, Hailé Sélassié.

Les dames marchaient à la Bénédictine. Elles parlaient des *Trois Lanciers du Bengale*, un film d'aventures qui leur avait bien plu.

Albert Fruges avait pris du rubicond. La moustache à peine essuyée, il commanda un ban en l'honneur de son épouse. Un, deux, trois, quatre, cinq ! Un, deux, trois, quatre, cinq ! Trente mains battirent tambour et donnèrent de l'écho, du solennel au bonheur de l'amitié.

Immobile, les mains posées sur la nappe, Génie, les cheveux coulant dans le dos, écoutait s'apaiser la bonne tempête.

— Vive U-génie !

Elle en piqua un soleil jusqu'au décolleté.

Maintenant que chacun avait eu son content, le bon Fruges en rajoutait :

— Mesdames, messieurs, faudrait pas croire à la paix des ménages ! Le repas que vous venez de faire a été emporté à la force des baïonnettes ! A ma moitié de livret de famille, j'ai dit comme ça : « Génie, faut pas donner dans du pingre ! Après tout, dimanche prochain, c'est la lutte finale ! Si le rassemblement populaire fait bloc, on fait sauter le couvercle ! On chasse tous les putois et on reprend la Bastoche ! »

Il finit sa harangue sous les acclamations.

A cent mètres de là, Pépé l'Asticot et sa bande de zélés trouvaient le temps plutôt long.

— Y'en a flac, finit par dire le marloupin à ses associés. Les clampins bâfrent, ils s'en jettent plein le goulot et nous, on fait misère.

— T'as raison, approuva Casse-poitrine.

Il sortit de la voiture et, les pieds engourdis par l'attente, se dirigea sans conviction vers un mur.

— C'est pas le tout de changer le poisson d'eau, commenta sobrement la Grenade en regardant son copain uriner. Il faut savoir aussi irriguer ses reins...

— C'est marrant ce que tu dis là, se risqua P'tit Sifflet. Je gambergeais justement à une fillette de muscadet dans un grand seau de glace...

Pépé l'Asticot se retourna vers Olga.

— Dis donc, tu crois pas qu'on pourrait peut-être aller jusqu'au troquet du coin manger une petite friture ?

— Ouais, opina P'tit Sifflet, ça me paraîtrait honnête.

— Allons-y, capitula Olga, sinon je crois que je vais tomber faible.

Occupé à perdre ses dents dans un sandwich jambon beurre, Charpaillez, terré au fond de sa 201, regarda passer la Traction avant des marlous qui avait fait le tour du pâté de maisons.

« Parfait, jubila-t-il, le temps est venu d'aller jeter un œil sur le motif... »

Il s'extirpa de la berlinette et prit le long du chemin de halage. Au coin de la rue, il opéra un mouvement de recul.

— Tordieu ! murmura-t-il en sortant une paire de jumelles qui ne le quittait plus, c'est qu'il y a du spectacle !

Il se haussa de l'encolure, manipula la réglette circulaire de sa lunette d'approche et bornoya pour faire le point. Dès que l'image fut nette, il rouvrit son second œil et reluqua la berge.

— Malandieu ! susurra le gazé à l'ypérite. Une compagnie de perdrix !

Cinquante mètres en aval, la partie dégénérait en débandade sur l'herbe fraîche. Trois brins de muguet épinglés au corsage, une ribambelle de jeunes femmes aux bras nus laissaient pressentir qu'elles iraient aux langueurs. Elles s'étalaient, voluptueuses, sur les talus ombreux qui bordaient la clôture du fond du jardin Fruges.

Charpaillez n'en perdait pas une broque. Dans les cercles

binoculaires de ses lentilles, grossissement huit fois, il explorait le fond des jupes. Tant d'abandon facilitait son vice.

Liselotte était restée soudée à Boro. Elle vivait de bien curieuses minutes. Elle avait glissé sa main sous le bras de son ami Blèmia, mais elle souriait à un garçon un peu pâle qui portait lunettes et collier de barbe. Inactive et silencieuse, elle croyait bien qu'elle attendait quelque chose. Elle écoutait son cœur battre la mesure du temps.

Lorsque Dédé Mésange la salua familièrement, elle songea qu'elle accepterait de faire la moitié du voyage.

Avant qu'on ait pu dire ouf, le père Jules et son accordéon à bretelles avaient pris la tête d'un cortège qui venait de se former à l'invitation d'Albert Fruges. Sur un geste impérieux de ce dernier, la troupe se mit en branle. Chacun avait instinctivement pris le pas lent qui sied aux enterrements ou à ces grandes cérémonies de champs de bataille.

Au bout d'une cinquantaine de mètres, Fruges, quittant les rangs, se posta sur le flanc de la colonne. Ainsi qu'un chien de berger, tout en reculant, il se laissa remonter par les traînards du dernier rang. Au passage, il happa Boro par le coude.

— Je vous suis, dit Liselotte.

Elle frôla l'épaule de Dédé Mésange, qui ne la quittait pas des yeux.

— Qu'est-ce qui se passe, Albert ? s'enquit Boro avec un sourire. On enterre Bainville une seconde fois ?

— Vous verrez bien, grommela le peintre qui ne souhaitait pas fournir d'explications.

Obligeant Blèmia à tirer sur sa jambe, il s'arrangea pour que le reporter pénétrât bon premier dans une cour dont les frères Charançon venaient d'ouvrir les grilles au public.

Là, au beau milieu de la terre blanche éclaboussée de soleil, s'allongeait la silhouette d'une masse indistincte et bâchée.

— Nous voilà à pied d'œuvre, s'enchanta le peintre.

— Ma voiture... souffla Boro qui venait de deviner l'affaire.

Tandis que les invités se répartissaient en un demi-cercle attentif, Fruges, flanqué de ses deux assesseurs, se dirigea d'un pas ferme vers le drapé afin de procéder à l'inauguration du monument.

Le visage illuminé par un large sourire de confiance, Boro échangea un regard complice avec Liselotte. Tous deux se tenaient au premier rang de la petite troupe à laquelle venaient de se joindre les femmes.

— Ils ont bien fait les choses, murmura le reporter en tirant son Leica de sa poche.

Il prit appui sur sa canne et visa au travers du télémètre afin d'apprécier la distance qui le séparait du sujet.

— F11 au centième, décréta-t-il à mi-voix. Avec la réverbération, il faut que je fasse attention ; c'est bigrement lumineux.

— Ne rate pas la photo, l'encouragea Liselotte, tu serais déshonoré !

Le père Jules cessa ses arpèges diatoniques et gratta pensivement ses tatouages abdominaux. Un silence écrasant tomba sur l'auditoire. Quelques insectes tournicotèrent autour des têtes.

Étayée par un roulement de caisse claire mené à la baguette par Tatave Charançon en personne, la voix de l'excellent Fruges prit son élan et s'affermit au fil des mots.

— Mes chers amis, la trame du temps ne défait pas le devoir que commande l'amitié... C'est pourquoi, même si elle enferme une part d'aventure, nous sommes présents au rendez-vous de la parole donnée. M. Boro, ici présent, nous avait confié son bien le plus cher... Les frères Charançon le lui rendent aujourd'hui avec des scrupules d'artisans inspirés. Mesdames, messieurs... Tatave et René ont jeté toutes leurs forces, tout leur savoir, dans la bataille de la restauration...

— Vise un peu le miracle ! dit Eugénie en se penchant à l'oreille de Fifine, sa voisine. On va drôlement se marrer !

L'orateur foudroya sa régulière du regard et conclut sa péroraison :

— Et maintenant, mesdames et messieurs, chers amis ! Vous allez voir ce que vous allez voir... à savoir...

Grâce à un cordage situé sur le côté, René Charançon fit glisser d'un seul geste la bâche qui masquait le chef-d'œuvre.

— A savoir...

Les applaudissements crépitèrent spontanément. Boro déclencha son obturateur. Dans son cadre, il découvrit, juchée sur une sorte d'estrade improvisée avec des planches, une limousine archichrome à la robe tricolore.

— A savoir... le modèle le plus carrossé de France !... tonitrua Fruges.

Un délicat vert d'eau soulignait l'allongement des ailes. Un gris distingué inscrivait le bombé des portières dans un demi-cercle complété, enjolivé par des nervures noires destinées à mettre en valeur la calandre. Cette dernière, d'un gabarit de squale, montrait une denture surchargée de reflets. Elle était encadrée par des phares à l'optique gigantesque doublés par une batterie de quatre projecteurs secondaires à longue portée. Enfin, le mufle de la voiture se terminait par une trompe apparente enchâssée dans l'effet flèche d'un pare-chocs massif.

— Une Aston Martin avec une pointe de Lagonda ! s'écria le peintre en bâtiment. Une anglaise avec des envies d'américaine et des chromes à la française ! Sur un châssis, mes amis, entièrement conçu par les frères Charançon. Admirez au passage la double poutrelle de pont de chemin de fer entièrement boulonnée puis brasée à la main ; également le fini de cette structure rigide qui met définitivement le véhicule à l'abri des collisions routières ou des malveillances des Camelots du roi !

— Ma voiture, prononça enfin Boro.

Avec des yeux incrédules, il s'approcha de la carrosserie et, cherchant à reconnaître les vestiges d'un aérodynamisme qui avait totalement disparu, commença à palper le contour des ailes très hautes et très enveloppantes qui s'étaient substituées à l'élégance des garde-boue d'origine.

— Roues à fils, commenta Tatave.

— Du pur gothique flamboyant, renchérit René.

— Une Packard Martin de presque une tonne cinq, ajouta Albert.

— Avec un volant en bois et un tableau de bord d'origine, compléta Boro lui-même, pour la plus grande satisfaction des ingénieurs.

— Oui, c'est cela, dit Fruges.

— Oui, oui, dit René Charançon.

— Oui, oui, oui, dit Tatave Charançon en faisant un pas en avant.

Et avant que le couturier de la tôlerie ait eu le temps de compter deux, il vit venir une montagne à la rencontre de son blase et ressentit une explosion sous son crâne.

— Je n'aurais pas voulu frapper si fort, s'excusa aussitôt Boro en se frottant le poing. C'est seulement parce que j'ai eu un chagrin fou.

Il enjamba le corps de Tatave et s'arrêta devant Fruges.

— Malgré le poids, elle se tape encore le cent à l'heure, bredouilla ce dernier.

— Je t'interdis de frapper Tatave ! s'interposa Liselotte.

Eugénie écarta la petite. Elle avait des fontaines dans les yeux. Elle pouffait de rire.

— Pochez-lui le nez, m'sieu ! encouragea-t-elle, et vous vengerez une honnête femme !

Boro ne bougea pas d'un centimètre. Il regardait son poing. Il se retourna du côté de sa chère voiture et fixa à nouveau Albert.

— Il est impardonnable ! renchérit Eugénie. Vous savez ce que je lui ai demandé il y a seulement huit jours ?

Après un court silence qui glaça les invités, Albert prit la parole :

— Elle m'a demandé : « Est-ce que ton ami sera content que sa bagnole de course ressemble à un char à bancs ?... »

— Et vous savez ce qu'il a répondu, m'sieu Boro ? s'enroua Eugénie qui s'accrochait à sa vengeance. Il m'a répondu : « Ravi ! C'est un garçon qui n'a pas peur du changement ! »

Le reporter baissa la tête et prit la main de l'ancien mineur.

— Merci pour tout, Albert, murmura-t-il avec complicité. Je m'habituerai à la nouvelle voiture. Les pare-chocs sont américains. Un peu plus lourds que les angliches, mais foutrement américains.

— C'est comme cela que je t'aime ! s'écria Liselotte en sautant au cou de Boro. D'ailleurs, je n'aime que les chevaliers !

Elle croisa le regard de Dédé Mésange. Les assistants paraissaient émus.

— Si au lieu de pisser de l'œil on allait danser ? proposa la grande Ginette.

— Excellente idée, madame, s'inclina Boro en relevant Charançon demeuré à terre. En avant, cher Tatave ! Entamez votre convalescence ! exigea-t-il en poussant l'autre devant lui.

Il tendit galamment un bras à Ginette, offrit l'autre à Eugénie dont l'esprit vindicatif fondit comme neige au mois d'août.

Boro avait retrouvé sa grâce et son humeur charmante.

— Viens-tu, Liselotte ? lança-t-il par-dessus son épaule. Si Tatave s'essuie le nez, il pourrait nous servir de chauffeur jusqu'à Joinville.

— A Joinville-le-Pont ! Hourrah ! plébiscitèrent les uns.

— A Joinville-le-Pont, pon... pon ! entérinèrent les autres.

— Je file chercher l'autobus, annonça René Charançon.

Juché en équilibre instable derrière l'un des murs d'enceinte, Charpaillez, qui avait suivi la scène, courut jusqu'à sa 201.

A Joinville-le-Pont, pon... pon !

— J'ADORE valser ! dit Liselotte avec des yeux de perle.

La taille enserrée par le robuste avant-bras de Dédé Mésange, elle s'abandonnait vers l'arrière. C'était un peu, pensait Boro, comme si le poids de son chignon défait allié au mouvement tournant conspirait pour donner à la belle jeune fille un inexorable élan vers l'amour.

Boro n'était pas dupe. Liselotte venait de faire la rencontre qui la séparerait à jamais de lui. Mésange l'avait cherchée du regard. Elle l'avait reconnu par le silence. Les yeux dans les yeux, ils tournaient, déjà fiancés par leurs bouches, par leurs mains.

Boro se tenait assis au bord de la piste. Il appuyait son menton sur sa canne et respirait l'odeur des amours mortes.

« Liselotte ne sera jamais mienne », pensait-il avec amertume.

Il laissa couler son regard sur les couples enlacés qui repeignaient la guinguette d'une mousse de robes et de pantalons. Musique de vertige, musique populaire, à l'endroit, à l'envers, la vrille de la séduction faisait tourner les têtes.

L'accordéon musette chipait Liselotte à Blèmia.

La rage au ventre et la peur d'être surpris en flagrant délit de jalousie, Boro se fraya un passage et ressortit dans la lumière du chemin. Il fit un moment les cent pas devant la terrasse de Chez Gégène — blanc-cass, panachés, fritures de goujons, parasols —, indifférent à la jeunesse qui n'avait guère plus que son âge, à ces taches de bonheur vivant qu'il côtoyait en exclu.

Tout au brouillard de son esprit chagrin, il croisa sans le voir le père Jules. Un rire de femme fit tressaillir le reporter. Plus fort que la détresse, son instinct de chasseur se réveilla.

Il rebroussa chemin en direction du bal. Sur fond de fresques murales laissées par les artistes peintres en guise de règlement d'ardoise, il repéra Olga Polianovna. La pierreuse était pâmée entre les bras de Casse-poitrine. Le voyou, la moustache enfouie dans la chevelure feu de sa partenaire, enroulait la valse avec un sérieux d'épiscopat. Blèmia ne tarda pas à localiser P'tit Sifflet pendu dans les vergues de la grande Ginette, puis repéra la Grenade. Casse-poitrine, la pogne aussi chercheuse qu'une canne d'aveugle, se frayait une sente dans le dos d'Eugénie. Au pied de l'estrade des musiciens, Fruges carburait au petit blanc glacé. Il était aussi clair qu'une neige.

Boro chercha Liselotte des yeux et ne la trouva point. Son regard s'assombrit. Obsédé par une seule idée, il aurait voulu traverser les airs et découvrir parmi le flot des danseurs le bleu de sa robe de mousseline. Ses traits se creusèrent. Il se trouva bientôt gris de contrariété. Ses poings étaient serrés. Il se sentait capable de tuer tous ceux qui passaient au bord du parquet. Il n'osait pas aller jusqu'au bout de sa pensée. Liselotte et Dédé Mésange ?

Il fit quelques pas.

Les oreilles bourdonnantes, il entendait s'abattre sur ses tympans le frissement d'une grêle de flèches. Il était jaloux !

— Liselotte ! hurla-t-il.

La batterie, les cymbales, la contrebasse lui répondirent par du roulé-glissé, par des cliquetis et du tempo. La houle des danseurs se soulevait, roulait jusqu'aux coins sombres comme la vague que porte la nuit. Le bonheur inscrit sur la figure, les gens passaient, indifférents.

Boro se retourna avec agacement lorsqu'une main lui tapota familièrement l'épaule. Il découvrit la haute stature de Pépé l'Asticot, qui lui tendait une assiette de saucisses fumantes.

— Patron, une paire de chaudes ?

Il fit un signe négatif. Ses yeux se perdirent à nouveau dans la foule. Il lui sembla qu'il voyageait pendant cent années à la recherche de Liselotte. Le hareng pendait toujours à ses basques. Boro chercha une de ces phrases anodines qu'il aurait prononcées en temps ordinaire.

— Alors, Pépé, ce travail de surveillance... pas trop fastidieux ?

— On fait aller. Le plus dur, c'est l'attente. Tout à l'heure, vous avez failli nous piéger en déhotant à l'improviste. Pour une fois qu'on allait se mettre à table... Heureusement qu'on vous a vu passer dans votre drôle de caisse à savon...

— Caisse à savon ?

— Ben oui, votre bouillotte à moteur ! J'en avais jamais vu de pareille.

— Vous ne risquez pas, l'Asticot, dit Boro au comble de l'humiliation. C'est un modèle en avance sur son temps.

Le marlou prit l'air dubitatif. Il alluma une Naja, tira sur sa braise et rejeta la fumée par le nez.

— Avez-vu Mlle Liselotte ? demanda Boro.

— C'était donc ça ! Ouida, je l'ai vue, la marsouine !

— Où est-elle ?

— Elle prend une leçon de canotage avec un coquin. Mam'zelle Liselotte a tout l'air de vouloir s'engouffrer dans la vie...

— Que voulez-vous dire ?

— Qu'il se pourrait qu'elle brûle les étapes.

Boro s'emporta :

— Et vous n'avez rien fait pour empêcher cette enfant de se jeter au cou du premier venu ?

— Elle était volontaire. Elle a pris le jeune homme par la main. Ils ont vogué vers le large et ont pris pied sur l'île Fanac.

— Et si les salopards qui sont après elle essaient de la kidnapper ?

Pépé l'Asticot tira à nouveau sur sa tige.

— Voyez-vous, m'sieu Boro, c'est l'expérience qui vous parle... Dans la position allongée où ils se trouvent, les tourtereaux dépassent pas beaucoup des herbes. Rien à redouter.

— Mais enfin ! Vous devez veiller sur elle !

— On n'est pas payés pour faire les mœurs, monsieur le photographe ! Seulement la criminelle.

Boro s'élança dehors.

Il se sentait ridicule. Il chercherait un chauffeur d'occasion pour conduire sa voiture absurde. Il ne pensait plus qu'à rentrer.

A trois cents mètres en aval, juché dans un saule, Charpaillez tenait la petite Liselotte et son amoureux dans les cercles de ses jumelles. Sa vilaine toux l'avait reprise.

Liselotte et Dédé Mésange avaient su trouver un buisson en fleur qui proposait depuis longtemps l'asile de sa grotte à des générations d'amoureux. L'herbe alentour était pleine de pissenlits et de pâquerettes. Le fugitif et l'étudiante s'étaient tout dit. Elle savait qu'il était injustement poursuivi. Il connaissait son amour des études.

Ils s'étaient goinfrés de baisers. D'abord gauchement. Ensuite avec emportement. Ils avaient mêlé leurs souffles. Liselotte, qui s'était laissée aller sur le dos, regardait maintenant le garçon fixement.

— Enlève tes lunettes, commanda-t-elle. Elles ne te vont pas.

— De simples bouts de verre, dit Mésange. Je raserai aussi ma barbe.

Il l'embrassa délicatement, et elle lui caressa la ligne des épaules.

— Tu sais, souffla-t-elle, c'est fantastique de toucher un corps.

Elle se souleva un peu et, encadrant l'ovale de sa frimousse dans la parenthèse de ses paumes réunies autour de sa bouche, exigea qu'il l'embrassât calmement.

Les doigts du garçon dérivèrent jusqu'à son cou et ses épaules. Doucement, ils arrivèrent en lisière de ses seins. Liselotte ouvrit ses mains.

— Je suis toute neuve, murmura-t-elle. Tu ne me feras pas mal ?

Le monde était soudainement vide.

Elle sentit le corps du jeune homme prendre la mesure du sien. S'imprimer sur le verre chaud de son ventre. Elle attendit, immobile, qu'il la débarrassât de sa robe, et quand il entra en elle, corps et âme, elle entrevit un éclair bleu parce qu'elle mordait son foulard.

Sur la rive, Charpaillez dégringola de son arbre. Quelques instants auparavant, il avait observé dans ses lentilles grossissantes le moment où le jeune homme avait ôté ses lunettes. Visage tourné vers la lumière, l'adolescent souriait.

— Malandieu ! pesta le policier. Et si c'était vrai !...

Il s'éreintait sur la berge. Trois cents mètres à parcourir pour rejoindre sa voiture.

Une fois derrière son volant, il sortit un porte-documents du vide-poches et en fit l'inventaire.

Il commença à fourgonner dans un dossier portant la mention « Affaire du fort d'Ivry ». La photo que lui avait communiquée la préfecture n'était-elle pas celle du garçon qu'il venait d'apercevoir en train de faire le coq ?

Il mit la main sur le cliché.

Il gribouilla une barbiche sur les joues glabres de l'adolescent. Ah, la gueule ! Pas de doute ! Dédé Mésange ! Le petit communiste qu'il avait sauvé de la muscade ! C'était lui !

Il sortit son calepin.

« Mais alors, nota-t-il, ne serais-je pas tombé par hasard sur un grand complot communiste ? La jeune Liselotte Declercke (voir adresse à ce nom), avec ses yeux d'ange, ses dix-sept ans à peine révolus — le grand reporter, avec ses entrées dans le monde — les deux frères Charançon (adresse encore inconnue) — l'artisan peintre Albert Fruges (domicilié chemin du Bras-du-Chapitre, à Créteil) — et son ancien commis : Mésange André, François, Marie, ne constitueraient-ils pas les branches d'une même organisation révolutionnaire de gauche ? »

Et Charpaillez, jaune dans sa peau, d'ajouter cette phrase teintée d'humilité : « Spécialiste des conspirations de droite, dois-je avouer que je n'y vois pas clair dès qu'il s'agit de distinguer l'Union communiste, *la Révolution prolétarienne* de Monatte, le Rayon Saint-Denis de Doriot, l'Union anarchiste, la Fédération communiste libertaire, les trotskistes et l'ordinaire PC d'obédience stalinienne... Quant aux ébats du sexe, ils ne me regardent pas. »

Boro cherchait un chauffeur.

Sa hargne ne se calmait pas.

Il remonta en claudiquant le sentier caillouteux et longea la kyrielle de cafés-restaurants et de bals musettes qui jalonnaient le parcours de la rivière.

Il aborda plusieurs personnes au culot, mais, chaque fois qu'il s'adressa à un candidat qu'il jugeait digne de conduire sa voiture, il se trouva en butte à des refus exaspérés ou à des réponses amusées. Quoi ? Il avait une bagnole et ne savait pas s'en servir ?

— Je sais mieux que vous, répondait-il invariablement. Seulement, l'état de ma jambe ne me permet pas de conduire.

Il songea à rebrousser chemin et à mettre Fruges à contribution, mais renonça, sachant par avance que le peintre ne voudrait pas céder le terrain tant qu'Eugénie serait entre les bras de Cassepoitrine. Il envisageait de faire appel à l'un des marloupins de Pépé l'Asticot lorsqu'une voix familière le héla.

— Eh ! Borop'tit !

Il se retourna.

— On ne salue pas les vieux amis ?

Un hasard providentiel se tenait devant lui. Il était incarné par un grand Noir portant un canotier en paille d'Italie. Un anneau doré brillait à son oreille.

— Scipion ! Scipion l'Africain !

Les deux hommes se jetèrent l'un au-devant de l'autre. Ils se prodiguèrent des accolades à déraciner un arbre. Ce faisant, un tourbillon de souvenirs bataillait dans leurs cervelles respectives.

— Scipion ! répétait Boro, enchanté par ce prodige qui tenait du miracle.

— Borop'tit, t'es toujours le même ! décréta le Noir en regardant son ami, poings sur les hanches.

— Et toi ! Je reconnais même ta boucle d'oreille !

— Tu te souviens à qui elle était ?

— Au peintre Foujita !

— Bravo !

A nouveau, ils s'étreignirent avec émotion.

— Tu te rappelles de la course folle entre la Bugatti Royale et la Duesenberg de Douglas Fairbanks Junior ?

— Pas Douglas Fairbanks Junior, Borop'tit ! Gary Cooper !

— Je parie que tu n'as pas retenu le nom du portier du Regina Palast, à Munich !

— Herr Rumplemayer !

Boro acquiesça :

— Eh oui !... Cher oncle Rumple, plus chamarré qu'un général !

— Il m'avait attribué une chambre sous les combles... Il n'aimait pas beaucoup les nègres, celui-là !... Et tu te rappelles comment tu te présentais ?

Et tous les deux en chœur :

— Blèmia pour le prénom, Borowicz pour le nom, Boro pour la signature !

Boro entraîna son compagnon jusqu'à une terrasse. Sous la tonnelle, ils tordirent le col d'une bouteille de vin d'Alsace sans même s'en apercevoir. Lorsqu'ils eurent fini d'évoquer le chancelier Hitler, sa pétomanie, les péripéties qui les avaient opposés à Friedrich von Riegenburg et aux chemises brunes du café Luitpold, Scipion se permit de poser une question qui lui brûlait les lèvres :

— Et ta cousine Maryika, Borop'tit ? L'as-tu épousée ?

— Non. Maryika Vremler a quitté ma vie. Et c'est mieux ainsi, sans doute. Elle respire en Amérique.

— Ah... Je te demande pardon.

Boro sourit à son ami.

— Ce n'est plus grave. Ce n'est plus aussi grave. Et toi ?...

— Moi ?

— Ta liberté ?... Les femmes ?

— Oh ! je ne suis plus marié... Mais j'ai tenu parole pour le nombre des enfants.

— Combien en as-tu ?
— Dix, à peu près.
— Qui t'a donné les deux derniers ?
— Ma fiancée. C'est elle qui a voulu les mettre en route.
— Par amour ?
— Parce que personne ne voulait lui en faire.
— Pourquoi ?
— Elle est trop moche. C'est presque une naine.
Scipion éclata d'un rire franc. Boro le regardait, les yeux mouillés.
— C'est elle qui m'a amené ici cet après-midi. Elle est riche, peintre, et elle a une voiture. Elle me dépose chaque dimanche au bord de la Marne. Elle me dit : « Amuse-toi ! Je te reprendrai plus tard. » Et pendant qu'elle pose son chevalet devant un paysage, je danse et j'en profite, mais pas trop !
Boro détourna la tête :
— Où se trouve-t-elle ?
— Elle est occupée à brosser une toile à l'endroit même où Van Gogh a peint *le Restaurant de la Sirène*.
— Allons-y !
— Si tu veux. Mais pourquoi cette insistance, Borop'tit ?
— Parce que tu vas me raccompagner chez moi au volant de ma voiture et que nous allons l'en avertir.
— Tu as perdu ton chauffeur ?
— J'ai retrouvé un ami.
— Je parie que tu as une belle sportive. Un coupé... Un roadster qui file comme le vent.
Scipion se mit à rire à cette perspective de vitesse.
— Tu tiendras le volant. Je te ferai passer les vitesses !
— Oh ! je n'y tiens pas, répliqua Boro. Cette voiture n'est pas faite pour aller vite. Seulement pour résister aux chocs.
Scipion afficha soudain une moue sérieuse.
— Moi, une naine riche, constata-t-il, et toi, une voiture qui n'avance pas. Nous avons beaucoup changé...
Avec seulement le blanc de ses yeux, il parvenait à se fabriquer une bouille vraiment triste.
— Ami ! Tu es fait pour rire, dit Boro.
Le Noir se leva.
— Un petit tour ou un grand tour ?
— Un petit tour. Jusqu'à Paris.
— Pour Paris, en voiture ! s'écria Scipion.
Et il glissa une œillade à son compagnon.

CINQUIÈME PARTIE

La France avec nous !

Le coin des Hongrois

Le quatrième dimanche du mois de mai, le 24 exactement, Boro fut tiré de son sommeil par un coup de sonnette. Le son aigrelet résonna dans le couloir, traversa la grande salle, passa au travers de la porte de sa chambre et investit douloureusement sa boîte crânienne où il devint boucan, écho puis ondes, avant de pétiller dans son conduit auditif gauche — le droit étant protégé par le duvet moelleux de l'oreiller.

Il ouvrit un œil et consulta son bracelet-montre : il était seize heures. Il avait passé la journée précédente à Bruxelles pour y photographier le chef du mouvement rexiste, Léon Degrelle, dont les accents violents et démagogiques venaient d'être couronnés par un succès aux élections législatives.

Il se leva, enfila un peignoir en éponge et s'en fut, clopin-clopant, à l'autre bout de l'appartement.

C'était Liselotte. Elle avait sa bouille des bons jours, un chemisier léger, une natte printanière et les joues roses.

— Monsieur a vu l'heure ?

— Monsieur est rentré tard, fit-il en étouffant un bâillement.

Il s'écarta pour la laisser entrer.

— Il a fallu que je passe à l'agence en sortant de la gare... Je me suis endormi à huit heures.

— Dépêche-toi : on t'attend.

— Déjà ! fit-il avec une grimace.

Il montra le soleil qui pénétrait à flots par les verrières de la grande salle.

— On pourrait aller se promener, musarder un peu...

— Mais c'est exactement ce que je te propose ! Saute dans un pantalon et je t'emmène !

— Où ?

— Mais au Père-Lachaise, naturellement !

— Naturellement ! répéta-t-il en soupirant.

Elle le bassinait depuis quinze jours déjà pour qu'il l'accompagnât devant le mur des Fédérés où la gauche s'était donné rendez-vous afin d'honorer les morts de la Commune.

Certes, et il le lui avait dit, il aimait assez marcher entre les tombes du cimetière. Il éprouvait en outre une grande admiration pour les communards, pour la bravoure dont ils avaient fait preuve face aux Versaillais de M. Thiers. Mais les manifestations procédaient d'un langage qui lui était étranger.

A Budapest, dans sa jeunesse, il avait fait le coup de poing contre les policiers qui chargeaient les chômeurs près du Musée agricole. Il ne s'agissait pas de rassemblements pacifiques. Il lançait des pierres contre les flics du dictateur Horthy, qui attaquaient à cheval et sabre au clair. A Dieu ne plaise ! Il s'agissait alors d'autres charges que celles menées par les pèlerines roulées des hirondelles parisiennes ! Boro avait assisté à des heurts d'une rare violence dont les paroxysmes ensanglantaient les fronts, brisaient la colère du peuple, éparpillaient l'élan des plus hardis comme volée de moineaux, laissaient sur la chaussée dégagée par la cavalerie une vingtaine de corps inertes.

A Paris, Boro sacrifiait parfois au rituel des manifestations pour le seul plaisir de se retrouver parmi ses amis, ceux que Baross appelait les « Hongrois ». Il n'aimait pas marcher, il n'aimait pas crier, rien ne lui était plus étranger que les slogans condamnant une politique intérieure dont il ne saisissait pas toujours les infinies subtilités. Il n'éprouvait aucune réticence à l'égard des radicaux, des socialistes ou des communistes. Simplement, il ne les comprenait pas. Lui, il lui fallait photographier, déjouer, s'impliquer ou se taire. Il était l'ennemi des demi-mesures. Un peu demeuré dans ce domaine, songeait Liselotte, pour qui, désormais, Zyromski n'était pas Marceau Pivert, et qui, si elle avait eu le droit de voter, n'aurait pas donné sa voix avant de s'être fait minutieusement expliquer le programme.

Avec son cœur, avec sa foi de suffragette, elle avait tant et tant insisté que Boro avait fini par lui céder, seule manière d'échapper à une guerre de tranchées qu'elle eût gagnée le lendemain ou le surlendemain en l'obligeant à se racheter par un reportage engagé qu'elle aurait publié dans le journal de la fac de droit.

Par cet après-midi de mai, il suffit donc à la jeune fille de lui rappeler sa promesse pour qu'il abdiquât, emportant armes et bagages dans la salle de bains où il se lava, se rasa et se vêtit.

Tandis qu'il accomplissait ces gestes de la vie quotidienne, Blèmia méditait sur les nouveaux rapports qui s'étaient instaurés entre sa petite amie Liselotte et lui-même.

Fi des illusions perdues ! Notre séducteur avait admis sans acrimonie que les liens qui les avaient enserrés étaient à la fois trop forts et trop empreints d'affectivité pour tracer un chemin raisonnable sur la carte embrouillée de la vie.

Liselotte avait dix-sept ans. Elle dilapidait le temps avec l'inconscience de la jeunesse. Dédé Mésange, avec sa disponibilité de reclus, sa hargne contre l'injustice, était la parfaite réponse à ses gourmandises revendicatrices, à ses explorations utopiques. Boro savait que, deux fois par semaine, les deux amants avaient rendez-vous au bord de la Marne, où ils retrouvaient le vertige de l'amour. Il savait cela, et aussi le reste. En fait, il savait tout.

Un chèque renouvelable chaque quinzaine avait fait merveille sur les esprits chagrins. Pépé l'Asticot avait annoncé à ses confrères que leur fructueux négoce de trottoir ne pâtirait pas de l'éloignement de certains à la campagne, pourvu qu'on consentît à s'associer. Pour plus d'équité, il suffisait, somme toute, de procéder à un roulement du personnel.

Revigorés par la manne généreusement dispensée par le reporter, P'tit Sifflet ou Casse-poitrine, la Grenade ou bien Ramier se relayaient à la filoche avec une grande conscience professionnelle. Et ils rendaient compte. De son côté, l'Asticot, promu juge de paix du macadam, était chargé d'aller relever les compteurs de ces dames. Les voyous, parés pour tous les combats contre la lopaille du sieur Cosini, partaient pour les rivages de verdure enfouraillés comme des croiseurs de haute mer.

Ce fichu 24 mai, lorsque Boro revint dans la grande salle, Liselotte lui avait préparé un café qu'il but debout, après quoi ils s'en furent, en taxi, jusqu'au cimetière du Père-Lachaise, boulevard de Ménilmontant, Paris XXe.

La voiture les déposa au carrefour des Amandiers. La foule, dense en deçà de Notre-Dame-de-Secours et jusqu'à Philippe-Auguste, s'égaillait à leur niveau en petits groupes joyeux et bavards. Des étudiants arborant les trois flèches socialistes à la boutonnière vendaient *le Cri des jeunes*. Boro acheta le journal et le glissa dans la poche intérieure de son veston. Liselotte prit son bras et le conduisit jusqu'au trottoir.

— C'est la première fois que nous allons à une manif ensemble, déclara-t-elle d'un ton enjoué.

— On inaugure...

— Si tu veux photographier les têtes couronnées, il faut aller du côté du Mur.

— Je n'emporte jamais d'appareil dans les manifs, rétorqua-t-il. Quand j'y vais, c'est pour manifester.

— Belle hauteur de vues ! approuva Liselotte en ponctuant sa phrase d'un ricanement moqueur.

Elle le connaissait assez pour savoir qu'il employait des tournures définitives lorsqu'il voulait marquer sa mauvaise humeur. C'était son côté enfant. Pour l'heure, il lui faisait payer son insistance, grâce à laquelle il se trouvait là.

Elle le taquina :

— Le Front populaire vaut bien que tu te déplaces, non ?

Il ne répondit pas.

A vingt mètres, on apercevait les premiers calicots, quelques drapeaux rouges déployés. Des chants montaient de l'entrée principale. Quelques slogans leur parvenaient. Le boulevard de Ménilmontant était noir de monde.

— Plongeons carrément, fit Boro. Tant pis si je déteste les bains de foule !

Il hâta le pas, longeant les hauts murs.

A l'approche de la rue de la Roquette, les rangs des manifestants s'épaississaient encore. Ils croisèrent de jeunes militantes communistes affublées des costumes de 1793, des socialistes chrétiens exhibant des croix ornées de faucilles et de marteaux, des prolos en casquette offrant des portraits de Louise Michel, de Victor Hugo, de Jules Vallès, de Courbet et, plus étonnant, des effigies de Balzac et de Rabelais. Tous scandaient ce cri qui semblait être devenu le mot de passe des Parisiens depuis le début de la campagne électorale : « Des soviets partout ! »

Liselotte suivait Boro, qui descendait toujours. Ils passèrent devant un groupe de jeunes conscrits dont la banderole provoquait rires et approbations : « La soldatesque versaillaise de 1871 assassina la Commune. Les soldats de Versailles, en 1936, la vengeront. »

A droite, côté XIe, policiers et gardes mobiles formaient une haie passablement élastique que les retardataires franchissaient sans se voir opposer le moindre refus. La troupe fraternisait avec le peuple, le peuple chantait *la Carmagnole*, on buvait du vin, on tapait le carton sur des caisses en bois posées au sol. La fête était partout, la trêve régalait Paris, le printemps fleurissait.

Boro se laissa prendre à ce parfum heureux et bon enfant qui, jusqu'à l'été, allait embaumer les quartiers populaires et les usines de la petite couronne. Communistes et socialistes avaient décapité l'hydre de la guerre, dont le mufle s'était approché jusqu'en Sarre quelques mois auparavant. La paix était là, on pouvait courir, le vieux monde était derrière soi.

Une voix chanta :

« Vas-y Léon,
Défends ton ministère !
Vas-y Léon,
Cramponne-toi au guidon ! »

Boro chanta lui aussi, battant la mesure avec sa canne.

— Au Mur ! cria-t-il.

Liselotte sur les talons, il revint vers le trottoir. Devant l'entrée principale du Père-Lachaise, Maurice Thorez donnait un bras au camarade Marty et l'autre à Blum, l'aristocrate. Celui-ci avait échangé son chapeau noir à large bord contre un feutre gris plus simple. Son visage n'avait gardé aucune trace de la rixe dont Boro avait été témoin.

— On est au moins deux cent mille ! s'écria Liselotte.

— Plus ! répondit une jeune fille qui se trouvait non loin. Trois cent mille !

— Vous n'y connaissez rien ! contesta un homme plus âgé, tout vêtu de noir.

Il montra les officiels, au premier rang.

— Avec ces canailles-là, on arrive au demi-million.

— Si Louise Michel voyait ça ! murmura un troisième personnage qui marchait entre la jeune fille et l'homme en noir.

— Laisse ma mère en paix. Elle est au bagne !

L'homme sortit une pipe de sa poche et la montra à ses deux compagnons.

— Je vais l'offrir à Maurice. C'est la plus immonde de ma collection.

La pipe était gravée à l'effigie de Thorez.

— Il déteste Staline et ses descendants, expliqua la jeune fille.

Boro la dévisagea. Elle avait les yeux verts, les cheveux brun-roux, elle était grande et prenait possession du monde comme un lever de soleil. Elle suivit l'homme en noir et disparut dans la multitude où, le regard perdu, Boro l'accompagna le plus longtemps possible.

— Tu pourrais peut-être oublier ton passe-temps favori ! gronda gentiment Liselotte en le prenant par le coude. C'est férié, aujourd'hui...

Des chants montaient de la rue de Mont-Louis. Ils furent repris sur le boulevard. Boro contourna les premiers rangs et, emmenant Liselotte derrière lui, emprunta le boulevard de Charonne puis la rue de Bagnolet jusqu'au mur des Fédérés. Ici encore, la foule était dense. Les drapeaux rouges claquaient au vent. Des yeux, Boro cherchait les Hongrois. La plupart du temps, ses amis se retrouvaient dans le ventre mou des manifestations, là où les partis se séparent. Ce jour-là, ils s'étaient rassemblés dans la rue des Pyrénées, entre les socialistes de la Seine et les radicaux du Nord.

Ils accueillirent notre reporter à grands cris, applaudissant des deux mains son entrée parmi eux. Il fut fêté, étreint, embrassé. Liselotte, qui ne connaissait que quelques visages pour les avoir croisés passage de l'Enfer, fut saluée dans des langues inconnues d'elle, puis présentée aux uns et aux autres après que Blèmia eut dit qu'elle s'appelait Liselotte. Le même traitement fut réservé à Béla Prakash lorsqu'il les rejoignit, puis à une femme minuscule qu'ils appelèrent Babouchka et placèrent d'autorité sur les épaules d'un colosse vêtu d'un caftan bleu pâle.

Il y avait là tout ce que Paris comptait d'immigrés et de métèques, ceux que la fine fleur d'Action française rêvait de bouter hors du pays : Allemands exilés par les nazis, Italiens, Polonais sans travail, Bulgares condamnés à mort par le roi Boris... tout un peuple de sans-papiers qui se retrouvait quatre fois l'an, reformant le temps d'un slogan le timide contingent des différences. Se joignaient à eux quelques Parisiens qui n'avaient pas trouvé leur place ailleurs, ainsi qu'un chapelet de Russes blancs perclus de souvenirs et d'amertume.

Liselotte n'eut besoin que de deux minutes pour mesurer la puissance des liens qui unissaient le coin des Hongrois à Boro. Lui et les autres ne faisaient qu'un. Certes, ils ne se ressemblaient pas ; certes, ils ne parlaient pas la même langue ; aucun vêtement n'était semblable ; certains étaient riches, d'autres pauvres. Mais tous ces hommes avaient en commun de n'être aucunement confondables avec ceux qui précédaient et suivaient, les militants d'une gauche qui, pour généreuse qu'elle fût, restait d'abord et avant tout nationale. Sur les pas de Boro, Liselotte découvrait le ban des exclus.

On lui offrit de l'aquavit et de la vodka. Alentour fusèrent des cris que le groupe des Hongrois reprit, égratignant les noms propres et rognant les syllabes. Quelques-uns discutaient sans se soucier des mots d'ordre ; d'autres tentaient d'imposer leurs propres slogans, amplifiés par une demi-douzaine de bouches qui dérapaient ensuite sur une *Internationale* chantée pour partie en hongrois et pour partie en italien. On riait beaucoup. Solidement maintenue par l'homme au caftan, la Babouchka trépignait pour descendre, hurlant qu'elle n'acceptait pas de monter sur les épaules d'un homme qui criait : « Des soviets partout ! »

Liselotte observait tout cela, étonnée, disponible, portant parfois à la bouche le goulot d'une bouteille qu'on lui tendait et qui contenait un alcool fort, indéfinissable.

Boro avait disparu au milieu de ses amis. Il réapparaissait de temps à autre, le bras entourant les épaules d'un inconnu, riant, parlant fort une langue que la jeune fille ne comprenait pas.

Il s'approchait d'elle, criait : « Viens donc ! » et il l'entraînait plus loin avant de la perdre à nouveau entre des Polonais ou des Tchèques, des Bulgares ou des Roumains.

Jamais Liselotte n'avait vu cet homme qu'elle admirait tant oublier à ce point qui il était et ce qu'il avait à faire. Ou plutôt, elle découvrait en lui une capacité de jouer et de faire l'enfant dont elle ne l'aurait pas cru capable. Même chez lui, passage de l'Enfer, lorsque la grande pièce était emplie des volutes de ces émigrés bavards et créateurs, il ne se départait pas d'une infime raideur. Liselotte comprenait pour la première fois, à le voir ainsi gesticuler parmi ses compagnons, l'intime fêlure qui était en lui. Voilà donc à quelle secrète pudeur sacrifiait son respect humain lorsqu'il se transformait en hôte ! Il voulait traiter en rois des compagnons qui, pour la plupart, ne possédaient rien — ou pas grand-chose. Ici, tous étaient semblables. Boro riait comme sans doute il riait à Budapest, lorsqu'il était un jeune homme libre et insouciant. Il parlait sa langue, il buvait les bouteilles de sa jeunesse, il retrouvait une parcelle de son pays.

Liselotte songea qu'elle n'avait rien à faire dans le coin des Hongrois. Comme elle allait tourner les talons, des mains saisirent ses épaules, on se plaça devant elle et on dit que, étant arrivée avec Blèmia, elle ne repartirait qu'avec lui. Et on appela Boro. Il revint. Il avait l'œil brillant et la joue rouge.

— Regarde ! dit-il.

Il tendit la main vers le mur des Fédérés. Léon Blum avait pris place sur une estrade habillée de tricolore. La Babouchka, toujours juchée sur les épaules de son cosaque, mit ses mains en porte-voix et cria quelques mots incompréhensibles pour Liselotte. Dix rangs plus loin, une autre voix enfla. Puis une troisième.

— Que disent-ils ? demanda Liselotte.

— Ils saluent Blum en parodiant Maurras...

— C'est-à-dire ?

— La lie des faubourgs, traduisit lentement Boro, les quasi-étrangers presque sauvages, l'élément juif métèque salue le haut fonctionnaire gavé de pensions et de retraites, Léon Blum...

Il y eut charivari. A côté d'eux, un grand échalas qui ressemblait à un gitan hurla trois mots en levant les deux poings.

— Le gentleyoutre Blum, traduisit Boro. C'est comme ça qu'ils l'appellent à l'Action française.

On applaudit le député, on leva des bouteilles à sa santé, puis on se tut pour l'écouter.

Blum parla clairement mais doucement, d'une voix de basse élégante, les lorgnons posés sur le nez, la moustache tombante et le geste rare. Il salua les fusillés de Satory, les bagnards déportés, les morts de la Commune. Il fit acclamer ceux de 1871, assura que la victoire du Front populaire serait aussi la leur. Son discours fut bref. Six cent mille personnes l'écoutèrent dans un silence de plomb. La proximité du Père-Lachaise conférait au rassemblement un aspect solennel, presque tragique, qui serra le cœur de Liselotte le temps d'une pensée noire. Mais elle l'écarta vivement et lorsque Léon Blum eut achevé son discours, ses songes avaient quitté le sombre suaire de la mine.

Cris et applaudissements durèrent au moins vingt minutes. Lorsque les rangs commencèrent de s'ouvrir, un homme grimpa sur le toit d'un kiosque et, le visage tourné vers les Hongrois, cria :

— On va chez Doubrovsky !

Boro posa sa main sur la nuque de la jeune fille.

— Viens avec nous, dit-il.

Il la prit par le bras et ils descendirent le boulevard de Charonne en compagnie des Hongrois. Ils chantaient et dansaient, apostrophaient les passants, leur proposant même à boire.

Ils remontèrent le boulevard de Ménilmontant et pénétrèrent

dans le cimetière par la grille principale. Ils étaient une vingtaine, hommes et femmes, qui suivirent la longue allée bordée de cyprès et lancèrent des imprécations en passant devant le mausolée de Thiers. Prakash, le Choucas de Budapest, menait la danse.

— Où va-t-on ? demanda Liselotte.

— Mais chez Doubrovsky ! s'écria Boro.

— Où habite-t-il ?

— Ici !

Il montra les tombes.

— On y vient de temps en temps pour lui faire un peu de compagnie.

Il riait, lui aussi. Liselotte renonça à comprendre et se laissa guider sans plus poser de questions.

Ils tournèrent à droite, passant devant les lourds édifices des maréchaux de l'Empire.

— Aucun n'a souffert, s'écria un jeune homme au teint blanc qui fermait la marche. Et savez-vous pourquoi ?... Parce que les Versaillais avaient appris à diriger leurs tirs. Feu sur la Commune, mais on ne touche pas aux quartiers de la noblesse !

— Marche ! gronda le cosaque en caftan qui allait à son côté. On n'est plus là pour faire de la politique.

— Mais c'est de l'Histoire !

— Alors bois !

D'autorité, il lui mit une bouteille sous le nez. Le jeune homme la porta à la bouche, renversa la tête et but. Le cosaque le regarda avec désarroi.

— Arrête ! s'écria-t-il après dix secondes. C'est du schnaps !

— C'est meilleur que le lait, constata le jeune homme en lui rendant la bouteille.

La bande emprunta une allée de gravillons, marchant à la queue leu leu entre des mausolées aussi hauts que grotesques. Puis on s'enfonça entre de simples dalles à demi recouvertes de terre. On passa devant le gisant vert de Blanqui, celui, beaucoup plus élégant, de Victor Noir, et on redescendit côté nord. Une grosse femme aux lèvres pourpres s'approcha de Boro, s'empara de sa canne et la fit tournoyer en l'air avant de la rattraper habilement par le pied. Elle la fit basculer en une seconde et la récupéra par la poignée.

— Tu as retenu la leçon ? demanda-t-elle en déposant un baiser sonore sur le front de Blèmia.

— Regarde...

Il refit exactement les mêmes gestes. Mais à la fin, plutôt que de reprendre son stick par la poignée, il tendit le poignet pour que le lacet s'y glissât.

— Tu es devenu beaucoup plus fort que moi, fit la grosse femme avec une moue ravie. Si tu l'avais voulu, tu serais mon seul héritier... Quel bêta tu as fait !

— Rosaria, fit Boro en présentant l'inconnue à Liselotte... Elle était dompteuse et elle est devenue jongleuse. C'est elle qui a donné ses premières leçons de fouet à Gustave Le Rouge. A moi, elle a appris à manier la canne comme une épée.

— Tu étais bien maladroit à l'époque ! Maigre comme un gigolo et coureur de fesses comme j'avais jamais vu !

Elle se pencha vers Liselotte, l'examina d'un seul coup d'œil et ajouta :

— Z'êtes pas son genre, mam'zelle. Quoiqu'il ait aucun genre, faut bien se l'avouer. Quand il est arrivé à Paris, il cherchait son salut entre les bras des femmes. Peu lui importaient la taille et la corpulence !

— Quand il survenait, on cachait les plus montrables ! repartit un grand gaillard barbu qui marchait devant eux.

— Mais il les trouvait quand même ! s'écria Rosaria.

Elle fit une petit moue et ajouta pour Liselotte :

— Sauf moi. Il suffit de voir mon ventre pour comprendre ma solitude. Faut me prendre la nuit. Alors on voit rien... Mais lui (elle montra Boro), il avait un œil de lynx. Qu'est-ce que je pouvais y faire ?

— Me le proposer ! s'écria Boro.

— T'aurais jamais voulu !

Il s'arrêta, se pencha sur Rosaria et l'embrassa à pleine bouche. Elle demeura là, les yeux écarquillés par la surprise, puis elle recula d'un pas et lui décocha une baffe. Boro porta la main à sa joue.

— Je t'avais proposé quelque chose ? demanda Rosaria en le toisant de haut en bas.

Aussitôt après, elle ferma les yeux et dit :

— Maintenant, tu peux recommencer. Mon honneur de jeune fille est sauf.

Boro éclata de rire et, prenant Liselotte sous son bras, poursuivit son chemin derrière les autres.

Ils glissèrent à travers des herbes hautes et s'arrêtèrent enfin devant une sépulture recouverte par la terre.

— Voici notre ami Doubrovsky, fit Boro en tendant la main vers la tombe.

Liselotte s'approcha et découvrit l'épitaphe : « Vladimir Doubrovsky, ange déchu et pilier de bar, né en 1904 à Kikinda, mort en 1933 chez Capoulade. »

— Qui était Doubrovsky ? demanda-t-elle.

— Elle ne sait pas qui est Doubrovsky ! s'écria Prakash... Blèmia, tu as manqué à tous tes devoirs ! Vas-y ! Dis-lui ! Rattrape ta faute !

Boro fut devancé par Pierre Pázmány. Le jeune homme grimpa sur la tombe de Doubrovsky et exigea un verre. On lui en tendit un, qu'il remplit de vodka avant de le lever et de porter le premier toast de la nuit.

— Camarade Vladimir, s'écria-t-il d'une voix grave en regardant la pierre tombale entre ses pieds, nous sommes ici ce soir pour boire et partager avec toi. Au sortir de l'hiver, tu disais qu'on a toujours soif ! A toi la première gorgée !

Il laissa choir le verre, qui se brisa sur la dalle. Tous attendirent dans un silence respectueux que la pierre eut absorbé l'alcool. Alors, Pázmány se retourna vers l'assistance et confia à mi-voix :

— Il a toujours la même descente. On peut l'applaudir.

Lorsque le hourvari cessa, le Hongrois demanda un deuxième verre et le tint à la main, dressé devant lui, tout en déclamant :

— Vladimir Doubrovsky ne s'appelait pas Vladimir Doubrovsky mais Benjamin Ráth. Par amour pour lui et pour l'admiration que Benjamin portait au héros de notre maître à tous, j'ai nommé Alexandre Sergueïevitch Pouchkine, nous avons fait graver sa tombe aux armes de ce bandit chevalier qui prenait aux riches pour donner aux pauvres.

La bande applaudit. De nouvelles bouteilles apparurent, qui furent prestement débouchées.

— Ainsi était Benjamin, poursuivit Pázmány. Il se fit appeler Doubrovsky pendant son vivant. Chacun le connaissait chez Capoulade pour l'habileté avec laquelle il subtilisait sous le comptoir la vodka du père Boutru, propriétaire, pour la donner à ses amis, alcooliques. Prions pour le sommeil de notre Vladimir, emporté par quelques bouteilles de trop dans sa vingt-neuvième année.

Il porta son verre à la bouche et le vida d'un trait.

— A notre ami Doubrovsky ! cria-t-il en se faisant servir une nouvelle rasade.

— A notre ami Doubrovsky ! reprit en chœur le groupe des Hongrois.

Et ils burent.

Lorsque la nuit tomba, on alluma des bougies et des lampions. Liselotte avait raconté sa courte vie à Rosaria, qui lui avait narré la sienne. Une demi-bouteille de Martini avait aidé aux confessions. Boro allait de groupe en groupe, fulminant avec les uns contre Victor-Emmanuel III, proclamé depuis peu empereur d'Éthiopie, ou avec les autres contre la démagogie de Léon Degrelle qui semblait attirer les foules belges. Ici, on comparait deux crus de bourgogne ; là, on commentait le licenciement de cinq ouvriers aux usines Latécoère de Toulouse, renvoyés parce qu'ils avaient chômé le 1er mai.

Les amateurs de football refaisaient le match de la finale de la Coupe de France, brillamment remportée par le R.C. de Paris. Les réfugiés allemands maudissaient Leni Riefenstahl qui venait d'accepter d'être la réalisatrice officielle des Jeux olympiques de Berlin. Boro, qui connaissait la cinéaste grâce à sa cousine Maryika, se joignit aux imprécations puis s'en fut auprès de la Babouchka qui jouait de l'harmonica, seule dans un coin. Un voile légèrement gris était descendu sur lui. Il songeait à sa cousine. Il se demandait quelle carrière elle faisait en Amérique auprès de son époux, le metteur en scène Wilhelm Speer. Ah ! si seulement !...

Il se redressa d'un bond et claqua des mains autour de la Babouchka.

— Joue, petite mère ! Joue-nous le *Chant des cygnes* !

Quelqu'un frotta les cordes d'une balalaïka. Un violon se fit entendre plus loin. Les flammes des bougies dansaient sur la pierre grise. Liselotte se joignit aux autres, frappant en cadence dans ses mains. Les reflets de cette nuit magique lui paraissaient aussi doux que la brume qui l'envahissait un peu plus chaque fois qu'elle portait le goulot d'une bouteille à la bouche.

Il était minuit, ou six heures du matin, ou un autre jour, elle ne sut, lorsqu'un tonnerre d'applaudissements creva soudain la bulle dans laquelle elle s'était lentement laissée immerger.

Boro dansait sur la tombe de Doubrovsky. Il dansait sans sa canne, virevoltant sur lui-même, s'accroupissant, se relevant, pirouettant comme un lutin brûlé par une braise enchantée. Son regard était étrangement noir et perçant. Il tendait les mains vers une jeune fille qui venait sans doute d'arriver et qui avançait lentement vers lui sous les hourras de la foule. Liselotte chercha un point de repère dans cette direction nouvelle. Il lui sembla reconnaître l'inconnue qu'ils avaient croisée au début de cette journée éternelle, cette femme accompagnée par deux hommes, dont l'un fumait la pipe.

Elle voulut se lever, mais n'y parvint pas. La tête lui tournait. Elle resta assise un court instant, puis une main se posa sur son front et l'attira doucement vers le bas. Sa nuque s'enfonça dans un oreiller très doux.

— Dors, ma fille.

Elle reconnut la voix rauque de Rosaria.

— Dors. Mon ventre, c'est de la plume d'oie.

Elle se laissa aller. Au-dessus d'elle, un météore traversa la rivière étoilée. Liselotte pensa à Dédé Mésange. Elle poussa un soupir et fit un vœu.

Kléber et Apolline

— BONJOUR !

Boro cligna des yeux, porta la main à son front et tenta de soulever le quintal qui lui pesait sur la tête. Il parvint tout juste à décoller sa nuque de l'oreiller. Il se laissa retomber en gémissant.

— Si tu m'expliques où se trouve l'armoire à pharmacie, je t'apporterai des cachets.

La voix était douce, mélodieuse, dérapant légèrement dans l'aigu. La lumière, qui pénétrait parcimonieusement à travers les volets clos, ne permettait pas à Boro de distinguer davantage qu'un visage hâlé, des cheveux mi-longs, deux seins très blancs, plutôt petits, qui venaient au-devant de lui dans la pénombre de sa chambre. Il ne se souvenait pas où il avait rencontré la princesse qui lui parlait si gentiment, ce qu'ils avaient fait ou pas fait, comment ils avaient échoué là, chez lui apparemment, dans son lit, à une heure fort imprécise.

Il tendit la main au jugé, rencontra une joue très chaude, un cou nerveux, une épaule exquisement ronde, un dos sans l'once d'une graisse. Sa paume courut sur la peau. Il repoussa le drap, glissa à la base de la clavicule, puis l'autre main vint à son tour découvrir le grain très doux de cette peau qui paraissait respirer au rythme de ses doigts.

Il attira la jeune fille à lui, doux naufrage des plaisirs, colla son corps au sien, puis plus encore, et il lui sembla peu à peu que la poigne qui enserrait son crâne se défaisait pour toujours.

Il ouvrit les yeux et découvrit un visage très pur sur lequel l'empreinte des caresses se lisait à peine tant les traits étaient détendus. La respiration, quoique profonde, était lente, mesurée, enveloppant l'extase à venir comme un voile indéchirable. La bouche était légèrement entrouverte, les paupières closes, sans crispation, et les bras, tendus de part et d'autre du corps, reposaient sans effort sur le matelas.

Il se laissa aller au mouvement que lui-même imprimait, creusant le ventre pour la deviner mieux, restant là puis revenant vers elle, et ainsi le temps qu'elle se cabrât, ouvrant soudain les yeux tout en souriant, quelques secondes seulement avant de s'abattre sur lui.

Ils demeurèrent un instant immobiles, puis elle bascula sur le lit en expirant doucement. Il se dressa sur un coude pour mieux la voir. Il se rappela alors qu'ils avaient quitté le cimetière du Père-Lachaise au point du jour, Liselotte, l'inconnue et lui, et qu'un taxi les avait déposés passage de l'Enfer. Il avait oublié le reste, donc la suite, et considérait comme une sorte de miracle qu'elle fût là, nue et belle, allongée à son côté.

Il la regarda, sourit et dit :

— Je n'ai pas besoin de cachets. Et d'ailleurs, il n'y a pas de pharmacie dans ce bocal de clampins interlopes.

— Une cuisine, alors ?... On pourrait boire du café...

Il se leva, attrapa son stick, passa dans la salle de bains, revint avec un peignoir pour lui et un autre pour elle. Elle l'attendait sur le lit, tout sourire.

— Si vous voulez me suivre, dit-il en s'inclinant galamment devant elle.

— Un homme tout nu avec une canne, c'est assez drôle, dit-elle en s'esclaffant pour de bon... Tu es tombé sur un os ?

— Oui. En dansant en coulisses avec un corps de ballet.

— C'est passionnant ! Je veux en savoir plus !

— Une horde de Hongroises qui ont voulu faire des entrechats...

— Pauvre garçon !

Boro opina avec un sérieux imperturbable.

— Elles avaient de l'amour une conception terriblement exigeante !... Fouetté, tombé, relevé, jeté, j'avais tout réussi... Sauf la chaîne anglaise... Mais c'est au grand écart qu'elles m'ont cassé !

Elle enfila le peignoir qu'il lui tendait.

— Cette fois-ci, c'était moi, l'os ?

— Mais combien charmant ! dit-il en lui donnant une chiquenaude sous le menton.

— Où as-tu pris tes cours de danse ?

— A Budapest. Mais en général, il me faut cinq bons décilitres pour oser inviter une partenaire... Regarde...

Il fléchit sa bonne jambe et partit dans une gymnastique aussi ahurissante que grotesque qui provoqua le rire de la jeune fille.

— Tu es inimitable, Blèmia Borowicz.

— C'est vrai. De là provient mon charme.

— Refais le derviche tourneur, s'il te plaît. Je suis subjuguée.

Boro alla jusqu'à la commode et s'empara de son Leica fétiche — celui que sa cousine Maryika lui avait offert en 1931.

Il déchargea l'appareil et le garnit d'une nouvelle pellicule. Par deux fois, il fit avancer le film vierge sur les ergots du mécanisme et déclencha afin que le 24 x 36 fût prêt à fonctionner. Il referma le capot situé à la base de l'appareil, s'écarta du lit, fit passer le lacet de son stick autour du poignet puis, ayant vissé le Leica à son œil, le braqua en direction de la jeune fille et s'agenouilla. Le mouvement n'avait pas duré plus de deux secondes.

— Comment t'appelles-tu ?

— Apolline.

Il tendit la jambe droite et fléchit l'autre, se maintenant dans une position précaire.

— Recule d'un pas !

Elle obéit.

— Place-toi à droite de la fenêtre !

Il se redressa et, d'autorité, entraîna la jeune fille contre le mur.

— Enlève ton peignoir !

Elle hésita.

— Enlève-le !

Elle s'exécuta, interloquée.

— Tends la main droite. Pose-la sur ta hanche.

La dernière fois (et la seule) qu'il avait recouru à ce numéro, c'était à Munich, en 1931. Alors, il jouait une partie amoureuse. Aujourd'hui, il agissait par orgueil, et aussi parce qu'il voulait immortaliser la grâce de son modèle. Sitôt qu'elle apparut dans son viseur, il oublia le jeu qu'il s'était proposé à lui-même et ne vit plus que le corps admirable d'une femme qui n'avait pas plus de vingt-cinq ans.

— Sur ta hanche !

Elle le regardait, désappointée. Il lui lança un regard froid, vint à elle, prit son avant-bras qu'il tira légèrement dans sa direction et le plaça où il voulait qu'il fût.

— Reste ainsi.

Il s'éloigna et la retrouva dans son viseur. Il régla le télémètre, ouvrit à 2.8, arma, déclencha.

— Baisse la main, maintenant !

Elle hésita une seconde puis s'exécuta. Il changea d'ouverture et modifia la vitesse, se déplaça d'un bon pas, la prit en salve de trois quarts face.

— Parfait ! Avance, maintenant ! Va vers le couloir.

Il l'y précéda. Elle fit quelques pas, yeux ronds et bouche ouverte, le regard braqué sur cet échalas au teint mat qui s'accroupissait devant elle, tournait, ployait, se redressait, la canne virevoltant à l'extrémité de son poignet. Il accomplissait exactement les mêmes gestes que ceux de la veille ou de la minute précédente, mais ce n'était pas ridicule. C'était au contraire extraordinairement beau et même un peu magnétique. Il reculait à croupetons dans le couloir, armant, déclenchant, ne cessant de lui donner des ordres auxquels elle obéissait, sans trop d'hésitation.

— Baisse-toi ! Place-toi dans ce rai de lumière ! Ferme les yeux ! Ouvre-les !

Sa main droite s'agitait autour de l'appareil, réglant vitesse et diaphragme, revenant au déclencheur, repoussant d'une saccade le stick qui tombait du poignet.

Il porta la paume en visière contre le front et, ayant regardé la jeune fille par en dessous, lui demanda de s'allonger sur le flanc, le genou gauche ramené sur la poitrine. Il s'approcha, mitrailla, rectifia la position de la jambe puis aida la jeune fille à se remettre debout et la fit marcher devant lui.

— Cambre-toi ! Non, pas comme ça !

Il vint à elle et dessina sur son dos le mouvement qu'il attendait.

— Ne bouge pas !

Elle obéit, fascinée par cette voix douce aux accents métalliques qui ne lui laissait aucune échappatoire — non parce qu'elle était proche ou séduisante, mais parce qu'elle semblait exprimer une volonté supérieure, nécessaire, à laquelle elle ne pouvait se dérober.

Il lui cria : « Marche ! » et elle marcha. Il lui demanda d'allonger le pas et elle allongea le pas. Elle avait l'impression de jouer à un jeu dont les règles lui échappaient mais que son amant semblait posséder si parfaitement qu'elle se livrait sans chercher à comprendre. Il lui expliquerait plus tard.

Elle s'appuya à la poignée d'une porte.

— Entre !

Il la précéda, la tira jusqu'à un tabouret haut sur lequel elle s'assit, et il se retint au chambranle sans lâcher son appareil. Il dit :

— Enfouis ton visage entre tes mains.

Elle obéit. Il continua de la photographier. Puis, le Leica vissé à son visage, il cria :

— Ouvre tes jambes !

Et comme elle hésitait :

— Ouvre ! Davantage encore !

Il arma, déclencha, arma une nouvelle fois et prit la dernière photo. Il abaissait le Leica. Son front était moite. Il avait chaud.

— Un café ?

Elle se redressa. Ils étaient dans une cuisine. Boro avait posé son appareil près du gaz et il plaçait une casserole sous l'eau. La jeune fille eut un geste vif, comme si elle voulait se débarrasser d'une langueur.

— Qui êtes-vous ?

— Blèmia pour le prénom, Borowicz pour le nom, Boro pour la signature. Reporter photographe. Tu étais superbe.

Il lui tournait le dos.

— A Budapest, j'ai appris à danser. Seul, et pendant des jours. Pas du tout pour inviter les dames.

Il plaça la casserole sur le feu et se tourna vers elle.

— Je suis devenu photographe parce que mon père le voulait. Il est mort quand j'avais cinq ans. J'ai toujours estimé que je lui devais ça. Je me moque bien de savoir danser. Si je n'avais pas su me débrouiller avec ma foutue jambe, je n'aurais jamais pu devenir reporter. Alors j'ai fait des exercices.

Il lui adressa un sourire angélique.

— Je me débrouille, non ?

— Pourquoi m'as-tu photographiée ?

— Parce que tu es belle.

— Et que vont devenir ces photos ?

— Je ne sais pas...

Elle délaissa la tasse qu'il lui tendait, se leva et s'empara de l'appareil qu'il avait posé sur le plan de travail. Elle l'observa un court instant et en déverrouilla la base. Elle renversa le Leica sur sa main gauche, tapota le boîtier dans sa paume et fit sortir le film de son logement.

— Arrête ! cria-t-il.

Mais elle avait déjà exposé la pellicule au jour.

— Je suis au moins aussi orgueilleuse que toi, dit-elle d'une voix sifflante. Et je ne veux pas que mes photos de nu enrichissent ta collection personnelle !

— Mais tu n'as rien compris !

— Toi non plus ! L'appareil est à toi, mais mon corps me regarde.

Elle était en proie à une vive colère et lui, désarmé devant une telle violence, se tenait face à elle sans savoir que faire.

Elle fit volte-face, quitta la cuisine et s'enfonça dans le couloir. Il entendit claquer la porte de la salle de bains. Il s'assit sur le tabouret qu'elle avait quitté et but le café qu'il lui avait préparé. La pince, brusquement, enserra de nouveau tout le haut de son front. Il était navré, et même un peu malheureux. Il n'aimait pas blesser autrui. Apolline, qu'il ne connaissait pas et ne reverrait probablement plus, lui avait assené une gifle dont il devait bien convenir qu'elle était méritée. Il s'était conduit comme un goujat. Comment n'avait-il pas compris qu'elle n'avait ni l'expérience ni le tempérament pour se livrer à cette partie idiote dont elle ne retirerait qu'un sentiment de vulgarité et d'humiliation ? Il avait utilisé son art pour lui démontrer que, boiteux, il savait néanmoins se mouvoir aussi bien, sinon mieux, qu'un autre. Puis, emporté par les images, il avait oublié à qui il avait affaire. C'était ridicule.

Il se leva, versa du café dans la tasse vide et se dirigea lentement vers la salle de bains.

Il frappa à la porte.

— Entre !

Elle avait pris sa douche et s'était habillée. Elle se maquillait devant la glace.

— J'ai oublié, dit-elle en lui souriant dans la glace.

Il déposa la tasse sur le rebord du lavabo.

— Je ne voulais pas te heurter, murmura-t-il en s'approchant d'elle. En réalité, la photo est aussi un moyen de s'approcher des personnes.

— Pour moi, c'est une forme de viol.

— Autrefois, murmura Boro, j'ai connu un photographe qui a entrepris le plus fidèle parcours qu'on puisse accomplir aux côtés d'une femme aimée. Cet homme s'appelait, il s'appelle toujours, Kléber Bourguignault. Il habitait, il habite toujours, à Blois, rue des Pitoches.

— Jusqu'alors, guère de péripéties...

— Attends, sauvageon... Écoute ! Un jour, une belle jeune femme, qui se nommait Lucienne Crapoulet, est entrée dans sa modeste boutique. C'était il y a dix ans. Tu sais ce qu'elle vendait ?

— Des encyclopédies. Des almanachs Vermot...

— Pas du tout. Elle proposait aux photographes de province des toiles de fond pour leurs clichés sur commande... Des ruines, des escarpements exotiques, des « Mer de Glace », des « Corne d'Or ».

— Tu veux dire que les bourgeois pouvaient se faire tirer la binette à Istanbul ?

— Exactement. Devant le Bosphore ou à Ouessant, au milieu d'une tempête ou au cours d'une promenade au Sahara...

— Ça économisait le prix du billet.

— Tu ne respectes rien !

— Qu'est-il arrivé ensuite à ce pauvre Kléber ?

— Le temps s'est épaissi à vue d'œil... Un lundi, il a installé la donzelle dans un fauteuil Voltaire cloué au sol, et il a commis l'irréparable...

— Que veux-tu dire ?

— Ouverture 5,6 au vingt-cinquième de seconde... devant un ciel dans les Ziem, il a pris son premier cliché de Lucienne.

— Le Bosphore !

— Oui ! Il aimait Crapoulet. Il épousa Lucienne ! Et depuis, deux fois par jour, peut-être bien trois, il la fait asseoir sur le fauteuil du salon. L'appareil est fixe. La pose est toujours la même.

— C'est l'amour popote, je trouve. Le voyage immobile.

— Ne crois pas cela, jeune fille de peu de foi... Car derrière cet amour tranquille se cache un dessein fou...

— Voir toute la vie au même balcon ? Merci bien ! Je ne suis pas Iseut...

— Kléber n'est pas Tristan ! Le bougre sait qu'en exécutant tous les jours de la vie de Lucienne deux ou trois portraits d'elle dans la même pose, devant le même décor éternel, à raison de quelque neuf cents clichés par an pendant toute sa vie et jusqu'à l'heure de sa mort, il détient le plus bouleversant document du monde ! Un film unique dans son genre ! Le passage lisse et continu de la jeunesse éclatante d'une femme à celui de son mûrissement épanoui.

— Et quand viendront les premiers stigmates de la vieillesse, le vilain voyeur continuera-t-il à appuyer sur le bouton ?

— Au travers du verre dépoli, il verra accourir le galop annonciateur du trépas !

— C'est un fou !

— C'est un sage et un amoureux.

Apolline dévisageait Boro sous un jour nouveau.

— Tu me photographierais jusqu'à ma mort ?

— Jusqu'à la mort, mon amour !

— Mais, dit la jeune fille avec une étrange concentration dans le regard, pour cela, encore faudrait-il que tu vives aussi longtemps que moi...

Boro baissa la tête.

— C'est là que le bât blesse, avoua-t-il, et tu fais bien de m'y faire repenser... Trois gitanes autrefois m'ont prédit une mort soudaine.

— Pas seulement cela, répliqua-t-elle. Moi, je ne te laisserai jamais la libre disposition de ma personne.

— Je suis d'une grande douceur...

— Ça ne suffit pas, monsieur le Hongrois. Je ne suis pas devineresse, mais je sais d'instinct que tu n'es pas du genre fidèle.

— Parfois, je m'efforce.

Elle le regardait avec une sorte de cynisme à peine déguisé.

— Ne te prends pas pour un cas unique ! Parfois, nous, les filles, nous nous efforçons aussi.

Elle s'était levée et se conduisait soudain comme si elle était chez elle.

Elle ouvrit le placard et désigna un lot de flacons de parfum pour femme qui se trouvaient sur la tablette, noyés parmi des bouteilles d'après-rasage et d'eau de Cologne.

Boro reconnut les échantillons de Rouge de Sang qu'il avait conservés.

— Je peux en prendre ?

— Non.

Elle ne put cacher sa surprise devant ce refus catégorique. Son visage lisse se ferma brusquement.

— Mufle, siffla-t-elle entre ses dents. Trois fois mufle.

Se fût-elle retournée qu'elle eût découvert un tout autre Boro que celui qu'elle venait d'imaginer. Il se tenait de biais, gêné, ne sachant s'il devait s'excuser ou bien opérer une diversion grâce à un bon mot.

Par bravade, elle s'empara tout de même de l'un des flacons et en observa l'étiquette avec une moue de mépris.

— Rouge de Sang, de Jean Rivière... Je ne connais même pas cette sous-marque.

— Je t'interdis d'ouvrir ce flacon !

— Tu m'interdis ?

Elle jeta un coup d'œil dans sa direction et s'amusa de son air de petit garçon fautif.

— On dirait que tu as huit ans et que ton papa vient de te donner la fessée !

— Mon beau-papa ! rectifia-t-il. Mon père, lui, ne m'aurait jamais frappé !

— Et pourquoi ?

— Il est mort avant mes premières bêtises.

— C'est ton beau-père qui t'a élevé ?

— Non. Ma mère.

— Sujet sensible ? demanda-t-elle en s'apprêtant à dévisser le flacon de parfum pour braver l'interdit.

— Douloureux.

Il lui prit la bouteille des mains et la regarda avec intérêt désormais, captivé, comme toutes les autres fois, par la manière dont cette jeune personne exprimerait ce qu'elle attendait de lui. Rien peut-être. Ou beaucoup plus. Il n'était pas joueur, ou seulement joueur d'échecs, mais il adorait s'asseoir à la table des rencontres lorsque, les cartes étant distribuées, il s'agissait de définir la mise. Que ramènerait-on ? Le souvenir d'une nuit ? La promesse d'une autre ? De beaucoup d'autres ? Les prémices d'une passion ?

Ces instants se déclinaient toujours entre le réveil et le départ, le plus souvent dans la cuisine, voire la salle de bains, où s'ébauchait la question essentielle. Pour la poser, encore fallait-il s'être introduit dans l'histoire de l'autre, avoir tâté le terrain du bout de la langue. Et Apolline avait commencé, mais d'une bien étrange manière.

Elle buvait son café tout en l'observant dans la glace. Et lui ne disait rien. Cette jeune fille lui échappait totalement. Elle n'était pas comme les autres. Lui-même, à son contact, ne se reconnaissait pas. D'habitude, il s'efforçait de se montrer facétieux. Il jouait de son regard de chat, parlait voyages, fêtes, reportages. Présentement, il n'était capable que de la dévisager, cherchant dans ses yeux verts un reflet proche où il pût se glisser. Mais elle le lui refusait. Cette imperméabilité provoquait en lui un désarroi qui allait croissant.

— J'aime Paris, dit-elle soudain comme si elle reprenait le cours d'une conversation interrompue. Le XXe et le célibat. Je ne quitterai cette ville pour aucune autre.

Il interpréta le contenu de ces paroles anodines comme une réponse définitive à la partie qu'ils avaient esquissée quelques minutes plus tôt.

Il ne se trompait pas. Elle passa devant lui, pénétra dans la chambre et en ressortit aussitôt, son blouson sous le bras.

— On se quitte ! dit-elle avec un sourire charmant.

Il écarta les bras en un geste qui voulait signifier sa déception.

— Je ne sais plus où se trouve la porte d'entrée.

— De sortie !

Il lui emboîta le pas dans le couloir. Ils traversèrent la grande salle. La disposition des coussins lui rappela que Liselotte avait dormi chez lui au retour du Père-Lachaise. Elle n'était plus là. Elle avait laissé un mot sur la table basse. Il l'attrapa au vol et suivit sa visiteuse jusqu'à la porte. Elle tourna la poignée.

— Au revoir, fit-il avec un détachement un peu maladroit.

Elle lui effleura la joue de trois doigts et dit, en manière d'excuse :

— Une aventure n'est pas une histoire d'amour, n'est-ce pas ?

Elle déposa un baiser léger sur ses lèvres et dégringola les marches quatre à quatre. Quand la chevelure blonde eut disparu au bas des étages, Boro rentra chez lui.

« J'ai des glaçons dans la tête et un cours dans une heure, écrivait Liselotte. Le professeur Jixe ne comprendrait pas que je m'absente pour une si petite gueule de bois. Je suis ton amie, même quand tu danses avec des inconnues. »

Il glissa le mot dans la poche de son peignoir et s'en fut vers la salle de bains. Il prit une douche glacée qui lui désembruma l'esprit. Après quoi, il se rasa soigneusement devant la glace. L'odeur d'Apolline l'imprégnait encore tout entier.

Il s'empara de la bouteille de parfum restée sur la tablette et la rangea.

Il se promit de retourner le soir même à son rendez-vous photographique avec les Galeries Lafayette.

La pêche miraculeuse

— *Abramis brama !*

C'est tout juste si Fruges avait osé chuchoter le nom scientifique de son ennemie intime. Son exaltation faisait trembler le pêcheur. Penché sur le plat-bord de sa barque, lisant la géographie louche des hauts fonds, il fit signe à Dédé Mésange de se tenir prêt. Il désigna la chevelure d'herbe où, majestueuse et lymphatique, la brème maousse, objet de tous ses rêves, venait de passer et repasser. Dans un infime retournement, le bestiau avait exposé son ventre blanc, ses flancs grisâtres porteurs de points roux, puis était retourné à sa statique ordinaire qui ne laissait deviner qu'une ombre au dos foncé.

— Elle est unique ! souffla Fruges. Elle fait ses cinquante centimètres. Peut-être bien soixante !

Le monstre des vasières glissait dans l'eau dormante. Sa pérégrination méfiante le conduisit jusqu'à l'appât immergé la veille : un gros pain de campagne bien rassis, débarrassé de sa croûte et lesté par une brique. Lui préférant quelques débris végétaux, le cyprin sembla dédaigner ce que la main de l'homme lui avait envoyé pour sa perte, et parut prendre un temps de repos dans la fosse limoneuse.

Fruges souleva imperceptiblement les cinq mètres de sa canne pour s'assurer que son esche, un robuste ver rouge, ne se trouvait pas à plus de trois ou quatre centimètres du fond.

— Je suis sûr de ma plombée, marmonna-t-il avec une pointe d'irritation. Il faut qu'elle vienne.

Sans se retourner, il fit signe à Dédé de lui passer une boîte de conserve qui reposait derrière eux, sur le banc de nage. Lorsqu'il l'eut en sa possession, Fruges y plongea ses doigts réunis en cuillère et jeta sur la place une pincée de malt de brasserie mélangé à de l'argile. L'eau se troubla.

L'instant d'après, comme Mésange avait heurté l'aviron en se penchant pour attraper sa veste, il lui jeta un coup d'œil furibard.

— Tu ne peux pas attendre un peu pour fumer ton scaferlati ? Est-ce que je fume, moi ?

Devant pareille mauvaise foi, le jeune homme se contenta de sourire. Il souffla tranquillement sur le cordon de son briquet à amadou et taquina son ancien patron :

— Tu l'auras pas ta brème, Albert ! Elle est carpée. Celles-là, c'est les pires.

— Tais-toi, garçon ! Elle bulle ! Elle revient ! Elle tape sur l'amorce !

Dédé haussa les épaules et suivit le parcours paresseux de la fumée. Dans son vol zigzagant, le léger nuage croisa une libellule d'un vrai bleu paon. Après un point fixe au-dessus du miroitement de l'eau dormante, l'archiptère hydravion s'en fut sur l'autre rive, là où les racines des arbres se mêlaient à l'entrelacs d'une luxuriance végétale.

De ce côté-là du bras mort, la tête enfouie dans les joncs, une autre sorte de pêcheur déployait son filet. Le teint entre craie et parchemin, Alphonse Charpaillez, le gilet sali par une approche de ver de vase, guettait dans l'axe grossissant de ses jumelles le jeune fugitif dont le préfet Guichard avait ordonné l'arrestation. Le bougre avait rasé son collier de barbe. Il ne portait point ses lunettes.

Le poulet de la Discrète abaissa ses jumelles. Il chassa une libellule qui, après une station dans les airs, s'apprêtait à prendre son crâne mou pour une aire d'atterrissage. Il fit circuler plusieurs fois la taie de ses paupières sur ses prunelles pour leur rendre une humeur vitrée qui leur manquait constamment. Ayant éteint pour un temps la braise de son regard d'intoxiqué, il fixa son attention sur le dispositif d'encerclement qu'il venait de mettre en place. Les policiers que la Grande Maison lui avait adjoints pour mener à bien sa mission étaient sur le point de gagner leur poste.

Dans son sillage, Charpaillez localisa la masse ventrue du commissaire Ploutre. Ce dernier rampait sur l'abdomen avec des élans de phoque. Bien qu'il lui répugnât d'obtempérer aux directives d'un simple inspecteur, il avait adopté l'attitude d'un auxiliaire condescendant. Tout à l'effort du plat-ventre, le fonctionnaire avait avalé sa moustache et troqué son parapluie pour une canne. La totalité de sa brigade d'intervention s'était déployée le long des berges.

L'approche s'était déroulée sur trois cents mètres de friches tendues de barbelés. Cette reptation générale avait en quelque sorte dévoyé la vocation citadine du corps des sergents de ville pour le reconvertir en conscription d'armée territoriale. Charpaillez se frottait les mains. Il aimait voir s'échiner la bidoche flicarde dans les layons et qu'elle fût lardée par les piquants des ronciers. Pas l'ombre d'une toux dans son cas. Il était trop à la fête.

Sur les indications tactiques de l'ancien caporal du Chemin des Dames, autrement aguerri que son supérieur hiérarchique à l'art du coup de main, les mobilisés de la préfectance avaient tendu un piège en forme de tramail.

L'ordre était de ne tirer sous aucun prétexte.

« Où qu'il débarque, il sera pris », se félicita par-devers soi le gazé d'Ypres.

Il reporta sa vigilance sur les occupants de la barque et fut frappé par l'impression de sérieux gravé sur le visage des pêcheurs. Le bouchon dérivait lentement devant eux.

— Je te dis qu'elle va engamer ! souffla Albert en gratifiant Dédé Mésange d'un coup de coude.

Il était tendu comme une corde de violon.

Charpaillez se surprit à les envier. Tout conspirait en leur faveur : le calme, l'aveuglement d'or du soleil, la perruque diaphane des grands saules traînant leurs mèches à rafraîchir, les oiseaux chantant des mensonges ; et, caressant le reflet vert et ondulant de l'esquif, cette route d'eau lente.

Le flicard ébloui se sentait soudain partir par le vide.

« Tordieu ! Grand Barbu, aidez-moi à être une carne ! N'ai-je pas toujours vécu comme un possédé ? » gémit-il dans son for intérieur.

Il poussa un soupir en se souvenant de sa conversation houleuse avec Guichard.

Arrêter Dédé Mésange ? La veille, il avait carrément montré sa rebiffe. Il était au bord du râle de contrariété. Comment aurait-il pu oublier l'horreur du meurtre perpétré contre le colonel Barassin-Ribancourt ? Cette lame effilée plongeant au creux des reins du militaire ? Il était monté sur ses ergots. Il avait défendu le jeune fugitif.

— Je ne lui veux pas de mal, moi, monsieur le préfet de police !

Je vous ai tenu informé des circonstances du fort d'Ivry ! Le garçon est innocent, vous ne l'ignorez pas !

— Je sais tout cela, mon bon Charpaillez. Mais dites-vous que vous travaillez à long terme... Qu'un préfet doit prévoir l'imprévisible !

Les yeux de Guichard s'étaient rétrécis jusqu'à devenir de simples fentes. Il avait tapoté le cuir de son bureau de fonction tout en jouant avec un coupe-papier. Il était assez fier du délié de ses doigts aristocratiques.

— Allez, Charpaillez ! Question de finasser, vous n'êtes pas la moitié d'une andouille !

— Je vous ai toujours servi avec zèle et, que nul ne l'ignore, je suis de devoir...

— Pas l'ombre d'un doute ! s'était récrié le haut fonctionnaire.

— ... Mais cette fois-ci, je me dégrafe ! J'ai l'enthousiasme à demi mou...

Guichard s'était rembruni.

— C'est dommageable pour une carrière dont l'ascension s'annonçait fulgurante.

Il avait repris sa main, s'était rejeté en arrière dans le profond de son fauteuil.

— Vous allez m'envoyer sur la touche, n'est-ce pas ?

— Pas le moins du monde !

Et, après un temps, sur un ton de reproche :

— Charpaillez ! Charpaillez ! Je ne vous fais pas le coup de l'apostasie ! Voulez-vous que je vous dise ? Vous croupionnez au plus mauvais moment. J'avais déposé pour vous une proposition d'avancement... Je vous voyais commissaire avant la fin de l'année.

— Commissaire ?

Le rescapé des champs de bataille avait failli partir à la forge. C'est que sous l'hypersécrétion du crevard, l'ambition foisonnait.

— Je suis à vos ordres, monsieur le préfet de police, avait-il déclaré avec un réel esprit de soumission.

— Eh bien, cher Alphonse, vous n'êtes pas sans savoir que le cresson ne pousse pas sans effort...

— Je sais, monsieur le préfet de police. Chacun a sa petite cuisine.

— Justement. Si nous voulons rester en place quand viendra le prochain gouvernement, nous avons besoin d'un procès... En accédant au pouvoir, la gauche ne manquera pas de nous réclamer un exemple. Avec le petit Mésange, nous ferons d'une pierre trois coups ! Un, nous affolerons la Cagoule en lui faisant savoir que nous en savons long sur son compte. Deux, nous ébranlerons les officiers remuants comme ce capitaine de Coquey dont la rage aveugle représente une vraie menace pour l'armée. Et tertio, puisqu'il se trouve que ce gamin est du côté des communistes, eh bien nous tiendrons aussi ces fameux cocos en laisse... Ils sont armés, m'a-t-on rapporté... Ils s'entraînent.

Il avait désigné des dossiers.

— C'est consigné là. Noir sur blanc. Je sais tout.

Charpaillez avait courbé la tête.

C'était hier.

— Commissaire !

Alors que, cédant à sa paranoïa obsessionnelle, il venait de raviver pour la centième fois dans sa cervelle embrumée le souvenir de la conversation qu'il avait eue avec le seul homme auquel il eût jamais voué une dévotion de chien courant, force fut à Alphone Charpaillez de renouer avec la réalité des faits.

Ploutre le secouait par les épaules.

— Pssst, pssst, ça bouge ! Droit devant !

Dans sa précipitation, l'infortuné bacillaire eut bien du mal à enrayer une fameuse quinte de toux.

Le futur commissaire braqua le faisceau grossissant de ses lunettes d'approche dans la direction du bras mort. Il découvrit d'abord la barque, son immobilité tranquille. Ensuite, il fouilla le visage attentif des pêcheurs et comprit à leurs regards concentrés que, même si les signes étaient infimes, il se tramait effectivement du pire à fleur d'eau.

Là !... Au fil tranchant de l'onde, sur le feu vif d'une plage de lumière, le fil d'Albert Fruges venait de gîter puis de se mettre complètement à plat, après avoir accusé une légère touche coulante. On aurait pu croire que l'hameçon s'était fourvoyé dans la crinière d'une herbe. Mais non ! Après le coup de relevage, voici que le bouchon s'enfonçait. Là-dessous, au fond du miroir mystérieux, la brème broyait et avalait.

— Ferre ! Mais ferre, maldieu ! ne put se retenir le flicard.

Albert Fruges n'avait pas besoin de leçon. Son poignet se détendit et le scion fouetta l'air.

La brème est ainsi faite qu'elle est lourde et mal équilibrée. Elle perd tous ses moyens sitôt qu'elle est retournée sur le flanc.

Le prince du bambou emboîtable s'était dressé à demi et parvint à déstabiliser le poisson en changeant l'incidence de sa ligne.

— Viens, ma jolie plaquette ! Viens, ma brama, ma grosse breume !

Et il cueillit le poisson dans l'épuisette.

Le ch'timi resplendissait. La poissonnaille expirait par sursauts au fond du bateau. Le vainqueur se tourna vers Dédé Mésange et l'attira sur son cœur. Paraphrasant sans le savoir Isaac Walton, poète anglais du XVIIe siècle qui écrivit : « Qui a brème en son vivier peut fêter un ami », le peintre s'écria :

— Min ch'tiot ! Ce soir, je t'invite ! C'est le couronnement de toute une vie halieutique !

La joie était à son comble. Pour bien montrer qu'il partageait l'allégresse du moment, Mésange se mit à faire des bonds à retourner la barque.

— Tiens, regarde, Albert ! Je cours mettre mon smoking !

Et il piqua une tête tout habillé dans le bouillon. Il resurgit après un long sous-l'eau. Il s'ébroua. Il incarnait la jeunesse vivante.

— Elle est bonne, Albert ! Au moins une heure que j'avais envie de me baquer !

L'autre repliait ses lignes.

— Tu peux souquer sans moi, lui cria Dédé en se dirigeant vers le bord. Je rentre à la maison à la main !

Il nageait à l'indienne, sur le côté. Il fendait l'eau régulièrement et se rapprochait de Charpaillez aplati dans la frange des buissons aquatiques.

— C'est l'heure où ça mord, chuchota Ploutre dans le dos du futur commissaire.

La tête brune du jeune homme effectua une dernière percée dans l'eau plus sombre puis, comme il prenait pied et s'avançait dégoulinant, deux paires de mains s'emparèrent des siennes et, avant qu'il eût seulement pu dire misère, il était fait, les bras retournés, les cadènes aux poignets. Menotté, entouré, traîné.

— Sans chènevis, sans tourteau, sans noquette, triompha Charpaillez. Mon pauvre vieux, tu t'es jeté dans l'épuisette !

— Albert, hurla Dédé, préviens Liselotte !

L'ancien mineur s'était relevé et avait jaugé la situation au premier coup d'œil.

— Il n'a rien fait ! Vous arrêtez un innocent ! gueula-t-il dans la distance.

Avec les bourres, peine perdue. Ces carnassiers-là faisaient mine de ne rien entendre. Ils s'éloignaient avec leur proie.

— Attendez ! Juste une cavale pour rire ! Je peux témoigner ! hurla encore le peintre en bâtiment. C'est un jeune, je le connais !

Mais les buissons, l'ombre des arbres et des charmilles s'étaient déjà refermés sur les silhouettes noires.

Fruges s'essuya le front. Des escarbilles de lumière scintillaient devant ses yeux. C'est con, le soleil, quand ça fout tout à contre-jour. C'est con la brème. Ça porte poisse.

Dans une buée de larmes, le chevalier de la gaule attrapa le poiscaille par les ouïes et le balança à l'eau.

Le poitrail sans vie de la bête maousse s'enfonça par paliers et glissades successives vers le fond d'encre. Elle resta coincée au beau milieu de l'herbier. Puis vint la boue.

Albert Fruges pleurait.

Comme d'avoir l'esprit ailleurs

Boro embrassa sauvagement Amy Mollisson et, l'ayant prise dans ses bras, la déposa sur le lit.

— Quatre jours, seize heures et dix-sept minutes seulement pour rallier Le Cap à Paris, et vous me refuseriez une demi-heure de plaisir ! s'exclama-t-il en plongeant ses yeux dans le regard chaviré de l'aviatrice anglaise qui venait de battre le record du monde de distance en aéroplane. Je vous trouve, miss, d'une avarice inquiétante !

La scène se passait à l'hôtel Continental. Amy avait un teint délicat, une dentition de jeune louve et une démarche de mauvais larron. Ses proportions élancées la rendaient en tout point ravissante, mais Boro se demandait déjà ce qu'elle savait faire à part des atterrissages réussis sous les bravos de la foule. Il la connaissait depuis deux heures à peine. Il l'avait prise en photo comme tous ses confrères, alors qu'elle venait célébrer à Paris son éclatante victoire sur sa compatriote T. Rose.

Boro avait enlevé sa victime avec une rosserie de mal-embouché, la cueillant à la barbe de ses admirateurs. L'expédition avait été rondement menée grâce à ses yeux de chat et à quelques galanteries dont il avait le secret, pour ne pas dire la routine.

Il se livra à un bref corps à corps avec sa nouvelle conquête et se rendit compte à l'occasion de ce pugilat amoureux qu'une fois dans le costume d'Ève la sujette de Sa Gracieuse Majesté britannique était relativement plus osseuse qu'il n'y paraissait sous l'imposture doublée de mouton de la combinaison de vol. Dès lors, pas étonnant que la garçonne préférât les étreintes sportives aux préliminaires alanguis.

— *Do you play cricket ?* s'enquit-il en évitant sa bouche qui cherchait à mordre la sienne.

— *Yes, indeed*, haleta l'avionneuse en l'attirant à elle par les cheveux de la nuque. *And I do play golf and hockey as well...*

Il s'affaira sur son ventre blanc puis, voyant que l'Anglaise refusait de mourir, attisa sa peau comme une chanson et lui donna l'assaut ainsi que l'eût fait un sabreur hongrois. Elle le laissa passer à travers elle avec un rire victorieux.

— *Now !* exigea-t-elle, dès qu'il eut retrouvé la régularité de ses battements de cœur.

— *God save the Queen*, exhala Boro.

La dame était robuste et de tous les records.

Ils restèrent enfin immobiles, écartelés sur la blancheur des draps, respirant longuement côte à côte.

Miss Amy Mollisson esquissa un pâle sourire. Elle murmura :

— Meurci boowcou.

C'est tout ce qu'elle savait dire en français.

Elle garda les bras ouverts et s'endormit sur-le-champ.

Boro se leva presque immédiatement. Il détestait les mots sans regards.

Il se vêtit et écrivit hâtivement un billet d'adieu qu'il laissa en évidence sur la table de chevet. Après quoi il quitta Amy Mollisson sans espoir de retour.

Comme il descendait le grand escalier, il vit venir à sa rencontre des gens qui n'avaient rien à faire dans ses jambes et pensa secrètement que les murs n'étouffent jamais les bruits du monde.

— Comment diable m'avez-vous trouvé ici ? demanda-t-il à Fruges.

C'est Liselotte qui répondit. Sa diction était précipitée :

— Albert est venu chez toi. Je m'y trouvais. Lorsqu'il m'a appris qu'on avait arrêté Dédé, je lui ai permis de prendre ta voiture. Nous avons fait un crochet à l'agence et...

— Ne me dis rien ! Fiffre a encore vendu la mèche !

— Elle a seulement dit que tu devais être au chevet de ton dernier reportage !

— Vieille peau jalouse et acariâtre ! Je vais lui donner son congé !

— Fiffre est un cœur.

— Fiffre est une peau !

Il passa devant eux et traversa le hall en maniant sa canne avec élégance.

Liselotte et Fruges le rattrapèrent à hauteur de la porte à

tambour. La jeune fille avait les cheveux seulement relevés par un peigne, signe qu'elle s'était jetée dans la rue en proie à la précipitation. Ses narines étaient pincées. Loin de céder à la prostration, on la sentait concentrée sur les moyens de délivrer son ami. Elle dévisagea Boro et l'agressa presque instantanément :

— Dédé Mésange est en prison et c'est tout l'effet que cela te cause ?

Boro ne répondit pas et passa le tambour à six reflets. La fille d'Émile Declercke le suivit, livide de colère. Fruges se secoua. Il était le dernier et se hâta pour revenir à leur hauteur.

Ils marchèrent côte à côte sur le trottoir. Instinctivement, Liselotte s'était agrippée au bras de Boro.

Fruges, paralysé jusqu'alors par la contrariété, mêla son indignation à celle de sa filleule :

— Elle a raison, monsieur Boro. Il faut faire quelque chose pour le môme ! Jamais il n'a participé au vol d'armes dont on l'accuse ! Encore moins à l'assassinat du colon !

Visage impénétrable, le reporter semblait s'être abîmé dans la réflexion.

Lorsqu'il releva la tête, il localisa sans peine la présence de l'Asticot et de Casse-poitrine tenant embuscade sur l'autre rive du boulevard. Les deux saurets, campés près de leur Traction, lui adressèrent un geste d'impuissance. Dans leurs regards expressifs mitigés de désarroi, il était écrit qu'ils avaient suivi Liselotte ainsi que leur commandait leur devoir. Excuses pour l'indiscrétion ! Comment auraient-ils pu deviner que la filoche les mènerait à leur propre commanditaire ?

Ce dernier fit celui qui ne les voyait pas, mais leur décerna un imperceptible clin d'œil pour leur signifier son pardon et les encourager à rester sur place.

— Qui a procédé à l'arrestation ? demanda-t-il à Fruges en repérant sa propre voiture.

Elle était garée sur une aire de stationnement et éblouissait le visage des badauds de ses reflets archi-chromes.

— Ils étaient une vingtaine. Le souffreteux qui commandait l'opération avait une tête de ver luisant. Jaune comme un champignon !

— Décrivez-le-moi plus précisément.

— Il avait l'air survolté. Il nageait dans une jaquette de demi-deuil. Il était pas plus épais qu'un cheveu !

« Charpaillez », pensa immédiatement Boro.

Il sourit à Liselotte pour lui prodiguer quelque réconfort. Il ébaucha le geste de lui saisir le menton comme il faisait habituellement pour l'assurer de sa complicité, mais la vilaine se déroba. Aujourd'hui, elle était fermée aux grandes personnes. Il lui semblait qu'elle ne vivrait ni ne respirerait plus tant que son grand amour serait derrière les barreaux.

Boro se détourna vers le peintre. Il dit d'une voix calme :

— Allez vous caler derrière le volant de ma voiture, Albert, et attendez-moi avec Liselotte. J'arrive !

— Où irons-nous ? s'inquiéta la jeune fille.

— A la maison. Tout simplement.

— A la maison ? Autant se boucher les oreilles ! Autant fermer les yeux ! Moi qui te prenais pour un homme d'action !

— Un bateau sans boussole tourne en rond, répondit Boro.

Traînant sa maudite patte derrière lui, il traversa la chaussée hors des clous, indifférent aux vociférations des automobilistes qui freinaient en catastrophe pour l'éviter.

— On dirait qu'il sait ce qu'il fait, murmura Fruges en observant le comportement du reporter sur le trottoir d'en face.

Il parlait à deux types entoilés dans des costumes voyants. Le plus corpulent avait le visage grêlé, une cicatrice à la pommette gauche.

— Fichaises ! s'énerva Liselotte. Il est en train d'amuser le terrain comme il sait si bien le faire !

— Curieux quand même, poursuivit le peintre. Je n'aurais jamais cru que M. Boro fréquentait des faisandiers pareils. Ils ont l'air de se connaître.

La jeune fille haussa les épaules et partit en direction de l'Aston Martin révisée par les Charançon. Elle s'y installa sans se préoccuper de la foule qui butinait autour du bouchon de Lagonda.

L'étudiante gardait le front plissé. Elle essayait encore de mettre de l'ordre dans ses idées lorsque Fruges se glissa à la place du conducteur.

— Veux-tu que je te dise, parrain ? « M. Boro » me déçoit beaucoup. Il est sans projet. Il ne me reste plus qu'une solution.

— Laquelle, ma pauvre ch'tiote ?

Elle différa sa réponse. Fruges et elle suivirent des yeux les deux mauvais garçons qui, de l'autre côté du boulevard, s'engouffraient dans une Citroën rutilante. Ils démarrèrent sur les chapeaux de roue tandis que Boro rebroussait chemin, se dirigeant vers eux au prix du même jeu de toréro au sein de la circulation.

— En route ! commanda-t-il en se glissant à son tour dans l'habitacle de la voiture. Cap sur Montparnasse !

— Je vais aller trouver Guichard, laissa tomber Liselotte. Je vais demander une audience.

— Tu aurais grand tort, repartit Boro.

Il semblait dégagé de toute préoccupation.

— Tu as mieux à me proposer ?

— Pas pour le moment, concéda-t-il. Démarrez, Albert. Poussez bien vos rapports.

Liselotte s'était rencognée au plus profond de la banquette. Le visage presque collé à la vitre, elle laissa errer son regard sur les silhouettes des Parisiens. Puis elle se retourna soudain et planta ses yeux magnifiques dans ceux de son ami.

— Pourquoi me trahis-tu, Boro ? Parce que tu es encore jaloux de Dédé ?

— Pas le moins du monde. Mais j'ai appris récemment que chaque type d'avion a sa limite d'altitude. J'en déduis que, dans l'état actuel de nos informations, nous sommes cloués au sol.

— Si tu vas par là, rien n'a d'importance pour quelqu'un qui dit que rien n'a d'importance.

— C'est en effet un état d'esprit, mais ce n'est pas le mien.

— Je n'accepterai pas cette partie comme nous avons été contraints d'accepter la mort de Christophe, dit Liselotte.

— Moi non plus, répliqua Boro. C'est pourquoi j'ai pris mes dispositions.

Il posa la main sur l'épaule de Fruges.

— Plus vite, chauffeur ! Nous allons à un rendez-vous.

Livraison à domicile

ILS étaient de retour passage de l'Enfer depuis trois petits quarts d'heure lorsque le téléphone sonna. Le reporter décrocha. Il écouta son correspondant et lui répondit par ces simples mots :

— J'aime autant qu'il vienne ici.

Une heure plus tard, le carillon de la porte de l'appartement se fit entendre. Sur un simple signe de Blèmia, Fruges s'en fut ouvrir.

Liselotte et lui restèrent face à face. Ils ne prononcèrent aucune parole.

Le battant de la grande salle sembla soudain voler en éclats sous la poussée d'une bourrasque. Pépé l'Asticot et Casse-poitrine firent leur apparition. Ils étaient porteurs d'un tapis roulé.

— Et voilà la camelote ! rugit l'Asticot. Livrée dans un persan à points noués ! Inspecteur de police Charpaillez Alphonse, domicilié rue de la Voûte, à Paris XIIe ! Jamais vu un taudis pareil ! Le ménage jamais fait ! De quoi choper sans frais la pelagre et des impétigos !

— Il a fallu ramasser le client dans son lit, compléta Casse-poitrine. Il avait la fièvre et grelottait dans son page.

— Il attendait sa dose, renchérit l'Astibloche. Un zig qui le ravitaille d'ordinaire en morphine et qui lui a fait faux bond.

— Alors, forcément, il était pas volontaire pour nous suivre. Il a fallu lui coller un ou deux ramponneaux.

— Dépliez le tapis, demanda Boro.

Les deux marloupins s'exécutèrent.

Charpaillez apparut, pieds et mains liés. Un sparadrap appliqué sur les lèvres capitonnait sa bouche emplie de coton hydrophile. Il roulait des yeux de fou furieux. Boro pria qu'on lui enlevât son bâillon et qu'on le délivrât de ses liens. Casse-poitrine sortit de sa poche une courte matraque.

— On ne sait jamais... Quelquefois qu'il se mette à bramer...

Il n'eut pas à employer les grands moyens.

Dès qu'il reconnut Liselotte et Boro, le policier se mit à éclater en sanglots.

— Allons bon, dit l'Asticot plutôt embêté, le v'là qui se paie une déprime...

— Je suis un mauvais homme ! sanglotait Charpaillez. Mais je n'ai pas voulu ce qui est arrivé.

Fort attentivement, Boro observait cette vieille canaille qui tentait de leur donner le change.

— J'ai tué du feldwebel à la pointe des baïonnettes, j'ai mené l'assaut sous les shrapnels, j'ai abreuvé de mon sang la terre de Meuse, zigzagué sous les traçantes et respiré les miasmes des gaz de combat, mais, depuis, j'ai tout fait pour remonter la pente... Ah ! si vous saviez ! Le tréponème, la syphilo, la solitude jour après jour vous rendent foutrement drôlet... Cinoque... Plus léger que la plume ! Non mais ! Regardez-moi ! Cette fripure ! Ce râle ! Cette coulure au coin du nasal ! Est-ce que je représente du dangereux ? Franchement ! J'ai les poumons déchiquetés ! J'ai une éventration des boyaux ! Je me gratte ! C'est tout !

Avec les griffes de ses mains, Charpaillez sembla vouloir s'arracher la peau de son crâne de rhinocéros. Il se frottait comme papier de verre. Il tremblait de froid : ses dents s'entrechoquaient.

Son visage s'éclaira fugacement lorsqu'il posa ses yeux rougis sur Liselotte.

— Ah ! La petite doucette, s'attendrit-il, quel joli balconnet ! Et son gentil coquin, le Dédé de la Marne, si fameux lapin ! Les ai-je pas aimés, suivis, protégés, et voilà que, sur ordre, on me fait passer pour mauvais ! Vilain balbuzard, je fonds sur ma proie au bord de l'eau morte ! Mais comprenez que je n'y peux rien ! Vous m'êtes bien sympathiques, allez ! C'est ceux d'en haut qui ont voulu cela ! Dans les échelons ! Les huiles ! Moi, je ne suis rien ! Exécutant ! A peine !

— Qui a donné l'ordre ? demanda Boro d'une voix dure.

Charpaillez le regarda intensément. Il prit la mesure de son interlocuteur et s'écria avec ironie :

— Le grand reporter ! Monsieur qui-voit-tout ! Il s'en doute, non ? C'est M. Guichard, pardié ! Un monsieur bien tranquille, derrière ses buvards.

Boro se pencha.

— Charpaillez, je veux savoir s'il y a un rapport entre l'épisode Dédé Mésange, qui est innocent — vous ne l'ignorez pas —, et l'affaire des Galeries Lafayette.

Le policier à deux faces sembla effrayé par la question. Il se mit à ramper, à se gratter la manche.

— Il fait froid ! Il refait froid partout !

Il courait à quatre pattes, ébouriffé, plus débroché qu'un vieux livre.

— Il me faut ma lili-pioncette ! Il me la faut ! Ma source ! Ma chaleur !

Il roulait des yeux de maboul.

— Merde à tous ! Vous m'aurez tué !

Boro le bloqua dans un angle de la pièce. Les spectateurs assistaient à la scène bouche bée.

— Le pauvre homme, murmura Liselotte.

— Charpaillez, dit Boro d'une voix au ton parfaitement dominé, je peux vous retenir ici pendant plusieurs jours. Vous serez sans drogue et sans soutien... Autant cracher la vérité.

— Persécution ! Piquez-moi à la grosse veine bleue ! Je serai commissaire !

Boro approcha son visage de celui du morphinomane.

— Répondez à ma question et je vous laisse filer.

— Je ne faillirai pas à mon devoir ! Même si vous m'infligez une peine monstrueuse !

— Je vous promets de ne faire état à personne de vos révélations.

— Non, s'entêta le jaunard. Je ne dégoiserai pas.

Casse-poitrine se permit d'intervenir :

— P't'être patron que je lui recolle une baffe ?

L'Asticot leva ses battoirs pour frapper la flicaille.

— Ah ! mais ça, d'accord. Une bonne tannée ne peut que lui attendrir la viande !

Charpaillez se protégea instinctivement la tête.

D'un regard, Boro éloigna son personnel intérimaire. Charpaillez était mal en point. Un état de prostration avait succédé à sa crise d'hystérie. Il se tenait maintenant recroquevillé contre le mur. Les genoux dans le menton, il se grattait nerveusement les avant-bras.

— Le garrot ! Vite, l'intraveineuse ! Encore cinq minutes et je m'étouffe dans mes glaires !

Son faciès était plissé par des tics qu'il ne parvenait plus à maîtriser. Il claquait des dents.

— Le froid ! Ah, le gel des os ! Infâmes ! Je grelotte ! Je vais claboter entre vos pattes.

Cette fois, Fruges commença à se faire du mouron :

— Et si c'était vrai ? S'il allait nous claquer entre les pattes ? Un flic ! On se retrouverait dans de beaux draps !

Boro s'entêta :

— De quel côté de la barrière êtes-vous, Charpaillez ? Vous travaillez pour Guichard et en même temps vous filoutez avec des conspirateurs !

Le poulet leva un regard injecté de sang. Sa pâleur était extrême.

— Dites plutôt que ma vie est incurable ! Lamentables rendez-vous ! Misères sans nombre ! Je suis juste un pauvre bougre qui essaie de s'en sortir !

— Parlez, Charpaillez ! Il y a fort à parier que vous avez laissé mourir le jeune Christophe pour vous protéger et, maintenant, vous arrêtez Mésange qui est innocent.

— Il n'y a personne à juger ! Il se trouve, monsieur le reporter, que j'ai un destin spécial !

Boro se rua sur lui.

— Je déteste faire ce que je vais faire, s'écria-t-il en secouant l'homuncule.

Saisi par le collet, le lardu commença aussitôt à tousser.

— Rendez-moi du mou ! Avec de l'oxygène, je jure que je me mets à table ! expira-t-il en virant dans les bleus d'apoplexie.

— Prouvez-le-moi !

— A la minute ! Je dis tout ! Et merde du reste !

Il garda un moment les paupières closes, porta la main à son larynx endolori puis ralluma son regard de fièvre. Il faucha l'air d'un geste incohérent. Liselotte lui tendit un verre d'eau. Il l'engloutit.

— Bordel sang ! dit-il en reprenant sa respiration. Toutes ces torcheries de salopards auxquelles je participe à mon corps défendant me révoltent assez. Allez ! Je crache au bassinet !... Oui ! La mauvaise passe en laquelle se trouve votre Mésange a bien à voir avec le tintouin des Galeries ! Oui ! C'est un lieu où il se trame des choses pas ordinaires. Paris enferme un complot dans sa boyauderie souterraine... Si vous saviez, monsieur !... Les égouts, les carrières, les caches ! Quel dédale ! Quel ragoût pour la canaille !...

Il leva un regard suppliant vers Boro.

— Et maintenant, laissez-moi partir. Je ne demande pas la

charité. J'aime mieux crever que de demander la charité. C'est simplement que si je ne cours pas à mon vice, je ne pourrai plus mener ma tâche à bien.

— Quelle tâche ? demanda Liselotte.

— Je démasquerai la Cagoule ! A bas la forfaiture !

Il s'était dressé, coq soudain remplumé. Ses tics ne l'avaient pas quitté. Il brossait les pans de sa jaquette.

— Dites-moi où se trouve Dédé Mésange, supplia Liselotte. C'est cela qui m'importe. A quelle prison est-il ?

— A la Santé.

— Sous quel prétexte ?

— Secret professionnel.

Charpaillez ramassa son chapeau cabossé qui avait roulé à terre. Il fit trois pas, écartant le ventre de l'Asticot qui encombrait sa route.

Sa dignité restaurée par ce geste d'autorité, il marcha jusqu'à la porte. Il posa la main sur la poignée et, sur le point de sortir, se retourna vers Liselotte.

Il dit avec une certaine pompe :

— Sachez que j'ai été très mimi avec vous, ma petite. En vous disant où votre fiancé se trouve, j'ai pris le risque d'être enchristé dans les états-majors. Mais qu'importe ! Pas de pipeau ! Je sors blanchi de cette crise de vérité !

Il entrouvrit la porte et se ravisa :

— Encore un mot... Vous auriez grand tort d'entreprendre quoi que ce soit pour faire lever le mandat d'amener. Et même de mettre un avocat sur l'affaire. Les bavards seront impuissants en la matière. Idem pour les journalistes. N'allez pas leur mettre l'aubaine à la bouche : ils ne feront qu'attirer l'attention sur le jeune homme. C'est M. Guichard qui tient le gouvernail.

— Dites plutôt qu'en noircissant leurs colonnes ils vous placeraient en lumière ! Vous seriez démasqué par les uns et renié par les autres. C'est pour votre salut, votre carrière, que vous tremblez !

— Pas seulement ! De toute façon, à plus ou moins brève échéance, je sais mon lendemain ! Couic ! Je n'y coupe pas !

— Alors, quelle raison ? demanda Boro.

— Oui, renchérit Fruges, pourquoi avoir arrêté le gamin ?

— Quelle raison ! Les innocents ! Le grave et le péril vous échappent ! Souvenez-vous du petit Costabonne ! Vous avez affaire à des méchants ! Et sachez-le bien : le fiancé de Mlle Liselotte est plus en sécurité derrière les barreaux de sa geôle que lâché dans la verte nature. C'est en grosse partie pourquoi nous l'avons retiré de la circulation.

Boro tendit sa main au petit flicard.

— Vous avez ma parole, Charpaillez, que pour ce qui est du cas de Dédé Mésange, nous n'agirons pas par les voies officielles. Mais les méchants dont vous parlez m'auront toujours après leurs basques.

— Terrible ! Si vous vous y risquez seul, vous laisserez votre peau dans les ronces.

— J'ai une arme qui permet de frapper à distance.

— La photo ? Folle rigolade !

— Le Leica rattrape ceux qui bougent... Sinon, pourquoi auriez-vous fait main basse sur tous mes négatifs vous concernant ?

L'Asticot se fendit d'un large sourire. Il sortit de sa poche un bobineau de film, celui-là même que le reporter avait exposé rue Charras.

— Il avait planqué les négatifs sous son matelas...

Charpaillez baissa la tête.

Lorsqu'il la releva, il rencontra le regard du reporter posé sur lui. Les deux hommes se sourirent en même temps. Ils étaient comme des soldats qui, après la bataille, ne portent plus leurs casques.

— Nous sommes parfois sans défense, dit Boro.

— Il fait si froid, monsieur Borowicz. Tout glace.

Le petit policier entrebâilla la porte.

— Au revoir, monsieur Borowicz. Bonne chance.

— Au revoir, monsieur Charpaillez.

Après que le pas du bonhomme se fut éloigné dans l'escalier, personne n'eut envie de parler. C'était comme si chacun était entré sous le couvert d'une haute futaie sans lumière.

La grande occupe

L'APRÈS-MIDI même, Boro revint derrière les Galeries Lafayette. La rue Charras était morte. Les rideaux des entrepôts étaient baissés et les volets clos sur la façade. Pas l'ombre d'un mouvement de livraison.

En revanche, un joyeux remue-ménage tenait tapage sur le boulevard Haussmann. Des calicots brandis par des employés annonçaient la détermination du personnel à rejoindre dans la grève les ouvriers des usines Lavalette de Saint-Ouen.

Progressant de sa démarche claudicante sur le trottoir encombré, Boro dut se frayer un passage à travers plusieurs rassemblements plus compacts où les voix s'entrecroisaient avec des accents de colère. Au sortir de l'un d'eux, il tomba sur un comité de jeunes filles habillées de noir qui bourdonnait comme une ruche. L'une des demoiselles de magasin était juchée sur une chaise. Elle haranguait ses semblables. Elle avait ôté sa blouse d'uniforme et portait une robe blanche.

Boro reconnut immédiatement Nicole, la seule véritable amie que s'était faite Liselotte durant son passage au rayon de la parfumerie.

— La classe ouvrière est solidaire ! s'époumonait la jeune femme. Désormais, le matériel de l'entreprise constitue notre patrimoine !

On l'applaudit. Elle était rose de plaisir, de passion. Elle découvrait la force des mots.

Il n'y avait pourtant aucune violence dans ses propos. Plutôt l'envie de colporter une bonne, une surprenante nouvelle : aimer ce qui n'existe pas est liberté.

Les poings se tendaient sans arrière-pensée. Les visages souriaient aux projets les plus fous. Pas question de se demander à quoi toute cette générosité allait aboutir. Dans les mouvements qui enflaient la foule des employés, on sentait sourdre une nouvelle impression de vie.

— L'heure des initiatives a sonné ! Nos réactions sont communes ! Nos forces sont l'aboutissement de nos justes revendications ! Nous n'avons de comptes à rendre à personne ! s'écria Nicole en voyant s'avancer au-devant d'elle M. Puzenet-Laroche, qui venait tenter une ambassade au nom de la direction.

— Puzenet-Laroche à la broche ! cria une demoiselle aux boucles effrontées.

L'homme à la Légion d'honneur essaya de se faire entendre. Les huées, les quolibets, les plaisanteries couvrirent sa voix. L'importun avait l'œil aux abois.

— Mesdames, messieurs, je suis mandaté... commença-t-il.

Mais ces accents-là ne signifiaient plus grand-chose. Le rond-de-cuir en trois-pièces gilet parut désarmé devant cette armée pacifique mais bruyante. Il leva un doigt devant sa bouche.

— Chuuuut !

Un éclat de rire communicatif lui fit écho. En un clin d'œil, on le hissa sur la chaise qu'avait occupée Nicole. Puzenet, vieux buveur d'eau, ne savait plus quoi faire de ses mains.

— Je suis ici au nom de M. le directeur... chevrota-t-il en s'éclaircissant la voix.

— Hououou ! rugirent ces demoiselles. Pu-ze-nette, en chaussettes ! Pu-ze-nette en liquette !

— M. le directeur général m'a chargé de vous dire, persista l'orateur, que l'occupation des lieux de travail et l'entrave au bon fonctionnement de notre magasin est une atteinte indéniable au droit de propriété...

— Houououou ! Puzenet-Laroche est un fantoche !

Aussi vite qu'on l'avait hissé sur son piédestal, on l'en redescendit. Privé de son socle, le sous-directeur avait l'air sincèrement égaré. Sans crier gare, un accordéon musette venu de la rue d'Athènes avait faufilé son accent faubourien dans les plis vivants de la foule. Les divettes étaient éblouies.

— On danse, allez, on danse ! cria une voix féminine. Puzenet-Laroche en tournebroche !

Une grappe humaine forma couronne autour du grincheux. Cinquante mains firent virer le sous-directeur comme une toupie.

— Un bal ! Un bal ! scandait-on à la ronde.

Et le peuple, s'adjugeant la rue, allait à la gambille et commençait à javaner. Le petit gars des clous et broquettes invita la demoiselle des bijoux fantaisie :

— Viens, Lucette, que je pose mes mains froides sur tes quarante heures !

Leica à la main, Boro, de simple spectateur, était devenu derviche de sa passion pour les visages. Il faisait photo sur photo. Le jeu de la grève, la tendresse, un drôle de charme lui inspiraient des instantanés à la lucidité fulgurante.

Soudain, Nicole passa devant le reporter et le reconnut.

— Mince ! Ça alors ! Monsieur Boro ! Eh, les filles ! C'est le chouchou de ma copine Liselotte !

Les demoiselles de la ruche abandonnèrent Puzenet-Laroche pour entourer et fêter le Hongrois.

— Nous voulons aussi des photos ! exigea joyeusement l'une d'elles. Ne sommes-nous pas assez belles ?

— Vous l'êtes toutes !

— Oui ! Oui ! Des photos ! Des photos !

Boro arma son Leica et procéda à plusieurs clichés de groupes. Les mutines, soudain intimidées par l'objectif, retrouvaient la raideur des photos de classe. On se recoiffait à la dérobée. On cherchait sa meilleure copine pour figurer avec elle sur l'agrandissement futur.

— Il faudra nous les apporter, n'est-ce pas ?

— Sans faute !

— J'en veux une pour moi toute seule, exigea Nicole.

Elle s'approcha de Puzenet-Laroche et s'appuya familièrement sur son épaule comme si une vieille complicité les unissait.

— Je veux celle-là, décréta l'impertinente en plaquant un gros baiser sur la joue du hiérarchique. Avec mon chef !

— Vous l'aurez, promit Boro. Je viens souvent dans le quartier... Au fait, je ne vois pas M. Cosini. Il n'est toujours pas revenu ?

— Cosini, c'est fini ! cria une voix.

— On occupe le magasin ! tonitrua un timbre féminin amplifié par un porte-voix. Il faut que nous soyons présentes sur le lieu du travail !

Des ribambelles de blouses grises refluèrent aussitôt sur le trottoir.

— Vous venez avec nous, m'sieu Boro ? interrogea une gentille frimousse en prenant le reporter par le bras. Aujourd'hui, on vous offrira à dîner gratis !

— Pourquoi pas ? dit Boro.

Patte-en-fer et Manivelle, les deux gardiens placés en dernière réserve par l'administration devant l'entrée principale, tentèrent symboliquement d'endiguer le flot des insurgés qui se précipitait au-devant de leurs mains tendues. Ils furent balayés comme fétus de paille. Au reste, peu soucieux de prendre des horions que leurs salaires ne justifiaient pas, ils n'insistèrent point.

Restés seuls sur le trottoir, les deux sbires se regardèrent avec amertume.

— C'est l'anarchie, comme je l'avais annoncé ! ronchonna Patte-en-fer en restaurant l'équilibre de sa casquette qui gîtait par le travers. Au train où va le désordre, nous perdrons les colonies et la dignité. Nous serons esclaves de la lopaille et du débraillé...

— C'est comme le travail, si tu vas par là, dit le rondouillard, retournant l'argument à sa façon. Finalement, je trouve que c'est un destin bien sévère.

— Mille d'accords ! Je pense aussi que le labeur salit la bête. Raison de plus pour le confier aux Pygmées, aux cannibales... et même à nos bonniches bretonnes !

— Est-ce que tu pousses pas la gomme un peu trop fort, Patte-en-fer ?

— M'en fous ! J'avance ! Découillons les Juifs, les francs-maçons et toutes les crapules de sang ! Je préconise l'oligarchie. C'est le seul moyen pour empêcher les tanks russes de rouler sur la Beauce !

Pendant ce temps-là, Boro était choyé. Une orangeade à la main, étendu sur un transatlantique au milieu d'une cour de jolis minois, il goûtait avec ces dames les joies du farniente au rayon « Loisirs » qui venait d'être occupé.

On avait allumé la T.S.F. Le port de Marseille était toujours paralysé par les grèves.

— Vivement les quinze jours de congés payés par l'entreprise ! soupira une jeune femme en s'éventant sous un parasol.

— Vivement les billets populaires annuels dans les chemins de fer ! lui répondit une autre.

— Moi, j'y crois ! s'écria Nicole en brandissant un filet à crevettes.

Elle s'empara également d'un panier d'osier sur lequel il était écrit « Souvenir de Crozon ».

— Regardez-la ! se moqua Lucette, des bijoux fantaisie. Tu n'es pas encore en maillot de bain aux frais de la princesse, ma vieille !

— L'année prochaine, j'irai à Perros-Guirec ! s'entêta l'amie de Liselotte en coiffant un bonnet de bain rouge et en se campant de profil comme *la Marseillaise* de Rude. Léon Jouhaux l'a dit !

Boro appuya sur le déclencheur.

Un émissaire

Le matin du 4 juin, notre reporter était occupé à aider Pázmány à réaliser un cliché publicitaire — d'une médiocrité consternante — pour une société de réfrigérateurs.

Dans son objectif, quatre femmes évoluaient autour du Frigidaire 36, dernier-né de la marque, équipé d'un système dit « Écowatt », qui permettait de ne consommer que huit cent trente wattheures par jour, soit vingt-cinq kilowattheures par mois, soit un coût moyen de trente-huit francs soixante-quinze pour l'acheteur consommant sur la première tranche (un franc cinquante-cinq le kilowattheure), de vingt-deux francs cinquante pour l'acheteur consommant sur la deuxième tranche (zéro franc quatre-vingt-dix le kilowattheure), de six francs cinquante-deux sur la troisième tranche (zéro franc cinquante-sept). Boro en avait le cœur glacé.

A l'aube, on avait livré le Frigidaire, les mannequins et le chef de publicité du produit. A onze heures, Pázmány avait téléphoné à Boro, le suppliant d'accourir à l'agence pour lui apporter l'étincelle de génie qui manquait à sa composition. De photographe d'actualité, Blèmia s'était transformé en tâcheron de studio. Il avait commencé par modifier tout l'éclairage de la pièce, puis il avait relégué le chef de publicité près des fenêtres obturées.

Celui-ci, prénommé Nestor, nommé Ruvoit, transpirait à grosses gouttes sous les projecteurs. Volubile, toujours prêt à poser ses mains potelées sur les épaules des modèles pour leur indiquer de subtils jeux de scène, l'obèse, persuadé qu'il détenait l'unique vérité en matière de promotion publicitaire, multipliait les interventions inopportunes. Lassé par ses conseils intempestifs, Boro avait fini par lui river son clou et lui imposer le silence.

— Vous ne servez à rien, et votre ressemblance avec le

bonhomme Michelin ne m'a pas échappé, lui dit-il. Alors, pour l'amour du ciel, n'essayez pas de faire plus et disparaissez du champ.

L'autre, rengorgé dans son bon droit, fait à lard sous son costume croisé, bredouillait, bafouillait, exigeait qu'on respectât ce qu'avec une certaine prétention il appelait son cahier des charges.

Boro tournait autour des mannequins sans l'écouter.

Dès lors, tenu pour quantité négligeable, oublié de tous, le bibendum s'était réfugié dans une bouderie d'enfant martyr. Sa sudation surabondante le transformait en borne-fontaine.

— J'étouffe, répétait-il de temps à autre. Je vais me trouver mal.

Sur les quatre femmes présentes, trois figuraient les invitées de la maîtresse de maison. Celle-ci devait ouvrir son Frigidaire avec un sourire avenant et présenter sa machine à ses amies, bien évidemment subjuguées. L'hôtesse portait un tailleur de chez Lanvin et un tablier blanc neige. Ses comparses étaient affublées des ridicules chapeaux à plume qui, cette année-là, conféraient aux dames de Neuilly leur statut de femmes au foyer.

Boro en était à sa huitième prise. Pázmány mitraillait de son côté, au Folding. Nestor Ruvoit trépignait dans son coin, accablant les mannequins de tous les sarcasmes qu'il ne pouvait diriger contre les photographes — sauf à prendre le risque de recevoir un uppercut au coin du menton. Les quatre femmes ne savaient plus par quel bout prendre l'once de naturel que le chef de publicité leur avait dérobée. Et puis la chaleur était accablante, on travaillait depuis trop longtemps...

Boro s'apprêtait à redresser pour la troisième fois une plume rebelle qui ombrait malencontreusement le front d'un infortuné modèle, lorsque la porte s'ouvrit sur Mlle Fiffre. Cette bonne Germaine jeta un regard égaré en direction de Boro. Elle porta la main à sa bouche.

— J'ai frappé, s'excusa-t-elle, j'ai frappé, mais on n'a pas entendu. Alors j'ai ouvert... Il y a là une dame...

— Dites qu'il n'y a personne ! s'écria Boro en tournant autour de l'Écowatt. Dites que nous sommes au Groenland, que nous dérivons sur la banquise par 15° de latitude nord et que nous serons de retour dans une heure...

— Je peux me vanter d'avoir essayé de formuler la même chose en moins compliqué, bredouilla Mlle Fiffre en allongeant son cou de girafe épouvantée, mais cette personne fait partie de la race des gens qui...

Elle fut tirée en arrière par une main nacrée de rouge qui se substitua à la sienne sur le chambranle de la porte. Dans l'embrasure apparut le visage sculptural d'une blonde aux traits parfaitement découpés. Boro sentit son cœur se dérober. Il braqua le Leica dans la direction de la visiteuse, régla le télémètre, déclencha, arma, déclencha. Puis il dut s'appuyer sur sa canne et inhaler trois goulées d'air pour se remettre.

Ces temps derniers, il était sujet aux coups de foudre. C'était, si son compte était bon, le treizième éclair qui le zébrait depuis le début de l'année. Sur les douze précédents, deux avaient trouvé une issue conviviale passage de l'Enfer, deux autres, plus libertins, l'avaient entraîné sur un territoire hôtelier de simple transit, trois s'étaient soldés — sans qu'il y eût de commencement — par une solide paire de claques. Pour les cinq restants, notre séducteur avait obtenu d'honorables non-lieux. Mais cette fois-ci... Adieu, Adeline ! *Farewell* Amy Mollisson ! La treizième boule de feu venait d'effacer d'un coup toute antériorité.

Elle était si jolie ! Non, pas jolie. Charmante. Divine. Jamais vue. D'une extrême finesse, d'une extrême jeunesse, mais oui, jolie autant que charmante, fine que c'en était un délice, bouclée comme un sauvageon, avec ce qu'il fallait de grâce et de séduction, lumineuse et légère.

Boro s'approcha. Il prit la main de l'inconnue et l'attira en pleine lumière. Il poussa un soupir comblé. Ah, les jambes ! Elle portait des bas gris assortis à une jupe droite qui tombait gracieusement sur une cheville exquise. Les souliers étaient plats et vernis. Le chemisier, noir, sans jabot ni collerette, se rétrécissait à la taille — oh, la taille ! —, enfermée dans une large ceinture de cuir. Le regard... Boro arma, déclencha. Rien ne valait le regard ! Elle avait de grands yeux sombres, plus profonds qu'aucuns autres, sertis dans l'écrin vibrant des cils. Ce regard se posait sur les individus qui se trouvaient là sans témoigner de la moindre timidité.

Boro fut pris d'une inspiration soudaine.

— Mettez-vous là ! commanda-t-il à la nouvelle venue.

Il la plaça d'autorité devant le Frigidaire, ouvrit la porte et la fit s'appuyer dessus, bras croisés, le menton sur les mains.

— Regardez à l'intérieur ! Vous, les filles, sortez du champ. Pázmány, cache cette lumière, diffuse-la au plafond : je ne veux pas d'ombre.

Il prit une photo. Une seule. Puis il alla au tableau qui commandait l'éclairage et éteignit toutes les lampes.

— Alléluia ! Vous aurez vos clichés dans une heure, annonça-t-il à Nestor Ruvoit comme s'il s'avisait brusquement de sa présence.

Il s'inclina devant la belle inconnue, lui baisa la main et demanda :

— Aimez-vous le bortsch et la vodka ?

— Seulement aux heures ouvrables, monsieur Borowicz.

— Assez de conventions ! Je meurs de faim !

— Votre santé est consolante !

— Je fais un métier effroyable ! Et voyez-vous, je n'ai pas de bureau ici. Nous serons plus à l'aise pour causer sur une nappe de restaurant...

— Passé quinze heures, je vous redis mon appréhension.

Nestor Ruvoit agrippa Boro par la manche.

— Ces photos...

— En boîte, vous dis-je ! s'énerva Blèmia en montrant son Leica. Dans une heure elles seront prêtes. Développées, tirées, séchées.

— Mais si elles sont mauvaises ?

Boro s'approcha dangereusement. Nestor Ruvoit recula prudemment.

— Vous voulez parler de la photo de madame ?

Il désigna l'inconnue, qui considérait l'assistance sans se démonter. Elle n'avait pas de lobe à l'oreille gauche. Son profil était exemplaire.

— En fait, il n'y a pas plusieurs photos, dit froidement Boro. Avec madame, une seule suffit.

— Mais ce n'est pas ce que nous demandions !

— Vous demandiez l'impossible, monsieur Dupneu ! Allez-vous faire gonfler plus loin !

Boro se dirigea vers les quatre mannequins. Elles observaient la scène, réfrénant un fou rire.

— Vous n'avez qu'un don, c'est de gâcher tous les talents ! Regardez comme elles sont belles ! Et vous, breloquant du ventre ! Détendez-vous, Nestor ! Vous bruinez sur nous tous et postillonnez dans tous les sens !

Il revint vers le chef de publicité et lui tendit sa pochette.

— Dans un studio, cher Nestor, la première règle est le silence. Votre grain de sel nous encombre. Séchez-vous et sortez dans la dignité.

L'autre se détourna, empoigna son manteau et gagna la porte.

— Mesdemoiselles ! On s'en va !

— Bonne idée ! s'exclama Boro. Et faites-moi remporter votre machin !

Il donna un coup de pied dans le Frigidaire. Pázmány observait son ami avec consternation. Nestor Ruvoit franchit dignement le seuil de la pièce, suivi par les quatre jeunes filles.

— Au revoir, mesdemoiselles !

Elles adressèrent de grands signes aux deux photographes. Lorsqu'elles eurent disparu dans le couloir, Boro alla fermer la porte et s'en revint vers la belle inconnue. Il arborait son sourire de Kirghiz.

— Que puis-je pour vous ? demanda-t-il en se laissant tomber dans le fauteuil de cuir fauve qui occupait le centre de la pièce.

Il se releva aussitôt et lui présenta le siège.

— Il n'y en a qu'un... C'est pourquoi je vous proposais une banquette de restaurant.

Elle resta à sa place et montra le Leica qu'il tenait toujours à la main.

— Vous ne comptez pas publier votre photo, j'espère ?

Elle avait une voix mélodieuse que brisait un soupçon d'autorité. Un merle. Une mésange. Le timbre le plus rare qu'il eût jamais entendu.

— S'il ne tenait qu'à moi, vous feriez la une de la presse internationale... Mais il me faut l'accord de la firme Frigidaire.

— Et le mien.

Il en convint.

— Mais vous ne l'aurez pas.

— Pourquoi cela ?

Il prit Pázmány à témoin : avait-on le droit de priver les cinq continents d'un soleil si radieux ?

— Je ne suis pas là pour parler géographie, dit-elle sèchement. On m'envoie.

— On ?

— Le président du Conseil.

— Lequel ? M. Albert Sarraut n'a peut-être plus beaucoup d'avenir...

— En effet. Il a démissionné.

— C'était prévisible, nota Pázmány.

— Et même inévitable... M. Léon Blum sera appelé à dix-huit heures par le président de la République.

— Vous voulez dire qu'il sera nommé demain ? questionna Boro.

— Ce soir. Il quittera M. Lebrun à dix-neuf heures et présentera son gouvernement à vingt et une heures trente.

Boro modula un petit sifflement admiratif.

— On peut dire que vous faites une sacrée journaliste !

— Pas journaliste. Je m'occupe des relations extérieures de M. Léon Blum.

Pázmány quitta la fenêtre pour venir regarder de plus près cette femme si étrange.

— Qu'attendez-vous de moi ? demanda Boro. A part le bortsch et la vodka ?

— Une photo, naturellement.

— Et laquelle, s'il vous plaît ?

— Celle du gouvernement.

Il s'appuya sur sa canne et feignit de réfléchir.

— Vous ne pouvez pas refuser. C'est M. Blum lui-même qui vous le demande... Il paraît que vous vous êtes déjà rencontrés...

— Je n'aime pas faire cette sorte de photos, objecta Boro. Ce n'est pas ma spécialité. Je ne donne pas dans le genre officiel.

— Je comprends, admit la jeune femme.

Elle désigna le Frigidaire :

— Vous, c'est plutôt le style ménager. Reporter en sauces et charcuteries... Ce n'est pas ce qu'on m'avait dit. Tant pis ! Nous trouverons quelqu'un d'autre !

Elle fit un pas en direction de la porte.

— Attendez ! cria Boro.

Il l'attrapa par le coude et la fit pivoter vers lui.

— L'agence peut faire une exception...

— Vous aimez donc tant M. Blum ?

— Je n'ai rien contre lui. Mais vous l'éclipsez sans contestation possible !

Elle se dégagea.

— Je laisserai votre nom à l'entrée principale de l'Élysée. Soyez-y à vingt et une heures.

— Et après ?

— Vous prendrez la photographie.

— Bon. Mais une fois qu'elle sera faite ?

— Vous la développerez.

— Et ensuite ?

Elle le regardait sans comprendre.

— Une fois la photo prise, accepterez-vous de manger un bortsch et de boire de la vodka en ma compagnie ?

— Certainement ! dit-elle avec un sourire gracieux.
— Le soir même ?
— Certainement pas ! dit-elle avec le même sourire.
— Quand, alors ?
— Un jour.
Il fit la moue.
— Un soir ?
— D'accord, fit-elle après une imperceptible hésitation.
— Alors, j'y serai. Qui dois-je demander ?
— Anne Visage.
— Anne Visage, murmura-t-il. Comment oublier un si joli nom ?
Il ouvrit la porte et, d'une voix de stentor, cria :
— Mademoiselle Fiffre ! Veuillez noter que, à partir de vingt et une heures, il faudra me passer mes communications au palais de l'Élysée !

Un homme de lettres

LORSQU'IL revint dans le studio après avoir raccompagné Anne Visage à la porte de l'agence, Boro était aux anges. Pázmány, tout au contraire, faisait grise mine. Il se tenait debout contre la fenêtre, bras croisés, et jetait sur son ami un regard sombre.

— Eh quoi ! s'écria Boro. Quelque chose ne va pas ?

— Le Frigidaire, répondit l'autre.

Sa voix était lourde de rancune. Une bise soudaine précipita Boro au bas du petit nuage sur lequel il était monté quelques minutes auparavant.

Il s'approcha d'une table sur laquelle divers dossiers traînaient, épars. Il en ouvrit un. Des photos s'en échappèrent. Il se baissa pour les ramasser.

— Je m'en tiens aux légendes, déclara-t-il. Les clichés ne posent pas de problèmes.

Il s'appuya à la table et découvrit une à une les publicités réalisées par l'agence.

— 2 mai : « Telles les antiques cariatides, les produits Levy-Finger sont les indispensables soutiens du bâtiment moderne. » 26 avril : « Revolux, le nouveau bas à varices en fil latex vanisé soie invisible. » 6 avril : « Tu l'aimes ? Un peu, beaucoup, passionnément, Claverie, la grande maison du corset et de la ceinture. » 20 mars : « Airolastic, le maillot de bain qui donne la ligne. » 12 février : « Arista, le soutien-gorge tricoté en forme, sans couture, modèle à plaque stomacale. » 6 janvier : « Le croiriez-vous ? Soixante-douze kilomètres sans aucune déchirure avec un bas Sunday. »

Il referma sèchement le dossier et fit face à son camarade. Sa main serrait fortement le pommeau de sa canne.

— On arrête la publicité. Je n'ai pas créé cette agence pour faire du bas et du soutien-gorge.

— La réclame nous a aidés, rétorqua Pázmány d'une voix blanche.

— C'est vrai. Au début. Maintenant, nous n'en avons plus besoin. Toi-même, tu t'essouffles.

Il montra le Frigidaire.

— Tu ne sais plus que jouer sur les ombres, sur la grandiloquence. Tu deviens académique. Fais autre chose.

— Les réunions officielles, par exemple ? persifla Pázmány.

— C'est mieux que les culottes invisibles ou le papier tue-mouches.

— Il suffit qu'une femme te tourne la tête pour que tu acceptes n'importe quoi !

— J'ai mon idée.

— On peut savoir ?

— Non, décréta froidement Boro. Nous avons toujours dit que nous étions libres de nos reportages à condition qu'ils ne détruisent pas l'image de l'agence. La réclame, je n'en veux plus. Nous en parlerons avec Prakash. Mais Blum, d'accord. C'est une solide hypothèse de travail.

Pázmány le toisa avec orgueil.

— Et tu vas faire cette photo officielle ? Au nom de l'agence ?

Boro quitta la table et s'approcha du Hongrois. Il posa sa main sur son épaule et dit, une lueur amusée dans le regard :

— Tu penses bien que si je vais à l'Élysée, ce n'est pas pour photographier une réunion de famille !

— Mais qui, alors ? Elle ? Cette Mme Visage ?

— Bien sûr que non ! Si j'y vais, c'est pour Blum !

Il tourna les talons, fit un petit salut à son ami et empocha le Leica ainsi qu'une demi-douzaine de pellicules.

Dehors, le ciel était d'un bleu limpide des plus pacifiques. L'été arborait ses couleurs. Alentour, tout n'était que paix et douceur. Peu d'automobiles circulaient. Les passants étaient rares. Paris semblait s'assoupir, caressé par les rayons d'un soleil pâle. Mais la ville trompait bien son monde. Sous une quiétude apparente, elle dissimulait un véritable bouillonnement. Il y avait peu de voitures, car les bourgeois des beaux quartiers avaient envoyé leurs femmes et leurs enfants à la campagne, loin de la menace rouge qui planait sur la capitale. Les magasins d'alimentation et les banques étaient pris d'assaut par des frileux qui craignaient de manquer de lait ou de se voir voler leurs économies par les trublions que la France avait envoyés sur le chemin de l'hôtel Matignon. Certains journaux ne paraissaient plus. L'essence manquait, le mazout également. Les grèves, peu à peu, paralysaient l'activité économique.

Elles avaient commencé le 11 mai, à l'usine d'aviation Breguet du Havre. Le mouvement avait fait tache d'huile. Il avait été repris par Latécoère, à Toulouse. Le mardi 26, c'était la métallurgie parisienne qui s'ébranlait. Nieuport, Hotchkiss, Sautter-Harlé, Liore-Ollivier étaient en grève et occupés. Le 27, Farman débrayait. Le lendemain, coup décisif, trente-cinq mille ouvriers de chez Renault cessaient le travail. La contagion gagna rapidement Fiat, Chausson, Gnome et Rhône, Talbot, L.M.T., Citroën, Brandt et Salmon. Le 28 mai, d'Issy-les-Moulineaux à Saint-Ouen, de Levallois à Villacoublay, cent mille métallurgistes de la région parisienne élirent à leur tour des délégués ouvriers. On ne se contentait pas de stopper les machines et de quitter l'usine. On occupait, vingt-quatre heures sur vingt-quatre. C'était comme si la population ouvrière prenait des garanties pour ne pas se faire oublier du gouvernement qu'elle avait choisi. Personne n'y comprenait rien : ni les radicaux, ni les socialistes. Pas même les communistes.

De quel côté allait pencher la France ? Le VIIe congrès de l'Internationale communiste n'avait pas verrouillé l'éventualité d'une participation des siens à la mise en place du gouvernement. Cependant, les communistes français optèrent finalement pour la non-participation. Pensaient-ils que leur présence serait considérée comme un prétexte à « des campagnes de panique et d'affolement des ennemis du peuple » ? Craignaient-ils pour le bel avenir de leur surprenante progression électorale ? Redoutaient-ils que leur présence ministérielle ne constituât un obstacle au ralliement d'une partie de la droite à l'alliance franco-soviétique et à une politique de fermeté à l'égard du chancelier Hitler ? La diplomatie soviétique joua-t-elle un rôle ? Plus proches d'un réalisme synthétique, les phrases écrites par Paul Vaillant-Couturier dans *l'Humanité* du 15 mai indiquaient assez les perspectives jugées confortables dans lesquelles se serait volontiers placé le P.C.F. : « Aux côtés du gouvernement de gauche, le soutenant, assurant sa stabilité, les communistes exerceront du dehors une sorte de ministère des masses, avec le concours des éléments les plus ardents et les plus disciplinés du Front populaire organisés dans ses comités. »

De son côté, Blum, malgré des ouvertures exploratoires pour

faire entrer des membres de la C.G.T. au gouvernement, avait échoué. De ces échecs, le président du Conseil n'apparaissait pas suffisamment attristé pour qu'on pût croire qu'il espérait sincèrement une véritable alliance avec l'extrême gauche. Après tout, l'électorat avait affaire à un bourgeois de caste. Pas surprenant qu'il avançât d'un pas de sénateur.

Dès lors, selon les bonnes vieilles méthodes de pondération et de rééquilibrages parlementaires chères aux dirigeants français, il semblait inévitable que de la mayonnaise des consultations ressortît le plat froid de l'Union socialiste et républicaine, flanquée de l'inévitable Parti radical.

Tel était le gouvernement que Boro allait photographier sur le perron de l'Élysée.

Il quitta le boulevard Saint-Germain et descendit vers la Seine. Au carrefour Buci, son attention fut attirée par un groupe de jeunes hommes qui pénétraient chez un coiffeur situé à l'angle de la rue de l'Ancienne-Comédie. A l'intérieur de la boutique, il y avait remue-ménage.

Boro s'arrêta.

Une douzaine de badauds firent cercle autour de la devanture. On entendit des invectives, quelques insultes. Les jeunes gens étaient des coiffeurs en grève venus enjoindre à leurs collègues de fermer boutique.

Boro se fraya un passage parmi les curieux, se dressa de toute sa taille au-dessus des premiers rangs et prit des photos. A son côté, un homme âgé maugréait quelques commentaires. Il était très maigre, vêtu d'un long pardessus taché, et portait une paire de lunettes à monture d'acier.

— Si j'étais le patron, ronchonnait-il, je ne serais pas long à les faire déguerpir, et en vitesse !

Il fut pris à partie par un malabar à moustaches et casquette plate :

— Alors, pépé ! On ne comprend rien à la guerre sociale ? On est rentier, sans doute.

— Homme de lettres ! Ce n'est pas tout à fait la même chose !

— Qu'est-ce que vous avez contre les coiffeurs ?

— Quand ils coiffent, pas grand-chose !

Le moustachu prit le petit groupe de badauds à témoin et entreprit d'expliquer à l'homme de lettres la misère du peuple :

— L'ouvrier travaille pour gagner à peine de quoi subsister ! Comment voulez-vous qu'il puisse vivre avec trois enfants ?

— Il n'avait qu'à ne pas les faire !

— Et vous, vous n'en avez pas fait d'enfants ?

— Moi ? interrogea le sexagénaire, frappé par une éventualité apparemment aussi inconcevable que stupide.

Il secoua la tête à plusieurs reprises avant de lâcher :

— Je m'en suis bien gardé, n'ayant pas une situation qui me permette de les élever !

— Allons donc ! repartit le prolétaire. Vous en avez fait comme les autres ! Seulement, vous les avez laissés là, et c'est la classe ouvrière qui les a nourris.

— Eh ! Mais dites donc, ce n'est pas si bête que cela ! rétorqua le vieillard, se moquant gentiment.

L'autre ne trouva rien à redire. Un de ses collègues désigna l'homme de lettres et s'écria :

— Envoyez-le donc à Sainte-Anne !

A cet instant, une femme entre deux âges fendit la foule, attrapa l'homme au manteau par la manche et dit :

— Venez, Léautaud. On vous attend au Mercure.

Ils s'éloignèrent sous les quolibets du public. Boro les suivit un instant, puis il obliqua vers l'Institut et descendit en direction de la Seine. Ses pensées virevoltaient autour de la chevelure blonde et bouclée de la majestueuse Anne Visage. Il se disait que celle-là n'était pas comme les autres, et qu'il ne la conduirait pas au chevet de son âme avant trois jours au moins. Quatre peut-être. Il appelait son âme l'oreiller brodé où il lui plaisait de voir tomber les têtes nouvellement couronnées.

— N'allons pas trop vite en besogne ! se morigéna-t-il.

Anne — quel doux prénom à prononcer ! —, Anne lui paraissait si différente des conquêtes auxquelles il se frottait habituellement qu'il admettait la possibilité de ne jamais l'entraîner là où il avait attiré les autres. La jeune femme était si troublante de perfection que son corps, pour ainsi dire, ne comptait pas. Même, il le lui laisserait si elle l'exigeait. A condition, pensa-t-il en abordant la rue Mazarine, qu'elle lui offrît le plus précieux de sa personne : sa foi tout entière et, pourquoi pas, sa main.

Il s'arrêta, troublé par une pensée qui lui était venue douze fois depuis le début de l'année sans que jamais il s'avisât qu'elle tenait du refrain.

— Tiens, murmura-t-il, surpris : il se pourrait que cette fois-ci fût la bonne.

Un frisson de bonheur le parcourut. Il descendit doucement vers le palais de l'Élysée tout en sifflotant un ragtime en souvenir de Charles « Buddy » Bolden, musicien de jazz méconnu qu'il affectionnait particulièrement.

Tout est possible

BIEN que le jour fût loin de mourir, les fenêtres du palais brillaient déjà. Le soleil grimpait sur la crête du mur d'enceinte et glissait dans une flaque rouge qui coulait sur le verre des immenses ouvertures. Boro passa devant un factionnaire figé dans sa guérite. Il se présenta à la poterne du poste de garde.

Un gradé s'avança vers lui. Sa tunique noire était doublée de rouge. Il salua le visiteur, s'enquit du but de sa visite et de son identité.

— Je m'appelle Borowicz, répondit Blèmia. Je suis photographe.

Il tendit sa carte de presse.

— J'ai été pressenti par Mme Anne Visage pour faire la photo officielle du gouvernement.

Le sous-officier de la garde présidentielle pria le solliciteur de patienter un instant. Il retourna sur ses pas, abandonnant Boro devant une chaîne de bronze tendue entre deux bornes. Il revint peu après, l'air grave. Il tenait une longue liste à la main.

— Bara... Bara... Baraduc... Boro... Boro... Vous dites Boro quoi ?

— Borowicz.

— Borowicz ! Exact. Vous êtes attendu. Longez le trottoir, monsieur. Entrez par l'entrée principale et vous trouverez dans le hall central un huissier qui se mettra à votre disposition.

Boro s'éloigna d'un pas tranquille.

L'huissier s'appelait Bougras. Il avait une tête de papier à en-tête. Il se prenait pour un titre. Le genre de fonctionnaire qui voyait sûrement son destin plus loin que le bout de sa chaîne.

Il avançait habituellement avec le col légèrement incliné vers l'arrière. Ses souliers étaient vernis. C'était un homme chauve, de couleurs frac et blanche, de race palmipède et piscivore qui se déplaçait avec préméditation. Souvent, en guidant les visiteurs, il se demandait si, le soir, on servirait encore du poisson pour le dîner du président Lebrun. Il aimait la brandade. Il avait couché avec la femme de chambre.

Depuis belle lurette, ses cercles dans le hall de réception l'avaient persuadé que tout sur terre n'est que la banlieue de quelque part... Et pas de doute que la somme des pas inutiles que lui commandait son service l'eût conduit jusqu'en terre Adélie pour peu qu'il ait eu la chance et l'occasion de les ordonner bout à bout, en ligne droite.

Lorsque Boro fit son apparition, furtif sur le dallage, l'huissier était englouti dans ses rêves. Souvent, il s'éloignait ainsi pour des courses lointaines. Ce jour-là, il pensait à du poisson cru, au cercle boréal. Il était le genre de personne qu'aucun pingouin n'eût empêché de se choisir une compagne dans sa suite. N'avait-il pas pour lui la juste démarche, les pieds plats, les bras courts et le plastron des chemises antarctiques ?

Boro passa sans s'annoncer. Admis officiellement dans la place, il venait de franchir un barrage qui lui permettrait peut-être de pénétrer au cœur de l'événement. Plus près, en tout cas, que ce qu'on lui eût présenté s'il avait montré patte blanche à l'huissier de la présidence.

Il se faufila dans les couloirs jusqu'à un bureau situé dans l'aile gauche. Le parquet glissant rendait son déplacement périlleux. Il entendit un bruit de porte, des pas qui se hâtaient, et deux voix entremêlées dans une conversation prudente. Il se rejeta sur le côté. Les individus faisaient mouvement dans sa direction, s'apprêtant à déboucher dans la galerie où il se trouvait. Boro rebroussa chemin. Il franchit les quelques mètres qui le séparaient d'un cabinet de travail et se risqua à en pousser l'huis. Il coula un regard prudent par l'embrasure. Adossée à une glace monumentale, une table bureau dorée trônait au centre de la pièce. Le lustre était constitué de cabochons de cristal. Une lampe était allumée au-dessus du maroquin encombré de papiers, donnant à penser que l'occupant des lieux pouvait revenir d'un moment à l'autre.

Boro referma doucement la porte sur lui. Les deux hommes passèrent sans s'arrêter. Il entendit l'un d'eux prononcer ces mots :

— M. Blum m'a demandé de revenir l'attendre devant le cabinet du président vers dix-neuf heures. Je n'ai pas l'impression que les choses aillent comme sur des roulettes !

Le bruit de leurs pas décroissait. Boro entrouvrit à nouveau le battant. Il risqua un œil. Les messieurs en costume gris se tenaient face à face à une croisée de couloirs.

— Dites-moi donc, ami, disait l'un d'eux. On parle de Gasnier-Duparc à la Marine... Mais qui est-ce au juste, ce Gasnier-Duparc ? Vous le connaissez, vous ?

— Parbleu, mon cher ! Vous mettez le doigt sur une sacrée bourde ! Allez, je vous la raconte par souci de cocasserie, mais, pour l'amour du ciel, n'en faites pas état tout de suite : on saurait trop d'où vient la fuite !

— Juré !

— C'est simple : Blum cherchait quelqu'un pour la Mer... Il se souvint d'un sénateur radical d'un département breton...

— En effet, ces gens-là...

— Attendez ! Il ne se rappelait plus son nom, sauf qu'il était double, avec un trait d'union... Bon. Il consulte Jules Moch. L'autre prend l'annuaire et il voit que dans le Morbihan, effectivement, il y a un sénateur qui est ce fameux Gasnier-Duparc... Affaire conclue. Seulement voilà... Rentré chez lui, Moch se souvient du nom oublié...

— Je parie que c'est Meunier-Surcouf !

— Dans le mille, mon bon ! Mais c'est l'autre qui sera tout de même secrétaire d'État...

— Ça alors ! Pas de chance !

— Bast ! Ce sera pour la prochaine fois ! Daladier avait déjà donné son accord...

Les deux compères se séparèrent. Boro ressortit de la pièce et s'aventura plus avant dans les couloirs.

Après avoir tourné à main droite et longé un mur paré de lambris, il localisa l'entrée d'une antichambre qiu ouvrait sur une porte majestueuse. Devant celle-ci se tenaient deux huissiers.

Boro songea qu'il se trouvait peut-être devant la pièce où, à cette heure même, se jouait le destin de la France : le cabinet dans lequel Blum plaidait la cause de tel ou tel ministrable devant le président Lebrun.

Poussé par son instinct de chasse, notre reporter chercha un endroit propice où se tenir en embuscade et capter la photo des deux politiciens se serrant la main à l'issue de la consultation. Se fiant à son sens habituel de la prémonition ainsi qu'à la règle qu'il avait faite sienne de toujours anticiper l'événement, Boro voulait être présent lorsque le président de la République raccompagnerait

Blum sur le pas de son bureau — car il ne doutait pas qu'il en serait ainsi. Mais ce pari le plaçait fatalement en terrain découvert.

Il envisagea un moment de se dissimuler sous une banquette qu'il apercevait au bout de la galerie. Cependant, l'idée fit long feu : victime de son mètre quatre-vingt-sept, il eût largement dépassé du meuble. Et puis son orgueil lui soufflait qu'il y avait du piteux à se faire débusquer en si ridicule posture.

Comme il commençait à désespérer de la situation, il remarqua une glace ourlée d'un contour doré dont le lac tranquille lui permettait de viser par réflexion dans la pièce mitoyenne. Il effectua sa mise au point sur l'endroit présumé de la sortie et détermina un cadre dont il était assez satisfait. Dans le viseur clair du Leica s'inscrivaient deux audienciers placés chacun de part et d'autre de la porte. Par la grâce fortuite d'un second miroir placé dans l'antichambre, il visait une perspective à huit reflets.

A peine venait-il d'évaluer sa lumière et son temps d'exposition que l'un des huissiers se précipita pour ouvrir le battant et s'effaça aussitôt pour livrer passage aux deux hommes d'État. L'intuition de Boro ne l'avait pas trompé. Il remarqua que, si une légende tenace voulait que M. Lebrun pleurât comme un veau et eût de grands pieds ridicules, le président larmoyait, certes, mais il y avait fort à parier que, fragilisés par l'excès de travail, ses yeux se fussent humidifiés sous l'effet de la fatigue, voire de la nervosité. Quant à sa pointure, elle paraissait très normale. M. Lebrun portait seulement par coquetterie des pantalons très étroits et des vernis à bout pointu.

Les deux interlocuteurs se serrèrent la main à plusieurs reprises, comme s'ils répétaient leur geste pour un photographe exigeant. Boro appuya sur le déclencheur. Trois photos. C'était plus qu'il n'en espérait.

Il s'apprêtait à battre en retraite lorsqu'il entendit un véritable galop résonnant sous la voûte de la galerie adjacente. Il repensa au collaborateur de Blum ; c'était sans doute lui qui venait chercher son patron. Dix-neuf heures. Il était dix-neuf heures.

Boro glissa son Leica dans sa poche et s'en fut, affichant un air affairé. Il croisa l'homme au complet gris sans lui accorder le moindre regard. Dès qu'il eut tourné l'angle, il se retrouva dans le couloir et s'arrêta devant le petit bureau où il avait déjà trouvé refuge. L'endroit était toujours désert.

Une fois dans la place, il laissa la porte à peine entrebâillée et glissa son objectif dans l'ouverture. Blum et son porte-serviettes approchaient. Boro reconnut la voix tempérée du leader de la gauche. Il parlait à son interlocuteur :

— Lebrun m'a expliqué qu'il m'appelait au poste de Premier ministre parce qu'il ne pouvait pas faire autrement. Il m'a seulement demandé de réfléchir avant d'accepter, avançant qu'il serait peut-être bon que je renonce, aucun socialiste n'ayant jamais été président du Conseil en France. Ma nomination, à l'entendre, risque de provoquer des grèves encore plus importantes.

2,8 au quinzième de seconde. Cette photo-là serait floue. Pas de profondeur de champ. Boro était furieux.

Les pas s'éloignèrent. Le reporter referma la porte. Il se dirigea vers le fauteuil qui se trouvait derrière le bureau Directoire, s'y assit et déploya ses longues jambes sur le sous-main de cuir. Ainsi installé, il entreprit de glisser une nouvelle pellicule dans le Leica. C'est alors que la porte latérale s'ouvrit. Anne Visage fit son apparition. Elle tenait deux dossiers sous son bras gauche. Son front net se fronça imperceptiblement.

— Puis-je savoir quel culot vous a poussé à pénétrer dans mon bureau avec près de deux heures d'avance ? demanda-t-elle.

Boro bascula ses jambes dans le vide, les fit atterrir en toute hâte sur le tapis d'Aubusson et se leva comme un ressort. Acculé à l'impertinence pour masquer sa confusion, il sourit à la jeune femme et dit :

— Houspillez-moi si vous voulez... Absolument sérieux : je ne pouvais pas me passer de vous !

Excédée, elle haussa les épaules.

— Vous êtes irresponsable !

Elle semblait avoir perdu tout sens de l'humour. Elle contourna son bureau et passa devant Blèmia sans lui prêter plus d'attention que s'il avait été une bûche.

— Je vous avais donné rendez-vous à neuf heures... Vous atteignez les sommets d'une rare grossièreté en bousculant les usages.

— Les usages ?

— On n'entre pas ici comme dans un moulin ! Ne vous avais-je pas demandé de vous trouver à l'entrée ? Je vous aurais envoyé quérir par un huissier.

Elle leva la tête.

— Et d'ailleurs, comment avez-vous trouvé l'endroit où je travaille ?

— Par instinct.

Elle se tut et commença à feuilleter l'un des dossiers. Elle s'absorba dans la lecture d'une note dactylographiée et en souligna plusieurs paragraphes au crayon rouge.

— Eh bien ! s'exclama-t-elle sans accorder le moindre regard à son visiteur. Au moins, asseyez-vous ! On dirait un portemanteau ! Ne restez pas planté comme une grande taille dans un magasin d'habillement !

Il prit place sur le bord du siège qui lui faisait face, s'appuya sur le pommeau de sa canne et garda rivés ses yeux bruns et profonds sur la perfection du visage de la jeune femme.

— Un jour, dit-il doucement, vous comprendrez que je suis amoureux de vous comme aucun autre homme ne saurait l'être.

Elle fit celle qui ne l'entendait pas. Le temps s'envolait au loin. Une pendulette à colonnes trônant au centre de la cheminée de marbre sonna la demie de sept heures. Anne Visage regarda Boro et sourit.

— Il faut aller dans la salle d'attente, dit-elle avec une douceur retrouvée. J'ai encore beaucoup de travail à abattre et votre présence me paralyse.

— Je n'oppose aucune résistance, répondit Boro. Je crois bien que, aujourd'hui, le loup est mort.

Elle appela un huissier qui le conduisit dans un salon bleu.

Il ne prêta pas garde aux estampes de Quentin de La Tour. Il resta là, deux heures durant, absolument immobile, pensant à elle et à elle seulement. Lorsqu'elle revint, il lui dit qu'elle était resplendissante. Elle le coupa dans son élan :

— Il est neuf heures et vous avez été bien sage. Suivez-moi : ces messieurs nous attendent dans la cour d'honneur.

Comme une classe indisciplinée, les membres du nouveau gouvernement se tenaient effectivement sur les marches du perron.

M. Blum aperçut Boro. Il le reconnut et s'avança vers lui pour lui serrer chaleureusement la main. Puis il reprit sa place entre Yvon Delbos et Édouard Daladier, vice-président et ministre de la Guerre.

Paul Faure était au premier rang ainsi que Camille Chautemps, Maurice Viollette et Marx Dormoy.

Anne Visage se tenait aux côtés de Boro et l'assistait, allant prodiguer à celui-ci ou à celle-là les recommandations du photographe. Ce dernier vivait le miracle de l'amour. Il avait commencé la séance de pose sans reprendre connaissance. Anne Visage le tenait sous la tendre domination de son charme et de son autorité.

Seul comptait pour lui le volettement de ces mains de femme, longues et blanches, aux ongles peints de rouge.

Obéissant à la logique du jour, notre reporter voulut à toute force que, contrairement au protocole, ces dames du gouvernement eussent une place d'honneur. Sa préférence allait à Irène Joliot-Curie, prix Nobel de physique, sur laquelle il avait déjà fait un reportage. Suzanne Lacore était une institutrice. Elle paraissait presque intimidée par son portefeuille de sous-secrétaire d'État à la Protection de l'enfance.

Après avoir longuement visé au télémètre, Boro fit permuter, pour des raisons de taille, Roger Salengro, ministre de l'Intérieur, avec Vincent Auriol, qui était aux Finances. Il imposa le silence à Charles Spinasse, Georges Monnet et Marius Moutet, qui bavardaient sans cesse. Pierre Cot, ministre de l'Air, était, comme le voulait l'humour, perché sur la plus haute marche. Mme Cécile Brunschwig, à l'Éducation nationale, avait quelque raideur dans le buste, et Jean Zay avait tendance à sortir du cadre.

En cette fin de journée du 4 juin, monté sur une grande échelle, survolant la terre, Blèmia Borowicz prenait cliché sur cliché. Ses gestes, ses pensées obéissaient à des automatismes. Il venait d'arracher à la belle Anne Visage un rendez-vous pour le lendemain, vendredi.

Travail en chambre

IL s'éveilla à l'aube et tenta vainement de se rendormir. Au travers du brouillard de sa cervelle, il comprit que la situation était désespérée : la journée serait interminable.

Il se leva à sept heures. Il prit un bain, revêtit une chemise de popeline blanche, un costume de chez Rufiot (le seul qu'il possédât), une cravate qu'il avait héritée de son père et, à dix heures tapantes, se retrouva au bas de chez lui, feutre sur la tête, Burberry sous le bras.

Il se demanda si plus de fermeté dans le menton l'aiderait à franchir le cap de son engourdissement. Il regarda passer un jeune couple, retourna à ses réflexions et se creusa pour savoir ce qu'il allait faire pendant toutes ces heures. Boro ne savait pas attendre.

Il s'offrit des lames Gibbs toutes neuves afin d'avoir la peau douce pour les lèvres de la belle Anne Visage. Il acheta du champagne, du porto et un flacon de Haut-Brion 1927, espérant décacheter ces bouteilles en son honneur si, par chance ou miséricorde, elle acceptait de finir la soirée passage de l'Enfer plutôt qu'à son propre domicile.

A midi, il était de nouveau chez lui, allant et venant de la chambre à la grande pièce. Il compta dix-sept pas depuis le portrait du père Chambon par Herbin, daté de 1913, qu'il avait acquis pour se rappeler ses nuits de Montparnasse, jusqu'au coin où, sur une accumulation de poufs recouverts de toile d'Orissa, se terminaient invariablement les fêtes et bamboulas données par Prakash. Lorsqu'il eut accompli six mille vingt-trois claudications, il passa dans sa chambre, ouvrit le tiroir de la commode et en extirpa son cher Leica. Il le glissa dans la poche de son imperméable et redescendit ses trois étages.

L'air était doux. Il décida de tromper son impatience en marchant jusqu'à l'agence. Pour la première fois depuis de longues années, il éprouvait le désir impératif de travailler en chambre noire.

Mlle Fiffre était à son poste, derrière son bureau. Boro se campa face à elle et lança :

— Germaine, vous devriez vous mettre en grève !

Elle le considéra bouche bée.

— En grève, parfaitement ! Ça vous raviverait le teint et ça vous bonifierait les sens !

— Monsieur voudrait que je rejoigne ces... ces hordes ?

Elle désigna la rue en bafouillant d'indignation.

— Ne m'appelez pas Monsieur !

— Et comment, alors ?

— Vous souvenez-vous du nom charmant que vous me donniez chez Tourpe ?

Elle allongea les lèvres, écarquilla les yeux et prononça un « non » menteur et minuscule.

— Borovice ! s'écria-t-il. Vous me donniez du Borovice toute la sainte journée ! Eh bien, continuez donc ! Au moins, il y avait du coriace là-dessous ! Ça vous avait tout de même un peu plus d'allure que ce « Monsieur » aseptisé !

— Oui, Monsieur.

— Borovice !

Elle se tourna contre le mur, porta la main à sa bouche et se mordilla les phalanges.

— Je ne pourrai jamais ! pleurnicha-t-elle entre deux succions.

— Et pourquoi cela ?

— Parce que vous êtes devenu quelqu'un !

Elle eut un petit hoquet et se pelotonna davantage encore sur sa chaise.

— Notez bien que vous avez raison, approuva Boro. J'étais zéro. Je vivais dans une soupente. Je n'avais rien à me mettre sur le dos et pas grand-chose sous la dent.

— Ça ! Vous étiez une vrai gouttière ! Et drôlement vivace ! Vous aviez si faim que vous me voliez mes quatre-heures !

— C'était vraiment très moche, reconnut Boro.

— Oui. C'était très vilain. Et vous me faisiez peur.

— Parce que je parlais avec un accent épouvantable !

— Pas seulement, dit mystérieusement la jeune fille prolongée. Il y avait vos mœurs...

— Que voulez-vous insinuer, Germaine ? Je ne pensais qu'à effeuiller les jupons !

— Justement. Aucune personne du sexe ne se trouvait tout à fait à l'abri de vos écarts.

Boro réprima son envie de rire et contempla le paysage semi-désertique qu'offrait le corsage de Germaine Fiffre. L'oued entre ses deux seins lui parut bien à sec.

— Vous ai-je jamais importunée, Germaine ? Vous ai-je jamais fait des avances ?

— Un peu, mais pas vraiment, susurra-t-elle en tournant son siège contre le mur. Je vous trouvais futile.

— Dites plutôt que j'étais enragé ! Personne ne croyait à mon talent !

— Oh si !... Moi ! s'écria brusquement Mlle Fiffre. Moi, dans mon par-dedans... J'y ai toujours cru !

— Heureusement que vous vous êtes trouvée sur mon chemin, Germaine !

Elle se tourna vers lui et arbora un sourire de vieille fille touchée par la grâce de la reconnaissance.

Il le pulvérisa en moins de rien, renvoyant la demoiselle aux abysses :

— Mémoire courte ! Toujours à me cafter, hein, la Fiffre !... « Le Kirghiz a détourné du matériel, monsieur Tourpe ! Il photographie les noces et les enfants des écoles avec votre Speed-Graphic ! »

— Oh !

— C'était votre passe-temps favori ! Mais, malgré vos bobardises, je vous aimais bien. J'adorais vous faire enrager, Germaine.

Elle le considéra avec un regard où l'effroi le disputait à l'horreur : bouche ouverte, yeux écarquillés, lèvre supérieure tremblotante. La petite veine bleue du temporal commençait à jouer du saxo. Une attaque était à craindre. Elle bredouilla :

— Monsieur, si c'est ainsi que vous voyez les choses, je démissionne !

— Ne démissionnez pas ! Faites la grève !

Il contourna le bureau, passa derrière elle et lui distribua deux baisers sonores sur le haut du crâne. Elle se retourna vivement.

— Borovice !

Il lui adressa un sourire charmeur.

— Vous voyez ! Ce n'est pas bien difficile !

Il suivit le couloir jusqu'au labo photo. Il vérifia que la lampe rouge qui en condamnait l'entrée n'était pas allumée, puis il poussa la porte et la referma avec délice.

Il respira profondément, imbibant ses narines de l'odeur un peu acide des bains. Il s'approcha d'un rayonnage sur lequel traînaient des pellicules. Elles étaient serties d'un anneau en papier indiquant leur objet. Deux d'entre elles portaient la mention : « Frigidaire ». Une troisième était ornée d'un grand point d'interrogation. Boro s'en empara avant de l'abandonner au profit des deux autres.

Il en choisit une au hasard, vérifia que les bacs étaient pleins, puis remplaça l'éclairage central par la pâle lueur d'une ampoule inactinique. Aussitôt, il se mit au travail. Il eut l'impression de se retrouver quelque cinq années en arrière, lorsque l'agence Iris, « Un œil sur le monde », l'employait comme garçon de laboratoire. Son rêve, alors, était de devenir reporter photographe, l'égal de Kertész, hongrois comme lui, génie de l'image. Il n'avait pas songé que les gestes qu'il accomplissait à longueur de journée dans le seul but de gagner sa vie lui paraîtraient un jour magnifiques et nécessaires. Les redécouvrant, Boro se demandait par quel mystère il avait pu s'en passer. La photographie était décidément un art miraculeux. Il n'y avait pas seulement le plaisir de retrouver le toucher lisse des papiers, le bruit de source du robinet irriguant un bac ou encore ce bref frisson qui le parcourait au moment précis où il coupait l'exposition du négatif. Il y avait par-dessus tout la complicité du laborantin avec tous ceux, célèbres ou anonymes, qui avaient su inventer, perfectionner, s'aventurer dans un monde de chimères situé au confluent de l'optique, de la chimie et de la physique. Il y avait aussi le « coup de patte », l'invention par le menu. La possibilité, par exemple, de dramatiser une scène en la contrastant. De déplacer le centre d'intérêt en variant le cadrage. De faire apparaître un détail ou de le renforcer en jouant sur les masques et les ombrages.

Ainsi, agrandi et tiré sur papier mat, le visage de la belle Anne posant pour Frigidaire trahissait les efforts accomplis pour ne laisser transparaître aucune expression. A travers son viseur, Boro n'avait distingué qu'une sorte de froideur, une imperméabilité face à l'objectif qu'il rencontrait souvent au cours de ses reportages. Sous le faisceau de l'agrandisseur, il explorait plus loin. Il pénétrait au sein d'une autre contrée. Dans le regard de la jeune femme, il discernait maintenant une curiosité, un désarroi, une incertitude.

Il éprouva le besoin de comparer.

Il fouilla dans les classeurs où il rangeait ses pellicules, ouvrit celui de l'année 1934 et glissa le négatif en date du 7 février dans la lunette de l'agrandisseur.

Il voulait revoir le visage de sa cousine, les dernières photos qu'il avait prises d'elle sur la place de la Concorde après leur nuit passée au Crillon.

Lorsqu'elle apparut sur le plateau, il fut bouleversé. Ce fut comme si une bouffée d'enfance lui remontait brusquement au visage. Durant toute leur jeunesse, il avait nourri pour elle une affection hors du commun. L'attente et la certitude avaient grandi en même temps qu'eux pour éclore le 6 février 1934, sous les baldaquins de l'hôtel Crillon.

Une fois et une seule.

Boro conservait de cette unique étreinte un souvenir magnifié par le cours de sa propre histoire. Maryika, c'était non seulement son enfance mais aussi ses débuts d'homme.

Elle lui avait offert son premier Leica, appareil magique sur lequel elle avait fait graver leurs deux noms : BORO-MARYIK. Il n'en utilisait pas d'autre. Il lui devait sa gloire de reporter photographe : c'est avec ce minuscule 24 × 36 qu'il avait photographié Hitler tapant sur les fesses d'une vendeuse de Munich, connue depuis lors sous le nom d'Éva Braun. Le cliché avait fait le tour du monde, apportant à son auteur la notoriété à laquelle il aspirait. Maryika, star du cinéma hongrois passée en Allemagne puis en Amérique, avait tué la vache enragée avec laquelle le jeune Blèmia Borowicz partageait son écuelle.

Ils avaient donc passé une nuit ensemble. Et lorsqu'il s'était éveillé, cent coudées au-dessus de cette merveilleuse langueur dont il avait rêvé toutes les années précédentes, elle avait dit qu'elle allait partir et le laisser seul.

— De toute façon, avait-elle ajouté comme il quittait lentement les draps où son rêve avait pris corps pour mourir aussitôt, de toute façon, nous avions dit une fois. La fois est passée. Tu dois songer à autre chose.

Ils étaient sortis de l'hôtel. Ils avaient marché le long de la place de la Concorde, le cœur lourd, et Boro avait alors songé que sa mémoire était en friche, semblable à cette place où l'on s'était battu durant la nuit, où les barrières, les voitures renversées, les pierres et les cageots formaient de bien étranges reliefs. Le 6 février, pour lui, avait sonné le glas de son enfance.

Ils s'étaient quittés à hauteur de la rue de Rivoli. Maryika avait dit qu'ils se reverraient un jour, mais un jour seulement, et qu'elle ne voulait même pas qu'il l'accompagnât à l'avion qui l'emportait pour les Amériques.

Boro était resté coi, médusé devant la bouche du métro. Il ne doutait pas que le chagrin allait lui apprendre à vieillir.

Plus tard, alors qu'il avait déjà envie d'autres choses, il avait appris par les gazettes que Maryika Vremler avait épousé Wilhelm Speer, le metteur en scène à qui elle devait tout. Speer était condamné par le cancer. Elle avait décidé de l'aider à franchir le pas ultime.

En mars 1935, les journaux avaient rapporté que la plus jeune et la plus belle veuve d'Hollywood renonçait définitivement au septième art pour s'occuper de son unique enfant, orphelin de père. Boro s'était incliné devant une dignité si respectable. Il avait tourné la page.

Cependant, le livre restait ouvert. Il pensait à Maryika chaque fois qu'il plaçait son œil derrière le viseur du Leica. Avant de dérober une écharpe de vie à ceux qu'il allait photographier, son regard se posait sur leurs deux noms, et c'était comme si sa belle cousine lui donnait la main le temps qu'il appuyât sur le déclencheur.

Boro observa les photos prises le matin de leur rupture, alors que son fol amour s'éloignait sur cette place de la Concorde marquée de toutes les cicatrices de la nuit. Elle s'était retournée devant la carcasse encore fumante d'un autobus, et c'est alors qu'il l'avait mitraillée au 50, de loin, sans bouger.

Sur les derniers clichés qu'il avait pris d'elle, le visage agrandi, à demi mangé par la granulation hypertrophiée, montrait également un désarroi. Mais il était d'une autre nature que celui qu'il avait décelé sur les traits d'Anne Visage.

Boro sécha les photos et les observa encore à la lumière jaune de l'ampoule. Il lut deux vérités opposées et, en quelque sorte, complémentaires : l'une était émue car elle venait à lui, l'autre parce qu'elle s'éloignait.

— Mesdames, murmura-t-il, si vous saviez combien j'ai besoin de vous !

Pour son seul plaisir, il prit la pellicule marquée d'un point d'interrogation et la glissa dans une cuve de développement. Lorsqu'elle apparut sous la lueur blanche de l'agrandisseur, il se demanda comment Prakash, Pázmány ou lui-même avait pu prendre de pareils clichés de rues : on voyait des passants coupés à hauteur du tronc, des autos sans toit, le ciel, un panneau d'interdiction de stationner... Et soudain, il comprit que cette œuvre était la sienne, ou plutôt celle d'Albert Fruges : lorsqu'ils s'étaient rencontrés pour la première fois, le jour de l'attentat contre Léon Blum, il avait appris au peintre à se servir du Leica. Et Fruges avait mitraillé sans se soucier de questions de cadrage ou d'exposition. Mais si la première partie de la pellicule ne présentait aucun intérêt, la seconde attisa la curiosité de notre reporter. Sur l'une des photos prises aux abords des Galeries Lafayette, on voyait un camion benne de la Sita tournant dans la rue Charras. En soi, la photo n'avait rien de remarquable, et sans doute Boro ne s'y fût pas attaché si son œil n'avait été déjà attiré par un véhicule semblable. Il agrandit le cliché jusqu'à son maximum de lisibilité, régla l'objectif, ombra les blancs et jeta le papier dans la cuve de développement. Il attendit, penché sur le bain.

Le visage du conducteur apparut. Puis celui d'un homme qui se tenait à droite, côté passager.

Boro tressaillit. Il n'en croyait pas ses yeux. Il se pencha encore. Il prit une pince sur le rebord du lavabo, sortit le papier du révélateur et le jeta dans le bain du fixateur. Il s'approcha au plus près, trempa ses doigts dans le liquide, sortit la photo et, presque aussitôt, la laissa retomber dans le bac.

Il se redressa, le cœur battant.

Mirage fantastique ! Il avait en face de lui l'image de deux fois le même homme ! Deux fois la masse du Pachyderme ! Deux fois M. Paul ! Deux fois la face bestiale du boxeur, le crâne rasé de son mortel ennemi !

A cet instant, on frappa à la porte.

Grabuge sur la perspective Nevski

Il ouvrit à Liselotte. Il la regarda un instant sans réagir, l'esprit accaparé par la découverte qu'il venait de faire. Deux colosses au crâne rasé ! Des jumeaux du crime !

La jeune fille agita une main devant son visage.

— Tu as tes vapeurs ?

Il ne répondit pas.

— Eh ! Blèmia ! Réveille-toi !

— Qu'est-ce que tu fais là ? bredouilla-t-il enfin.

— Tu te moques ?

Il secoua la tête.

— Il faudrait que je téléphone pour m'annoncer ?... Tu ne veux plus que je débarque comme ça ?

— Bien sûr que non !... Que si ! Enfin... Tu te débrouilles !

Elle tendit l'index en direction du labo et, s'étant approchée, chuchota :

— Il y a une femme là-dedans ?

Il fit signe que non.

— Ici, alors ?

Elle montrait son cœur.

— Attends-moi une minute, dit-il, ignorant la question.

Il recula d'un pas, ferma la porte sur elle et revint à ses bacs. Il sortit la photo qu'il venait de fixer et la mit à sécher. Après quoi, il libéra l'agrandisseur et glissa le négatif dans une pochette de papier qu'il dissimula en haut d'un rayonnage. Enfin, il exposa le laboratoire à la lumière crue du plafonnier : ainsi était-il sûr de ne laisser aucune trace compromettante derrière lui.

Il glissa la photo dans la poche intérieure de sa veste et ouvrit la porte. Liselotte l'attendait de l'autre côté. Elle boudait. Boro la prit par l'épaule et l'entraîna vers la sortie.

— Oublie, s'excusa-t-il... Je n'étais pas dans mon assiette.

— Tu m'aimes encore un tout petit peu ?

Elle tendait vers lui sa frimousse d'adolescente. Il l'embrassa sur la paupière et demanda :

— As-tu des nouvelles de ton Dédé ?

Elle se rembrunit aussitôt.

— Comment en aurais-je ? Il est à la Santé ! Tu as promis à ce fou de Charpaillez de ne rien tenter d'officiel !

— Tu aurais pu recevoir une lettre...

— Grands dieux ! Par quelle poste ? Où est le facteur ?

Liselotte haussa les épaules, découragée.

Boro s'approcha d'elle. Il lui prit la main et s'exprima doucement, comme s'il s'adressait à une jeune enfant.

— Écoute-moi... Pépé l'Asticot a une de ses voluptueuses — Carmen, c'est son nom — dont le cousin, Fifi Bouches-du-Rhône, purge une peine de droit commun.

— Quel rapport avec mon Dédé ?

— Simple ! La femme de Bouches-du-Rhône fait parloir tous les quinze jours. Elle peut passer une lettre à Carmen. Et Carmen à Olga Polianovna... qui te la transmettra.

Les yeux de Liselotte s'animèrent.

— Quand aura lieu le prochain parloir ?

— C'est une question de jours.

La jeune fille se mit à rire nerveusement. Elle avait changé de couleur.

— Si nous avons la possibilité de nous écrire, je crois que ça l'aiderait fichtrement.

Boro lui tourna le dos. Il boitilla jusqu'au portemanteau et attrapa son chapeau.

— Le programme est prévu depuis longtemps, annonça-t-il. Aujourd'hui, toi et moi faisons du lèche-vitrines !

— Je n'en vois guère l'utilité...

— Entretenir le moral des troupes.

Elle sourit malgré elle.

— Tu t'es toujours pris pour mon oncle d'Amérique.

— Pas seulement. Tu m'aides aussi à combler les vides de ma vie dissolue. Tu es ma pupille ! Il te faut une robe. Je t'offre une robe.

— Mais j'en ai déjà trois !

— Je veux que tu en aies quatre.
— Mais c'est trop !
— Alors, une paire de souliers.
— Je n'en ai pas besoin !
— Une robe et des chaussures... En avant, mademoiselle !

Ils firent des courses. A deux heures, Liselotte sortait de chez Lubiges, boulevard Saint-Germain, vêtue d'un tailleur en pied-de-poule et d'un chemisier en soie grège qui lui conféraient au moins dix-huit mois de plus que son âge. A trois heures, après qu'ils eurent avalé une sole à la brasserie Balzar et entendu une allocution de Blum à la T.S.F. s'élevant contre la reprise des grèves, ils entrèrent chez Ouazana-Michaël, rue Saint-Jacques, où Liselotte refusa de choisir une paire de mocassins plats, en daim. A quatre heures, afin de mettre un terme aux largesses déraisonnables de Boro (qui prétendait lui offrir un Ondix de chez Burberry et un choix de bas noirs pour remplacer ceux que les Galeries Lafayette fournissaient gracieusement à ses employées), elle prétexta devoir passer à la faculté de droit afin d'y reprendre ses cours polycopiés.

— C'est bientôt la période des examens. Il est grand temps que j'entame mes révisions. Pas question de rater mon année !

Boro choisit de la conduire : cinq heures le séparaient encore de son rendez-vous avec Anne Visage, et il s'imaginait mal faisant seul des emplettes pour tromper son impatience.

Sur le boulevard Saint-Michel, la portion de trottoir comprise entre les grilles de Cluny et le café La Source était occupée par des étudiants d'extrême droite. Selon leur habitude, ils cherchaient des crosses aux flâneurs, provoquant des bousculades, insultant parfois les passants. Avec leurs cannes, ils faisaient des moulinets.

— Ils ont repris du poil de la bête, dit Boro... On se demande où sont passés les étudiants socialistes.

— Là, fit Liselotte en montrant un café plus loin. Maintenant, on se rassemble et on cogne comme eux.

Elle lui expliqua que, depuis trois mois, la gauche osait descendre le boulevard côté impair, fief de la droite. Les rixes se multipliaient. Elles cessaient toujours avec l'arrivée des agents cyclistes.

— Et tu en es ? demanda Boro comme elle l'entraînait vers l'Odéon.

— Qu'est-ce que tu crois ? rétorqua-t-elle en se tournant à demi vers lui.

Une dizaine de petits soldats des ex-Jeunesses patriotes paradaient derrière les grilles de l'École de médecine. Ils arboraient des cannes cloutées et des bérets trop larges pour eux. Boro savait qu'ils les doublaient avec du caoutchouc ou du papier journal pour se protéger des coups. Certains brandissaient des affiches sur lesquelles étaient inscrits des slogans racistes et xénophobes demandant l'interdiction pour les étrangers de pratiquer la médecine.

Liselotte et Boro remontèrent vers le Luxembourg. Ils longèrent les grilles le long du Sénat et parvinrent à la faculté de droit. Là aussi stationnaient des nervis en tout point semblables à ceux de la rue de l'École-de-Médecine : mêmes cannes, mêmes bérets, mêmes journaux.

— Il n'y a plus que la Sorbonne et la rue d'Ulm pour sauver l'honneur, soupira Liselotte. Médecine et droit sont devenus impraticables.

— Tu es sûre que tu veux entrer ? s'enquit Boro, inquiet pour sa sécurité.

— Ils ne me feront rien. J'ai l'habitude de leurs bravacheries !

Il l'accompagna jusqu'à la grille. Les roquets aboyaient sans mordre.

— Tu vois ! dit Liselotte. Ils sont inoffensifs si on ne s'occupe pas d'eux. A demain, Blèmia ! Merci pour tout... Ce soir, je rentre à Quincampoix...

Il leva sa canne en signe d'adieu.

Il redescendit vers la rue de Seine et stoppa à un arrêt d'autobus. Pour tromper l'attente, il observa la photo représentant les deux frères Briguedeuil. Du coup, il décida de finir l'après-midi aux abords des Galeries Lafayette.

Aucun autobus ne se montrant, il poussa jusqu'au métro puis en ressortit, fuyant la foule. Il se résolut finalement à attendre un taxi.

Il prit place à l'extrémité d'une queue qui commençait vingt têtes au moins devant lui. A peine avait-il fini de les compter qu'une voiture s'arrêta à sa hauteur. Elle était de forme presque aussi insolite que celle de son Aston Martin : longue du devant, ronde du derrière, dotée de portières très hautes et de vitres étroites. D'une laideur d'autant plus intéressante que l'auto était luxueuse et faisait office de taxi : il y avait un compteur sur le côté et un panonceau sur le toit.

Un premier voyageur s'approcha de la drôle de chose, demanda si ça roulait et si c'était capable de traverser la Seine. A quoi le chauffeur répondit en roulant les « R » que sa caisse à savon ne bougeait pas pour les beaux yeux d'un malotru de son calibre.

— Vous ne faites pas confiance à Elle, marmonna-t-il dans une moustache poivre et sel, pourquoi voudriez-vous qu'elle fasse générosité avec vous ?

— Emmenez-moi ! clama un deuxième quidam. Je vais au pré Catelan !

Comme le chauffeur secouait la tête en signe de refus, une dame chapeautée de bleu marine s'approcha de la carrosserie et tenta d'abaisser le bouton d'une portière. Le conducteur lui fit signe de s'approcher. Lorsqu'elle fut bien en face de lui, il souffla délicatement sur sa voilette.

— Seigneur, comme il pue ! s'écria l'élégante en faisant six pas en arrière d'un seul coup.

— Apprenez, vieille demoiselle en débâcle, que la vodka s'enflamme ! Elle ne pue pas !

Il considéra en souriant l'assemblée des voyageurs qu'il venait de dompter. Certains s'étaient détournés. Il les harangua dans son français approximatif :

— Mesdames, messieurs ! Vilain peuple ! Sachez que je choisis plupart du temps le surnaturel ! Un Russe blanc ne meurt pas dans son vieux passé ! Mes clients toujours sont ex-cep-tion-nels !

Il désigna Boro et ajouta :

— Motus et rigolade !... C'est monsieur que j'emmène.

Intrigué, Boro s'approcha. L'alcool avait rougi le faciès du chauffeur. Ses yeux étaient légèrement exorbités.

— Alors, jeune homme, je monte vous avenue Foch ?

L'homme déverrouilla la portière et l'ouvrit sur notre ami. Celui-ci hésita un court instant puis, sous le regard horrifié des usagers, s'installa à l'arrière de la voiture.

— Aux Galeries Lafayette, dit-il en refermant la portière sur lui.

— Quartier minable, enfant hongrois ! La dernière fois, c'était XVIe, le bois de Boulogne et l'avenue Foch ! Si vous enfoncez vous dans ce mauvais coton, demain je vous mènerai à Gennevilliers ! Chez les bêtes !

Le chauffeur se retourna vers son passager.

— On ne se souvient pas ? Mauvaise mémoire ? Pas d'exercice avec méninges ?

Boro scruta le visage du chauffeur, son cou de taureau, les globes de ses yeux injectés de sang. Enfin, il se tapa à deux mains sur les genoux :

— Ah ça, par exemple ! Féodor Alexeï Léontieff ! Cher cocher russe ! Avez-vous conservé votre sabre ?

— Toujours !

— Vous aviez un G7 autrefois...

— *Da* ! s'écria l'ex-officier de la Garde impériale. Vieux temps écroulés ! C'était en 32 ou en 33... J'ai récupéré vous sur le carreau ! Et pour l'honneur laver, nous avons failli assommer un régiment de cosaques...

— Votre courage vous a valu une bouteille de Smirnoff, se remémora Boro avec un grand sourire. Je me rappelle parfaitement...

Le regard amusé du Russe s'encadra furtivement dans le miroir du rétroviseur.

— C'était bataille improvisée pour soutenir le cœur d'une assez vieille demoiselle, je crois bien ?

— Une dame. Elle était marquise, et bien entourée...

Albina d'Abrantès. Boro eut un petit serrement de cœur à l'évocation de son nom. Il s'était donné à elle pour un terme de loyer, et elle l'avait emmené sur les traces de son époux, en bordure de la ligne Maginot.

— C'est le mari qui vous avait culbuté sur le trottoir ?

— Le garde du corps.

— Il ressemblait à Denikine... Très dangereux ! Très difficile combattant pour l'écrabouille à poings nus !

Boro opina du chef. Le Pachyderme l'avait étendu une première fois ce matin de 1933 où, après une nuit quasi acrobatique entre les bras d'Albina, il s'était fait surprendre dans le petit bureau du marquis.

— Je vous ai reconnu à votre canne, dit l'automédon en observant à nouveau son passager dans la glace du rétroviseur. Sauf la vieille jeune marquise et Paris, tout le reste a changé. Vous êtes moins maigre... Et dites ! Le costume est millionnaire ! Je connais les détails de la richesse, jeune homme ! Bonne coupe ! Grand faiseur ! Vous allez bien du portefeuille !

— Pas tant que vous ! rétorqua Boro en frappant de son stick la custode de la voiture. Avant, vous rouliez Renault, vous veniez de perdre votre chère femme, et vous pleuriez la cour des czars.

— Qui les remplace, petit frère ? Toujours je pleure ! Pas d'aristocrates et nous sommes dans la mouise glaciale !

— Tout de même ! Vous en êtes à choisir votre clientèle ! C'est signe que la chance a bien tourné. Bravo, monsieur Léontieff !

— Si vous saviez...

Il sut. Aucun détail épargné. Féodor Alexeï Léontieff était comme un fleuve en crue.

D'abord, qu'est-ce qu'on croyait ? Il n'était taxi que pour ourdir un complot qui mettrait à bas le régime des soviets dont le moindre des crimes n'avait certainement pas été d'occire à coup de grippe maligne celle qu'il avait retrouvée dans un bouge de Constantinople lorsqu'il était commandant de la Garde impériale, Maria Petrovna Romanovna, voisine d'enfance devenue sa femme devant le pope et le czar, morte en couches trois ans après la prise du palais d'Hiver.

— Mais il y aura reconquête ! maugréait le Russe blanc tout en conduisant sa pétrolette. Il y aura reconquête parce que Dieu le veut, et que si Dieu le veut, Féodor Alexeï Léontieff le veut aussi ! Il y aura bientôt du grabuge sur la perspective Nevski !

Il puisa une bouteille de vodka sous son siège, la porta à sa bouche et en offrit le contenu à son passager — qui déclina l'offre d'un geste de la main.

— Tous nos biens confisqués ! s'indigna l'ancien officier. Inoubliables ennemis ! Staline et sa clique du Kremlin crèveront de nous avoir fait crever ! Et puisque je vous tiens dans la main, vous allez m'aider contre persécuteurs !

Féodor Alexeï Léontieff stoppa brutalement sa voiture le long du trottoir. Il se tourna d'un bloc vers son client et dit, montrant le plancher :

— Amenez-moi ce journal !

Boro se pencha et, de sous ses pieds, sortit un fouillis de feuilles imprimées en caractères cyrilliques. Il les tendit au conspirateur.

— Lisez ! commanda celui-ci.

— Je ne comprends pas le russe.

Le découragement sembla peser soudain sur les robustes épaules de Féodor.

— Le russe est une langue morte, soupira-t-il. A Saint-Pétersbourg, on parle le soviétique... Voulez-vous que je vous fasse la lecture ?

— S'il vous plaît, dit aimablement Boro.

Il eut du mal à suivre. Féodor Alexeï Léontieff s'embarqua dans une restitution commentée des événements dont parlait la presse moscovite. Il y était question de lâcheté droitière, de dérive gauchiste, de perspectives proches et enflammées, de Staline, des komsomols, des héros du travail, du Dniepr, de Staline, des social-traîtres, d'épurations, de Staline, de Lénine, de Staline, de Staline, de Staline... Au bout d'un quart d'heure de compte rendu, Boro consulta sa montre et, profitant de ce que Léontieff reprenait son souffle, demanda :

— Et si nous repartions ?

— Pour aller où ?

— Aux Galeries Lafayette.

Le Russe fronça les sourcils.

— Si c'est pour faire amitié d'amour avec une dame, je dis non ! C'est effroyable manie chez vous de toujours vouloir coucher ! Ça ruine santé ! Santé, jeunesse ! La dernière fois, vous aviez le nez en compote. Aujourd'hui, ce sera marmelade. Je dis non !... Signez ici !

Le phaéton tendit une feuille de papier pliée en quatre que Boro ouvrit sans y découvrir la moindre inscription.

— Il n'y a rien, dit-il. C'est en blanc.

— T'occupe, petit Hongrois. Signe.

Il signa.

— Parfait, tonna Léontieff en récupérant le papier. Désormais, vous êtes Boro de mon bord.

Il sortit une clé de sa poche et ouvrit une trappe dissimulée sous le tapis de sol. Blèmia découvrit une pile de feuilles soigneusement pliées en quatre.

— Mon gouvernement provisoire, énonça cérémonieusement le président Léontieff. Tu seras chef de cabinet.

— Je n'ai pas les compétences nécessaires.

— On vous les donnera. C'est compris dans l'attribution.

Ils repartirent dans un grincement de vitesses martyrisées.

Chemin faisant, l'ex-commandant de la Garde impériale dressa l'inventaire complet de ses états de service. La vodka en prit pour son grade. A l'arrivée, Boro était ivre de paroles. Il était dix-sept heures dix.

— Regarde, petit secrétaire ! s'écria Léontieff de sa voix de stentor alors que la voiture se rangeait le long du trottoir. Nous arrivons encore trop tard ! Les soviets ont pris le pouvoir ici aussi !

Des hommes barraient l'entrée des grands magasins. Une banderole avait été fixée sur le fronton. La grève semblait s'être durcie.

Boro descendit de voiture. Une jeune femme se précipita vers lui. Boro reconnut Nicole, la préposée aux dessous féminins.

— On a élu des comités ! Puzenet-Laroche et le singe sont sacrément furibards, mais c'est formidable ! On fait ce qu'on veut !

Boro contourna le taxi jusqu'à la portière de Léontieff. Au moment où il lui tendait un billet, il aperçut le camion benne de la Sita tourné à cul vers les entrepôts de la rue Charras.

Boro reprit son billet et glissa précipitamment la main dans la poche intérieure de sa veste. Il en sortit la photographie du camion développée quelques heures auparavant et vérifia, grâce au numéro d'immatriculation, qu'il s'agissait du même.

— Attendez-moi une seconde ! lança-t-il à Léontieff.

— Même toute la vie, grogna le Russe en sortant sa vodka.

Il but une rasade et, comme Boro s'éloignait d'un pas résolu, tendit le cou par curiosité hors de sa bouzine. Il le rentra presque aussitôt, persuadé qu'il venait d'être en proie à une vision éthylique.

— Le cosaque de l'avenue Foch ! exhala-t-il, incrédule, en voyant resurgir le passé sous la forme de M. Paul. Féodor, chien d'ivrogne ! Tu vois double !

Boro, de son côté, n'en croyait pas ses yeux. Pour la première fois, il voyait les frères Briguedeuil ensemble.

Les deux colosses, du pas lourd de l'homme de corvée, accomplissaient à rebours la manutention des caisses que Blèmia leur avait vu décharger quelques mois plus tôt. Cette fois-ci, les lourds colis ressortaient des coulisses du magasin pour s'entasser à nouveau dans le véhicule de nettoiement. Le rideau de fer de l'entrepôt avait été forcé.

— A la cloche de bois ! Les salauds ! Ils déménagent ! murmura le reporter.

Il comprit que les frères Briguedeuil retiraient de la circulation ce qu'ils avaient entassé dans le souterrain décrit par Liselotte. Se sachant grillés, et après une mise en sommeil prolongée de l'endroit, ils venaient récupérer leur marchandise, profitant de cette grève qui amusait tant le boulevard !

Le reporter s'avança prudemment jusqu'à l'angle d'un porche et sortit son Leica. Il prit plusieurs clichés. Ses nerfs étaient tendus.

Lorsque les caisses furent chargées, les frères Briguedeuil remontèrent dans le camion benne. Ils ne souhaitaient visiblement pas s'éterniser sur les lieux de leurs activités clandestines.

Le lourd véhicule gronda au premier coup de démarreur. Il prit rapidement de la vitesse et remonta la rue Charras.

Boro suivit au travers de son œilleton la silhouette du mastodonte aux couleurs de la ville de Paris, fit un cliché sur lequel la plaque minéralogique serait lisible, puis se rabattit précipitamment sur le taxi.

Il se jeta sur la banquette arrière et demanda à Féodor Alexeï Léontieff :

— Monsieur le président, avons-nous le temps jusqu'à vingt heures ?

— Le temps de quoi faire, jeune secrétaire ?

— De suivre ce camion.

— Tout dépend où il va et combien d'exemplaires du même cosaque nous aurons à affronter ! déclara judicieusement le chauffeur du gouvernement en exil. Je viens d'en voir passer quatre !

Il sortit son sabre de dessous son siège. Il lampa le fond de sa bouteille et bredouilla que la chevalerie était une belle conquête.

Sur quoi, il embraya.

Non loin de Rueil

FÉODOR Alexeï Léontieff ne décolérait pas. Dans sa vie, il avait tout vu, tout fait, tout appris. Il avait accompagné la légion tchèque de l'amiral Koltchak sur la Volga. Il était arrivé aux portes de Petrograd comme fantassin dans l'armée du général Youdenitch. Il avait embarqué en Crimée avec les dernières troupes blanches.

A Paris, il avait participé physiquement à la construction du restaurant Dominique, sis rue Bréa. Il avait couché avec les six serveuses avant qu'elles succombent aux charmes du maître d'hôtel. Il avait été maçon, charcutier, pêcheur de truite, baryton noble dans *le Postillon de Longjumeau*, opéra comique en trois actes d'Adolphe Adam. Taxi, il avait chargé au moins vingt-deux mille trois cents voyageurs, dont un couple de fakirs qui l'avait abandonné en état de lévitation sans payer la course. On lui avait demandé de suivre des Packard, des Hispano-Suiza, un train, et même une Bugatti Royale appartenant à Ettore Bugatti soi-même. Mais jamais, au grand jamais, personne ne s'était avisé de gâcher ses talents derrière une benne à ordures.

— Un camion poubelle, petit secrétaire ! s'écriait-il depuis le départ. Non, mais rendez-vous toi compte ! Profanation inouïe ! Destin trop sévère ! Féodor Alexeï Léontieff cavalant derrière une tonne de déchets !

Jusqu'au bois de Boulogne, Boro n'avait pas bronché. La litanie de son chauffeur l'intéressait moins que le périple de ce poids lourd particulier qui avait traversé Paris sans une seule fois remplir sa fonction : charger des poubelles.

Léontieff se maintenait à distance, perdant du terrain pour le seul plaisir de slalomer ensuite entre des autos qu'il dépassait sans effort, maugréant de plus belle quand la benne apparaissait dans son champ de vision.

Lorsqu'ils quittèrent les allées du bois pour les ponts de la Seine, il se retourna vers son passager et, pour la dixième fois au moins, demanda :

— A part les cosaques, pourrait-il me faire la franchise de me dire ce que ce camion a de particulier ?

— Observez.

— J'écarquille ! Je ne vois rien d'important !

— Avancez, Féodor. Ne vous laissez pas semer. C'est un jeu très sérieux.

Léontieff accéléra pour regagner le terrain perdu.

— La première fois que je vous ai pris, tout le contraire ! Vous étiez sale comme l'eau du bain d'un clochard... Mais au moins, vous alliez dans les quartiers chics ! Aujourd'hui, habillé costume d'été comme un prince, vous suivez une brouette à ordures !

— Cessez de oisonner, répliqua sèchement Boro.

Féodor, le mufle barré par sa moustache, se réfugia dans un silence buté.

Le camion franchit la Seine sur le pont de Puteaux et remonta vers Saint-Cloud. Léontieff se laissait peu à peu distancer.

— Comment s'appelle votre voiture ? demanda gentiment Boro.

— Automobile Voisin. Fabriquée par Gabriel Voisin, avionniste.

— Avionneur. Et ça roule à combien ?

— Cent soixante-dix avec vent et cent cinquante par temps calme. Pistons en aluminium, servofreins, boîte de vitesses électrique. C'est le seul engin révolutionnaire que j'apprécie. Et regardez ça !

Léontieff montra deux papillons chromés fixés à l'embase de la custode :

— Le toit est amivoble !

Le camion vira sur la gauche, en direction de Suresnes.

— Laissez-le filer, ordonna Boro. En banlieue, on a plus de chances de se faire remarquer.

— T'inquiète, fit l'automédon : on le rattrapera au premier virage. En tant que chef de cabinet, vous devriez savoir ça.

— Naturellement, acquiesça Boro.

Léontieff mordit dans l'os que Boro lui avait tendu : il jargonna sur sa voiture. S'ensuivit une logorrhée quasi incompréhensible à l'exception d'un point : la Voisin était dotée d'une carrosserie brevetée hyper légère faite en bois et en aluminium, ce qui expliquait, primo, qu'elle fût si laide et, deuxio, qu'elle fût invendable.

— Pourquoi l'avez-vous achetée ? demanda Boro comme ils traversaient Buzenval sur les traces du camion de la Sita.

— Je ne l'ai pas achetée, monsieur le ministre. Je l'ai reçue en héritage. Elle appartenait à la princesse Alexaïa Romanova Gontratieff. Elle me l'a léguée contre un petit service.

— Lequel ?

— Il ne le saura pas ! dit Léontieff avec un sourire égrillard.

— Je devine. C'est un échange comme un autre, fit Boro, philosophe.

— Pire qu'un autre.

— Pourquoi donc ?

— Elle avait quatre-vingt-sept ans.

Ils descendirent vers Rueil et obliquèrent à gauche, en direction de Bougival. La chaussée était boueuse. Quelques arbres décharnés se dressaient sur le bord de la route, semblables à des piliers de caténaires. La promenade devenait lassante. Il était sept heures. Boro se donna un quart d'heure avant de rebrousser chemin.

— J'ai compris le particulier du camion, dit Léontieff en ralentissant pour laisser passer une Delage rouge.

— Je vous écoute...

— Il ne transporte pas d'ordures.

— Pour un chef de gouvernement en exil vous êtes foutrement perspicace, monsieur Léontieff. Vous mériteriez de devenir au moins président de la République.

— Je n'aime pas les présidents de la République, Votre Hongrie. Ce sont des bourgeois fessus. Ils sont trop près du sol. Trop près des électeurs.

— A quel poste voudriez-vous être nommé, alors ?

— J'envisage l'or, le knout et les nuages, répondit Féodor. Je veux être czar tous les jours !

— Ça ne se fait plus guère, objecta Boro avec un geste débonnaire de la main.

— Puisque tu es entré à mon gouvernement, je te mettrai quand même au courant de la montagne, petit secrétaire. Il faut que tu apprennes à voir de très haut et très loin ! Il faut aussi apprendre à faire les bombes.

Le camion benne abandonna la nationale pour un raidillon qu'ils empruntèrent peu après. La Voisin gémit dans les trous et sur les bosses qui constellaient la chaussée. A peine eurent-ils fait deux cents mètres qu'il leur fallut monter sur le trottoir afin de laisser le passage à une voiture qui descendait. Le camion était hors de vue. On l'entendait peiner, cent mètres devant. Boro abaissa la vitre et se pencha par-dessus la portière.

— Je suis sûr qu'on arrive, dit-il en retrouvant sa place. Où sommes-nous ?

— Côte de la Jonchère. C'était marqué en bas.

Ils sortirent d'un virage et entrèrent dans un autre. La route était défoncée, sans visibilité, faite de lacets étroits et dangereux. Ils montaient, tanguant entre les pierres disjointes. Léontieff pleurait sur la robe de sa Voisin, jurant qu'elle ne serait plus comme avant et qu'il devrait la repeindre pour lui redonner sa jouvence et son caractère. Boro n'écoutait que la pétarade du poids lourd qui les précédait, deux virages plus loin. Lorsque le bruit du moteur devint trop proche, il ordonna à Léontieff de ralentir puis le fit stopper après avoir discerné deux coups de trompe.

— Il arrive, dit-il en ouvrant la portière. Continuez et attendez-moi plus haut.

Il mit pied à terre et marcha sur une ébauche de trottoir. Il manqua s'étaler sur un tapis de mousse qui poussait entre deux pierres, se rétablit grâce à un poteau qu'il étreignit du bras et, progressant avec prudence, sortit du virage au moment où la Voisin le dépassait. Le poids lourd était là, à vingt mètres.

Boro se colla contre un muret, dissimulant sa canne derrière son dos. Le camion était en travers de la route, le nez pointé sur une grande porte métallique probablement fermée à double tour et au travers de laquelle on ne voyait rien. La trompe résonna une troisième fois. La Voisin s'était arrêtée devant le flanc de la benne. De l'endroit où il se trouvait, Boro apercevait le profil de Léontieff. Le conducteur du poids lourd et ses passagers demeuraient invisibles.

Il y eut un nouveau coup de klaxon, plus long celui-là, et la grille s'ouvrit enfin. Les deux battants pivotèrent si harmonieusement que Boro songea qu'ils étaient animés par un dispositif électrique. Le camion avança lentement dans ce qui ressemblait à une sorte de parc et qui fut presque aussitôt masqué à la curiosité des badauds, les portes s'étant refermées aussi rapidement qu'elles s'étaient ouvertes. Boro avait seulement aperçu une forme grise, qui pouvait être celle d'un chien.

La Voisin repartit. Blèmia resta absolument immobile, pétrifié par un détail qu'il était sûr de ne pas avoir rêvé, un détail qui provoquait en lui une petite accélération du cœur en même temps qu'un assèchement de la bouche. Sensation liée au sentiment d'un danger à peu près immédiat.

Il se décolla du mur, embrassa du regard les pins immenses qui dissimulaient une propriété invisible, puis il traversa le raidillon et tenta de découvrir des interstices dans le haut mur qui ceignait le parc où s'était abrité le camion de la Sita. Mais il n'y avait aucun creux, aucune fente, pas la moindre fenêtre. Il se trouvait devant une forteresse protégée de toute curiosité, à dix kilomètres de Paris, entre Rueil et Bougival.

Il longea les murailles sans rien découvrir. Il attendit un quart d'heure au moins non loin de la porte, puis il abandonna cette partie-là et remonta la côte de la Jonchère. La Voisin était parquée dans une impasse transversale, à deux cents mètres de la propriété. Léontieff s'était assoupi derrière son volant.

Boro ouvrit la portière avant et s'installa côté passager. La montre du tableau de bord indiquait sept heures trente.

Blèmia eut une pensée attristée pour la belle Anne Visage, à qui il envoya trois baisers muets. Leur dîner était raté, et raté par sa faute. Il n'avait aucune excuse puisqu'il avait choisi.

A huit heures moins dix, Léontieff commença de grogner. Boro dissimula une bouteille de vodka non entamée sous son siège. Un quart d'heure plus tard, le chauffeur était éveillé pour de bon, prêt à reprendre la route. Boro l'en empêcha.

— On attend, dit-il d'une voix qui n'admettait pas de réplique.

— On attend quoi ? Votre satanée machine ?

— Oui.

Il était neuf heures et demie lorsque le camion benne passa devant eux. Boro claqua son pouce contre le majeur.

Aussitôt, la Voisin s'ébranla.

SIXIÈME PARTIE

Le voyage en Italie

Un petit oiseau dans un verre de lait

OLGA Polianovna retira ses escarpins à talons aiguilles et, les tenant par la bride, se mit à courir sur ses bas. Semblable à un volatile australien, elle allongea les gambettes et, la foulée ample, prit son souffle sur le Sébastopol. Elle avait de l'avenir dans le demi-fond !

Les chalands, les michetons, les flânocheurs de quartier se retournaient sur sa belle envolée. Ils avaient des envies. Sans doute parce que c'était un après-midi tiède, propice à l'écriture d'alphabets d'amour dans la poussière des squares. Peut-être bien aussi pour la bonne raison que l'accoutrement de cette longue fille était un complot contre la pudeur. Péché mortel ! Il fallait la voir décamper avec sa lettre dans une main et ses hausse-mioche de cuir vert dans l'autre ! Sa crinière rousse flottait derrière elle comme une queue de comète. Le gibier de ses seins courait librement devant elle. Une balconnade à ciel ouvert. Avec ça, de la mousseline, du ciselé à dentelles, un opéra porte-jarretelles qui donnait son aria dans le profond des noirs. Et puis la chair entrevue, c'était du vivant qui passait !

Comme elle tournait le coin de la rue des Lombards, la Louve de Sibérie constata que son maquillage outrancier commençait à virer, raviné par l'effort violent qu'elle venait de fournir. Elle adressa un sourire fugitif à Paris-Sports, qui prenait le frais devant son troquet.

— J'suis messagère ! J'suis messagère ! cria-t-elle en détalant sous le regard ébahi du tenancier. Je suis en nage ! Prépare la bière, je reviens tout de suite !

— Et une grande mousse bien fraîche pour ma copine Olga !

clama le spécialiste des courtines et des pelouses d'Auteuil à l'intention de son garçon de salle qui somnolait derrière le zinc.

Des yeux, il suivit la gagneuse et son élégante foulée. Puis, rongé par la perplexité, il souleva avec lenteur le rideau de perles qu'il venait de faire poser à la porte de son établissement de vins et liqueurs pour faire échec à la canicule. Il posa une sandalette prudente sur le carrelage de la salle, un peu à la manière d'un turfiste tâtant un terrain lourd à Maisons-Laffitte.

— Olga transformée en gazelle... Comme c'est bizarre !

Il passa machinalement l'éponge sur un plateau et marmonna :

— J'espère qu'elle n'a tout de même pas gagné à la Loterie nationale... Quinze ans que je cotise aux gueules cassées, et toujours pas de numéro gagnant !

Olga avait disparu sous la voûte d'un immeuble situé du côté des numéros impairs. Ayant déjà passé l'entresol, elle cavalait vers les cimes. Véloce, elle poursuivit sa course ascensionnelle jusqu'au sixième étage. Arrivée sur le palier, elle rangea l'ordonnance d'un sein à demi sorti du balcon de son corsage et, le mascara en pleurs, frappa à la porte de Liselotte.

— Ouvre ! Ouvre, enfant chérie ! C'est ta Louve ! Ton petit chien de traîneau ! Ouvre !

Elle tourna la poignée et parut contrariée en constatant que la chambrette était vide.

— Liselotte ? Tu n'es pas là ?

La porte palière située en face s'ouvrit sur le visage éveillé de l'étudiante. Derrière elle, dans l'embrasure, se tenait une sorte de géante habillée en garçonne.

— Je t'ai déjà prévenue, Rose du Cygne ! s'emporta la Louve, qui n'avait même pas repris souffle. Je ne veux pas que tu asticotes la gamine, affreuse gougnotte !

Elle levait déjà ses escarpins par la bride pour en frapper la grande mule au visage.

— Moi aussi, depuis longtemps je voulais te donner ton avoine ! feula Rose du Cygne en effectuant un pas d'esquive.

Elle se jeta en avant. Elle avait une tête de plus qu'Olga.

— Non, non ! s'interposa Liselotte.

Elle sépara les deux lutteuses qui se tenaient déjà fermement par la crête des cheveux. Elle expliqua à la pierreuse :

— Rose est devenue mon amie... Nous étions en train d'écouter l'annonce de l'accord Matignon à la T.S.F. !

Elle ajouta avec un accent joyeux dans la voix :

— Tu sais, Olga, c'est fait ! Ils ont cédé sur tout ! Les quarante heures et les congés payés ! Allez ! Serrez-vous la main !

— J'ai beaucoup plus intéressant à te proposer, dit la Louve en exhibant le message froissé dont elle était porteuse.

Elle tourna brusquement le dos à sa vieille et fidèle ennemie, et entra dans la chambre de Liselotte.

— Donne ! Mais donne donc ! C'est une lettre d'André ?

— Carmen vient juste de me la pondre. Elle est fraîche du jour.

Liselotte décacheta précipitamment l'enveloppe.

— Deux pages ! fit-elle, rose de plaisir.

Et elle se plongea dans la lecture.

Un sourire attendri dessiné sur les lèvres, les yeux ruinés par les couleurs de son fard, Olga Polianovna sortit à reculons. La petite ne prêta même pas attention à son départ.

Tandis que l'ancienne danseuse de chez Balanchine dégringolait la spirale de l'escalier en direction de sa bière, Liselotte, la tête inclinée, le cœur grossi par l'émotion, s'était approchée de la fenêtre, source de lumière.

« ... Ici tout va bien, souricette... Nous sommes trois dans la même cellule. Les copains sont remontés contre la société et l'argent maudit. Leur bœuf, c'est la haine. En te perdant, j'ai tout perdu. C'est un immense complot. Je n'ai jamais commis aucun des faits qu'on me reproche. Tu le sais mieux que quiconque. Aucun juge ne m'a encore interrogé. On me laisse tourner en rond, sans contacts. Je sais qu'Albert a cherché à me voir. On lui a répondu que j'étais inconnu au bataillon. Il faudrait me trouver d'extrême urgence un avocat qui serait mon porte-voix... Surtout, réussis ton examen ! S'ils me gardent encore deux ans ou un demi-siècle, c'est toi qui me défendras !... En attendant, demande à M. Boro de prendre l'affaire en main. J'ai confiance en lui. Il doit connaître des gens dans la presse et il est sûrement capable de rameuter des journalistes. Je souhaite passer en jugement. Que la lumière soit faite ! Que je te retrouve enfin, ma caillette, ma douce, ma presque femme. Jamais la vie n'est si précieuse que quand on souffre la merde du gnouf ! Je pife de moins en moins les bourres et les gens du pouvoir. En enfermant un chat, ils ont fabriqué un tigre. Seulement quoi ? Il faut pas naître prolétaire. C'est toi qui avais raison !

Je boufferais du rat pour sortir d'ici ! Je ne pense qu'à toi... »

Lorsqu'elle arriva au bout de la lettre, Liselotte s'alla jeter sur son lit en poussant un gémissement. Le chagrin, le désarroi l'étouffaient.

Elle se releva bientôt et se rendit jusqu'à la cuvette où elle faisait sa toilette. Elle se rafraîchit le visage. Elle essora son gant de toilette et l'appliqua un long moment sur ses paupières gonflées. Puis elle relut la lettre de Dédé et, assise sur son lit, un bloc de papier sur ses genoux, entreprit de lui répondre.

Elle était occupée à chercher les mots de la fin lorsqu'une voix qu'elle reconnut pour être celle de la concierge hurla son nom depuis l'extérieur.

Elle ouvrit la croisée et se pencha. Elle entrevit la bonne femme, face de lune levée vers elle, qui, les mains en entonnoir, l'interpellait depuis le fond de la fosse étroite et sombre formée par les façades lépreuses.

— Mam'zelle Declercke ! Mam'zelle Declercke ! Téléphone !

Qui donc pouvait l'appeler ici ? Qui donc, à part Fruges et Boro, possédait le numéro de l'immeuble ?

Elle se pencha à la balustrade et cria :

— J'arrive !

Pourquoi repensait-elle soudain à un petit oiseau qui s'était noyé dans un verre de lait ?

Maison close

— LISELOTTE !

Boro avait beau s'époumonner dans l'appareil, personne ne répondait. Il lui avait fallu une heure pour obtenir Paris, une autre pour convaincre la concierge qu'elle devait aller chercher la jeune locataire du sixième et, alors qu'enfin il entendait la voix de sa chère Liselotte, la communication était devenue inaudible.

— Ne quitte pas ! cria Boro dans le récepteur. Surtout, ne quitte pas !

Il posa le combiné et s'approcha de la jeune femme rousse qui, debout derrière un comptoir recouvert d'un abominable velours rose, surveillait du coin d'un œil les filles descendant l'escalier et, de l'autre, les réactions des clients mâles accueillant les pensionnaires.

— Mina, auriez-vous un téléphone plus tranquille ?

— Si, si, Blèmia !

— Merci...

La sous-maîtresse lui lança une œillade poivrée.

Elle contourna son poste d'observation et le pria de la suivre. Elle parlait un français émaillé d'expressions classiques apprises à Paris dans un club anglais de la rive droite où elle avait fait ses classes dix ans auparavant.

Boro récupéra le combiné et supplia Liselotte de rester près de l'appareil.

— Je te rappelle dans quelques minutes !

— Où es-tu ? cria la jeune fille à l'autre bout de la ligne.

— Je ne t'entends pas !

Il percevait seulement quelques bribes, emportées par les rires des filles et les exclamations de leurs clients.

— Ne bouge pas ! C'est important ! Ma vie en dépend ! Liselotte, m'entends-tu ? Je te le répète : ma vie en dépend !

Il reposa le combiné sur sa fourche et suivit Mina à travers un couloir minuscule qui semblait déboucher sur la façade arrière de l'hôtel. La jeune femme poussa une porte basse et s'écarta pour laisser passer Boro. Il pénétra dans une pièce où régnait un parfum capiteux. De lourdes tentures grenat doublaient tous les murs. Les lumières, tamisées, éclairaient un petit palier donnant sur une chambre.

— Te voilà chez moi, murmura l'Italienne en le poussant doucement vers le lit. Chez toi, chez moi, ajouta-t-elle.

C'était un lit rond recouvert d'un tissu de la même couleur que celle des tentures. Un téléphone était posé sur la courtepointe.

— Prends-le !

Boro s'assit sur le bord du lit et attira le combiné à lui. Mina alluma un ventilateur. Exposée au courant d'air bienfaisant, elle s'installa sur une chaise, devant la porte, et entreprit de se limer les ongles sans quitter son invité des yeux.

Sa passion pour lui était née deux jours auparavant et avait grandi en six secondes : le temps qu'il lui avait fallu pour aller de l'entrée de l'hôtel au comptoir où elle officiait. Lui-même avait vu ses paupières clignoter, les rougeurs des fausses vierges monter à ses joues. Et lorsqu'il avait posé le pommeau d'ambre de sa canne sur le rebord du comptoir, elle avait carrément défailli, posant sa main sur la sienne, plongeant ses yeux dans les siens, prononçant des paroles dont il avait parfaitement enregistré le sens, même si sa méconnaissance de la langue ne lui avait pas permis d'en comprendre les subtilités. En quarante-huit heures à peine, l'Italienne avait vu sa fièvre amoureuse grimper vertigineusement. Elle craignait le coma.

Quand on décrocha, Boro tourna le dos à la jeune personne dont le peignoir de soie s'échancrait sur une poitrine qui invitait à butiner. Il reconnut la voix décidée de Liselotte.

— Où es-tu ? Que se passe-t-il ?

Avant même qu'il eut esquissé l'ombre d'une réponse, elle ajouta :

— Tu as des ennuis ?

— Es-tu seule ? demanda-t-il. Je peux parler ?

— Oui !

— Prends un crayon et note. Ou alors retiens... Es-tu prête ?

— Boro ! implora Liselotte à l'autre bout du fil. Que se passe-t-il ? Où es-tu ? J'ai besoin de toi !

— Écoute-moi bien, fit-il en enveloppant le combiné de sa main droite. Et ne parle pas avant que j'aie fini.

Il adressa un petit sourire à Mina, dont le regard l'invitait carrément à pêcher en eau trouble. La jeune femme s'interrompit dans son activité de manucure et concentra son attention sur le reflet d'une glace opposée à d'autres miroirs qui renvoyaient une image sextuplée de Blèmia. Elle croisa et décroisa ses jambes. Boro se détourna pour ne pas se laisser distraire.

— Liselotte ! Demain, dès le matin, tu vas te rendre chez Brunswick, boulevard de Strasbourg... Note : Brunswick, boulevard de Strasbourg. C'est un magasin. Tu demandes la patronne. Elle s'appelle Nico Elkaïm. Je répète : Nico Elkaïm.

Il attendit qu'elle eût noté et reprit :

— Tu lui demandes qu'il te donne une cape en renard argenté. Ça doit coûter dans les mille balles. Dis que je paierai à mon retour. Cette cape, Liselotte, il faut que tu en prennes grand soin.

Il grimaça en imaginant l'expression de la jeune fille à l'autre bout du fil. Mais le plus dur n'était pas encore fait.

— Je veux que tu l'apportes à une personne qui m'est très chère. Au palais de l'Élysée... Tu demandes Anne Visage. J'avais rendez-vous avec elle et...

Il écarta l'écouteur tant le flot des jurons fut impétueux. Au bout de dix secondes, la communication fut interrompue : Liselotte avait coupé. Boro ne se démonta pas.

— Je peux ? demanda-t-il à Mina en désignant le combiné.

Elle ferma à demi les paupières, allongea la bouche et chuchota :

— Tu peux tout.

Puis elle arbora un grand sourire qui n'avait plus rien de suggestif : elle avait de l'humour.

Boro recomposa le numéro et tomba directement sur Liselotte.

— Te rends-tu compte ? demanda-t-elle d'un ton glacial. Tu déranges ma concierge, tu l'obliges à aller me chercher, je descends, tu oublies de me demander si j'ai eu des nouvelles d'André, tu me dis qu'il s'agit d'une question de vie ou de mort, et tu finis par m'annoncer tranquillement qu'il faudrait que j'aille faire des courses pour toi !

Il ne répondit pas. Il essuya son front en sueur et ôta sa cravate. Au bout du fil, il perçut une hésitation.

— Où es-tu ?

— A Faenza... En Italie.

— Qu'est-ce que tu fais en Italie ?

— Je ne peux pas te le dire maintenant. C'est une sorte de reportage. Mais j'ai besoin de cette cape...

— Je ne fais pas ce genre de commissions, dit-elle froidement.

— C'est un service, pas une commission.

— Ne compte pas sur moi.

La voix de Liselotte s'était étranglée dans un sanglot.

— Tu pleures ?

— Je suis toute seule, figure-toi ! Je te déteste !

Il soupira. Il avait eu tort de croire qu'elle apporterait son cadeau à Anne Visage.

— Tu es trop méchante avec moi, dit-il d'une toute petite voix.

— Boro, tu m'entends ?

— Parfaitement.

— Alors, écoute ceci... L'homme que j'aime est injustement retenu en prison. Tout Paris est en grève. Les patrons négocient pied à pied avec les syndicats. Tu comprendras que tes histoires de bestioles argentées, je m'en balance complètement !

— Merci, dit-il d'un ton neutre.

— De rien, répondit-elle aussitôt.

Il y eut un blanc.

— Tu comptes rentrer bientôt ?

La voix de Liselotte avait retrouvé une nouvelle fermeté.

— Je ne sais pas.

— C'est beau l'Italie ?

— Magnifique. Un peu torride.

— Où es-tu, en Italie ?

— Dans un hôtel de passe. Une maison de tolérance...

— Pardon ?

— Chez des prostituées. Mais ce sont des femmes comme les autres ! cria-t-il en adressant un petit signe amical à la sous-maîtresse... La plus belle d'entre elles s'appelle Mina. Elle met à ma disposition...

Il ne put achever sa phrase : Liselotte venait de raccrocher.

Boro soupira et se redressa.

Mina se désintéressa de ses ongles.

Elle se leva de sa chaise et franchit les trois pas qui les séparaient. Elle plaqua son corps contre le sien. Il sentait battre sa chaleur. Elle caressa l'aile de son nez, chercha son regard et rencontra des yeux d'une noirceur lente et passionnée. Elle l'embrassa en effleurant à peine ses lèvres brûlantes.

Il ne sut jamais comment ils avaient ôté leurs vêtements.

Trahit sua quemque voluptas...

QUELQUES heures plus tard, Boro se réveilla en sursaut et courut se pencher à la fenêtre. La nuit d'été, attisée par la lune, lui permit d'entrevoir, luisance atténuée, le toit du camion benne toujours parqué dans le garage voisin. Ils l'avaient suivi jusque dans ce petit village italien sans parvenir, prudence et obscurité obligent, à distinguer le visage de ses passagers. Et depuis, heure après heure, Boro planquait.

Il s'habilla sans bruit, peu désireux d'éveiller Mina, et se glissa dans le vestibule. Il longea un certain nombre de portes distribuées à intervalles réguliers. La moquette pourpre étouffait le bruit de ses pas.

Il déboucha dans le bar engourdi de torpeur tamisée. Un vieux monsieur en chaussures blanches narrait à l'oreille d'une fausse blonde les exploits d'un passé de galanterie. La fille semblait exténuée.

Elle soupirait :

— *Ma ! Se non è vero, è bene trovato...*

Le vieillard avait bu. Il avait payé une bouteille d'asti *spumente.* Sous l'effet de l'alcool, son faciès de type ordinaire s'était aggravé d'une sorte d'immodestie. Il paradait, faisait la roue devant la cocotte. Il lui contait mille anecdotes éculées.

Elle répétait avec patience :

— *Se non è vero, è bene trovato !*

Boro passa à gauche du comptoir et pénétra dans le salon où les filles mettaient en appétit leur clientèle.

Sitôt libérées d'un rendez-vous bâclé avec un provincial de passage, ces demoiselles — « mes abeilles », comme les appelait Mina — redescendaient de l'étage. Elles s'étaient poudré le nez.

Parfois, comédiennes consommées, elles avaient même changé de tournure et de maintien parce qu'elles savaient que, à vingt-trois heures recta, la porte du temple s'ouvrirait sur le signor Roberto Tortelli, un bossu qui longeait les murs, ou sur cet avocat fameux, à crinière de lion, qu'on appelait le Dottore. Ces gens-là étaient des hommes estimables, avec une famille, des enfants et des biens. Ils jouissaient de la confiance de leurs concitoyens. Ils ne faisaient rien de mal en venant retrouver le libertinage de leur choix.

Lorsque Boro fit son entrée, l'atmosphère était joyeuse.

« *Trahit sua quemque voluptas* : chacun a son penchant qui l'entraîne. » Sur la foi de cette maxime qu'il ignorait pourtant, Féodor Alexeï Léontieff, loin de trahir Virgile, avait pris la complexion vineuse et adopté le mode de vie d'une espèce de Bacchus en plus slave. Renversé sur une banquette de velours rouge, il chantait les louanges des félicités terrestres. Dans un poing il serrait une bouteille de porto, dans l'autre il étreignait la taille d'une jolie limande de lupanar qui pouffait sans cesse.

Depuis qu'ils avaient franchi le seuil de cet établissement pour la seule raison que ses fenêtres donnaient sur le garage où dormait le camion de la Sita, le Russe blanc était devenu cosaque, et le cosaque menait grand train.

Il sabrait l'existence.

Boro lui jeta un regard oblique. Il se dirigea vers l'escalier et fut aussitôt entouré par un essaim de frimousses dont certaines étaient avenantes et quelques-unes franchement désirables. Mais il ne céda point à leurs avances et refusa d'entamer le dialogue en quelque langue que ce fût. Il n'était pas là pour cela.

Léontieff l'aperçut dans un brouillard.

— Eh ! Tovaritch !

Boro marqua le pas.

— Tovaritch ! Je tombé suis amoureux de l'Italie ! S'il faut un czar à la botte, j'ai pointure qu'il faut. A côté de moi, le Duce c'est savate. Une semelle sans tige !

Boro esquissa un sourire.

Léontieff le Magnifique fit un geste royal :

— Approche, petit secrétaire hongrois, que je présente vous à ma cour !

Le chauffeur de taxi tendit une main en direction d'une grande fille brune qui se tenait à sa droite :

— Voici Louisa. Louisa est la Napolitaine de la maison. C'est deuxième favorite de ma personne dissolue !

Il se retourna vers la jeune élue dont il tenait la main.

— Léna... Léna est toute première favorite ! Elle est créature protégée pour grande compétence...

Il désigna enfin une petite blonde qui parlait avec Mina, récemment réapparue près du comptoir.

— Et voici Dana... Cinquième courtisane seulement...

Il fit une grimace et promena son regard sur l'auditoire.

— Numéro trois, numéro quatre sont occupées avec des imbéciles !

Il éclata de rire et prit un certain temps avant de retrouver son sérieux. Il fixa Boro d'un regard alourdi par l'alcool. Il se leva soudain en poussant un grand cri.

— Les filles ! Petites brebis des steppes !

Il leur enjoignit d'approcher, et elles se regroupèrent sous sa houlette.

— Gloria, Louisa, Léna, Ornetta, Dana, Martha, Claudia ! Je vous présente Blèmia ! Avec un nom si proche du vôtre, il a grande place dans cette maison !

Boro fut congratulé. De tous côtés pleuvaient les invites les plus alléchantes :

— *Si sieda pure...*

— *Vuole bere qualcosa ?*

— *Vuole una scatola di sigari ?*

Il se répandit en sourires auprès de ces dames, déclina leurs offres, puis tourna les talons en direction des étages.

L'escalier était étroit et éclairé par des ampoules recouvertes d'abat-jour en fanfreluche. Boro se colla au mur pour laisser passer un couple dont l'affaire était conclue et, après avoir grimpé deux étages en toute hâte, poussa la porte de sa chambre.

C'était une pièce de trois mètres sur quatre, dotée d'un petit lit double, d'un lavabo et d'un bidet. Il l'avait monnayée, ainsi que sa semblable située de l'autre côté du couloir, contre une somme représentant un manque à gagner estimé à deux hommes toutes les quarante-cinq minutes entre midi et vingt-trois heures. Une fortune.

Il regarda à travers la fenêtre. Les portes du garage étaient closes. La petite place était éclairée par un lampadaire penché qui menaçait de s'abattre sur un banc public. Aucune voiture ne circulait. Le village semblait dormir.

Boro se retourna vers le lit. Son œil accrocha une gravure licencieuse du XIXe siècle représentant un Éole invisible troussant une paysanne en émoi. Il s'approcha. La main de la jeune personne était mobile. Boro la souleva. La lumière du couloir apparut dans l'orifice.

Il s'allongea sans se déshabiller après avoir accroché son manteau à un clou surplombant le tableau. Au moins ne le surveillerait-on pas. Il se promit de repartir le lendemain si aucun élément nouveau n'intervenait dans la nuit. Il s'endormit sur le giron idéalisé de la belle Anne Visage.

Il fut réveillé par les exclamations émerveillées de Féodor Alexeï Léontieff, qui entra dans sa chambre doublement sinon triplement accompagné, puis par d'autres cris et d'autres soupirs et, enfin, à cinq heures cinquante-sept exactement, par le grondement d'un moteur qui lui rappela si bien celui de la benne de la Sita qu'il fut debout instantanément.

Sitôt qu'il se trouva sur pied, il se précipita à la fenêtre et comprit sa méprise. Il y avait bien un poids lourd devant le garage. Mais ce n'était pas une benne à ordures, et ce n'était pas non plus un camion comme les autres.

Boro écarquilla les yeux. Il colla son front et ses deux mains à la vitre. Il resta là un instant, immobile, stupéfait, puis il courut à son manteau et attrapa le Leica. Il déplaça le lit de manière que le montant vînt à quelques centimètres seulement de la fenêtre. Il y posa l'appareil, objectif braqué sur les portes du garage, puis il embraya le bouton de pose et appuya sur le déclencheur. Il attendit deux secondes. Il arma une nouvelle fois, appuya encore et lâcha au bout de trois secondes. Ainsi renouvela-t-il l'opération jusqu'à un temps d'attente de dix secondes. Lorsqu'il eut pris neuf photos, il songea que si les mathématiques étaient de son côté, il obtiendrait bien un cliché correctement exposé. Alors il aurait la preuve en petit format que, en cette nuit du 7 juin 1936, un camion de l'armée italienne s'était arrêté devant un garage dont un sous-officier avait fait ouvrir les portes tandis qu'un autre ordonnait à un caporal et à un soldat de simple rang de décharger des paquets du camion et de les transporter jusqu'au garage.

Le plus intéressant venait de ce que ces paquets étaient rigoureusement semblables aux caisses qu'il avait vu décharger aux Galeries Lafayette : des fardeaux longs, rectangulaires, enrobés d'une toile de jute sombre. Il ne fallait pas être grand clerc pour deviner de quoi était constituée la cargaison.

Tout en rembobinant son Leica, Boro songea qu'il avait mis le pied sur un champ de mines.

Pauvre Voisin

Il surveilla le garage pendant deux jours. Lorsqu'il n'était pas dans sa chambre, debout derrière le rideau de la fenêtre, il déambulait sur la petite place. Le bourg paraissait coupé du monde. Seuls quelques vieillards venaient parfois s'asseoir sur les bancs ensoleillés. On avait bien placardé, ici et là, quelques affiches fascistes, deux ou trois profils du Duce, mais rien ne laissait supposer que le pays était pris dans l'étau mussolinien ou que le maréchal Di Bono était entré en Abyssinie. Il n'y avait ni guerre ni dictature. Seulement les allées et venues quotidiennes des paysans et celles, hebdomadaires, des soldats en garnison et des représentants de commerce des villes voisines venus s'alléger la panse au bordel du village.

Boro fouinait, sans résultat. Le garage abritait probablement des trafics illicites, mais ils étaient masqués par les activités classiques d'un atelier de réparation. On redressait au grand jour des ailes défoncées, des portières tordues, des châssis faussés.

Le reporter ne prenait aucun de ses repas à l'hôtel. Il évitait de se trouver dans les couloirs au moment où ces messieurs rejoignaient ces dames. Pas une fois il ne toqua à la porte de Léontieff, disparu corps et biens, englouti dans les profondeurs abdominales de l'endroit.

Au bout de quarante-huit heures, Blèmia fut traversé par une pensée qui le démoralisa : puisque les seules fenêtres surplombant l'arrière-cour du garage étaient précisément celles de Mina et qu'il n'avait pas honoré la couche de la sous-maîtresse depuis deux nuits, rien ne lui prouvait, après tout, que le camion de la Sita fût encore remisé sous les arbres. On l'avait peut-être déménagé alors qu'il dormait comme un bienheureux, enfin libéré de la chaleur accablante, des halètements, gémissements et autres soupirs doux et tarifés de l'étage. Si tel était le cas, il risquait de s'enliser dans l'euphorie trompeuse de ce lupanar de province pendant des temps indéterminés.

Il repensa à Liselotte et à sa fâcherie qui n'était pas dénuée de fondement. Il s'avisa aussi que la belle Anne Visage lui manquait. Dès lors, pourquoi rester coincé au fond de cette lointaine province sinon pour satisfaire les humeurs de sybarite d'un chauffeur de taxi dont le compteur continuait à émettre son tic-tac horripilant chaque fois que Blèmia passait devant la Voisin, planquée au coin de l'église ?

Il décida de brusquer les événements. Il conçut un plan d'une simplicité enfantine et le mit en œuvre le matin suivant en demandant sa note.

— *Il conti separati ?*

— Inutile... Mais en francs français ! précisa-t-il à l'adresse de Mina alors que celle-ci alignait les zéros sous son nez.

Elle leva vers lui un visage douloureux. La larme affleurait.

— Je paie en chèque postal, poursuivit Boro, impassible.

Il y eut un soupir, un petit reniflement. Puis, au fond du regard, une lueur satisfaite lorsque la note échoua sur le rebord du comptoir, sous le nez de Boro. Il lut : six mille sept cents francs.

— Ça fait cher le client ! fit-il en regardant la sous-maîtresse droit dans les yeux.

Elle ne cilla pas. Son visage arborait désormais un glacis mercantile.

— Appelez mon camarade.

L'Italienne ne bougea pas.

— Féodor Alexeï Léontieff ! exigea Boro en frappant du plat de la main sur le comptoir.

Cinq minutes plus tard, le Russe se présentait devant lui. Il avait le teint olivâtre mais l'œil brillant.

— Que se passe-t-il, monsieur le chef de cabinet ? demanda-t-il en claquant les talons dans un garde-à-vous approximatif. Pourquoi m'interrompre au milieu de sommeil réparateur ?

— Il se passe que j'ai demandé la note.

— Ne dites pas moi que nous partons déjà ! se récria le taxi avec une mimique consternée. J'ai à peine commencé à gaver le temps de plaisir ! Il y a tellement travail pour rattraper retard !

— Une chose à la fois, Féodor. Avez-vous compté ?

— Compté ?

— Oui. Combien de demoiselles ?

Léontieff ferma les yeux et s'absorba dans un calcul mental qui l'occupa deux ou trois minutes.

— En tout, trente-deux ou trente-trois, dit-il après avoir mûrement réfléchi.

— Bravo, c'est une excellente performance, concéda Boro.

— N'est-ce pas ? C'est sacré exercice pour un futur chef de gouvernement.

— Surtout qu'il va falloir payer, lâcha Boro en inspectant l'ongle de son majeur.

— Comment quoi ?

— Ou vous faire avancer les fonds par une caisse spéciale.

— Absurdité colossale ! Qu'est-ce que vous dites, petit secrétaire ?

— Je dis que trente-deux ou trente-trois filles, ça se paie. Surtout dans ce genre d'endroit.

Léontieff s'éloigna du comptoir et se laissa tomber dans l'un des deux fauteuils de velours grenat qui occupaient le coin de la pièce. Boro attendit quelques minutes puis il prit place dans l'autre.

— Que comptez-vous faire, monsieur le Premier ministre ?

— A combien s'élève l'erreur colossale ? bredouilla le Russe.

— Six mille sept cents francs.

— *Non è compreso il servizion*, intervint Mina.

Léontieff se prit le visage entre les mains. Boro enfonça son clou :

— Il était convenu que je payais la chambre, pas les extras.

— Je croyais que le service était compris ! gémit Léontieff.

— Et je ne peux même pas vous avancer la somme. Voyez-vous, Féodor, je suis un peu juste en ce moment.

Il attendit que le Russe eût descendu encore quelques marches dans son désarroi pour enfoncer son clou.

— A moins que..., dit-il simplement.

— A moins que ? reprit l'autre en se gonflant d'air nouveau et en déployant brusquement l'accordéon des plis de sa panse.

Boro prit l'air préoccupé. Il se gratta le front avec gravité.

— C'est ennuyeux... Je n'y tiens pas trop, mais je n'entrevois que cette solution.

— Dites, petit prince !

— La Voisin... Je paie votre part des six mille sept cents francs et vous me cédez la Voisin.

— Jamais ! rugit Léontieff.

Trois secondes après ce réflexe vertueux, il plissa les paupières et ajouta :

— C'est pièce unique ! J'en veux dix mille en tout.

— Accepté, dit Boro qui haïssait le marchandage.

Son plan avait fonctionné.

Les yeux exorbités de Léontieff riboulèrent un moment au fond des orbites. Il avança sa bouche lippue et se réfugia dans une moue dubitative. De sa main velue, il se massa la paroi stomacale, observa sa paume et dit à mi-voix :

— Quinze mille.

— C'est non, répliqua Boro en se levant. Accompagnez-moi.

L'autre le suivit. Ils marchèrent vers l'entrée de l'hôtel.

— Amenez la voiture, demanda Boro. Nous allons l'examiner ensemble.

Il sortit sur le pas de la porte. Léontieff passa devant lui puis tourna à droite, derrière l'hôtel. Boro le suivit. La Voisin était garée sur un terre-plein, entre l'église et la mairie. Boro l'observa avec attention. Ses lignes étaient beaucoup moins pures que celles de l'Aston Martin, même dans son état actuel. Mieux : elles étaient franchement laides. Cependant, il s'en dégageait une telle originalité que la voiture paraissait avoir été dessinée par les ingénieurs les plus savants de l'époque.

— Le canard est vilain, mais c'est sans doute le plus intelligent de la basse-cour, dit Boro en flattant la carrosserie de sa main droite. Allons-y, Léontieff... Profitez-en : c'est encore votre taxi.

Il monta à droite.

— Où voulez aller ? demanda le Russe en actionnant le démarreur.

— Où vous voulez à condition que ce soit à plus de deux cents mètres et à moins d'un kilomètre.

— Même pas une promenade, secrétaire véreux ! C'est un aller-retour !

— Faites ce que je dis.

Ils quittèrent le village. Lorsqu'ils furent en rase campagne, Boro pria son chauffeur d'arrêter la machine.

— Déjà ! Mais nous n'avons rien vu !

— C'est suffisant pour ce que nous avons à faire. Rangez-vous sur le bas-côté.

Lorsque la Voisin fut immobilisée, Boro descendit et posa l'extrémité de sa canne sur le long capot de la voiture.

— On peut voir ?

Léontieff dévissa trois papillons. Il recula d'un pas, chercha derrière la calandre et éleva une longue tige métallique sur laquelle il ajusta le capot.

— Voici l'engin, dit-il en montrant fièrement le moteur.

Boro se pencha, vit des trucs et des bidules, du chrome et du caoutchouc, renifla une mauvaise odeur d'essence. Il se redressa et dit :

— Cassez-moi ça.

Léontieff le dévisagea, les yeux ronds.

— Cassez-moi ça, répéta Boro en montrant le moteur.

— Vous êtes fou, secrétaire renvoyé !

Le chauffeur observait tantôt Boro tantôt la Voisin, ne sachant s'il devait refermer le capot, prendre ses jambes à son cou, frapper le moteur ou cet horrible boiteux qui exigeait qu'on démantibulât la voiture de la princesse Alexaïa Romanova Gontratieff.

Boro sortit son carnet de chèques de sa poche, s'appuya sur l'aile de la Voisin et, ayant dévissé son stylographe, entreprit de régler sa dette. Après quoi, il tendit le chèque à Léontieff.

— Il y a une gratification supplémentaire. Je n'avais pas pensé à la douleur que tout ceci représenterait pour vous. *Doloris causa* !

Il montra l'auto.

— J'aimerais que vous la cassiez en douceur. Qu'on ait l'impression d'une blessure involontaire.

Léontieff prit le chèque, le vérifia et monta dans le véhicule. Le regard vide, il ouvrit la portière du passager et, d'une voix blanche, dit :

— Montez.

Lorsque Boro se fut installé, il tourna la clé de contact et démarra sans à-coups.

— Qu'est-ce qui vous siérait comme panne ?

— Quelque chose d'assez sérieux. Il faudrait que la voiture soit immobilisée pendant au moins deux jours.

— Et comment allons rentrer ?

— C'est secondaire... Nous réglerons cela plus tard.

— Je rien comprendre à vos maniganceries, grommela le Russe. Vous êtes un imposteur secrétaire.

— Ne faisons pas de politique. Ne réfléchissez pas, et allons-y.

— Accrochez-vous, ça balancera.

Léontieff poussa la première vitesse, passa en seconde puis en troisième. Lorsque l'aiguille du compteur passa quatre-vingts kilomètres à l'heure, il lâcha l'accélérateur et ramena ses pieds sous son siège.

— Dans la côte, là-bas, dit-il en désignant une pente distante d'une centaine de mètres.

— Qu'allez-vous faire ?

— La casser comme miettes ! C'est bien la catastrophe que vous voulez, non ?

La Voisin glissait silencieusement sur la route. Elle sembla basculer dans la descente, puis elle prit de la vitesse. L'aiguille dépassa les cent dix.

— Attention ! dit Léontieff.

Il donna un coup brusque sur le levier de vitesses. Il y eut un petit choc. Lancée en roue libre, l'auto atteignit cent trente, à mi-descente. Léontieff posa sa main sur la boule du levier de vitesses et poussa celui-ci vers le bas. On entendit un chuintement sourd et prolongé. La voiture ralentit. Léontieff pesa plus fort sur la tige métallique. Le bruit s'amplifia. On eût dit deux roues crantées fonctionnant à rebours.

— Donnez coup de grâce, dit Léontieff en grimaçant. Maintenant, votre voiture !

Boro posa sa main sur celle du chauffeur et appuya brusquement vers le bas. Le levier résista puis il y eut un choc sourd, un brusque ralentissement qui les projeta contre le pare-brise. La Voisin reprit de la vitesse.

— Nous avons passé marche arrière, déclara flegmatiquement Léontieff. La mécanique cassée.

Il se tourna vers Boro et ajouta :

— Les boîtes électriques, c'est chose fagile ! Comme les gouvernements provisoires !

Un homme à femmes

LE garagiste tournait autour de la Voisin sans manifester le moindre état d'âme.

— *Si sente odor di bruciato*, dit-il en s'essuyant les mains sur sa salopette.

Il se pencha sur l'épave automobile comme sur un fourneau éteint et respira le moteur avec un air dédaigneux.

— *Si sente odor di bruciato*, répéta-t-il.

Il s'était déplacé lui-même au volant d'une dépanneuse allemande datant au mieux de la guerre de 1870 et avait établi son diagnostic sur place avant de remorquer la voiture :

— *La macchina è in panna di cambio !*

Il n'avait pas ajouté un mot durant le trajet du retour et, maintenant que l'auto se trouvait devant la façade de son garage, il se contentait d'en faire le tour, jaugeant cet étrange animal qui ne ressemblait à rien de ce qu'il avait vu jusqu'alors.

Tout en observant son manège, Boro songeait que si par miracle l'Italien parvenait à dénicher puis à monter une boîte de vitesses sur sa nouvelle voiture, il la ferait changer aussitôt rentré à Paris. De toute façon, pour le moment, là n'était pas le plus important. Le plus important, c'était que le garagiste acceptât de réparer l'auto, qu'il l'admît dans le sanctuaire de son atelier et invitât son client à le suivre. Avec de la chance, Boro parviendrait peut-être à repérer les sacs enveloppés dans la toile de jute et à mettre au jour leur contenu.

— Alors ? demanda-t-il à l'Italien dès que celui-ci eut terminé son inspection de la voiture.

Il se tourna vers Dana, la cinquième favorite de Léontieff, que ce dernier était allé quérir de toute urgence afin qu'elle s'entremît comme traductrice.

Le garagiste formula une phrase que Boro comprit avant même qu'elle fût traduite, mais qu'il feignit de découvrir entre les lèvres de la blonde fatale.

— Il va commander une boîte de vitesses. Il faudra attendre un mois et payer d'avance.

— D'accord, répondit Boro. Mais je veux un bon de réparation.

— Il vous le fera, dit la fille après avoir traduit la demande.

L'Italien leur fit signe d'attendre :

— *Aspeta momento ! Non si muova...*

Il se dirigea vers l'enceinte du garage et poussa une porte métallique. Boro n'hésita pas un quart de seconde. A peine l'homme eut-il disparu dans le hangar qu'il se précipita dans la même direction, canne dressée, comme s'il voulait le rattraper pour lui donner une information qui venait de traverser sa mémoire.

Il franchit en un clin d'œil la distance le séparant de la porte et quand il fut à l'intérieur du garage, il abaissa sa canne, se courba et parcourut le lieu du regard, exactement comme s'il devait photographier un demi-cercle au Leica. Le camion de la Sita se trouvait sur la droite, monté sur un pont. Boro s'en approcha. Il chercha alentour les paquets déchargés la veille du camion militaire. Il n'en découvrit aucun. Il fit encore trois fois le tour du pont sur lequel le camion benne était juché, puis il repassa la porte et attendit le garagiste à l'extérieur.

Le mécanicien ne tarda pas à revenir. Dans sa main encrassée de cambouis, il tenait un reçu et le double d'un bordereau de commande de réparation.

— *Feirmi qui !*

Boro examina le formulaire et le signa.

De retour dans sa chambre d'hôtel, il donna congé à Léontieff. Il jeta un coup d'œil par la fenêtre et vit un milan planer au-dessus des collines qui ceinturaient la bourgade. Le rapace prit de l'altitude et ses ailes noires saisirent le soleil.

Blèmia s'efforça d'imaginer un moyen de forcer les portes du garage après sa fermeture afin d'examiner de près les paquets livrés par le camion de l'armée. Il envisagea les solutions les plus diverses, dont certaines rocambolesques, avant de se fier à son esprit de déduction. Le camion benne de la Sita le conduirait probablement plus loin encore que l'Italie. S'il voulait remonter la filière jusqu'au bout, il ne devait pas risquer de rompre le lien qu'il suivait depuis

Paris. Il décida donc de ne pas pénétrer dans le hangar par effraction et d'éviter à tout prix les actions qui eussent permis à ceux d'en face de le démasquer. Il était un représentant de commerce bloqué par une panne de voiture dans une petite bourgade italienne. Ni plus ni moins.

Cette résolution prise, Boro descendit au rez-de-chaussée de l'hôtel. Il commanda un café fort, qu'il se fit servir dans le petit salon brésilien, désert à cette heure. A l'instant où on lui apportait sa tasse, il découvrit le moyen grâce auquel il rentrerait à Paris. C'était non seulement le meilleur, mais encore le plus rapide, le plus rusé, et celui qui servirait le mieux ses intérêts.

Boro leva sa tasse à l'idée qui venait de le traverser. La jeune fille à la cambrure souple, à la robe de gitane qui lui avait servi son café — l'omniprésente Dana, la cinquième favorite de Léontieff — crut à une invite.

— Le Russe est fatigué, dit-elle, écœurée. Lui n'a pas d'argent...

Elle s'assit en face de Blèmia, sur un pouf grenat, joua un moment avec l'un des anneaux qui paraient ses oreilles et, dans son français approximatif, entreprit de lui faire une étrange proposition.

— Mina, commença-t-elle en désignant le comptoir vide, elle est folle amoureuse de vous. Elle m'a chargée de vous proposer une transactione.

— Laquelle ? demanda Boro, plutôt surpris de la tournure que prenaient les choses.

— Mina voudrait que vous restez parmi nous.

Il manqua renverser sa tasse sur ses genoux.

— Ici ?

— *Si* !

D'un large mouvement de main, elle embrassa la pièce, ses dorures, ses angelots joufflus, ses caravelles cinglant vers les épices, puis elle promena ses cinq doigts réunis sous les yeux de Boro.

— Toute la casa aux cinq salons serait à vous ! Trente chambres ! Un patio avec jet d'eau ! Vous auriez un appartement au dernier étage et seriez rétribué avec des argents... *molti soldi* !

— Mais que devrais-je accomplir d'exceptionnel pour être ainsi choyé ? demanda Boro.

— Nous avons besoin d'un homme, répondit la blonde en posant sur lui un regard brûlant.

Il fixa un moment les racines de ses cheveux oxygénés qui repoussaient d'un noir de jais. Dana avait un teint mat et des allures de tsigane.

— Sur ce chapitre-là, pas d'inquiétude ! Vous avez ce que vous voulez ! Des hommes, il en passe trente par jour !

— Je ne parle pas de ceux-là. *Tutti stronzi* ! Il nous faut un homme unique. *Un uomo solo* ! Un seul.

Boro joua avec sa soucoupe puis adressa un sourire crispé à Mina, qui venait de pénétrer dans la pièce. Lorsqu'elle se fut installée derrière le comptoir, il dit, clairement et d'une voix forte :

— *No.*

La sous-maîtresse eut une hésitation. Elle prononça une phrase en italien que Dana traduisit immédiatement :

— Elle dit qu'elle en était sûre.

— Cela paraissait inévitable, admit Boro.

Il se remettait mal de sa surprise. En tout bien tout honneur, on lui avait proposé d'assurer le rôle de protecteur d'un hôtel de passe. Souteneur !

— Vous refusez vraiment ? demanda la fausse blonde.

— Vraiment.

— Pour toujours ?

— Vous trouverez quelqu'un d'autre.

Il ajouta, prenant ses mains :

— Ce ne sont pas les volontaires qui manqueront.

— Oublions, dit la jeune femme avec un sourire déçu. On vous aimait beaucoup...

— Alors rendez-moi un service, dit Boro, saisissant la balle au bond.

— *Sono a sua completa disposizione...*

— Trouvez-moi une voiture pour rentrer en France.

— *Ma ! Come faciamo* ? Comment voulez-vous que je fasse ?

— Interrogez le garagiste... Il connaît peut-être quelqu'un.

La fille se releva dans un bruissement d'étoffe. Elle hésita un instant puis, montrant la canne de Boro, demanda :

— Comment un homme comme vous a-t-il pu se faire ça ?

— Avec des filles comme vous.

Elle fronça les sourcils en une mimique d'incompréhension.

— Ce que vous m'avez proposé, je l'ai déjà fait. A Budapest. Ça m'a valu des coups...

Devant sa mine déconfite, il ajouta :

— Vous voyez, je n'étais pas une affaire !

Il passa une partie de l'après-midi à photographier les paysans venus au marché du bourg. Ils avaient des visages rudes, marqués par l'âpreté du soleil. On le regardait comme un animal étrange. Sa méconnaissance de la langue ne facilitait pas les rapports. Il exécuta cependant une galerie de portraits dont certains, il en était sûr, conviendraient à un hebdomadaire comme *l'Illustration*. Il comptait garder ses munitions plus secrètes pour son agence, à qui il donnerait les clichés de l'affaire lorsqu'elle aurait été percée à jour.

Quand il rentra, Dana la mystérieuse l'attendait entre l'escalier et le petit salon espagnol. A cette heure, les clients n'étaient pas encore arrivés et les filles n'avaient pas revêtu leur tenue de travail. La jeune femme portait un foulard noué dans les cheveux et une mantille immaculée était jetée sur ses épaules.

— Il vous a trouvé quelqu'un, dit-elle en montrant le garage. Un signor qui part sur Paris demain... Quand le soleil sera moins fort...

— A quelle heure ?

Elle montra six doigts.

— Vous êtes une intermédiaire de choc !

— Il veut cinq cents lires avant, fit-elle avec une grimace légère.

Boro sortit cinq billets de sa poche et les lui tendit.

— Où est Léontieff ? demanda-t-il. Il faut que je le voie.

— *Nella camera sua*, fit-elle en contractant les lèvres.

— Quelque chose ne va pas ?

— Il vous le dira lui-même.

Léontieff était allongé sur son lit, la tête et les pieds posés sur des coussins blancs. Dans la chambre, il faisait une touffeur à mourir. Sur la table traînaient une bouteille de vodka vide et une autre pleine. Boro l'empoigna, l'ouvrit et remplit deux petits verres qu'il prit sur le rebord de la fenêtre.

— Féodor, demanda-t-il en présentant un godet au Russe. Féodor, avez-vous déjà pris l'avion ?

— Pour qui prenez-vous moi ? Comment croyez-vous que je faisais dans la Sainte Russie pour aller d'une campagne à l'autre ?

— Eh bien, c'est ce que vous ferez demain pour aller d'Italie en France.

Léontieff secoua la tête.

— Gardez l'aéroplane ! Je voulais justement vous informer, monsieur le chef de cabinet sans portefeuille, que je reste là. Inutile de compter sur ma personne pour retour.

— Pourquoi cela ?

Le Russe remonta ses jambes sur sa poitrine puis les étendit à nouveau devant lui.

— Parce qu'ici, on me garde.

— A l'hôtel ?

Léontieff acquiesça.

— On me donne petit royaume.

Boro éclata de rire.

— Savez-vous qu'elles m'ont fait la même proposition ?

— Pas exactement. A vous, elles offraient tout un étage et des balcons. Pour moi, ce sera seulement cette chambre.

— Grands dieux, une cage à poules ! Mais pour quoi y faire ? Allez-vous devenir leur protecteur ?

— *Niet*, fit le Russe en secouant la main. Les militaires ne sont pas faits pour les emplois de bureau.

— Quelles seront vos nouvelles attributions ?

— Je ferai travail lucratif, comme les demoiselles.

Boro avança d'un pas, intrigué.

— Un travail de surveillance. Comme Mina, vous voulez dire ?

— Non. Comme Louisa, comme Dana, comme Claudia.

— Je ne comprends pas...

— Simplissime ! fit Léontieff avec un grand sourire. Nous vendre mes charmes !... Il y a déjà département sexe pour messieurs. Nous ouvrons un autre pour les dames. Révolutionnaire, non ?

— Et... et vous serez serveur ?

— L'unique serveur devant le czar ! rectifia le Russe en vidant cul sec sa vodka. *Da* !

Et il fracassa son verre en le jetant par-dessus son épaule.

Pour Paris, en voiture !

Le lendemain matin, Boro resta terré dans sa chambre.

Son humeur était sombre. Il avait cauchemardé une partie de la nuit. Sa langue était comme un morceau de cuir sec. En fin de matinée, il se fit monter un petit déjeuner qui lui tiendrait lieu de repas pour midi.

Il se pencha à la fenêtre et inspecta la place. Les toits aux tuiles romaines, les murs crépis de blanc, les cyprès, les micocouliers enfermés dans le mystère des cours intérieures, les résonances de la cloche égrenant paresseusement la litanie des heures, tout cela conspirait contre le temps. Boro était comme un somnambule. Un parfum obsédant montant des jardins lui pesait sur les tempes. La lueur des rues était ocre rouge. Il essaya d'oublier la senteur des lys.

Il appela une fille d'étage et se fit apporter du carton, du papier le plus résistant possible et de la ficelle. Il commença à empaqueter soigneusement son cher Leica et les rouleaux de pellicule qu'il avait impressionnés.

Sur le paquet, il calligraphia le nom de Béla Prakash, l'adresse d'Alpha-Press et la mention « Très fragile ». Il vérifia les nœuds, la résistance de l'emballage, la lisibilité de l'adresse. Après quoi il quitta sa chambre et marcha jusqu'à la poste. Il aborda une petite place ombreuse et passa devant une maison d'articles funéraires. Un homme en aspergeait les vitres avec un tuyau d'arrosage. Il était vêtu d'un costume gris à rayures sombres et, malgré l'intense chaleur, portait un chapeau melon. Le soleil avait posé sa main brûlante sur les façades. Les chiens étaient renversés sur le flanc. Les insectes bourdonnaient sous les chênes-lièges.

Boro s'épongea le front et tourna le coin de la rue.

Il expédia son appareil en urgence et en recommandé.

Sur le chemin du retour, il pensa, primo que c'était la première fois qu'il se séparait de son Leica, secundo que son plan était hasardeux, tertio que son esprit d'aventure devait reprendre le dessus. Bon Dieu ! Il aimait danser avec le hasard !

A cinq heures et demie, lorsqu'il descendit de sa chambre à la chaleur endormante, elles étaient toutes alignées en rang d'oignons dans la salle d'accueil : Mina, Louisa, Léna, Dana, Claudia, Ornetta et les autres. Elles avaient quitté leur pratique, le temps d'un adieu.

Léontieff était présent lui aussi, dernière perruche de la volière, presque intronisé dans ses nouvelles fonctions d'homme à femmes.

Les « abeilles » et l'ancien chauffeur de taxi firent cortège au voyageur, l'accompagnant jusqu'au salon égyptien, où du café, du halva, des loukoums et des brioches avaient été servis sur des tables basses en cuivre ouvragé. Boro leva sa tasse de café préparé à la turque. Il la but tout entière et la retourna sur la soucoupe comme Dana le lui recommandait.

Elle prit le récipient délicatement par son anse et lut le destin de Blèmia, tel que l'avait gravé le caprice des traces de marc déposées sur les parois de porcelaine. Il leva les yeux et constata que Mina et Claudia s'étaient approchées de Dana. D'une seule voix, les trois femmes lui prédirent un voyage mouvementé, un avenir radieux, un second voyage et le danger d'une mort violente.

Ainsi se répétait à cinq ans de distance l'oracle proféré par les gitanes rencontrées un soir de bourrasque à Montparnasse. Comme pour donner plus de poids à ces prophéties, une sorte de vent malin et inconcevable en cette saison calme et sèche avait soulevé le rideau de tulle du salon égyptien.

Boro se redressa, comme guidé par ce souffle surnaturel. Il sortit dans le patio mauresque. Au centre de la cour, il aperçut un nuage de poussière tourbillonnant en spirale. Il entraînait dans son carrousel une kyrielle de pétales de lauriers roses et des feuilles qui s'éloignaient, balayées en altitude, pour se perdre à hauteur des terrasses.

— Une ronde de sorcières, annonça Dana qui l'avait rejoint sans qu'il l'entendît approcher.

Il se retourna.

— Bientôt, tu iras regarder les hommes jusqu'au fond de leur nuit, dit-elle. Méfie-toi alors de ne pas mourir d'une balle en plein front.

— Tout cela ne veut rien dire, murmura Boro tandis que le bruissement du vent s'éloignait.

— Tout cela aura à voir, prédit la jolie liane.

Blèmia crut reconnaître en elle la plus jeune des bohémiennes du boulevard Raspail. Il ferma les yeux, revit avec clarté le visage des femmes d'Égypte, leurs colliers de sequins, la vieillesse de l'une, la fécondité épuisée de l'autre et la jeunesse éclatante de la troisième. Et quand il rouvrit les paupières, il n'était plus sûr de rien. Pas même d'être sorti quelques instants auparavant. Toute trace d'appréhension l'avait quitté. Son destin était ancré dans la réalité.

On entendit un coup de klaxon. Boro sursauta et revint sur ses pas. Les prostituées formèrent une ronde aimable autour de lui.

Dana écarta un rideau et dit :

— Notre gentilhomme va nous quitter !

Boro adressa un baiser à chacune d'elles. La plus triste était Mina, qui avait nourri de grands desseins pour lui — sinon pour eux. Elle tortillait entre ses mains un mouchoir violet. Louisa lui chuchota des paroles réconfortantes à l'oreille. Claudia hocha doucement la tête, les lèvres pincées et le menton tremblotant. Dana le frôla simplement.

Il y eut un deuxième coup de klaxon. Boro s'inclina profondément devant ces dames :

— Mesdemoiselles, je n'oublierai pas. Je n'oublierai rien.

Il se redressa et agita l'index.

— Comptez sur moi : je reviendrai !

Dana traduisit. Mina étouffa un sanglot.

— *Chi va sano, va lontano,* murmura-t-elle en serrant son mouchoir contre son sein.

Léontieff fit un pas en avant. Un voile troublait son regard. Il porta la main à son cœur.

— Monsieur le chef de cabinet réintégré, croyez bien que nous vous regretterons.

— Toi, lève le pied sur la vodka, répondit Boro. Et ménage ta monture.

Les deux hommes se donnèrent l'accolade.

— Silence sur tout, et je compte sur toi pour la Voisin, ajouta-t-il à l'oreille du taxi péripatéticien.

Il passa dans le couloir, où les filles l'avaient précédé. La grande porte était ouverte. Boro prit sur lui-même pour contenir son impatience et ne pas se précipiter à l'extérieur afin de voir qui l'attendait.

Il regarda Mina, appuyée au mur du couloir. Il s'approcha d'elle et posa ses lèvres sur les siennes.

— *Ciao, carissimo !* fit-elle en lui offrant le parfum fleuri de sa bouche.

Il en profita à peine.

Il se retourna, leur envoya à toutes des baisers du doigt tout en reculant dans le couloir. Enfin il fut dehors, le dos tourné à la route. Il fit brusquement demi-tour.

Sa logique ne l'avait pas trompé. Dans l'ombre, ramassé sur ses énormes pneus, l'attendait le camion benne de la Sita. Un homme était assis derrière le volant. On ne distinguait que ses mains. Un autre, en partie masqué par la portière qu'il tenait ouverte, semblait inviter le passager à monter.

Il portait des bottes rouges.

L'invité d'honneur

— LA vie est une vache dure à traire, dit l'homme au crâne chauve qui conduisait le camion benne.

— La mort est une perspective peu alléchante pour celui qui se prépare aux souffrances de la torture, renchérit l'homme au crâne rasé.

— Mes bons amis, quels mots admirables ! s'exclama Boro, coincé entre les deux mastodontes.

On roulait depuis un quart d'heure. On n'avait pas échangé une parole jusqu'alors. L'atmosphère était à couper au couteau.

Blèmia se demandait si, cette fois, son intuition ne l'avait pas entraîné un peu trop loin.

— Laquelle de vos deux montagnes est la plus ancienne ? demanda-t-il aimablement.

— Mon frère a vu la lumière cinq minutes avant moi, répondit aussitôt le jumeau aux bottes rouges. Mais maman dit que j'ai crié plus fort que Paul-Émile.

— Le vagissement fait l'homme, affirma Blèmia. Je parie que dans ce monde purement mécanique où nous vivons votre esprit est plus délié que celui de votre frère.

— Absurde ! se fâcha aussitôt M. Paul en donnant un coup de volant à gauche. Pierre-Joseph n'a même pas été foutu de passer les gants ! Il a fallu que notre mère lui achète une boucherie.

— C'est vrai, reconnut le colosse aux bottes rouges. Paul-Émile a été champion d'Europe des poids lourds, et je me suis borné à désosser des quartiers de bœuf.

— Vous aimez la viande rouge ? s'enquit poliment Boro.

— Je dirais plutôt que nous sommes nés pour tuer, répondit le Pachyderme, glacial. Et avant nous, papa avait ouvert la voie.

— Il était équarrisseur à la Villette, compléta le jumeau.

— Et comment s'appelait monsieur votre père ?

— Briguedeuil Victor, répondit Pierre-Joseph. Hélas, nous l'avons perdu très vite !

— C'est maman qui nous a appris l'ordre, déclara Paul-Émile avec emphase.

— Obéir et croire, ajouta Pierre-Joseph. Maman est l'œuvre du ciel. Et puis elle fait si bien les plats cuisinés ! Spécialement les nouilles au jus et le nava...

— Tais-toi ! gronda le Pachyderme. Ce que fait notre mère ne regarde pas un étranger !

— Oh ! surtout, pas de honte ! s'écria Boro. Vous êtes de bons fils ! J'y suis très sensible !

— Nous sommes de vrais méchants, gronda M. Paul, paraphrasant Deloncle. Nous allons t'écraser comme un ver !

— Justement, repartit Blèmia. Une question me brûle les lèvres...

L'ancien boxeur se détourna.

— Eh bien, brûle ! Mais en silence. Je réfléchis.

Il détestait qu'on parlât trop. La joute des paroles n'était pas son terrain. Mais le boucher de la rue Ravignan, quant à lui, était indiscret. Curieux comme une poule. Il fit claquer les jointures de ses doigts et dit :

— Bon. Pose ta question, viande froide.

— Seulement si vous le souhaitez, sourit Boro.

Il marqua un temps, jeta un rapide coup d'œil à sa montre et étouffa un nouveau bâillement :

— Vous arrive-t-il souvent de tuer pour le plaisir ?

Il s'efforçait de parler avec autant de lassitude que s'il posait des questions à un conférencier ayant disserté cinq heures d'affilée sur l'extinction des volcans.

— Nous avons bouffé pas mal de francs-macs, avoua Pierre-Joseph. Mais les Israélites nous donnent plus d'émotions.

— Ça tombe bien, lança Boro ; je suis à demi juif.

— Tant pis pour toi.

— Et en plus, tu portes la poisse, dit M. Paul. Je n'ai rien oublié.

— La mémoire de mon frère ne lui fait jamais défaut, s'enorgueillit le boucher.

— Il a cassé ma voiture. Ai-je été rancunier ?

— Rancunier, peut-être pas. Mais imprudent, certainement. Vous avez eu le toupet d'obliger le marquis d'Abrantès à prendre la fuite à l'étranger, vous avez démantelé Parsifal, vous nous suivez depuis Paris et, maintenant, vous vous jetez entre nos pattes... Le moment venu, je vous sortirai chaque muscle du bras avec mon petit désosseur en acier de Nogent...

En réponse à cette menace, Boro bâilla à s'en décrocher la mâchoire et, cherchant son assiette, se cala confortablement entre ses deux geôliers.

— Merci beaucoup de m'avoir renseigné sur mon futur proche, déclara-t-il avec insolence. Grâce à vous, je basculerai dans la légende.

Le silence se creusa. Boro rebondissait tantôt sur l'épaule de l'un des frères Briguedeuil, tantôt sur les biceps de l'autre. Un sourire insondable détendait les traits de son visage.

Paul-Émile, tendu sur son volant, luttait contre une digestion tardive. Pierre-Joseph pensait à son petit couteau.

Environ une demi-heure plus tard, comme ils longeaient une région marécageuse où s'étirait un miroir d'eaux mortes, le Briguedeuil aux bottes rouges fut secoué par un rire fauve.

— Et si on le noyait ? proposa-t-il à son frère. Ça n'a pas l'air d'un mauvais endroit.

— J'avais pensé à la baïonnette dans les reins, répliqua M. Paul.

— Ou alors, si tu préfères, tu l'assommes avec ta matraque. Moi, je le désosse et je le pare. Quand c'est fait, nous le jetons aux poissons...

— On peut trouver mieux. Ce métèque m'a emmerdé plusieurs fois. Il mérite plusieurs morts.

— Merci beaucoup, fit Boro.

— On lui coule du ciment autour des guibolles, tu le lardes avec ta lame, je lui décortique une oreille et les doigts, et on l'envoie par le fond.

— C'est déjà plus satisfaisant, convint Boro. Le tout, c'est de trouver le coin propice.

— On profitera de la prochaine rivière.

— On attendra la nuit.

— D'accord pour la nuit et la rivière, approuva Boro.

Il regardait la course du soleil. Cette solution lui accordait deux bonnes heures de sursis.

— En somme, vous étripez un homme comme on plante un clou, ajouta-t-il.

— Jamais de remords, dit lugubrement Pierre-Joseph.

— Jamais de regrets, confirma Paul-Émile.

— Mais une technique infaillible, ajouta le garçon boucher. Vous m'en direz des nouvelles...

Je suis mort, tout va bien

— Le ciment est presque pris, constata Pierre-Joseph avec une satisfaction d'artisan.

— Vraiment de la belle ouvrage, opina Boro en connaisseur.

Il avait les mains liées derrière le dos. Ses jambes étaient immergées jusqu'à mi-mollets et emprisonnées dans la croûte d'un bain de mortier. En se solidifiant, le matériau prenait la texture d'un bloc homogène. Plus il s'enliait, plus il devenait parpaing, épousant lentement la forme du coffrage dans lequel on l'avait enchâssé.

Boro tenta de plaisanter :

— Je suis monté sur socle... C'est si rare d'être statufié de son vivant !

— On peut toujours faire mieux, répliqua le boucher. Je vais encore t'améliorer. Tu manques de patine.

— Faites. Mais pas trop. Une fois revenu à Paris, je pourrais porter plainte.

Pierre-Joseph regarda du côté du soleil couchant qui plongeait derrière l'usine. Puis il se présenta bien d'aplomb en face de l'enlisé vivant et envoya ses poings comme des bielles, pilonnant alternativement foie et estomac. Sous la fulgurance de la douleur, Boro exhala une longue plainte. Un écran de suie dégringola devant ses yeux. Il eut envie de vomir.

— Laisse tomber ta salade, dit Paul-Émile en l'attrapant par les cheveux pour lui redresser le buste. Tout ce que tu racontes est un tissu de mensonges !

Boro trouva la force d'afficher un vague sourire.

— Dans ma position, ce n'est guère à moi de prendre le risque. Concertez-vous !

Le goût de son propre sang envahissait sa bouche. Il cracha au sol.

— Tu sais, Pierre-Joseph, dit-il au prix d'un douloureux effort, avant de te rencontrer, je n'aurais jamais imaginé que quelqu'un possédant ta carrure puisse chausser aussi petit. Tu as des pieds de ballerine, mon bon !

Pierre-Joseph blêmit. Une lueur sanguinaire traversa son regard.

Boro lui adressa un signe de tête. Il fallait aller au bout de la provocation. C'était le seul moyen de jouer les prolongations.

— Comment tiens-tu sur tes guibolles, cher bilboquet ? De nous deux, c'est toi qui aurais besoin d'être lesté par une base !

Boro ferma les yeux, attendant une nouvelle grêle de coups. A chaque inspiration, son côté droit lui faisait un mal de chien. Il saignait de la tempe.

— Tiens-toi tranquille ! ordonna le Pachyderme à son frère.

La brute abaissa sa garde. Boro rouvrit les yeux.

M. Paul leur tournait le dos. Il semblait pensif. A l'aide d'une perche, il sondait machinalement l'eau de la rivière qui coulait à ses pieds et tentait d'en évaluer la profondeur.

— Il y a bien trois mètres. Peut-être quatre, si on te balance un peu loin de la berge.

Il sortit sa baïonnette tronquée de l'étui dans lequel il l'enfermait. Boro vit luire la lame dont l'acier poli renvoya le glacis d'une lumière de chantier. Le colosse s'avança sans hâte dans sa direction. Son pas crissait sur le sol inégal.

Il enjamba le puits de sable où il avait gâché le ciment. Il éprouvait le tranchant de la lame en la tâtant du gras du pouce. Au loin, comme un rouleau de musique désaccordée, on entendait les bribes d'une circulation urbaine.

— Le ciment est quasiment sec, constata Pierre-Joseph.

— Redis-nous ta fable une dernière fois, ordonna le Pachyderme en fixant le reporter.

— Que pourrais-je ajouter ? Vous ne me croyez pas.

— Il bluffe, grogna Pierre-Joseph. Laisse-moi lui couper une oreille.

— Redis-nous quand même ta chanson, demanda Paul-Émile.

Il avait l'air préoccupé.

— Fais ce qu'il te dit ! commanda l'homme aux bottes rouges.

— Les photos sont en lieu sûr, déclara Boro d'une voix aussi nette que possible. Si je ne reviens pas de ce voyage, si je ne suis pas à Paris demain, Alpha-Press est en mesure de diffuser tous les documents que j'ai accumulés sur votre trafic. Vous n'êtes pas près de revoir votre mère...

— Répète-moi le numéro minéralogique de la benne.

— 43 45 RD 5.

— Le nom du chef de rayon des Galeries Lafayette ?

— Cosini.

— Comment s'opérait le transfert des marchandises ?

— Par l'entrepôt de la rue Charras. Il y avait un souterrain et vous l'avez muré.

Boro fanfaronna :

— J'ai également fait des clichés du camion militaire italien qui est venu vous livrer à Faenza.

— Prouve-le. Tu n'as pas d'appareil photo avec toi.

— Parce que je l'ai envoyé par la poste. La pellicule également.

Les deux frères se regardèrent.

— Et s'il disait vrai ? s'interrogea le Pachyderme.

— Fouillez-moi, dit Boro. Le reçu pour le paquet que j'ai expédié d'Italie se trouve dans mon portefeuille.

Ils le découvrirent sans peine.

— Ça sent le roussi, dit le Pachyderme.

Pierre-Joseph s'essaya au raisonnement :

— Tuons-le d'abord. Réfléchissons ensuite.

— Ce n'est pas notre boulot, répliqua le Pachyderme. Pour ça, il y a les chefs.

— Tu connais les règles, objecta Pierre-Joseph dans un ultime effort de jugeote. L'organisation lâche tous ceux qui sont grillés. Elle nous fera liquider pour s'assurer de notre silence.

Un vent de peur s'insinua dans son regard.

— Il ne faut pas que maman sache, murmura-t-il.

— En décachetant les enveloppes que j'ai déposées à l'agence, mes amis reporters seront à même de faire aussi d'autres révélations, plastronna Boro, qui sentait que l'équilibre des forces était en train de basculer.

— Par exemple ? s'inquiéta le boucher.

— Si je meurs, ils ne manqueront pas de faire le rapprochement entre l'assassinat du jeune Christophe Costabonne et vos activités habituelles d'exécuteurs de basses œuvres. Vous êtes des spécialistes du béton et du coup d'épée dans le dos.

— Qu'en savent-ils ? s'impatienta M. Paul. Tout ce que tu as appris, c'est ce que nous avons bien voulu te dire en roulant. Si tu crèves, plus de mots !

— Votre passé est plein d'empreintes. Souvenez-vous du meurtre du colonel Barassin-Ribancourt au fort d'Ivry. C'était signé Briguedeuil.

— Foutaises ! gueula M. Paul. Ou alors tu n'as pas lu les canards ! C'était signé Mésange, un communard ! Un rouge ! Un salopard !

Boro reprit sa respiration.

— Je suis obligé de vous contredire, mes chers amis. Dédé Mésange a longuement parlé de cette fameuse soirée... Il a révélé que c'était toi, Pierre-Joseph, qui tenait la lardoire.

— C'est faux ! s'écria M. Paul qui s'efforçait de garder la tête froide. D'ailleurs, comment Mésange aurait-il pu se mettre à table alors que, de notoriété publique, il est en cavale ?

— Parce qu'il a été arrêté la semaine passée par la police. Il est en prison, votre copain. Il est passé aux aveux.

— Notre copain ! Notre copain ! Non, mais tu l'entends ! postillonna Pierre-Joseph.

Il paraissait sincèrement outré.

— Jamais un coco ne sera notre copain ! Et puis, dis donc, l'écorché, c'est pipeau, ton affaire ! Jus de raisin ! Le petit gars du P.C.F. n'a pas pu parler !

— Et pourquoi ? demanda innocemment Boro.

— Pour la bonne raison qu'il n'était pas à Ivry la nuit où Barassin-Machin... Machin, Machin-Machancourt s'est fait rectifier, dit imprudemment la brute. Ah mais !...

— Il va falloir m'écrire tout ça noir sur blanc avant de reprendre la route, triompha Boro. Moyennant quoi, je m'engage à ne pas vous enfoncer...

— Halte à la fioriture ! Tu débagoules à tort et à travers, et tu oublies seulement qu'on va te faire la peau !

— C'est une éventualité que je refuse d'envisager, trancha Boro avec un culot qui coupa net le sifflet du colosse aux bottes d'écuyère.

— Il est braque ! capitula ce dernier en reculant pour prendre son frère à témoin.

— Laisse-moi quand même décanter son boniment, dit M. Paul en prenant l'attitude du penseur de Rodin.

Le bruit d'un moteur surcompressé tournant à haut régime se précisa brusquement au-dessus de leurs têtes. Les herbes du talus, un moment balayées par les phares, subirent une ondulation en forme de bourrasque.

« Vas-y ! Maintenant, rétrograde ! » songea Boro.

Dans le lointain, la voiture changea de régime.

— Bien, petit ! apprécia le reporter.

L'auto s'éloigna, lancée à vive allure sur la nationale.

Les deux Briguedeuil restaient silencieux, soudés par leur indécision. Ils examinaient Boro comme s'il était un martien.

— Je commence par où ? demanda Pierre-Joseph en sortant son couteau à désosser.

— Ce n'est pas encore fini, dit Boro, jouant son va-tout.

— Quoi encore ? grogna le boucher en approchant sa lame.

D'un geste précis, il fendit la manche de la veste et incisa la chemise.

Boro se concentra. Il lui fallait tenter un dernier coup. Bien sûr, les mots qu'il allait prononcer seraient graves de conséquences pour celui qu'il allait mettre en cause. Mais le temps pressait. Tant pis... Il aviserait plus tard — s'il y avait un plus tard.

— Sachez que je possède aussi la confession écrite d'une personne bien intentionnée. Elle relate fidèlement toute la soirée du fort d'Ivry.

— Quelle lettre ? Je n'écris jamais ! protesta le boucher de la rue Ravignan.

— Aucun doute là-dessus, concéda Boro. En appuyant trop fort, tu casserais la mine de n'importe quel crayon !

— Qui aurait pu écrire cette bafouille ? demanda M. Paul qui restait dans l'ombre.

— Un témoin capital.

— Un fielleux, marmonna Pierre-Joseph.

Il agrandit la déchirure.

— Quelqu'un qui a assisté à toute la scène. Quelqu'un qui est bourrelé de remords, dit Boro.

Le Pachyderme posa sa patte d'ours sur l'épaule de son jumeau et le retourna face à lui.

— Avec qui étais-tu ce soir-là ? lui demanda-t-il sans aménité.

Pierre-Joseph sourit à son frère.

— En dehors de moi, il n'y avait que notre abonné livreur numéro 205 et aussi cette craquelure de...

— ... Charpaillez, lâcha Boro, mine de rien.

Dans la partie adverse, ce fut la stupeur.

— Charpaillez... Vous voyez ! Je connais le nom de votre compagnon !

M. Paul rugit :

— Cette crevure de tranchées !

— On va l'étripailler ! hurla Pierre-Joseph.

Ils firent silence. Puis M. Paul revint à la charge :

— Une supposition qu'on te dégage les arpions de cette maçonnerie... Qu'est-ce que tu fais ?

— Je rentre à Paris avec vous.

— Tu ne publierais pas les photos qui nous compromettent ?

— Je ne les publierais pas tout de suite. Disons que je vous donnerais un grand mois pour vous retourner.

— Quelles garanties ?

— Ma parole.

Il avait dit un mois, comptant que ces quatre semaines suffiraient à boucler son reportage.

— Nous n'avons pas le choix, chuchota Paul-Émile à l'adresse de son double. Il faut rentrer dare-dare. Rendre compte à qui-tu-sais. Peut-être passer par l'agence et récupérer les photos par la force. On avisera ensuite.

— En faisant un raid sur l'agence, vous vous exposeriez imprudemment à être reconnus, dit placidement Boro qui avait tout entendu. En outre, les négatifs sont en lieu sûr.

— La vache ! Il a tout prévu.

M. Paul écumait.

— Ne crois pas que tu vas t'en sortir aussi facilement ! Ça n'est pas parce que je vais t'enlever tes sabots que tu es tiré d'affaire.

Dans sa rage aveugle, le Pachyderme ramassa la canne de Boro et l'en frappa au visage. Puis il la cassa sur son genou.

— Voilà ce que je fais de ton allumette ! gronda-t-il.

Dans l'obscurité, sa silhouette faisait songer à celle d'un grizzli.

— Écarte-toi, frérot ! commanda soudain le Pachyderme à son jumeau.

Comme s'il s'agissait de passer sa rage par le biais de sa force, le tombeur de Franz Diener surgit du rideau noir de l'ombre. Il brandissait un merlin semblable à ceux qui servent à enfoncer les piquets de clôture. Il prit une respiration de bûcheron et éleva l'outil au-dessus de son visage crispé par l'effort.

— Han ! fit-il en l'abattant sur le socle de ciment.

Une vibration monta le long de la colonne vertébrale de Boro, se répercuta comme un séisme jusqu'à ses vertèbres cervicales. Une secousse rougeoyante surgit derrière ses globes oculaires. Puis une douleur aiguë lui déchira le fond de la cervelle.

— Marche, clopineur ! tonna une voix au milieu du bourdon de ses tympans. Fais aller tes jambons ! Nous partons !

Blèmia essaya de commander à ses jambes. Il s'écroula aussitôt, fauché par un invisible croc-en-jambe. Plus de forces. Plus de fibres. Plus de câbles pour transmettre le mouvement à ses centres nerveux. Il se tordit au sol, terrassé par une ankylose qui le paralysait jusqu'à la ceinture.

Il resta étendu dans la pierraille pendant un instant et, malgré sa douleur au côté, emplit ses poumons de l'air des étoiles.

— Marche, ver de métèque ! Misérable chiasse de plein vent !

Boro fut incapable de répondre. Il sentit qu'on tranchait les liens qui entravaient ses mains derrière lui. Des millions de bêtes rouges parcouraient en tout sens les galeries de ses veines et de ses artérioles.

— Debout, charlatan de cimetière !

— Avance ou je t'éperonne ! cria Pierre-Joseph en le retournant de la pointe de sa botte d'écuyère.

Boro tenta une nouvelle fois de se soulever. Il pensait à Charpaillez. Il se disait que, s'il ne l'atteignait pas le premier, il aurait envoyé cet homme à la torture, à la mort, pour sauver sa propre peau.

— Ça va mieux, grande endive ?

— Je suis presque mort, tout va bien, bredouilla Boro.

Il fit un geste d'impuissance.

— Ce type-là est un tronc ! soupira le Pachyderme. Avance à l'urgence, frérot. Il faut faire quelque chose.

— Oui, c'est cela, portez-moi, mes chers larbins, et payons-nous le luxe d'un agréable voyage de retour !

— Tais-toi, cloporte ! Garde ta prose !

Les frères Briguedeuil croisèrent leurs mains et, ayant juché Boro sur leur dispositif de chaise humaine, le portèrent pendant deux cents mètres avant de le déposer sur la banquette du camion benne.

— Hue ! dit l'aimable reporter, retrouvant soudain une partie de son allant. Pousse bien tes rapports, Paul-Émile, et débraye à fond, c'est moi qui passerai les vitesses.

Ils prirent la route de la France. Boro souffrait le martyre. Cependant, il savait désormais qu'aucune douleur ne pourrait plus l'abattre. Il était poussé par la volonté de rentrer à Paris.

Les kilomètres et la bêtise des deux brutes aidant, il soutira à Pierre-Joseph des informations concernant la cargaison. Elle était constituée de revolvers Beretta, de fusils à tir rapide Schmeisser et de stylos-lames *Made in Germany* offerts par les mussoliniens italiens à leurs collègues français. Boro en déduisit que l'internationale fasciste avait encore de beaux jours devant elle.

Il obtint l'un de ces stylos à titre d'échantillon et le tint braqué sur l'entrejambe de Pierre-Joseph tout au long d'un excellent dîner qu'il se fit offrir avant le passage de la frontière à San Remo. Grâce à une excellente bouteille de barbera d'asti, un vin qu'il aimait entre tous, il regagna quelque tonus. Les nerfs portaient son corps démantibulé par les coups.

Ils atteignirent Paris le lendemain en fin de matinée. Boro se fit déposer porte d'Orléans. Il ne prêta pas garde au flot d'anathèmes et de menaces que déversèrent les deux frères avant de le quitter. Ils lui jurèrent, s'il parlait, de le retrouver où qu'il se cachât. D'attendre aussi longtemps qu'il faudrait pour lui crever les yeux.

Il leur fit savoir que s'ils se montraient déraisonnables en tentant un coup de main contre l'agence ou Charpaillez, il s'estimerait délié de sa parole. Il publierait les photos compromettantes.

Sur ces mots doux, il s'éloigna en boitant. Il avait des éblouissements. Il s'effondra dans un taxi.

Lorsqu'il remonta dans la cabine du camion de la Sita, M. Paul dit à son frère :

— Nous avons un mois pour nous retourner.

— Tu lui fais confiance ?

— On n'a pas le choix.

Pierre-Joseph regardait ses petits pieds pris dans les bottes d'écuyère. Au fond de lui-même, il était extrêmement intéressé par une idée de viande rouge. Il pensait à sa mère.

Un déjeuner interrompu

DÈS le lendemain de son algarade téléphonique avec Boro, Liselotte avait téléphoné à Fruges pour prendre conseil. Le peintre en bâtiment était absent. Eugénie lui avait appris que son mariaga sifflait *l'Internationale* sur les échafaudages. Flanqué de René Charançon, Albert venait d'entamer un nouveau chantier dans une villa, du côté de Champigny.

Mlle de Quincampoix avait donc attendu la fin de la semaine pour effectuer le voyage de Créteil.

Ramier et Casse-poitrine étaient dans son sillage. Leurs casquettes à carreaux rabattues sur les yeux, les deux voyous allongeaient triste figure.

— La gisquette charrie dans les bégonias ! rouspétait Ramier. La v'là qui repart à la verdure !

— Encore un dimanche de foutu ! gronda Casse-poitrine. Ma dodue commence à me faire du rébecca !

— D'ici à ce qu'on soit encore becs de gaz pour bouffer chaud ce midi, y a pas loin.

— En tout cas, moi je te préviens : pas question d'aller bachoter sur la Marne ! J'ai pas la vocation maritime.

N'empêche que, conformément aux instructions de Pépé l'Asticot, les deux anguilles étaient restées en patrouille.

Liselotte était un parfait gibier de filoche : elle ne se retournait jamais. Ce jour-là, elle descendit de l'autobus puis, de son pas sage et décidé, fit le reste du chemin à pied. Elle arriva chemin du Bras-du-Chapitre sur le coup d'une heure de l'après-midi.

Eugénie l'accueillit ayant mis les petits plats dans les grands. La maîtresse des fourneaux avait justement reçu un foie gras des Landes que lui avait fait parvenir sa mère, native de Pissos.

On prit l'apéritif au soleil. Albert avait sorti de sa cave un petit vin liquoreux de Gironde, un loupiac 1934, qui se marierait avec le reste.

— Regarde, ma ch'tiote, s'il est joliment gras, ce nectar dans ton verre ! Jaune pâle à mirer, peinturé dans ses frisures de soleil, fruité ainsi qu'une chair de pêche, rond sous la langue et bien long en bouche.

Liselotte souriait tristement. Elle taquina Fruges sans conviction :

— Tu trahis le plat pays de ch'Nord, parrain ?

Celui-ci prit l'air embarrassé.

— Euh... Pour le moment, j'ai fait une croix sur la bière. C'est Eugénie qui m'entraîne du côté de son terroir...

— Avoue plutôt qu'avec ta mousse de Belgique, tu prenais de la brioche, mécréant ! répliqua son épouse en léchant une casserole.

Puis, s'adressant à Liselotte :

— Comme vous avez mauvaise mine, je vous ai fait réchauffer un petit confit !... A propos, Albert, tu sortiras du graves !

Et elle s'en fut à ses fourneaux.

La jeune fille était partagée entre la joie de revoir la Marne, le plaisir de goûter le vin et le désespoir de ne point partager les offrandes de la vie avec le brigand de son cœur. Elle communiqua à son parrain le message que lui avait fait passer Olga Polianovna par l'entremise de Carmen. Elle y avait répondu sur-le-champ, en six feuillets bien serrés. Elle espérait que Dédé aurait la lettre en sa possession le lundi matin, jour de parloir, et qu'ainsi il se sentirait soutenu.

— J'ai aussi consulté un avocat... Me Brunel. C'est un ami de M. Jixe, qui est mon professeur de faculté.

— Et alors ? Qu'est-ce qu'il a dit, le babillard ? demanda Fruges. Il t'a laissé caresser l'espoir ?

— Il m'a promis de demander un droit de visite pour moi. Il a suggéré d'assister Dédé judiciairement si une instruction était ouverte contre lui. Mais je ne crois pas que je pourrais m'attacher ses services... Pauvre Dédé ! Les ténors du barreau sont gourmands en argent !

— Ce que je ne saisis toujours pas, dit Fruges, c'est pourquoi personne à la préfecture de police ne semble au courant de son incarcération.

Liselotte lui expliqua le rôle joué par Charpaillez et la duplicité de Guichard.

— C'est là-dessus que je peux me battre. Demain, j'ai rendez-vous avec un journaliste du *Petit Parisien.* Je veux qu'on dénonce ces abus de pouvoir !

— Avant d'agir dans n'importe quelle direction, demande donc conseil à M. Boro. Au moins, il a l'habitude de tous ces oiseaux-là.

Les prunelles de Liselotte s'allumèrent d'un feu étrange. En fait, elle avait consulté un avocat et pris un rendez-vous avec la presse en sachant qu'elle allait contre la promesse faite à Charpaillez par Boro. Mais au diable M. Borowicz ! Elle était en rebiffe à son sujet !

— Ne me parle pas de Boro !

— Vous êtes fâchés ?

— Je ne veux plus avoir affaire à lui ! Il me prend pour sa commissionnaire !

— Tu es bien ingrate, je trouve. Il est sûrement l'ami le plus fidèle que tu puisses rencontrer...

— C'est un égoïste !

— Tu n'as pas toujours pensé ça !

— Un cavaleur de la pire espèce ! Un homme à femmes ! Et il ne pense qu'à sa personne.

A cet instant, le téléphone sonna. Eugénie appela Liselotte de la pièce voisine, et la campagne de dénigrement tourna court.

— Il a des antennes, constata Fruges.

— Liselotte ! cria Eugénie pour la deuxième fois. Grouille ! Il dit que c'est urgent !

— C'est toujours urgent avec lui ! Même si c'est pour acheter un renard argenté à sa poule !

Néanmoins, la jeune fille traversa le pièce en coup de vent et porta l'écouteur à son oreille.

— Oui ? fit-elle sèchement.

Son front se plissa. Elle écouta attentivement, répéta oui à trois reprises puis, après s'être mordu la lèvre, conclut tout bas :

— J'arrive.

Elle reposa le combiné sur son socle. Dans la salle à manger, Fruges débouchait un graves.

— Il faut que j'y aille, parrain.

— Mauvaise nouvelle ?

— Il est en piteux état et il a besoin de moi.

— Que s'est-il passé ?

— Ils l'ont battu.

— Qui ?

— Ces gens-là ! Est-ce que je sais !

Fruges n'insista pas. Sa filleule était à cran.

— J'ai été injuste envers lui, murmura-t-elle. C'est pour moi qu'il a entrepris ce voyage en Italie. Je ne me le pardonnerai jamais.

Elle attrapa son chapeau et le piqua sur sa tête. Elle était bouleversée.

Fruges farfouillait dans un tiroir. Il en ressortit un portefeuille et tendit quelques billets à la jeune fille.

— Tiens. C'est pour tes premiers frais avec le babillard.

— Je ne peux pas accepter. Vous en aurez besoin.

— Génie est d'accord.

Elle baissa la tête.

— Merci, parrain.

— Et merci, Génie ! ronchonna la femme d'Albert.

Elle enleva son tablier pour embrasser la petite.

— Notre bon souvenir au photographe ! Souhaite-lui un prompt rétablissement ! lança encore Albert depuis le pas de la porte.

Liselotte pénétra passage de l'Enfer grâce à la clé que Boro lui avait donnée.

Son ami l'attendait dans sa chambre. Il était allongé sur le lit, le visage pâle et tuméfié.

— Blèmia ! s'écria la jeune fille en se précipitant vers lui.

Il l'arrêta d'un geste.

— Tout doux, ma belle... Je suis assez mal en point.

Elle lui prit la main.

— Ces salauds-là m'ont copieusement charcuté... J'ai le dos couvert d'hématomes. J'espère qu'ils ne m'ont pas esquinté un rein.

— Tu as mal ?

— J'y verrai plus clair demain.

Il essaya de se dresser et ne put réprimer une grimace de douleur.

— Je vais t'aider. Ne bouge pas...

Elle l'installa le plus douillettement possible sur l'oreiller, puis tira les rideaux. Les yeux du blessé s'égarèrent sur le tissu. Un rai de soleil tranchait l'étoffe en son milieu. Boro en suivit la trajectoire. Un cortège d'infimes poussières remontait vers le cône lumineux.

— Où es-tu encore parti, Blèmia ? demanda Liselotte en s'asseyant sur le bord du lit.

— Aux pyramides, mon cœur. A Gizeh, à Memphis, à Louxor. Et j'en suis revenu en compote... Il va falloir me bander.

— Je vais appeler un médecin.

— Te rends-tu compte de ce que les momies endurent sans rien dire ! dit-il, l'air absent.

Le médecin arriva moins de trente minutes plus tard. Outre un état de choc et de nombreuses lésions musculaires et cutanées, il diagnostiqua une fêlure au niveau de la deuxième côte flottante gauche. Par chance, la plaie temporale ne nécessitait pas de points de suture. Le généraliste palpa le bas du dos du patient, qui présentait un aspect violacé, puis demanda à Boro s'il urinait du sang.

— C'est un point à surveiller, dit l'homme de l'art. Tout le reste est patience. Il faut lui bander les côtes. Vous êtes d'une constitution robuste.

Après le départ du praticien, Liselotte pressa Boro de questions. Elle voulait tout savoir. Il détourna la tête et prit la main de sa tendre amie.

— Liselotte ! J'ai encore besoin de te mettre à contribution !

— Dis-moi, mon grand... Dis-moi vite.

— Charpaillez ! murmura-t-il. Je l'ai jeté dans le bourbier... Il faut l'en sortir... Ses jours sont en danger. Cours le prévenir ! Fais attention à toi...

— Son adresse ?

Il fit un effort.

— Rue de la Voûte. Numéro 29. Dans le XIIe...

— J'y vais. Au retour, j'essaierai de trouver une pharmacie ouverte.

Avant de quitter la chambre, elle se retourna pour lui faire un signe affectueux. Il était déjà ailleurs. Les mains ouvertes, il paraissait explorer l'illusoire médecine du rêve. Son visage était aussi pur que celui d'un enfant.

Elle était presque sûre qu'il pensait à Anne Visage.

Le biseau des nerfs

LISELOTTE descendit à la station Picpus.

Elle traversa le square Georges-Courteline et commença à courir. Elle venait de comprendre qu'elle était suivie. Ne pouvant deviner que celui qui s'échinait derrière elle le faisait pour son bien, elle était inquiète.

En cette fin de journée, Pépé l'Asticot avait pris la relève de ses camarades : il assurait seul le service de filature. Le tonnage de sa boyauderie ne le prédisposait guère à l'art du camouflage. Et puis l'abus du pastaga, sa cinquantaine bien nourrie appuyaient sur son pas.

A l'angle de la rue du Rendez-Vous, Liselotte finit par se retourner. Au premier coup d'œil, elle reconnut le barbeau qu'elle avait rencontré chez Boro et qui s'était chargé de livrer Charpaillez enrobé gratis dans un tapis de haute laine.

— Passez votre chemin, commanda Liselotte.

Elle tenait d'autant moins à être suivie par des gens à la solde de Boro qu'elle comptait profiter de la journée du lendemain pour aller verser une provision à Me Brunel et se rendre à une entrevue fixée à dix-sept heures par Raymond Pharamond, journaliste au *Petit Parisien*.

Elle se remit en marche. Elle trottinait comme un vrai petit chasseur alpin.

L'ancien bourreau de ces dames hésita un moment puis finit par lui emboîter le pas. Ses vernis éclairaient les devantures.

La gamine marqua aussitôt un nouvel arrêt. Elle paraissait hors d'elle-même.

— Filez ou j'appelle un agent !

Pépé esquissa un geste apaisant.

— Tout doux, ma petite dame ! Pas la peine d'agiter les pieds dans le compotier !

Elle ne le quittait pas des yeux. Elle fit un pas dans sa direction :

— Dégagez la chaussée, ou j'ameute le quartier !

— Pas de mastic, voyons !... Je ne fais rien de répréhensible...

— Je vous accuserai de harcèlement !

— Ça la foutrait mal ! admit Pépé.

Il pensait à son casier qui affichait déjà complet.

Une demi-douzaine de passants commençaient à s'agglutiner autour d'eux afin de ne pas manquer l'empoignade. Liselotte explora le carrefour du regard. Son visage s'éclaira.

— Tenez, ça tombe bien ! Voici justement un couple d'hirondelles...

Pour comble de malchance, c'était vrai : deux agents pédalant avec ensemble remontaient l'avenue de Saint-Mandé.

— Je hurle, prévint la demoiselle en prenant son souffle.

L'Asticot leva la main.

— J'suis pas pour le coup de torchon, bredouilla-t-il.

Il recula de trois pas et porta la main à la visière de sa casquette.

— Mam'zelle ! J'estime que mon travail de garde-mites s'arrête là. Je vais rendre compte à M. Boro. Je souhaite tout de même qu'il n'arrive pas de cambouis à un joli petit lot comme vous êtes...

— Je crois que ça va marcher. J'ai seulement besoin qu'on me laisse respirer.

— Bonne chance ! Et si vous avez besoin de Pépé l'Asticot, sifflez-moi ! Olga, la Louve de la rue des Lombards, sait où elle peut me faire chercher...

Liselotte esquissa un petit hochement de tête. Elle traversa en courant la rue du Docteur-Arnold-Netter et, l'instant d'après, côté soleil, elle suivait le trottoir de la rue de la Voûte.

Le 29 était miteux. Elle pénétra dans un boyau qui empestait la moisissure de poubelle. Un chat qui cherchait sa pitance dans l'une d'elles s'enfuit entre ses jambes. Un inextricable foisonnement de fils et de tuyaux pourvoyeurs d'électricité et de gaz descendaient jusqu'à des tableaux de branchement noircis par la crasse.

Liselotte se pencha sur une perspective de boîtes à lettres aux allures de chicots mal alignés et découvrit le nom de Charpaillez Alphonse gravé sur une carte de visite.

Elle monta, escalier C, jusqu'au troisième étage au-dessus de l'entresol. Elle n'eut aucun mal à s'introduire dans le logement.

Une longue écorchure de bois prouvait qu'on avait forcé la porte.

La serrure disloquée par la charge d'une force brutale pendait, retenue par une seule vis.

Liselotte se risqua sur le seuil. Ses jambes étaient raides.

Elle découvrit tout d'abord une amorce de vestibule, s'y engagea, trébucha sur des habits arrachés au portemanteau. Devant elle, dans le sombre, elle entendait le balancier d'une horloge. Son mécanisme régulier avait quelque chose de rassurant. Il provenait du gouffre noir de la chambre silencieuse.

Elle se dirigea à tâtons dans cette direction. Elle tendait les bras devant elle comme une aveugle. Elle poussa une porte grinçante et déboucha dans l'unique pièce de l'appartement. Le mur faisant face à l'entrée était partagé entre un coin couchage et un autre secteur, à vocation plus intime. Le locataire des lieux avait monté une bibliothèque dans l'angle de la salle. Les livres avaient été dispersés ; la plupart d'entre eux jonchaient le sol, pages ébouriffées. Seul un poêle Godin, bien campé sur ses godillots de fonte, conservait une certaine dignité. On eût dit un vieil instituteur radical. Il était flanqué d'un fauteuil qui, après mornifles et représailles, gisait sur l'oreille gauche, patte cassée.

Derrière le lit défait, dans les rideaux tirés de l'unique fenêtre, des ombres se glissaient, grouillaient jusqu'à se tapir sous les meubles renversés. La jeune fille opéra un demi-tour sur elle-même et découvrit un vaisselier éventré, une comtoise intacte, une table Henri II retournée et, partout, comme si la tempête avait soufflé sur la chambre, une myriade de feuilles de papier dispersées. Le marbre de la cheminée, décoré par des douilles d'obus, avait été fendu en son milieu. Sur le mur le plus large, la photo du sapeur Charpaillez en tenue bleu horizon était souillée de taches brunâtres. Une médaille militaire avec palmes, une croix de guerre sommeillaient à l'abri d'un sous-verre étoilé.

Liselotte sentait ses cheveux bouger imperceptiblement sur le sommet de son crâne. Les ombres grimaçantes venaient à elle. Accumulées dans la loupe d'orme du lit campagnard, elles sortaient, légion, de la gonflure tourmentée de la couette et des oreillers écorchés de plumes. Tout était brûlant, suant, poussiéreux, comprimé par l'étouffement des murs. La malpropreté, ajoutée au remugle, donnait envie de vomir.

Liselotte eut toutes les peines du monde à réfréner un haut-le-cœur.

— Un carnage, murmura la petite pour entendre le son de sa propre voix. Où est passé Charpaillez ?

Une écriture au charbon de bois qu'elle n'avait pas remarquée jusqu'alors disait la haine, apportait un début de réponse. A grandes lettres majuscules tracées sur le papier à fleurs, on avait écrit : « Où que tu sois, mouchard, ton heure et ta nuit dernières sont proches ! »

— Du moins a-t-il momentanément échappé à ses poursuivants, murmura-t-elle encore.

Ses joues étaient brûlantes, la tête lui tournait. Elle décida de ne pas traîner et sortit de l'appartement en courant. Elle dévala les escaliers et aborda la rue. L'excès de lumière lui fut comme une éclaboussure insupportable. Elle marcha jusqu'à l'ombre d'en face. Le ciel était d'un bleu indifférent. Il faisait beau. Peu à peu, l'air du dehors reprenait le dessus sur la suffocation. Liselotte courait sur le pavé. Elle entra dans un café et dit :

— Un verre de gnôle, s'il vous plaît.

Elle n'avait jamais pris une seule cuite de sa vie.

Une robe et un cigare

MAÎTRE Brunel habitait avenue Rodin.

Il ramassa l'argent de sa jeune cliente et le glissa comme s'il s'agissait de moins que rien dans le tiroir de son bureau. Puis il reprit le cours de son argumentation.

Il parlait d'une voix monocorde, croisant sur la flanelle de son gilet ses mains rondouillardes et soignées. Il laissa entendre que ses démarches seraient longues. Il consulta sa montre en or. Il se faisait fort d'obtenir un droit de visite sitôt que l'administration pénitenciaire aurait reconnu la présence physique du jeune détenu à la Santé. Dès lors, puisque, selon la loi, tout prévenu est présumé innocent et que rien ne prouvait que l'apprenti peintre fût présent lors de la tuerie du fort d'Ivry, il demanderait sa remise en liberté.

Il se leva et raccompagna sa cliente jusqu'à la porte de son cabinet. Comme Liselotte s'apprêtait à prendre congé, il fit signe à sa secrétaire d'introduire la personne suivante. En même temps, il l'informa qu'il avait encore oublié de lui dicter une lettre pour le juge d'instruction Besnard du tribunal de grande instance de la Seine ; il lui demanda de se renseigner pour savoir quel était le numéro de vestiaire au Palais de son jeune confrère, Me Labors ou Laborde, à moins que ce ne fût Laborie — il ne se rappelait plus exactement —, parce qu'il voulait lui confier une petite tâche ; il exigea enfin qu'on secouât un peu les puces du greffe de Versailles où tel dossier semblait avoir été jeté aux oubliettes et, ignorant toujours superbement sa cliente qui lui tendait la main, reprit le chemin de son cabinet sans se retourner.

Liselotte, bien qu'elle fût quelque peu rassérénée par les paroles apaisantes de l'avocat, le jugea du dernier grossier. Elle se précipita vers son rendez-vous de dix-sept heures.

C'était la première fois qu'elle posait le pied dans la rédaction d'un journal. Elle fut surprise par l'aspect de ruche de cette interminable enfilade de pièces réparties sur trois étages. Elle fut séduite par ce dédale de bureaux où dominait une odeur rance de colle et d'encre d'imprimerie, où crépitaient les machines à écrire, où les lampes brûlaient en plein jour, où des hommes en bras de chemise s'affairaient, une main sur l'oreille gauche et le combiné téléphonique rivé à l'oreille droite, prenaient fébrilement des notes, couraient jusqu'à un autre journaliste pour s'entretenir quinze secondes avec lui et s'en revenaient encore plus fébriles : « Allô ! Allô ! M. Maurice Thorez... ? Faut-il comprendre que le P.C.F. entre dans une phase de collaboration avec le gouvernement Blum lorsque vous déclarez : "Il faut savoir finir une grève ?..." Comment ?... Je vous entends mal... La dissolution des ligues d'extrême droite ? Vous y croyez vraiment ?... Oui... Oui... Alors, comment expliquez-vous cette floraison de drapeaux rouges sur Paris ?... »

Liselotte marchait droit devant elle, soûlée, fascinée, bousculée — seul corps étranger dans les allées de ce vaste navire à l'atmosphère surchauffée où se jouait le sort de l'information.

Elle recourut aux indications de plusieurs personnes pour tenter de localiser l'endroit où se trouvait M. Raymond Pharamond, le célèbre journaliste redresseur de torts. Un prote, les yeux masqués par une visière verte, avait vu « Phara » aux rotatives. « Non, affirma une grosse voix bourrue. Il est remonté dans son bureau. » « Il doit être au Palais », suggéra un coursier.

En désespoir de cause, Liselotte s'adressa à une secrétaire occupée à se refaire une beauté. La femme se retourna, s'attarda une seconde sur le visage de la jeune fille, sourit, sa petite houppette en l'air, et commença à se poudrer le nez.

Elle avait le front couvert d'une frange.

— Vous cherchez Peine capitale ? demanda-t-elle en surveillant la glace de son poudrier.

— Je cherche Raymond Pharamond.

— Oui. Peine capitale, c'est bien ce que je dis.

Elle indiqua un bureau de la pointe du menton.

— Vous l'avez trouvé, dit-elle. Poussez la porte du pied. Je vous préviens, sa femme vient de le quitter. Il est de mauvais poil, aujourd'hui.

Liselotte frappa discrètement et, comme on ne lui répondait pas, prit l'initiative de son entrée.

Elle se trouva en face d'un homme gras, chauve, graisseux.

Appuyé de toute sa masse au plateau de son bureau, il laissait courir sa manche droite sur une feuille de papier. Les poignets mousquetaires de sa chemise s'ornaient de boutons de manchette en or massif. Son gros poing, armé d'un stylographe, labourait la feuille d'une écriture allongée.

Liselotte prit place dans un fauteuil sans que le quintal d'homme en face duquel elle se trouvait l'en eût priée. Elle ne proféra pas la moindre parole et croisa les jambes dans un crissement de soie. Cette tactique désinvolte se révéla efficace.

Le poussah cessa d'écrire.

Il huma l'air ambiant qui empestait la fumée froide et sembla s'apercevoir d'une présence étrangère. Il leva ses yeux de porcelaine sur les jolies chevilles de sa visiteuse. Sans que le magma gélatineux de ses bajoues trahisse le moindre état d'âme, l'obèse approfondit son examen puis fixa attentivement la frimousse ovale.

— Je vous écoute, jeune personne, dit-il d'une voix grasseyante. Faites bref.

Comme Liselotte commençait son récit, il ouvrit le couvercle d'un coffret humidificateur posé sur une table basse, à portée de sa main. Il prit un cigare, en ôta la bague et l'éleva jusqu'à son oreille. Il écouta pensivement le froissement de la feuille de tabac, prenant soin de la faire rouler entre pouce et index. Il incisa l'extrémité du havane, promena longuement la flamme de son allumette au bout de ce véritable barreau de chaise et, après avoir exhalé un soupir, appuya sur un timbre.

Le son aigrelet fit sursauter Liselotte.

— Poursuivez, jeune fille, grogna Pharamond après qu'un jeune homme à l'expression chafouine se fut glissé dans le bureau. Asseyez-vous, Philibert, ordonna-t-il au garçon qui portait culottes de golf. Et écoutez, je vous prie.

Liselotte parla d'abondance. Elle essaya de brosser un tableau aussi exact que possible de la succession des faits. Elle donna quelques détails supplémentaires sur l'épisode des Galeries Lafayette et termina son monologue en faisant part de sa détermination :

— Je veux qu'on libère Dédé Mésange, monsieur Pharamond. J'ai besoin qu'un journaliste aussi crédible que vous m'épaule.

Le silence retomba. L'homme au ventre de bouddha regardait ses gigantesques mains posées devant lui. Il envoya une bouffée de fumée bleue au plafond. Il se leva. Il ressemblait à une montagne. Il tourna le dos à ses interlocuteurs et toussa dans sa main.

— Je ne tiens pas à avoir affaire à la moindre punaise portant jupon aujourd'hui. Sortez !

— Mais alors..., tenta Liselotte. Pourquoi... Pourquoi m'avoir écoutée ?

— Par le saint enfer ! répondit Pharamond en se retournant. Faites ce que je dis, jeune femelle ! Je ne veux plus avoir affaire à votre foutue engeance à dents de nacre !

Il se retourna comme une masse de viande rouge et frappa du plat de la paume sur son bureau. La longue cendre de son cigare tomba sur la feuille de papier. Il se déplaça rapidement jusqu'à une cave à liqueurs où une bouteille de champagne prenait le frais dans un seau à glace. Il se versa à boire et avala le contenu de la flûte d'un trait. Il renouvela l'opération trois fois de suite.

— Ainsi passera la journée et une grosse partie du reste de mon existence ! annonça-t-il. Je boirai un fleuve de champagne !

Brusquement, ses paupières inférieures firent poche. Il posa ses yeux injectés de sang sur Liselotte et hoqueta :

— Chiennes et putains ! Vous nous tuez par le coup de foudre ! Avec le trésor de vos seins ! Avec vos bouches à pétales ! Avec vos fesses qui nous tombent toutes fraîches sous la main !

— Cessez de blasphémer, dit Liselotte. Et au lieu de vous donner en spectacle, occupez-vous de mon affaire !

— Houp là ! Sortez ! rugit Pharamond.

D'un geste, il balaya tout ce qui se trouvait sur son bureau.

— Il vaut mieux que vous partiez, conseilla le jeune Philibert.

Il s'était levé à son tour, pâle, terrorisé, et faisait un rempart de son corps à Liselotte.

— Je vais voir ce que je peux faire pour vous...

La jeune fille s'élança vers la sortie.

— Je vous avais prévenue ! lui dit la secrétaire. C'est la cinquième fois que Peine capitale est plaqué par ses femmes en sept ans. Il ne gouverne plus sa misogynie.

Une fois sur le trottoir, Liselotte se sentit partagée entre le fou rire et le désespoir.

Elle s'apprêtait à monter dans un autobus lorsqu'une main moite se posa sur la sienne.

Elle se retourna d'un bloc. C'était le jeune homme aux culottes de golf. Il paraissait à bout de souffle. Il ôta poliment sa casquette. Il s'exprimait avec un accent traînant.

— Philibert Chasseron, reporter stagiaire au *Petit Parisien*, annonça-t-il pompeusement. Voici ma carte.

— Enchantée.

Elle remarqua pour la première fois l'étrange configuration de ses traits. Plutôt poupins d'un côté, ils se révélaient plus mûrs sur l'autre versant de la mâchoire. Cette opposition de volume et de forme donnait à sa figure chafouine une asymétrie comique.

— Le patron est comme une pompe à incendie aujourd'hui, dit-il. Il ne faut pas avoir peur d'une pompe à incendie qui passe.

— Merci de me manifester votre sympathie.

— J'ai couru après vous pour vous rattraper, dit Philibert. Un jour, je serai un grand journaliste.

— Aucun doute là-dessus, monsieur Chasseron.

— J'ai écouté soigneusement toute votre histoire, mademoiselle. Elle est passionnante. Et avec votre permission, je me propose de la suivre. Je vais enquêter.

Elle se retourna. Il s'était redressé pour paraître à son avantage. Pour un peu, elle l'eût embrassé.

— Ça me rend folle de joie ce que vous dites là !

— Pharamond pense que c'est de la dynamite. Il a même évoqué un complot d'extrême droite.

— Il m'a donc écoutée ?

— Mieux : il vous a trouvée pertinente.

Ils marchèrent jusqu'à un banc et s'y assirent.

— Pourquoi ne prend-il pas l'affaire en main ?

— Après la fugue de son épouse avec un ténor italien, il est comme l'homme du conte de fées. Il a un cercle de fer autour du cœur. Il ne veut plus rien entreprendre. Mais en finissant sa bouteille de champagne et sur le point d'en ouvrir une autre, il a dit que si je réussissais à dénouer l'écheveau, il envisagerait de se marier une sixième fois.

— Par où commencerez-vous ?

— Par la caserne. Par le fort d'Ivry. Si on a volé des armes cette fameuse nuit, c'est peut-être parce qu'on avait des complicités dans la place.

— Bien vu, Philibert ! Je vous donne le numéro de téléphone de ma concierge. Appelez-moi dès que vous aurez du nouveau.

Il la regarda avec sa drôle de physionomie. Il sortit un paquet de sa poche et le lui tendit :

— Voulez-vous une Craven ?

Elle fit signe que non. Il en alluma une et se mit à tousser. Elle lui tapa dans le dos pour l'aider à retrouver un peu d'oxygène.

— C'est le premier tabac que je fume cette semaine, avoua-t-il les yeux débordant de larmes. Il faut que je m'habitue à ma nouvelle vie.

— Quel âge avez-vous, Philibert ? questionna Liselotte.

— Est-ce qu'on juge un homme au tumulte de sa vie aventureuse ? rétorqua le garçon. J'aurais aussi bien pu m'être marié à dix-huit ans, comme M. Pharamond, et avoir divorcé à vingt-deux. Mais je préfère ne pas en parler.

— Bien sûr, dit Liselotte en conservant son sérieux.

Il crispa ses lèvres et exhala un long nuage blond devant lui.

— Je suis très ambitieux, mademoiselle Liselotte, et j'ai un pif pas possible.

Brusquement, les mots semblèrent bouillonner dans son cerveau.

— Je ne suis encore qu'un petit rédacteur qui fait les chiens écrasés, mais dans un mois, grâce à vous, je signerai la une ! Ah ! tenez, mademoiselle Liselotte ! Si j'avais un vrai costume avec une martingale... un modèle parisien... je vous aurais invitée dans un restaurant chic... et après, nous serions allés au théâtre !

Elle le regardait avec de grands yeux étonnés. Il rougit et bredouilla.

— Je parie que vous êtes choquée... Mais sachez que je suis motivé par l'idéal humain le plus élevé.

— C'est bien ainsi que je vois les choses, Philibert. Mettez-vous au travail. Vérifiez vos informations. Publiez-les. Et après, nous irons dîner.

— Je vais me hâter, dit-il lentement.

Ils se levèrent avec un ensemble parfait.

— Je crois que je vais attraper un taxi, dit Liselotte.

Philibert se précipita sur la chaussée et disparut dans la cohue de la circulation. Une minute plus tard, un G7 stoppa en catastrophe devant la jeune fille. Philibert en sortit et maintint la portière ouverte.

— Je ne parle pas vite, mais je cours longtemps, fit observer le jeune rédacteur avec son accent traînant.

Il claqua la portière.

— Service ! Je me mets tout à l'heure à votre affaire.

— Merci.

Quand la voiture démarra, Liselotte se retourna pour lui faire un signe amical. Elle vit un garçon en culottes de golf qui paraissait avoir dix-sept ans. Il arracha sa cravate, ouvrit son col et remonta le trottoir sous la bannière d'un ciel nacré. A grands coups de pied, il poussait devant lui une boîte de conserve.

— Comme l'espoir est fragile ! soupira Liselotte.

Elle se fit déposer chez Barthelou, le spécialiste de la canne, boulevard Saint-Germain. Elle passa commande d'un stick conforme en tout point à celui dont Boro ne se séparait jamais. La maison Barthelou possédait les mensurations et les caractéristiques du jonc à pommeau.

— C'est la troisième fois que nous fournissons le même produit à M. Borowicz depuis 1932, précisa Anatole Barthelou en consultant ses fiches. Vous l'aurez jeudi, mademoiselle.

Lorsqu'elle arriva passage de l'Enfer, Liselotte s'introduisit dans l'appartement grâce à sa clé. Au bout du couloir, elle trouva la porte de la chambre de Boro entrouverte.

Le reporter était étendu sur son lit. Il avait passé une élégante robe de chambre en cachemire et tenait la main d'une très jolie femme aux boucles sages.

Lorsque cette dernière se pencha vers la lumière, Liselotte ne put s'empêcher de détourner les yeux et de prendre une voix d'enfant.

— Excusez-moi...

Boro bougea imperceptiblement la tête sur son oreiller. Il était rayonnant de bonheur. Manifestement, la jeune femme avait su dissiper l'inquiétude que Liselotte avait provoquée en lui lorsqu'elle lui avait narré par le menu sa visite chez le sieur Charpaillez.

— Liselotte, ma chérie ! s'écria-t-il. Approche ! Embrassez-vous ! Je veux que vous deveniez amies ! Je te présente Anne Visage !

SEPTIÈME PARTIE

¡ No pasarán !

L'enfant d'Hélène

Le 18 juillet 1936, tôt dans la matinée, une Hispano-Suiza officielle s'arrêta devant la capitainerie générale d'Andalousie, à Séville (Espagne). Cinq hommes en descendirent. Ils grimpèrent en hâte les escaliers du bâtiment, pénétrèrent dans un bureau vide du dernier étage et s'assirent, qui sur un coin de table, qui sur une chaise métallique. Le général Queipo de Llano, commandant les carabiniers, s'adossa à la fenêtre et sortit un télégramme de sa poche. Il le déplia soigneusement et, pour la centième fois depuis l'aube, en relut le contenu : « Le 15 de ce mois, à quatre heures du matin, Hélène a donné naissance à un superbe enfant. »

Il passa délicatement le doigt sur le papier froissé avant de le remettre à sa place, dans la poche droite de sa vareuse militaire. Puis son regard se fixa sur la porte et n'en bougea plus.

Le général était en grand uniforme, écharpe rouge, ceinturon, souliers impeccables. Sa présence dans la ville était officiellement justifiée par une tournée d'inspection des douanes. En vérité, il se trouvait là pour des raisons secrètes qui n'eussent effrayé aucun contrebandier.

Ancien conspirateur républicain, Queipo de Llano avait attendu près de dix ans pour retourner sa veste. Et là, debout dans ce bureau surchauffé, il s'apprêtait à mesurer la résistance de ses nouvelles coutures.

Il appartenait à la grande famille des *juntas*, terme qui, en Espagne et au Portugal, désigne un conseil d'administration et, en Amérique latine, un gouvernement issu d'un coup d'État. Queipo de Llano était donc un rejeton de la parentèle militaire et putschiste qui, depuis des lustres, disputait au pouvoir espagnol — qu'il fût monarchiste, autoritaire ou démocratique — la conduite des affaires.

Il tressaillit légèrement lorsque le téléphone sonna. Puis retrouva son impassibilité tandis que son aide de camp, le commandant César López Guerrero, décrochait. C'était le signal. Guerrero répondit lapidairement, reposa le combiné sur son socle et, s'étant tourné vers son supérieur, annonça avec une pointe d'émotion dans la voix :

— Ils sont là.

Le général Queipo de Llano sortit son parabellum mauser et l'arma. Tel un écho, quatre claquements de culasse lui répondirent. Les cinq hommes quittèrent la pièce.

— Dieu sauve l'Espagne ! murmura Queipo en empruntant les escaliers.

Et dans cette prière muette, formulée avec espoir par toutes les droites du pays, Dieu n'avait qu'un visage : il portait le masque patibulaire des officiers supérieurs ; il avait ceint l'uniforme olivâtre et les cartouchières luisantes de ceux qui combattent le suffrage universel. En cette année 1936, le dieu qui allait sauver l'Espagne était un dieu galonné.

Le général Villa-Abraille conversait aimablement avec les membres de son état-major sous le palmier de la cour de la capitainerie lorsqu'il entendit un bruit de pas venant des galeries ceinturant le patio. Son regard suivit les dessins mauresques sur les murs du couloir. Depuis la veille, le commandant en chef de l'armée d'Andalousie était inquiet. Les événements avaient mis ses nerfs à vif. Un rien le contrariait. Une mouche se posant à moins d'un mètre de ses augustes épaulettes provoquait en lui un tel chavirement de l'estomac qu'il lui semblait chaque fois entendre l'ordre fatidique commandant le peloton d'exécution. Villa-Abraille ne savait à quel saint se vouer. Devait-il soutenir le gouvernement de la République ou, au contraire, joindre ses forces à celles des rebelles qui, quelques heures plus tôt, s'étaient emparés du Maroc espagnol et des Canaries ?

Son cœur penchait au centre, soit du côté du plus fort. Mais, pour l'heure, il n'y avait pas de plus fort. D'un côté, un pouvoir démocratiquement élu mais exsangue, appuyé par les socialistes, les communistes, les anarchistes et autres pilleurs d'églises. De l'autre, une poignée d'officiers supérieurs, professionnels des coups de main en chambre, dont la force principale semblait être la détermination.

Suivrait-on les faucons ? La troupe marcherait-elle dans le sillage des putschistes ? Autant de questions que Villa-Abraille ne cessait de se poser. Et ainsi en allait-il de ses aides de camp et de l'ensemble de son état-major. Sous les palmiers de la cour de la capitainerie, ce n'était qu'un ruisseau de murmures. Les officiers comparaient les mérites des généraux rebelles, Goded, Sanjurjo, Mola, Franco. Et derrière ces propos de façade, chacun cherchait à savoir quel camp l'autre avait choisi. Pour tous, il s'agissait d'agir avec suffisamment de doigté pour éviter la prison des colonies. Aux mouches et à la terre battue, on préférait les dorures de la gloire. Elles seules valaient qu'on oubliât ses convictions, si tant est d'ailleurs qu'on en ait jamais eu. Sur ce plan-là, le général Villa-Abraille était imbattable.

Lorsqu'il aperçut Queipo de Llano, son sang se liquéfia d'aise : les deux hommes se connaissaient. En 1930, ils avaient conspiré ensemble du côté républicain. Même si Queipo avait changé de camp, ce n'était pas lui qui l'enverrait moisir dans une geôle africaine. Puisqu'il était un ami, mieux valait pactiser avec les autres et gagner ailleurs la mansuétude qui lui serait accordée ici.

En abordant son ancien camarade, Villa-Abraille feignit l'étonnement :

— Je te croyais à Madrid ! s'écria-t-il avec une mimique crispée tirant sur le débonnaire paisible et naturel.

— Erreur, rétorqua l'autre. Je suis venu pour te demander de choisir. Avec qui es-tu ? Le gouvernement ou la junte ?

La question était directe. Le général tenta de louvoyer. Il parla des gabegies ministérielles, des latifundia tristement saccagés, du suffrage universel bien que certainement vicié puisqu'il avait donné la victoire aux républicains.

Queipo le remit sur les rails :

— Tu dois choisir.

— Maintenant ?

— A la seconde même.

Villa-Abraille se tourna vers les officiers qui l'entouraient. A voir les visages fermés et les mines ennuyées, il comprit que la décision lui appartenait : il était le chef. Il fit face à Queipo de Llano.

— Qu'en penses-tu toi-même ?

— Ça se voit, non ?

— Peut-être pourrais-tu me conseiller... Me donner un petit avis. Nous sommes camarades, tout de même !

— N'emploie pas ce mot ! coupa Queipo de Llano. C'est un mot rouge.

— Un gros mot donc, risqua Villa-Abraille.

Mais le zèle ne porta point. Queipo resta de marbre.

— Alors ?

Le commandant en chef de l'armée d'Andalousie considéra à nouveau l'attitude de ses officiers. Les uns arboraient un sourire amène. Les autres regardaient ailleurs, naviguant du côté des mouches. La plupart n'affichaient aucune expression. Dans ces conditions, mieux valait composer.

— Je suis du côté de la loi, murmura Villa-Abraille d'une voix minuscule.

— Laquelle ?

— Tout dépend...

— Ce n'est pas cela que je te demande. Décide.

— Alors ce sera le gouvernement.

— C'est ton dernier mot ?

« Mon avant-dernier », songea le général avant d'acquiescer.

Le chef des carabiniers leva le bras. Les quatre soldats qui l'accompagnaient sortirent leurs armes. Ainsi fut fait prisonnier le commandant de la deuxième division, son état-major et ses aides de camp. Séville était tombée aux mains des généraux rebelles.

Tombée, ou presque.

Là comme ailleurs, la guerre d'Espagne avait commencé. La partie était engagée. Pour autant, elle n'était pas gagnée. Personne n'était encore le maître de tous. Si on se battait au Maroc et aux Canaries, la métropole en était encore à fourbir ses armes. Madrid téléphonait à Barcelone, qui téléphonait à Salamanque, qui téléphonait à Valladolid, qui téléphonait à Teruel... Le pays comptait ses forces.

Au Palais national, à Madrid, Manuel Azaña y Díaz, président de la République depuis quelques semaines, a réuni ses ministres autour de lui. Il fait le point avec le premier d'entre eux, le républicain Casares Quiroga. Le gouvernement a donné l'ordre à l'escadre de bloquer Ceuta, Larache et Melilla, au Maroc. Les navires de guerre appareillent de Carthagène et du Ferrol. On bombardera les positions ennemies. Le général Núñez de Prado, chef de l'aviation, assure que les forces aériennes, composées d'officiers républicains, resteront fidèles. Dans les autres corps d'armée, c'est la valse des permutations. Les généraux les plus sûrs sont envoyés dans les régions exposées. On se défie de la garde civile, impopulaire car infiltrée par la Phalange ; en revanche, on compte sur la loyauté des troupes d'assaut, formées peu après la proclamation de la République. Elles aideront à contenir le peuple qui, depuis quelques jours, dans les rues, sur les places, au sein des usines et des exploitations agricoles, bouillonne, enrage, fulmine.

Rassurer les populations : tel est le mot d'ordre que Díaz ne cesse de répéter à ses ministres. Et la radio de Madrid fait entendre sa voix, qui diffuse éternellement le même communiqué : « Sur le territoire métropolitain, personne n'a pris part à l'absurde complot. »

Qui veut-on tromper ? Le peuple, précisément. De lui vient le plus grand danger. L'étincelle ne doit pas atteindre l'explosif caché dans les poitrines. Quiroga craint moins les généraux rebelles que les anarchistes de la C.N.T. et de la F.A.I. Armés, ceux-là pourraient donner la main aux communistes et prendre le pouvoir en Espagne. Car le peuple n'est pas dupe. S'il fait les révolutions, c'est aussi pour enrayer la subversion des coups d'État. Et celui qui se prépare, il l'a flairé depuis longtemps.

Le 12 juillet, les phalangistes ont abattu le lieutenant José Castillo, officier républicain des gardes d'assaut de Madrid. En représailles, les camarades du lieutenant ont assassiné Calvo Sotelo, chef de l'opposition royaliste et ex-ministre du roi Alphonse XIII. Le lendemain, le général Mola, gouverneur de Pampelune, a envoyé un télégramme aux troupes qui lui sont fidèles : « Le 15 de ce mois, à quatre heures du matin, Hélène a donné naissance à un superbe enfant. »

Pour les initiés : « L'insurrection débutera le 17 juillet à cinq heures du matin au Maroc. »

Le 14 juillet, au cimetière de l'Est, à Madrid, leurs troupes respectives enterrent le lieutenant Castillo et Calvo Sotelo. A gauche, un cercueil recouvert d'un drapeau rouge, salué par une haie de poings tendus. A droite, un corps revêtu d'une robe de capucin, veillé par des mains levées à la manière fasciste. Ici, des ouvriers, des paysans, communistes, socialistes, anarchistes, anticléricaux ; là, des bourgeois, des soldats, catholiques, propriétaires. L'Espagne et ses oppositions irréductibles.

Chacun sait l'affrontement inévitable. Les organisations politiques et les syndicats ont fait garder leurs sièges par des militants en armes. D'un côté, on prépare l'attaque. De l'autre, on s'apprête à se défendre. A Madrid comme à Barcelone. A Huesca comme à Tarragone. Le pays tout entier gronde des rumeurs de la guerre.

L'enfant d'Hélène est un bâtard.

L'œillet et le romarin

A Séville, une jeune femme attendait. Elle était arrivée l'avant-veille, venant de Malaga après avoir traversé le détroit de Gibraltar à bord de l'*Updike*, un trois-mâts de moyen tonnage qui avait quitté New York six semaines plus tôt.

La jeune femme avait trouvé refuge à l'hôtel Inglaterra, place San Fernando. Elle avait été invitée aux Olympiades du sport et de la culture qui devaient ouvrir ce jour même à Barcelone. Normalement, elle aurait dû quitter Séville la veille au soir, voyager de nuit et arriver dans la capitale de la Catalogne quelques heures seulement avant l'ouverture des jeux espagnols, pendant démocratique des Olympiades nazies qu'Hitler ouvrirait le 1er août. Mais à vingt-trois heures quinze, alors qu'elle s'apprêtait à monter dans le train en partance pour Barcelone en compagnie de son fils et de la gouvernante de celui-ci, on l'informa que les voies de chemin de fer conduisant au nord étaient coupées.

Un porteur la reconduisit à l'hôtel Inglaterra où, par chance, leurs chambres étaient encore libres. Depuis lors, la jeune femme attendait. En vertu de son statut de personnalité étrangère, on lui avait promis une voiture. L'Espagne restait hospitalière. Aurait-elle les moyens de l'être longtemps encore ?

La place San Fernando était déserte. La ville sentait l'œillet et le romarin, ses fleurs fétiches. Et aussi le jasmin, dont le parfum montait des jardins. Séville semblait suspendue à ce ciel d'un bleu divin au-delà duquel, invisibles à l'œil nu, les nuages opéraient leur rassemblement.

Derrière les hauts murs des casernes, les soldats revêtaient leurs vêtements de noce. On huilait les mitrailleuses, on vérifiait les cartouchières. La garde civile astiquait ses bicornes vernis. Et les canons furent amenés.

La jeune femme attendait. Les murs étaient blancs. Pour une raison inconnue d'elle-même, elle pressentait le souffle de la tempête. Elle scrutait le silence des fenêtres closes. Une force inexplicable la poussait à rester debout, au centre de la lumière vibrante. Elle se tenait, engourdie, sur le balcon, immobile au milieu d'une flaque de soleil.

Elle avait la conviction que la ville entière se cachait et se refusait.

Place López Pinto, dans une maison à étages, le parti communiste comptait ses armes : cinq winchesters, deux mausers, une baïonnette. Des tracts circulaient. Ils atterrissaient sur la place où quelques dizaines d'ouvriers en espadrilles échangeaient les nouvelles. Le général Queipo de Llano avait trahi. La troupe était consignée à la caserne San Hermenegildo. Le gouvernement refusait d'armer le peuple. Il fallait dresser des barricades, bloquer les ponts...

Et Madrid ? Que savait-on de Madrid ? Rien ou presque. Les gardes d'assaut n'avaient pas bougé. Et la garde civile non plus. Au Maroc, l'aviation bombardait. A Ceuta, on fusillait les républicains. L'état de siège avait été proclamé sur tout l'archipel des Canaries. Si l'escadre passait de l'autre côté, les fascistes débarqueraient à Cadix et à Algésiras. Ils passeraient par Séville pour atteindre Madrid. Et alors...

Mais on n'en était pas encore là. Sur la place López Pinto, les travailleurs se rassuraient. Cinquante mille socialistes, communistes et anarchistes veillaient sur la ville. Tous étaient prêts à prendre les armes.

Oui. Mais quelles armes ?

A l'hôtel Inglaterra, suite numéro trois, la jeune femme lisait une affiche qu'Anna Stenton, la gouvernante, venait de lui apporter.

ESPAGNOLS !

L'anarchie qui règne dans les villes et dans les campagnes d'Espagne met la Patrie en danger et sous la menace de l'étranger. L'Armée, sauvegarde de la Nation, doit prendre en main la direction du pays. En vertu des pouvoirs que me confère le commandement de cette division, j'ordonne ce qui suit :

1. L'état de guerre est proclamé sur tout le territoire de cette division.

2. Le droit de grève est aboli. Seront sommairement jugés et passés par les armes les dirigeants des syndicats dont les organisations se mettront en grève ou ne reprendront pas le travail.

3. Toutes les armes, à feu ou autres, devront être remises dans un délai maximal de quatre heures aux postes des gardes civils les plus proches. Passé ce délai, les détenteurs desdites armes feront l'objet d'un jugement sommaire et seront passés par les armes.

4. Feront également l'objet d'un jugement sommaire et seront passés par les armes : les incendiaires, les individus qui s'attaqueraient aux voies de communication, attenteraient à la vie, à la propriété, etc., des citoyens et tous ceux qui, par un moyen quelconque, provoqueraient des troubles sur le territoire de cette division.

5. Sont incorporés d'urgence à toutes les formations de cette division les soldats des classes 1931 à 1935 inclus et tous les volontaires desdites classes qui veulent servir la Patrie.

6. A partir de neuf heures du soir, la circulation de toutes personnes et de tous véhicules n'appartenant pas au service public est interdite.

Le général commandant la division
GONZALO QUEIPO DE LLANO

— Un langage de soldat, dit la jeune femme en repliant l'affiche.

Elle la tendit à Anna Stenton, qui la prit d'un mouvement vif avant de la poser sur un guéridon d'angle.

Lorsqu'elle était en proie à l'émotion, l'Américaine perdait cette aura de douceur qui rayonnait habituellement autour d'elle. Ses gestes devenaient brusques. Elle enroulait nerveusement une mèche de ses cheveux blonds autour de son doigt, et sa haute silhouette semblait se grandir encore, comme si l'aiguillon des nerfs avait la capacité de tendre ses fibres musculaires. Elle n'avait pas vingt-cinq ans. Le trouble la rajeunissait encore. Il lissait son visage, agrandissait le bleu très pâle de son regard et la montrait sans fard, comme elle était au naturel : pusillanime, timide, incapable de la moindre dissimulation.

— Ne craignez rien, Anna. Nous trouverons bien une voiture.

— Il n'y en a pas. Le liftier a demandé à tous les clients de l'hôtel.

— A-t-il donné mon nom ? A-t-il dit qui j'étais ?

— Certainement. Mais cela n'a pas suffi.

Et Anna ajouta à mi-voix :

— C'est sans espoir. Nous sommes bloquées ici.

La jeune femme s'appuya au dossier d'un fauteuil crapaud tendu de velours rouge. Elle avait seulement quelques années de plus que la gouvernante, mais, en cette occasion, il lui semblait la dominer d'une génération. Elle avait l'expérience qui manquait à sa compagne.

De prime abord, et c'était ce qu'avait songé le capitaine Katzounet, commandant de l'*Updike*, lorsqu'il les avait observées au moment de l'embarquement, les deux femmes se ressemblaient. Ou plutôt, se complétaient. Elles étaient grandes toutes deux, l'une blonde, l'autre brune, élancées, sportives. Elles parlaient peu mais riaient ensemble. Elles manifestaient une connivence si peu conventionnelle que personne ne pouvait croire que l'une était la gouvernante de l'enfant de l'autre.

Puis, les jours passant, le capitaine avait fini par reconnaître que les apparences l'avaient trompé. Les deux femmes étaient de natures extraordinairement opposées. L'une commandait à l'autre, non pas en vertu d'un échange domestique mais seulement parce qu'elle savait plus, comprenait mieux, aidée en cela par une culture nourrie en Europe qu'admirait et respectait la plus jeune, ancienne fleuriste du Middle West. Ce qui n'empêchait pas l'attachement et aussi la complicité.

— Sean dort encore ? demanda doucement la jeune femme en s'éloignant du fauteuil crapaud.

Anna Stenton acquiesça d'un mouvement du menton.

— Rejoignez-le et rassemblez nos affaires. On ne sait jamais... La chance nous sourira peut-être alors que nous ne l'attendrons plus.

Elle s'approcha d'Anna et posa gentiment la main sur son épaule.

— Appelez-moi quand le petit se réveillera.

Après le départ de la nurse, elle revint au centre de la pièce et croisa les bras. Elle était étrangement calme. Il lui semblait revivre ici une situation qu'elle avait déjà connue à l'autre bout de l'Europe, trois ans plus tôt. Elle connaissait, ou plutôt reconnaissait, cette lourdeur qu'elle avait perçue à l'instant même où elle avait posé le pied à Algésiras.

De tous les Américains embarqués avec elle sur l'*Updike*, elle était probablement la seule à avoir mesuré cette exaltation particulière, cette tension dans les gestes et les manières, une pesanteur angoissée perceptible sur les visages, dans le ton employé par les douaniers et les policiers. Les passagers riaient bruyamment, tout au bonheur de leur croisière. Ils photographiaient les porteurs débarquant leurs bagages, un marin, la proue d'un navire, l'horizon... Anna Stenton poussait le landau de Sean, deux ans, et, considérant qu'il était très en avance pour son âge, lui présentait l'Espagne, les Espagnols, ce continent magique qu'elle n'avait jamais songé découvrir : l'Europe. Elle n'avait pas compris pourquoi, après avoir exécuté les formalités douanières, la mère du petit Sean avait soudain pressé le pas pour atteindre la gare au plus vite, objectant à l'une de ses remarques que le voyage d'agrément tournerait peut-être à l'orage.

La jeune femme fit quelques pas dans la grande pièce, contourna le fauteuil crapaud et s'approcha de la fenêtre. Six étages plus bas, le soleil de juillet se reflétait sur les façades. Un cortège d'étudiants se rassemblait près de l'hôtel de ville. Ils criaient « *¡ Arriba España !* » en levant le bras, doigts tendus. Comme à Rome. Comme à Berlin.

Une grimace de dégoût apparut sur le visage de la voyageuse.

Le premier cortège ouvrier se forma place López Pinto. Communistes, socialistes, anarchistes. Au coude à coude face à la menace. Des hommes de vingt, trente, quarante ans. De plus jeunes, de plus âgés. La plupart en espadrilles et pantalons de toile. Mains nues. Puisque le gouvernement refusait d'armer le peuple, le peuple se servirait lui-même. On ne discute pas des lois lorsque les lois sont bafouées.

Les syndicats avaient proclamé la grève générale et Radio-Séville appelé les ouvriers agricoles à rallier la ville. Deux colonnes s'apprêtaient à partir, l'une vers la prison pour garder les détenus phalangistes, l'autre vers le parc d'artillerie. Il fallait battre les fascistes avant qu'ils ne sortent des casernes où étaient rassemblées les armes de la ville. Et les attendre devant les portes, encadrés par des fusils-mitrailleurs.

La ville blanche résonnait des premiers accents de *l'Internationale*. Le peuple marchait au-devant des canons. Lorsqu'il atteignit les quartiers rupins, les fenêtres se fermèrent. Mais le cortège grossit. Bientôt, ils furent plusieurs centaines face au parc d'artillerie. Et la guerre commença à Séville. Ils étaient venus s'emparer des armes, et les armes répondirent bientôt aux cris. Par salves et rafales. L'orage éclata au ras du sol.

Dans le milieu de la matinée, le général Queipo de Llano assigna trois buts à ses troupes : prendre l'hôtel de ville, le central téléphonique et la préfecture. Trois bâtiments situés aux confins de la place San Fernando, derrière l'hôtel Inglaterra.

Lorsque les deux mitrailleuses Hotchkiss furent mises en batterie, la jeune femme se trouvait dans la chambre de son fils. Elle caressait ses mèches brunes et bouclées, feignait le calme et le naturel.

Soudain, la porte s'ouvrit sur un garçon d'étage hors de lui qui glapit quelques mots en espagnol : il fallait vider les étages et descendre dans les sous-sols. Deux détonations sourdes lui répondirent. La jeune femme prit son fils dans ses bras, le serra contre elle et le tendit à Anna Stenton.

— Descendez, ordonna-t-elle.

— *With you, Mummy,* dit l'enfant.

La gouvernante était d'une pâleur de craie.

— Dépêchez-vous. Laissez vos affaires...

— Mais vous...

— Je vous rejoins. Filez !

Une rafale sèche comme un jet de pierres cogna contre les murs.

— Pan ! Pan ! Pan ! fit le jeune garçon, ravi.

La jeune femme poussa Anna Stenton dans le couloir.

— Occupez-vous de Sean et attendez-moi.

Elle revint dans sa chambre et se planta derrière la fenêtre. Elle voulait voir. La guerre civile lui rappelait d'autres combats, des hommes qu'elle avait quittés naguère, lorsqu'elle avait fui l'Allemagne en flammes pour le havre américain.

Elle regardait, consternée, fascinée, désespérée, les colonnes se former autour de la place San Fernando, à l'abri des deux mitrailleuses. Les uniformes verts du génie, de l'artillerie et de la garde civile étaient certainement différents de ceux que portaient les troupes nazies en 1933, mais ces soldats-là faisaient aussi la guerre pour prendre le pouvoir.

La jeune femme avait quitté trop tôt l'Europe pour assister à l'écrasement de l'opposition en Allemagne, mais combien de fois au cours de ses nuits d'insomnie s'était-elle représenté ces sacs de sable qu'on disposait sur le bitume, ces canons pointés vers les fenêtres, ces officiers passant de groupe en groupe pour donner leurs ordres à des troupes soumises.

Derrière la vitre surchauffée, sous ses yeux, se déroulait le spectacle du cauchemar et de l'anéantissement, celui-là même qui avait hanté ses songes et ceux de son mari, jusqu'aux heures ultimes de sa vie.

Une pulsion malsaine la conduisait à rester exposée au danger. Bien qu'elle n'analysât point les raisons de son comportement, c'était comme si, entendant les déflagrations et le choc des balles, voyant les sections contourner l'hôtel, prendre place derrière des obstacles de fortune pour tirer et tirer encore, plus proches, plus mortels, elle payait pour son absence et l'extermination de ses amis. Elle éprouvait pour les gardes d'assaut et les députés du Front populaire réfugiés dans la préfecture la crainte qui ne la quittait pas lorsque, allongée sur un transatlantique de son jardin de Beverly Hills, elle songeait à tous ceux qu'elle avait laissés derrière elle, aux confins olivâtres des armées nazies. Et elle avait peur. Il ne fallait pas être grand clerc pour prévoir leur défaite.

Les autres, ceux qui avaient voulu couper l'hydre fasciste, avaient tous succombé. A Berlin, à Munich, à Francfort. Ceux de la place San Fernando perdraient aussi. Ils avaient déjà perdu. Les coups de feu, les déflagrations, le vacarme des armes rassemblées plus bas exprimaient la force mieux que n'importe quel état des troupes. Et les renforts arrivaient sans cesse comme si, après quelques heures d'hésitation, la ville avait enfin choisi son camp.

On tirait au jugé, sur les façades de l'hôtel Inglaterra, à droite, à gauche, dans les rues de Madrid et de Bilbao, prises en enfilade, contre les magasins aux grilles abaissées, vers les nuages eût-on dit. Il semblait que tous ces soldats assemblés se libéraient d'une barbarie longtemps contenue et que, dorénavant, rien ni personne au monde ne pourrait s'opposer à son jaillissement.

Oui, ils perdraient.

Le gouvernement avait refusé d'armer le peuple.

Le central téléphonique se rendit dans l'après-midi. Un peu plus tard, bras levés et drapeau blanc en tête, les gardes d'assaut quittaient la préfecture. Pressée par un liftier et un garçon d'étage venus la chercher à la demande d'Anna Stenton, la jeune femme se décida enfin à gagner les sous-sols de l'hôtel. Il était seize heures. Les combats faisaient rage dans toute la ville. La population ouvrière s'était regroupée dans ses quartiers, à San Julián, San Marcos, Macarena. En début de soirée, les ponts de San Telmo et de la Corta Tabla furent relevés. A vingt et une heures, le général Queipo de Llano avait conquis la moitié de Séville.

Dans les caves de l'hôtel Inglaterra, étreignant son fils dans ses bras, Maryika Vremler pleurait.

Un phare dans la tempête

Le G7 stoppa rue du Four. Boro paya à la hâte, sauta de la voiture et traversa la cour pavée conduisant à l'agence. Il tenait sa canne dans la main gauche. Un journal dépassait de la poche de sa veste.

Il s'engouffra dans l'escalier, buta contre un coursier qui descendait, manqua glisser sur le palier du troisième, se rétablit en maugréant et pénétra enfin dans le hall d'accueil.

Chantal Pluchet était à son poste, l'oreille collée à l'écouteur, toute poitrine déployée. Boro leva son stick et, le laissant retomber sur la fourche du téléphone, coupa la communication.

— Mais j'étais en ligne ! geignit la standardiste.

— Vous ne l'êtes plus...

— Ça venait en direct de Genève ! Pour vous personnellement ! Un monsieur qui téléphonait de la Société des Nations !

— Détail, gronda Boro. Je me fous de la Société des Nations. Appelez tout le monde : rendez-vous immédiatement dans mon bureau.

— Moi aussi ?

— Vous, vous descendez acheter les journaux.

Contraint à des gestes de patineur, Boro s'engagea dans la ligne droite du couloir parqueté conduisant vers les profondeurs de l'agence Alpha-Press. Chantal Pluchet posa son index manucuré sur le bord de la table et se leva gracieusement afin d'accomplir sa mission : faire le tour des bureaux pour rallier le personnel au grand manitou. Au ton employé par M. Blèmia, elle avait compris que quelque chose de grave se préparait. A moins, songea-t-elle en ouvrant une première porte, que Léon Blum n'eût déjà été assassiné dans la nuit et qu'elle n'en eût rien su. Elle ne voyait pas quel autre événement eût pu provoquer chez M. Blèmia une telle impatience. Couper le téléphone avec sa canne, mince, si c'était pas de l'abus de pouvoir !

A midi passé d'un quart d'heure, ils étaient tous assemblés dans le grand bureau : Prakash, Pázmány, Bertruche, Germaine Fiffre et les deux stagiaires engagés pour l'été. Seul Willi Chardak manquait à l'appel, emporté par la vague des vacances. Boro se tenait dos à la fenêtre, devant la passerelle.

— Quelqu'un a-t-il des nouvelles de l'Espagne ? demanda-t-il sitôt que la porte eut été refermée.

— Les Olympiades ont commencé ? questionna Pázmány.

— Non. L'insurrection militaire.

Il balança son journal sur la table. C'était la première édition de *Paris-Midi*. On y annonçait qu'un pronunciamiento avait été lancé au Maroc espagnol.

La nouvelle surprit toute l'assemblée : personne n'ignorait la tension régnant de l'autre côté des Pyrénées, mais nul n'avait imaginé que l'orage éclaterait si vite et si loin de Madrid.

— Qu'est-ce qu'on fait ? demanda Prakash.

— On se renseigne, répondit Boro. Après, on décide. Germaine, vous lisez tous les journaux avec les stagiaires. Páz, Prakash et moi, on fait le tour des rédactions et des connaissances. Chacun dans une pièce, avec un téléphone. Il faut aussi que quelqu'un écoute la T.S.F.

— Moi, dit Bertruche. Écouter, c'est mon truc.

Ils s'égaillèrent dans les bureaux. Boro resta dans le sien. Il y fit brancher deux combinés supplémentaires. En moins de dix minutes, Alpha-Press ferma tous les dossiers en cours pour braquer ses projecteurs et ses antennes sur l'Espagne exclusivement. Dans le hall d'accueil, Chantal Pluchet, Germaine Fiffre et l'un des stagiaires vérifiaient la presse. Mais les gazettes ne rendaient compte que des trois cent cinquante-quatre usines occupées par cinquante mille ouvriers, avec une nette préférence, ce jour-là, pour l'occupation des usines Peugeot de Montbéliard. Les articles renvoyaient à la grogne des pompistes, qui menaçaient de fermer boutique, à celle des ouvriers agricoles de la Somme, chassés des fermes occupées par les cultivateurs besogneux, à la tristesse du roi d'Angleterre, contraint de renoncer, vu les circonstances, à son séjour annuel sur la Côte d'Azur. Les petits commerçants menaçaient d'occuper la rue et même les perceptions, un fabricant de bière rouennais s'était tiré une balle dans la tempe, accusant Léon

Blum de l'avoir conduit à la mort. A la Chambre, les députés s'apprêtaient à voter le nouveau statut de la Banque de France. Léon Daudet fustigeait le président du Conseil, adepte de la politique du « you... pain cher ». Et les attaques de la presse de droite contre Roger Salengro, accusé d'avoir déserté en 1915, se poursuivaient inexorablement. Mais de nouvelles de l'Espagne, point.

Tandis que l'un des stagiaires sillonnait Paris à la recherche des quotidiens étrangers, Pázmány téléphonait. La rédaction de *l'Humanité* avait appris le soulèvement par la lecture de *Paris-Midi* et ne détenait aucune information supplémentaire. Si Alpha-Press envoyait un correspondant en Espagne, on collaborerait avec elle.

Le staff du *Petit Parisien* enquêtait sur les fontaines de la porte de Saint-Cloud, œuvre du sculpteur Paul Landowski inaugurée la veille. Quant à Raymond Pharamond, enfermé dans son bureau, il se soûlait au champagne ; depuis plus d'un mois, quand il ne buvait pas, il pleurait comme un veau.

Au *Populaire*, on ne savait rien. Toutefois, si Blèmia Borowicz s'apprêtait à couvrir l'événement, la rédaction était prête à s'assurer l'exclusivité de son reportage.

A *Paris-Soir*, il n'était pas question de divulguer la moindre information à des journalistes non accrédités par le journal. En revanche, Pierre Lazareff souhaitait parler à Blèmia Borowicz.

— Il est occupé, répondit Pázmány. Je lui demanderai de vous rappeler...

— Restez en ligne...

Il y eut conciliabule à l'autre bout du fil, puis la secrétaire reprit l'appareil.

— M. Lazareff veut lui parler maintenant. C'est très urgent.

— Un petit instant, répondit Pázmány.

Il sortit de la pièce et courut jusqu'au bureau de Blèmia. Celui-ci était assis sur la table, un téléphone dans la main gauche, une carte de l'Espagne déployée devant lui. Il traçait des ronds au crayon gras sur la carte et prenait fébrilement quelques notes. Lorsque Pázmány ouvrit la porte, le deuxième téléphone sonna.

— Ne quittez pas... dit Boro à son premier interlocuteur.

Et il décrocha l'autre combiné. Aussitôt, son visage se détendit.

— Anne ! Ma chérie !...

Pázmány avança vers le bureau :

— J'ai Lazareff au bout du fil... Il demande à te parler d'urgence...

Boro lui adressa un signe comminatoire et lui tourna le dos pour mieux se consacrer à sa correspondante. Sa voix prit le ton feutré de la confidence :

— Rien n'est plus vrai, mon ange !... J'ai tous les torts, comme d'habitude... Tu me connais assez... Chaque minute, mon amour !... Les mots ne sont pas vides, ce n'est pas vrai !...

Pázmány arracha une feuille du bloc posé sur la table et écrivit en lettres bâtons : « Lazareff, urgent. Tu rappelleras ta poule après. »

— Ne quitte pas, mon âme, dit Boro à son interlocutrice.

Il saisit l'autre récepteur :

— Je vous recontacte... J'ai peut-être quelque chose.

Il raccrocha, revint à l'autre combiné après avoir jeté ces mots à Pázmány :

— Dis-lui d'attendre...

Sur quoi, il se prit à roucouler sur la ligne, ignorant son camarade qui, d'un coup de crayon rageur, souligna par trois fois le mot « urgent » de son premier message. Boro s'en empara et nota : « Passe à Prakash. » Puis il descendit de la table, se carra sur sa chaise et s'empara de son agenda. Il avait la voix sucrée.

Furieux, Pázmány quitta la pièce en claquant la porte. Il parcourut le couloir sur toute sa longueur, fouillant les bureaux à la recherche de Prakash. Ce dernier était dans la salle des archives, penché sur la silhouette rondouillarde de Bertruche. Les deux hommes écoutaient un poste de T.S.F. qui crachait quelques mots en espagnol au milieu de déchets électriques et de crachotements brouillés.

— Lazareff t'attend au bout du fil. Il faut que tu prennes la communication... Ordre du cavaleur en chef.

— Il est occupé ?

— Il fait la roue avec une dame.

— Comme d'habitude, dit Prakash. J'y vais.

Il montra le poste qui diffusait un crachouillis constant :

— On capte Radio-Barcelone, mais c'est brouillé... Vire Bertruche de sa chaise, il a de la cire dans les oreilles...

— Pas de la cire, du cérumen.

Pázmány haussa les épaules.

Bertruche faisait la gueule. De l'extrémité de son petit doigt, il avait entrepris une investigation à l'intérieur de son conduit auditif.

— Aïe ! se lamenta-t-il. Et si c'était une otite ?

Pázmány, collé contre le haut-parleur, fit signe au rondouillard de se taire.

— Le Maroc n'est pas tombé et il ne se passe rien sur la Péninsule, murmura-t-il au bout de quelques instants.

Prakash, de son côté, parcourait à vive allure le labyrinthe des couloirs. A la sortie d'un virage relevé, il accomplit une glissade sur deux mètres et s'immobilisa devant le desk de la réception. On classait les journaux.

— C'est vous qui avez Lazareff ?

— Non, répondit Chantal Pluchet, de cette voix de petite fille qu'elle prenait toujours lorsqu'elle s'adressait à M. Prakash : elle considérait que, face à cet oiseau de proie, seule une brebis égarée avait une chance de se faire enlever.

— Où est-il, bon sang ?

La porte principale s'ouvrit sur l'un des stagiaires, porteur de la presse étrangère. Prakash s'en empara et repartit à fond de train dans le couloir.

— Où est ton Lazareff ? hurla-t-il à l'adresse de Pázmány.

— Chez moi !... Ils bombardent le Maroc et les Canaries !

Prakash ralentit le pas sur le seuil du bureau et poussa doucement la porte. Deux téléphones étaient décrochés. Il s'empara du premier qui se trouvait à sa portée.

— Pierre Lazareff ? interrogea-t-il.

— Je vous le passe, bougonna la secrétaire à l'autre bout de la ligne... Heureusement qu'on avait dit que c'était urgent !

Prakash commença de faire les cent pas dans la pièce, le fil du téléphone traînant derrière lui. Enfin, il reconnut la voix du patron de *Paris-Soir*.

— C'est vous, Borowicz ?

— Sans arrêt ! répondit Prakash.

— Qu'est-ce que vous faites en ce moment ?

— Vous voulez savoir la vérité ?... Je marche.

— Je ne parle pas de ça... Et j'entends bien que vous marchez ! C'est du parquet chez vous ?

— Exact. C'est du chêne.

— Alors, asseyez-vous. De là où je suis, j'entends votre canne.

Prakash sourit.

— Je vous appelle à propos de l'Espagne.

— Faites vite, monsieur Lazareff. J'ai déjà mon chapeau sur la tête.

A cet instant, Germaine Fiffre passa le nez à la porte.

— C'est vous qui m'avez fait demander ?

— Non, fit Prakash... Donnez ces journaux à Pázmány.

Il lui tendit la presse étrangère et revint à son interlocuteur.

Germaine Fiffre détala sur la gauche en soupirant avec ostentation. Elle n'aimait pas qu'on la prît pour ce qu'elle n'était pas. Une simple patineuse d'occasion. Lorsqu'il l'avait débauchée de chez Alphonse Tourpe, le sieur Borovice lui avait juré qu'elle s'occuperait de la comptabilité d'Alpha-Press et de rien d'autre. Des caresses de violon dans la voix, comme d'habitude ! Et puis, tu parles ! Aujourd'hui, à cette minute même, que faisait-elle sinon du travail de ramasse-miettes ? Ne la prenait-on pas pour une télégraphiste ? D'ailleurs, il y avait eu des précédents. En février ou mars 1935, lorsque l'Italie avait mobilisé contre l'Éthiopie, on avait connu le même degré de mobilisation. L'événement avait mis l'agence sur les dents. Elle avait couru comme une dératée après les dépêches. Pour rien, finalement ! Presque rien !

Elle dirait son fait au Borovice, à tous ces Hongrois, et démissionnerait avec éclat.

Elle lança les journaux étrangers sur la table de la salle des archives. Vole la paperasse !

— Il faut que vous épluchiez cela, dit-elle d'une voix revêche.

— Merci, Fiffre, répondit Pázmány.

— Germaine Fiffre, je vous prie.

— Vous comprenez l'espagnol ?

— Et puis quoi encore ? Faut-il aussi tourner une béchamel ?

Pázmány monta le volume de la radio. Un sifflement accompagné d'un bourdonnement de fond brouillait l'émission.

— Vous entendez ce qu'ils disent ?... Les Espagnols réclament des armes et le Premier ministre a annoncé qu'il ferait fusiller ceux qui leur en procureraient...

— Alors, faites-vous marchand de canons ; comme ça, je serais enfin débarrassée !

Et la Fiffre s'en fut.

Pázmány manipula l'un des boutons du poste et tenta de capter Radio-Tétouan. Il obtint Berlin, Genève, Rome, mais pas le Maroc. Il revint sur Barcelone puis Madrid, et finit par couper le son. Les informations officielles en provenance d'Espagne concordaient : la rébellion avait été matée.

Il s'empara de la presse étrangère, découvrit les titres et les sommaires : on ne parlait de rien. Il n'y avait pas d'incendie. Tout juste un feu de paille.

Pázmány quitta la salle des archives et revint vers son bureau. Prakash le happa dans le couloir.

— Viens, dit-il. Ça barde.

Il l'entraîna jusqu'à la pièce du fond. Boro téléphonait toujours. Il masqua le combiné de sa paume et dit :

— Appelez Fiffre.

Puis il reprit sa conversation téléphonique. Pázmány disparut dans le couloir. Prakash s'approcha de la carte posée sur la table.

— Oui, mon cœur, disait Boro. Je te le promets. Tu es un ange. Rappelle-moi.

Il raccrocha.

— C'était Anne Visage, dit-il.

Ses traits étaient tendus.

— Elle est en liaison permanente avec les socialistes de Barcelone. J'ai aussi appelé l'U.P.I. à Londres et l'ambassade de France à Madrid.

— Moi, j'ai eu Lazareff...

La porte s'ouvrit sur Germaine Fiffre. Pázmány entra à son tour. Il était suivi par Bertruche, qui se tenait l'oreille.

— Germaine, demanda Boro, j'ai besoin de savoir comment on peut aller en Espagne.

— En train, pardi !

— Pas sûr. Je ne sais pas s'ils passent la frontière.

— En voiture !

— C'est pareil... Au fait, ajouta-t-il pour lui-même, et la Voisin ?

Il inscrivit une note sur un morceau de papier. Puis, revenant à sa comptable :

— Renseignez-vous vite, Germaine. C'est urgent.

Elle secoua la tête.

— Cela n'est pas de mon ressort, monsieur, répondit-elle avec fermeté.

— Germaine, insista Boro. Nous avons besoin de vous.

— Je m'occupe des chiffres, monsieur. C'est déjà bien assez.

— Germaine ! Ne discutez pas. Faites ce qu'on vous demande, intervint Pázmány.

— Il est fini le temps des bêtes de somme ! s'entêta le souffre-douleur de ces messieurs.

— Que ferions-nous sans votre grande compétence ? risqua Prakash avec une sorte de respect dans la voix.

— Vous êtes... Vous êtes un phare dans la tempête ! renchérit Boro qui souhaitait en terminer au plus vite.

— Pas de flagorneries à double sens, je vous prie, dit la Fiffre en pinçant les lèvres. Rien ne m'échappe ! La grande girafe vous salue bien.

Elle tourna les talons avec une suprême dignité.

— Germaine Fiffre ! tonna Boro. La coupe est pleine ! Je vous demande de m'apporter des renseignements sur le passage de la frontière espagnole !

— Si vous employez ce ton de commandement, vous entrez dans le domaine de l'arbitraire. Je me verrai contrainte à la grève.

— D'accord, mais après.

La Fiffre gonfla les joues et rassembla ses pieds. Elle se raidit imperceptiblement, dressa la tête toute droite et, dans un souffle, lâcha :

— Messieurs, j'ai l'honneur, ce jour courant, de vous présenter ma démission.

— C'était bigrement bien envoyé, Germaine, approuva Prakash. Mais faites vite pour cette histoire de train.

— Voyez aussi l'avion, les voitures, les passeurs, les mulets et tout le saint-frusquin, ajouta Boro, penché à nouveau sur la carte.

Pázmány s'inclina galamment devant la comptable et la raccompagna avec cérémonie jusqu'à la porte.

— Votre cœur est doublé d'une feuille d'or, lui glissa-t-il à l'oreille. Nous sommes tous fous de vos hanches.

Et comme la Fiffre faisait volte-face pour lui flanquer une beigne, il referma le battant sur elle.

Boro décrocha ses deux téléphones et se leva.

— Qui commence ?

— Pas moi, se récusa Bertruche. Je suis pour ainsi dire sourd.

— Difficile de faire vraiment le point, fit Pázmány. Les gazettes sont d'une discrétion exemplaire, et la radio serine la même chanson : à part le bombardement du Maroc, il ne se passe rien.

— C'est pour tromper la population et ne pas distribuer les armes. En fait, il en va tout autrement.

Boro tourna la carte afin qu'elle fût face à ses deux camarades.

— Ça a commencé cette nuit au Maroc. Là. Et aux Canaries. Ici.

Son doigt revint à la Péninsule.

— Toute l'Andalousie s'est soulevée. Séville, Cadix, Cordoue, où il y a encore des duels d'artillerie. Algésiras et Xérès sont tombées sans un coup de feu. A Grenade, les anarchistes et les communistes ont réussi à bloquer les rebelles. A Malaga, on se bat.

Il y eut un silence.

— Qui se soulève ? demanda Pázmány.

— Les garnisons. Elles sont appuyées par la Phalange et souvent par la garde civile. Il n'y a que les milices de gauche pour s'opposer. Et tout est parti du Maroc parce que c'est là que se trouvent les forces les mieux entraînées et les plus antigouvernementales... Il suffit que ces troupes passent le détroit de Gibraltar pour que l'Espagne soit foutue.

— Pas sûr, intervint Prakash. Lazareff dit que le plan des conjurés a partiellement échoué. Ils voulaient prendre simultanément le Maroc, Madrid, Séville, Pampelune, Barcelone et Valence. Après, ils auraient renforcé leurs positions avec les armées du Maroc. Madrid n'a pas bougé et Barcelone non plus.

— Le *Petit Journal* a un envoyé spécial à Barcelone, compléta Pázmány. Il devait couvrir les Olympiades. Le type dit que personne ne sait ce qui se passe. Les communications sont coupées et les villes se débrouillent seules, sans ordres.

— Les responsables appellent et tombent soit sur des fidèles, soit sur des rebelles, reprit Prakash. Les premiers demandent ce qu'il faut faire, et les seconds hurlent « Vive le Christ-Roi ! » ou « ¡ Arriba España ! ». On en est là.

— Qu'est-ce que voulait Lazareff ? demanda Boro.

— Que tu ailles en Espagne pour eux.

— Parfait.

— Tu y vas ?

— Bien sûr que j'y vais !

— Moi aussi, dit Prakash.

— Moi aussi, dit Pázmány.

— Pas moi, dit Bertruche. Je suis sourd d'une oreille.

Les trois Hongrois se regardèrent. Ils sourirent en même temps. La porte s'ouvrit sur Germaine Fiffre.

— Il y a un express demain pour Barcelone, annonça-t-elle, raide comme un piquet. Aucun avion des lignes régulières. Puis-je rédiger maintenant ma démission ?

— Certainement, répondit Prakash. Mais cela ne servira à rien.

— Et pourquoi je vous prie ?

— Parce que nous partons. Nous n'aurons pas le temps de la lire.

— Germaine...

Elle se tourna vers le plus misérable, le plus voyou, le plus ignoble d'eux trois : Blèmia Borovice.

— Germaine, j'ai laissé une voiture en Italie. Une Voisin qui doit être dans un garage dont voici l'adresse. Pourriez-vous la faire rapatrier ?

Elle lui arracha le papier des mains et sortit en claquant la porte.

— On peut y aller avec l'Aston Martin, suggéra Pázmány.

— Trop long, objecta Prakash. Il y a plus de mille kilomètres. Il faut y être cette nuit. C'est cette nuit que tout se jouera.

— J'ai une idée, dit Boro.

Il empoigna le téléphone et composa un numéro.

— Anne Visage, demanda-t-il.

Puis il regarda ses vis-à-vis.

— Il faut couvrir Gibraltar, Madrid et Barcelone.

— Je prends Gibraltar, dit Pázmány.

— Et moi, Madrid.

— J'irai donc à Barcelone, soupira Boro.

Il approcha soudain le combiné de son visage :

— Mon cœur ? Pardon de te déranger encore...

Il lança un clin d'œil à ses camarades.

— Il faut que tu me rendes un service... Un très grand service. Demande à Pierre Cot s'il n'aurait pas un avion à vendre. Un vieux truc. Je suis acheteur, à condition qu'on ait quitté le Bourget avant cette nuit...

Et il raccrocha. A ses deux complices qui le considéraient les yeux ronds, il dit seulement :

— Je ne peux pas conduire. Mais piloter, pourquoi pas ?

La jeune fille et le prisonnier

Liselotte lisait et relisait la lettre postée deux jours auparavant depuis la gare de Saillagouse, Pyrénées-Orientales. La belle écriture régulière de Jofre Costabonne étalait sa générosité sur deux feuillets complets.

Le père de Christophe lui apprenait qu'il avait quitté Gervaise, laissant la cirrhotique à son peignoir en friche et à son gros bleu qui tache. Adieu, Villeneuve-Saint-Georges ! Il était retourné au pays. Pour fêter son arrivée, il avait mangé une fameuse cargolade, deux bonnes douzaines d'escargots arrosés d'un pacherenc, un blanc qui, à son avis, tenait en échec par son moelleux tous les jurançons au goût de cannelle. Après, il avait taquiné un gibier en l'accompagnant d'un madiran de 1926, gardé par sa pauvre mère, un rouge puissant et fier qui, après dix ans de cave, se donnait des allures de vieux xérès.

Liselotte souriait. Elle imaginait Coque-à-ressort tranchant son pain avec son couteau catalan. Le conducteur de locomotives avait rempilé sur la ligne du train jaune de Cerdagne. Il parlait ponts et viaducs, automotrices et freins à air comprimé. Il joignait à la lettre une photo d'amateur. Il était le deuxième à partir de la droite — cinq cheminots hilares posaient devant le viaduc Séjourné de Fontpédrouse dont les piles aérées de lunules enjambaient la Têt aux ravins escarpés.

Liselotte consulta sa montre et croisa le regard louche de Paris-Sports émergeant de dessus sa feuille de courses.

— Te fais pas de mouron, dit le spécialiste du turf. Il est que moins le quart. Ils seront là dans les temps !

— Je ne m'en fais pas, dit Liselotte.

Par téléphone, elle avait commandé la Traction avant pour moins dix, dernier carat.

Elle savait que Boro avait modifié les termes du contrat passé avec les hommes de Pépé l'Asticot. Moyennant finance supplémentaire, les harengs du Topol avaient accepté de protéger encore l'orpheline à condition qu'elle cessât de faire du scandale sur la voie publique. Elle avait promis tout ce qu'on avait voulu, et seulement pour avoir la paix. Boro rassuré, elle se sentait les coudées plus franches pour poursuivre ses initiatives secrètes.

Au cours d'une mémorable soirée de fous rires passée chez Paris-Sports, elle avait conclu un pacte inattendu avec les nénesses de l'Asticot. Après plusieurs blancs gommés, les participants à cette folle réunion étaient tombés d'accord sur une procédure simplifiée. Désormais, afin d'arranger la vie de chacun, si la jeune fille souhaitait se rendre en un lieu éloigné, il lui suffirait de téléphoner à ses protecteurs. Dans le quart d'heure qui suivrait, la Traction avant de Pépé pointerait le reflet de ses ailes. Un chauffeur enfouraillé transporterait Mlle Liseron (comme l'avait surnommée Casse-poitrine) à la destination de son choix.

Depuis, Liselotte était aux anges, persuadée qu'elle avait mille fois raison de vivre sa nouvelle vie sans avertir son ami Boro des arrangements conclus à l'amiable.

Elle farfouilla dans ses poches. Le précieux papier était là.

Elle releva la tête et vit le garde-boue de la Citroën s'encadrer dans la porte.

— Bon ! J'y vais, dit-elle à l'attention de Paris-Sports.

— C'est ça ! Te perds pas !

Elle passa le rideau de perles en courant. Casse-poitrine lui ouvrit la portière.

— Où va notre joli petit Liseron, ce matin ?

— A la Santé !

Le voyou grimaça. Il s'installa au fond de son siège et resta les deux mains à plat sur le volant.

— A la prison de la Santé, répéta Liselotte. Et ne me fichez pas en retard !

— Pont au Change, Palais de Justice, Boul-Mich', récita Casse-poitrine, abasourdi. Je peux y aller les doigts dans le nez...

— Alors, qu'est-ce qu'on attend ? C'est la destination qui vous chagrine ?

Le barbeau à chaussures blanches joua sur les pédales et embraya comme pour un casse.

— Au début, ça surprend, admit-il. C'est la première fois que je vais là-bas en touriste.

Il connaissait si bien le chemin qu'ils prirent à peine vingt minutes pour arriver sur les lieux. La rue de la Santé était droite et déserte. L'été avait pris possession du macadam. Il traçait un sillon étouffant. L'ombre était du côté prison.

Casse-poitrine eut un geste du menton en passant devant l'entrée de la maison d'arrêt et alla se ranger une cinquantaine de mètres plus loin, le long du mur d'enceinte.

— C'est physique, s'excusa-t-il. Je ne peux pas me garer devant le perron du bigne sans penser que je vais être jeté par les chaussettes à clous ! Si ça ne vous fait rien, je vous attendrai au coin du boulevard Saint-Jacques...

— Pourquoi pas au petit café en face ?

— Je ne tiens pas à ce que mon passé me saute au visage, avoua le julot en dégrafant son col de chemise.

Sitôt que Liselotte eut claqué la portière, il embraya sans se retourner.

Elle fit quelques pas en courant. Son cœur battait follement. Elle se tordit la cheville et accomplit le reste du parcours en marchant. Elle sonna. Un judas s'ouvrit. Des yeux la scrutèrent. Une gâche se libéra, commandée de l'intérieur. Elle passa le portillon taillé dans le grand vantail, sortit le droit de visite de sa poche et le tendit au surveillant qui l'accueillait sous la voûte.

Elle suivit un porte-clés qui l'entraîna sans un mot par les couloirs. Les brodequins neufs du fonctionnaire couinaient. Après une succession de grilles qui s'ouvraient avec des clés et se refermaient de la même manière, le gardien l'introduisit dans une salle basse, toute en longueur. Sitôt passé le seuil, on avait une impression de renfermé. Une odeur de désinfectant rôdait le long des murs. Une dizaine de femmes se trouvaient déjà dans cette sorte d'antichambre. Elles s'étaient réparties sur les banquettes de bois aux accoudoirs polis par l'usage.

Liselotte prit place entre deux d'entre elles. Au bout de trois minutes environ d'un silence troublé seulement par les toussotements d'une créature sans âge et les échos lointains des croquenots martelant le dallage, la porte par laquelle était entrée la jeune fille s'ouvrit à nouveau sur le gardien. Il introduisit une femme grasse et couperosée, boutonnée dans une robe à fleurs. Ses jambes étaient anormalement gonflées.

La nouvelle venue racla sa gorge et béquilla dans l'allée. Liselotte baissa les paupières. Elle entendit un frôlement de savates sur le ciment. Une paire de charentaises s'encadrèrent dans son champ visuel.

— Laisse-moi ta place, petite. Tu vois bien que je ne peux pas arquer.

— Oui, madame.

— Huit gosses, soupira la matrone. T'as qu'à essayer.

Si le porte-clés n'avait pas frappé dans ses mains, Liselotte se fût peut-être enfuie. Ici, elle se sentait une personne déplacée.

— Parloir !

Elle resta une fraction de seconde figée sur place alors que toutes ses semblables se ruaient vers une poterne à la serrure imposante qu'un surveillant venait d'entrebâiller.

— Eh bien, aide-moi ! Qu'est-ce que t'attends ? dit la grosse femme.

Elle prit appui sur l'épaule de la jeune fille comme sur une rampe d'escalier et clopina à son tour en direction de la porte basse. Flanquée de cette escorte, Liselotte déboucha dans le goulet d'un nouveau couloir qui sentait l'eau de Javel et l'encaustique. Le propre et le sale. Il courait le long de guichets communiquant grâce à des grilles renforcées d'un treillage serré. Derrière chaque guichet se tenait un prisonnier. On apercevait seulement une succession de visages blafards éclairés par un vitrage percé très haut sous le toit. Des mains se tendaient au travers du tamis. Une suite de murmures courait comme de l'eau.

— Je vais tout au bout, dit la grosse mégère. Avance. C'est là qu'il est, mon homme.

« Si Boro me voyait ! » pensa Liselotte.

Elle se remit en marche et, à mi-chemin de la galerie, reconnut le visage inquiet de Dédé Mésange qui la cherchait des yeux.

— Avance ou on y sera demain ! exigea la matrone.

Liselotte soutint le fardeau de chair molle jusqu'au bout de la travée. Elle entrevit le mufle roux de son mari et rebroussa chemin en courant.

— Doucement, là-bas ! aboya aussitôt la voix grave d'un surveillant.

Elle s'obligea à parcourir les derniers pas en douceur.

La débâcle s'empara d'elle dès qu'elle ancra son regard aux prunelles fiévreuses de Dédé Mésange. Le garçon s'était à demi soulevé de son escabeau. Sentant fléchir la résistance de ses jambes, Liselotte se laissa glisser sur son tabouret. Elle plaqua ses mains contre le treillage, touchant les paumes de Dédé. La jeune fille et le prisonnier s'abandonnèrent au vertige du souvenir. Au bout d'un temps infini, Dédé murmura d'une voix blanche :

— Je t'aime !

Et elle pensa aussitôt qu'il n'aurait jamais dû prononcer ces mots-là parce que maintenant sa gorge était nouée. Elle était incapable de lui crier son propre amour.

— Chougne pas, lui dit-il, ça fait gonfler les yeux et ça empêche d'être en colère.

Il semblait si dur ! Tellement abandonné et résolu à la fois !

— Quand je sortirai, je leur sauterai à la gueule ! maugréa-t-il entre ses dents.

— Tu ne feras rien de semblable, répondit-elle en avalant sa salive. Je vais te faire libérer et nous nous marierons. Je veux être ta femme.

Sa voix était douce et ferme. Ils étaient comme deux enfants perdus sur une barque. Dans le flou.

— Tu sais, dit Dédé, si je ne t'avais pas, si je ne recevais pas tes lettres, j'aurais sombré.

Elle suivit des yeux l'avancée brusque de son avant-bras. Sa main effleura le grillage comme s'il avait voulu caresser l'ovale de son visage.

— Heureusement que tu es là, bouton-d'or ! T'es mon petit vélo dans la tête !

Elle remarqua qu'un nouveau tatouage s'était ajouté aux initiales M.A.V. Autour d'un poignard s'enroulait un serpent. Il capta son regard.

— C'est la vengeance, dit-il simplement.

Elle baissa les paupières.

— As-tu vu Brunel ?

— Le bavard ? Oui. Il est venu me baratiner. Il a dit que ce serait long et que ça coûterait un max. C'est un mec qu'il faudra l'arroser si on veut qu'il bouge...

— Je me débrouillerai.

— Comment tu feras ? Tu fabriqueras de la fausse monnaie ?

— Je vais alerter l'opinion publique. Si la presse s'en mêle, les juges seront obligés de te relâcher.

— Pas sûr ! N'oublie pas que je suis déjà tombé une fois. Ils diront que je suis récidiviste.

— J'ai l'appui d'un jeune rédacteur. Il enquête sur la soirée d'Ivry.

— D'après ce que je comprends de tes lettres, c'est juste un boutonneux !

— J'ai confiance en Philibert. Je suis sûre qu'il a du pif.

— Philibert ! Arrête de te plonger la tête dans un seau d'eau !

De rage, Mésange s'était rejeté en arrière. Entre eux, soudain, il y eut comme une caverne de glace. Liselotte promena un regard effrayé autour d'elle et vit sa voisine approcher sa bouche du grillage pour que son ami sente son souffle. Ils essayaient un baiser.

Liselotte balbutia :

— Dédé, nous n'avons pas le choix. Nous sommes obligés d'avoir confiance.

— Ton histoire de journaux, je n'y crois pas ! Personne ne voudra se mouiller !

— Si ça ne suffit pas, je remuerai les syndicats.

— T'as pas pigé, Lise... C'est monumental, mon affaire ! Les ordres viennent d'en haut. Je suis le bouc émissaire d'un truc qui nous dépasse.

Soudain, ils sursautèrent. La voix métallique d'un des surveillants vibra contre la membrane d'un porte-voix.

— Parloir ! Plus que deux minutes !

Dédé donna un coup de tête en avant. Il resurgit dans une lumière d'aquarium.

— Si tu me faisais passer une lime, je pourrais tenter la ripe, dit-il en se penchant vers elle.

— T'évader ? Tu n'y penses pas ! Ce serait t'enfoncer davantage. Sans compter que tu n'as aucune chance de réussir.

— Je passerai en Espagne. J'irai avec les républicains. C'est ma place.

— Le parloir est terminé ! annonça le haut-parleur.

Aussitôt, on entendit des raclements de siège, une sorte d'amplification du brouhaha.

Liselotte ouvrit son sac.

— Je t'ai apporté du chocolat, des cigarettes et un pain d'épice dans une boîte métallique.

— Il faut que tu les donnes au maton en sortant. Ils ouvrent tout. Ils taillent les pains et saccagent les emballages.

La porte située derrière Dédé s'ouvrit brusquement. Un homme à casquette plate apparut dans l'embrasure. Derrière ses épaulettes de l'administration pénitentiaire, on distinguait le reflet bleuté d'une ampoule, une muraille peinte à la chaux.

— Mésange ! C'est fini la bagatelle !

— C'est Tour-de-vache... Un sacré fumier, murmura Dédé en se courbant vers l'avant. Quand reviendras-tu ?

— Dès que ce sera possible. La semaine prochaine, je pense.

La main du gardien tordit le col de la veste de coutil dont était revêtu le prisonnier et le leva de force.

— Ce soir, mon pote Mésange, il y a beaucoup de patates à éplucher. Tu vas pouvoir monter en première ligne !

Liselotte fit un geste d'adieu. Son amoureux fut balayé comme une mauvaise poussière, poussé sans ménagement par la poigne bestiale du gardien qui lui avait retourné un bras derrière l'omoplate. La jeune fille avait envie de pleurer.

Les bruits de pas tombaient comme une averse. La plupart des femmes avaient déjà franchi la porte de la salle d'attente.

— C'est bien de m'avoir attendue, ma poule, dit la mégère en s'approchant de Liselotte à pas traînants.

Elle crocheta le poignet de la jeune fille et, chavirant des hanches, l'entraîna dans son sillage. Le surveillant-chef faisait le pied de grue en secouant ses clés.

— Monsieur, je peux vous confier cela ? demanda Liselotte au passage. C'est de la nourriture.

— Donnez toujours.

Il prit le paquet d'un air suspicieux, regarda à qui il était destiné et referma l'huis derrière les deux visiteuses.

— Il est moche, hein, mon gorille ? ricana la mégère.

Elle s'arrêta de clopiner et se pencha à l'oreille de Liselotte :

— J'aurais bien voulu supprimer ce bon dieu de monstre du tableau, ma petite ! J'ai essayé la mort-aux-rats !

— C'est horrible, ce que vous dites là !

Liselotte la dévisagea un moment avec effroi. Elle ne vit que rudesse au fond de son regard.

— C'est la faute à la misère ! J'ai attrapé tellement de mioches avec son sirop d'homme que j'ai fini par fermer les yeux sur son manège. Il cavalait après ses filles ! Mis à part l'arsenic, qu'est-ce que je pouvais essayer sur un lubrique pareil ?

Liselotte lui échappa brusquement et détala vers la sortie. Cette femme lui donnait des frissons. Elle la détestait. Dehors, aplati comme une grande assiette blanche, le soleil attendait.

Un certain Phil Fandor

La jeune fille reprenait son souffle lorsqu'elle vit une silhouette rapide se détacher de la masse indistincte du comptoir de l'estaminet d'en face. Presque aussitôt, celui qui la guettait prit position en face d'elle. Il décrivit un arc de cercle autour de sa personne et elle ferma les yeux, éblouie par l'éclair d'un flash qui ajouta sa fulgurance à la luminosité du soleil.

— J'ai eu recours au magnésium pour corriger les ombres très marquées sous cet angle, expliqua une voix. En outre, pour la vérité de la photo, je tenais à vous avoir sur fond de prison...

Bien qu'il eût changé de coiffure, de costume et d'apparence, Liselotte reconnut sans peine l'adolescent.

— Mon Dieu, Philibert ! De quelle pochette-surprise sortez-vous ? Qui vous a dit que j'étais ici ?

Le jeune Chasseron leva un sourcil mystérieux et pontifia en ces termes :

— Chère mademoiselle Liselotte, apprenez que dans notre métier d'information, nous devons être à peu près partout à la fois. Nous surgissons, nous réapparaissons... J'étais sur le point de venir vous faire mon rapport lorsque, rue des Lombards, je vous ai vue vous engouffrer dans une onze légère, celle-là même qui vous attend présentement au coin du boulevard. Le chauffeur avait des allures de poisson frelaté... Mes sens se mirent en éveil... Un taxi maraudait. Je me suis fendu d'une course !

— Comment vous êtes-vous procuré mon adresse ?

— Enfantin ! Vous m'aviez donné votre numéro de téléphone.

— Je rêve ou vous avez laissé pousser votre moustache ?

— Prenez mon bras, offrit le jouvenceau en rougissant jusqu'aux oreilles.

Il avait troqué ses pantalons de golf contre un prince-de-galles.

— Vous me devez des explications, monsieur le rédacteur. Et d'abord, où étiez-vous passé pendant tous ces jours ?

— J'enquêtais. Je risquais ma vie.

— Vous avez pris de l'assurance, semble-t-il, constata Liselotte.

Elle se retenait pour ne pas éclater de rire.

— J'ai quelques motifs de satisfaction, rétorqua Philibert avec son accent traînant.

Il ralentit soudain le pas et déclara :

— Je sais tout ! Je suis en mesure de publier un article dont le retentissement ne fait pas de doute !

— Dites-m'en plus ! supplia Liselotte.

Cette fois, elle était sérieuse.

— Le crime d'Ivry n'est pas imputable à Dédé Mésange. Il a été perpétré par les membres d'une association secrète qui s'appelle la Cagoule.

— Comment savez-vous cela ?

— J'ai remonté la piste. A Ivry, j'ai interrogé des sous-officiers. Des traîne-sabre qui m'ont enivré pour se payer ma tête. Je me suis alors tourné vers des militaires du contingent. Ces derniers m'ont communiqué le nom de l'officier en charge du magasin d'armes à l'époque du crime. J'ai appris qu'il s'occupait de la préparation militaire et qu'il ne faisait pas mystère de ses opinions d'extrême droite.

Il tourna ses yeux bleu pervenche vers son interlocutrice :

— Vous me suivez ?

— C'est limpide, Philibert ! Quel est le nom de cet officier ?

— Capitaine Jaunivert de Coquey, transféré huit jours après le meurtre à la garnison de Toul, puis à Verdun.

— Quelle coïncidence !

— Il n'y a pas de coïncidences, mademoiselle Liselotte. Il y a des conspirations !

— Avez-vous parlé à cet officier ?

Philibert se tourna vers elle.

— Mademoiselle Liselotte, connaissez-vous Verdun ?

— J'avoue que non.

— C'est une ville qui sent le sacrifice des héros. Les noms des poilus tombés au champ d'honneur sont gravés sur le marbre des monuments. Passé vingt heures, la lecture de leur liste infinie est la seule distraction envisageable pour le pékin qui a pris ses quartiers à l'hôtel.

— En somme, vous aimez les cimetières ?

— J'aime la Lorraine, terre éclaboussée de sang.

— Bon. Va pour les pierres !... Mais les officiers ?

— Les officiers ?

— Oui ! Les vivants ! Les officiers !

— Les officiers, mademoiselle Liselotte, cantonnent derrière les murs des casernes. En dehors des exercices et des prises d'armes, ils se reçoivent les uns chez les autres. C'est une société fermée.

Le jeune journaliste à boutons baissa la tête.

— J'ai courtisé la femme d'un colonel...

— Elle vous a reçu chez elle ?

— Aux heures de bureau.

— Vous l'avez bousculée sur un lit ?

— Tout juste ! Comment avez-vous deviné ?

— Et elle vous a aidé à rencontrer le capitaine de Coquey ?...

— Lors d'un dîner effrayant. Le colonel me rongeait des yeux. Il était d'un jaloux !

— Vous avez séduit de Coquey en lui racontant votre bonne fortune, je parie...

— Mieux ! Je suis entré dans ses bonnes grâces et nous avons pris l'habitude de jouer ensemble aux échecs. Je l'ai engagé au fil des soirées sur la pente des confidences. Nous avons fini par parler politique. J'ai abondé dans son sens. Il m'a proposé d'adhérer à la confrérie secrète à laquelle il appartient. « Nous avons besoin de sang neuf ! » répétait-il sans cesse.

— Et après ? C'est passionnant ce que vous avez vécu là, Philibert...

— Ce n'est pas fini ! Et vous allez mieux comprendre pourquoi j'irai loin dans l'accomplissement de mon métier de journaliste et d'enquêteur !

Il marqua un temps pour voir si elle était attentive.

— Je ne vous interromprai pas, promit-elle.

— Alors, écoutez cela, je vous prie... Un soir, j'ai posé la question fatidique au capitaine : « Que s'est-il passé le soir où le colonel Barassin-Ribancourt a trouvé la mort ? Étiez-vous présent ? » Surpris par une question aussi directe, le capitaine a levé la tête. Sa reine, pièce maîtresse, était en échec. J'allais la lui prendre. Le sang se retira de ses joues. Il se leva d'un bond. « C'était donc cela ! s'écria-t-il. Petit con ! » Il était hors de lui-même. Il m'attrapa par le collet et, détachant un poignard touareg d'une panoplie, en posa le tranchant sur ma gorge. « Tu es de la police ? Tu es une mouche ? » Sans attendre ma réponse, il fouilla dans ma poche portefeuille et découvrit ma carte de journaliste. Il était blême. « La rédaction du *Petit Parisien* est au courant de tout ! » risquai-je, à demi étranglé. « Tu mens ! » lança-t-il. Mais je sentais qu'il était ébranlé. Il desserra son étreinte et courut jusqu'au téléphone. Il demanda un numéro à Paris. Il l'annula presque aussitôt. « Je suis cuit, soupira-t-il simplement. Finissons cette partie d'échecs. » Nous n'avons pas échangé un mot pendant trois quarts d'heure. C'était un vrai soldat, il s'est défendu jusqu'à sa dernière pièce. Quand je l'ai mis mat, il m'a dit : « Tu as gagné sur tous les tableaux... Le petit communiste n'est pour rien dans l'affaire. C'est une histoire absurde. Elle nous engloutira tous. » Il s'est levé et m'a tendu la main. « Heureux de t'avoir connu. Chacun doit suivre sa pente. Je sais ce qu'il me reste à faire. » Je suis rentré à l'hôtel des Trois-Évêchés. Le lendemain, un spahi qui lui tenait lieu d'ordonnance m'apporta un pli. C'étaient les aveux écrits et signés du capitaine Jaunivert de Coquey. J'ai en ma possession les noms des coupables de l'assassinat. Dès demain, vous pourrez les lire à la une du *Petit Parisien*. L'article sera signé de la main de Phil Fandor !

Liselotte était aux anges. Elle se tourna vers le jeune homme et déposa deux baisers sonores au coin de son oreille.

— Vous êtes un type formidable ! La crème des reporters !

— Fandor, justement, répliqua l'autre.

— C'est votre pseudonyme ?

— J'ai trouvé que ça sonnait bien.

— Vous n'avez pas peur que Souvestre et Allain remuent dans leur tombe ?

— Pour ce qui est de M. Souvestre, je ne saurais vous répondre puisqu'il est mort en 1914. Mais j'ai pris l'avis de M. Allain. Il m'a paru flatté qu'un jeune homme de ma génération veuille prêter main-forte à Juve pour combattre Fantômas !

— Et de Coquey ? demanda Liselotte. Qu'est devenu le capitaine Jaunivert de Coquey ?

— Il s'est suicidé voilà vingt-quatre heures, mademoiselle. Une balle dans la tête. Le prix de la trahison.

— Échec et mat, conclut joyeusement la jeune fille. Mon amoureux va sortir... Phil, vous serez témoin à mon mariage !

Et elle s'en fut, guillerette, vers la Traction avant de Casse-poitrine.

Derrière le mur de l'oubli

Le camion roulait dans la nuit. La campagne était déserte et silencieuse. On apercevait ici et là la masse sombre et trapue d'une ferme, les contours étrangement nets d'un engin agricole abandonné en plein champ. A Navalcarnero, le chauffeur avait arrêté le véhicule pour prévenir qu'on atteindrait Madrid deux heures plus tard. Une bonne nouvelle. La première depuis le départ.

Maryika suivait le tracé de la route qui s'enfuyait derrière les ridelles. Sean dormait sur les genoux de sa mère, le visage appuyé contre sa poitrine. Anna Stenton sommeillait, recroquevillée sur le banc d'en face. Les passagers dormaient, allongés sur le plancher ou appuyés contre la bâche. La plupart étaient des femmes et des enfants ramassés sur la route, ou des paysans embarqués dans les banlieues de Séville.

On avait quitté l'hôtel Inglaterra sous le fracas des mitrailleuses, dans la nuit du 18 au 19. Quatre heures plus tôt, au moins. C'est le liftier qui avait trouvé le camion. Le chauffeur avait accepté d'emmener Maryika, son fils et Anna à Madrid, moyennant une fortune dont la jeune femme s'était acquittée dans la cave de l'hôtel. Elle avait payé pour les autres fuyards, qui n'avaient pas versé une peseta. Le chauffeur n'aimait pas les Américains.

Quand ils l'avaient quittée, Séville ne s'était pas encore rendue aux fascistes. A Triana et dans les quartiers populaires, la résistance était solide. Ailleurs, le général Queipo de Llano semblait être victorieux. Les monarchistes avaient rejoint massivement les soldats. La caserne des gardes d'assaut s'était rendue après que le chef des gardes, le commandant Loureiro, eut appelé à la reddition sous la menace d'un revolver. A trois ou quatre reprises durant la journée, Queipo de Llano avait pris la parole à la radio pour annoncer la défaite des républicains et menacer ceux qui résistaient encore. Lorsqu'elle avait quitté la cave de l'hôtel Inglaterra pour monter dans le camion, Maryika avait entendu des tirs sporadiques. La garde civile patrouillait dans les rues, crosse à la hanche, lâchant quelques rafales contre des immeubles vides. Le chauffeur avait slalomé entre des barricades désertées faites de pierres, d'armoires et de sacs de sable grossièrement empilés. L'église San Marcos était en feu. D'autres bâtiments brûlaient, résidences opulentes à demi calcinées, surmontées par de gros champignons noirs qui s'évasaient dans le ciel bleu de Séville. Les pauvres allumaient la mèche, et les riches partaient en fumée. Maryika ne savait plus à quel saint se vouer.

Elle regrettait d'être venue là, mais pour son fils et pour Anna, non pour elle-même. Elle s'était fait un devoir de répondre à l'invitation des organisateurs des Olympiades de Barcelone. Si Wilhelm avait vécu, il serait venu en Espagne. Elle avait estimé qu'elle devait le représenter et se tenir bien droite, bien visible face aux Jeux olympiques des nazis. Certes, elle n'était pas plus allemande qu'espagnole. Mais, au juste, qui était-elle ? Fuyant dans ce camion brinquebalant au milieu des fracas de la guerre, elle se demandait où était sa place, quel était son pays. Née en Hongrie, ayant commencé sa carrière d'actrice à Francfort et à Berlin, épouse de Wilhelm Speer, le metteur en scène qui l'avait fait connaître, réfugiée avec lui aux États-Unis... Sa destinée était faite de fragments, d'ébauches, de pièces maladroitement juxtaposées. Elle avait été une star internationale puis, à la mort de son mari, avant même la fin du tournage de ce film auquel il avait consacré vingt ans de sa vie — *Der Weg des Todes* —, elle avait décidé de tout abandonner pour se consacrer à son fils, à son fils exclusivement.

Il dormait, blotti contre son sein. Un enfant au teint mat, bouclé comme un agneau. Sean Speer. Quand elle le portait, elle savait déjà qu'elle l'élèverait seule, que Wilhelm était condamné. Et elle avait tout dit à son mari. Elle avait fait cet aveu qu'il ne lui demandait pas et dont elle eût pu taire la cruauté. Elle l'avait fait, car elle ne pouvait mentir à Wilhelm. Et elle savait ce qu'il lui demanderait, et qu'elle accepterait, naturellement, évidemment.

Il portait le nom de cet homme à qui elle devait tout. Speer, qui l'avait découverte au conservatoire de Budapest. Speer, qui avait décelé chez elle ce talent, cette sensibilité frémissante que les critiques du monde entier avaient applaudis après qu'elle eut tourné les trois films de sa carrière. Speer, qui lui avait apporté la gloire, le talent, un bonheur raisonnable et trop bref.

« Je suis encore jeune, songea Maryika ; j'ai épousé un mécène de vingt ans mon aîné, nous avons vécu moins d'une année ensemble, je suis veuve, j'ai un enfant, je l'emporte à la guerre. »

Le camion freina soudain, se déporta sur la droite et s'arrêta dans un gémissement de ferraille. En un clin d'œil, les réfugiés furent debout. Le chauffeur apparut à l'arrière et défit les ridelles.

— *¡ Un avión estaba bajando !*

C'était la troisième fois depuis le départ. Dès lors qu'un avion apparaissait dans le ciel, le camion s'arrêtait et les passagers descendaient se mettre à couvert.

Maryika sauta de la plate-forme, Sean dans ses bras. Elle courut sur la terre meuble vers un bosquet dont l'ombre crénelée se découpait sur le ciel sombre. L'enfant riait. Anna Stenton avait disparu de son côté. Un bourdonnement lointain rythmait la course de Maryika. Elle n'avait pas peur. Il lui semblait que personne ne la trouverait sur cette terre noire, à peine éclairée par la lune. Pour un peu, elle eût joué avec son fils qui, dans son langage d'enfant, lui demandait de courir, de courir plus vite. Trois ans plus tôt, le 30 janvier 1933 exactement, elle avait parcouru les rues de Berlin au milieu d'une foule en liesse acclamant le nouveau chancelier de l'Allemagne. A l'époque non plus elle n'avait pas peur. Pourtant, la menace qui pesait sur elle était beaucoup plus précise que celle de cet appareil traçant sa route loin au-dessus d'un pays endormi.

Elle se laissa tomber derrière les premières branches du bosquet et observa le ciel. L'aéroplane allait lentement, très haut. Il ronronnait comme un gros moustique. Deux clignotants verts signalaient son approche. Il ne s'agissait pas d'un avion de ligne, et probablement pas d'un appareil de guerre. Peut-être était-il chargé d'une mission de reconnaissance. A moins qu'il ne se fût égaré, lui aussi, venant d'un autre pays et cherchant une frontière, un abri, un point fixe.

Sean tenta de se défaire de l'étreinte dans laquelle sa mère l'enfermait. Maryika lui caressa le visage.

— Non, Sean. On reste là. Regarde, un avion.

Elle écarta les branches et tendit la main vers la lune. L'appareil apparaissait puis disparaissait entre les nuages.

— Un avion, répéta Maryika. Un avion...

— Navion, dit l'enfant. Navion...

Elle lui parlait tantôt en anglais, sa langue d'adoption, tantôt en français, la langue de son enfance. Elle l'avait apprise au côté de son père, un banquier de Paris venu s'installer en Hongrie pour y vivre avec sa femme, une fille de couturiers issue des quartiers pauvres de Pest. Ils habitaient Buda, rue Jozsef-Utcza, n° 8. Ils avaient des automobiles et un chauffeur. Ils étaient riches. Le français était également la langue qu'elle utilisait avec son cousin Blèmia et, au fond, c'était là la vraie raison pour laquelle Maryika voulait l'apprendre à son fils.

— Navion ! Regarde navion !

Boro. Sans cesse, il l'accompagnait. S'étaient-ils jamais aimés ? A leur manière, sans doute. Ils avaient vécu les quinze premières années de leur vie ensemble. Ils avaient nagé dans les eaux du Danube, mangé des gâteaux dans les pâtisseries chic de Buda, elle l'avait consolé des coups que lui infligeait Josek Szajol... Cousin-cousine. Mais combien de passion, combien d'espoirs, combien de rêves !

— Navion ! *Go on*, navion !

Maryika sourit. Elle n'avait décidément aucune expérience de la guerre. Ils se trouvaient sur un plateau caillouteux et l'endroit le plus exposé était précisément ce massif d'arbustes derrière lequel elle s'était abritée. Lui seul devait être visible d'en haut. Les autres réfugiés s'étaient allongés sur le sol, et ils se redressaient l'un après l'autre, marchant, courbés, vers le camion.

Maryika se leva à son tour. Elle prit son fils par la main et ils traversèrent le plateau désert et silencieux.

La guerre semblait s'être endormie.

Trompe-la-mort

CETTE nuit-là, le préfet Guichard réfléchissait. Dans l'après-midi, le commissariat du XIIe avait reçu la visite de la concierge du 29, rue de la Voûte. Sans nouvelles du locataire Charpaillez, la bignole avait fini par pénétrer dans la chambre du vieux célibataire. Elle y avait découvert un chambard monstrueux. Persuadée qu'il s'agissait d'un crime crapuleux, elle avait couru rendre compte aux forces de l'ordre. C'est ainsi que l'information de la disparition de Charpaillez était remontée jusqu'à Guichard.

En fait, depuis longtemps déjà, le préfet était passablement troublé par l'obstination avec laquelle Charpaillez boudait leurs rendez-vous secrets. Pour autant, il n'était pas entièrement persuadé que son mouchard fût démasqué. Bien sûr, si un malheur était arrivé à l'inspecteur à poitrine de vélo, la situation serait à prendre au sérieux. Mais le préfet avait les nerfs solides. Il misait sur son increvable macchabée comme d'autres parient sur une haridelle. Charpaillez à cent contre un !

Cependant, cette nuit-là, à trois heures du matin, Guichard empoigna son téléphone et dépêcha sur place le commissaire Ploutre avec mission d'enquêter et de retrouver coûte que coûte la trace de son collègue.

Or l'inspecteur de première catégorie Charpaillez Alphonse se portait comme un charme. Il vivait et respirait dans la brume. Il dormait à la belle étoile et couchait sous les ponts. Ses nuits avaient le goût du vin rouge. Il avait tissé des liens avec des rescapés de la marge qui avaient quitté la mistoufle régulière ou des situations de tout premier ordre pour se consacrer à la disparition de leur personne.

Alphonse s'était rallié à la cloche.

Il vivait sous le pont de Bercy, à un jet de vinasse des entrepôts. Désormais, il buvait le vin des rues et partageait la croûte des frangins sans lumière et sans gaz. Depuis les tranchées du Chemin des Dames, jamais il ne s'était senti aussi nécessaire, aussi proche de l'amitié, de la détresse des enfants du malheur et de ces vertus cardinales que sont la solidarité, la liberté, la gauloiserie.

Charpaillez revivait parce que Charpaillez n'était plus Charpaillez. Il était Trompe-la-mort. On l'avait aussitôt adopté parce qu'il avait débarqué un beau soir avec une gamelle de soupe à l'oignon, un manteau de fourrure en plein été et un prestige de légionnaire. Sa respiration si proche d'un bruit de soufflerie avait subjugué ses compagnons.

Condamné aux nuits bleues des soûleries collectives, Trompe-la-mort, alias Charpaillez Alphonse, purgeait sa peine à vivre entre deux personnages rapetassés, seigneurs de l'apéro, francs larrons des jours de foire, qui s'appelaient respectivement la Fringale et M. Pugilat. Ces clochards aux ruines somptueuses s'étaient serrés pour partager avec lui leur fée commune, une Paimpolaise qui leur distribuait alternativement ses tickets de bonne chaleur et répondait, de Bercy à l'écluse de Suresnes, au doux nom de Fariba Faribole. Pour l'état civil, elle était Marie Kerampon.

De temps en temps, Trompe-la-mort faussait compagnie à ses nouveaux copains. Il allait à la banque retirer quelque argent et prenait rencart avec le Pharmacien, son pourvoyeur de morphine. Il s'injectait sa dose de lili-pioncette et rentrait au bercail. Si les amis avaient trop faim, il cassait un billet de dix. Il disait qu'il avait ramassé sa prise dans la poche d'un riche. Il ne voulait pas donner l'impression d'avoir touché le gros lot.

Tous quatre bafouillaient des poèmes qui ne s'écrivent pas. Chaque nuit, ils dormaient comme des sacs bien tassés. S'il pleuvinait, ce qui n'était pas de saison, ils déployaient une bâche. La plupart du temps, ils ronflaient sur les bords de Seine, fleurissant gentiment sous les nuits d'été.

Si le soleil dardait, on s'abritait le visage sous un journal. Si c'était fête, Faribole mettait sa coiffe bretonne et faisait la danse du ventre. Quand la nuit descendait, elle exhibait son derrière blanc sous un porche ou à un carrefour. Une demi-douzaine de manchards restés sur un hiver de privations venaient la lorgner moyennant monnaie. C'était sa manière à elle de payer sa quote-part lorsqu'il manquait trois sous pour faire le litre. Mais toujours elle revenait vers ses hommes. Elle les appelait « mes poètes ».

La Fringale, lui, avait été artiste dans un cirque. Il lui arrivait encore de pratiquer des concours de grimaces avec un autre ancien de la piste, le clown Spinelli.

M. Pugilat avait des aigreurs d'estomac. Il cueillait des fleurs pour Fariba Faribole et compensait son âge par une immense culture générale.

Cette nuit-là, alors que Guichard s'inquiétait et tandis que Maryika voyageait, il entraîna Trompe-la-mort jusqu'à un terrain vague de la ceinture de Joinville. Côté sentier, des branches d'arbres surplombaient une baraque en planches, formant une couverture naturelle. Pugilat sortit une clé attachée à une ficelle, elle-même reliée à la corde maîtresse qui, dans sa garde-robe, faisait fonction de ceinture. Avec des mines de conspirateur il ouvrit la porte cadenassée par ses soins.

— C'est ma vraie maison, murmura-t-il en désignant le toit de tôle. Étanche ! Pas une goutte ! Rien ! Le sol est en ciment !

— Pourquoi tu n'habites pas là ?

— Tu vas comprendre.

Trompe-la-mort entra. Il en eut le souffle coupé : des monceaux de livres encombraient la totalité de l'abri.

— Il y en a pour une fortune, annonça fièrement Pugilat en griffant les poils hérissés de ses joues. Rien que des premières éditions ! Des beaux papiers avec des envois ! Tout est classé alphabétique. État de conservation parfait !

Ses yeux brillaient.

— Francis Carco, Romain Rolland, Jules Renard, Blaise Cendrars... Ils sont tous là !

Ils rentrèrent avec haltes multiples dans les bistrots encore ouverts. Leurs talons éculés cognaient sur les pavés. A force de libations, M. Pugilat avait repris son regard d'animal sauvage.

La nuit glissait alentour. La ville avait mis ses yeux de verre et maquillait la Seine. L'eau clapotait doucement. Sous chaque arbre dormait un locataire. Charpaillez savait qu'ici ses ennemis ne le retrouveraient jamais. Son oppression de poitrine le faisait moins souffrir. Il priait pour que la danse continue.

Le septième ciel

DEPUIS deux heures du matin, Pázmány attendait l'ultime minute de sa vie. Il gardait le visage obstinément baissé sur ses genoux, yeux clos, teint de cire, mains sur les cuisses. Il s'interdisait de penser afin que le grand saut ne le surprît pas dans une évocation voluptueuse qui rendrait plus difficile encore la rencontre avec la camarde, seule compagne qu'il rejetât résolument, par principe et sans discussion.

Muré dans un silence fantomatique, Prakash passait en revue ses souvenirs d'enfance et d'adolescence. Par-delà le vacarme assourdissant qui mordait ses tympans, il entendait mugir les corvidés de la Puszta et, dans l'obscurité étouffante, revoyait son père, vêtu de la chemise noire et du chapeau à large bord qu'il ne quittait que pour dormir, galoper dans la plaine hongroise à la recherche d'un taureau égaré.

Boro, lui, regardait et écoutait ce que ses amis refusaient de voir et d'entendre. Il était aux anges. Assis derrière le pilote, il fixait les cadrans, les aiguilles, le manche à balai, les manettes, l'extrémité de l'aile gauche, balisée par un feu rouge qui clignotait avec la grâce d'une œillade quasi divine. Il se tenait bien droit sur un siège métallique dont les tubulures collaient aux os, sans que le contact du fer lui causât plus d'embarras qu'un engourdissement à peine perceptible. Il ne se ressentait plus des mauvais traitements infligés par les frères Briguedeuil.

Attentif au moindre geste du pilote, il s'essayait à maîtriser le pesant oiseau de métal. Sa main gauche était levée, sa paume enserrait un manche invisible et ses pieds bougeaient sur les palonniers, à l'unisson de ceux de l'aviateur. Ses doigts allaient d'un bouton à l'autre ; il tournait le visage exactement comme son modèle et tendait le bras loin sur la droite pour tapoter, mais dans le vide, le verre d'un cadran dont l'aiguille passait d'un côté puis de l'autre du repère central. Il pilotait. Du fond de sa gorge montait un grognement inaudible qui épousait aussi parfaitement que possible les gargouillis du trois-cents chevaux Hispano-Suiza.

Il jeta un coup d'œil sur sa droite. Pázmány était muré en lui-même, absolument pétrifié. A gauche, légèrement en retrait, le visage de Prakash apparut dans le reflet blafard du plafonnier. Le Choucas de Budapest semblait dormir. Boro tendit lentement la main droite vers le cadran fou. Aucun de ses compagnons ne broncha. Ses doigts poussèrent un peu plus loin, cinq centimètres, dix centimètres... Au moment où ils allaient effleurer le tableau, Prakash poussa un rugissement.

— Borowicz !

Blèmia rabattit sa main en hâte.

— Je t'ai vu, Borowicz ! Et c'est la onzième fois ! J'ai le ventre en loque, mais pas au point de ne pas te surveiller !

Boro poussa un soupir. Sa nouvelle tentative pour approcher des commandes avait encore échoué. Prakash l'avait pris sur le fait.

— Qu'est-ce qui te fait peur ? cria-t-il en se tournant vers le Hongrois. Pourquoi n'aurais-je pas le droit de toucher à ce cadran ?

— Tu vas nous précipiter en bas ! hurla Prakash, dominant le bruit du moteur. Attends qu'on ait atterri !

— Si on atterrit, gronda Pázmány, sortant de sa torpeur.

Boro leur tourna le dos. Il les détestait. Il les détestait depuis Toussus-le-Noble où, enfin, ils avaient montré leur vrai visage. Avant, c'était facile. Trois reporters, unis comme les mousquetaires de Dumas, partant à la guerre. Trois hommes d'à peine trente ans, bardés de sacs de cuir contenant des Leica, des Rollei, des pieds, des flashes, des kilomètres de pellicule... Trois héros. Germaine Fiffre elle-même, ex-démissionnaire, râleuse et têtue comme personne, s'était laissé attendrir. A minuit, dans les bureaux déserts d'Alpha-Press, elle leur préparait encore des sandwiches.

Elle avait veillé sur le matériel, sur les tenues et les équipements, allant jusqu'à leur faire ouvrir leurs valises pour vérifier que ses trois Kirghiz n'oubliaient pas l'essentiel. Elle les méprisait parce qu'ils étaient trousse-chemises, buveurs, fêtards, qu'ils ne respectaient rien ni personne, mais ses rancœurs s'évanouissaient sitôt qu'elle les voyait partir. Alors elle les aimait par-dessus tout. Elle se disait qu'ils étaient orphelins et même un peu veufs, sans personne pour les protéger, seuls dans la vie, confiants et vaniteux

— mais quoi, les excusait-elle, il faut bien qu'ils s'aiment un peu puisqu'ils n'ont personne pour le faire !

Et la Fiffre avait le cœur en sang lorsqu'elle les vit disparaître dans l'habitacle du taxi. Ils allaient aux bombes et aux fusils, comme ça, en riant, trois jeunes gars magnifiques qui plaisantaient comme s'ils partaient à la noce.

Au moment de refermer la portière, elle n'avait pu retenir cette petite phrase qu'elle n'avait jamais prononcée pour personne, étant elle-même dépourvue de famille et seule au monde. Elle avait dit, d'une voix de ruisseau, rendue plus tremblante encore par l'émotion :

— Téléphonez-moi pour me dire si vous êtes bien arrivés.

Et tous trois étaient ressortis du taxi pour, l'un après l'autre, déposer sur ses joues duveteuses un baiser qui sonnait l'affection.

Elle leur avait réservé une surprise. A l'aéroport, un reporter de *Paris-Soir* les attendait. Considérant qu'il y avait de l'événement dans ce départ nocturne pour l'Espagne, Germaine Fiffre avait pris son courage dans une main et son téléphone dans l'autre, et elle avait appelé personnellement Pierre Lazareff qui, ébahi, avait écouté la chef comptable de l'agence Alpha-Press lui suggérer d'envoyer du monde à Toussus-le-Noble pour y portraiturer trois héros en partance. Lazareff avait jugé l'idée digne d'intérêt, tout haut parce qu'en effet le voyage de MM. Borowicz, Pázmány et Prakash valait le déplacement, plus bas parce qu'il comptait bien, grâce à ce coup de chapeau confraternel, s'assurer l'exclusivité d'un triple reportage photographique.

C'est ainsi que, fait unique dans les annales du journalisme, des reporters avaient attendu d'autres reporters pour les interroger sur leurs projets et leurs intentions. Des vedettes. Et les trois fondateurs d'Alpha-Press n'étaient pas peu fiers en posant pour le magnésium de *Paris-Soir* devant le monoplan affrété spécialement par leurs soins. Chacun d'eux s'était déjà trouvé en planque maintes et maintes fois pour surprendre une personnalité politique ou artistique, mais aucun n'était passé de l'autre côté de l'objectif. Une première...

Prakash et Pázmány avaient perdu leur superbe sitôt refermée la porte de l'appareil. Ce n'était pas un avion, à peine un coucou. Une boîte de fer-blanc prolongée par deux roues, deux ailes et une hélice. Une carcasse, un prototype de tombeau volant. Ils étaient tombés à bras raccourcis sur Boro, lequel n'avait d'yeux que pour le pilote. Ce dernier manœuvrait déjà l'impressionnante machine.

Le tintamarre des trois cents chevaux avait bien vite recouvert les vociférations des deux dégonflés.

De toute façon, il était trop tard pour descendre.

Le monoplan datait de 1922. Il avait été utilisé par l'aviateur Doret comme engin de répétition pour battre le record du monde de vitesse sur la distance de mille kilomètres, record en effet battu deux ans plus tard par le même Doret, à la vitesse de deux cent vingt et un kilomètres sept cents à l'heure.

Anne Visage n'avait pas trouvé mieux. Boro avait suggéré un vieil appareil militaire, mais Pierre Cot s'était refusé à engager l'armée, et donc le gouvernement, dans une équipée vers l'Espagne. Fût-ce par un moyen aussi détourné que la vente d'un appareil déclassé à un particulier qui l'utiliserait à des fins pacifiques. Le ministre avait opposé un refus formel à la demande de l'attachée de presse de l'Élysée. Bon prince, il lui avait cependant concédé l'adresse d'un atelier spécialisé dans le reconditionnement d'appareils hors d'usage. Lequel avait fourni le monoplan, et aussi le pilote.

Depuis le départ, l'homme n'avait prononcé que trois mots. Sans doute était-ce ceux qu'il connaissait le mieux. Il avait dit « Yves Vert », puis avait montré trois sacs déposés sur le sol de la carlingue, ajoutant « Parachutes », avant de s'installer aux commandes. Et c'était tout. Il ne répondait pas aux questions que Boro lui posait, il ignorait les tourments de vie et de mort qui assaillaient deux de ses passagers, il n'avait de regard que pour les boutons et les manomètres. Yves Vert semblait être la prolongation vaguement humaine du manche à balai qu'il tenait sans faiblir de la main gauche. Il était aussi sec que son avion, aussi discret que celui-là était bruyant, pas plus engageant que les quatre chaises métalliques, les hublots rivetés aux parois, l'ampoule bleu de Prusse qui pendouillait au plafond. Un professionnel. Un mercenaire de l'aviation civile. Un type sans pouls, sans états d'âme, qui avait accepté, moyennant compensation en billets de mille, de poser l'appareil à Barcelone et de s'en retourner aussitôt après, par voie ferrée, s'il en restait encore.

Boro lui toucha l'épaule. Yves Vert n'eut aucune réaction.

— Vous m'entendez ? hurla le reporter.

L'autre leva le pouce. Il était monolithique, engoncé dans sa veste de cuir.

— J'aurai besoin de vous pour plus longtemps...

Le pilote resta de marbre.

— Il faudrait aller à Madrid...
— Jamais ! meugla Pázmány.
— D'abord à Madrid, puis au Maroc...
— Boro, si tu fais ça, je reprends mes parts ! cria Prakash.
— Vous pourriez aller à Madrid ? s'entêta Boro.

Yves Vert dressa l'index et le secoua, une fois vers la droite, une fois vers la gauche. Prakash et Pázmány se réinstallèrent dans un mutisme inquiet. Boro éloigna son visage du siège du pilote et fixa avec une attention gourmande le manomètre déréglé. Quinze minutes passèrent. L'avion fut pris dans un mouvement d'air qui promena la carlingue vers le bas avant de la relancer vers le haut. Un gémissement s'échappa de la bouche de Pázmány. Boro prit son élan, se souleva de quelques centimètres et sa main alla toucher le cadran si longtemps convoité. Il se tourna vers Prakash et lui tira la langue. Yves Vert dressa le majeur. Boro se pencha.

— On atterrit dans deux heures, dit le pilote.
— Je ne vous savais pas si bavard, répondit Boro.

Et, tendant les mains devant lui, il reprit le pilotage de son avion imaginaire.

Il devenait si adroit qu'il se sentait capable de réussir un atterrissage parfait sur une pomme.

Une odeur de brûlé

ALDO Cosini se frottait les mains.

C'était la première fois depuis sa débâcle aux Galeries Lafayette que l'organisation lui confiait à nouveau une mission. Éloigné de l'action, contraint de vivre en reclus dans la villa de la Jonchère, son éviction des instances dirigeantes lui avait pesé. Il était cantonné depuis plusieurs mois dans le rôle humiliant de gardien de sous-bois, de laveur de voitures, de jardinier de parc.

Il avait accepté la décision de ses supérieurs avec humilité. Au reste, avait-il le choix ? Notre homme savait pertinemment que la seule réponse à sa rébellion eût été son élimination pure et simple par les Groupes Z du C.S.A.R.

Cauteleux à souhait, le petit Italien avait tout fait pour regagner l'estime de ses chefs. Il avait élaboré des plans et des stratagèmes grâce auxquels il s'était poussé du col. Ainsi, lors d'un passage éclair de Deloncle et du général d'aviation Duseigneur à la villa, le Jaunet des Abruzzes avait marqué un excellent point avec son projet de code secret. Ce dernier était établi selon un processus de cryptographie fort classique, mais permettait d'envoyer des messages par porteur. Il suffisait que le commissionnaire emportât avec lui un livre anodin et que, par exemple, les pages 7, 18 et 13 en fussent marquées d'un point, pour que ces trois chiffres signifient septième page, dix-huitième ligne et treizième lettre. A supposer que ce caractère fût un « L », il marquait le début d'un alphabet qui valait pour un message communiqué par un autre abonné. « L » pour « A », et ainsi de suite.

Il suffisait d'y penser.

Cosini sifflotait. Au contact du bon air de la banlieue, la géographie de son ictère avait quelque peu reculé. Ses pommettes s'étaient colorées d'un soupçon de rose poupon. Ses joues étaient plus pleines. L'homme aux cheveux gominés était en passe de regagner le crédit perdu aux Galeries Lafayette. Ganté de cuir beurre frais, il conduisait sa voiture à tombeau ouvert.

Il stoppa le petit roadster 601 devant la boucherie de la rue Ravignan, vérifia l'ordonnance de sa coiffure dans le rétroviseur et, très sûr de son apparence, descendit de la jolie voiture bleue après avoir attrapé le journal posé sur le siège du passager.

Il était sept heures pile et la boutique était fermée. Au centre de l'étal trônait une tête de veau livide dont les naseaux étaient parés d'une décoration de persil.

Cosini leva la tête en direction du premier étage. Les volets de l'appartement étaient ouverts. A l'exception d'une fenêtre opacifiée par un voilage à l'aspect de velours, les croisées laissaient entrer le soleil.

« Ils sont là, pensa l'ancien sous-chef de rayon en fixant les rideaux tirés. Je vais leur donner le choc de leur vie ! »

Il emprunta un escalier qui sentait la tripaille et le boudin, puis sonna longuement à la porte palière.

L'huis s'ouvrit presque aussitôt. Cosini orienta son regard vers le sommet de la montagne. Sertis dans la graisse, les petits yeux de Pierre-Joseph le dévisageaient sans aménité. L'ogre mastiquait, la bouche grande ouverte.

— Diantre, grosse galoche ! Vous mangez l'entrecôte saignante en guise de croissants ! fit observer Cosini.

Au fond de lui-même, il ne vouait aucune sympathie aux frères Briguedeuil.

Il repoussa la ptôse abdominale et s'introduisit dans le logement. Une odeur d'échalote le mena jusqu'à une pièce tapie dans le clair-obscur de ses tentures. Une ampoule de quarante watts éclairait chichement une toile cirée à carreaux rouges et blancs surchargée de plats fumants et de bouteilles à demi vides. Paul-Émile, attablé devant une pièce de bœuf, avait également la bouche pleine. Il dévisagea l'Italien, émit un grognement et reprit sa mastication.

— Qui est ce petit homme ? demanda la forte femme qui occupait le troisième tiers de la table.

— Nous le connaissons à peine, maman, dit Pierre-Joseph en reprenant sa place devant son assiette. C'est quelqu'un que nous ne fréquentons pas régulièrement.

— Que vous veut-il, mes chers petits ? Faut-il lui mettre une assiette ?

Cosini leva la main en signe de dénégation.

— Je vous remercie, madame. A cette heure matinale, je préfère les biscottes. Et puis je mange comme un oiseau.

— Voilà qui ne m'étonne pas, dit l'effrayante personne.

Elle fixa Cosini de ses yeux de rapace et ajouta :

— Votre faciès m'indique la proximité d'un malheur. Il y a malaise.

— Je suis venu en ami, assura Cosini.

— Sauce ton plat, petite maman, dit Paul-Émile en ponctuant sa phrase d'un choc de son coude sur le plateau de la table. Sinon, ce sera froid.

— Attends la fin du repas avant de nous déballer ton sac, dit Pierre-Joseph en se tournant vers le messager de l'organisation. Maman a le cœur fragile. Nous lui épargnons les émotions.

— Êtes-vous porteur de mauvaises nouvelles ? s'inquiéta la vieille dame en dardant une fois encore son regard aigu sur cet hôte impromptu.

— Ma foi, c'est bien possible, répondit l'Italien.

Il s'assit sur l'unique chaise vide de la pièce et posa ses mains en évidence sur la toile cirée. Un sourire innocent s'afficha sur son visage reposé.

— Quelle belle famille française ! ronronna-t-il.

— Reprends du jus avec ta viande, Pierre, commanda Mme Briguedeuil mère. Et donne-moi du vin.

— Oui, maman, obtempéra le boucher en empoignant délicatement le col d'une bouteille de châteauneuf-du-pape.

Il versa le nectar en prenant bien garde de ne pas maculer la toile cirée. Mme Briguedeuil commença à découper son entrecôte. Un bruit de mastications conjuguées unit brusquement la denture des trois personnes. Cette association gloutonne exprimait le sentiment lointain d'une frustration grave.

— Je propose que vous finissiez votre petit déjeuner rapidement, risqua Cosini, et que vous m'écoutiez avant le fromage et la poire.

— Jamais de fruits ! tonna M. Paul.

— Maman a fait des profiteroles, enchaîna Pierre-Joseph.

— Ce que j'ai à vous dire est urgent. Je vous prie de ne pas prolonger vos agapes au-delà d'un temps raisonnable, que je juge écoulé.

Cosini brandit le journal qu'il avait apporté et le déplia devant les yeux congestionnés des convives. Un gros titre barrait la une du *Petit Parisien* : « Ils ont osé ! Jusqu'où iront-ils ? »

Les deux frères remarquèrent aussitôt la photo de Liselotte. La jeune fille se tenait devant la porte de la prison de la Santé.

— Le vif-argent de la cabine téléphonique ! s'étrangla Pierre-Joseph. Mes mains deviennent froides ! Le petit pigeon que je n'ai pas étouffé !

— « Liselotte Declercke : il faut que justice soit faite... » ânonna Paul-Émile en déchiffrant la légende. « Relâchez les innocents... Incarcérez les vrais coupables ! »

— Eh ! Les enfants ! s'exclama Mme mère en chaussant ses lunettes, mais n'est-ce pas notre nom qui est écrit là, dans le cadre du milieu de la page ?

— La célébrité ! hurla Pierre-Joseph. Enfin !

— Ils disent d'aller voir à la page deux, remarqua M. Paul.

Le Pachyderme avança la main vers les feuilles, s'en empara et déploya le quotidien.

— Bordel sang ! gronda-t-il, nos photos en pleine page ! Le reporter boiteux n'a pas respecté la trêve !

— Voilà ! Tu aurais dû me laisser le désosser ! On l'aurait achevé en Italie !

— Qu'est-ce que j'entends là ? interrogea la mère des géants. Désosser ! Achever !

— Qu'est-ce que j'apprends là ? s'étrangla Cosini en écho. Vous étiez en Italie avec le reporter ?

La surprise lui donnait un air quasi mélancolique.

— Obéir et croire, dit Mme Briguedeuil en foudroyant ses grands enfants du regard. J'exige des explications !

— Il a filé la benne, avoua Paul-Émile en glissant un regard en coin du côté de Cosini.

Et il se confessa dans l'oreille généreusement tendue de l'Italien. Celui-ci écouta, affichant la mine grave du reproche. En vérité, passé la première surprise, il était enchanté : derrière le récit des frères Briguedeuil se dessinait la marque de sa propre réhabilitation.

— Vous vous êtes bien gardés de parler de vos bourdes à qui de droit ! s'emporta-t-il au terme de la confidence. Voilà qui peut vous emmener très loin...

— Économie et maîtrise de soi, dit le Pachyderme en consultant la date de parution du journal. C'est du tout frais, ce canard !

— Il sera dans les kiosques et entre les mains des crieurs de journaux d'ici une heure, précisa l'Italien. On l'a obtenu avant la diffusion grâce à l'un de nos abonnés qui est prote au *Petit Parisien.*

Il se leva et redressa fièrement sa courte taille cintrée dans un gilet. Il mesurait avec ravissement le degré de prostration du camp adverse.

— On va venir nous arrêter, balbutia Pierre-Joseph.

— Les menottes ? L'infamie sur notre nom ? chuinta la mère. Ah ! Bravo ! Bravo ! On rêve ! Votre père se lavait les mains pour moins que cela !

— Il faut jeter nos fripes dans des valises, décida M. Paul, prendre l'essentiel avec nous et trouver une cachette. Je ne vois guère que la Jonchère.

— Je suis là pour vous y emmener, triompha Cosini. Ma voiture vous attend dehors.

— Ça m'ennuie d'avoir une dette envers toi, gronda le Pachyderme.

— J'agis sur ordre du C.S.A.R., répondit l'autre. Tu ne me dois rien.

Ils firent succinctement leurs bagages, sous les cris de Mme Briguedeuil qui ne cessait de s'exclamer que ses fils étaient des assassins.

— Et cette histoire de Cagoule ! tempêta-t-elle après avoir pris connaissance des colonnes du *Petit Parisien*. Je n'y comprends mèche ! Qu'est-ce que c'est que ces gens conspirant contre la France ?

— C'est le parti de l'ordre, maman, dit M. Paul.

— C'est l'œuvre du ciel, murmura Pierre-Joseph en enfilant ses bottes rouges d'écuyère.

— C'est une organisation scientifique.

— C'est un complot providentiel.

— Je viens avec vous, décida Mme Briguedeuil.

Elle ôta son tablier.

— Vous aurez faim tous les jours. Et je veux voir de quel ordre il s'agit.

On ne put la convaincre d'abandonner ses rejetons. Par ailleurs, Cosini voyait un avantage à la présence de la mère Briguedeuil dans l'antre de la société secrète.

Ils s'entassèrent avec le plus grand mal dans le petit roadster Peugeot. Outre sa baïonnette, le Pachyderme emportait un mauser et sa matraque télescopique. Pierre-Joseph avait chargé un demi-mouton dans la malle. Il n'oublia pas d'y joindre un assortiment de ses meilleurs tailloirs, scies à os, tranchoirs, couperets et couteaux.

— Il faut retrouver le boiteux ! déclara le Pachyderme en se serrant contre sa mère. C'est de lui que viennent tous nos maux ! Je crèverai de mes mains la paillasse de ce métèque !

— J'ai lu sur *Paris-Soir* qu'il s'embarquait pour l'Espagne, dit Cosini d'une voix anodine. Il s'est fait tirer le portrait avec ses amis au pied d'un avion. Vous ne pouvez rien contre lui dans l'immédiat... Il est chez les rouges.

— C'est trop ! rugit l'ancien boxeur en lançant aveuglément son poing contre le tableau de bord. Nos dettes sont dans les courants d'air ! Charpaillez aussi a mis les voiles ! Je lui aurais bien enfoncé mon canif dans son cul de poule !

— Il y a mieux à faire dans l'immédiat. Il faut frapper le photographe au travers de la personne qui lui est la plus chère.

Renversé sur le siège arrière, Pierre-Joseph s'illumina d'un sourire :

— Ne me dites rien, m'sieu Cosini ! J'ai tout compris !

Son front obtus se rembrunit brusquement.

— Il n'y a qu'un hic : nous ne savons pas où habite le petit jupon.

— En tant qu'ancien chef de rayon des Galeries Lafayette, je puis vous révéler qu'elle loge rue des Lombards, au numéro 23.

— Haro ! Pourquoi ne pas y faire un détour dès maintenant ? suggéra le Pachyderme.

— Je partage votre opinion, dit Cosini en freinant pour éviter un cycliste. Et je me suis muni de ceci et de cela, qui peuvent servir à votre entreprise...

Il tendit la main vers le vide-poches et en sortit un flacon ainsi qu'un petit paquet. Il les donna au Pachyderme.

— Du chloroforme et des tampons de coton hydrophile.

— On ne tue personne avec de la pharmacie ! hurla le boucher en se penchant vers les occupants du siège avant.

— Qui vous dit qu'on tue ?... On enlève ! dit Cosini.

— Pure cornichonnerie ! Ne commettons pas deux fois les mêmes erreurs ! protesta Paul-Émile. Il faut égorger d'abord et parler ensuite ! Pas vrai, frangin ?

Le Pachyderme resta muré dans un silence circonspect.

— Vous oubliez précisément vos anciennes erreurs, rectifia le fielleux Italien... En vous présentant devant les chefs avec un appât qui attirera fatalement le Hongrois dans vos filets, vous vous faites à demi pardonner. Sinon... Sinon, vous risquez d'être supprimés.

— Pardon ? hurla la mère.

— Silence, maman. On pense...

Et les deux colosses ruminèrent ce raisonnement, chacun de son côté.

— Un véhicule permettant de transporter la caille en toute impunité vous attend rue de Rivoli. Je suggère que vous vous acquittiez de votre tâche sans plus tarder. Pendant ce temps-là, je m'occuperai de votre maman. Je la conduirai à la Jonchère. C'est là que vous nous rejoindrez...

— Notre chauffeur a raison, déclara soudain Mme Briguedeuil.

Elle ferma et rouvrit plusieurs fois le galbe de ses paupières translucides sur des yeux à la pupille fixe et dilatée. Sa ressemblance avec un rapace nocturne n'avait pas échappé à Cosini. Son nez était crochu comme un bec.

— Autrefois, votre père pétrissait de la viande pour vous en faire des poupées. Aujourd'hui, mes fils, tirez les ficelles d'une poupée de chair si c'est le prix à payer pour sortir du gras.

— Obéir et croire, chuchota Pierre-Joseph.

Il s'absorba dans la contemplation de ses bottes rouges.

— Obéir et croire, répéta M. Paul.

Ses poings étaient serrés sur la bouteille d'anesthésique.

La Pasionaria

MADRID hésitait. Les conspirateurs avaient deux chefs, les généraux Villegas et Fanjul, des troupes rassemblées à la caserne de la Montaña, des armes et des directives. Mais après le premier coup de butoir du 18 juillet, les gouvernementaux avaient repris l'initiative.

Ce fut long, trop long. Beaucoup trop long. Il en coûta la vie à la République.

Le peuple n'avait rien d'autre à offrir que ses forces. Mais, sans armes, ces forces ne valaient rien. Durant toute la journée du 18, des milliers de socialistes, de communistes et d'anarchistes défilèrent autour de la Casa del pueblo et du ministère de la Guerre pour réclamer des fusils. « Aux armes ! Aux armes ! » criaient les maçons, les métallos, les manœuvres, les commis, les ouvriers du gaz, les forgerons, les chauffeurs, les artisans. « Aux armes ! »

Seule la radio leur répondait : « Peuple d'Espagne, crachaient les haut-parleurs accrochés aux devantures des magasins, peuple d'Espagne, gardez l'écoute ! Les traîtres font courir des bruits. Gardez l'écoute ! » Et les ministères restaient muets. On était en réunion. On destituait les généraux Franco et Queipo de Llano. On donnait des ordres aux officiers de la marine et, en retour, on apprenait qu'ils refusaient de bombarder le Maroc. Alors on les relevait par télégraphe, nommant les chefs mécaniciens à leur place. Mais toujours, inlassablement, on refusait d'armer le peuple. En une demi-journée, Casares Quiroga, Premier ministre déjà détesté par la droite, se fit haïr par la gauche. Il mentait aux uns, il trompait les autres. Il refusait de combattre. Usant de la censure avec une habileté de politicien consommé, il dissimulait la réalité. Mais la réalité, depuis dix-huit heures, tout Madrid la connaissait. Les traîtres répandaient peut-être de fausses nouvelles, les rumeurs confirmaient ou infirmaient, mais *Claridad*, le journal des socialistes de Largo Caballero, avait imprimé la réalité dans sa dernière édition : oui, l'armée du Maroc s'était soulevée contre la République ; oui, les garnisons de la métropole se rebellaient, elles aussi ; oui, la jonction était possible.

Rue de la Luna, au comité régional de la C.N.T., les anarchistes préparaient leurs bombes. Des gardes d'assaut armés furent mis en faction le long des grilles du ministère de la Guerre. La garde civile était consignée à l'intérieur des casernes. Place de Legazpi, femmes, hommes et enfants construisaient une barricade. A la gare de Delicias, les comités ouvriers contrôlaient les mouvements des trains.

Dans la nuit, Casares Quiroga démissionna. Il fut remplacé par Martínez Barrio, centriste, qui forma un gouvernement républicain dont les socialistes étaient exclus. Il resta cinq heures au pouvoir. Le temps de téléphoner au chef des rebelles, le général Mola, pour lui proposer d'entrer au gouvernement. Mola refusa. Le peuple, assemblé dans les rues, marcha jusqu'à la puerta del Sol. Les journalistes regroupés au central téléphonique, lieu de rassemblement de la presse nationale et étrangère, s'infiltrèrent dans la foule afin d'interroger ces manifestants qui hurlaient à la trahison tout en criant « Sol, sol, sol, des armes, des armes, des armes ! » Contrairement à son habitude, le ministre de l'Intérieur avait refusé de les recevoir. Les reporters n'avaient pas plus d'informations que les ouvriers défilant sur la puerta del Sol.

Barrio fut congédié. José Giral, ex-ministre de la Marine, lui succéda. Les haut-parleurs de Radio-Unión annoncèrent que le gouvernement acceptait la déclaration de guerre des fascistes au peuple espagnol. Et les armes, enfin, furent distribuées.

A l'aube du 19 juillet, des camions sillonnaient Madrid, fonçant en direction des sièges des syndicats U.G.T. et C.N.T. Des milliers d'ouvriers les attendaient. Ils avaient passé la nuit dehors pour protéger la ville contre les soldats. Ils patientaient. Ils patientaient depuis des heures. Ils suivaient les nouvelles diffusées par la radio, en pleine rue. Le silence avait envahi Madrid lorsqu'on avait appris que Tétouan était tombée dans la nuit, que Huesca, Jaca, Pampelune, Avila et Majorque s'étaient soulevées. Et ce fut la consternation quand on sut que le destroyer *Churruca* était parvenu à tromper la flotte républicaine, franchissant le détroit de Gibraltar et déposant des unités de l'armée d'Afrique à Cadix et Algésiras.

Mais la ville acclama les marins du *Sánchez Barcaiztegui* et ceux de l'*Almirante Valdés* qui désarmèrent les officiers rebelles pour prendre le commandement des navires.

On attendait les armes. Et les armes, enfin, furent distribuées. Soixante-cinq mille fusils qu'on s'arracha en poussant des vivats. Sauf que, sur ceux-là, cinq mille seulement disposaient de culasses. Un fusil sans culasse est comme le peuple sans armes. Privé de forces. Alors, les forces, on décida d'aller les chercher où elles se trouvaient. A la caserne Montaña. Où campaient les armées fascistes.

Ainsi débuta la première bataille de Madrid. Le peuple exigeait qu'on lui remît cinquante-cinq mille culasses. Le général Fanjul refusait. A l'extérieur, regard braqué sur les façades de pierre et de brique de la forteresse, la masse grondait. A l'intérieur, on décida une sortie. Il y eut fusillade. La troupe avait compté sur une ardeur moindre. Elle retourna entre ses murs. Elle attendit. Madrid passa une deuxième nuit blanche. A l'aube, place d'Espagne, sous la lance de Don Quichotte, les haut-parleurs de Radio-Madrid annoncèrent que Dolores Ibarruri allait parler au peuple. Aussitôt, le silence se fit sur la place. Tous les ouvriers d'Espagne connaissaient cette petite femme brune et pâle, toujours vêtue de noir, fille de mineur et femme de métallurgiste, député des Asturies, membre du comité central du parti communiste. Celle que l'Histoire reconnaîtrait comme la Pasionaria, « la Fleur de la passion ».

Au Cortes, le 16 juin, elle avait traité les députés de la droite de bandits. Dotée de dons prémonitoires, elle avait déclaré que l'internationale fasciste, dirigée depuis Rome et Berlin, avait décidé de faire son lit en Espagne. Dolores Ibarruri était respectée par les femmes en raison du combat qu'elle livrait en leur nom dans un pays où la Vierge constituait le modèle absolu de la féminité. Elle était détestée par la droite qui l'accusait d'avoir égorgé un prêtre avec ses dents.

« Travailleurs, paysans, antifascistes espagnols, debout ! commença la Pasionaria de cette voix vibrante qui savait enflammer les masses. Aux côtés des travailleurs, aux côtés du Front populaire, de vos pères, de vos frères, de vos camarades, luttez pour l'Espagne ! Femmes, femmes héroïques, femmes du peuple, battez-vous aussi auprès des hommes pour défendre le pain et la paix de vos fils menacés ! Le fascisme ne passera pas ! »

— *¡ No pasarán !* reprit la foule en armes.

Et ce cri enfla, frêle d'abord, puis violent, meurtrier, tournoyant au-dessus des barricades comme un étendard claquant devant les balles fascistes. « *¡ No pasarán !* » : le hurlement de la République allait bientôt s'étendre à l'Espagne tout entière.

Et ils ne passèrent pas. Pas ce jour-là. Trois pièces d'artillerie furent amenées par des camions à bière et placées face à la caserne Montaña. Les gardes d'assaut prirent position sur les balcons des immeubles voisins. Tandis que des volontaires dressaient des barricades sur la place, les haut-parleurs appelaient les soldats à la rébellion contre les factieux. Un émissaire du gouvernement pénétra à l'intérieur de la caserne pour demander aux mutins de se rendre. Ils refusèrent. Alors les tirs commencèrent. D'abord le canon, puis les fusils, les mitrailleuses. L'odeur de la poudre s'étendait sur Madrid. Le peuple applaudissait, montrant le poing. La caserne Montaña perdait sa pierre et son ciment. Sur les toits du bâtiment, tandis que grondait le canon, le général Fanjul réclamait des renforts aux autres casernes de la ville. Par signaux optiques, les moyens de communication habituels ayant été coupés.

Le peuple se porta à la rencontre de la colonne de secours. Et elle ne passa point. *¡ No pasarán !* Les drapeaux blancs furent hissés aux fenêtres de la caserne. Les Madrilènes marchèrent à découvert pour recevoir la reddition des soldats. On les accueillit à coups de mitrailleuses. Une fois. Une autre fois. A la troisième reddition, la foule enfonça le portail de la caserne, se précipita dans la cour, et de là aux escaliers, et de là aux étages, et les officiers rebelles furent précipités des balcons sur les ouvriers qui les attendaient en bas.

¡ No pasarán !

Les culasses furent montées sur les fusils. Les assaillants marchèrent sur la puerta del Sol et y parvinrent au moment où un camion débouchait de la calle Mayor. Il fut arrosé par des tirs venus des immeubles bordant la place. Il s'arrêta, le pare-brise vola en éclats, le chauffeur fut tué sur le coup. Les passagers descendirent par l'arrière, protégés par des gardes d'assaut ripostant au jugé aux tirs des fascistes. Le voisin de Maryika fut blessé à l'épaule. Sean hurlait, le visage enfermé dans le cou de sa mère. Elle le maintenait de force pour ne pas qu'il voie. Anna Stenton tournait sur elle-même, regard béant, bouche ouverte, découvrant avec terreur qu'elle était au centre de la cible, non plus dans une cave d'hôtel mais à l'épicentre de la guerre.

¡ No pasarán !

Trois gardes d'assaut survinrent derrière elles en criant et, les tirant par le bras, les entraînèrent dans leur sillage. L'un d'eux lança une grenade qui explosa à dix mètres. De ses ongles et de ses dents, Sean labourait l'épaule de sa mère. Mais elle ne cédait pas et courait avec les gardes d'assaut, appuyant toujours sa main sur la nuque de son fils. C'était la seule chose à laquelle elle pensât, à laquelle elle s'accrochât, et peu importaient la terreur, la douleur à l'épaule, le sort d'Anna Stenton ou le sien propre : il ne verrait pas.

Elles furent dirigées vers une cour où elles se réfugièrent tandis que les trois Espagnols repartaient au combat. Anna se laissa tomber le long de la pierre. Maryika relâcha son étreinte. Sean la dévisageait avec des yeux fous. Il ne pleurait pas, il ne criait plus. Elle lui caressa le front, hagarde, s'efforçant de retrouver son calme, une sorte de douceur. Elle sentait contre sa poitrine les battements affolés d'un cœur de petit bonhomme, et il regardait maintenant partout autour de lui tandis que le fracas alentour allait diminuant.

Maryika s'assit au côté d'Anna Stenton. Elle lui prit la main et dit :

— Nous n'avons plus rien.

— Il faudra rentrer en Amérique, murmura la jeune Américaine.

— Je vous le promets.

Sean tenait sa mère embrassée. Maryika dénoua ses bras, l'éloigna de quelques centimètres pour voir ses yeux, et dit :

— On va rentrer, mon chéri. On va rentrer *at home*.

L'enfant tremblait toujours.

Il y eut un bruit au-dessus d'eux et ils levèrent tous trois le visage d'un même mouvement.

— Navion ! murmura Sean.

C'était un Breguet XIX de l'armée républicaine parti larguer ses bombes au-dessus de Getafe.

Les gueux

L'AUTOCAR montait vers la caserne de Pedralbes. Il venait de l'aéroport. Des hommes portant des brassards rouge et noir s'étaient substitués au chauffeur et aux passagers. Personne ne s'était opposé à la réquisition. Boro, Prakash, Pázmány et le pilote étaient les seuls civils à bord : les trois premiers avaient été acceptés comme représentants de la presse étrangère, le quatrième car il était le protégé de ses compagnons. Un protégé fort récalcitrant.

Le conducteur et ceux qui l'entouraient ne prêtaient aucune attention aux Français. Ils n'avaient d'yeux que pour les rues et les avenues de Barcelone. Certains étaient armés de longs bâtons de bois. D'autres portaient des faux. Ils étaient vêtus de pantalons de toile ou de velours, de chemises blanches échancrées ou de maillots sans manches. L'un d'eux avait expliqué à Pázmány (le seul des trois qui comprît l'espagnol) qu'ils montaient vers la caserne Pedralbes, où la troupe s'était soulevée. Tout en les observant, Boro se demandait de quelles forces ils disposaient pour prétendre ainsi s'opposer à l'armée.

Il ouvrit la sacoche de cuir contenant ses rouleaux de pellicule. La pâle lueur du matin lui interdisait encore de photographier. Mais dans moins d'une heure, le soleil aurait pris de la hauteur.

Il sortit son Leica de sa poche et en déverrouilla le dos. Prakash exhiba un étui de cuir noir flambant neuf. Il l'ouvrit.

— Vois cette merveille ! s'exclama-t-il en plaçant un objectif de 90 mm sous le nez de Boro. Avec cette focale, je prendrai la balle sortant du canon ! Toi, tu n'auras ni la balle ni le canon, et peut-être même pas le servant !

— Ton optique n'est pas meilleure que celle qui me suit depuis des années, rétorqua Boro. Et j'ai acheté un deuxième boîtier. J'ai vissé un 35 mm dessus. Un grand angle qui vaut toutes les longues focales ! Je veux le point de vue de l'œil, pas celui de la machine !

— Prétentieux ! ricana Prakash.

— Et dans chaque appareil, je chargerai une pellicule de sensibilité différente : je serai prêt pour toutes les qualités de lumière. Le temps que tu fasses le point avec ta foutue optique et que tu cherches ton diaph, j'aurai photographié le champ de bataille, ses déploiements, ses balles et sa fumée.

— Il te faudra courir vite et t'exposer souvent !

— C'est un risque à prendre. Mais un reporter qui n'approche pas recule... Je te laisse ton gros objectif.

Les deux hommes se réconcilièrent sur le dos de Pázmány. Dans sa boîte à outils, le troisième larron avait soigneusement rangé un Plaubel Makina avec chambre, un Rollei de 1932 et une énorme lampe à magnésium.

— Tu pars en vacances à Blankenberge ? se moqua gentiment Prakash.

— Après Barcelone, certainement. Encore que j'hésite entre Blankenberge et Paris-Plage...

— Et avant ?

— J'essaierai de me débrouiller avec ça...

Et, tel un magicien tirant un lapin de sa boîte, Pázmány présenta à ses amis ébahis un étui en tout point semblable aux leurs.

— Leica IIa, modèle G, 50 mm Elmar. Je suis d'accord avec Boro : il faut approcher pour voir.

— Mais quand t'es-tu acheté ça ?

— Hier, avant de partir.

— On a une nouvelle devise, dit Prakash en regardant attentivement l'appareil de son ami : « Alpha-Press, l'agence qui ne se déplace qu'en Leica »...

— Hommage à l'ancêtre ! s'écria Boro.

Il leur présenta son vieux modèle C.

— Il n'a peut-être qu'un Hektor ouvrant à 2,5, mais admirez cette machine ! Je ne la renie pas !

Il tapota amoureusement les bosses et les plaies de son appareil fétiche. Le Leica perdait sa peinture par endroits, l'inscription « BORO-MARYIK » était noircie, le pas de l'objectif paraissait légèrement de guingois. Mais Boro l'aimait.

— Lui, au moins, il en a vu du pays ! Il est allé sur le terrain ! Et il ne porte pas de gants !... Vos housses, on dirait des cache-nez pour frileux !

Il glissa une pellicule dans l'appareil. Yves Vert lui jeta un regard torve.

Ils roulaient depuis un quart d'heure sur de larges artères que traversaient d'autres autocars, quelques camions arborant des drapeaux rouges et noirs, des groupes sortis d'une impasse ou d'une venelle... Tous, semblait-il, convergeaient dans la même direction. On eût dit que Barcelone s'éveillait lentement avec le petit jour. La ville apparaissait entre les replis blanchâtres du matin, s'étirant sous les couches pâles d'une ombre finissante. Seuls le vrombissement des camions, une agitation à peine perceptible rompaient cet équilibre ténu, cette étrange conciliation qui unit le soleil à la lune au passage du flambeau. Mais les apparences étaient trompeuses. Si la ville semblait vide, ce n'était point qu'elle fût endormie. Dans la nuit, les habitants des faubourgs s'étaient dirigés vers le centre, où se préparait la grande bataille de Catalogne. Depuis minuit, dix, vingt, trente, quarante cars comme celui dans lequel les trois reporters de l'agence Alpha-Press voyageaient avaient été réquisitionnés par des hommes portant faux, bâtons de dynamite et brassards, afin de se porter à la rencontre des troupes fascistes sortant de leurs murs. A Barcelone, le gouvernement n'avait pas encore ordonné la distribution des armes.

Boro regardait naître les contours de cette ville inconnue. Comme chaque fois qu'il se trouvait en un lieu étranger, il sentait croître en lui le besoin de découvrir et de comprendre.

Son regard se portait au-devant des façades, s'enfonçait sous les porches, se promenait sur les hauteurs et, n'eût été la tension régnant dans cet autocar brinquebalant, il eût posé mille questions à Pázmány, le seul des trois qui connût Barcelone. Mais il se taisait. Autour d'eux, d'ailleurs, personne ne parlait plus. Les hommes s'étaient regroupés à l'avant. Ils observaient au travers des fenêtres, appuyés aux montants des sièges. L'autocar roulait à un train d'enfer.

Boro avait passé les deux dragonnes de ses boîtiers autour du col de sa veste de lin. Il était en proie à une étrange chaleur. Ce n'était pas l'exaltation habituelle des reportages, ce pétillement des muscles et des fibres nerveuses qui s'emparait de lui lorsqu'il s'apprêtait à fixer sur sa pellicule une image particulière. Il y avait de l'angoisse en lui, une détermination presque sauvage liée à la notion impalpable d'un risque, d'un danger. Et, de même que ses voisins espagnols resserraient leurs poings sur les manches des faux, il comprimait entre ses mains la lanière de ses deux Leica, armant chaque appareil comme on tire une culasse.

On approchait de la vía Diagonal. La ville, déjà, changeait de visage. Les groupes étaient plus nombreux. Quelques soldats patrouillaient, casqués et bardés de cartouchières. Par les fenêtres ouvertes, les hommes de l'autocar lançaient des vivats que d'autres reprenaient, sur les trottoirs et la chaussée. On levait le poing. On criait des slogans. De plus loin parvenaient des coups de tambour assourdis, graves et rebondissant en écho sur les murs et les façades. Le canon.

Les individus se fondaient dans des attroupements qui grossissaient peu à peu, et Boro comprit soudain qu'il se trouvait dans une ville en effervescence qui attendait l'heure des combats. Lorsque l'autocar stoppa, au croisement de la vía Diagonal et du paseo de San Juan, il se leva et dit :

— On y va.

Prakash et Pázmány étaient déjà debout. Sans même se concerter, ils abandonnèrent leurs valises et descendirent sur le boulevard. Le pilote de l'avion se glissa derrière eux. Il regarda une fois à droite, une fois à gauche, puis détala brusquement en direction de la mer. Pázmány s'élança derrière lui. Il le rattrapa trente mètres plus loin, le prit par l'épaule et, tandis que l'autre se débattait en hurlant des mots que ni Prakash ni Boro ne saisirent, il écarta son poing et le ramena brusquement sur la figure du pilote. Celui-ci s'écroula. Pázmány revint en se massant les doigts.

— Il part. Il ne veut pas rester avec ces loqueteux... C'est ainsi qu'il les appelle.

Les loqueteux s'étaient rassemblés. Une rumeur courait parmi eux : « Ils descendent ! »

Le hurlement d'une sirène déchira soudain l'air plombé. Puis il y en eut une autre, une troisième, une quatrième... Les usines de Barcelone annonçaient le commencement de l'attaque. En moins d'une minute, l'autocar fut renversé en travers de la vía Diagonal, puis les anarchistes de la C.N.T.-F.A.I. — reconnaissables à leurs brassards noir et rouge — se mirent en position derrière la carcasse métallique. Trois camions surgirent au milieu de la foule et, sous les acclamations générales, les armes des arsenaux furent distribuées par les syndicats de la ville. Les armes, puis les balles. Enfin.

Prakash achevait son premier rouleau de pellicule. Boro commençait le sien. Pázmány, parti aux nouvelles, rapporta le plan des rebelles : ils descendraient de toutes les casernes de la ville, cinq mille soldats environ, et feraient la jonction sur la plaza de Cataluña. L'infanterie de Pedralbes, la cavalerie de Montesa, les dragons de Santiago et les artilleurs de la caserne des Docks.

Les sirènes hurlaient. Le canon frappait. Des voitures portant le signe de la C.N.T.-F.A.I. survenaient de toutes parts, stoppaient dans un déchirement de pneus puis repartaient en klaxonnant après avoir livré les armes.

— Il y a quatre casernes et le point de jonction, dit Boro en criant pour se faire entendre de ses deux camarades. Je couvre Pedralbes et vous vous occupez de la place de Catalogne.

— Prakash y va, répondit Pázmány. Moi, je parcours la ville.

— Il faudra rapporter les photos à Paris...

— L'un de nous rentrera, dit Boro. On verra bien.

Il sourit aux deux Hongrois et leva le pouce en direction du ciel.

— Ce sont des balles, pas des confettis. Ne vous faites pas mordre.

— Salut, Kirghiz ! dit Prakash en lui assenant une bourrade dans le dos. Et ne t'approche pas de trop près avec ton modèle C.

Il avait déjà disparu. Pázmány lui emboîta le pas.

Une colonne de quinze hommes se forma près de l'autocar renversé. On leur distribua des fusils et des balles. A la manière dont ils armèrent puis visèrent, réglant la hausse en un clin d'œil, Boro comprit qu'ils étaient des tireurs chevronnés et qu'on leur avait confié la mission de se porter à la rencontre des troupes de Pedraldes.

Les hommes partirent au milieu du tumulte. Partout on entendait les mêmes cris : « Vive la C.N.T. ! » « Vive la F.A.I. ! » « *¡ No pasarán !* » Et au fur et à mesure qu'on avançait, les visages se fermaient, les bras se tendaient sur les carabines.

La première colonne en croisa une deuxième, puis une troisième, et les anarchistes allaient en grondant contre les fascistes, à droite ou à gauche de l'avenue, dans le désordre et sans chef. Boro marchait à leur côté, la canne dans une main, le Leica dans l'autre. Il avait vu tomber Berlin et avait assisté, impuissant et la rage au cœur, à la victoire des Japonais en Mandchourie et de Mussolini en Abyssinie. Chaque fois, la Société des Nations s'était émue par voie de communiqué tandis que les grandes puissances s'inclinaient devant le fait accompli. Nulle part les démocraties n'avaient affronté, arme pointée devant soi, les armées de la dictature. Elles n'avaient tiré aucun coup de feu. Elles n'avaient dépêché aucune troupe. Elles s'étaient contentées de gémir doucement dans les salons, suçotant les petits fours et les bonnes raisons de la diplomatie. Sauf en Espagne. Là, le peuple prenait en main sa destinée. Il ne parlait pas, il attaquait. Il ne subissait pas, il se défendait. Voilà ce que Boro mesurait, voilà ce qu'il photographiait : la gueule froide et déterminée des premiers soldats de l'Europe se dressant les armes à la main contre le fascisme.

Il était ému. Il avait de l'espérance. De voir ces hommes en tricots de peau et en espadrilles monter le long de la vía Diagonal lui donnait l'espoir qui manquait à Paris, qui manquait à Londres, qui manquait dans toutes les capitales du monde. Il savait que son reportage ne serait pas objectif et que jamais, pour aucune raison, même pas pour être le premier ou le meilleur, il ne passerait de l'autre côté afin de montrer ce qu'on ressentait dans ces rangs-là. Il était à sa place. Il n'en changerait pas.

Les anarchistes s'arrêtèrent soudain. Et on vit les autres.

Ils descendaient en rangs serrés, trois compagnies de fusiliers, une section de mitrailleurs, armés, casqués, harnachés, prêts au combat. Sept cents hommes. Certains à cheval, d'autres à pied. Il y avait des civils parmi eux, et des moitiés de civils portant la vareuse militaire et le pantalon à pli des beaux quartiers : les volontaires. La Phalange et l'armée, au coude à coude sous la même bannière. Et tous marchaient vers les gueux, les gueux qui exploraient du regard les venelles alentour, ayant compris que les mousquetons exploseraient entre leurs mains, frappés par les boulets des deux canons que les troupes de Pedralbes s'apprêtaient à mettre en batterie.

— *¡ Camaradas ! ¡ A la calle !*

Un homme avait crié. Tous répondirent à l'ordre de contournement et Boro se retrouva seul en face des patrouilles de couverture qui, en aval des fusiliers et des mitrailleurs, glissaient le long des trottoirs. Il prit quelques photos au jugé et fila, suivant les autres dans l'une des ruelles perpendiculaires à la Diagonal. Les anarchistes remontaient parallèlement au boulevard, rapides et silencieux. Les sirènes hachaient l'air limpide. Le ciel était d'une pureté magnifique.

Boro hésita quelques secondes, puis, avisant une maison dont les terrasses donnaient sur la Diagonal, il en monta hâtivement les marches et frappa à la porte. Personne ne répondit. Plus haut, une détonation sèche éclata soudain, et ce fut comme si le mot d'ordre avait été donné : un fracas assourdissant explosa tout autour. Boro se colla contre la porte, dos au battant, cherchant du regard une ouverture sur l'avenue. Puis le panneau se déroba derrière lui. Il eut à peine le temps de se retenir au chambranle pour ne pas tomber qu'une silhouette féminine se précipitait à l'extérieur, hurlant :

« *¡ No hay nadie, no hay nadie ! ¡ Todos se han marchado !*

— Presse ! cria Boro en anglais. Presse internationale !

Mais la jeune fille avait déjà filé. Boro n'avait entrevu d'elle qu'un visage terrorisé et un petit tablier de dentelle blanche que la soubrette serrait contre ses cuisses.

Il entra et referma la porte. Il se trouvait dans une maison bourgeoise, meublée avec goût et opulence. Au fond du couloir, un escalier montait à l'étage. Il en gravit les marches quatre à quatre, déboucha sur un palier et ouvrit la première porte qui se présentait sur sa droite. Chambre conjugale, désordre matinal, départ précipité.

Il jeta à peine un coup d'œil sur le lit défait et les armoires béantes. Il se précipita à la fenêtre et parvint sur une terrasse carrelée de dalles blanches. Derrière la balustrade, il pouvait voir les casques rutilants des régiments de Pedralbes.

Il s'approcha précautionneusement. Les tirs recouvraient le hululement des sirènes. Postés dans les maisons voisines, réfugiés sous les porches ou juchés sur les arbres du boulevard, les anarchistes ripostaient aux salves des soldats. Ils étaient épaulés par les gardes d'assaut, reconnaissables à leur tenue bleu marine et à leur casquette plate. Restés fidèles au gouvernement, les gardes attaquaient en ordre, depuis le paseo de Gracia.

Photo. Photo.

Boro avait pris appui contre la balustrade et, insoucieux des balles qui claquaient, il armait et déclenchait comme une machine, cadrant à peine, vérifiant seulement la netteté et la vitesse. Il photographiait les chevaux qui tombaient, un servant arc-bouté sur sa mitrailleuse, un groupe d'officiers donnant des ordres, la cavalcade héroïque d'un homme torse nu qui se précipitait d'une rue adjacente, grenade à la main, la bouche déformée par un cri qui mourut avec lui, fauché par une rafale. La grenade n'avait pas explosé.

Boro s'agenouilla, protégé par les balustres. Il ouvrit sa sacoche, sortit une nouvelle pellicule et rechargea le Leica C.

Plus bas, les soldats de la caserne Pedralbes descendaient toujours. Ils tiraient tout en glissant lentement vers l'obélisque qui faisait le coin avec le paseo de Gracia. Ils marchaient vers la plaza de Cataluña, répondant aux tirs des anarchistes et des gardes d'assaut par un feu nourri. Mais ils avançaient, ils avançaient encore. Ils emportaient leurs blessés et leurs morts, pressés d'en découdre ailleurs, aux côtés de leurs frères galonnés, venus d'autres casernes. Et les gardes d'assaut refluaient, abandonnant sur le terrain les chevaux touchés. Certains étaient allongés sur le flanc, lançant des ruades dérisoires avant que le coup de grâce leur fût donné, une balle tirée entre les deux yeux.

Boro cessa de photographier. Il fallait économiser la pellicule. Il s'écarta de la balustrade, ajusta sa sacoche à l'épaule et revint dans la chambre. De là, il passa dans le couloir puis descendit l'escalier. Lorsqu'il parvint sur l'avant-dernière marche, la porte s'ouvrit violemment et trois hommes apparurent dans l'embrasure. Ils marquèrent un temps d'hésitation puis s'effacèrent sous la poussée d'un groupe qui portait une mitrailleuse. Une demi-douzaine d'individus se précipitèrent dans l'escalier, bousculant Boro dont la tête cogna contre le mur. L'arme disparut au premier étage. Les trois hommes n'avaient pas bougé du seuil. Ils portaient chacun un pistolet à la ceinture et considéraient Blèmia avec suspicion. Celui-ci s'aperçut brusquement qu'il se trouvait dans une maison bourgeoise, portant une cravate et des habits de bourgeois face à des hommes de l'autre bord. En pleine guerre civile.

— Journaliste ! cria-t-il en présentant son Leica.

— Français ? demanda l'un des trois gaillards.

Il portait un pull-over noir, était petit mais râblé, et affichait un sourire rusé dépourvu d'aménité. Les deux autres avancèrent vers les premières marches.

— García, occupe-toi de lui, ordonna l'homme au pull-over.

Il parlait français avec une pointe d'accent catalan. Boro allait s'expliquer lorsqu'il se trouva nez à nez avec la gueule sombre d'un Beretta.

Au premier étage, la mitrailleuse entra en batterie.

Le jeune homme et la Cadillac

Le soleil s'était levé sur les Ramblas. Ses rayons frappaient les casques des artilleurs qui, baïonnette au canon, surveillaient les hauteurs depuis le centre de la plaza de Cataluña. Sur le toit d'une maison d'angle claquait, dérisoire, le drapeau américain. Une nuée d'ouvriers et une section de gardes d'assaut observaient la troupe à distance, arme à la ceinture, attentifs et encore pacifiques : ils étaient trop peu nombreux pour affronter les fascistes.

Ceux-ci se préparaient au combat. Deux canons montés sur pneus furent amenés sur la place et aussitôt mis en batterie. Toutes les sirènes de Barcelone mugissaient, semblables au tocsin des églises qui, naguère, signalaient l'approche du danger. Au loin, on entendait les fusillades de la vía Diagonal. On se battait aussi près du port, sur le boulevard Paralelo.

Une vieille Cadillac marquée à la peinture jaune aux armes de la C.N.T. fit soudain irruption sur les Ramblas et stoppa net devant le groupe des prolétaires. Prakash prit une photo. Un homme descendit de la voiture, ignora les gardes d'assaut et s'approcha des ouvriers. Il les entraîna ensuite vers le véhicule et ouvrit le coffre. A l'intérieur reposaient des fusils de chasse et quelques revolvers.

Les armes furent distribuées. L'homme montra le poing aux artilleurs. Il était petit, très brun, la peau mate, le cheveu noir. Il portait une combinaison bleue de mécanicien. Il se détourna de la place, jeta un coup d'œil en direction des gardes d'assaut puis reprit le volant de la Cadillac. Il démarra en direction de la mer.

Prakash descendit à son tour vers le port. Des chaises en fer avaient été abandonnées sur le terre-plein central. A droite et à gauche, les cafés et les boutiques s'étaient repliés derrière leurs devantures. Des pigeons gris voletaient d'arbre en parterre. Une escouade d'anarchistes remontaient de la mer. Ils étaient armés et marchaient derrière un drapeau noir grossièrement cloué sur une hampe de fortune. Prakash prit deux photos.

Sur le paseo de Colón, les combats avaient commencé. Quelques barricades avaient été dressées à gauche de la colonne de Christophe Colomb. Les rebelles tiraient depuis les bâtiments de la capitainerie générale, reconnaissable à son drapeau rouge, jaune, rouge. Les balles ricochaient contre les grilles du port, les rideaux métalliques des magasins, et se perdaient le long de la promenade, où avançaient les fascistes descendus de Montjuich. Le vacarme était épouvantable.

Prakash se colla contre un porche. Devant lui, à cinquante mètres, des civils faisaient le coup de feu derrière une barricade puis s'égaillaient dans la vieille ville ou montaient en direction de la plaza de Cataluña. D'autres républicains les remplaçaient aussitôt. On visait la capitainerie. Les fascistes s'étaient réfugiés là, face aux hangars gris du port, aux bateaux amarrés le long du quai, à la voie de chemin de fer qui reliait le port à la gare.

Prakash cherchait des visages. Il avait vissé le 90 mm sur le boîtier de son Leica et fouillait derrière la barricade, l'œil collé au téléobjectif. Celui-ci lui permettait de photographier en gros plan des gestes et des expressions que ni Boro ni Pázmány ne pourraient saisir avec leurs focales de 50 ou de 35 mm. Aussi ne se préoccupait-il pas des angles larges mais seulement des détails qui, recadrés en labo, permettraient aux lecteurs des journaux parisiens de percevoir le caractère si particulier de cette guerre. Ils n'entendraient pas les sirènes, bien sûr, mais à voir les traits creusés, les casquettes de toile, les pieds nus dans les espadrilles, les corps suant sous les tricots de peau, ils comprendraient que ces combattants descendus des usines luttaient moins pour sauver leur peau que pour défendre la dignité de l'Espagne.

Prakash ignorait les chevaux tombés à terre, les carcasses des voitures incendiées, les morts et les blessés que des ambulances de la Croix-Rouge emportaient vers d'improbables hôpitaux. Il photographiait les regards, les poings, les crispations des bouches lorsqu'on lançait un vivat à l'adresse d'un soldat rallié ou une obscénité à l'encontre des généraux planqués dans la capitainerie.

La ferraille de la guerre, pourtant terrible, pourtant assourdissante, faite de toutes les monstruosités qui défilaient sous les yeux du photographe, lui paraissait moins extraordinaire que cette situation unique, incongrue dans le cours de l'histoire : les anarchistes combattaient aux côtés des soldats de métier, les gardes d'assaut, qui, l'espace d'une bataille, unissaient leurs forces avec celles des bandits rouges pour attaquer d'autres troupes. Et c'était cette solidarité entre le peuple et ceux qui le traquaient ordinairement que Prakash voulait montrer ; l'obstination ouvrière, la fureur du populo jointe à celle de quelques militaires, face à ceux qui tentaient de leur ôter une légitimité sortie des urnes.

Il y eut une déflagration assourdissante sur la droite. Aussitôt, la barricade vola en éclats. Un hurlement s'éleva des décombres. Le sang se répandit sur les sacs de sable. Prakash vit un homme clopiner sur un pied vers les Ramblas. Il gueulait. Il avait perdu une jambe. Il tomba sur le trottoir. Ses mains enserrèrent la cuisse. Le moignon pissa rouge et se mit à vibrer, comme sujet à une oscillation électrique mille fois répétée. Prakash se tourna contre la porte.

Ce n'était plus des balles, mais des obus. Un canon. Le paseo de Colón était pris sous le feu d'un tir régulier, profond, terrible, qui hachait, tranchait, bouffait. Les anarchistes se repliaient dans les rues perpendiculaires. L'homme à la jambe coupée fut emporté par l'un des siens, qui le hissa sur son épaule après avoir passé son bras au bas du ventre.

La pétarade cessa, puis reprit. En amont, les troupes de Montjuich descendaient sur le Paralelo, précédées par une batterie de canon. En aval, les mitrailleuses de la capitainerie leur ouvraient le passage en nettoyant le paseo.

Prakash se courba et quitta le porche sous lequel il s'était abrité. Il remonta en courant l'avenue de la Porte-des-Anges, parallèle aux Ramblas, et s'arrêta, bloqué par les anarchistes qui refluaient.

Plaza de Cataluña, les artilleurs étaient encerclés. Ils tiraient mais ne progressaient pas. Sur le Paralelo, un régiment descendait pour porter secours aux troupes enfermées dans la capitainerie. Si la jonction s'opérait, les rebelles monteraient en force vers le centre de la ville et prendraient à revers les assaillants de la plaza de Cataluña, rompant l'encerclement. Voilà ce que Prakash comprit, par bribes, des propos jetés alentour. Et aussi, et surtout, que la garde civile se montrait indécise. Tant qu'elle ne sortait pas des casernes, l'issue des combats restait incertaine. Si elle rejoignait les fascistes, la mise à mort serait terrible : la garde civile détestait les anarchistes autant qu'ils la haïssaient. Personne n'allait jusqu'à imaginer que les hommes en bicorne se rangeraient du côté des gouvernementaux.

Tous les défenseurs de Barcelone redescendaient donc vers le port. Ils entouraient une voiture que Prakash reconnut : c'était la Cadillac qui avait livré des armes aux ouvriers de la plaza de Cataluña. Le même jeune homme en combinaison bleue la pilotait. Son visage était fermé. Il avait un regard noir mangé par des cernes bruns qui contrastaient avec la jeunesse presque enfantine de ses traits. Il n'avait pas vingt-cinq ans. Il paraissait épuisé.

Prakash régla son télémètre et photographia le jeune homme de face, à moins de cinq mètres. Puis il s'écarta pour laisser passer la voiture. Il vit qu'elle était bourrée de dynamite. Les bâtons avaient été placés sur la banquette arrière et côté passager.

Un homme ôta sa veste de cuir et la fit passer par la fenêtre de la Cadillac.

— Très épaisse, dit-il dans un mauvais anglais. Bien pour amortir...

Le jeune homme la prit, lâcha le volant et l'enfila. Puis il dit :

— *¡ Salud !*

Et il mit le contact.

Prakash avait compris. Il descendit en courant vers le paseo de Colón. A gauche, les mitrailleuses de la capitainerie ; à droite, un canon en batterie. Et rien ni personne au milieu : impossible de tenir entre les rafales et les tirs d'obus. Une avenue déserte par où les fascistes du Paralelo dégageraient la place de Catalogne.

S'ils passaient.

Les anarchistes revinrent sur les trottoirs, collés aux murs et aux devantures des magasins. Ils attendaient la Cadillac.

Elle surgit d'une rue perpendiculaire au paseo, presque en face de la colonne de Colomb. Elle vira sur la droite, roue intérieure levée, et fonça en direction du Paralelo. Les armes automatiques se déchaînèrent. On ne voyait pas le conducteur, couché sur les sièges ou agenouillé derrière le volant. Pied bloqué sur l'accélérateur, il faisait zigzaguer la voiture noire pour échapper à la trajectoire des balles.

Sur le paseo, cent paires d'yeux suivaient la Cadillac. Elle était maintenant hors d'atteinte des mitrailleuses de la capitainerie et approchait de l'intersection Colón-Paralelo, où les fascistes avaient logé leur canon. Il y eut un tir d'obus. Un bateau à moteur amarré le long du quai explosa puis s'embrasa. Ses débris retombèrent lourdement dans l'eau sale, formant une gerbe incandescente bientôt recouverte. La portière avant gauche de la Cadillac s'ouvrit. Les fascistes rechargeaient leur canon. Une forme roula au bas de la voiture. Elle fut emportée sur quelques mètres puis on ne la vit plus. La Cadillac poursuivait sa course folle en direction du canon. Avant de sauter, le jeune homme avait certainement bloqué la direction, car la bombe roulante ne changeait pas de cap. Droit sur le canon fasciste. Celui-ci ne tirait plus, car les servants l'avaient déserté. Pour eux, il était trop tard.

La Cadillac percuta le canon de plein fouet. Il y eut une explosion sourde, un nuage de fumée noire, puis des flammes, de nouvelles explosions en cascades, et le jeune homme se releva tandis que les anarchistes descendaient des trottoirs, se précipitant en hurlant vers le Paralelo. Les sirènes, enfin, cessèrent de mugir.

Nuit améthyste

LISELOTTE venait d'ouvrir le journal.

Son cœur battait la chamade tandis qu'elle découvrait la une. Parvenue à la page deux, elle poussa une exclamation de surprise et son sang se glaça. Elle venait de reconnaître dans la double image des frères Briguedeuil un décalque de l'odieux personnage qui était venu la troubler de sa présence au rayon de la parfumerie. Elle n'eut plus de doute concernant le rapport qu'il convenait d'établir entre les jumeaux et les tortionnaires du camion benne que Boro lui avait décrits.

Elle releva la tête et scruta la foule du boulevard. Les gens couraient vers des joies, des rendez-vous. Ils piétinaient le trottoir du Sébastopol dans un étincelant cortège. Liselotte frissonna. A tout moment, l'un ou l'autre des deux tueurs pouvait surgir à ses côtés. Une épée de glace était plaquée le long de sa colonne vertébrale. Elle comprenait seulement maintenant quel incendie elle avait déclenché en laissant Philibert jouer à l'apprenti sorcier.

Elle eut une pensée fulgurante pour Boro et pensa que lui seul aurait su découvrir une parade raisonnable à la bourde qu'elle avait commise. L'article la désignait nommément et faisait d'elle une victime en puissance.

— Je ne suis pas froussarde, je ne suis pas froussarde, répéta-t-elle plusieurs fois.

Elle suivit le flot des passants. Elle pensait que la police allait enquêter, vérifier les informations, procéder à des interpellations, relâcher Dédé Mésange. Une fois libre, il la prendrait en charge et elle serait en sécurité.

Sécurité ! Elle se retourna. Rien n'était amical dans l'attitude de la foule derrière elle, mais rien non plus n'était menaçant. Il fallait combattre la panique. Et tout d'abord, se rendre dans un lieu ami, fuir la rue.

Liselotte hâta le pas. Au bout d'une cinquantaine de mètres, elle courait. Personne ne la suivait.

Elle écarta le rideau de perles et s'engouffra chez Paris-Sports avec autant d'énergie qu'une nageuse ressortant de l'eau.

— Je peux téléphoner ?

Le bistrotier eut un geste fataliste et lui tendit un jeton.

Liselotte composa le numéro que lui avait communiqué l'Asticot et tomba sur l'une des nombreuses marcheuses constituant le troupeau du barbeau. Elle s'appelait Gazelle.

— Pépé devrait rentrer d'une minute à l'autre, dit la voix des îles. Peut-être bien même avant.

— Merci, Gazelle.

Comme elle ressortait de la cabine, Liselotte tomba sur Olga Polianovna. La Louve de Sibérie était maquillée comme un rubis.

— Je suis sur le sentier de la guerre. Un provincial qui veut m'épouser. Si j'étais sûre du final, je décrocherais à coup sûr.

— Il te fait la cour ?

— Oui. C'est physique. Ce qui lui a plu en moi, je crois que c'est surtout le grand écart.

Elle referma son réticule, alluma une Hiche-Life et la fixa à un fume-cigarette en ivoire argenté. Puis, s'attardant sur la bouille de Liselotte, elle fronça son sourcil redessiné.

— Que t'arrive-t-il, mon trottin ? Tu m'as pas l'air dans ton assiette...

— J'attends une voiture, et Pépé n'est pas là.

— T'as qu'à faire signe à Ramier. Il vient de s'acheter une Renault. Il ne peut pas te refuser une balade.

— Je n'ai pas son numéro.

Olga lui tendit son calepin ouvert à la bonne feuille.

— C'est une urgence ? Tu t'en vas loin, fleurette ?

— Je voudrais débarquer chez mon parrain Fruges. Juste quelques jours. J'ai besoin de campagne.

Elle disparut dans la cabine.

Elle appela son correspondant une première fois. La sonnerie retentit dans le vide. Elle composa à nouveau le numéro.

Ramier avait les pieds dans ses pantoufles. Il tapait une belote avec ses copains. Quand le téléphone retentit pour la troisième fois, il annonça un cinquante par le roi et fit un vague geste à l'intention de la Taumuche, penché sur son épaule, lui enjoignant d'aller répondre.

Le jeune proxo décrocha.

— Ici la maison Ramier, annonça-t-il. Qu'y a-t-il pour votre service ?

Liselotte spécifia que c'était un cas d'urgence. Il y eut un silence au bout de la ligne, puis un bruit de friture. Enfin, la voix lymphatique de la Taumuche fit à nouveau vibrer l'écouteur.

— Ramier est immobilisé. Toute son oseille est sur la table. Mais il me prête sa guinde. Je serai là dans un quart d'heure, enfouraillé comme un canon.

Et Liselotte se retourna.

Ce qu'elle vit au travers de la vitre de la cabine lui rappela un souvenir effrayant. Elle ne rêvait pas. Deux montagnes blanches, dont l'une au moins ne lui était pas inconnue, s'approchaient à pas lents de Paris-Sports. Menacé par la gueule noire d'une arme à feu, celui-ci démasqua soudain le canon double d'un fusil de chasse sorti de derrière le zinc. Un coup de feu claqua. Le bistrotier grimaça et lâcha son arme. Son bras droit toussait du sang. Il regardait tantôt sa blessure, tantôt l'énorme parabellum braqué vers lui. C'est alors que le hurlement poussé par Olga perça les tympans de Liselotte. Le monstre au mauser abaissa le maillet de son poing sur le crâne de Paris-Sports. La tête du cafetier tomba dans le jus du bac à vaisselle.

L'autre montagne se précipita sur la Louve et entreprit de l'attacher à une chaise. Il portait des bottes rouges sous sa blouse d'infirmier.

Liselotte regardait, paralysée par l'effroi. Soudain, la porte de la cabine rebondit contre la cloison et la jeune fille eut l'impression qu'on la brandissait comme une poupée dans les airs. Elle griffa les joues de l'homme qui jouait avec elle. L'instant d'après, une étoffe lui bâillonna le nez et la bouche. Elle poussa un cri. Un froid glacial brûla ses conjonctives. Elle crut recevoir des aiguilles dans les yeux. L'air se dérobait autour d'elle. Une seconde encore, et elle sombrait dans la nuit améthyste.

— La petite chienne ! dit le Pachyderme. Elle s'est défendue comme cinq poulets !

— Il ne faut pas camper ici, rétorqua Pierre-Joseph.

Il avait achevé de bâillonner Olga.

Il déplia un brancard en toile qu'ils avaient apporté avec eux. Ils y couchèrent le corps inerte de Liselotte et le recouvrirent d'une couverture.

Comme ils sortaient du café, la Taumuche s'extrayait de la voiture de Ramier. Il regarda, éberlué, la civière passer devant lui.

— C'est un blessé ?

— C'est un mort.

— Faites excuse !

Il se découvrit machinalement.

— Soyez assez aimable pour nous ouvrir la porte de l'ambulance.

La Taumuche se précipita. Les infirmiers glissèrent leur chargement au fond du véhicule. Ils partirent sans un pin-pon.

La Taumuche galopa jusqu'au café. Il balaya le rideau de perles et, tout d'abord, aperçut l'image muette de la Louve de Sibérie. Puis il entendit couler un robinet. Il s'approcha. L'eau débordait du bac. Il se pencha sur le zinc. Paris-Sports n'était pas sorti du bain.

En attendant la garde civile

DES ouvriers en armes occupaient le terrain de football de Júpiter, dans le quartier de Pueblo Nuevo. Pázmány photographia l'un d'eux, un Catalan rigolard vêtu d'une salopette verte qui apprenait à tirer à une femme entre deux âges. On l'entoura.

— *¡ Antifascista !* cria-t-il. *¡ Camarada !*

Il fut fouillé, on vérifia ses papiers. Le Catalan à la salopette lui conseilla d'arborer le brassard de la C.N.T.-F.A.I., s'il préférait mourir d'une balle fasciste plutôt que d'une balle républicaine. Ou un brassard blanc, s'il souhaitait rester en vie. Il ceignit sa manche d'un mouchoir.

Il quitta le terrain de football. Une colonne de camions descendait vers les Ramblas. Les lettres de l'*Unión General de Trabajadores* étaient peintes sur les portières. On acclamait les convois : « Vive la Catalogne libre ! »

Cependant, la ferveur avec laquelle on fêtait les socialistes et les communistes de l'U.G.T. n'était pas comparable à celle qui prévalait lorsque passait une voiture de la C.N.T. En trois heures de marche à travers les quartiers de Barcelone, Pázmány avait mesuré l'aura dont jouissaient les anarchistes. Pour l'heure, ils étaient les chefs militaires de la ville. Demain, ils en seraient peut-être les maîtres politiques.

La veille au soir, alors que Companys, président de la généralité de Catalogne, refusait encore d'armer le peuple, les syndicalistes de la C.N.T. avaient pris d'assaut les dépôts d'armes de la ville. Hier encore, ils étaient exclus, bannis, pourchassés. Aujourd'hui, ils commandaient toutes les places restées aux gouvernementaux. Chacun, du plus modéré des républicains au plus extrémiste des socialistes, savait que, sans les anarchistes, la ville serait déjà tombée. Et ainsi, partout en Espagne. Le syndicat comptait deux millions de membres. Deux millions d'ouvriers, de paysans, de petits employés qui se battaient depuis l'aube pour écraser les fascistes et faire la révolution. Ils sortaient de leur trou. Après avoir tenté de les y enterrer vifs, tous les modérés de Barcelone les suppliaient de monter à l'assaut des fortins rebelles afin de juguler l'hémorragie. En moins de trois heures, les anarchistes étaient devenus indispensables au pays.

Depuis son arrivée, Pázmány avait photographié au moins dix églises en feu. Elles brûlaient pour le symbole qu'elles représentaient : la croix dont s'étaient enorgueillis les carlistes, les phalangistes, toutes les droites autoritaires du pays menant croisade contre le peuple. Les anarchistes déchiraient aussi les affiches appelant aux corridas, car la plupart des toreros avaient choisi le camp des fascistes.

Páz descendait vers le centre de la ville. Les camions se succédaient sans interruption, certains hérissés de fusils et de mitrailleuses, d'autres transportant des hommes, parfois des femmes : ceux des gardes d'assaut, ceux des trotskistes du P.O.U.M., ornés d'un oriflamme rouge, ceux de la C.N.T., bardés de rouge et noir, et ceux des républicains, au drapeau rouge, jaune et violet. Chacun allait au combat sous ses propres couleurs, et les couleurs s'assemblaient contre le rouge-jaune-rouge des monarchistes. On dressait des barricades ensemble, dépavant les rues de leurs galets carrés, bourrant les cailloutis qu'on trouvait en dessous dans des sacs de protection que portaient les enfants ou les mères de famille dans des poussettes dépourvues de dentelles. Guerre. Guerre et révolution.

Les anarchistes distribuaient les armes dans le chaos. Ils n'avaient pas de chefs, ils ignoraient la discipline. Ils étaient la première lame, celle qui se brise sur les rochers tandis que les vagues suivantes cherchent de nouvelles forces. Mais il ne fallait pas être grand clerc pour prévoir qu'ils perdraient le deuxième front, quand il faudrait s'organiser dans la lutte quotidienne.

Páz s'était arrêté dans la calle Menziabal, au local du P.C. Là aussi, on distribuait des fusils. Les armes étaient soigneusement alignées sur la table. Des femmes les nettoyaient, après quoi des militants les distribuaient à d'autres militants qui partaient au combat.

Les communistes s'étaient également installés dans la cour d'un monastère, près d'un hôpital. Ils organisaient une milice. Une longue file attendait l'attribution des armes. Celles-ci étaient composées de longs mausers allemands datant de la guerre de 1870, d'une demi-douzaine de mousquetons et de quelques winchesters à un coup. Dans un angle de la cour, un instructeur d'une cinquantaine d'années expliquait le maniement des fusils aux volontaires. Il tenait une carabine de chasse à la main.

— Après les fascistes, voici le plus grand danger, dit-il en espagnol. Regardez bien !

Il frappa la crosse de l'arme sur le sol. Le coup partit aussitôt.

— Tenez-le à la bretelle ! Ne le posez jamais à terre !

Páz repartit en direction de la place d'Espagne. Il croisa un mulet chargé de deux caisses de munitions. Il était mené par trois athlètes des Olympiades, reconnaissables à leur maillot de sport. Ils levèrent le poing en passant devant un groupe de républicains armés qui entouraient trois soldats s'apprêtant à rallier les gouvernementaux. Les militaires étaient en bras de chemise et pantalons kaki. Ils avaient les mains en l'air. Páz s'approcha.

— *¡ No tiren !* criait l'un des soldats. *¡ Camarada ! ¡ Antifascista !*

Les républicains abaissèrent leurs armes. On s'embrassa en riant. Páz reprit son chemin.

Plus loin, il s'arrêta derrière une barricade tenue par des mécanos d'Hispano-Suiza. Des sacs de cailloutis avaient été disposés autour d'un tramway renversé. Les hommes tiraient en direction d'une maison d'où partaient des coups de feu sporadiques. De temps à autre, on apercevait le béret rouge d'un carliste. La façade de la maison était criblée d'impacts. Les fenêtres étaient brisées.

Un groupe de mécanos progressait le long du trottoir, rasant les murs, pistolet au poing. Páz appuya sur le déclencheur du Leica. Mais il ne put réarmer : le rouleau était épuisé. Il rangea l'appareil dans sa housse, sortit le Rollei et, gagnant le trottoir avant de s'appuyer à la grille métallique d'un magasin de confection, il entreprit de photographier les mécanos pénétrant dans la maison. Les tirs se firent plus nourris. Páz s'accroupit et cala le 6 x 6 sur ses cuisses. Les ouvriers venaient de défoncer la porte du bâtiment. Quelques hommes quittèrent la barricade et coururent dans la rue, à découvert. L'un d'eux fut fauché par une balle. Il fit trois pas en titubant puis s'écroula, la tête dans le caniveau.

— *¡ Fuego ! ¡ A tiros en las ventanas !*

Les fusils crachèrent leurs balles. Páz s'élança en avant du tramway. Il s'agenouilla à dix mètres de la maison, non loin du blessé que ses camarades emportaient vers la barricade. On entendit des coups de feu à l'intérieur du bâtiment. Soudain, la sacoche que Páz avait déposée à ses côtés fut emportée. Il se retourna. Le Leica, la lampe à magnésium, le Plaubel Makina... tout avait explosé. Il ne restait que le Rollei. Páz leva le poing en direction des fascistes et hurla :

— Mort aux salauds ! Mort aux fumiers !

Il se leva et, en trois bonds, fut dans la maison. Il enrageait. On se battait au deuxième étage. Dans la rue, les tirs avaient cessé. Páz attendit. « Une photo pour les prisonniers, songea-t-il en tournant le bouton d'armement du Rollei. Une seule. »

Il cadra les carlistes devant la maison, comme ils en sortaient les mains posées sur leur béret, et se contraignit à ne pas appuyer une nouvelle fois sur le déclencheur quand les mécanos d'Hispano-Suiza abandonnèrent la barricade pour se porter à la rencontre des carlistes, poings levés, visages enfiévrés, hurlant : « *¡ No pasarán !* »

Il suivit un groupe de combattants jusqu'à la place d'Espagne. Celle-ci était sous le feu des mousquetons. Mais les mousquetons ne pesaient pas lourd face aux mitrailleuses de la cavalerie. Les militaires avaient fait irruption sur la place aux premières heures de l'aube. Les gardes d'assaut y avaient une caserne. Contrairement aux autres unités de Barcelone, ils ne s'étaient pas opposés à la troupe. Ils l'avaient même laissée s'installer à leur porte. Depuis, la cavalerie, à laquelle s'étaient joints des civils en blouson, tirait sur le quartier de Sans, où le peuple avait dressé une barricade. Lorsque Páz y arriva, au milieu de la matinée, la barricade tenait toujours. Quand il en partit, à midi, un tir d'obus venait de faire sauter la résistance ouvrière. Et les sirènes avaient recommencé de mugir.

Buenaventura Durruti

— MONTRE tes papiers.

Boro sortit sa carte de presse et la tendit au petit homme vêtu d'un pull-over noir. Celui-ci la prit, l'observa, puis la rendit à son propriétaire.

— Tu es de Paris ?

— Oui.

— Quel quartier ?

— XIVe.

— Montparnasse ?

— A côté.

— Je n'aime pas Montparnasse. Mais Paris, oui. Viens avec nous.

— Il serait temps, gronda Boro.

Il était resté une demi-heure sous la menace du Beretta. Garcia l'avait confié à un individu à la mine rébarbative qui ne parlait ni l'anglais ni le français. Puis l'homme l'avait mené sur la terrasse où la mitrailleuse avait été mise en batterie. On l'avait oublié. S'il l'avait voulu, il aurait eu cent fois le temps de fuir. Mais il n'avait pas bougé. Il avait utilisé deux rouleaux de pellicule. En un quart d'heure, la terrasse de la maison était devenue le P.C. anarchiste de Barcelone. L'homme au pull-over noir s'appelait Buenaventura Durruti. Ses lieutenants étaient Francisco Ascaso et García Oliver. Boro les connaissait de réputation. Ils étaient les chefs du communisme libertaire espagnol. Ils avaient assassiné l'archevêque de Saragosse en 1923, attaqué la Banque d'Espagne et raté un attentat contre le roi Alphonse. Des criminels condamnés à mort dans quatre pays. Mais en Espagne, parmi le peuple et les leurs, ils étaient des figures de légende. Sous Primo de Rivera, ils s'étaient réfugiés en France d'où ils avaient lancé des attaques contre la dictature. Leur réputation était celle d'hommes violents mais braves, obstinés, généreux, dévoués à leur cause, haïssant le fascisme. Des héros.

Installés sur la terrasse, ils avaient harcelé les troupes de Pedralbes tout en organisant l'attaque de Barcelone. Cent combattants étaient venus les trouver pour les tenir informés du développement des foyers insurrectionnels et de la résistance populaire. Ascaso avait étalé une grande carte de Barcelone sur le sol, et ils s'y reportaient sans cesse, avançant des cailloux — les fascistes —, ou des balles — les anarchistes.

Boro ne comprenant pas l'espagnol, il avait dû se contenter de suivre ce va-et-vient permanent, photographiant les allées et venues, les servants se succédant à la mitrailleuse, Durruti entourant les épaules de ceux qui repartaient au combat, Ascaso déplaçant les marques sur la carte, Oliver graissant son arme. Il avait bien conscience de se trouver en présence du quartier général des anarchistes, mais il ignorait leurs plans. Il ne savait même pas qui l'emportait.

Il posa la question à Durruti. Celui-ci le poussa dans la chambre et dit :

— Pour le moment, on part d'ici parce qu'on est plus forts que ceux de Pedraldes. Ça barde ailleurs. Viens avec nous.

Ils descendirent dans la rue. Ascaso portait la mitrailleuse.

— Une voiture, dit Durruti.

Puis, se tournant vers Boro :

— On va réquisitionner une bagnole.

On ne se battait plus sur la vía Diagonal. De loin en loin parvenait le son étouffé de la canonnade.

— Pourquoi tu boites ? demanda Ascaso en désignant la canne de Boro.

— J'ai eu un accident.

— A Paris ?

— Dans les neiges de Sibérie.

Durruti dressa l'oreille.

— Tu as été là-bas ?

— J'appartenais à la *makhnovichna.*

— Avec Nestor ? s'écria Ascaso.

— J'étais son garde du corps. Un jour, je me suis interposé entre lui et un bolchevik qui voulait le léniniser à la baïonnette.

— Et tu as perdu ta place, compléta Ascaso.

— Pas du tout. Ma canne est une arme.

Les trois hommes et ceux qui les accompagnaient s'arrêtèrent, intéressés.

— Fais-nous une démonstration, suggéra Durruti.

Boro désigna l'homme qui l'avait gardé sous la menace de son Beretta.

— Demande-lui de braquer son arme sur moi.

Durruti traduisit et l'anarchiste s'exécuta. Boro recula d'un pas.

— Je n'aime pas qu'on me menace, dit-il d'une voix sèche.

Il fit mouliner sa canne, la lâcha, la rattrapa par l'extrémité et tendit brusquement le bras. Il y eut un froissement, une zébrure dans l'air. Le lacet s'enroula autour du revolver. Boro tira un coup sec. Le Beretta était entre ses mains.

— C'est une passe de feuilleton, dit Durruti en reprenant sa route. On n'a pas le temps...

Ils suivirent une avenue bordée de maisons hautes et blanches. Les volets et les portes étaient fermés.

— Les bourgeois se cachent, dit Oliver.

— Ils sont dans les casernes, objecta Ascaso. On les a vus sur la Diagonal.

— Ils prennent de l'exercice, dit Durruti. C'est bon pour la graisse...

— Où avez-vous appris le français ? demanda Boro.

— A Paris. On y habitait pendant que Primo de Rivera était ici. On avait une librairie libertaire...

Les quatre hommes allaient ensemble. Devant, à quelques mètres, une demi-douzaine de leurs compagnons escaladaient les grillages pour fouiller les cours et les jardins à la recherche d'une voiture. La guerre avait épargné le quartier.

Durruti s'arrêta soudain et désigna une large porte métallique donnant sur le flanc d'une villa.

— On va entrer là. C'est bien le diable si on ne trouve pas une voiture.

Il appela les hommes qui marchaient devant et bifurqua vers la villa.

— Les autres se battent, et nous on se promène.

Il saisit une mitraillette sur l'épaule d'un des membres de

l'escorte et, tirant au jugé, fit sauter la serrure de la porte. Il s'engouffra le premier dans le garage. Trois limousines étaient alignées les unes derrière les autres. Toutes verrouillées. Ascaso força la première. Oliver brisa une vitre de la deuxième à l'aide du canon de son pistolet.

— On va place d'Espagne, dit-il en ouvrant la portière.

— Et nous à la capitainerie, dit Durruti.

Il monta dans la deuxième voiture et chercha Boro du regard.

— Viens avec moi. On parlera...

Boro prit place à l'avant. Les anarchistes s'installèrent dans les deux voitures. Durruti fouilla sous le tableau de bord, arracha quelques fils et, les faisant se toucher, mit le contact.

Ils démarrèrent.

— Ce n'est pas un vol, mais une réquisition, dit-il.

Et, tandis qu'ils roulaient en direction de la mer, il expliqua à Boro le pourquoi et le comment d'une contre-insurrection qui se voulait révolutionnaire. Il dit que s'ils l'emportaient contre les fascistes, les anarchistes s'efforceraient de promouvoir un nouveau système social. On exproprierait les grands propriétaires, on réquisitionnerait les banques et les usines, le salaire unique serait institué, l'économie serait dirigée par les ouvriers et les techniciens. Et puis l'autonomie de la Catalogne serait proclamée, enfin. Quant aux églises, on les fermerait ; elles deviendraient des lieux de travail où le peuple apprendrait à lire...

Durruti expliquait tout cela avec un grand calme. Il se prit à rire en évoquant la présence des anarchistes au gouvernement de la généralité.

— Tu imagines que je pourrais être ministre !

Il parla en espagnol aux gars installés à l'arrière, et tous s'esclaffèrent avec bonne humeur.

— Il faut que tu notes tout cela, reprit Durruti à l'adresse de Boro. On a tué, c'est vrai, mais c'était parce qu'on nous assassinait. Si on peut prendre le pouvoir, on le prendra. Mais nous deviendrons pacifiques. Ce sera un autre stade... Tu comprends ?

Boro acquiesça.

— Tu es journaliste, tu dois dire la vérité. Personne ne nous a jamais donné la parole. C'est pour ça que je te parle.

Il posa sa main sur l'épaule du reporter.

— Tu as la gueule d'un métèque, comme nous. Tu peux nous entendre.

— J'ai entendu, confirma Boro.

Ils se rapprochaient du centre de la ville. Les fusillades étaient plus proches. Ils passèrent devant la cathédrale. C'était un bâtiment moderne surmonté de quatre flèches grotesques.

— Même les enfants n'en voudraient pas comme école, dit Durruti en ralentissant.

Ils s'engouffrèrent dans une ruelle bloquée par une barricade. On tirait de l'autre côté. Durruti arrêta la voiture. Les anarchistes descendirent. Boro les suivit en direction de la barricade. Au-delà, sur une petite place, des hommes armés de carabines progressaient en direction d'une baraque de bois derrière laquelle les fascistes s'étaient abrités. Ils se couchaient sur la terre battue, se relevaient, partaient en courant et s'aplatissaient à nouveau sur le sol.

Boro arma son Leica et déclencha. Puis il photographia Durruti. Trois hommes munis de brassards rouges l'entouraient. L'anarchiste arborait un sourire presque ironique. Il écoutait. Lorsqu'il parla, son regard vira au noir profond et ses lèvres se crispèrent. Il tendit le bras dans une direction puis dans l'autre, comme s'il donnait des ordres. Enfin, il revint vers la voiture. Boro le suivit. Les autres restèrent sur la barricade.

— Ce sont des communistes, dit Durruti en effectuant une marche arrière. Pour le moment, on est camarades. Mais ça ne durera pas.

Il passa en première.

— Et sais-tu pourquoi ?

— Non, avoua Boro.

— Parce que, du temps de la Ire Internationale, on a choisi Bakounine alors que les autres délégués ouvriers préféraient Marx. Et cela, les communistes ne nous le pardonneront jamais.

Et il ajouta, en avance de quelques mois sur une autre tragédie qui allait bientôt ensanglanter Barcelone :

— Un jour, ils tenteront de nous tuer jusqu'au dernier. Nous, et les trotskistes du P.O.U.M. Ils referont ici ce que Staline a fait en Russie.

Il eut une grimace, puis un superbe sourire.

— Ces gens-là, je te le dis, sont des loups. Des saloperies de loups.

Ils débouchèrent sur le Paralelo. Durruti freina puis enclencha immédiatement la marche arrière. Devant, à cinquante mètres, les uniformes kaki obstruaient tout le boulevard. Dans un hurlement de pneus, la voiture repartit en sens contraire.

— Ils arrivent sur le paseo, grommela Durruti, fonçant dans les rues parallèles à la mer. Si les gardes civils viennent de l'autre côté, on sera pris en tenailles.

La limousine vira brusquement sur la gauche, glissa un instant, puis se rétablit entre deux rangées d'immeubles. La rue fut avalée en moins de cinq secondes. Ils débouchèrent place de l'Université. Trois canons tiraient à cadence régulière. Des corps étaient couchés sur le ciment. Durruti sauta du véhicule. Boro le suivit, galopant sur sa jambe raide. Ils étaient au cœur des combats.

— Marche baissé ! hurla l'anarchiste.

Il l'attendit.

— Donne-moi ta sacoche !

Il la prit d'autorité. Boro courait aussi vite que possible. Le fracas de la mitraille lui arrachait la tête. Il distinguait des canons de fusil, des hommes se hâtant, des volutes de fumée bleue, des voitures en flammes et, par-dessus tout cela, les salves, les crépitements, les pétarades — le monstrueux feu d'artifice de la guerre.

Ils s'arrêtèrent dans un angle formé par deux immeubles construits perpendiculairement. A droite se dressait un bâtiment imposant dont les fenêtres étaient occupées par des mitrailleuses. Tout autour de la place, exception faite de l'endroit où ils se trouvaient, des hommes en armes munis de brassards rouges ou rouge et noir canardaient les hauts murs de l'édifice.

— C'est l'université, dit Durruti en montrant le bâtiment. Les fascistes sont là-dedans, mais on les encercle.

Son bras fit un arc de cercle, embrassant la place.

— Là-bas, tu as une rue qui rejoint la plaza de Cataluña. On la tient aussi. Mais s'ils la prennent, ils font la jonction avec l'hôtel Colón. On est obligés de se replier sur le paseo, où arrivent les troupes du Paralelo. Tu comprends ?

— S'ils prennent cette rue, vous perdez Barcelone.

— Pas Barcelone. La guerre. Car si Barcelone tombe, la Catalogne tombe aussi... On traverse ?

Boro regarda le périmètre qu'ils devaient franchir. Il était balayé par les balles. Durruti eut un rire sec et fier.

— Tu vas voir !

Il attendit un creux dans le vacarme alentour et alors, portant ses mains à sa bouche en guise de porte-voix, il hurla :

— *¡ Los Solidarios !*

Et aussitôt, les siens le reconnurent. Un cri naquit sur les lèvres des anarchistes les plus proches, et ce cri fut repris par tous, semblable à une guirlande cernant la place. Tous appelaient Durruti.

— Tu vois ! dit celui-ci en se tournant vers Boro. Maintenant, on peut passer.

Il s'élança sur la place.

Un ciel de cave

Le jour se confondait avec la nuit.

Liselotte avait atteint le plus haut, le plus absolu des silences. Oubliée dans l'air immobile et la fixité de plomb de ce cercueil d'un nouveau genre, elle luttait pour essayer de découvrir des points de repère. Sa montre, qu'on lui avait confisquée, lui manquait cruellement. Elle se fiait à l'alternance des repas, à l'extinction de l'unique lumière bleutée.

La cave dans laquelle elle se trouvait était ventilée par deux bouches d'aération creusées dans les angles, à hauteur de plafond. Pas d'ouvertures, hormis la porte blindée. Un judas y était découpé, où s'encadraient parfois des yeux. Ce rectangle, obturé par une fermeture à glissière située du côté des geôliers, permettait d'observer la prisonnière. Une gamelle lui parvenait par un guichet ; à charge pour elle de la déposer vide au même endroit si elle voulait qu'on renouvelât sa nourriture.

Le présent sans mesure constituait le danger le plus immédiat du vide mental dans lequel Liselotte surnageait, un néant qui lui faisait perdre peu à peu l'idée même du contact. Plus d'échanges. Une existence végétative située à l'altitude zéro, à mi-chemin de la vie et de la mort. La jeune fille ne parlait qu'à elle-même ou à des ombres qu'elle s'imaginait vaquant dans les étages. Elle ignorait en quelle gloire le soleil se levait, ne pouvait établir de comparaison qu'avec l'éternité de chaque seconde.

De temps en temps, elle collait son oreille à la muraille, persuadée qu'une porte venait de claquer, qu'un pas se rapprochait, qu'une voiture démarrait. Elle ne percevait que des rumeurs étouffées, des résonances lointaines. Elle entendait principalement son cœur. Tout le reste paraissait froid, sec, irréel.

Elle avait beaucoup pleuré. Pour ne pas sombrer tout à fait et risquer de perdre sa lucidité ou son équilibre mental, elle avait décidé de tenir un calendrier approximatif : chaque fois qu'elle estimerait qu'un jour était passé, elle dessinerait une rayure avec son épingle à cheveux au dos de la table de chevet.

Cette table de chevet était le seul élément en bois du cube de ciment dans lequel elle était enfermée. Le reste du mobilier consistait en un châlit militaire, une couverture grossière, un tabouret et un lavabo étroit équipé d'un robinet d'eau froide. Les toilettes se trouvaient dans un angle de la pièce. Liselotte n'utilisait jamais cet endroit sans s'envelopper complètement dans la couverture. Parfois, elle s'en recouvrait même la tête.

Un éclat de glace lui renvoyait son image défaite. Elle savait que cet objet renfermait son ultime recours. Dès la seconde extinction de la lumière bleutée — fallait-il y voir le deuxième jour de son incarcération ? —, elle avait brisé l'angle du miroir et caché le fragment aigu sous le syphon du lavabo. Elle se trancherait les veines plutôt que d'avoir à supporter trop longtemps une existence sans bornes ou d'avoir à endurer les sévices des jumeaux dont elle redoutait l'irruption soudaine.

Parfois, à bout de ressources, elle se revoyait avec Dédé Mésange, regardant briller la Marne ou passer un martin-pêcheur au fil d'une eau noire. Elle criait en silence, se frappait le front contre la muraille. Elle redoutait les habitudes sadiques de ceux qui la tenaient entre leurs mains. Mais souvent désespérée, elle souhaitait qu'ils ouvrent la porte. Qu'ils la torturent ! Tout plutôt que l'oubli lancinant !

Ces accès d'accablement passés, elle relevait la tête. Elle faisait sa toilette et entretenait ses muscles avec un soin minutieux. Elle serrait les dents et se persuadait qu'il existe toujours une faille dans le plus implacable des systèmes.

Lorsque la lumière bleue s'éteignait, le sommeil l'entraînait aux abysses. Quand elle se rallumait, Liselotte marquait un trait derrière la table de chevet. Puis elle faisait dix-huit fois le tour des murs, et trente flexions sur les talons. Ensuite, elle tentait de s'occuper. Elle avait inventé un jeu avec trois petits cailloux. Il fallait les jeter le plus près possible de la base du mur d'en face sans le toucher. Elle jouait contre Dédé, et était Dédé lorsque le tour du garçon arrivait. Elle gagnait toujours. Liselotte n'aimait pas perdre.

Quand ces passes absurdes étaient terminées (elle s'en lassait généralement à la troisième manche), elle pensait à son amour.

Chacun sa prison. Puis elle appelait silencieusement Boro. Où donc était Boro ?

Une fois — était-il midi, était-il minuit ? — ses yeux rencontrèrent le regard de celui qui venait se poster derrière la grille du judas. Ses paupières ne cillèrent pas face aux prunelles agrandies qui la détaillaient minutieusement. Elle pensa qu'elle avait affaire à une femme.

Quand le judas se referma, la captive se laissa glisser dos au mur et se prit à réfléchir. Elle se dit que tout geôlier, aussi endurci soit-il, est toujours, lui aussi, une sorte de prisonnier. Et qu'à partir de là, il était sans doute possible de créer une complicité.

La fois suivante, elle prononça sa première phrase adressée à une personne vivante :

— Bonjour ! Les heures sont-elles longues pour vous aussi ?

Le judas se referma aussitôt, et on éteignit la lampe.

Plus tard, alors qu'elle reposait sur le lit, perdue dans ses souvenirs, elle entendit le frottement métallique du judas et se redressa aussitôt. Elle fixa les prunelles immobiles du passe-muraille.

— Je sais que vous êtes une femme, dit-elle doucement. N'avez-vous donc pas de cœur ?

Le judas, à nouveau, revint au noir.

De l'autre côté du mur se tenait Mme Briguedeuil. Elle tremblait. Ses fils étaient repartis sur les routes afin de poursuivre leur chasse et elle en profitait pour contempler la jeune captive. Pierre-Joseph et Paul-Émile étaient avec ce Cosini dont Mme Briguedeuil pensait qu'il avait la plus mauvaise influence sur eux. Ce néfaste génie entretenait leur instinct de brutalité, qu'elle aurait voulu voir fondre. Elle détestait cet homme cauteleux, gominé et cruel, entièrement tourné vers le complot et qui n'aimait même pas l'odeur des mets les plus savoureux.

La petite apprécierait peut-être. Mme Briguedeuil avait décidé de lui donner un peu de bonne viande. Une fois encore, c'était enfreindre les consignes laissées par l'Italien, mais la gardienne n'en avait cure. Elle régnait sur la maison vide, se promenait de couloir en pièce murée. Elle tâtait les cloisons, ouvrait les portes secrètes, inspectait les caisses où s'entassaient des bandes de mitrailleuse, des branchements clandestins, des projecteurs à main, des engins fumigènes, et sondait, impuissante à les violer, des resserres aux joints invisibles protégées par un jeu de fermetures perfectionnées.

Quelques heures après que Liselotte lui eut adressé la parole, lorsqu'elle ouvrit de nouveau le judas pour ausculter la pénombre où se tenait la pauvre enfant, Mme Briguedeuil prononça un mot qui lui parut démesuré. Elle dit :

— Courage !

Puis elle revint dans le couloir bétonné. Ses paumes étaient froides. Parvenue au premier étage de la villa, elle entra dans la salle de bains et se lava les mains. Ce faisant, elle pensait à son pauvre mari qui, de son vivant, répétait à l'infini ce simulacre de purification. Parfois, au milieu de son sommeil, l'équarrisseur geignait. En dormant, il essuyait ses paumes sur les draps. Un jour, elle découvrit des traces de sang frais sur l'oreiller.

Il était mort.

Elle était veuve.

Depuis, elle faisait la cuisine. C'était son théâtre. Chaque jour, elle rejouait la même pièce. Elle seule l'empêchait d'aller nulle part.

Les frères molosses, quant à eux, se faisaient un sang d'encre. Ils craignaient sans cesse d'être identifiés par un policier placé sur leur chemin. Car il ne faisait aucun doute que leur signalement avait été diffusé dans tous les commissariats.

Cosini avait loué une camionnette de blanchisserie et trimbalait les tueurs, tapis dans un enchevêtrement de linge sale.

L'Italien avait très vite compris que le local de Charpaillez était surveillé par les hommes du commissaire Ploutre. Toutefois, chaque jour, à deux reprises au moins, il faisait passer la camionnette à petite vitesse devant le numéro 29. Le signe était infaillible : si un monsieur de la préfectance se trouvait dans les parages, cela signifiait que le mouchard n'avait pas réintégré son domicile.

Le reste du temps, la camionnette patrouillait dans les rues de Paris. On épuisait systématiquement les quartiers proches de Pigalle spécialisés dans la vente de la drogue. Le Pachyderme, qui se targuait de posséder une mémoire prodigieuse, avait entrevu une fois le pourvoyeur de Charpaillez. C'était un jour où l'intoxiqué, en manque de carburant, l'avait supplié de le mener en voiture à son rendez-vous. L'échange s'était déroulé au milieu d'une foule interlope. Le visage de l'homme était resté dans l'ombre, mais le Pachyderme n'avait pas oublié les mains du ravitailleur : il manquait l'index et le médius à sa main gauche. Enfermés dans la camionnette conduite par Cosini, les frères Briguedeuil n'avaient qu'un désir : bouffer une main en sauce.

Le colonel Jiménez

UNE rumeur folle courait Barcelone : le général Goded, qui avait victorieusement soulevé Majorque, était dans la ville. On prétendait qu'il était arrivé par hydravion en fin de matinée et qu'il avait aussitôt pris la tête des troupes rebelles.

Goded était un ennemi mortel de la République. Avec les généraux Franco et Mola, il commandait à l'insurrection. Ancien chef d'état-major du général Sanjurjo, il était considéré comme l'un des meilleurs *africanistas*, au point que le gouvernement l'avait exilé aux Baléares dans le même temps qu'il envoyait Franco aux Canaries. Si Goded était dans la ville, il userait de toute la force de sa réputation et de la gloire de ses états de service pour faire basculer la garde civile dans son camp. Un mauvais coup pour les républicains.

Et ce n'était pas le seul. Un journaliste de *Claridad* avait dressé un état des lieux circonstancié à Béla Prakash. Les fascistes avaient pris l'hôtel Colón, transformé en fortin. Ils tenaient également le cercle militaire, plusieurs casernes, dont celle d'Atarazanas, et l'armurerie de San Andrés. Sans compter les places de l'Université et de Catalogne.

Les républicains avaient arraché le bâtiment du Conseil, la généralité, le commissariat central, la radio et le télégraphe. Les gares et les aérodromes étaient à eux. C'était beaucoup, mais insuffisant. Les morts se comptaient par centaines et les blessés par milliers.

Les troupes rassemblées sur le Paralelo avaient progressé vers le paseo de Colón, marchant sur la capitainerie. Prakash distinguait les canons, enveloppés dans une fumée noire et âcre. Plantées face aux arsenaux, attaquées depuis les grilles du port, les sections tenaient bon face aux assauts des républicains et des carabiniers, installés dans les bâtiments de la gare. Les obus tombaient sans discontinuer sur les barricades que le peuple érigeait inlassablement, mais de moins en moins vite.

On se battait aussi au parc de la Citadelle. Et dans les magasins de la coopérative, à la gare, derrière les trains... Les ambulances de la Croix-Rouge ne passaient plus. Les blessés râlaient sur place. Personne n'enlevait plus les morts. Le champ de bataille s'étendait le long de la mer, figé semblait-il en un affrontement de forces identiques dont aucune ne parvenait à prendre le dessus. Tous, républicains et fascistes, attendaient ce quelque chose de plus qui leur offrirait la victoire. Et ce quelque chose, c'était la garde civile. Ou un déverrouillage au nord, qui libérerait les forces engagées. Au port, la situation était bloquée. Tout se jouerait place de Catalogne.

Prakash reprit la route des Ramblas. Il était épuisé. Il avait accompagné les gardes dans tous leurs assauts. Il s'était mêlé au peuple des barricades. Il avait des crampes dans les poignets à force d'avoir tenu son Leica à hauteur de visage. Et sa sacoche ne contenait plus que cinq rouleaux de pellicule.

Il croisa un groupe d'anarchistes qui entouraient des soldats portant un mouchoir blanc à bout de bras. Des prisonniers. Ils furent désarmés. On leur prit aussi leurs gourdes et leurs casques, puis on les abandonna dans la rue. Les anarchistes remontèrent au combat. Prakash les suivit. Sur tous les visages, on lisait la même fatigue. Les joues étaient noires, les dos trempés de sueur. On marchait moins vite. On ne criait plus. Il fallait tenir.

Place de Catalogne, les positions n'avaient pas bougé. Prakash retrouva Pázmány non loin du central téléphonique. Les deux hommes se regardèrent, un peu hébétés. Ils n'avaient même pas songé que l'un ou l'autre pût être blessé.

— Où étais-tu ? demanda Prakash.

Il rit lui-même de la stupidité de sa question.

— Tu as vu Boro ?

— Non.

Ils remontèrent vers le paseo de Gracia, évitant l'hôtel Colón.

— A qui est le central téléphonique ? demanda Prakash en désignant le bâtiment d'où partaient des coups de feu.

— Aux gardes d'assaut. Ils l'ont repris aux fascistes.

Ils poursuivirent leur chemin, marchant vers l'ouest. Pázmány montra son Rollei et dit qu'il avait perdu le reste de son matériel.

Prakash décrivit les combats sur le paseo de Colón. Alentour, les tirs se faisaient moins nourris. Une sorte de silence très lourd descendait sur la ville. Ils s'abritèrent derrière un arbre. Quelques pigeons volaient de place en place.

— Regarde ce garçon, dit Prakash en désignant le jeune homme en combinaison bleue qui venait de faire irruption devant eux. Il se bat comme un diable. Depuis ce matin, je le vois partout. Il a neutralisé un canon à lui tout seul.

Le jeune homme tenait une mitraillette à la main. Il fut rejoint par une douzaine d'ouvriers. Il se laissa tomber contre un arbre proche de celui derrière lequel étaient assis Prakash et Pázmány. Celui-ci se leva et s'approcha. Le jeune homme reprenait son souffle. Son regard était légèrement égaré. Il observa vaguement Pázmány puis dit à ses compagnons que le général Goded était bien à Barcelone. Il parlait un espagnol très frustre.

— Il est à la capitainerie. Encerclé.

— Il faut y entrer, dit quelqu'un.

Le jeune homme secoua la tête.

— On ne pourra pas. On doit d'abord prendre la caserne Atarazanas.

— Les gars du syndicat du bois sont sur le Paralelo. Ils bloquent les entrées.

— On a deux cents fusils, dit le jeune homme. Ça ne suffit pas. Il faudrait s'emparer des ateliers d'artillerie de San Andrés... C'est plus important que la capitainerie.

Ils furent interrompus par des vivats qui se déchaînaient en cascades plus bas, sur les Ramblas. D'un coup, le bruit des armes se tut. Le jeune homme se leva. Prakash l'imita.

— Viens ! cria Pázmány.

Et il partit en courant, suivant le groupe d'ouvriers qui se hâtaient vers l'est. Les cris redoublaient. On entendait aussi des applaudissements.

Ils débouchèrent sur la place de Catalogne. Les combats avaient cessé. Remontant depuis la généralité, la garde civile marchait, arme à la bretelle, en direction des rebelles. Les soldats avançaient deux par deux, au pas, arborant leurs bicornes de cuir bouilli et leurs uniformes verts, impeccables. Après douze heures de combat, la garde civile avait enfin choisi son camp : près du peuple. Et pour la première fois de toute son histoire, elle était acclamée par ceux qu'elle combattait depuis toujours. La victime fraternisait avec son bourreau.

Les fascistes, incrédules, considéraient ce spectacle comme s'il se fût agi de la pire des obscénités. Le canon s'était tu parce qu'on n'avait plus la force de le mettre en batterie. A quoi bon, si même la garde civile choisissait le camp des gueux ? Et les soldats regardaient venir à eux les gendarmes des phalanges, les protecteurs des carlistes, ces hommes dont on avait attendu mansuétude et bienveillance et qui trahissaient leurs frères de cour pour s'allier à la rue.

La voix du colonel Jiménez, commandant la garde civile, retentit sur la place pacifiée et désormais silencieuse.

— Colonel, déposez les armes !

Il s'adressait au chef du bataillon fasciste, qui s'était avancé à sa rencontre. Les deux hommes se trouvaient chacun à dix pas de ses troupes. Les deux corps d'armée s'observaient sous le regard des anarchistes. La plupart étaient stupéfaits. Durruti, qui venait d'arriver, grommela :

— S'ils se battent, on sera tranquilles non seulement maintenant, mais encore après, dit-il.

— Sinon, il faudra tout recommencer, enchaîna Ascaso.

A nouveau, on entendit la voix ferme du colonel Jiménez :

— Commandant, quelles sont vos intentions ?

— Sauver l'Espagne !

Le colonel se retourna vers les siens.

— Désarmez-les.

Ce ne fut pas nécessaire : les troupes fascistes abandonnèrent armes et munitions avant de se rendre aux parjures de la nation.

— A l'hôtel Colón ! cria Durruti.

Et il fila le premier tandis que la foule envahissait la place de Catalogne enfin libérée.

L'hôtel Colón résistait encore. Une partie des troupes de Pedraldes s'y étaient réfugiées. Des mitrailleurs avaient pris position au sommet de la tour qui surplombait le square. Les anarchistes y arrivèrent en même temps que la garde civile. Boro était là, non loin de Prakash et Pázmány, qu'il n'avait pas vus. Il photographiait la façade imposante de l'hôtel, les deux énormes « O » du mot « Colón », en bordure de toit, et les tables rondes que personne n'avait songé à ôter du devant.

Durruti rassembla les anarchistes. Appuyé contre un des arbres du square, un homme prenait des notes. Boro le reconnut : c'était l'écrivain français qui avait obtenu le prix Goncourt trois ans auparavant et qu'il avait croisé à Barbizon, chez Trotski, en 1934. Il ne se rappelait jamais son nom.

L'écrivain leva les yeux, et son regard croisa celui de Boro. Il secoua sa mèche, plissa les paupières, chercha lui aussi l'identité de son vis-à-vis. Les deux hommes s'adressèrent un petit signe de la main et s'oublièrent.

Exactement comme il l'avait fait place de Catalogne, le colonel Jiménez fit arrêter sa troupe légèrement en retrait. Puis il monta en boitant les marches du square et avança droit vers l'hôtel. Il ne portait pas d'armes. Jusqu'au tiers de la place, nul ne tira. Puis, des trois côtés, les mitrailleuses reprirent le feu.

Le colonel se retourna. Il leva son bâton de chef de la garde civile et, des trois rues, les hommes au bicorne s'élancèrent. Les mitrailleuses du Colon visaient alternativement la droite et la gauche, non sans peine : les gardes n'avançaient pas en ligne mais en profondeur, et utilisaient avec précision l'abri des armes, suivis par les anarchistes qui, maintenant, sortaient de toutes les rues ; en même temps passaient devant Boro, dans un chahut de bottes, les gardes de la rue des Cortes, au pas de charge, sur qui personne ne tirait plus. Au milieu de la place, le colonel boitait droit devant lui.

Dix minutes plus tard, l'hôtel Colón était pris.

La chute de la capitainerie générale

LES troupes encerclaient désormais la capitainerie générale. Les tirs avaient cessé sur la place de Catalogne. La gare et le paseo de Colon avaient été dégagés. Durruti, Ascaso et Oliver avaient lancé leurs forces contre la cavalerie, sur le Paralelo. Les anarchistes attaquaient aussi l'armurerie de San Andrés et la caserne Atarazanas. Les gardes d'assaut, les socialistes, les communistes, auxquels s'étaient joints quelques groupes libertaires, pilonnaient la capitainerie. Boro, Prakash et Pázmány se trouvaient à cinquante mètres de la forteresse, en compagnie des journalistes espagnols et étrangers venus à Barcelone couvrir les Olympiades. Comme les autres, ils attendaient le moment crucial de leur reportage : l'arrestation du général Goded.

On avait eu des nouvelles des autres villes. A Madrid, la situation était incertaine ; les troupes étaient bloquées par le peuple dans la caserne de la Montaña, mais il y avait partout des fusillades. A Tolède, les fascistes s'étaient regroupés à l'Alcázar. Dans les Asturies, Oviedo résistait, Santander était restée à la République. Au Pays basque, Alava était tombée, mais la Biscaye tenait bon. A Bilbao, le commandant militaire avait refusé de suivre le général Mola. Burgos, Saragosse, Huesca et Jaca avaient été prises. Teruel aussi, où les gardes civils et les gardes d'assaut avaient rallié l'insurrection. Toute la Navarre était aux mains des fascistes. A Valladolid, les ouvriers du chemin de fer résistaient aux phalangistes. Ségovie et Salamanque s'étaient rendues sans combat. Les dockers de Valence tenaient la ville. Dans le détroit de Gibraltar, la flotte républicaine, menée par les comités d'équipage, barrait l'accès du sud aux troupes de Franco...

L'insurrection avait gagné l'Espagne comme une gangrène purulente, mais elle semblait marquer le pas. C'était là le seul triomphe du gouvernement. La veille encore, le Front populaire gouvernait le pays. Après deux jours de combat, il avait perdu des provinces au nord, au centre et au sud. Quoi qu'on en dît, c'était bel et bien une catastrophe. La République n'était pas brisée, certes, mais elle avait faibli, elle était fissurée. Voilà pourquoi il fallait tenir Barcelone : si les fascistes entraient en Catalogne, la route de France serait coupée.

Parmi les journalistes qui assistaient à la bataille de la capitainerie générale, beaucoup estimaient que les socialistes français viendraient rapidement au secours de leurs homologues espagnols. Il fallait tenir coûte que coûte. Le temps que l'aide s'organise de l'autre côté de la frontière.

Les trois reporters de l'agence Alpha-Press pensaient comme les autres. Ils étaient épuisés, n'avaient rien mangé ni bu depuis deux jours, ne s'étaient pas changés, mais rien de tout cela n'avait d'importance. Seule comptait la qualité de leur reportage. Et ils en étaient fiers. Alors qu'ils se trouvaient presque sous les balles, que par-dessus leur tête passait un vieux Breguet de la République, que la ville brûlait de part en part, que les canons fracassaient les barricades, ils étaient assis contre un tramway renversé et se racontaient leurs meilleures photos. Prakash avait pris toute la bataille du port, de la gare et de la place de Catalogne.

— J'ai des gros plans formidables, disait-il, heureux comme un enfant. Des visages et des gueules, des expressions inouïes...

— Et moi, interrompait Pázmány, j'ai tout Barcelone se préparant au combat, toute la banlieue descendant vers le centre, les gardes civils désarmant l'artillerie, et même le métro...

— Quand Paris publiera nos photos, ça causera un tel choc qu'on ouvrira la frontière pour livrer des armes et laisser passer les troupes, déclara Prakash avec emphase. On n'a pas tiré un seul coup de feu, mais on a quand même servi la République.

Boro ne bronchait pas. Depuis quelques minutes, il fixait un homme qui se tenait debout, immobile, vingt mètres plus loin, la main formant visière sur le front. L'homme était vêtu d'une combinaison bleue. Il observait le mur latéral de la capitainerie tout en parlant à un individu dont la poitrine était bardée de cartouchières. Alors qu'autour de lui fusaient les exclamations, les ordres, les cris, les balles et les obus, il demeurait imperturbable, pleinement concentré sur le point qu'il surveillait.

— Et toi ? demanda Prakash en assenant une bourrade sur l'épaule de son ami. Qu'as-tu photographié, Hongrois de malheur ?

Boro ne répondit pas. Prakash suivit son regard et découvrit la silhouette bleue.

— Celui-ci aussi, je l'ai gravé sur ma pellicule ! Il a réduit un canon à lui tout seul !

Boro s'était levé.

— Il se bat depuis ce matin avec un courage inimaginable.

Boro abandonna sa sacoche auprès de Pázmány et, canne dans une main, Leica dans l'autre, avança lentement en direction de l'inconnu.

Le jeune homme observait toujours la capitainerie. L'individu qui se tenait à ses côtés se baissa, ramassa un sac de toile beige et le suspendit à l'épaule de son compagnon. Boro s'arrêta à quelques pas. Il n'osait plus bouger. Il était la proie d'une émotion extraordinaire. Il n'avait pas envie de saluer le hasard pour la simple raison qu'il n'y croyait pas, ou alors de manière si intense, si profonde, que le hasard portait un autre nom. Il était un destin, il était une nécessité. En reconnaissant Dimitri, Boro fut envahi par un bonheur très lent, et ce bonheur-là se répandait en lui tandis qu'il regardait sans bouger le Juif allemand communiste qui avait sauvé sa vie et celle de Maryika, le 5 février 1934, dans le rapide Berlin-Paris.

Doucement, Boro appela Dimitri. Et Dimitri se retourna. Ses traits étaient incroyablement creusés, comme si la fatigue avait gravé son sillon jusqu'au muscle. La poudre des fusils, ou la terre, ou le sable, dessinait sur son front comme un voile bleuâtre qui devenait transparent autour des paupières. Et ce masque d'épreuves parut soudain gommé par le sourire éclatant qui s'afficha sur son visage, allumant son regard et dilatant ses lèvres.

— Borowicz !

Il répéta ce nom puis avança, ouvrant les bras. Les deux hommes s'étreignirent en riant, puis rirent encore en se dévisageant, et ils n'avaient rien à se dire, ils ne pouvaient parler, ils ne savaient que se regarder, et rire, et rire encore.

— Borowicz !

Dimitri répétait le nom de son ami en dodelinant de la tête, comme s'il n'y croyait pas.

Boro appuyait ses mains sur les épaules du jeune homme. Soudain, d'une manière incroyable, fulgurante, deux images se formèrent à son esprit et il songea : « Maryika est là, Maryika est à Barcelone. » Il paraissait impossible qu'il en fût autrement. Boro ne croyait pas que le hasard gouverne, mais il était sûr que le destin commande. Et il le dit à Dimitri. A quoi Dimitri répondit :

— Elle est à Madrid. Elle devait ouvrir les Olympiades. Elle viendra.

Puis il se tourna vers la capitainerie.

— Tu veux Goded, n'est-ce pas ?

Boro montra la haie des journalistes qui attendaient.

— Nous le voulons tous.

— C'est toi qui l'auras. Viens avec moi.

Il s'adressa à l'homme aux cartouchières et dit, en espagnol :

— J'y vais. Oriente les tirs.

Puis il entraîna Boro. Les deux hommes contournèrent les combattants par la gauche. Tant de questions se pressaient en eux qu'ils n'en posèrent aucune. Ils en restèrent au dénominateur qui les avait réunis et parlèrent des soldats réfugiés dans la capitainerie. Tout naturellement, ils retrouvèrent la langue dans laquelle ils s'étaient connus : l'allemand.

— Il y a une échelle métallique sur le flanc du bâtiment, expliqua Dimitri en montrant le mur d'enceinte de la caserne. J'ai bien regardé : les fascistes ne la surveillent pas. On peut monter par là. Tu passeras le premier et tu prendras des photos. Après, tu me cèderas la place.

— S'ils ne nous canardent pas...

— C'est le risque.

Ils traversèrent le paseo au-delà des tireurs et revinrent vers la capitainerie. La fusillade cessa. Ils longèrent le flanc de la bâtisse et s'arrêtèrent devant des échelons rouillés, scellés jusqu'au sommet du mur. Dimitri leva les bras. Les tireurs postés sur le paseo firent feu de nouveau, sur la droite.

— Tu peux escalader ? demanda Dimitri en désignant la canne.

Boro déposa son stick et agrippa un échelon. Le Leica C pendait à son poignet, retenu par la dragonne. L'autre était resté dans sa poche. Il se hissa à la force des bras puis s'aida de sa jambe valide. Dimitri monta derrière lui.

— Je pensais qu'on ne se reverrait plus, dit-il en regardant vers le haut.

— Comment sais-tu que Maryika est à Madrid ?

— Sa venue était officiellement annoncée pour les Olympiades. Elle est partie de Séville en camion. Si on gagne ici, on la fera venir.

Ils montaient.

— On a su par un type du P.O.U.M. qu'elle était à Séville. Il travaillait comme liftier à l'hôtel où elle était descendue. Il lui a trouvé un camion... Je me débrouillerai pour assurer la fin du voyage.

Boro s'arrêta.

— Pourquoi fais-tu cela pour elle ?

— Parce qu'elle a beaucoup fait pour moi.

Ils gravirent encore quelques échelons. Dimitri ajouta :

— Il faut qu'elle aille en France. Cette guerre ne la concerne pas.

— Cette guerre nous concerne tous.

— Pas elle.

Ils s'élevaient, dominant la mer et le paseo de Colón. On se battait en bas et derrière, sur le Paralelo. A l'ouest, la ville était calme sous le soleil de l'après-midi.

— Boro...

Boro s'arrêta. Il regarda Dimitri. Le jeune homme affichait un sourire calme.

— Je suis content de te voir...

Boro leva la main.

— C'est si incroyable, murmura-t-il.

Mais, déjà, Dimitri éloignait le nuage de l'émotion. Il monta encore. Puis il stoppa de nouveau et, la voix sourde, déclara :

— La guerre, on va la perdre. On l'a déjà perdue. On ne reprendra jamais les villes qui sont tombées, parce que, si elles sont tombées si vite, c'est qu'elles étaient prêtes à cela. Un coup de dent suffit à briser un fruit pourri. L'Espagne est pourrie... Monte.

Il manquait un échelon. Boro tendit les avant-bras et se hissa. Mais ses pieds battirent dans le vide : ils ne trouvaient pas la ferraille.

— Prends appui sur moi, dit Dimitri.

Boro cala son soulier sur l'épaule de son ami. Dimitri gravit une marche. Boro fléchit sa jambe gauche et posa la droite sur un barreau. Ils n'étaient plus qu'à cinq mètres du faîte. Au-delà du mur d'enceinte, en surplomb, apparurent les fenêtres hautes de la caserne. Les pièces semblaient vides. On tirait des étages inférieurs.

— Il n'y a personne en haut, commenta Boro. Ils ne peuvent pas nous voir. C'est incroyable qu'ils n'aient pas pensé à protéger la rampe.

— On ne peut mener aucune attaque par ici, répondit Dimitri.

L'escalier est trop étroit et ils ont dû faire sauter les barreaux de l'autre côté. Il n'y a que la grenade, et à condition que les troupes soient dans la cour.

Elles y étaient. Des soldats dépenaillés, ivres morts, titubant. Les forces vives se trouvaient à l'intérieur de la forteresse. Le territoire compris entre celle-ci et le mur d'enceinte était occupé par des alcooliques, dont certains étaient vautrés sur des capotes militaires étendues au sol.

Boro regardait ce spectacle stupéfiant sans pouvoir prononcer une parole.

— Qu'est-ce que tu vois ? demanda Dimitri.

Il était agrippé aux barreaux inférieurs, le corps tendu. Boro se tassa sur lui-même pour ne pas être vu des patrouilles. Il fit glisser le Leica le long de son poignet, colla son œil au viseur et coucha son visage sur les dernières pierres.

— Qu'est-ce que tu vois ?

Il déclencha.

— Je vois des soldats ivres, dit-il sans cesser de photographier. Trois morts dans un angle et des canons de fusil aux fenêtres des étages bas. Un canon couché dans la cour...

Il décrivait exactement ce qu'il imprimait sur sa pellicule.

— Je vois six soldats sortir du bâtiment et marcher vers d'autres soldats ivres. Ils les poussent vers le coin où sont les trois morts. D'autres soldats sortent de la caserne. Ce sont des officiers. L'un s'approche de ceux qui viennent de coller les soldats au mur.

— Décris les officiers.

Boro se déporta légèrement sur la droite. Il faisait en sorte de dépasser le moins possible du sommet du mur.

— L'un est grand et maigre. Il porte une capote boutonnée jusqu'au cou. L'autre a le front dégarni. Moustachu et gros.

— Goded ! souffla Dimitri dans un grand calme.

Boro le photographia.

— Continue, demanda Dimitri.

— Ils ont fait un peloton d'exécution. L'un des officiers s'approche des six soldats. Les autres sont contre le mur. Trop ivres pour bouger. Tout le monde regarde dans la cour et le tir a cessé. L'officier lève le bras. Il l'abaisse.

On entendit distinctement l'ordre lancé :

— *¡ Fuego !*

Boro quitta le mur. Il était décomposé.

— Ils font ça dans toutes les casernes, dit Dimitri. Ils trompent les soldats en ne disant pas qu'ils combattent la République, et quand les soldats comprennent, ils les soûlent. Ceux qui refusent de prendre les armes sont abattus.

Il se tenait au barreau de la main gauche. De l'autre, il ouvrit la musette qu'il portait en bandoulière. Il en sortit un objet oblong qu'il tendit à Boro.

— Lance-la.

Boro regarda l'objet. Il fit non de la tête.

— Pourquoi ?

— Je suis reporter. Mon arme, c'est ça.

Il tapota le Leica.

— Tu sais d'où elles viennent ?

Il fit non de la tête. Dimitri avait le regard brûlant.

— D'un navire prison. L'*Uruguay*. On l'a attaqué très tôt ce matin.

Il montra sa combinaison bleue.

— On était tous déguisés en mécaniciens. On a désarmé le navire et libéré les prisonniers. Ces grenades étaient pour eux. Les gardiens les leur lançaient dans les pattes quand ils fuyaient. Les renvoyer à l'expéditeur n'est que justice.

Boro secoua la tête.

— Descends, alors.

Dimitri lança son pied dans le vide, le colla contre le mur d'enceinte et libéra le passage. Boro glissa d'un échelon. Dimitri prit sa place et risqua un regard à l'intérieur de la cour.

— Descends ! répéta-t-il.

Boro obéit. Il s'arrêta à mi-course. Dimitri avait glissé la grenade entre ses dents. Il tira d'un coup sec et la lança par-dessus le mur. Il fouilla dans son sac, prit une nouvelle grenade et recommença. Ainsi trois fois. A la troisième détonation, les troupes amassées sur le paseo montèrent à l'assaut de la capitainerie.

Le pied de guerre

PARIS-SPORTS faisait figure de héros.

La rue des Lombards avait tressé des couronnes à son courage malheureux. Un turfiste qui défouraille comme un cibleur mérite le respect de son quartier. Le limonadier arborait fièrement son bras en écharpe. C'est qu'une balle de pistolet dans le biceps et une menace d'asphyxie par noyade dans un bac à vaisselle, ça vous plaçait un homme au faîte du tableau d'honneur.

Paris-Sports avait récompensé la Taumuche en lui ouvrant un compte à vie, gracieux bien sûr, et alcoolisé s'il le souhaitait. Le jeunot lui avait sauvé la vie. Il lui avait sorti la tête du bain, l'avait étalé sur le parquet et lui avait fait dégorger la rinçure.

Puis, avant même de s'occuper de la Louve qui gesticulait dans ses linges et ses liens, la Taumuche avait alerté ses amis. Pépé l'Asticot, Ramier, Casse-poitrine, P'tit Sifflet et la Grenade avaient juré qu'ils accouraient.

En attendant, la Taumuche avait délivré la bouche d'Olga. Les autres crapules lui avaient bourré le palais au tampon hydrophile. Elle feulait à pierre fendre. Pendant que son sauveur tranchait au couteau les ligatures des poignets et des chevilles, elle enflait comme du lait qui déborde.

— Ils m'ont mise en l'air ! Ils m'ont foutu des coups là !

Elle s'emparait de la main de la Taumuche, la plaçait à son balcon.

— Et là ! Vise un peu plus bas !

Elle le guidait sur la courbe de son troussequin.

— Toi, t'es pas morte, avait constaté le barbillon. Ça clapote et c'est chaud !

Là-dessus, les autres mauvais garçons étaient arrivés en deux fois deux charretées. Rien que des Tractions avant.

On avait clos la guinguette et apposé sur la vitrine une étiquette : « Fermé pour cause de décès. » La balle fut extraite par un médecin ami de la famille. Paris-Sports était tombé dans les vapes. On le ranima au vieux calva pendant qu'Olga se remettait de ses douleurs en mangeant des spaghetti au poivre.

Dans la soirée, Pépé l'Asticot réunit ses relations. Tous les demi-sel, les marlous, les coquins du Topal frappèrent deux fois aux volets avant d'être introduits dans le troquet où se tenait le conseil de guerre. La description de l'assaut par les victimes permettait de se faire une idée assez juste du physique des kidnappeurs de Liselotte.

D'après Casse-poitrine, l'activité de ces messieurs de l'assistance permettait de disposer d'un réseau d'informateurs inappréciable. Il suffisait de tendre l'oreille pour ne rien perdre des confidences d'une clientèle souvent bavarde sur l'oreiller.

L'Asticot gardait un flegme de général.

— Le problème n'est pas là, déclara-t-il après avoir écouté. Primo parce que nos deux clampins ne vont pas se risquer à se promener dans le secteur.

— Qu'est-ce t'en sais ? Faudra bien qu'ils sortent du froid un de ces jours...

— Ça m'étonnerait qu'ils aillent au radada après le nettoyage qu'ils ont fait ! Question lit, zéro ! D'ailleurs, à mon avis, on n'a pas affaire à des voyous.

— Ni à des retraités, opina Ramier qui ne crachait pas sur le bon sens.

Pépé l'Asticot se gonfla du torse.

— Messieurs, dit-il, conscient de son importance, messieurs, c'est pire... Nous avons affaire à de la politique !

Ce diagnostic rafraîchit l'atmosphère. On releva les chapeaux vers l'arrière. On s'épongea le front. Le milieu n'aimait pas beaucoup se heurter au pouvoir.

— Des gens qui ont le bras long ? interrogea P'tit Sifflet.

— A voir, laissa entendre l'Asticot. On s'attaquerait plutôt au genre conspirateur...

Aussitôt les questions fusèrent :

— Des francs-maçons ?

— Des extrême-droite ?

— Des Maurras ?

— J'veux pas mourir pour la Tcheka, dit Casse-poitrine.

— Ni pour le Grand Orient, clama une voix anonyme.

— Ni pour le négus, conclut Ramier qui n'en ratait jamais une.

— J'en saurai davantage dès demain aux aurores, interrompit l'Asticot.

D'un claquement de langue, il leva la séance.

Le lendemain, Pépé enfila son costume le plus chic, un trois-pièces dans les vert amande, et se rendit passage de l'Enfer. Au sujet de l'enlèvement de Liselotte, il préférait casser le morceau de vive voix. Il trouvait cela plus gentleman.

Sachant parfaitement que son commanditaire allait lui passer un savon pour ses négligences, il rentra les épaules et assura sa chevalière. Au sixième coup de sonnette, force lui fut de se rendre à l'évidence : l'appartement de Boro était fermé comme une église un jour de couvre-feu. Perplexe, l'Asticot se remit au volant et débarqua à Alpha-Press.

A l'abri de son comptoir de réception, Chantal Pluchet leva la tête. Elle suspendit le ballet voltigeur de ses doigts au-dessus du clavier de son Underwood.

— Qu'est-ce qu'il y a pour votre service ?

— M. Boro est-il présent ?

Elle le toisa. Il lui rendit son regard prometteur.

— A qui ai-je l'honneur ? s'enquit la Pluchet.

— Lucien Palmire, déclina Pépé après un temps de réflexion.

— Je vous écoute, monsieur Palmire.

— Appelez-moi Pépé l'Asticot, c'est plus simple... M. Boro me connaît plutôt sous mon blase de travailleur sédentaire.

— Désolée, monsieur l'Asticot, dit une voix nette venue d'ailleurs. M. Boro n'est pas joignable.

Le barbeau se retourna.

Depuis le départ de ces messieurs, Mlle Fiffre régnait sur la maison. A part un chemisier blanc, elle était habillée en deuil. Elle fit passer le dossier qu'elle tenait d'une aisselle sous l'autre et considéra le nouveau venu avec quelque hauteur.

— Je dois entrer en communication avec votre patron, déclara le souteneur. Il est question de l'avenir d'une personne qui lui est très proche...

— Que ce soit clair, mon cher monsieur ! S'il s'agit d'une personne du sexe féminin, nous ne répondons pas aux plaintes, trancha Germaine.

Elle tourna les talons.

— Il s'agit de Mlle Liselotte, dit posément l'Asticot. Peut-être son nom ne vous est-il pas étranger ?

Fiffre lui fit face.

— En effet, dit-elle d'une voix moins rogue.

— Mlle Liselotte a été kidnappée, dit l'Asticot.

— Suivez-moi sans tarder, ordonna Germaine.

Elle le pilota avec dextérité dans le dédale des couloirs encaustiqués. Elle possédait une grande sûreté d'équilibre. Pépé rata un virage et entra sur les fesses.

Elle l'attendait derrière son bureau.

— M. Borowicz est en Espagne. Je vais essayer Barcelone. Mais depuis que nos reporters sont partis, nous n'arrivons pas à obtenir la liaison...

Quinze fois, elle tenta d'établir le contact. Elle conversa avec différents interlocuteurs, s'impatienta souvent, s'acharna. Elle demanda l'international, hurla, épela inlassablement le nom de Borowicz :

— « W » comme water-ballast, « I » comme Isabella, « C » comme Carmen et « Z » comme Zamora.

Chaque fois, elle pestait contre ce patronyme hongrois impossible à comprendre dans la totalité du globe. A la fin, les larmes aux yeux, elle finit par perdre son chignon.

— Vous avez bien du mérite, mademoiselle Germaine, constata Pépé l'Asticot.

— Oui, dit-elle dans un souffle. Je me donne du mal pour lui.

Elle soupira. Blèmia Borowicz semblait s'être volatilisé.

Les haricots d'Espagne

BARCELONE respirait : les fascistes étaient vaincus. Fait prisonnier dans la soirée du 19, le général Goded avait appelé ses troupes à cesser les combats. Le lendemain, les anarchistes conquirent les derniers îlots de résistance. Dans la soirée, ils attaquèrent l'armurerie de San Andrés et s'emparèrent de trente mille fusils. Ils entrèrent également dans la caserne d'Atarazanas. Ascaso fut tué au cours des combats.

Le président Companys, chef de la généralité de Catalogne, reçut une délégation d'anarchistes. Durruti et Oliver vinrent armés. Bien obligé, Companys leur proposa d'entrer au gouvernement. Il savait mieux que quiconque le rôle que les libertaires avaient joué dans la victoire et, surtout, qu'aucun régime ne pourrait administrer la Catalogne sans eux. On les avait combattus et emprisonnés ; voilà qu'on leur tendait la main. Pour Durruti, c'était une belle revanche en même temps qu'un formidable tremplin : ses camarades et lui ne se contenteraient pas d'administrer la province. Ils feraient la révolution.

Communistes, trotskistes et anarchistes formèrent un Comité des milices antifascistes, gouvernement de fait dominé par les libertaires. Lorsque le comité fut sur pied, Durruti organisa une colonne anarchiste. A la tête de ses troupes, il partit à la défense de Saragosse. Prakash fut désigné par le sort pour couvrir les faits d'armes des Catalans. Pázmány rentrait à Paris, avec mission de faire parvenir de la pellicule aux deux reporters. Boro restait à Barcelone. Il attendait Maryika.

Dans la nuit du 19 juillet, après la prise de la capitainerie générale, Dimitri l'entraîna dans un bistrot cantine situé entre la gare et le parc de la Citadelle. Le jeune homme était épuisé. Il se battait depuis le début de l'insurrection sans discontinuer et comptait bien poursuivre le lendemain, le surlendemain, les jours suivants. Il ne s'arrêterait jamais, expliqua-t-il à Boro tout en mangeant avidement les haricots noyés dans l'eau grasse qu'on leur avait servis. Si les fascistes gagnaient ici, il les chercherait ailleurs. Toujours, il prendrait les armes contre eux.

— C'est parce qu'ils y sont que tu es venu en Espagne ?

Le jeune homme secoua la tête.

— Je suis arrivé cet hiver. J'étais en France.

Boro posa sa fourchette sur la table. Dimitri devança sa question.

— Ne sois pas vexé. Nous sommes du même bord dans les situations difficiles. Autrement, nous vivons dans nos mondes. Le tien ne ressemble pas au mien... Je ne souhaitais pas les confronter.

Boro reprit sa fourchette. Il n'était pas vexé. Blessé, plutôt.

— Il n'y avait plus rien à faire en Allemagne. On arrêtait les juifs, les communistes, les socialistes... J'y suis resté quelques mois, traqué, sans pouvoir rien faire. En 1934, Hindenburg est mort et Hitler est devenu chancelier du Reich. Acclamé par la quasi-totalité de la population. Que voulais-tu que je fasse ?

Dimitri eut un geste navré.

— Je suis venu à Paris. On m'a donné un permis de séjour provisoire. J'ai vécu en m'employant aux Halles. Tous les quinze jours, j'allais à la préfecture pour tenter d'obtenir un permis de travail. Cinq étages à pied parce que l'ascenseur est interdit aux étrangers. Et je n'obtenais rien.

Dimitri grimaça en regardant son plat de haricots vide.

Boro le retrouvait tel qu'il l'avait quitté : fougueux, un peu rêveur, avec ces yeux très noirs qui souriaient avant la bouche. Il avait peine à croire que c'était ce garçon-là qui avait lancé ses grenades dans la cour de la capitainerie et, surtout, étranglé de ses mains Friedrich von Riegenburg, l'officier nazi qui l'eût abattu si l'autre n'avait pas surgi dans le compartiment où il était prisonnier.

— Un matin, aux Halles, je me suis fait ramasser par deux flics à vélo. Ils m'ont demandé mes papiers. J'avais oublié de faire tamponner mon certificat à la préfecture. Ils m'ont embarqué au commissariat, où j'ai passé la nuit en cage. Même en Allemagne, ça ne m'était jamais arrivé... Le lendemain, j'ai été transféré à Melun. Je suis resté une semaine en cellule. Après quoi, j'ai été déféré devant un juge.

— Mais pourquoi ? s'écria Boro.

— Parce que je travaillais sans autorisation.

— Et alors ?

— Alors, verdict : deux mois ferme. Et quand je suis sorti, les autorités m'ont ordonné de quitter le territoire sur-le-champ.

— C'est incroyable ! murmura Boro.

— Tu vois ! Nous vivons dans deux mondes... Tu comprends maintenant pourquoi je ne me suis pas éternisé dans ton pays ?

Dimitri se renversa sur sa chaise et rit.

— J'ai tout de même appris quelque chose. Le français ! La méthode Lagrive, tu connais ?

Boro secoua la tête.

— La méthode Lagrive repose sur la phonétique, articula Dimitri en français.

Il espaçait largement ses mots. L'effet était comique.

— On apprend une phrase qu'on doit prononcer sur tous les tons. Propose-moi une phrase, tu vas voir !

— Quand arrive Maryika ?

— Quand arrive Maryika ? reprit Dimitri.

Puis, singeant la méthode Lagrive, il déclina la phrase sur le mode interrogatif simple, interrogatif désespéré, autoritaire doux, autoritaire dur, avec inquiétude, allégresse, bonheur, passion, jalousie.

Boro riait. Il ne parvenait pas à se contenir. De temps à autre, on entendait une rafale de mitraillette, mais les deux hommes n'y prêtaient aucune attention, pas plus qu'aux mouvements de la patronne de la buvette qui ne cessait d'aller et venir entre le comptoir et la porte de son établissement. Ils s'étaient retrouvés. Ils étaient heureux d'être là, ensemble. Boro redécouvrait chez Dimitri cette façon particulière de parler très sérieusement avant de briser soudain le propos sur une pirouette, un pied de nez, un sourire angélique.

— Tu m'as sauvé la vie, dit-il avec émotion lorsqu'il eut raison de son fou rire.

— Je ne l'ai pas fait pour toi, repartit Dimitri.

— Je sais.

— C'était pour Maryika. Elle avait besoin de moi.

Un silence passa entre eux. Boro avança un pion.

— Elle avait besoin de toi pour moi. Seule, elle n'aurait pas pu m'aider.

— Laissons cela, prononça Dimitri en repoussant son assiette sur le côté. Tu l'aimais, je l'aimais aussi. C'est tout.

Une question brûlait les lèvres de Boro. Il tenta de la conserver par-devers lui, mais comme Dimitri reparlait de sa cousine en disant qu'elle arriverait sans doute à Barcelone le surlendemain, il demanda :

— L'as-tu revue ?

— Non.

— Moi non plus.

La balle était au centre, ils l'y laissèrent. L'aveu du jeune Allemand n'avait pas surpris Boro : lorsqu'il l'avait rencontré dans l'appartement berlinois de Maryika, il avait compris que le jeune communiste était amoureux de la star qui faisait la une de tous les magazines. Du temps avait passé. Aujourd'hui, Blèmia ne ressentait plus pour sa cousine qu'une tendresse profonde mais lointaine. Elle était un amour de jeunesse, sa jeunesse avait filé, il lui en restait des couleurs noires et des pastels. Maryika avait sa place sur la toile. En haut à droite, du côté soleil. Un soleil bleu qui brillait doucement, une lueur pâle nimbant un espace clos de la mémoire. Boro, du moins le croyait-il sincèrement, n'éprouvait plus aucune jalousie.

Comme les deux hommes se levaient, il posa sa main sur l'épaule de Dimitri.

— Je ne crois pas au hasard, mais c'est quand même étrange que nous nous retrouvions ainsi tous trois à Barcelone.

— Ce n'est pas un hasard, répliqua Dimitri.

Ils sortirent. La nuit était noire. Une brise légère venait de la mer. Des voitures sillonnaient la ville, tous phares allumés. Boro attendait.

— Ce n'est pas un hasard, répéta le jeune Allemand. C'est moi qui lui ai demandé de venir pour les Olympiades.

Boro s'arrêta.

— Je croyais que tu ne l'avais pas revue !

— Ça n'empêche pas d'écrire.

Ils repartirent, montant sur le paseo de San Juan. Dimitri avait marqué un point.

L'hôtel Colón était occupé par les militants de gauche. Dans la salle à manger, sous les lustres brillant de tous leurs cristaux, des ouvriers attendaient, en armes et coiffés de casques d'acier ou de bérets. Par un mystère que Boro ne put s'expliquer, Dimitri obtint deux chambres au dernier étage de l'hôtel. Il semblait que tous les combattants de Barcelone le connussent. Mieux : on l'aimait. Il était un héros. On lui lançait des « *salud* » chaleureux, on venait à lui, il était étreint, embrassé. Il allait de groupe en groupe, aussi à l'aise que s'il se fût trouvé dans une cour d'école. Toute la ville le respectait.

— A Berlin, tu étais communiste, dit Boro comme ils entraient dans l'ascenseur. L'es-tu toujours ?

— Oui, répondit Dimitri en appuyant sur le bouton du dernier étage.

— Pourtant, tu combats avec les anarchistes...

— En Allemagne, les communistes étaient beaucoup plus forts que les anarchistes. Ici, c'est le contraire. Je marche avec la gauche, à condition qu'elle soit vraiment à gauche. Entre les anarchistes et les communistes, il y a des différences théoriques. Mais ils vouent la même haine aux fascistes. Pour le moment, c'est cela qui compte.

L'ascenseur stoppa dans un feulement doux. Boro fit glisser la porte.

— Je ne m'intéresse qu'au terrain, poursuivit Dimitri en sortant dans le couloir. Si la cause est bonne, je vais là où on a besoin de moi. En Allemagne, c'était contre Hitler. Ici, c'est contre Franco. Le jour où nous serons assez forts pour construire, je choisirai mon camp.

— Durruti pense qu'un jour les communistes massacreront les anarchistes.

— Alors je serai avec les anarchistes.

— Et si c'est le contraire ?

Dimitri s'arrêta. Son visage apparut sous la lampe. Des cernes profonds mangeaient son regard.

— Jamais les communistes ne tireront sur les anarchistes. Ils sont frères.

Il marqua un temps avant d'ajouter, presque à voix basse :

— Je ne parle pas des amis de Staline.

Il se détourna et ouvrit une porte.

— Voici ta chambre. Je dormirai à côté.

Boro pénétra dans la pièce. La lumière ne fonctionnait pas.

— Reprends des forces. On a besoin de toi et de tes photos.

Dimitri referma la porte. Boro tâtonna jusqu'au lit. Il s'y abattit sans même se déshabiller.

El Borowicz

EN trois jours, les fascistes avaient conquis plus du tiers de l'Espagne. Au Maroc, les pogromes avaient commencé contre la population juive. A Séville, le général Queipo de Llano avait annoncé que dix hommes seraient fusillés pour chaque rebelle tué. A Burgos, deux mille républicains furent passés par les armes. A Huesca, tout individu portant une trace bleue à l'épaule, marque du recul du fusil, était condamné à mort. Dans d'autres villes, on crevait les yeux des prisonniers. On leur coupait la langue. On les castrait. La haine déferlait sur l'Espagne. Il n'y aurait pas de rémission, aucune pitié. Deux armées s'affrontaient. Chacune incarnait une morale. Chacune combattait pour l'imposer. Aucun intérêt territorial ou économique n'était en jeu. D'un côté, il s'agissait d'une guerre de religion ; de l'autre, d'une guerre sociale. Les urnes, qui avaient donné la victoire à la République, béaient, ouvertes et défoncées par le talon des fascistes.

La moitié de l'armée était restée fidèle au gouvernement. Mais, en face, on alignait les trente mille soldats de l'armée d'Afrique, la mieux équipée et la mieux entraînée de toute l'Espagne. La marine était républicaine, les carabiniers fascistes, la garde civile et l'armée de l'air partagées, les gardes d'assaut loyalistes, sans excès.

Il apparut rapidement qu'aucun des deux adversaires ne bénéficiait d'atouts lui permettant de prendre l'avantage sur l'autre. La différence viendrait des armes qu'enverrait l'étranger — si l'étranger décidait d'intervenir.

La ligne de partage, déjà claire en Espagne, devint plus nette encore après que les deux parties eurent appelé leurs amis à la rescousse. Le 19 juillet au soir, José Giral, Premier ministre, envoya un télégramme à Léon Blum, président du Conseil en France :

« Surpris par dangereux coup d'État militaire. Vous demandons de nous aider immédiatement par armes et avions. »

Au même moment, Franco dépêchait son représentant, Luis Bolin, auprès du Duce. Deux jours plus tard, il envoyait un câble à Hitler afin d'obtenir des avions pour passer le détroit de Gibraltar. Ces communications furent rendues possibles grâce à la mansuétude du gouvernement de Sa Très Gracieuse Majesté, qui ordonna aux Britanniques stationnés à Gibraltar de mettre les lignes téléphoniques anglaises à la disposition des fascistes espagnols afin qu'ils pussent bavarder plus facilement avec les fascistes italiens et allemands. Quelques jours plus tard, les Anglais se feront les chantres de la non-intervention.

Le 25 juillet, Mussolini envoya onze bombardiers Savoia au Maroc. Le 29, vingt Junker 52 et six Heinkel 51 décollaient des aéroports allemands, ouvrant le pont aérien qui allait relier les nazis allemands aux fascistes espagnols pendant près de trois ans.

A Paris, on hésitait. Le 20 juillet, après avoir reçu le télégramme de Giral, Léon Blum convoqua Yvon Delbos, ministre des Affaires étrangères, et Édouard Daladier, responsable de la Guerre. Les deux hommes étaient radicaux, et plutôt favorables à l'envoi d'armes. Boro obtint l'information le 21 au matin, de la bouche même d'Anne Visage. Elle ne lui en dit pas plus, mais c'était suffisant. Boro communiqua la nouvelle à Dimitri.

Le lendemain, tout avait changé : les Anglais s'inquiétaient de la réaction de la France et militaient pour la non-intervention. Le 22, les deux gouvernements se réunirent à Londres. Le 23, sous l'illustre signature du non moins illustre Raymond Cartier, *l'Écho de Paris* publiait un article sur l'aide française à l'Espagne : « Le Front populaire français osera-t-il armer le Front populaire espagnol ? » s'interrogeait le chroniqueur.

Mais non ! répondirent en chœur les courageux radicaux, Delbos et Daladier en tête.

Ils furent relayés par M. Lebrun, président de la République, qui, sous la pression des Britanniques, informa Léon Blum que la politique d'intervention conduirait le pays droit à la guerre. Le 25, par téléphone, Anne Visage faisait part à Boro de la position officielle du gouvernement français : Paris ne livrerait pas d'armes à l'Espagne mais ne s'opposerait pas aux transactions privées portant sur du matériel autre que militaire.

— C'est-à-dire ? interrogea Blèmia.

— Tu m'as bien entendu, répondit Anne Visage. On donnera ce qu'on nous demande, sauf des armes.

— Des saucisses, alors ?

Boro resta onze jours en Espagne. A l'époque, on y croyait encore. Les coups de feu avaient cessé dans Barcelone. Blèmia se promenait dans les rues, Leica en bandoulière. Dimitri l'accompagnait. La ville résonnait des cris lancés par les anarchistes : « Au front ! Au front ! »

Ils marchaient, en rangs par trois, applaudis par la foule. Les femmes offraient pain et cigarettes à ces héros qui rejoignaient la gare. Un train les attendait, blindé à l'avant, blindé à l'arrière, hérissé de mitrailleuses.

Sur les Ramblas, des hommes en civil armés de fusils entraient dans les grands magasins, faisaient leurs courses, ressortaient et offraient leurs victuailles à la population ouvrière. Le mont-de-piété était assailli par ses clients habituels qui récupéraient leurs biens sans monnaie d'échange.

Dimitri était comme un enfant. Tous les cent pas, il pointait le doigt en direction d'un homme, d'une femme, d'un groupe :

— Prends-les ! criait-il à Boro. C'est le visage de la révolution !

Et Boro photographiait la révolution.

Pázmány lui avait fait parvenir des rouleaux de pellicule qui, chaque soir, reprenaient le chemin de Paris par une valise diplomatique mise à sa disposition. Roulée dans le premier envoi de Páz, se trouvait une enveloppe close et chiffonnée, entourée d'élastiques. Pensant qu'il s'agissait d'un simple rapport de laboratoire, Boro l'avait fourrée dans la poche de sa veste de lin et l'y avait oubliée.

Dans le *Daily Herald* et le *Manchester Guardian*, il reconnut les photos que ses deux camarades et lui-même avaient prises de la première journée de la guerre à Barcelone. La presse française n'arrivant plus dans la ville, il ne sut si les quotidiens nationaux avaient également acheté les clichés de l'agence Alpha-Press. Néanmoins, il était assez fier de son travail.

Le reporter, sa canne et ses Leica devinrent rapidement légendaires auprès de la gauche catalane. On lui laissa sa chambre à l'hôtel Colón et on lui permit de téléphoner depuis le standard de l'établissement. Celui-ci avait été réquisitionné par le P.S.U.C. Mais Boro s'abstint d'appeler Paris. La France était si loin ! Une fois encore, il était le témoin de l'Histoire. Et il n'était plus neutre : il avait choisi son camp.

Le 24 juillet au matin, il entraîna Dimitri à l'aéroport. Ils partirent de la Diagonal et effectuèrent le chemin inverse de celui que les trois d'Alpha-Press avaient parcouru le 18 au matin. Aucune bombe n'avait touché l'aérodrome. En bout de piste attendait le monoplan de Doret.

— Combien la République a-t-elle d'appareils ? demanda Boro.

— Environ deux cents, répondit Dimitri.

— Elle en aura environ deux cent un.

— Je demande une explication.

— Suis-moi.

Ils marchèrent jusqu'à l'avion. Boro posa l'embout caoutchouté de sa canne sur l'empennage du monoplan et déclara avec emphase :

— Cet avion m'appartient. Je le donne à la République.

Dimitri regardait tantôt l'appareil tantôt son ami. Il ne comprenait toujours pas. Boro s'impatienta :

— C'est conçu pour voler ! Et ça marche ! Je suis venu de Paris avec ! Prends-le ! Pose des mitrailleuses sur les ailes et des bombes dans l'habitacle, trouve un pilote et embarque-toi sur le front !

— Tu veux me tuer ? grimaça Dimitri en désignant le coucou du pouce. Il a fait la guerre de 1870 !

— 1922, mon vieux. Et il a trois cents chevaux à la charge. Quand ils le verront, les fascistes prendront leurs jambes à leur cou.

— On n'aura même pas besoin de tirer !

Boro se campa face à Dimitri et le considéra froidement. Un sourire narquois éclairait le visage du jeune communiste. Il posa son bras sur l'épaule de Boro et dit :

— Je me moque.

Et il ajouta, non moins superbe que son camarade :

— La République te remercie. Je ne sais pas ce qu'elle en fera, mais elle en fera quelque chose.

Elle en fit un bombardier léger, piloté par le seul anarchiste de la C.N.T.-F.A.I. capable de se débrouiller avec un engin pareil. Le monoplan reçut le nom de son donateur. *El Borowicz* servit lors du bombardement de l'Alcázar de Tolède, le 11 septembre 1936, puis au-dessus d'Irun et de San Sebastiàn, en octobre. Le même mois, il attaqua la légion Condor, débarquée à Séville, puis se replia, en bon ordre et sans blessure, derrière les lignes républicaines d'Albacete.

En février 1937, on l'envoya pilonner Alicante, prise par les nationalistes. Il évita Guernica, changea de pilote en mai 1937, après que les anarchistes eurent été mitraillés par les communistes à Barcelone. John Robinson Butaud-Brisac, un Américain des Brigades internationales, le prit en main et l'envoya sur Guadalajara, où ses deux bombes de deux cents kilos firent merveille contre l'artillerie franquiste.

Il participa encore aux batailles de Santander (août 1937), de Lerida (avril 1938) et à celle de l'Èbre (mai 1938), gagnée par Franco qui parvint à isoler la Catalogne. En juin, lorsque les Brigades internationales quittèrent l'Espagne, John Robinson Butaud-Brisac s'en fut aux commandes de son coucou. Il atterrit dans un champ à la périphérie du Havre, démonta lui-même son engin (juillet-octobre 1938) et le fit transporter par bateau jusqu'à New York.

Le 6 juin 1944, touché par une batterie de 75, *El Borowicz* s'écrasait au-dessus d'une casemate allemande enterrée près du village normand de Sainte-Mère-Église. Il n'y eut aucun survivant.

Jeux de pistes

Liselotte errait dans sa cellule. Le silence était comme une huile et l'ennui comme un vertige. Ses nerfs grinçaient ainsi que des cordes trop tendues.

Comment aurait-elle pu imaginer le cynisme de Cosini ? Sa cruauté mentale ? Lui qui avait ordonné qu'on truquât le déroulement naturel de l'alternance des jours et des nuits en le réduisant à trois tranches de huit heures.

La lumière bleue s'allumait. La lumière bleue s'éteignait. Le sommeil était un puits sans fond, un tunnel peuplé de piaillements, de vols heurtés de chauves-souris ou de bruits de lavabo se vidant de son eau. Après les cauchemars, les yeux s'ouvraient sur un ciel de béton. L'ampoule était comme un cyclope à l'œil bleu.

Liselotte comptait les jours. Le temps qu'elle mesurait était multiplié par trois.

— Elle a l'impression d'être enfermée depuis longtemps, jubilait l'Italien. Quand le moment sera venu de lui demander d'envoyer un message pour attirer son photographe, elle sera rendue à un tel degré de détresse qu'elle cédera sans broncher.

La lumière bleue s'éteignait. La lumière bleue s'allumait. Chaque fois, Liselotte traçait un trait derrière la table de chevet. Après quoi, elle guettait l'ouverture du judas. Les pupilles de la Briguedeuil s'encadraient derrière les barreaux.

— Savez-vous cuisiner le vrai filet de bœuf ?

— Non...

Les yeux de la bouchère se voilaient d'une sorte de taie consentante puis la fixaient en plein front.

— Asseyez-vous sur le tabouret, petite. Écoutez donc...

Liselotte s'installait face au rectangle grillagé. Tout plutôt que le silence.

La voix devenait sentencieuse :

— Achetez un kilo cinq cents grammes de filet de bœuf, parez-le et piquez-le avec des lardons de quatre millimètres carrés et de cinq centimètres de long... Choisissez le lard toujours bien blanc et d'une absolue fraîcheur. Un seul morceau de lard douteux pourrait vous gâter tout un filet de bœuf. Embrochez et faites cuire pendant quarante minutes. Passez et dégraissez le jus que vous servez sous le rôti...

— Vous racontez si bien le bœuf, madame !

— Je vous en servirai tout à l'heure. Et demain, je vous raconterai l'histoire de la tête de veau à la sauce dite pauvre homme.

Le judas se refermait. Tous les jours, une nouvelle histoire. Liselotte avait l'impression d'être redevenue une petite fille. Désormais, elle connaissait non seulement le conte de l'Ogre aux bottes de sept lieues ou celui du Chat botté, mais aussi la légende de la Queue de bœuf hochepot, les Mémoires du gras-double à la mode de Caen, les Chroniques du foie de veau sauté à la ménagère.

Elle en aurait vomi.

Mme Briguedeuil, quant à elle, était heureuse : la prisonnière avait bien pris deux petits kilos. Ceux-là mêmes que ses grands dadais de fils avaient perdu depuis que, lancés comme des dogues sur la trace de Charpaillez, ils planquaient leurs grands mufles aux alentours du 29, rue de la Voûte.

Ils n'étaient pas seuls à chercher Trompe-la-mort. Guichard, lui aussi, ratissait Paris grâce à ses indicateurs. Des yeux s'ouvraient sur la nuit. Du carreau des Halles au bois de Vincennes, de Montmartre à Bercy, le préfet avait tendu le fil invisible de ses délateurs. Il avait discrètement fait sonder le pied des écluses, ordonné qu'on le renseignât quotidiennement sur les nouveaux locataires des tiroirs de la morgue. Il avait étendu le réseau de ses recherches à la banlieue, aux villas des bords de Marne, aux garnis, aux gares et à tous les lieux à hauts risques.

Enfin, pour ne pas être contrarié dans ses recherches, il convoqua Phil Fandor, du *Petit Parisien.*

Il lui demanda de s'abstenir de toute nouvelle publication relative à l'affaire d'Ivry. Philibert hurla à la liberté de la presse. Guichard invoqua la raison d'État et promit que l'affaire suivrait son cours. La libération de Dédé Mésange n'était en fait qu'une question de circonstances propices. Il fallait savoir attendre. Comprendre que l'intérêt général passait avant l'intérêt particulier et que, parfois, les choses de l'État se trament dans l'ombre.

Puis, face à l'acharnement du journaliste, il développa à fond son art du retournement. Ses inflexions devinrent paternalistes, un tantinet sentencieuses. Il expliqua que s'il n'intervenait pas séance tenante dans cette regrettable affaire d'Ivry, c'était bel et bien pour suivre les agissements des seconds rôles et remonter jusqu'aux chefs de la conspiration (qu'au reste il connaissait de longue date — mais il garda le silence sur ce point). Il fourbit encore quelques phrases enrobées dans le miel, déploya calme et persuasion pour dissiper les dernières ardeurs de Philibert. Enfin, il remporta la partie en exprimant la considération qu'il avait pour la prose du journaliste.

Philibert ressortit de cette entrevue totalement subjugué par la froideur calculée du préfet. Deux jours plus tard, Raymond Pharamond convoqua son stagiaire pour lui signifier aussitôt son congé sans indemnités.

Philibert fit une poussée d'acné dans la nuit. Il chercha à joindre Liselotte, mais n'y parvint pas. Au matin, il se jeta dans un train en partance pour Genève. Son accent traînant se doublait désormais d'un bégaiement de contrariété qui ne devait plus le quitter.

L'information mettant en scène le « présumé » suicide du capitaine Jaunivert de Coquey fut démentie le surlendemain de la parution du journal. L'officier s'était tué accidentellement au manège. Chute de cheval. L'étalon l'avait piétiné. La boîte crânienne, la mâchoire avaient été fracassées. A Paris, le ministère de la Guerre corrobora ces déclarations et démentit les rumeurs mensongères tendant à discréditer le corps des officiers. Le préfet Guichard avait bien travaillé.

De leur côté, les hommes de Pépé l'Asticot accomplissaient un magnifique travail d'observation. Ils avaient déployé la grande oreille du milieu. Pas une maquerelle, une michetonneuse, un maquereautin, une marcheuse qui ne fût capable de reconnaître les agresseurs de Paris-Sports et d'Olga Polianovna. Cette dernière, revenue de ses émotions, s'était juré qu'elle ne reprendrait pas le travail tant qu'elle n'aurait pas remis la main sur son amie Liselotte.

Chaque après-midi, Pépé l'Asticot se rendait à l'agence Alpha-Press. Dès qu'il apparaissait, Chantal Pluchet relevait la tête et lui décernait ses plus gracieux sourires. Elle avançait la poitrine avec tant de grâce que l'Asticot s'interrogeait sérieusement sur ses intentions suborneuses.

Mlle Fiffre témoignait de plus de sang-froid. Elle tendait inlassablement son cou de girafe en direction du combiné téléphonique, cherchant à faire entendre sa voix par-delà les Pyrénées. Mais toutes les lignes avec la Catalogne étaient désormais coupées. Germaine commençait à s'inquiéter sérieusement pour l'avenir de son héros. Dans un élan d'amour maternel, elle jurait que si Borofils ne répondait pas au pli de Pázmány, elle monterait dans un train en partance pour l'Espagne.

Pépé l'Asticot la rassurait comme il pouvait : on n'en était pas encore là. Et pour ne pas penser au pire, la bonne Germaine s'anéantissait dans ses colonnes de chiffres.

Pendant que tout ce beau monde remuait ciel et terre pour retrouver les disparus, Charpaillez, ou plus exactement Trompe-la-mort, continuait à vivre et à respirer les nuits d'été sous les ponts. Il était devenu méconnaissable. Ses joues creuses étaient dévorées par une savane de poils poivre et sel. Son teint avait pris un reflet cuivré tempéré par la crasse.

Après une période d'accalmie, la soufflerie de ses poumons avait recommencé de plus belle. Le caporal des tranchées de Craonne toussait du sang par la bouche. Pour tenir le cap de la cloche et de la vie au grand air, il lui fallait recourir de plus en plus souvent aux sortilèges de la lili-pioncette.

Un matin qu'il montait à Pigalle pour rencontrer le Pharmacien, il manqua de se faire pincer par deux de ses anciens collègues, Chasseuil Robert et Raffiot Serge, des inspecteurs qui travaillaient dans la brigade du commissaire Ploutre. Les godillots le dévisagèrent dans la lumière d'un magasin, et Raffiot s'écria :

— Tu pues fort, camarade ! Une douche et un épouillage te feraient du bien !

— Il me rappelle quelqu'un, murmura Chasseuil.

— Une paire de pieds sales ! rétorqua Raffiot.

Il ajouta, s'adressant à Charpaillez :

— Lâche ta caisse ailleurs, bête à puces !

Trompe-la-mort fila sans demander son reste. Il traversa la place, se promettant de rendre visite au Pharmacien le lendemain : la journée avait été assez chaude.

Il ignorait que, depuis leur camionnette de blanchisserie, les frères Briguedeuil venaient de le repérer.

Comme deux chiens courants, ils mirent pied à terre. Cosini les arrêta d'une de ces paroles douces dont il avait le secret :

— Ne prenez pas de pareils risques, galoches à viande !

M. Paul stoppa sur-le-champ. C'était le plus discipliné des deux.

— Vous n'avez plus droit à l'erreur, gronda Cosini. Si vous étiez capturés, c'est toute l'organisation qui serait compromise. Suivez-le et logez-le.

La mort dans l'âme, les deux frères se contentèrent d'une filature. Elle les conduisit à Bercy.

Gymnopédie pour une veuve et deux amants

BORO et Dimitri regardaient Maryika dans le reflet de la glace. Elle ne les avait pas vus. Ils s'étaient postés tout au fond du hall de l'hôtel Colón, dans le salon de musique, près du piano quart de queue sur lequel était posée une gerbe de roses. Ils arboraient un large sourire. Ils s'étaient vêtus de propre. Blèmia restait planté là, attendant on ne sait quel signal, les mains levées au-dessus du clavier. Dimitri avait débouché le champagne. Il commença à le verser dans les trois coupes posées sur la caisse de l'instrument.

— Joue ! Attaque ! souffla-t-il.

Blèmia ne bougeait pas. Il semblait fasciné par sa cousine.

En l'espace de deux ans et demi, Maryika s'était métamorphosée. Ses traits, son allure, sa mise — tout avait changé. Son visage grave était devenu celui d'une femme dans la plénitude de sa beauté. Ce qu'elle avait perdu en enjouement, elle l'avait gagné en densité. Ses traits énergiques étaient empreints d'une douceur grave.

— Elle est encore plus belle, n'est-ce pas ? murmura Dimitri dans un souffle.

A son tour, il suspendit son geste.

Les yeux aigue-marine de Maryika Vremler étaient soulignés d'un trait de crayon. Ses pommettes hautes, comme accusées par le passage du temps, conféraient à son visage une sérénité heureuse qui inspirait le respect.

— Boro ! Joue !

Blèmia plaqua le premier accord de la deuxième *Gymnopédie* d'Erik Satie au moment précis où sa cousine demandait sa clé au concierge de l'hôtel.

Maryika se détourna. Elle resta un moment absolument immobile, les regardant sans les voir. Boro jouait, tout sourire. Ses doigts s'envolaient au-devant des souvenirs. Maryika fit quelques pas. Soudain, elle s'élança vers eux.

— Blèmia ! Dimitri !

Boro abandonna le tabouret. Dimitri posa la bouteille de champagne.

— Mes fous ! Mes chiens fous !

Boro l'étreignit le premier. Comme autrefois à Munich, dans le hall du Regina Palast, il prit son visage entre ses mains et l'écarta légèrement. Puis il plongea son regard dans l'amande de ses yeux verts et dit :

— Toute ma vie, j'aurai honte de t'avoir laissée partir.

Elle passa ses bras autour de son cou, enfouit son visage dans son épaule puis, s'étant détachée, elle observa attentivement cet homme au teint mat, aux mâchoires puissantes, aux sourcils si bien dessinés.

— Je suis très impressionnée par ta beauté, Blèmia Borowicz !

Il la souleva légèrement de terre et la fit tournoyer.

— Je suis si heureuse, souffla-t-elle à son oreille.

Il l'embrassa sur la bouche. Elle s'abandonna l'espace d'une seconde puis le bouscula vers l'arrière en riant.

— Borowicz !

Il allait parler. Elle lui posa l'index sur les lèvres.

— Nous avons déjà fouillé cette maison de fond en comble, cousin. Elle est vide et c'est bien ainsi.

— Je veux que tu m'aimes, dit Boro. Je ne veux que cela.

Elle rit à nouveau. En un éclair, il retrouva cet air fantasque et autoritaire qu'elle prenait parfois quand ils étaient enfants et qu'elle lui demandait de traverser le Danube glacé ou d'aller boxer un garçon plus fort que lui.

Maryika se tourna vers Dimitri et prit ses mains entre les siennes. Puis elle lui caressa la joue, remontant vers sa tignasse rebelle. Dimitri souriait sans parler.

Boro ressentit brusquement un picotement intime dans le fond de sa poitrine.

— Combien de fois ? demanda-t-il en désignant Dimitri.

Elle répondit sans même lui adresser un regard :

— Tu n'as plus le droit d'être jaloux, Borowicz !

— Combien de fois ?

— Tu m'insultes, Borowicz !

Elle s'écarta légèrement de Dimitri.

— Celui-là est une teigne. Tout le contraire de toi, Blèmia. Il fait celui qui ne se souvient de rien.

— Même en amour, je suis un enfant pauvre, murmura Dimitri en souriant malicieusement.

Elle revint vers lui, regarda ses lèvres avant d'y déposer un baiser.

— Tu as une valeur inestimable, Dimitri. Tu m'as appris beaucoup de choses. Et j'ai aimé tes lettres.

Le jeune garçon lui tendit un verre et offrit l'autre à Boro.

— Vous êtes mes hommes indispensables, chuchota Maryika en choquant sa flûte contre les leurs. Avec vous, je peux boire cinq coupes et passer plusieurs nuits à verser des larmes sur les illusions perdues !

Ils vidèrent leur verre d'un trait.

Maryika tendit brusquement le doigt en direction de la porte. Une jeune femme blonde, d'allure sportive, venait d'entrer dans le hall. Elle portait un enfant dans ses bras.

— C'est lui ? C'est ton fils ? demanda Boro.

Il courut jusqu'à l'enfant. Dimitri arriva avant lui. Maryika les rejoignit.

— Je vous présente Sean, déclara-t-elle avec cérémonie. Et Anna. Sean, voici le cousin Blèmia et l'ami Dimitri.

Les deux hommes dévisageaient l'enfant avec curiosité.

— Il est beau, déclara Boro.

Il paraissait désorienté.

— Très beau, confirma Dimitri.

Il lui prit maladroitement la main. Sean la retira vivement.

— Ah ! Il marque une distance, fit Boro.

Il esquissa une grimace. Sean lui en rendit une autre, plus appuyée.

— Et il confirme, remarqua Dimitri. Nous sommes mal tombés.

Maryika riait. Son fils tendit les bras vers elle.

— *Mummy, I'm hungry.*

Maryika le prit contre elle puis le déposa sur l'onctueux tapis. L'enfant s'élança, aussi maladroitement qu'un canard en duvet. Sa galopade s'acheva par une chute sur les fesses. Il fit la grimace.

— Debout, jeune homme ! ordonna sa mère. Ne nous humiliez pas devant deux héros de la guerre !

Sean se redressa tant bien que mal. Anna Stenton s'approcha de lui. Boro et Dimitri observaient le fils de Maryika, figés dans une attention identique.

— *Mummy, I'm hungry*, répéta l'enfant.

Puis s'adressant à Anna Stenton :

— *Hungry, Sean.*

Il étendit ses bras comme s'il déployait ses ailes et commença à faire l'avion en direction de l'ascenseur. Boro et Dimitri ne le quittaient pas du regard. On eût dit deux pingouins sur la banquise.

Maryika prit son fils dans ses bras et lui parla à l'oreille tout en l'accompagnant vers l'ascenseur. Elle le déposa devant la porte tandis qu'Anna appuyait sur le bouton d'appel. Boro et Dimitri échangèrent un regard.

— A-t-on le droit de finir la bouteille ? demanda joyeusement Maryika après que l'enfant et sa nourrice eurent disparu dans les étages.

— Mais certainement, répondit Boro avec gravité.

Elle l'observa :

— Quelque chose cloche ?

— Non, dit Boro en se dirigeant vers le piano. Nous nous posons seulement une question. La même...

— N'attendez pas de réponse. Ce soir, je considère que la nuit est à nous. Et la nuit, je noie tous les problèmes dans les bulles !

Ils burent encore, appuyés au Steinway. Des jeunes gens portant le brassard de la C.N.T.-F.A.I. passaient plus loin sans qu'ils s'en préoccupent. Pour eux, l'heure n'était plus à la guerre.

— Voilà deux fois que la rage et la peur nous accompagnent, dit Maryika en vidant sa coupe. Elles nous ont déjà déracinés. Pourquoi êtes-vous là ?

— Pour combattre, répondit sobrement Dimitri.

— Tu es toujours aussi innocent ! lança la jeune femme en riant.

— J'offre ma vie à l'Espagne.

— C'est puéril, Dimitri. C'est puéril et c'est mélodramatique.

Agacée, elle se tourna vers Boro. Il semblait perdu dans ses pensées.

— Tu ne dis rien ?

— Il a raison.

Maryika les dévisagea, désorientée.

— Je voulais seulement vous retirer des mains sales de la mort, dit-elle après un silence.

Elle esquissa un sourire fragile comme un arc-en-ciel.

— Pardonnez-moi si je suis dans le camp de la vie, dit-elle. C'est mon devoir de ramener Sean en Amérique le plus tôt possible.

— Nous t'aiderons, promit Dimitri, chassant le voile qui menaçait. Je conduirai moi-même la voiture, s'il le faut.

Il avança les mains vers le bouquet de roses et le tendit à la jeune femme.

— Bienvenue pour une nuit d'été ! Boro et moi t'avons préparé une fête.

— Bois, petite sœur ! renchérit ce dernier en lui présentant une coupe de champagne. Oublions le futur et consacrons-nous au présent.

Maryika poussa un long soupir et hocha plusieurs fois la tête :

— Je ne sais vraiment pas pourquoi j'ai traversé le monde... Peut-être parce que j'avais l'intuition de cette rencontre... C'est si irréel !

— Veux-tu que je fasse exploser un bâton de dynamite dans la cage d'escalier ? proposa Dimitri en riant. Seulement pour que tu saches vraiment où tu es ?

— Mais quoi ? s'écria Maryika, sincèrement choquée. Vous ne pensez donc qu'à la violence ?

— Bien obligés, repartit Boro en embrassant la grande porte de l'hôtel par où entraient et sortaient des hommes armés. N'oublie pas où nous sommes.

— C'est vrai que nous pensons plus à la guerre et au souffle de la mort qu'au sein de notre nourrice, admit Dimitri. Mais nous sommes également prêts à nous soûler au xérès doux ou à nous jeter au cou de toutes les jolies femmes.

Pour signifier qu'il n'entendait pas prêcher dans le désert, il vida sa coupe et la remplit à nouveau. Boro, à son tour, assécha la sienne. Et Maryika, qui ne voulait pas être en reste, l'imita. Boro resservit à boire. La bouteille était vide.

Un éclair joyeux éclaira le visage de Dimitri.

— C'est vrai que l'horreur poisse nos mains. Nous jetons des grenades, et tant pis s'il faut fusiller des salauds. Mais cela ne nous empêche pas d'avoir des obscénités plein la tête. Veux-tu passer la nuit avec nous ?

— Toute la nuit ! s'écria Maryika. Et je ferai exactement ce que vous ferez !

— Tu auras du mal à suivre.

— Attention ! Je n'aime pas les personnes lymphatiques !

— Ne t'inquiète pas, dit Boro en faisant ses yeux de chat. Nous comptons te demander tous deux en mariage vers six heures du matin.

— Et auparavant, nous t'aurons violée quatorze fois !

Maryika fit un pas en arrière. Ses dents étaient éclatantes.

— Pas d'accord ! s'écria-t-elle.

Elle rejeta ses longs cheveux sur la nuque et revint vers le piano.

— Je ne sais pas ce que vous avez de spécial, mais je me sens bien avec vous.

— Ce sont des choses qui arrivent, admit Boro.

— Ne parlons plus jamais de ce qui est grave. D'accord ?

Ils approuvèrent. Elle leva sa coupe :

— Je bois à vous, mes héros mal ficelés !

Comme ils s'approchaient d'elle, elle leva l'index et dit, un sourire aux lèvres :

— Rappelez-vous seulement qu'une femme ayant un petit garçon à défendre ne peut aimer qu'un homme debout.

— Ton fils est le nôtre, répondit Boro. Plus tard, nous serons riches de ses souvenirs d'enfant.

— Ton fils est le nôtre, répéta Dimitri. Je lui écrirai plus de cent cartes postales. Dans deux ans, je lui apprendrai à dynamiter un train !

— Même pour rire, je t'interdis d'envisager de pareilles choses, méchant salaud !

— Mais s'il a le caractère de son père ?

— Je ne comprends pas, dit Maryika avec une pointe de sécheresse dans la voix.

— Peut-être boitera-t-il, suggéra Boro en regardant attentivement le visage de sa cousine.

— Il a vraiment une tignasse impossible, déclara Dimitri. Et la casquette lui ira comme un gant.

Les deux hommes échangèrent un regard acerbe.

— Gentlemen, je vous rappelle que Sean Speer junior est orphelin de père, dit Maryika en dissimulant son trouble.

— Quel père ? interrogea Boro.

— Oui. Quel père ? demanda Dimitri en écho.

Maryika ignora la question. Elle les prit chacun sous un bras et leur montra la porte de l'hôtel.

— On a dit qu'on s'amuserait. Sortons...

Et ils s'enrôlèrent sous la bannière lumineuse de la nuit.

Lili-pioncette

CHARPAILLEZ avait été malade toute la nuit. Il se grattait les avant-bras comme un furieux. Il revivait la Grande Guerre.

Vers minuit, il vit se faufiler des ombres derrière le fût des arbres. Par bonds rapides, deux silhouettes progressaient à contre-jour de la Seine. Il crut à une attaque allemande.

— Tac ! Tac ! Tous aux créneaux ! Debout les gars ! s'écria-t-il.

Il était seul ce soir-là. M. Pugilat comptait ses livres et la Fringale se trouvait en amont : c'était son jour de Faribole.

Charpaillez claquait des dents. La fièvre lui prenait les tempes. Il entendait ramper l'ennemi.

— Tac ! Tac ! Qui va là ?

Deux masses s'abattirent sur lui. Il fut ceinturé, cloué au sol et bâillonné par une main grasse.

— A vous de jouer, dit le Pachyderme. Il est cassant comme une allumette.

Une torche électrique s'alluma aussitôt, traçant de longues ombres mouvantes sur le visage cruel de Cosini. Dans le faisceau de la lampe, le bras dénudé de Charpaillez apparut. Un garrot prestement posé fit saillir ses veines criblées de points rouges.

Cosini exhiba une seringue intraveineuse emplie d'un liquide transparent et fit sourdre le liquide hors de la gaine effilée de l'aiguille. Trompe-la-mort gigotait comme un ver.

— Tenez-le bien, ordonna l'Italien.

Il était très maître de lui. Avec une grande sûreté d'exécution, il enfonça la lancette dans le tunnel bleu où affleurait la vie battante. La piqûre n'en finissait pas.

Charpaillez cessa de bouger. Une joie intense et colorée s'infiltra dans ses veines. Le boucher ôta sa main. Charpaillez délirait doucement :

— En avant, les gars ! Ah ! la belle fête ! Tout le monde se rue hors des tranchées ! Baïonnettes aux canons ! Tac ! Tac ! Tac ! Faut leur chanter du cantique !

Une franche volupté semblait avoir enveloppé son cœur. Les assassins se reculèrent, comme fascinés par ce dernier combat.

— Tohu-bohu ! Cahin-caha ! On marche, on marche, on rampe ! Aux shrapnels ! Sonnons la charge ! Ils se replient ! On y va ! Mort aux salauds ! Le Boche s'est rabattu ! Allons-y dans la boue ! Le jour tombe ! Cymbales ! Bordel Dieu, comme il fait froid !

Trompe-la-mort eut une dernière convulsion et son regard fixa la lune, pour de bon et pour toujours.

— Il est mort, dit Paul-Émile.

De la pointe de sa botte d'écuyère, Pierre-Joseph donna un coup de pied au cadavre.

— Il s'est bien battu, dit Cosini.

Nuit blanche au beurre noir

JAMAIS Blèmia Borowicz ne s'était éveillé avec un tel fer à cheval à l'arrière de la tête. Il lui semblait que le maréchal-ferrant frappait encore, enfonçant dans son crâne des clous coniques de douze centimètres au moins.

Il les plantait de biais.

Les fulgurances du marteau entraient par ondes impitoyables au niveau de la nuque et ressortaient en vrille, assorties de grésillements de douleur, par les tempes, le front, les nerfs optiques. Toute la cervelle de Boro sentait la corne brûlée. Sa langue était une lime à métaux.

Il se leva comme un aveugle. Il faillit tomber et se rattrapa à une potiche. Elle se pulvérisa en arrivant au sol. Il marcha à quatre pattes jusqu'à la salle de bains. Au passage, il heurta une bouteille qui en frappa une autre et fit tomber, ainsi qu'un alignement de quilles, une douzaine de litres vides.

— Hof ! grogna Boro en massant sa nuque endolorie.

Cent chevaux traversèrent la cascade de ses tympans.

Il se désaltéra au robinet de la baignoire, rebroussa chemin et se laissa tomber sur son matelas en poussant un gémissement.

Il consulta sa montre à grand-peine et constata qu'il était sept heures du matin. Il vit aussi que les jointures de ses doigts avaient éclaté. Les souvenirs de la bacchanale revinrent par bribes à sa mémoire. Au-delà d'une rivière de whisky, de gin, de xérès doux et de champagne, il distingua le faciès aplati de ce salaud de Dimitri. Sa voix lui revint. Il était deux heures lorsque l'escarmouche avait commencé. Maryika et ses hommes étaient déjà à peu près ivres morts. Ils avaient quitté les bouges de Barcelone pour la chambre de Boro, où ils avaient décidé d'achever leur cuite, seuls, en famille et sans glaçons.

Dimitri avait commencé. A propos de Sean, semblait-il à Boro. Il avait dit :

— J'ai autant de raisons que toi de penser que Sean est mon fils !

— Regarde ses yeux, imbécile ! Schweinkopf ! Ce sont les miens ! Il a ma légèreté, il sera élancé ! Toi, tu as un cul plat tout près du sol !

— Il a ma tignasse, mes mains, et il ne boite pas, que je sache !

A ce moment-là, Boro n'aimait pas le visage rieur de Maryika. Il réprouvait même sa folie de boire et de s'amuser de n'importe quel maléfice sorti de la bouche de cette saloperie d'anarchiste. Elle jetait les verres par-dessous son épaule, embrassait ses anciens amants comme s'ils étaient sa propriété définitive.

— C'est indigne ! cria Boro. Je t'ai aimée le premier ! Je t'ai donné ma foi ! J'ai été fidèle pendant vingt-deux ans !

— C'est en effet complètement indigne ! rétorquait Maryika. Et même immoral, cousin !

Elle attirait Dimitri et lui baisait la bouche.

— Lui, je l'ai choisi par goût nymphomaniaque ! Et après, j'ai partagé la couche d'un vieillard mourant ! Tout cela est contre nature ! Je ne méritais pas d'avoir un si bel enfant !

Elle buvait et passait des larmes au fou rire en disant :

— Je vous aime ! Je vous aime !

Et elle se levait pour danser, esquissait trois pas avant de se laisser aller de tout son poids vers l'arrière. Ses yeux s'emplissaient de larmes :

— Peut-être que l'un d'entre vous va mourir...

Elle buvait encore.

— Celui qui restera sera le père de mon enfant.

— Je suis le père de notre enfant, répétait obstinément Boro. J'en ferai un homme curieux du monde.

— Le bout de chou est né des folles nuits que nous avons passées ensemble ! persistait Dimitri.

Les deux hommes se haïssaient sourdement.

Et vers quatre heures, abandonnant les baisers désordonnés de Maryika, ils se levèrent en dodelinant du chef. Boro rejeta sa canne. Ils s'affrontèrent en un match de boxe à poings nus.

— Que le meilleur gagne ! cria sauvagement Maryika.

Et ils se battirent. Quand l'un tombait, victime d'une droite bien envoyée, l'autre attendait qu'il se relève en étanchant sa soif. La pommette de Boro s'ouvrit. Le nez de Dimitri pissait le sang.

— Il est à moi !

— C'est mon enfant !

Ils finirent par s'épuiser. Dimitri à genoux, Boro ployant sa jambe valide, ils s'envoyaient des coups moins appuyés. Maryika riait toujours. Il n'y eut pas de vainqueur. Le combat s'acheva faute d'adversaires, l'un et l'autre étant allongés face contre la moquette, baignant dans leur sang, leur salive et l'alcool renversé.

— Foutez-moi le camp, balbutia Boro entre ses dents.

Il s'était traîné jusqu'à son lit, et l'obscurité s'était refermée sur son intelligence. Maintenant, il était seul. Les autres avaient disparu. Boro frottait ses tempes pour tenter de défaire le casque métallique qui lui enserrait le cerveau.

Au bout d'une demi-heure, il se redressa et s'approcha de la glace qui surmontait la cheminée. Il aperçut une curieuse image de lui-même. Des rigoles de sang caillé, des hématomes lui dessinaient un masque de gladiateur.

— Foutaises ! murmura-t-il.

Moulu, boitillant, il attrapa sa canne et, évitant les cadavres des bouteilles, atteignit péniblement la salle d'eau.

Il prit une douche glacée, lava soigneusement son visage et posa un sparadrap sur la coupure de la pommette. Après quoi il avala deux cachets conçus pour soigner les migraines, se rasa avec d'infinis ménagements et revint dans sa chambre.

Il déplia une chemise et un pantalon achetés le lendemain de son arrivée à Barcelone et s'en alla chercher sa veste de lin dans la penderie. Il y glissa de la menue monnaie, ses stylos, son portefeuille et, comme il allait couler trois rouleaux de pellicule dans sa poche droite, ses doigts rencontrèrent une feuille de papier. C'était l'enveloppe froissée qu'il n'avait jamais ouverte.

Il la décacheta machinalement, se demandant si Pázmány ou le labo n'avaient pas voulu lui indiquer jusqu'à quel degré de sous-exposition il pouvait travailler avec sa nouvelle pellicule sensible.

Au lieu de cela, il tomba sur la grande écriture cavalière de Germaine Fiffre.

La Fiffre n'y allait pas par quatre chemins :

« Depuis des jours, je ne parviens pas à vous joindre au téléphone. Votre amie Liselotte a été enlevée. Nous sommes sans nouvelles d'elle. M. l'Asticot demande instamment que vous preniez contact avec lui au numéro que vous connaissez. N'oubliez pas d'appeler.

C'est urgent. Toute à votre service. Votre dévouée, Germaine Fiffre. »

— Bon Dieu ! jura le reporter.

Il se maudit intérieurement de n'avoir pas mieux vidé les poches de sa veste de lin la dernière fois qu'il l'avait utilisée. Et, en une seconde, il avait jeté son sac de voyage sur le lit. Ses réflexes lui revenaient. Ils avaient enlevé Liselotte ! Ils avaient profité de son absence pour dénoncer le pacte conclu au retour du voyage d'Italie ! Les frères Briguedeuil !...

Il rassembla ses quelques affaires, regroupa ses deux boîtiers Leica et sortit comme une bombe dans le couloir.

La porte de la chambre voisine était entrebâillée. Passablement abîmé, la truffe tuméfiée, un coquart sous l'œil, Dimitri se tenait sur le seuil comme un voisin qui prend l'air du matin.

— J'ai réfléchi, dit le jeune anarchiste.

— Tu te vantes ! l'interrompit Boro.

— Admettons que Sean soit notre fils à tous les deux. Il y gagnerait un père et nous...

Boro l'arrêta d'un geste. Dimitri prit sa main dans la sienne et la serra fortement.

— Je regrette pour cette nuit.

— Quelle nuit ? demanda Boro avec une légèreté feinte.

— Tu as vu mon pif ?

— Non !

Ils rirent.

— Où est Maryika ?

— Je l'ai reconduite jusqu'à sa chambre, mais elle n'y est plus.

— Parce que tu y es entré ? gronda Boro.

Dimitri afficha une grimace d'excuse.

— C'était le matin... Je crois qu'elle cuve ailleurs un amer sentiment de culpabilité.

— Sa place n'est pas à Barcelone.

— Non. Elle est à Beverly Hills.

Dimitri remarqua alors que son ami Boro était habillé de pied en cap et qu'il portait sa sacoche de cuir.

— Tu t'en vas ?

— Oui. Je n'ai pas le temps de chercher Maryika. Tu lui diras...

— Tu pars à cause de moi ?

— Quelque chose d'urgent m'appelle en France. Mais je serai de retour dans quelques jours.

Dimitri afficha une de ses inimitables grimaces.

— Ne tarde pas trop. Je ne suis pas sûr de pouvoir te garder la chambre.

— Tu demanderas à tes copains du P.S.U.C...

— Si on n'a pas perdu la guerre.

Boro lui envoya une bourrade.

— Je ne suis pas inquiet ! Tu peux la gagner à toi tout seul...

— Rapporte-moi un souvenir de Paris.

— La tour Eiffel en pendentif ?

— Non. Des armes.

— D'accord, répondit Boro, imperturbable.

Il remonta la lanière de son sac sur l'épaule.

— Des mitrailleuses avec leurs munitions, par exemple. Ou des fusils à tir rapide. Quelques canons, si tu en vois. Et une ou deux divisions blindées.

— Je ferai mon possible.

— Ne casse pas ta canne.

— Fais attention à toi.

Dimitri hocha la tête et leva son poing fermé.

— A toujours, mon ami.

— A bientôt, camarade soleil.

HUITIÈME PARTIE

Pour l'Espagne

Plan de campagne

GERMAINE Fiffre admirait le faciès brûlé au feu de son héros. Toutes ces ecchymoses, toutes ces coupures témoignaient de la bravoure avec laquelle Blèmia Borowicz avait porté loin le fer du reportage photographique international. Elle ne pouvait imaginer que les marques inscrites sur le visage du jeune homme résultaient d'une rixe à mains nues livrée par deux alcooliques abrutis au champagne et au xérès. Pour elle, les bleus sentaient la poudre, une dague avait signé les entailles, les meurtrissures prouvaient la violence des rafales.

Campée devant la porte du bureau, la Fiffre protégeait son Kirghiz de la curiosité des employés d'Alpha-Press qui, les uns après les autres, s'approchaient du battant pour admirer la gueule ravagée du reporter en armes. Généreuse, la préposée aux chiffres admettait qu'on passât un œil par l'interstice. Mais toute parole était prohibée, et nul n'était autorisé à regarder deux fois.

Boro, lui, téléphonait. Il tissait sa toile. Il lui avait suffi de prendre connaissance des indiscrétions révélées par Liselotte à la presse pour comprendre de quoi il retournait. Et, en moins d'une heure, il avait mis sur pied le plan le plus fou qui se puisse concevoir.

Il reposa le combiné sur son socle, tourna et retourna une carte postale que Costabonne lui avait postée de Cerdagne, puis, regardant Germaine sans la voir, dit :

— J'ai eu Guichard, Paris-Sports, la Coupole et la Marne. Est-ce que je n'oublie rien ?

— Le repos ! clama Germaine. Vous devriez vous allonger et oublier cette histoire d'enlèvement pendant une heure ou deux ! A peine êtes-vous là...

— Appelez un taxi ! commanda Boro en quittant brusquement son siège. Je dois être rue des Lombards dans dix minutes.

— Ce n'est pas bien raisonnable, monsieur Blèmia. Quand on revient de la guerre...

— On y retourne, coupa Boro en prenant son stick.

Un quart d'heure plus tard, devant les hommes de Pépé l'Asticot réunis au grand complet chez Paris-Sports, il avait écouté de la bouche du barbeau le récit du rapt de Liselotte.

— Ma main au feu ! Y a pas eu faute, m'sieu Boro, plaida ce dernier. On ne vous a pas manqué.

— Y fallait voir ! Grabuge partout ! Ces frangins-là sont pas des monstres habituels, renchérit la Taumuche. Ils assassinent pour le plaisir et ils ont des battoirs d'étrangleurs !

— Et voyeurs avec ça ! Pas de respect pour les femmes, hennit Olga Polianovna qui venait de faire son entrée.

Boro frappa le sol de sa canne. Il avait hâte de sortir des palabres.

— Ne revenons pas sur le passé, dit-il dans un accès d'humeur. Vous m'aviez seulement promis de ne pas quitter Liselotte des yeux.

— Qu'est-ce qu'on a fait d'autre ? glapit le bistroquet en arborant son bras en écharpe. Polope ! Place à l'indignation ! On a défendu la petite les armes à la main !

— Et on continue ! ajouta Casse-poitrine. On cherche ! Le problème, c'est qu'on a beau progresser au coupe-coupe dans Paname, mettre la jungle sens dessus dessous depuis dix jours, on n'arrive pas à remettre la main sur la pauvre enfant.

— Passons l'éponge, fit le reporter, magnanime.

— Passons l'éponge, reprit l'Asticot.

— Passons l'éponge, mais d'une seule main, bougonna Paris-Sports en torchonnant son zinc de la main gauche.

— Chaque minute compte, dit Boro. Liselotte est un appât. Ils l'ont enlevée pour que je morde à l'hameçon. Ils m'attendent...

— Et que comptez-vous faire ? demanda Pépé l'Asticot.

— J'honore toujours mes rendez-vous, répondit Boro avec le plus grand calme.

Les figures de ces messieurs du stupre s'allongèrent en proportion des risques encourus par leur employeur.

— Mais j'ai un plan, figurez-vous. C'est pourquoi nous sommes là.

Il leur fit un exposé magistral sur la façon dont il comptait mener les opérations à bien, et leur expliqua quel rôle il entendait leur voir jouer. Quand il eut achevé son discours, les harengs se regardèrent avec des airs gênés. Ça flottait dans les courages.

— Mince, m'sieu Boro ! Vous avez mangé du lion ! marmonna P'tit Sifflet.

— Là-bas, au moins, les hommes n'ont pas les jambes en pâté de foie, dit le reporter en prenant conscience du manque de résolution de ses vis-à-vis.

— Pas de doigt dans l'œil ! Je vous interromps ! protesta Pépé l'Asticot. On n'est pas des spécialistes du coup dur. Ramier et Taumuche, par exemple, ce ne sont pas des flingueurs acharnés. Ce sont des poètes ! Ou, si vous préférez, de simples caresseurs de dames.

— Bon, rétorqua Boro. Mais la Grenade ! C'est un mangeur d'hommes ! Il n'a pas la réputation d'être un enfant de chœur, la Grenade !

— Exact, Marcel est un vrai gniasse. Dans sa jeunesse, il ne s'est pas contenté de sucer de la glace.

— Et vous voulez me faire croire qu'un type dans son genre a peur de se jeter dans l'entreprise ?

Son honneur directement mis en cause, l'ancien monte-en-l'air du casino de Pornichet prit l'air impénétrable. Il se retourna lentement vers l'assistance. Le menton logé au creux de la paume, il esquissa un sourire. Personne n'avait oublié qu'il avait commencé sa carrière au pied-de-biche dans les stations balnéaires et qu'il avait écumé les palaces de la Riviera avant d'être contraint de se replier sur les sables de la piste de Souk el-Arba afin d'échapper aux griffes de la mondaine.

Il fit remonter la pente à son pantalon maintenu à la taille par une ceinture de large cuir fauve et déclara :

— De rien, il a peur, la Grenade !

— Donc, vous marchez avec moi ? lui demanda Boro.

— A cent pour cent.

La Grenade laissa tomber un regard supérieur sur ses semblables. Il promena ses lourdes paupières sur deux ou trois jeunes qui meublaient leur gêne en tirant silencieusement sur leur mégot.

— Ouais, bon, capitula l'Asticot en se grattant pensive nent sous son feutre. Je propose qu'on reparte de zéro. Et si ça ne vous embêtait pas, m'sieu Boro, de nous redire un peu tout ça dans le détail ?

Blèmia s'exécuta de bonne grâce. Ramier, la Taumuche et la Grenade l'écoutèrent sans broncher. Chacun à sa manière turbinait du ciboulot.

— En somme, votre stratagème, c'est un peu comme pour braquer une banque, estima Casse-poitrine. Vous jouez la surprise et nous, on marche au chronomètre.

— C'est cela ! Il faut agir très vite, insista le reporter. Prendre l'initiative. La surprise doit être de notre côté.

— C'est une sorte de guerre de mouvement, estima Casse-poitrine.

— Et qui paiera la casse ? demanda Ramier. Ma Renault est toute neuve.

— Une voiture, ça se retape, dit Boro. Je connais des types épatants pour ce genre de boulot. La tôlerie, c'est leur truc. Et en plus, ils feront partie de l'expédition.

— Vous voulez dire qu'on sera appuyés par des renforts ?

— En hommes et en matériel. Rien que des consciencieux.

Fort de cette déclaration destinée à restaurer la confiance dans les rangs de ses troupes, le maître d'œuvre de l'expédition regarda son auditoire et demanda :

— De combien de voitures disposons-nous sur Paris ?

— La Traction à Pépé. La celle à P'tit Sifflet. La Renault à Ramier. Ça fait trois guindes à tout casser.

— Quatre avec la mienne, compléta Boro. La Grenade, je vous la confie.

— C'est quel genre ?

— C'est une Parkard Martin...

— Je connais pas...

— Ça vient de sortir.

Un silence religieux accueillit cet éclaircissement d'ordre purement mécanique. L'instant d'après, les rangs des auditeurs s'écartèrent pour livrer passage à la silhouette empâtée de Pépé l'Asticot dont les pas pressés sonnaient sur le carrelage.

Pépé était un vieux cacique du trottoir. Il ne voulait pas perdre son prestige. Il était donc allé chercher une carte de banlieue. Il chaussa ses lunettes, déploya le plan et prit l'air sententieux.

— La Jonchère... Commune de Seine-et-Oise... Il va falloir encore voyager à l'étranger !

Boro vint à lui. Il se pencha sur le plan, choisit deux axes orientés se recoupant en abscisse et en ordonnée, et désigna un point sur la carte :

— C 8... C'est ici, exactement.

Pépé l'Asticot émit un sifflement réprobateur.

— S'agit pas de jouer de l'orgue dans la brousse, constata-t-il avec gravité. Il y a au moins trois rues adjacentes... Ce que vous nous demandez là, monsieur le photographe, est un énorme pataquès de brigands ! Et pour que votre plan marche au petit poil, il faudra ferrailler la route avec du bricolage antichar !

— Mes amis du bord de Marne viendront avec leur dépanneuse, un autobus et deux ou trois tacots s'il le faut, répondit Boro.

— Les taxis de la Marne, ça peut se révéler payant ! s'enthousiasma soudain P'tit Sifflet, gagné par la fibre patriotique. Et puis, tiens ! En me creusant la ciboule, je connais un pote qui me prêtera peut-être sa vieille Rosalie...

— Et moi, je peux venir avec la Delahaye de ma femme naine et riche, dit une voix caverneuse.

Tous se retournèrent. Un grand Noir abrité sous un canotier venait d'entrer. Ses dents faisaient des vagues blanches entre ses lèvres. Il pianota quelques entrechats sur ses souliers ferrés, balança les bras pour conserver son équilibre et, roi des claquettes et du déhanché, s'arrêta devant Olga Polianovna et se découvrit :

— Bonjour, madame ! Je trouve que vous avez des yeux superbes... Surtout dans les nuages !

— Mince alors, murmura Olga, littéralement fascinée. Mon prince charmant !

— Je vous présente Scipion, dit Boro à la cantonade. Scipion est mon ami. C'est un as du volant.

— Salut, Borop'tit ! s'écria Scipion en allant vers Boro. On m'a transmis le message à la Coupole. Comme ça, tu veux que je t'emmène faire un tour ?

— Demain, répondit Boro. Aujourd'hui, on répète.

L'Africain donna une chiquenaude sur l'épaulette de son costume immaculé pour en chasser une poussière imaginaire.

— Cette nuit, vous pourrez dormir à la maison, proposa Olga, serviable. C'est à deux pas d'ici.

Elle lissait des yeux de biche. On eût dit une pucelle mise à feu par la mèche de l'amour.

Pépé l'Asticot haussa les épaules et regarda le grand Noir par en dessous. Il n'aimait pas beaucoup les gens de couleur.

Il replia son plan de la banlieue, rentra le ventre et, s'étant tourné vers le comptoir, commanda une gentiane. Il alluma une tige, se cala dos au zinc et, bien appuyé sur ses coudes, lança une œillade à Boro.

— Elle est mignonne, la petite Pluchet qui travaille à votre agence. Je lui trouverais bien une place dans mon équipe...

— Chantal Pluchet ? Tapiner ? Certainement pas !

— Échange de bons procédés, se défendit le mac. Je vous prête mes gars ; vous me laissez le champ libre avec votre secrétaire.

— Pas question.

— Alors, toute cette mobilisation va encore vous coûter de l'argent, dit Pépé l'Asticot.

— Tais-toi, vieille bretelle ! se fâcha Olga. On va faire ça pour le panache !

— Pour le panache ! répétèrent en chœur Ramier, la Taumuche et P'tit Sifflet.

— J'ai le cuir chromé, dit le vieux mac en relevant la tête vers la Grenade. Mais c'est misère qu'on ait oublié l'âge d'or où on écoutait les anciens.

— Rassure ta pomme, c'est toujours toi qui tiens les guides, Pépé. Je veux pas monter sur ton podium. Mais demain, ce sera comme qui dirait l'honneur des jules ! Plus forts que les sagouins de la Cagoule, plus démocrates que la France en trahison, plus marioles que les limiers de la police ! On va blouser la terre entière et faire marcher le peuple des voyous contre l'injustice du pouvoir !

— Demain soir, gala pour Liselotte ! Je danserai *le Lac des cygnes* en tutu ! promit Olga Polianovna en cherchant des yeux le bel Africain.

Il était en grande conversation avec Boro.

— Et si ça foire ? demanda l'Asticot. C'est que ça risque de défourailler dans tous les sens...

— Il est trop tard pour reculer, déclara Boro d'une voix forte, interrompant son conciliabule avec Scipion. Si on ne bouge pas, Liselotte sera étouffée sous un oreiller. Et puis j'ai juré que les salauds qui ont tué le jeune Christophe Costabonne n'en auraient jamais fini avec moi.

— Je suis de votre bord, dit la Grenade en tendant la main au reporter. A quelle heure l'intervention ?

— Six heures.

— Demain, je serai fixé sur ma vocation, sourit P'tit Sifflet en portant deux doigts à sa casquette pour prendre congé. Je saurai si j'ai une vraie peau d'homme.

Boro, à son tour, salua la compagnie et sortit en compagnie de Scipion.

Olga avait les yeux au milieu du visage. Elle s'avança sur le seuil et suivit la démarche claudicante du reporter.

— Gentil salaud, murmura-t-elle. Méchant Hongrois que j'aime. Tu as une grande place au milieu de mon cœur.

A son tour, elle se mit en route, faisant tournoyer son réticule par la bride. C'était dur de rentrer chez soi. Elle pensait à Liselotte.

La cloche de Saint-Eustache tinta dans le lointain, feuilletant sept heures dans le grand registre du soir.

Les arbres ne ramassent pas leurs feuilles

UNE phrase courait dans la tête de Blèmia Borowicz, une phrase soutenue par le souffle d'une voix lointaine et depuis longtemps étouffée. Celle de son propre père, le caporal Grilenstein, un homme au visage doux et triste, revêtu ce soir-là d'une longue capote bleu horizon. Un soldat — presque un étranger de passage à la maison —, un mobilisé qu'emporterait bientôt le souffle de la guerre et qui, s'apprêtant à repartir pour le front, avait pris son fils de cinq ans sur ses genoux afin de lui offrir quelques paroles qui, par la magie d'une grâce mystérieuse, devaient rester gravées à tout jamais dans la cervelle du garçon.

A quand remontent les premiers souvenirs ? s'interrogeait Boro. Et pourquoi celui-ci plutôt qu'un autre ?

Il se rappelait le chatoiement tranquille des yeux sombres de son père, sa moustache soigneusement entretenue, la fumée bleue d'une pipe. On s'apprêtait à s'embrasser sous le gui. L'année n'avait plus qu'un quart d'heure à vivre. Son père avait dit :

— Tu verras, petit. Pas de regrets. Seulement le présent. Est-ce que les arbres ramassent leurs feuilles ?

Le poilu avait eu un sourire apaisant en direction de sa femme qui pleurait. N'était-ce pas à elle plutôt qu'à l'enfant qu'il s'adressait véritablement ?

Plus tard, sa mère avait raconté à Boro les pensées désabusées qu'inspiraient au permissionnaire deux années de souffrance, de lutte et de sacrifices inutiles. Pourquoi fallait-il inlassablement verser le sang ? Pourquoi ces gestes vains ? Et finalement, s'interrogeait Agota Borowicz, à quoi avait servi la bravoure d'un homme enterré vif dans la boue de Champagne ?

« Pas de regrets. Seulement le présent. Les arbres ne ramassent pas leurs feuilles », se souvenait Boro. Les arbres ne ramassent jamais leurs feuilles.

Aujourd'hui, comme il y a si longtemps, le visage du père de Blèmia Borowicz s'effaça doucement, reculant au fond du miroir déteint de l'Histoire.

La nuit était claire. Boro marchait dans les pans d'ombre. Il observait la découpe des ramures du parc au-dessus du mur d'enceinte de la villa. Sa cervelle écrivait des alphabets dans les chênes. Ainsi sont la vie, la mort, le rêve : des ruisseaux d'homme qui coulent comme une eau lente et se rejoignent à l'aube d'un matin d'été.

— Je viens de comprendre quelque chose, dit Boro en se tournant vers Scipion. C'est que je n'ai jamais de regrets. Eh bien, figure-toi que depuis tout à l'heure, je sais d'où cela me vient.

— Pourquoi aurais-tu des regrets, Borop'tit ?

— Si notre aventure tourne mal, je n'aimerais pas que mes amis en pâtissent.

— Il ne nous arrivera rien de fâcheux, dit le Noir en fouillant le ciel du regard. Avant de partir, j'ai embrassé mes dix enfants, comme d'habitude.

Il leva le doigt pour attirer l'attention de son compagnon.

— J'ai cru entendre un bruit de portière dans le lointain.

— Déjà ? Ploutre et ses hommes seraient dans les parages ?

— Il faut passer de l'autre côté du mur, Borop'tit, murmura le Noir. Se cacher dans le parc et frapper à la porte cinq minutes avant le lever du soleil. Après la perquisition, il sera trop tard...

— Ces cinq minutes seront dures à tenir. Te sens-tu d'attaque ?

— Ça me changera les idées. Je ne suis pas satisfait de la vie conjugale.

Scipion cala son dos contre le mur.

— Ici ! dit-il en plaçant ses mains entrecroisées devant lui comme un étrier. Monte !

— Le seul problème, chuchota Boro, c'est que, une fois sur la crête du mur, je ne serai pas fichu de sauter de l'autre côté...

— Pourquoi me suis-je embarqué dans cette mouscaille sinon pour t'aider à franchir les obstacles ? s'insurgea l'ancien modèle de Foujita et de Marie Wassilieff. M'aurais-tu fait venir jusqu'ici seulement pour prendre la pose ?

Il donna de l'élan à son ami. Boro grimpa au sommet de la clôture en meulière. Celle-ci était haute de deux mètres cinquante.

— Maintenant, tends-moi la main et hisse-moi !

Scipion était agile comme un chat. Dès qu'il eut rejoint le reporter, il se lança dans le vide, côté parc, et atterrit sur un carré de pelouse.

— Saute ! Je vais te recevoir dans mon tablier !

Les deux hommes roulèrent au sol, entraînés par le poids de Boro. Puis ils se redressèrent et, sans un mot, se hâtèrent sous le couvert des arbres.

Assise sur un rideau de brume, la villa trônait, grande bourgeoise au milieu des pelouses. Derrière elle, des bâtiments annexes disposés en fer à cheval formaient une sorte d'esplanade intérieure.

— Des granges et des garages, chuchota Boro. Allons jeter un coup d'œil dans cette direction.

Ils s'élancèrent à découvert. Le ciel commençait à pâlir. Les étoiles fondaient comme du sucre. Après avoir traversé une frange de hautes herbes, ils débouchèrent sur une allée de graviers.

— Gare ! fit Scipion.

Boro se détourna. Il eut l'impression de voir voltiger une ombre. Il était déjà trop tard. Les pattes épaisses d'un chien lancé à vive allure le percutèrent de plein fouet, prirent appui sur ses clavicules et le déséquilibrèrent. L'animal n'avait pas aboyé.

Boro roula au sol, terrassé par le poids du chien. Il leva son coude en protection et eut le temps d'identifier un dogue allemand avant de ressentir la première morsure. Il parvint à rentrer sa main dans la manche de sa veste et, tandis que la bête écumante s'acharnait sur l'étoffe, glissa sa canne sur le côté et en enfonça l'embout dans la gueule du fauve. Le monstre cannibale recula un bref instant. La lutte avec cet animal paraissait d'autant plus dramatique qu'elle était silencieuse. Boro pensa qu'il avait affaire à un véritable tueur.

Soudain, le mâtin s'éleva en l'air. L'avant-bras de Scipion apparut, ceinturant le poitrail du dogue. En même temps, la grande tête fut agitée de secousses, les yeux se révulsèrent. Par deux fois, Boro vit une lame tailler de profondes lèvres à hauteur de la jugulaire. Le sang gicla. Boro roula sur le côté. Une bouillante nausée lui retourna l'estomac. Le fauve s'abattit sur le sol. Sa patte droite était allongée, griffes écartées.

— Ne restons pas là, chuchota Scipion en refermant son couteau.

Il était à peine essoufflé.

Il aida Boro à se relever. Sans se concerter, ils halèrent la dépouille du chien et la dissimulèrent sous un buisson. Sa tête disloquée était semblable à celle du taureau au sortir de l'arène.

Le soleil cuivrait vaguement l'horizon.

— Tu n'es pas trop blessé ? demanda Scipion en examinant son ami.

— Des égratignures. Une seule morsure, et superficielle. Le costume est foutu.

Scipion sourit dans l'obscurité instable.

— Si tu penses à tes fripes, c'est que tu es encore en vie !

Ils reprirent leur progression. Boro ne ressentait aucune douleur à l'avant-bras, comme si la nervosité cautérisait la blessure.

Ils atteignirent l'auvent d'une remise à voitures et manœuvrèrent la glissière. Le rideau de la porte roula sur le logement de son rail. Ils dégagèrent un espace pas plus large que la carrure d'un homme et pénétrèrent dans le local. Scipion alluma sa torche. Il en dirigea le faisceau sur le vide, qui se remplit instantanément de formes oblongues empilées le long des parois.

— Je parie pour des armes, chuchota Boro.

Il rebroussa chemin et referma la porte coulissante. Scipion avait empoigné une barre de fer. L'utilisant comme levier, il brisa le couvercle de l'une des caisses. Les planches clouées éclatèrent en un craquement sec. Une fine poussière de bois s'échappa dans la lumière. Dans le cône de la lampe tenue désormais par Boro apparurent les canons bleutés d'une douzaine d'armes automatiques enrobées de frisons.

— Tu avais raison ! s'écria Scipion. Ces gens-là sont fous !

— Des mitrailleuses allemandes...

Boro éclaira une plaque de cuivre et lut cette inscription : « Au maréchal Lyautey, ministre de la Guerre. La division du Maroc. Mitrailleuse allemande prise dans la Somme, le 9 juillet 1916, par le 6e régiment de zouaves. »

— Des trophées, murmura le Noir.

— Pas seulement. En dessous, ce sont des mitrailleuses Hotchkiss... Ouvre une autre caisse.

Gagnés par une sorte de fièvre, les deux hommes découvrirent des fusils-mitrailleurs, des mousquetons, une trentaine de revolvers italiens, des fumigènes, des masques à gaz, des casques, des cartouches par milliers.

— Les balles ! Elles viennent de Tolède.

— Le reste doit provenir de coups de main sur les établissements militaires.

Boro en avait le souffle coupé. Il s'enfonça dans la profondeur de la remise et s'arrêta devant la masse du camion benne de la Sita. L'image de Dimitri et des combattants espagnols s'imposa à son esprit. Sa promesse était presque tenue : il rapporterait un plein panier.

Il revint sur ses pas. A travers une fente de la porte, Scipion observait le lever du jour.

— Borop'tit, les langues du soleil passent presque par-dessus les herbes de la prairie ! Il va faire jour...

— Viens, dit Boro, entraînant son ami. Je vais te montrer le carrosse.

Scipion fit le tour du camion sans paraître interloqué le moins du monde. Boro surveillait son expression avec angoisse.

— Alors ? demanda-t-il après que le Noir eut visité le fourgon.

— Une benne à ordures, ça ne se conduit pas comme une Bugatti Royale !

— Mais tu sauras t'en tirer ?

— Et toi ? demanda le Noir en se retournant vers son ami. Tu vas te jeter dans la gueule de deux loups.

— J'ai mon idée sur la question, répondit Boro. Il faut que tu charges le camion. On emporte tout.

Il s'affaira un moment auprès de plusieurs caisses, emplit une musette d'objets hétéroclites et passa celle-ci en bandoulière.

— Ne traîne pas sur le parcours, recommanda-t-il à Scipion. Je serai de retour dans vingt minutes au maximum.

— Tu te vantes !

Blèmia ouvrit la porte.

— Le soleil va se montrer, dit-il. Il va faire une belle journée !

Il s'éloigna. En approchant de la villa, il pensait à son père : « Les arbres ne ramassent pas leurs feuilles. Les arbres ne ramassent pas leurs feuilles. »

Tout au présent, il sonna.

Fumées

Le fer à friser de Mme Briguedeuil resta en suspens dans l'espace. Oiseau pensif, il garda le bec ouvert le temps qu'il fallut à la bouchère pour aller jusqu'à la fenêtre de sa chambre.

Depuis le premier étage, on plongeait directement sur le perron. En vérité, plus que l'heure matinale, ce qui surprenait la guetteuse, c'était qu'on eût sonné à la porte d'entrée sans l'avoir fait auparavant à la grille du parc.

Brouillée par le flou hachuré du verre cathédrale, apparut la silhouette d'un homme apparemment jeune et élancé. Mme Briguedeuil s'étonna de ce que le chien ne se fût pas jeté sur l'impertinent. Oubliant ses bigoudis tournés dans du papier de soie, elle s'élança dans le couloir. Comme elle arrivait sur le palier, elle jeta un œil du côté de la chambre des enfants. A travers le battant ouvert, elle vit ses fils qui reposaient dans leurs lits jumeaux. Les chers petits ! Paul et Pierre avaient la bouche ouverte, une ressemblance de pyjama et, tous deux exposés sur le dos, respiraient paisiblement, le ventre en l'air et l'index pioché dans le nombril.

— Je vais plutôt réveiller l'Italien, pensa Mme Briguedeuil.

Elle s'apprêtait à frapper à la porte d'en face lorsqu'elle constata que celle-ci était entrebâillée.

Le lit était défait. L'oiseau avait quitté le nid.

La bouchère se pencha sur la rambarde de la cage d'escalier et aperçut Cosini qui descendait les dernières marches. Il tenait un automatique dans la main droite.

En trois enjambées furtives, il traversa le couloir. Au lieu de se rendre à la porte pour recevoir le visiteur, il pénétra dans le petit salon. De ce côté-là de la maison, les cèdres sur la pelouse et, plus loin, une double haie de troènes, masquaient les grilles donnant sur la rue.

Mme Briguedeuil rejoignit l'Italien. Il avait écarté les rideaux. Ses yeux étaient rivés à des jumelles de marines.

— Nous avons un visiteur, dit la guetteuse.

— Nous en avons trente et un, répondit Cosini. Un escadron de gardes mobiles et quelques inspecteurs en civil.

— Mon Dieu ! Mes chers petits ! On va leur faire du mal !

— Cessez vos jérémiades ! gronda le petit Italien. Allez plutôt me chercher vos deux grandes galoches. Qu'ils mettent en batterie un fusil-mitrailleur au premier étage. Nous avons de quoi soutenir un siège et, si cela tourne mal, il sera toujours temps d'échanger notre otage ou de fuir par les souterrains.

Il braquait ses lunettes d'approche sur les ombres du parc. Mme Briguedeuil en profita pour passer derrière lui. Elle leva le bras et, du plus haut qu'elle put, lui brisa un vase de Chine sur l'occiput.

Cosini poussa un soupir et tomba roide sous la table.

Mme Briguedeuil n'avait qu'un souci : le salut de ses enfants. Il fallait les prévenir de l'imminence du danger.

Elle prit son élan et savata à toute allure. La précipitation des événements, l'éclosion d'un phénomène qui la dépassait lui obscurcissaient la vue. Aussi négligea-t-elle, en repassant dans le couloir, de regarder du côté de la porte d'entrée. L'eût-elle fait qu'elle aurait rebroussé chemin. Du pommeau de sa canne, Boro venait de casser l'un des vitrages ornés de guillochures. Sa main gantée se faufila entre les torsades de la grille de protection et atteignit le bouton commandant la béquille du double battant. La porte s'ouvrit sous la poussée de son épaule. Il entrevit les jupes de Mme Briguedeuil qui disparaissaient en haut de l'escalier accédant à l'étage.

Elle criait :

— Paul-Émile ! Pierre-Joseph ! Mes enfants ! Mes jolis bœufs ! Levez-vous !

Boro se glissa dans la maison. Il prit soin de refermer la porte derrière lui. Il donna deux tours à un verrou qui se trouvait tout en bas de l'huisserie, espérant ainsi retarder de quelques minutes l'intrusion des forces de l'ordre. Au fond du parc, il aperçut une, trois, puis cinq silhouettes casquées qui progressaient en se faufilant derrière les fûts des arbres. Il grimaça en constatant qu'il avait si peu d'avance sur les hommes de Guichard.

Il entendit un brouhaha au-dessus de sa tête — sans doute les frères Briguedeuil que leur mère venait de tirer du lit. Pariant sur sa chance, Blèmia s'enfonça résolument vers le fond du couloir. Il portait sa musette dans la main gauche.

En longeant la façade de la villa, il avait remarqué, masqués par les plates-bandes de rosiers, des travaux de maçonnerie destinés à occulter les soupiraux. Son instinct lui disait que Liselotte était retenue dans l'une des caves aux fenestrons aveugles.

Au bout du corridor, en retrait de la cage d'escalier principale, il tomba en arrêt devant une porte basse et blindée dont la clé se trouvait de son côté. Il la fit tourner, ouvrit le battant, conserva la clé pour qu'on ne puisse pas l'enfermer et entama la descente d'un colimaçon à la voûte cintrée, plongeant vers une sorte de puits.

Parvenu en bas, il déboucha dans une galerie dont le sol et les parois étaient cimentés. Insonorisée, aveugle, cette perspective lugubre et monochrome était éclairée par des ampoules bleutées. Un téléphone mural, un râtelier à fusils cadenassé et un tableau auquel étaient suspendus des trousseaux de clés conféraient à l'endroit une allure de casemate militaire.

Boro poussa plus loin. Il découvrit un carrefour conduisant à deux sapes différentes et dépourvues de tout orifice d'aération. Chaque venelle comportait trois portes à judas.

« C'est là, pensa-t-il. C'est là qu'elle se trouve. »

Son attention fut brusquement attirée par une dégringolade de pas lourds. Il se hâta vers le tableau, s'empara des trois trousseaux de clés et ouvrit sa musette. Il en sortit un masque à gaz et s'en coiffa. Fouillant dans le sac, il en extirpa les trois grenades fumigènes ramassées dans le garage. Il en goupilla une sans perdre son sang-froid.

Les pas approchaient de l'escalier en colimaçon. Boro attendit trois secondes et lança la grenade en direction de l'amorce de la galerie. Elle percuta aussitôt. Une fumée âcre, épaisse, rampante et sulfureuse se développa, opacifiant la perspective. Boro reprit son avancée en direction du carrefour. Il dégoupilla un nouvel engin fumigène, le lâcha au point de rencontre des deux voies d'accès et opta pour la sape de gauche. En toute hâte, il ouvrait les judas pratiqués dans les portes des cachots et, chaque fois, prononçait le nom de la prisonnière. A deux reprises, son interrogation demeura sans réponse. Il fit glisser le troisième judas et renouvela son appel :

— Liselotte !

— Boro ! Oh ! Boro !

La voix était assourdie. Le reporter chercha la bonne clé.

Lorsqu'il l'eut trouvée, il fit jouer les deux verrous supplémentaires. Du fond de sa prison bleutée, Liselotte se jeta vers lui. Il l'arrêta dans son élan. Il sortit de sa musette le deuxième masque à gaz et l'aida à le passer. Puis il la prit par la main et l'entraîna derrière lui. Ils n'avaient pas prononcé un seul mot.

Ils abordèrent la portion inondée par les vapeurs urticantes. Une toux grave venait à leur rencontre. Soudain, dans le brouillard bleuté des volutes méphitiques apparut une montagne de chair. C'était le Pachyderme. Les yeux aveuglés par les larmes, le géant avait noué son mouchoir à carreaux devant son nez, essayant tant bien que mal de protéger ses muqueuses des miasmes délétères. Son poing noueux était refermé sur la poignée de sa baïonnette.

Il tenta immédiatement un assaut aveugle, pointant la lame en direction de l'abdomen du reporter. Boro eut à peine le temps d'esquiver la charge. Il se rejeta sur le côté. Les hublots embués de son masque ne lui offraient qu'une vision partielle. De sa main libre, Paul-Émile cherchait à le lui arracher du visage.

« Je ne tiendrai pas longtemps », pensa Boro.

D'un signe, il enjoignit à Liselotte de reculer. Presque aussitôt, il fit mine de rompre. Le Pachyderme, croyant à une fuite, se lança derrière lui. Boro l'avait entraîné au plus épais du nuage. Alors qu'il tâtonnait, à bout de larmes et d'éructations, le monstrueux boxeur vit se dresser son ennemi au milieu des gaz suffocants. Comme il tendait son poing armé pour larder les tripes du reporter, ce dernier fit mouliner sa canne. Il la lâcha en un éclair bleuté, le rattrapa par l'extrémité et tendit brusquement le bras. Il y eut un froissement, une zébrure dans l'air. Le lacet s'enroula autour de la baïonnette. D'un mouvement sec, Boro abaissa son jonc. L'autre lâcha prise. La garde de l'arme blanche était restée entortillée dans le lacet. Avant que le Pachyderme fût revenu de sa stupeur, il reçut un terrible coup de pied dans l'entrejambe, se plia de douleur, suffoqua dans un irrépressible accès de toux et reçut le fouet de la canne sur sa nuque épaisse. Il poussa une sorte de grognement étonné et tomba sur les genoux. Un nouveau coup de pied le cueillit à la mâchoire. Il s'affaissa sur lui-même. Un râle rauque montait de ses poumons. Boro poussa Liselotte par le coude et l'obligea à contourner la masse recroquevillée du colosse. Puis ils se hâtèrent vers l'escalier en colimaçon.

A ce moment-là, ils entendirent une salve lourde et régulière.

Au premier étage, le fusil-mitrailleur était entré en batterie.

La canarde

PLOUTRE baissa la tête et posa la main sur son chapeau pour qu'il ne s'envole pas. Un chapelet de mitraille courant sur le sol l'obligea à sautiller de façon grotesque — bedaine et complet gris flanelle — jusqu'à l'abri d'une stère de bûches.

Le commissaire était replet. Sa fonction le vouait plus qu'il ne l'eût souhaité aux inconforts du ventre à terre. Ramper, prendre d'assaut, lancer des hommes sur le terrain n'étaient en aucun cas ses points forts. Par vocation de caractère, il eût mille fois préféré nager dans les eaux troubles et discrètes de l'investigation. Au lieu de cela, versé par le préfet Guichard dans un corps d'élite de la police d'intervention, il se retrouvait dès le soleil levant confronté au périlleux pari du courage et de l'abnégation.

— Rendez-vous ! hurla-t-il une fois encore dans son porte-voix. Vous êtes cernés !

Un ricanement hoqueteux d'arme automatique répondit à sa tessiture de haute-contre, fêlée par la trouille. La terre jardinière, quelques branches basses d'une sapinière, une rose thé et un lys au teint de fille trinquèrent sous une grêle 11,47 de fabrication Hotchkiss.

Le policier releva la tête au-dessus des épineux et constata que ses hommes étaient cloués par le tir. Il ordonna la riposte par balles blindées :

— Peloton, feu à volonté !

Une pluie de métal en fusion cribla la façade de la villa à hauteur du balcon du premier étage.

Pierre-Joseph rentra la tête dans les épaules.

— Baisse-toi, maman ! Ces poulets-là sont commandés par les grenouilles du Front populaire !

Mme Briguedeuil s'accroupit près de son fils. Elle se tordait les mains de désespoir.

— Mon petit, ne t'entête pas ! La loi reste toujours à la loi. Fuyons !

— Je ne reconnais pas la loi de ces boutres socialistes ! dit le boucher. Au putsch ! A l'insurrection ! Je me battrai debout jusqu'à la ceinture !

Il se dressa, empoigna son arme par le canon brûlant et arrosa les taillis et les buis du parc.

Les mousquetons des gardes répliquèrent. Le mur de la chambre le plus exposé au tir de barrage perdit son crépi et se lézarda jusqu'à la brique. Un cadre se détacha. La pièce sentait la poudre.

— Je vais te chercher un rempart contre les balles, dit Mme Briguedeuil. Mais tu devrais te rendre.

— Je combats pour un idéal, rétorqua le boucher. Les dés roulent ! J'ai choisi la subversion !

Il mitrailla de plus belle.

Deux cents mètres plus loin, Pépé l'Asticot et sa tribu du demi-monde se rongeaient les ongles. La proximité du front n'encourageait pas les vocations de bravoure. Les cibiches meublaient les moments d'accalmie mais, dans chaque voiture, lorsque partait une salve, les proxos s'affolaient.

— Je vous l'avais bien dit, triomphait tristement Pépé l'Asticot, planqué derrière sa Traction. En suivant Boro, nous sommes tombés dans un de ces pièges à rats dont l'histoire est friande. Jamais le peuple des marlous n'a pris part à la vie de la nation.

— Ta gueule, répondit la Grenade, installé au volant de l'Aston Martin. En s'opposant aux bourres et aux fachos, on reste de notre bord. Toujours entre deux eaux. Ni pour les pèlerines, ni pour la main levée.

— Pour qui sommes-nous, alors ? geignit Ramier avec humeur.

Il craignait pour l'avenir de sa belle Renault noire. Il respira l'air du matin et recracha un ongle.

Obéissant à la stratégie définie par Boro, les mauvais garçons occupaient avec leurs véhicules les deux rues adjacentes à celle de la villa. Pépé l'Asticot, la Grenade et Ramier étaient en charge de la rue de Valmy. Casse-poitrine, la Taumuche et P'tit Sifflet assuraient le bouclage de la rue des Cols-Verts. La troisième voie d'accès, dite rue de La-Tour-d'Auvergne, avait été confiée au contingent de la Marne, renforcé par deux habitués du Sébasto qui acceptaient les seconds rôles.

Rue des Cols-Verts, l'heure était franchement au défaitisme.

— Ça me ferait mal de me faire trouer la paillasse pour un idéal, geignait Casse-poitrine. Quand je pense que j'ai été réformé pour insuffisance respiratoire !

— La IIIe République, je suis comme toi, je m'en tape ! renchérit P'tit Sifflet. Et peut-être même qu'on pourrait se tirer avant le casse-pipe...

— Pour une fois que vous avez l'occasion de vous conduire en bons Français ! grogna la Taumuche.

— Tu parles ! L'enjeu, c'est une doucette nommée Liselotte ! Une môme qu'est même pas libertine !

La Taumuche se fâcha tout blanc :

— C'est une étudiante, messieurs ! Une garante du petit peuple de demain.

— Tu me fais rire avec le petit peuple de demain ! Moi, je me nourris à l'aujourd'hui ! Quant à l'instruction... J'aime autant faire le signe de croix ! L'université est une usine à bourgeois !

Tatave et René Charançon, quant à eux, prenaient l'ouvrage plus au sérieux. La dépanneuse, l'autobus et trois vieilles guimbardes serviraient à refermer les tenailles de la barricade sitôt que Boro et Liselotte seraient passés. Selon les prévisions, les fugitifs devaient quitter la villa dans un camion piloté par Scipion. Il y avait fort à parier qu'ils passeraient en coup de vent. Il faudrait agir très vite. Attachés à leurs basques comme une meute de chiens courants, leurs poursuivants, flics ou voyous sinon les deux, ne traîneraient sûrement pas sur la voie du gibier.

Il était six heures dix. Le soleil avait fait son apparition huit minutes plus tôt, derrière un gazomètre. Présentement, Albert Fruges était au volant de l'autobus. Il consultait sa montre lorsque Tatave Charançon l'aborda. Il semblait préoccupé.

— Tu ne crois pas que c'est bizarre ? Ils devraient déjà être là !

Fruges affecta de garder un moral de planqué.

— Te fais pas de chagrin ! C'est juste qu'ils ont un chantier un peu difficile...

Le toussotement du fusil-mitrailleur semblait confirmer l'allégation du peintre en bâtiment. Fruges ajouta :

— Tu vois bien, Tatave ?... La barbouille s'étale mal... Faudra passer une troisième couche.

Et pour prouver un optimisme à tout crin, il s'ingénia à siffloter *le P'tit Quinquin.*

Seuil critique

LISELOTTE regardait son sauveur avec reconnaissance.

Boro et elle avaient ôté leur masque à gaz. Ils se tenaient par la main sur le seuil de la porte de la buanderie. Celle-ci donnait sur les dépendances.

Boro risqua un coup d'œil prudent.

Apparemment contenus par le tir du fusil-mitrailleur, les policiers n'avaient pas encore tenté la manœuvre d'encerclement de la propriété.

— La voie paraît libre, souffla Boro.

Il se rejeta en arrière et caressa la joue de Liselotte :

— Il va falloir que tu traverses en courant. T'en sens-tu les forces ?

Elle avait retrouvé son air crâne de petit piaf.

— C'est toi qui auras du mal à me suivre.

— Penses-tu ! Je suis le boiteux le plus rapide autour d'une canne. Tu ne seras pas au milieu de la cour que j'aurai déjà atteint la remise !

Elle prit son envol sans se retourner. Boro la suivit du regard. Quand elle atteignit la porte du garage, il fit volte-face, effectua trois pas de côté et balança son dernier engin fumigène dans le petit salon. Il s'élança vers l'air pur.

Le projectile fusa après avoir roulé et rebondi contre un placard. Une irrespirable fumée couleur safran emplit la pièce. Cosini s'extirpa en suffoquant du couvert de la table où il se tenait à quatre pattes. Son cuir chevelu saignait. Il se dressa, les jambes en coton, appliqua un mouchoir contre son nez et se hâta jusqu'à la buanderie. Il s'approcha du seuil et vit le reporter qui boitillait en direction de la remise.

— *Porca madona !* jura le Jaunet des Abruzzes. Il va encore s'en sortir !

Il tira son pistolet de sa poche et visa en direction de la silhouette claudicante. Un embrouillamini de larmes chaudes dansait devant sa vue. Ses conjonctives le piquaient cruellement. Il fit feu au jugé à deux reprises et dut céder à la tornade d'un éternuement. Lorsqu'il redressa la tête, il distingua à nouveau son objectif. Il ajusta Boro et lâcha la foudre. Le reporter progressait par bonds dissymétriques, prenant appui sur sa jambe valide, soulageant sa patte raide par l'appoint de sa canne. Comme il approchait du but, il entendit siffler trois balles et fit un écart.

Deux mètres à peine devant lui, Scipion s'acharnait à ouvrir en grand la porte coulissante. Un nouveau projectile détacha une longue esquille de bois à trente centimètres à peine de la tête du photographe. Le moteur du camion benne tournait au ralenti.

Liselotte grimpa dans la cabine et aida Boro à se hisser à l'intérieur de l'habitacle. Scipion apparut côté conducteur et prit place derrière le volant. Il embraya sans douceur. Le véhicule rugit et s'engagea sur un sentier forestier. Le chemin mal empierré sinuait et s'enfonçait en direction d'un bouquet d'arbres centenaires. Ils roulèrent pendant une cinquantaine de mètres en cahotant.

— Arrête-toi à l'abri des chênes d'Amérique, commanda Boro. Nous passerons par l'entrée principale en profitant du moment où les policiers donneront l'assaut.

— Tu es sûr que tu veux sortir d'ici avec cette saloperie de camion, Borop'tit ?

— Je veux les armes, jeta Boro.

— Si nous sommes atteints par une rafale de projectiles, nous sauterons avec toutes les munitions. Ce cargo est une poudrière !

— Tu conduiras plus vite !

Ay— Il   a pas d'amortisseurs !

— A la grâce de Dieu ! Nous boirons du vin de noyaux de pêche !

Boro resta un moment perdu dans ses pensées. Le fusil-mitrailleur avait repris son dialogue enfiévré avec les mousquetons des gardes mobiles. Blèmia se tourna brusquement vers Liselotte.

— As-tu en tête l'adresse de Costabonne ?

— Il n'habite plus Villeneuve-Saint-Georges.

— Je sais. Il m'a posté une carte de Cerdagne. Sais-tu seulement où est son village ?

Liselotte baissa les yeux.

— Tu as fait suffisamment de bêtises comme ça. Il faut réparer...
Elle répondit, têtue :
— J'aime Dédé Mésange. Je ne supporte pas l'injustice.
— Tu m'as désobéi, Liselotte.
— Tu n'es pas mon père, Boro.
— Je suis ton ami.
— Tu es parti.
— J'ai seulement tourné le dos pendant quelques jours.
— J'étais livrée à moi-même.
Il prit la menotte de la jeune fille dans sa longue main chaude et la serra affectueusement.
— Bon... Mais Costabonne ?
Elle releva la tête.
— On doit pouvoir le joindre à la gare de Saillagouse, Pyrénées-Orientales.
Boro sourit. Il venait de repasser sur le versant du bonheur et de l'action.

L'assaut

Cosini avait rechargé son arme.

Il courut en direction de la remise et constata la disparition d'une partie de l'armement stocké au retour d'Italie.

Il ressortit précipitamment, muni d'un fusil-mitrailleur sur trépied et de plusieurs bandes pour l'alimenter. Il se dirigea sans hésitation vers le bâtiment attenant et en dégagea la porte à deux battants. Il savait qu'il y trouverait la camionnette de blanchisseur.

Son entreprise visait deux buts : d'abord, prendre la fuite et sauver sa peau ; en second lieu, donner la chasse à ce damné journaliste. En réfléchissant, il en était arrivé à la conclusion que la benne, limitée par son gabarit, ne pourrait sortir de la propriété que par la grille principale. Il lui suffirait donc de guetter son départ et de foncer dans son sillage.

Cosini ouvrit la portière de la camionnette. Ses mains tremblaient. Il se glissa derrière le volant, chercha son mouchoir et essuya ses yeux larmoyants. Il eut, comme à l'accoutumée, quelques problèmes de démarreur. Il fit grincer la boîte de vitesses et sentit un filet d'eau lui glacer l'échine. Il jeta un regard en direction de la maison.

Il ne souhaitait pas rencontrer l'un des fils Briguedeuil. Les jumeaux n'auraient pas hésité à le liquider en le voyant filer à l'anglaise.

Il attendit que les salves du fusil-mitrailleur couvrissent les bruits pour démarrer dans la cour. Il prit le même chemin que le camion benne.

Il localisa le gros véhicule camouflé sous les arbres et manœuvra à couvert. L'idée de la vengeance, comme une âcre liqueur, réchauffait son cœur. L'homme brisé par la fatigue, la douleur physique et la peur cédait la place à un loup. Son regard était sec, froid, immobile.

A ce moment même, Mme Briguedeuil, renouvelant les travaux d'Héraclès, multipliait avec des han de bûcheronne les aller et retour entre la chambre froide et le premier étage.

Arc-boutée sous des charges disproportionnées avec ses forces, elle transportait des morceaux de bœuf fumant de froid. Les mains incendiées par le sang, elle accumulait en forme de rempart les quartiers de viande devant son fils qui continuait à livrer bataille. Han ! Encore une moitié de bœuf. Han ! La masse équarrie d'un bouvillon de Bazas !

Les balles des gardes mobiles s'égaraient dans la culotte. Dans l'entrecôte. Dans le paleron ou dans la tranche.

Pierre-Joseph, le boucher de la rue Ravignan, avait perdu la tête. Il se dressa sur ses bottes rouges d'écuyère et meugla des insultes.

Comme elle accomplissait son cinquième voyage, Mme Briguedeuil s'immobilisa au milieu de l'escalier.

Elle prêta l'oreille. Ses lèvres bougeaient. La taie translucide de ses paupières masqua et démasqua ses yeux perçants. Ils étaient contractés par la haine. La pétarade de l'arme tenue par son fils avait cessé.

Elle laissa glisser de son épaule le poitrail écarlate d'une demi-génisse. Sanglante épave, la carcasse dégringola les marches. Mme Briguedeuil s'élança vers le premier étage.

Pierre-Joseph avait un trou dans la gorge. Un autre projectile l'avait frappé en plein poumon.

— Honneur et Patrie, gargouilla-t-il, tandis qu'elle le prenait dans ses bras et lui caressait la tête.

— Amour et Discipline, ulula l'effraie.

Au son de cette voix tant aimée, le boucher de la rue Ravignan se crispa. Son bras fouetta l'air et, au moment précis où son frère, Paul-Émile, entrait dans la chambre, Pierre-Joseph poussa un grognement d'asthmatique et mourut.

Le Pachyderme resta un long moment les yeux rivés sur la dépouille de son double. Ses arcades boursouflées abritaient les larmes d'un chagrin inexprimable. Il lutta un moment contre l'ankylose de sa cervelle. Mots perclus. Mots perdus.

Il écarta ses bras raidis et les laissa retomber le long de son corps. Puis il s'agenouilla devant sa mère et se laissa aller à des sanglots de jeune enfant.

— Oh ! Pierre-Joseph ! bredouillait-il, emporté par le chagrin.

Il tourna vers sa mère une face tordue par le désespoir.

Mme Briguedeuil déposa le cadavre de Pierre-Joseph sur le sol.

— Folies ! Folies ! murmura-t-elle. Tu iras en prison, Paul-Émile.

Alors, venant du dehors, amplifiée et reprise par des voix enragées, retentit une clameur.

Les policiers chargeaient.

De Valmy à Azincourt

— MAINTENANT ! Démarre ! hurla Boro.

Scipion enclencha la première et la seconde vitesse en un temps record et, malgré le roulis de son véhicule, lança le camion benne dans la descente herbue qui coupait à travers bois. Les fûts des chênes défilaient, dangereusement frôlés au passage par la caisse surchargée. Le ballant était tel que par moments le camion donnait l'impression que le naufrage était proche, qu'il allait se coucher sur le flanc, s'écorcher, s'éventrer comme un galion bourré de contrebande. Les branches raclaient les portières, les feuilles fouettaient le pare-brise. Liselotte ne pouvait s'empêcher d'ébaucher d'inutiles gestes de défense pour protéger son visage qui reflétait la terreur.

— Plus vite ! hurla Boro.

— Troisième ! répondit Scipion en passant la vitesse supérieure.

Ils débouchèrent sur la pelouse avec le fracas et les écarts d'un tonneau ivre dévalant une colline. A leur gauche, la porte de la grille était largement ouverte. A leur droite, la vague des derniers gardes mobiles courait en direction de la maison. Casqués, solidaires comme des mâtins de chasse à courre, ils gueulaient pour effrayer l'ennemi et enveloppaient les ailes de la villa en un mouvement tournant. A coups de crosse, ils brisaient les ouvertures, investissaient la bâtisse.

Cosini suivait le camion benne. Sa guimbarde, une vieille Celtaquatre carrossée en fourgon, ruait dans les brancards, geignait sur ses essieux, raclait les taupinières de ses garde-crottes et semblait renâcler à chaque caprice du terrain. Mais elle allait.

Pour éviter une fondrière, l'Italien braqua trop à gauche. Le capot ventru de la camionnette s'inclina, emprunta dans sa trajectoire incontrôlée la déclivité d'une autre faille, chassa sur le flanc, rebondit au contact d'une butte, leva du nez, poussa une plainte et, l'arbre de transmission s'engageant dans la terre à la façon d'un soc de charrue, frotta un lit de pierres jusqu'à ce que le moteur, à bout de force, s'étranglât dans un hoquet.

— Malédiction ! Je suis planté ! gémit l'Italien.

Au moment où il enclenchait la marche arrière pour se dégager, il vit ses adversaires qui passaient victorieusement le porche de la propriété.

Grinçant de rage, Cosini braqua, contre-braqua, revint en première et tenta une nouvelle marche arrière qui se révéla payante.

Il reprenait courage lorsqu'il vit la tache claire du visage d'un garde mobile se retourner dans sa direction. L'homme se tenait sur le perron. Cosini embraya. Le gendarme le désigna à un collègue. Un personnage coiffé d'un chapeau apparut au balcon du premier étage. Il tendit le bras en direction du fuyard. Cosini aperçut le premier fantassin prendre la position du tireur à genoux. Il braqua tout à gauche et, longeant une rangée de troènes parallèle à la grille, dévala en direction du porche. Il le franchit juste au moment où le militaire ouvrait le feu.

Le camion benne venait de passer en ferraillant devant l'axe de la rue de Valmy. Pépé l'Asticot et la Grenade considérèrent, bouche bée, le grand Africain et son canotier au volant d'un pareil équipage.

— Mince ! glapit Ramier. Ils circulent en essoreuse à poubelles !

Même stupéfaction chez les voyous de la rue des Cols-Verts. La Taumuche avait les mirettes en boules de loto.

— Je me sens pire que la fille Soubirous à la sortie de la grotte aux apparitions, murmura-t-il.

Il fit quelques pas incertains sur le macadam et s'approcha de ses compères.

— Hé ! les amis ! Vous avez visé ce que j'ai vu ?

— A mon avis, faudra qu'on s'habitue, murmura Casse-poitrine. Il était abasourdi.

— En tout cas, le bamboula avait l'air de prendre son fade ! Il appuyait à fond sur les manettes !

Rue de La-Tour-d'Auvergne, c'était l'enthousiasme. On applaudit franchement à l'arrivée du camion de la Sita. Scipion pila net. Les flancs de la benne trépidaient. Boro, de nouveau transformé en général, rappela à Liselotte ce qu'il attendait d'elle. Puis il la fit descendre et demanda à Fruges d'approcher.

— Albert, je te confie la petite. Surtout, qu'elle ne prenne plus d'initiatives ! Elle doit téléphoner dans les Pyrénées-Orientales, mais pas plus. Boucle-la s'il le faut. Emmène-la à Créteil. Mésange sera sûrement libre d'ici quarante-huit heures. Hier, Guichard m'a donné toutes garanties.

— Il est passé de l'autre côté du rideau ?

— Il n'a pas le choix. Et puis les policiers ont retrouvé le cadavre de Charpaillez. Ça a pesé lourd dans le marché que nous avons passé.

— Sacré la Guiche ! Il a eu la trouille du scandale et de la presse ! Dédé avait raison, il ne penche jamais du côté où la maison va tomber !

Boro s'apprêtait à répondre quand la camionnette de blanchisserie conduite par Cosini apparut au bout de la rue.

— Vous avez été suivis ?

— Je n'en suis pas sûr. Prenez toutes les dispositions prévues, commanda Boro.

Puis, s'adressant à Scipion :

— Roule. Fais comme si nous allions à Munich !

— Tu es pressé, Borop'tit ? Je te préviens tout de suite... Cette fois-ci, pas question de doubler les Duesenberg !

L'ancien chauffeur d'Ettore Bugatti desserra le frein à main et jeta son bahut dans les rues de la Jonchère.

Immédiatement après le départ du camion, sur un geste de Fruges, la dépanneuse de Tatave prit position en travers de la chaussée. Albert sauta au volant de son poids lourd et ajouta à cette ébauche de barricade le volume impressionnant de l'autobus désaffecté qui avait servi de cache à Mésange. Il était de la marque Chausson et sillonnait autrefois le département de l'Aveyron, comme en témoignait sa banderole annonçant la perspective de lieux exotiques : Espalion, Saint-Affrique, Villefranche-de-Panat.

Dans un nuage de fumée bleue, les trois guimbardes conduites par René Charançon et les jeunes marloupins du Sébasto comblèrent les vides.

A l'extrémité de la rue, la camionnette de blanchisserie effectuait une folle marche arrière.

Cosini était en nage. Qui étaient ces types ? A quel camp appartenaient-ils ?

Il freina à hauteur de la rue des Cols-Verts et, sans l'ombre d'une hésitation, s'engagea dans la rue à vive allure. Pris au dépourvu, la Taumuche, P'tit Sifflet et Casse-poitrine virent passer la bagnole comme un trait.

— Mince de torpédo ! Qui c'est ?

— Le Tartempion qui est passé il y a deux minutes en direction des gars de la Marne...

— Il s'est peut-être trompé de chemin...

— Tu feras gober ça à personne !

— Tu crois qu'on a manqué de réflexes ?

— Sûr qu'on aurait dû fermer la rue...

— Mais c'était marqué « blanchisserie » !

— Il blanchissait vite, non ?

Adieu, flambards ! Les marlous n'avaient pas bonne conscience.

— On s'est relâchés par excès d'optimisme, reconnut Casse-poitrine.

— On n'a pas fait notre boulot, trancha P'tit Sifflet. On est trop individualistes.

— Formons la barricade, proposa la Taumuche. S'il y avait des rebondissements...

— Ouais. Fabriquons un vrai mur de tôle, enchaîna P'tit Sifflet.

— Quelque chose de bien opaque, renchérit Casse-poitrine. Comme ça, quand on nous demandera si quelqu'un est passé, on pourra dire que ça se saurait ! Et on prendra l'air étonné.

L'étonnement était ailleurs...

Rue de Valmy, pour être précis.

Sur cette voie jusqu'alors déserte, la Grenade, qui, lui, prenait son rôle au sérieux, avait exigé qu'on formât un agglomérat de voitures autour et derrière l'Aston Martin.

Pépé l'Asticot avait garé sa Traction sur le trottoir. Ramier avait engagé le bec de sa Renault rutilante face à un garage. Par surcroît de raffinement, il en avait ouvert le capot pour faire croire à une panne. Parquée de la sorte, elle offrait son flanc à n'importe quelle automobile roulant au-dessus de la moyenne autorisée. C'est dans ces conditions de fatalité que la Peugeot dérapante du commissaire Ploutre fit une apparition inopinée, cria gare sur sa gomme et, toutes roues bloquées, s'en vint donner de la calandre dans la portière avant droite de la belle bagnole.

Ramier devint couleur crème fraîche.

Il fit quelques pas en direction du maladroit conducteur qui s'extirpait au prix d'un laborieux effort. Coincé par le volant, sa ptôse gastrique pendant ainsi qu'un vieux manteau, le commissaire Ploutre grimaçait de douleur.

— Minable chiasse ! Approche que je te balaie ! lui dit Ramier entre ses dents.

D'une droite infaillible, le poète du cinq à sept boxa l'œil du commissaire. Et comme il allait doubler la mise, deux cars de gardes mobiles vinrent s'encastrer, le premier dans l'arrière de la Peugeot de Ploutre, le second dans les pare-chocs incassables de l'Aston Martin de Boro.

Devant cette accumulation, Ramier, s'estimant dépouillé du travail de deux mois de ses ouvrières de trottoir, pocha le second œil du commissaire.

Dans la foulée des règlements de comptes, il s'avisa de la présence d'un inspecteur en civil qui s'extrayait à son tour de la voiture de Ploutre. Il chaloupa jusqu'au fonctionnaire, l'aborda par le travers avec la finesse de bouche de Jean Gabin dans *Pépé le Moko*.

— Et lui, là, l'agrégé d'interrogatoire !... Ça le fait rire, ma bagnole ?

Le policier se retourna vers l'intrus. C'était un homme à moustache, à sourcils plats, à bouche amère, qui répondait au nom de Ferdinand Fafinet. Il était hypocondriaque. Ramier l'attrapa par la houppe et lui balança un coup de genou dans son plus vieux coin du monde.

Cependant, une armée de seize gardes mobiles descendait des deux véhicules. Comme l'un d'entre eux passait devant la Grenade, ce dernier lui tendit une jambette. L'homme roula à terre dans un grand bruit de mousqueton.

Ramier en étala trois autres. Pépé l'Asticot, désormais persuadé que la tâche était facile, s'attaqua de la boule à un adjudant casqué et recula, le front fendu par le milieu.

Les autres uniformes, ceux qui étaient au fond des cars, paraissaient plus valides. Vindicatifs, même. Solides dans leurs leggins. A leur tour, ils vinrent à la charge. Et les massacreurs de la République, galvanisés par les aboiements de fausset du commissaire Ploutre qui avait recouvré ses esprits, passèrent les bracelets aux marloupins.

— Je vous l'avais bien dit, chuchota l'Asticot à ses complices d'expédition. On l'a eu dans l'oigne.

— Laisse tomber, dit la Grenade. Ça me rappelle mon jeune temps.

— Vous me bousillez ma guinde ! gueula Ramier, et c'est nous qu'on va au gnouf !

— Embarquez la vaisselle, commanda Ploutre à ses sbires.

Appelez des garagistes pour dégager les voitures. On va passer par l'autre rue.

Ils ne passèrent pas. Ou du moins pas tout de suite.

Ceux de la rue des Cols-Verts étaient là. Ploutre évalua l'épaisseur du camp retranché.

— Chargez-moi ces crafouilleux, ordonna-t-il. Qu'on les culbute !

La Taumuche, Casse-poitrine et P'tit Sifflet résistèrent jusqu'à l'ultime crachat. Ils avaient de la mauvaise conscience à racheter. Finalement, tabassés, réduits à merci, ils furent livrés col, mains et jambes liées au commissaire Ploutre.

— Embarquez-les ! Le juge démêlera tout l'écheveau ! Ah ! mes gaillards ! Vous avez facilité la fuite de dangereux malandrins ! Ce sera compté sur vos casiers !

— Je vous l'avais bien dit, pavoisait tristement Pépé l'Asticot, en s'adressant à ses nouveaux compagnons de panier à salade. On est faits jusqu'au trognon. Quand on n'est qu'un jules, on ne devient pas un héros !

— L'avenir fendille, reconnut la Taumuche. Mais Liselotte est libre. Boro nous sortira de là.

— Silence, les crasses ! gueula un adjudant.

Le commissaire Ploutre se hissa sur le marchepied.

— Benoît, dit-il au chauffeur brigadier du car de police, prenez la tête du convoi ; nous allons passer par la prochaine rue.

Ils ne passèrent pas.

Ceux de la Marne étaient là. En première ligne, Tatave et René Charançon, les princes de la ferraille. Des gars qui arquebusaient à la manivelle, au cric, à la clé à molette. Et derrière eux, une poignée de petits marioles.

Un seul absent : Fruges Albert. Le barbouilleur de façades s'était esquivé. Raison d'État. Il roulait en direction de Créteil où Liselotte devait accomplir la mission que Boro lui avait confiée : passer des coups de fil.

Assise à côté de son parrain, l'étudiante se faisait du souci.

— Tu crois qu'ils s'en tireront ?

— Moins bien pour certains et mieux pour d'autres ! répondit Fruges. Ce qui est sûr, c'est que si les flics attaquent, ils leur feront du sang dans les sourcils !

— Chargez ! commanda Ploutre aux gardes mobiles. Nettoyez cette poche à rats !

Il tourna le dos au pugilat. Il se sentait fatigué.

Il s'assit au bord du trottoir, sous le ciel d'été paisible et poussiéreux. Il avait les yeux fermés, un sourire en coin.

Par la pensée, il s'égara dans un salon élégant, meublé avec un goût exquis. Il venait d'être affecté à la mondaine et portait des vernis. Il comptait les perles qui ornaient les colliers de deux très belles femmes qui ne prêtaient pas garde à ce qu'il faisait. Ça l'occupait.

Sous la coque de son chapeau, il entendait des bruits confus. Pèlerines. Cris de gorge. Chutes de corps. Des gens toussaient, d'autres aboyaient. A moins que ce ne fût des chiens. Ploutre s'en fichait. Il avait mal à la tête. La rue de La-Tour-d'Auvergne était un chantier du désastre. Elle résonnait d'un vacarme de champ de bataille. Des masses d'armes retombaient sur les phares des bagnoles et des épieus frappaient sur les cuirasses. C'était Crécy ou Azincourt.

Mais en très très fort.

Roue libre

— Tu te traînes, limace ! reprocha Boro à son ami Scipion.

Il regardait dans le rétroviseur qu'il avait réglé pour son compte.

— Personne ne nous embête...

Ils avaient laissé Le Chesnay derrière eux. Ils traversaient Versailles à peine éveillée, secrète bourgeoise campant aux portes d'un roi.

— Accélère, te dis-je ! Seulement une pointe. Montre-moi de quoi cet outil est capable.

— Tu l'auras voulu, Borop'tit !

Scipion chaussa ses semelles de plomb et poussa son moteur à la limite du possible.

— Pied au plancher ! déclara-t-il en descendant l'avenue menant au château.

L'aiguille du compteur oscillait dans une zone située entre soixante-dix et quatre-vingt-dix kilomètres à l'heure. Scipion rétrograda en catastrophe. Il tourna à droite. Trois tours de volant avec une force, un élan de lanceur de marteau. Les pneumatiques arrière frottèrent et rebondirent sur le profil arrondi d'une borne qui se déchaussa de son logement comme une vieille canine et roula sur la chaussée.

Scipion passa à nouveau la troisième qui, malmenée, grinça quelque peu.

— Continue ! Tu es bon ! hurla Boro. Quatre-vingt-dix ferme ! Compteur bloqué !

Il avait repris des couleurs. Au fond de ses yeux brillait à nouveau la flamme juvénile de l'impénitent casse-cou qu'il savait être.

— Tout à l'heure, je conduirai, déclara-t-il en feignant de

contrôler l'enclenchement du levier de vitesses dont le pommeau vibrait.

— C'est ça, répliqua le Noir, quelque peu blessé dans son orgueil de professionnel du volant. Tu conduiras et tu verras la différence existant entre une caisse à savon et une voiture automobile !

Il appuyait quand même sur l'accélérateur.

— Tu as toute ma confiance, l'apaisa Boro. Ne relâche pas la pression.

Sur le passage du camion ivre, les bonnes gens, de retour du marché, se jetaient sur les trottoirs et montraient le poing à ces éboueurs sans vergogne qui auraient écrasé chiens, chats et rentiers pour décharger plus vite leurs immondices.

On attaquait la descente vers Buc.

— Accélère !

— Le moteur chauffe.

— M'en fous !

— On est encore en ville.

— Je crois que nous sommes suivis. Une camionnette blanche.

— Virages, annonça Scipion. Cramponne-toi !

Le camion fou arriva face au viaduc de Buc et prit le tournant à angle droit sans ralentir. Il se coucha si bien que ses structures gémirent. Le bruit sourd des caisses d'armes mal amarrées se répercuta contre la cloison de métal.

— Ne chavire pas !

— Les explosifs vont nous péter dans le dos !

— Risque ! Appuie !

Boro était excité par le danger.

— On dirait le radeau de la Méduse monté sur élastiques ! s'extasia-t-il.

Il jeta un coup d'œil au rétroviseur.

— Le suiveur est toujours là ! Il a du mal à garder la cadence...

— Avec le chargement que nous trimballons, il nous rattrapera dans chaque côte.

— Tu as raison, reconnut Boro. Maintenant que ça grimpe, il regagne tout le terrain perdu. Ne nous entêtons pas. Va ton chemin tranquille. Soulage l'hippopotame !

Ils passèrent Toussus-le-Noble. Ils dévalèrent vers la vallée de Chevreuse. Après Dourdan et son château fort, Étampes. Après Étampes, la plaine, calme comme l'huile, jusqu'à Orléans.

— Nous allons manquer de carburant, déclara soudain Scipion.

— Arrêtons-nous. Nous verrons ce que le type a dans l'idée. Et puis je dois téléphoner à Barcelone.

A la sortie de la ville, ils passèrent le Loiret et se rangèrent sur l'aire d'un garage situé non loin d'Olivet.

— Faites le plein, demanda Scipion au garagiste qui s'avançait vers lui en essuyant ses mains gantées de cambouis. Équilibrez les pneumatiques en les surgonflant légèrement.

— C'est la première fois que je vois une benne se risquer hors des villes, fit remarquer l'homme en commençant à actionner le levier de la pompe.

Scipion jeta un regard du côté du radiateur.

— Je voudrais un broc d'eau, dit-il sans faire le moindre commentaire.

Le pompiste surveillait la montée de l'essence qui se faisait alternativement dans les deux bocaux à niveau visible. Soudain, il se tourna vers le grand Africain.

— Et de l'huile ? Il vous en faut, de l'huile ?

— J'en veux, acquiesça Scipion. Je veux tout ce qui peut prolonger la vie de cette épave.

Il porta son regard sur Boro et constata que ce dernier s'était avancé jusqu'au bord de la route.

A deux cents mètres en amont de l'endroit où le reporter se trouvait, la camionnette blanche s'était arrêtée sur le bas-côté de la chaussée goudronnée. Les herbes étaient assez hautes pour brouiller le numéro de la plaque minéralogique.

Boro se tenait immobile sur le bord de la nationale. Dans le contre-jour, il vit le conducteur mettre pied à terre. L'homme lui parut petit. Il disparut derrière son véhicule et ouvrit le vantail arrière. Boro n'avait pas aperçu son visage.

Il avança d'un pas. Sa canne faisait un bruit mat sur l'asphalte. Le soleil commençait à taper dur. Par endroits, le goudron pleurait du noir. Une sauterelle prit son élan et, propulsée par le ressort de ses pattes, atterrit sur la chaussure de Boro. Il souleva son pied et la promena en l'air.

Brusquement, comme il relevait la tête pour regarder en direction de la camionnette tapie dans les graminées, il aperçut une fumée légère, un crachouillis de flammes au ras du sol. Il eut le temps de songer que le bonhomme s'était allongé sur le ventre et, presque aussitôt, des guêpes de feu l'environnèrent, un essaim meurtrier poursuivi par une répétition de détonations sèches. Il plongea vers le sol et roula au fond du fossé. Les balles frappaient autour de lui, fouettant le terrain avec des ricochets capricieux et imprévisibles.

Scipion s'était retourné. Le garagiste avait cessé de verser de l'huile dans le carter.

— C'est pas normal, dit-il.

— Je partage votre opinion, ajouta Scipion.

Il courut en direction de Boro et se jeta à plat ventre non loin de son ami.

— Fusil-mitrailleur, grimaça Blèmia. Hausse à deux cents mètres. J'ai eu pas mal de chance.

— Si on mettait toutes les cartes dans notre jeu ? proposa Scipion. Comme tu peux voir, je ne suis pas dans l'axe du tir. En supposant que tu me tendes la main et que je te hisse vers moi, il y a fort à parier que je pourrais t'extraire de ton trou sans trop de casse.

— Oui, faisons cela, dit Boro. Après tout, c'est moi qui prends les risques.

Le fusil-mitrailleur s'était tu.

— Allons-y !

Leur mouvement dura une fraction de seconde. Il suffit à déclencher une nouvelle rafale.

— Il nous enverrait des cailloux dans l'œil ! plaisanta Scipion.

Boro se redressa. Ils étaient à l'abri derrière le muret de la station. Les rafales cessèrent.

— Nous avons peu de temps pour décider de ce qui nous reste à faire, dit Scipion.

Ils coururent vers le camion. Scipion revissa le bouchon du carter d'huile. Il rabattit l'aile du capot, le verrouilla et constata que le mécanicien s'était enfui jusqu'à sa boutique. Il parlait avec animation au téléphone.

— Ce type appelle la police, commenta Boro. Notre situation se complique.

Il s'approcha en boitillant de l'arrière de la benne.

— Il y a là-dedans tout ce qu'il faut pour riposter à ce planqué qui nous veut du mal, dit-il.

— Mais oui ! approuva le Noir. Dans chaque bon Dieu de caisse, il y a suffisamment de merveilles déflagrantes pour lui faire une figure d'omelette !

— La pyrotechnie ne s'improvise pas, dit sérieusement le reporter. Pas plus que l'instruction militaire. As-tu seulement déjà tiré à la mitrailleuse ?

— Jamais, Borop'tit. J'étais proche des beaux-arts, ce qui m'éloignait des zouaves.

Boro jeta un coup d'œil en direction de la camionnette. Embusqué à l'arrière, le tireur attendait que ses adversaires se découvrent.

— Patiente une seconde.

Il claudiqua jusqu'à l'atelier de réparation, prenant soin de rester à couvert. Lorsqu'il revint, il enfermait une poignée de clous dans ses deux mains réunies.

— Je crois que je possède l'arme absolue, dit-il. En tout cas, elle est plus dans nos cordes que le contenu du bahut... Peux-tu démarrer en trombe et sans payer ?

— Je peux !

Ils grimpèrent dans la cabine. Le garagiste posa son appareil et leva les bras.

— Ne t'arrête sous aucun prétexte !

Ils déboîtèrent sur la route. Le pompiste courait derrière eux, vomissant des imprécations et réclamant son dû.

Le camion tangua sur la nationale puis retrouva son assiette. Boro jeta un coup d'œil au rétroviseur. Le mécano s'était arrêté de courir, vaincu par un point de côté. La camionnette blanche était toujours à la même place. L'apparition de la benne déclencha instantanément le tir. Le pompiste se jeta au sol.

— Il va y avoir trois cents mètres difficiles, déclara Boro. Après, la route tourne, nous serons à l'abri.

Il abaissa sa vitre et entreprit de semer les clous derrière eux. Il en tendit la moitié à Scipion.

— Tiens, égalise ! Égalise de ton côté !

Le moteur du camion couvrait les hoquets de l'arme automatique. Les balles fouettaient les ridelles.

— Si ça tape dans les munitions ou les grenades, on saute, Borop'tit !

— Pense à tes dix enfants !

— Tiens le volant ! Je largue mes munitions !

Scipion lança les clous de son côté. Boro maintenait le cap et même, pour échapper à la mitraille, se payait des zigzags qui risquaient de les faire verser.

— Pousse l'hippopotame ! criait-il. Plus que cent mètres !

Par miracle, dos à la mort, l'avaleuse des déchets publics gardait ses pneumatiques sur la route. Mille flammèches valsaient autour de la cabine. Soudain, ils entendirent une explosion plus forte que les autres.

— Ce barouf ! Qu'est-ce que c'est ? cria Scipion.
— Le feu dans la soute... Ça sent le brûlé !
— On y est presque !
— Tout à droite ! Envoie le camion dans les airs ! Tourne !
— Ça y est !
— On est passés, Borop'tit ! On est vivants !

Scipion leva le pied du champignon. Ses dents lui revenaient sur le visage. Une blancheur gaie. Il s'essuya le front et huma l'air surchauffé.

— Seigneur Dieu, Créateur de toutes choses ! soupira-t-il en serrant le frein à main tout en coupant le moteur. On éteint le feu dans la cargaison et après je te raconterai une histoire de fesse.

Ils sautèrent à bas du camion. Ils ouvrirent l'arrière. La frisette d'une caisse flambait.

Boro devint gris.

— C'est seulement des grenades...

Scipion avisa un manche de pelle et courut jusqu'à un tas de sable qui bordait la route. Boro le rejoignit. En trois aller et retour, il avait enterré le feu, étouffé la flamme. Ils étaient maîtres de la combustion. Boro serra Scipion contre lui. Ils étaient chauds, vivants, entiers !

Blèmia fit culbuter sa canne et la rattrapa par le lacet. Puis il rebroussa chemin sur cinquante mètres. La camionnette blanche était immobilisée au milieu de la route, les quatre pneus crevés, très loin derrière. Le petit homme noir tournait autour d'elle et lui donnait des coups de pied dans les jantes.

Boro parcourut des yeux le vaste horizon. Il n'avait pas reconnu Cosini. Il respira profondément. Il se sentait riche et sauvage.

— Partons, dit-il à Scipion venu le rejoindre. Je dois téléphoner à Barcelone.

Boro se mit en marche en direction du camion benne, plus percé qu'un presse-purée.

Il boitait. Il sifflotait. Il respirait.

— Bon sang, tu sais quoi ? dit-il à Scipion. Maintenant, si tu me racontes l'histoire de cette fesse de jeune femme, je t'écouterai comme une radio neuve.

[illegible]

— [illegible]

[illegible]

— C'est seulement des grenades.

[illegible]

— [illegible]

[illegible]

ÉPILOGUE

JOFRE Costabonne se pencha à la fenêtre de la motrice pour respirer l'air frais de ses chères montagnes. L'été ruisselait de vert sur les pentes du Conflent. Un faible vent du nord faisait onduler les blés dorés de Cerdagne. Le bleu du ciel mariait sa transparence à la mosaïque des fleurs des champs, aux premiers enrochements tachetés de pourpre des sorbiers.

Le Train jaune était parti de Villefranche. Dès le signal du chef de gare, tournant le dos aux échauguettes, au chemin de ronde, aux fortifications du fort de Vauban, le convoi avait pris son trot de montagnard. Un petit trente-cinq à l'heure vers les cimes des Pyrénées-Orientales.

Après avoir franchi la nationale et traversé le Têt, le train était resté près du fond de la vallée. Pourchassé par la cape des ombres, il suivait les eaux tumultueuses du fleuve. Les voyageurs avaient l'impression d'avoir enfilé des chaussures à clous. Pas de confort. Une rusticité têtue. Les rails grinçaient, secouaient, ferraillaient. Dès les premiers virages, il avait fallu se cramponner.

Serdinya, première halte. Puis Joncet, où venaient se jeter les lignes secondaires desservant les mines d'Escaro et d'Escoumes. Minerai de fer et de manganèse : là-bas, le travail des hommes était rude.

Après Olette, la pente se fit plus escarpée. Coque-à-ressort observait les pancartes bleues. Elles jalonnaient la voie pour afficher les changements de pente. Soixante millimètres par mètre. Le train, peu à peu, sortait ses crampons, rivait sa silhouette trapue à la paroi.

Après le bourg de Nyer, situé à six cent soixante-quatre mètres d'altitude, puis celui de Thuès, à sept cent vingt mètres, gorges et défilés, gradins et surplombs menaçants alternaient jusqu'au viaduc de Ramounails. Par la grâce d'une arche de quarante mètres, le train s'élevait entre les massifs rocheux. Il devenait funambule en abordant le majestueux pont Séjourné.

C'est là que Boro, par l'intermédiaire de Liselotte, avait fixé rendez-vous au conducteur. L'arrêt ne pouvait se prolonger trop longtemps.

— J'espère qu'ils seront à l'heure, dit Jofre en se tournant vers son serre-freins, José Ayuta. Arrêtons-nous en douceur.

Aux quatre angles de la motrice, les frotteurs de prise de courant lâchèrent leur contact. Le dispositif à air comprimé exerça son effet sur la timonerie de freinage. Le train en livrée jaune de la Compagnie du Midi s'immobilisa au beau milieu de l'ouvrage d'art.

Le froissement des cigales parvenait jusque là-haut. Il formait un chœur invisible, stridulant le long du cercle des herbes saturées de chaleur. Un rapace, volant très haut au-dessus du cirque, traçait des lignes concentriques entamées de temps à autre par les disques de lumière.

Jofre Costabonne quitta son poste de conduite disposé dans l'axe longitudinal du véhicule. Tandis que José Ayuta ancrait le dispositif des freins à vis, il vint s'accouder à l'appui de la vitre latérale. Les paupières plissées, il guetta un moment l'exploit du milan royal dont les ailes caressaient le ciel dans un écrin de souffle imperceptible puis, abaissant le regard sur la montagne, surveilla le seul accès à la muraille de gauche. La vue était d'autant plus impressionnante qu'il n'y avait aucun obstacle entre le cheminot et le vide. Un précaire parapet en fer courait le long du viaduc, bien plus bas que les plates-formes du train.

— Là-bas, tes amis ! dit soudain José Ayuta en désignant plusieurs points sombres se déplaçant sur un sentier dont les méandres surplombaient l'à-pic de la gorge creusée par le Têt. Tu ne m'avais pas dit qu'ils étaient muletiers !

En contrebas, Boro, qui fermait la marche, s'était arrêté pour essuyer son front en sueur. Il distinguait à contre-jour la silhouette de l'automotrice et de son convoi. Il entrevit à son tour le vol immobile de l'oiseau de proie. L'odeur de la terre, des herbes, des racines et du soleil se mêlaient sur le sol rugueux.

Il épancha son mécontentement envers lui-même :

— Mauvaise jambe ! Foutus cailloutis ! Je suis la dernière personne qu'il faut trimballer en montagne !

Scipion, qui marchait en tête du cortège, se retourna.

— Admire le paysage, Borop'tit, et contente-toi de maudir les cartes routières !

Une heure auparavant, ils avaient été contraints d'abandonner le camion benne à l'entrée du défilé. Au détour d'un bouquet de mélèzes, ils avaient vu surgir devant eux un grand diable de berger avec son fusil de chasse. Scipion était allé à sa rencontre. Témoignant d'une grande inventivité, il était parvenu à louer un contingent de six mules à ce contrebandier qui, affirmait-il, destinait ses bêtes de somme aux excursions des touristes.

Plus tard, alors que, pour prendre possession des mulets, ils avaient accompagné le coureur des bois jusqu'à son repère dissimulé à flanc d'éboulis, son fils, Alban, s'était offert à les guider dans la montagne. Le drôle avait des yeux à peu près aussi transparents que du plomb, mais il grimpait d'un pas assuré.

Depuis plus d'une demi-heure, on gravissait les pentes sans presque s'adresser la parole. Bâtées du fardeau des caisses d'armes, les mules cacochymes, dont les yeux coulaient avec cette expression humaine qui annonce les fins d'existence, allaient vers le sommet de la pente avec une résignation qu'enviait notre reporter.

Il sortit son Leica et, au travers de son télémètre, cadra les membres de l'expédition. Il prit soin de garder, à l'arrière-plan, le viaduc à deux étages. Les mules s'éloignaient au rythme de leur patient balancement. Le jeune Alban s'élevait avec une légèreté de duvet poussé par un vent tiède.

Soudain, Boro entendit le milan huer. Il leva la tête et vit l'oiseau de proie tomber comme une pierre avant de glisser vers un couloir sombre où il disparut.

Les dents serrées, la main crispée sur son jonc et accomplissant des prodiges d'équilibre, Boro remonta la colonne et se porta aux côtés de Scipion.

— Tu vas rencontrer à nouveau mon ami Dimitri, murmura-t-il.

— Tu n'as pas cessé de me parler de lui pendant ce voyage.

Boro pensa à Sean. Il souhaitait que l'enfant de Maryika fût son propre fils, mais, le cœur gonflé de générosité, estimait à la même minute que Dimitri eût été, lui aussi, un père fabuleux.

Sa voix devint fiévreuse.

— Dimitri sait comment il finira. Le glas de sa vie sera violent. Il a trop pris l'habitude de défier la mort... Je crois qu'il est vacciné contre son propre trépas et contre celui des autres.

— Je ne le blâme pas. Mais je le plains.

— Il n'aimerait pas que tu le fasses. Il te convaincrait plutôt que, si la cause qu'on défend est juste, on s'habitue à la haine.

— Tu parles très bien, Borop'tit, mais moi, je pense que la seule chose civilisée qui nous reste, c'est l'amour.

— Les gens se trompent sur l'amour et sont surpris d'être déçus, répliqua âprement Boro.

Un sourire illumina le visage ruisselant de transpiration de Scipion.

— Tu dis cela aujourd'hui... et ici ! Pense à toutes tes conquêtes, et tu vas te contredire !

Boro songea à Anne Visage. Tout en regardant rêveusement en direction de l'endroit où le milan avait disparu, il se demanda s'il l'avait jamais aimée pour elle-même.

— Nous faisons presque toujours l'amour dans un miroir, dit-il. Et s'aimer dans un autre est finalement bien ennuyeux.

Il laissa passer un peu de temps. Le poids de son propre sang l'écrasait. Ils se rapprochaient insensiblement du sommet de la pente.

— Je t'ai rattrapé pour te confier quelque chose, dit-il à Scipion.

Ce dernier le dévisagea, surpris par la gravité de son ami.

— Je crois qu'un changement vient de s'opérer en moi.

Il y eut un silence. Boro fit un écart pour éviter une touffe de fleurs sauvages. Pour la première fois, il se sentait harcelé par la vision de son destin.

— Si la nécessité s'en présentait, finit-il par dire, je crois que, maintenant, je serais capable de tuer quelqu'un par conviction.

Scipion s'appuya à l'écorce rugueuse d'un arbuste et le laissa passer devant.

Une minute plus tard, avec l'obstination de ceux qui veulent s'accrocher au ciel, ils atteignaient le ballast de la voie de chemin de fer. Costabonne avait avancé son convoi ferroviaire jusqu'à l'endroit où débouchait le sentier.

Il alla vers Boro, lui prit la main et la garda longtemps dans la sienne.

— Liselotte a bien organisé le rendez-vous, dit-il seulement.

Il pensait à son fils.

— Faisons vite, ajouta-t-il en coupant court à l'émotion. Il ne passe que sept trains par jour, et les voyageurs commencent à grincer des dents. J'ai dû leur dire que vous étiez des géologues en prospection pour une compagnie minière et que vous aviez pas mal de matériel.

Coque-à-ressort évalua du regard le nombre de caisses et ajouta dans sa moustache :

— D'ailleurs, je leur ai dit la vérité... Vous avez pas mal de matériel.

Ils chargèrent les caisses dans un fourgon automoteur qui contenait déjà des sacs de courrier, des bicyclettes et divers paquets encombrants. Sur le point de quitter leur jeune guide, Boro rebroussa chemin. Il rétribua généreusement le garçon pour sa course et ajouta quelques billets.

— Tiens, Alban. C'est du picotin pour tes mules. Dis-leur d'oublier ce qu'elles ont transporté.

— Elles n'ont pas de mémoire. Et mon père me battrait si je trahissais ceux qui aident la liberté, répondit l'adolescent.

Boro sentait la chaleur du soleil sur son dos. Il entendait au-dessous de lui le bruit de l'eau rebondissante. Il regarda Alban. Le jeune Cerdan le dévisagea avec une flamme étrange au fond des yeux, puis leva le poing fermé et dévala le sentier sur les pointes de ses espadrilles. Les mules avaient déjà amorcé leur descente.

Boro rejoignit ses compagnons. Ils avaient pris place dans le poste de pilotage, derrière Costabonne.

Dans un barrissement annonciateur du départ, la motrice s'ébranla. Bientôt, elle se lançait dans la cascade d'une descente vertigineuse. Ils filèrent sous les tunnels de l'Oratory, Castagnal et Coste-Litge, firent une courte halte à Sauto puis, après avoir franchi un passage à niveau impressionnant tant par la déclivité de la route que par celle du rail, ils traversèrent à nouveau la vallée sur le pont suspendu de Gisclard.

De sa voix chantante, Costabonne expliqua qu'ici même, en 1909, s'était produit l'accident qui avait coûté la vie à l'ingénieur qui avait dessiné le tracé de la ligne. Puis il raconta comment Bonnaventure, un conducteur de motrice, avait fracassé au fusil de chasse un isolateur de la ligne à vingt mille volts en voulant tuer un corbeau qui le narguait chaque jour ; comment un cheminot, amoureux d'une fermière, arrêtait chaque jour son convoi de marchandises en rase campagne pour aller trousser la robuste campagnarde...

Boro n'écoutait pas. Il se demandait si Dimitri serait au rendez-vous. Il l'avait joint dans la nuit, à l'hôtel Colón, et lui avait demandé de venir avec un camion pour récupérer les provisions qu'il rapporterait de Paris.

— Quelles provisions ? avait questionné Dimitri.

— A peu près tout ce que tu m'as demandé... Sois à l'heure.

La communication avait été coupée. Boro n'avait pas eu le temps de rappeler.

Le train avait dépassé le col de la Perche environné de la blancheur des narcisses. On continuait à se hisser sur le plateau glaciaire en direction de la gare de Bolquère.

— Mille cinq cent quatre-vingt-douze mètres d'altitude ! annonça Jofre Costabonne.

On entama la descente vertigineuse vers Cerdagne. La plaine apparut, majestueuse comme une femme en couches. Elle escortait les eaux du Sègre, tenait la rivière sous ses jupes. Son ventre fertile épousait la forme d'un vaste cirque dominé par d'imposantes montagnes. « Des tours de volonté », comme l'écrivait le poète Jordi Pere Cerdà. Les vertes pâtures alternaient avec les champs de blé noir.

Enfin, ils arrivèrent à Estavar, village frontalier de l'enclave de Llivia. Douze kilomètres carrés d'Espagne dans le département français des Pyrénées-Orientales.

Boro descendit du train et chercha Dimitri des yeux. Le jeune Allemand était au rendez-vous. Il était accompagné d'une demi-douzaine d'hommes. Il se détacha de son groupe et avança vers son ami.

— Tu as une sacrée bonne figure, dit Boro.

— Toi aussi.

Les deux hommes s'envoyèrent une bourrade en riant. Puis ils se donnèrent l'accolade. Boro eut l'impression d'une célébration muette et dédoublée, d'une sorte de liturgie, d'un moment unique. Ils riaient.

— Les armes sont dans le train, dit Boro. Des fusils, des mitrailleuses, des grenades et des munitions...

Dimitri fit un geste en direction de ses compagnons. Il avisa Scipion, qui aidait à décharger les caisses.

— Lui, je le connais... Il était à Munich avec toi.

— Le chauffeur de tous les dangers, répondit Boro en s'écartant d'un pas. Allemagne, 1934, Espagne, 1936.

Dimitri s'approcha de Boro et le prit aux épaules.

— C'est bien, ce que tu as fait. Je suis content de voir que tu ne t'es pas contenté de t'asseoir sous les platanes pour regarder passer les femmes.

Pendant qu'ils parlaient, les compagnons de Dimitri avaient rejoint Costabonne et Scipion. Ils chargeaient les caisses d'armes et de munitions dans un camion bâché qui attendait de l'autre côté, devant la gare.

— Comment se passent les choses ici ? demanda Boro.

— On a moissonné des hommes... Mais ça ne suffira pas.

Dimitri posa ses prunelles sur les murs éclaboussés de blanc.

— Je crache dans la gorge ouverte de mes ennemis, dit-il. Mais j'ai parfois un sentiment de honte et de dégoût.

Ils se mirent en marche. La canne de Boro résonnait sur le dallage du quai. Ils pénétrèrent dans le hall de la gare. Un chien jaune aboya, tournant autour de lui-même comme s'il voulait attraper sa queue. Il poussa un faible grognement et se laissa tomber sur le flanc, à l'abri d'un banc.

— Je reviendrai bientôt me joindre à vous, dit Boro. Ma place est avec toi.

— Contente-toi de nous regarder, répliqua Dimitri. Nous avons besoin de ton témoignage.

Ils débouchèrent de l'autre côté. Les Espagnols finissaient de charger les caisses. Une vieille Dodge était garée derrière le camion.

— Par où passerez-vous ?

— Entre Bourg-Madame et Puigcerdá. Je ferai une diversion avec la belle américaine. Elle est bourrée de dynamite.

— Ne va pas mourir.

— Pas cette fois-ci. Je n'en ai pas assez envie.

— Ne va jamais mourir, Dimitri.

L'anarchiste tourna le dos à son ami photographe et se rendit jusqu'au camion où l'attendaient les combattants républicains. Scipion et Costabonne avaient disparu.

— *Vámonos, Juan Luis*, ordonna Dimitri au chauffeur.

Les gars commencèrent à embarquer. Boro se tenait derrière le jeune Allemand. Le soleil tapait sur son cou envahi par un duvet fragile. Boro lui effleura l'épaule.

— Et Maryika ?

— Repartie. Effacée pour nous deux.

Dimitri ne s'était pas retourné. Ses poings étaient fermés.

— Attends-nous encore un peu, murmura Boro d'une voix apaisante. Nous viendrons nombreux pour vous aider à combattre les fascistes.

— Vous ne serez jamais trop.

— Il faut que tu gagnes la guerre.

Dimitri se retourna. Ses yeux esquissèrent un sourire.

— C'est un vilain travail. Et dans l'autre camp, ils sont très forts.

Il bascula soudain la tête en arrière. Il resta ainsi, yeux clos, un long moment.

— Quelque chose ne va pas ? demanda Boro en tendant la main vers son visage.

— Je me repose, murmura Dimitri. Le calme avant la tempête.

Il se redressa. Le ciel était haut. Pas le moindre nuage.

Au loin retentit le signal du Train jaune.

— Il faut que j'y aille, dit Boro.

— Pars. Chacun de son côté, comme d'habitude.

— A tout à l'heure, dit Boro. A toujours, *compadre.*

— *¡ Salud,* Borowicz *! ¡ Viva la anarquía !*

Boro se mit en marche. Il lui sembla traverser un buisson de ronces invisibles, dures comme des barbelés. Il entendit démarrer les véhicules, hurler les pneus de la voiture américaine. Il ne se retourna pas. Il entra dans le hall de la gare et le traversa sans voir Scipion qui s'était assis sur un banc, le chien jaune entre les jambes.

La brume de son regard se leva comme il abordait le quai.

Jofre Costabonne attendait, penché à la fenêtre de sa motrice.

— *Salud,* répéta Blèmia pour lui-même. Prends garde à toi, mon ami.

Il s'arrêta. Il renversa la nuque en arrière et reproduisit le geste de Dimitri. Son regard se perdit dans le ciel sans nuage. Un soleil beau à couper le souffle incendait la terre toute neuve.

— Je me repose, murmura Boro.

(A suivre)

Remerciements

Les auteurs remercient Jofre Liberto, conducteur du train jaune, pour ses précieux renseignements et adressent leur salut fraternel aux cheminots de la ligne de Cerdagne. Grâce à André Bonet et Michel Sitja ils ont pu consulter le livre que le docteur Churet a consacré à ce chemin de fer, aux éditions du Cabri. Ils rendent hommage et font clin d'œil au poète Jordi Pere Cerdà dont quelques vers sont cités. Bien qu'il soit notre contemporain, vive et respire aujourd'hui, nous l'avons fait exister au passé parce que sa langue forte mérite d'être éternelle.

TABLE DES MATIÈRES

PREMIÈRE PARTIE : LES SCÉLÉRATS

DEUXIÈME PARTIE : MADEMOISELLE DE QUINCAMPOIX

TROISIÈME PARTIE : LE MYSTÈRE DES GALERIES LAFAYETTE

QUATRIÈME PARTIE : LA GRANDE ILLUSION

CINQUIÈME PARTIE : LA FRANCE AVEC NOUS !

SIXIÈME PARTIE : LE VOYAGE EN ITALIE

SEPTIÈME PARTIE : *¡ NO PASARÁN !*

Cet ouvrage a été réalisé par la
SOCIÉTÉ NOUVELLE FIRMIN-DIDOT
Mesnil-sur-l'Estrée
pour le compte des Éditions Fayard
en décembre 1990

Composition réalisée
par C.M.L., Montrouge.

Imprimé en France
Dépôt légal : décembre 1990
N° d'édition : 767 – N° d'impression : 16748
35-33-8245-01

35-8245-9